레디 플레이어 투

가상현실 오아시스에 숨겨진 일곱 개의 조각을 찾아서

레디 플레이어 투

어니스트 클라인 지음 전정순 옮김

i!i
에이콘

에이콘출판의 기틀을 마련하신 故 정완재 선생님 (1935-2004)

모린 오키프 클라인과
모린 오키프 앱토위즈에게

컷신

할리데이가 개최한 오아시스 대회에서 우승을 거머쥔 후 나는 9일씩이나 온라인에 접속하지 않았다. 개인 신기록이었다.

마침내 오아시스 계정에 다시 접속한 날은 오하이오주 콜럼버스 시내 한복판에 우뚝 솟아 있는 GSS* 본사 건물 최상층에 있는 임원 사무실에서 GSS의 새 소유주로서 업무를 시작할 준비를 하고 있었다. 나와 함께 공동 소유주가 된 다른 세 친구는 여전히 세계 곳곳에 흩어져 있었다. 쇼토는 GSS 홋카이도 지사의 운영권을 인수하러 모국인 일본에 가 있었다. 에이치는 가문의 뿌리라는 이유로 평생 가보기를 꿈꾸던 세네갈에 가서 긴 휴가를 만끽하는 중이었다. 사만다는 에블린 할머니와 작별 인사를 하고 짐도 챙겨 오기 위해 밴쿠버에 가 있었다. 사만다가 콜럼버스로 돌아오려면 나흘은 더 기다려야 했다. 나흘은 영겁처럼 길게 느껴졌다. 사만다를 다시 만날 때까지 정신을 딴 데로 돌려야 했기에 오아시스 계정에 다시 접속해 내 아바타가 새로 갖게 된 슈퍼유저 능력을 좀 더 시험해 보기로 했다.

최신형 최고급 오아시스 이머전 장치인 하바샤 OIR-9400 위로 기

* 그리게리어스 시뮬레이션 시스템(Gregarious Simulation Systems) 사의 약자 – 옮긴이

어 올라가 바이저와 햅틱 장갑을 착용한 다음 로그인 절차를 시작했다. 내 아바타는 마지막으로 로그아웃했던 크토니아 행성에 있는 아노락의 성채 앞에 나타났다. 과연 예상대로 그곳에는 수천 명의 아바타가 구름 떼처럼 모여 내가 나타나기만을 끈질기게 기다리고 있었다. 뉴스피드의 기사 제목에 따르면 몇몇 아바타는 일주일을 꼬박 그곳에서 진을 치고 기다렸다고 한다. 일주일이라면 내가 식서Sixer* 놈들을 상대로 장렬한 전투를 끝내고 그들을 부활시킨 후부터 그곳에서 꼼짝도 하지 않았다는 뜻이었다.

전투가 끝난 지 불과 몇 시간 만에 내가 GSS의 새 주인으로서 처음 한 일은 용감하게 싸워준 유저들을 위해 그들의 아바타는 물론 아이템과 크레딧과 파워 레벨을 모두 복원해 주라고 시스템 관리자들에게 지시한 것이었다. 우리를 도와준 사람들에게 해줄 수 있는 최소한의 보답이라고 생각했고 사만다와 에이치, 쇼토도 찬성했다. 이것은 GSS의 공동 소유주가 된 후로 우리 넷이 처음 내린 의사결정이었다.

내 주변에 있던 아바타들은 나를 발견하자마자 일제히 몰려오기 시작했고 삽시간에 나를 에워쌌다. 그대로 있다가는 인파에 떠밀려 곤란해질 것 같아서 성채에서 가장 높은 탑에 있는 아노락의 서재로 순간이동했다. 이 서재는 오직 나만 들어갈 수 있는 공간이었다. 내가 지금 입은 아노락의 망토 덕분이었다. 흑요석처럼 검은 아노락의 망토를 걸친 내 아바타는 이제 할리데이의 아바타가 가졌던 가공할 만한 능력을 모두 쓸 수 있었다.

잡동사니가 널브러진 서재를 휙 둘러보았다. 불과 9일 전, 바로 이

---

* 이노베이티브 온라인 인더스트리(Innovative Online Industries, 약자로는 IOI)라는 회사에 고용된 직원을 경멸적으로 부르던 호칭. 사원번호가 여섯 자리라서 이런 이름이 붙었다. – 옮긴이

곳에서 아노락은 나를 할리데이가 개최한 오아시스 대회의 우승자로 지명했고, 그 순간부터 내 인생은 송두리째 바뀌었다.

서재를 훑던 내 시선은 벽에 걸린 흑룡 그림에 멈췄다. 그림 아래쪽에는 화려한 수정 받침대 위에 보석으로 장식된 성배가 놓여 있었고, 그 성배 안에는 내가 몇 년간 그토록 찾아 헤맸던 물건이 놓여 있었다. 바로 할리데이의 은색 달걀이었다.

달걀을 자세히 보기 위해 가까이 다가갔을 때 이상한 점이 눈에 띄었다. 표면에 웬 글귀가 새겨져 있었다. 9일 전에 보았을 때 분명히 표면이 깨끗했다고 기억하는데 말이다.

나 말고 어떤 아바타도 이 방에 들어올 수는 없었으니 누군가가 이 달걀에 손을 댔을 리는 만무했다. 이 글귀가 나타날 방법은 단 한 가지뿐이었다. 할리데이가 직접 프로그래밍해 둔 것이 분명했다. 아마도 아노락이 나에게 망토를 건네준 순간 나타났을 텐데 내가 정신이 너무 없어서 미처 보지 못한 모양이었다.

나는 허리를 구부리고 글귀를 읽었다. GSS — 13층 — 금고 #42-8675309.

갑자기 심장이 귀에서 뛰는 느낌이 들었다. 부리나케 오아시스를 로그아웃하고 이머전 장치에서 기어 내려온 다음 사무실을 뛰쳐나와 전속력으로 복도를 달려 가장 먼저 도착한 승강기에 뛰어들었다. 승강기에는 GSS 직원 여섯 명이 타고 있었는데 모두 내 시선을 피했다. 짐작하건대 그 직원들은 속으로 이렇게 생각했을 것이다. '새 상사는 아마도 지난번 상사만큼이나 이상하겠지.'

직원들을 향해 고개를 끄덕여 인사를 건넨 다음 '13층' 버튼을 눌렀다. 내 휴대 전화에 저장된 양방향 건물 안내도에 따르면 13층은 GSS의 기록보관소가 위치한 곳이었다. 기록보관소를 13층에 배치한 사람은 물론 할리데이였다. 그가 좋아했던 드라마 중 하나인「컴퓨터 인간 맥스」에 나오는 방송사인 네트워크 23의 비밀 연구개발실도 13층에 있었다. 또「13층」은 1999년에「매트릭스」와「엑시스텐즈」와 비슷한 시기에 개봉된, 가상현실을 다룬 옛날 SF 영화의 제목이기도 했다.

승강기에서 내리자 보안검색대 앞에 선 무장한 보안요원들이 차려 자세를 취했다. 절차에 따라 보안요원 중 한 명이 내 망막을 스캔해 신원을 확인한 다음 나를 안내했다. 보안검색대를 지나 겹겹이 설치된 장갑문을 통과한 다음 조명이 환하게 켜진 복도를 이리 꺾고 저리 꺾은 끝에 마침내 기록보관소에 도착했다. 기록보관소는 초대형 은행 대여 금고처럼 생긴 수십 개의 금고가 벽을 가득 메운 커다란 방이었다. 모든 금고 앞면에는 스텐실로 찍힌 번호가 적혀 있었다.

고맙다는 인사를 전하고 보안요원을 돌려보낸 후에 금고를 훑어보았다. 거기에 내가 찾는 것이 있었다. 진짜로 42번 금고가 있었다. 금고 번호가 42번이라니 과연 할리데이다웠다. 그가 좋아했던 소설 중 하나인『은하수를 여행하는 히치하이커를 위한 안내서』에 따르면 42라는 숫자는 '삶, 우주, 그리고 모든 것에 대한 궁극적인 해답'이었다.

한동안 그 자리에 못 박힌 듯이 선 채로 숨을 가다듬고 나서 금고의 문 옆에 달린 숫자판에 달걀 껍데기에 쓰여 있던 일곱 자리 숫자를 차례로 눌렀다. 8-6-7-5-3-0-9. 이 일곱 자리 숫자는 자신이 건터 gunter*라고 자부하는 사람이라면 모를 수가 없는 숫자 조합이었다. "제니, 네 전화번호를 알아냈어. 널 내 여자로 만들어야 해…"

철컹 하는 소리와 함께 금고의 문이 앞으로 튕겨지듯 열리면서 정육면체 모양의 내부가 보였다. 그 안에는 커다란 은색 달걀이 놓여 있

* 이스터에그 사냥꾼(Easter egg hunter)의 줄임말 – 옮긴이

었다. 껍데기에 아무것도 쓰여 있지 않다는 점만 빼면 아노락의 서재에 전시된 가상달걀과 똑같이 생긴 달걀이었다.

땀으로 축축해진 손바닥을 허벅지에 문질렀다. 달걀을 떨어뜨리고 싶은 생각은 추호도 없었다. 달걀을 조심스럽게 꺼내 방 한복판에 있는 철제 탁자에 올려놓았다. 달걀은 무게중심이 아래에 있어 오뚝이 인형처럼 뒤뚱뒤뚱 흔들리다가 똑바로 세워졌다. 꼭 위블 장난감처럼 말이다. ("위블은 흔들거리지만 쓰러지지는 않아요.") 허리를 굽혀 자세히 보니 달걀 꼭지 부분에 달린 작은 타원 모양의 지문인식기가 눈에 들어왔다. 곡면에 완전히 밀착된 그 지문인식기에 엄지를 대자 달걀이 정확히 반으로 쪼개지면서 양쪽으로 벌어졌다.

달걀 안에는 웬 헤드셋처럼 생긴 장치가 장치 모양에 딱 맞게 성형된 파란 벨벳 천 위에 놓여 있었다.

그 기기를 집어 든 다음 양손으로 잡고 뒤집어 보았다. 그 기기에는 착용자의 머리 중앙선을 따라 이마에서 목뒤까지 이어지는 길쭉한 금속판이 달려 있었다. 사람의 척추처럼 굴절 마디로 이루어진 이 금속판을 중심으로 C자 모양으로 머리를 감싸는 띠 모양의 금속판 10개가 세로로 붙어 있었다. 이 10개의 금속판 역시 굴절 마디로 이루어져 두상에 딱 맞게 조절이 가능했고, 각 마디가 머리와 닿는 면에는 원형 센서 패드가 촘촘히 붙어 있었다. 센서 패드의 위치를 얼마든지 조절할 수 있다 보니 어떤 형태와 크기의 두상에도 맞는 맞춤형이었다. 헤드셋 아랫부분에는 아주 긴 광섬유 케이블이 달려 있었고, 이 케이블의 끝부분에는 표준 오아시스 콘솔 플러그가 달려 있었다.

갈비뼈를 뚫고 나올 듯 쿵쾅거리던 심장이 이제는 멎어버릴 것만 같았다. 이 기기는 오아시스 주변 장치일 수밖에 없었다. 그것도 내가 태어나서 지금까지 본 그 어떤 장치와도 다르며 기술적으로 수 광년은 앞선 장치 말이다.

달걀에서 짧게 삐 하는 전자음이 울렸다. 달걀로 눈길을 돌리자 빨간 섬광이 눈앞을 스치면서 초소형 망막 인식기가 다시 한번 내 신원을 확인했다. 신원 확인이 끝나자, 달걀 껍데기 파단면에 장착된 초소형 모니터가 저절로 켜지고 GSS 로고가 몇 초간 나타났다가 사라지더니 제임스 도노반 할리데이의 수척한 얼굴이 나타났다. 그의 나이와 수척한 모습으로 보건대 이 영상을 녹화한 시점은 그가 사망하기 직전인 듯했다. 하지만 몸이 그렇게 아픈데도 이 영상을 녹화할 때만큼은 「아노락의 초대장」을 녹화할 때와는 달리 오아시스 아바타를 사용하지 않았다. 이유는 알 수 없었지만 할리데이는 이번에는 가혹한 현실 속 자기 모습을 적나라하게 보이는 쪽을 택했다.

"지금 당신이 손에 든 기기는 오아시스 신경 인터페이스OASIS Neural Interface입니다. 약자로는 ONI라고 부르죠." 할리데이는 한 음절씩 또박또박 '오-엔-아이'라고 발음했다. "이 기기는 세계 최초의 완전한 기능을 갖춘 비침습적 뇌-컴퓨터 인터페이스입니다. 이 기기를 통해 오아시스 유저는 아바타가 경험하는 가상환경을 대뇌피질로 직접 전달되는 신호를 통해 오감으로 느낄 수 있지요. 또 헤드셋에 배열된 센서들이 착용자의 뇌 활동을 감지하고 분석하기 때문에 착용자가 물리적인 신체를 움직일 때와 똑같이 오아시스 아바타를 제어할 수 있어요. 단지 생각만으로 말이죠."

"미친, 말도 안 돼." 나도 모르게 혼잣말이 튀어나왔다.

"그게 다가 아닙니다." 꼭 내가 한 말을 듣기라도 한 것처럼 할리데이가 말했다. "오엔아이 헤드셋만 있으면 착용자가 현실세계에서 한 경험을 녹화해 저장할 수도 있습니다. 뇌로 전달된 모든 감각 입력이 디지털로 변환되어 .oni 확장자를 사용하는 파일로 헤드셋에 연결된 외장 드라이브에 저장됩니다. 그 파일을 오아시스에 올리면 그 경험을 통째로 재생할 수 있습니다. 그 파일을 저장한 사람도, 그 파일을 공유하도록 설정된 다른 모든 오엔아이 유저도 그 경험을 다시 해볼 수 있죠."

할리데이는 애써 옅은 미소를 지었다.

"다시 말해 오엔아이 헤드셋만 있으면 다른 사람이 살았던 삶의 일부분을 다시 살아볼 수 있습니다. 그들의 눈으로 세상을 보고, 그들의 귀로 세상을 듣고, 그들의 코로 냄새를 맡고, 그들의 혀로 맛을 느끼며, 그들의 피부로 촉감을 느끼는 거죠." 할리데이는 카메라를 향해 문득 생각났다는 듯이 고개를 끄덕였다. "오엔아이는 지금까지 인류가 발명한 그 어떤 커뮤니케이션 수단보다도 뛰어난 커뮤니케이션 수단입니다. 제 생각에는 인류가 언젠가 꼭 발명해야만 하는 궁극의 커뮤니케이션 수단이기도 하고 말입니다." 할리데이는 손가락으로 이마 가운데를 톡톡 두드리며 말했다. "이제 우리 구닥다리 뇌에 직접 플러그를 꽂을 수 있어요."

할리데이가 한 말을 분명히 귀로는 들었지만 말뜻을 제대로 헤아릴 수는 없었다. 그가 한 말은 사실일까? 아니면 이 영상을 녹화할 때쯤에는 이미 병이 깊어져 현실감각을 완전히 잃고 망상에 빠진 상태였을까? 그가 묘사한 기술은 여전히 SF 작품에서나 나올 법한 기술이었다. 물론 신체가 불편한 사람들은 이미 일상에서 뇌-컴퓨터 인터페이스를 사용해 보고 듣고 마비된 팔다리를 움직이고 있었다. 하지만 이런 혁신적인 의학 기술조차도 여전히 환자의 머리뼈에 구멍을 뚫고 삽입 장치와 전극을 뇌에 직접 심어야만 가능했다.

인간의 감각 경험을 온전히 저장하게 해주고, 재생하게 해주며, 나아가 가상현실에 재현까지 가능하게 해주는 뇌-컴퓨터 인터페이스 헤드셋이라는 개념은 할리데이가 좋아했던 SF 소설과 드라마, 영화에서 단골로 등장한 소재였다. 윌리엄 깁슨은 『뉴로맨서』라는 소설에서 외부 자극을 시뮬레이션으로 바꿔주는 '심스팀'이라는 기술을 선보였다. 또 할리데이가 좋아했던 영화인 「브레인스톰」과 「스트레인지 데이즈」에서도 이와 비슷한 경험 저장 기술이 등장했다…

만약 오엔아이 헤드셋으로 할리데이가 주장한 그 모든 것이 가능하다면 그는 또 한 번 불가능한 일을 해낸 셈이었다. 불굴의 의지와 지적 능력으로 또 한 번 과학적 상상을 과학적 사실로 바꾼 셈이었다. 장기적으로 어떤 영향을 미칠지는 두고 보아야겠지만 말이다.

할리데이가 이 발명품에 왜 오엔아이라는 이름을 붙였는지도 궁금했다. 일본 아니메라면 볼 만큼 보았기 때문에 '오니'가 일본어로 지옥에 사는 뿔 달린 요괴를 뜻한다는 사실을 알고 있었다.

"당신의 개인 오아시스 이메일 계정으로 오엔아이 소프트웨어와 사용 설명서를 이미 보냈습니다. 오엔아이 헤드셋의 설계도와 양산에 필요한 3D 프린터 파일도 함께 보냈습니다."

할리데이는 잠시 말을 멈추더니 한동안 카메라를 응시하고 나서 말을 이었다.

"당신이 직접 오엔아이를 사용해 본다면, 제가 그랬던 것처럼 이 발명품이 인간 존재의 본질을 획기적으로 바꿔놓을 수 있다는 사실을 깨닫게 될 겁니다. 저는 이 발명품이 인류를 도울 수 있다고 생각합니다. 하지만 세상을 더 나쁘게 만들 가능성 또한 있습니다. 전적으로 시기를 잘 선택해야 하는 문제일 겁니다. 이 발명품의 운명을 제 상속자인 당신에게 맡기는 이유도 바로 그 때문입니다. 당신은 이 세상이 이 기술을 내놓아도 될 만큼 준비가 됐는지, 언제 공개할지를 판단해야 합니다."

할리데이가 기침을 토해내자 그의 야윈 몸이 흔들렸다. 이윽고 할리데이는 가쁜 숨을 몰아쉬며 마지막 말을 남겼다.

"충분히 고민해 보고 결정하십시오. 아무도 당신을 재촉하지 못하게 하십시오. 일단 판도라의 상자를 열어버리면 다시는 닫을 수가 없습니다. 그러니… 현명하게 결정하십시오."

할리데이가 카메라를 향해 살짝 손을 흔들자마자 영상이 끝나면서 화면에 '영상 파일이 삭제되었습니다'라는 문구가 나타났고 곧 모니터의 전원이 저절로 꺼졌다.

나는 한참을 그 자리에 앉아 있었다. 할리데이가 유작으로 남긴 짓궂은 장난일까? 장난이 아니라면 도무지 말이 되지 않았기 때문이다. 정말로 오엔아이를 통해 그가 말한 모든 일이 가능하다면 이것은 인류 역사상 가장 강력한 커뮤니케이션 수단이 될 터였다. 할리데이는 왜 이것을 숨겨두었을까? 왜 그냥 특허를 낸 후에 세상에 공개하지 않았을까?

손에 쥔 헤드셋을 내려다보았다. 이 헤드셋은 지난 8년간 내가 찾아오기만을 묵묵히 기다리며 이 금고 안에 갇혀 있었다. 이제 내 손안에 있는 만큼 선택의 여지는 하나뿐이었다.

나는 헤드셋을 달걀 안에 다시 집어넣은 다음 달걀을 들고 기록보관소 밖으로 나왔다. 처음에는 아주 침착하고 품위 있게 승강기까지 걸어갈 작정이었지만 내 자제력은 겨우 몇 초도 버티지 못했다. 나는 두 다리가 허락하는 만큼 빨리 뛰기 시작했다.

서둘러 사무실로 돌아가는 동안 나와 마주친 직원들은 눈이 이글이글 타오르는 회장이 커다란 은색 달걀을 움켜쥐고 GSS의 신성한 복도를 미친 듯이 달리는 모습을 보게 되었다.

• • •

사무실로 돌아온 나는 문을 잠그고 블라인드를 내린 다음 데스크톱 컴퓨터 앞에 앉아 할리데이가 이메일로 보내준 오엔아이 사용 설명서를 정독했다.

사만다가 옆에 없어서 다행이었다. 사만다에게 오엔아이 헤드셋을 시험해 보려는 나를 뜯어말릴 기회를 주고 싶지 않았다. 사만다가 마음만 먹으면 나를 뜯어말리는 데 정말로 성공할지도 모른다는 불안감이 들었기 때문이다. (누군가와 깊이 사랑에 빠진 상태에서는 그 상대가 아주 막강한 설득력을 발휘할 수 있다는 사실을 최근에 깨달았다.)

이런 역사적인 기회를 당연히 그냥 날려버릴 수는 없었다. 이런 기회를 날려버린다면 인류 최초로 달에 발자국을 남기는 인간이 될 기회를 날려버리는 꼴이었다. 더욱이 오엔아이 헤드셋이 위험하다는 생각은 들지 않았다. 이것이 위험한 물건이라면 할리데이가 말해주지 않았을 리가 없다. 나는 할리데이가 개최한 대회에서 우승한 그의 유일한 상속자였다. 할리데이가 나에게 위험이 닥치기를 원했을 리가 없다.

나는 이렇게 혼잣말을 하면서 오엔아이 헤드셋을 오아시스 콘솔에 연결하고 천천히 머리에 썼다. 띠 모양의 금속판들이 두상에 맞게 자동으로 오므라들면서 각 금속판에 장착된 센서 패드와 송신 패드가 머리에 밀착되었다. 곧 금속 접합 부분이 조여지면서 거미처럼 생긴 헤드셋이 내 머리에 튼튼히 고정되었다. 헤드셋이 내 뇌와 송수신하는 동안 패드가 밀리거나 떨어지지 않도록 말이다. 사용 설명서에 따르면 작동 중인 헤드셋을 강제로 떼어낼 경우 착용자의 뇌에 심각한 손상이 남거나 뇌가 영구적인 혼수상태에 빠질 수 있었다. 티타늄 강화 재질로 된 금속판은 이런 일을 방지해 주었다. 이 설명을 읽자 불안감보다는 안도감이 찾아왔다. 안전띠를 매지 않으면 자동차를 탈 때도 위험하기는 마찬가지 아닌가…

사용 설명서에는 또 헤드셋에 갑자기 전원 공급이 끊기는 경우에도 착용자의 뇌에 손상이 남을 수 있다고 적혀 있었다. 내장형 보조 배터리가 달린 이유는 그 때문이었다. 이 보조 배터리에는 비상 로그아웃 절차를 끝내고 헤드셋을 사용하는 동안 인위적으로 유도된 가수면 상태에 빠져 있는 착용자를 안전하게 깨우는 데 필요한 전력이 들어 있었다.

그러니 걱정할 필요는 전혀 없었다. 그저 커다란 금속 거미처럼 생긴 헤드셋이 내 뇌와 교신을 시작하기 위해 내 머리에 딱 달라붙어 있을 뿐이었으니까.

사무실 구석에 놓인 파란색 벨벳 소파에 누워 사용 설명서에 적힌 대로 편안한 수면 자세를 취한 다음 심호흡을 하고 전원을 켰다.

두피가 살짝 따끔거렸다. 사용 설명서에서 읽은 바로는 사람마다 다른 뇌 모양을 지도화하기 위해 뇌를 스캔하는 과정이었다. 이 정보는 앞으로 내 신원을 확인할 때 망막 인식 대신 사용될 수 있도록 내 계정에 저장된다. 컴퓨터로 합성된 여자 목소리가 암호문을 말하라고 안내했다. 또박또박 천천히 암호문을 말했다. “모든 사람은 세상을 지배하고 싶어 해.”

신원 확인이 끝나자 헤드셋 앞부분에서 초소형 증강현실 모니터가 튀어나와 외알안경처럼 왼쪽 눈앞에 고정되었다. 내 앞쪽 허공에 다음과 같은 설명문이 나타나 시야 중앙에 중첩되었다.

주의하십시오! 안전상의 이유로 오아시스 신경 인터페이스 헤드셋은 한 번에 최대 12시간까지만 연속으로 사용할 수 있습니다. 이 시간을 초과하면 여러분은 계정에서 자동으로 로그아웃됩니다. 그리고 12시간의 휴식 시간이 지날 때까지는 오엔아이 헤드셋을 다시 사용할 수 없습니다. 이 의무적인 휴식 시간 동안 기존 이머전 장치로는 여전히 자유롭게 오아시스에 접속할 수 있습니다. 일일 사용 제한 시간을 초과해서 사용하기 위해 오엔아이 헤드셋에 내장된 보안장치를 조작하거나 비활성화하는 행위는 시냅스 과부하 증후군과 영구적인 신경 조직 손상을 초래할 수 있습니다. GSS는 오아시스 신경 인터페이스의 부적절한 사용으로 인해 발생하는 어떠한 손상에 대해서도 책임을 지지 않습니다.

사용 설명서에서도 이 경고문을 이미 읽었지만 할리데이가 이 경고문을 로그인 절차에 끼워두었다는 사실에 놀라움을 금치 못했다. 다만 실행에 옮기지 않았을 뿐 8년 전에 이미 오엔아이 헤드셋을 세상에 공개하는 데 필요한 준비를 모두 끝마쳤다는 증거처럼 보였다. 할리데이는 오엔아이 헤드셋을 세상에 공개하지 않고 이 기술의 존재를 무덤까지 비밀로 가져갔다. 이제 그 비밀은 내 손안에 있었다.

경고문을 재차 읽으며 정신을 가다듬었다. 영구적인 뇌 손상이라는 말은 섬뜩했지만 내가 실험용 기니피그로 이용되는 것 같지는 않았다. 사용 설명서에 따르면 GSS는 이미 10년 전에 외부 기관을 통해 오엔아이 헤드셋에 대한 인체 안전성 검사를 마쳤다. 일련의 검사 결과 착용자가 12시간의 일일 사용 제한 시간을 준수하기만 하면 완전히 안전하다는 사실이 입증되었다. 또 사용 제한 시간에 도달할 경우 헤드셋 펌웨어에 내장된 보안장치가 작동하도록 설계되어 있었다. 나는 다시 한번 마음속으로 되뇌었다. 아무것도 걱정할 필요가 없다고…

손을 뻗어 경고문 하단에 있는 동의 버튼을 터치했다. 로그인 절차가 끝나자 시야 중앙에 아래와 같은 문구가 깜박였다.

신원 확인 성공

오아시스에 오신 것을 환영합니다, 파르지발!

로그인 시각: 2046년 1월 25일 11:07:18 OST

로그인 시각이 희미해지더니 세 단어로 된 짧은 문장으로 바뀌었다. 이 단문은 현실세계를 떠나 가상세계로 들어가기 전에 마지막으로 보게 되는 문장이었다.

하지만 평소 익숙하게 보아온 세 단어와는 달랐다. 내가 보게 된, 그리고 앞으로 오엔아이를 사용하는 모든 유저가 보게 될 이 문장은 할리데이가 자신이 개발한 새 기술을 사용해 오아시스에 접속하는 방문자들을 위해 새로 만들어둔 다음과 같은 환영 메시지였다.

레디 플레이어 투

0000

헤드셋에서 내 뇌로 신호를 보내 내 몸을 안전한 가수면 상태로 만들라고 지시하는 동안 잠시 눈앞이 깜깜해졌다. 가수면 상태가 된 다음에도 의식은 또렷했다. 말하자면 컴퓨터가 제어하는 자각몽을 꾸는 듯한 상태였다. 곧 나를 둘러싼 주변이 서서히 오아시스로 바뀌었고, 어느새 나는 마지막으로 로그아웃했던 장소인 아노락의 서재 안에 서 있었다.

모든 것이 예전과 똑같아 보였지만 느낌은 완전히 달랐다. 실제로 이곳에, 물리적으로 오아시스 안에 있었다. 더는 아바타를 조작하는 느낌이 아니었다. 내가 아바타 그 자체가 된 느낌이었다. 얼굴에 쓴 바이저도 없었고, 햅틱 수트나 햅틱 장갑을 착용할 때마다 느껴지던 저릿하고 조이는 느낌도 없었다. 실제 내 몸이 쓴 오엔아이 헤드셋조차 느껴지지 않았다. 손으로 머리를 쓸어보았지만 아무것도 만져지지 않았다.

열린 창문 틈으로 산들바람 한 줄기가 서재 안으로 불어오자 바람이 내 피부와 얼굴에 닿고 머리카락 사이로 스치는 감촉이 느껴졌다.

발에서는 돌로 된 바닥을 딛고 선 느낌도 느껴지고 내 아바타가 신은 신발의 편안한 착화감도 느껴졌다.

주변에서 나는 냄새도 맡을 수 있었다. 숨을 들이마시자 벽을 꽉 채운 고대 마법서에서 나는 퀴퀴한 냄새에 양초가 타면서 나는 연기가 뒤섞인 냄새가 났다.

손을 뻗어 옆에 있는 작업대를 만져보았다. 손끝으로 작업대를 쓸어내리자 나뭇결의 감촉이 느껴졌다. 작업대 위에 놓인 커다란 과일 바구니도 눈에 들어왔다. 전에는 본 적이 없는 바구니였다. 바구니에서 사과 한 알을 집어 들자 사과의 무게감이 느껴지고 단단하면서도 매끄러운 촉감도 느껴졌다. 다섯 손가락 끝에 힘을 주고 사과를 꽉 움켜쥐니 껍질 안쪽 과육 부분에 작은 구멍들이 파이는 느낌까지도 아주 생생했다.

현실세계의 감각 입력이 이렇게 완벽하게 가상세계로 복제될 수 있다는 사실에 경외감마저 들었다. 햅틱 장갑으로는 절대 재현될 수 없는 섬세하고 미묘한 감각들이었다.

진짜 내 입술처럼 느껴지는 아바타의 입술에 사과를 대고 진짜 내 이빨처럼 느껴지는 아바타의 이빨로 사과를 한 입 깨물었다. 실제 사과 맛이 났다. 그것도 내가 지금까지 먹어본 사과 중에서 가장 완벽하게 잘 익은 사과의 맛이었다.

지금까지도 오아시스 유저는 아바타를 통해 무언가를 먹거나 마실 수 있었다. 하지만 파워업을 위한 음식을 먹거나 상처 치료를 위한 물약을 마시는 동작은 언제나 햅틱 장갑을 낀 손을 허공에서 허우적대는 행위에 지나지 않았다. 어떤 것도 입 안으로 들어오는 느낌은 절대 느낄 수 없었을뿐더러 혀로 맛을 느낄 수도 없었다.

이제 오엔아이 덕분에 맛을 느낄 수 있었다. 그리고 방금 그것을 내가 직접 경험했다.

바구니에 담긴 다른 과일도 차례차례 맛보기 시작했다. 오렌지와 바나나, 포도, 파파야도 사과 못지않게 끝내주는 맛이었다. 한 입 베어 물면 그 조각이 식도를 타고 위까지 내려가는 느낌도 느껴졌다. 심지어 위가 차오르는 느낌도 느껴졌다.

"세상에! 이거 완전 대박인데!" 나는 아무도 없는 서재에 대고 탄성을 질렀다. 하지만 입 안에 파파야를 가득 물고 있던 탓에 발음이 뭉개졌다. 파파야 과즙이 턱으로 흘러내리는 느낌도 느껴졌다. 소매로 과즙을 닦은 뒤에 서재 안을 뛰어다니기 시작했다. 흥분을 주체하지 못하고 이리 뛰고 저리 뛰며 모든 표면과 사물을 만져보았다. 어떤 느낌이었느냐고? 다 진짜 같았다. 젠장, 믿기 어려웠지만 그랬다. 전부 다 진짜 같았다.

극도의 흥분이 조금 가라앉았을 때쯤 문득 오엔아이가 고통도 재현할 수 있는지 궁금해졌다. 고통도 과일의 맛처럼 생생하게 느껴진다면 정말로 심하게 아플 것 같았기 때문이다.

시험 삼아 혀를 살짝 깨물어 보았다. 이빨 하나하나가 혀에 닿는 느낌이 느껴졌다. 앞니로 혀를 긁자 미각 돌기도 느껴졌다. 하지만 아무리 세게 깨물어도 고통은 전혀 느껴지지 않았다. 아무래도 할리데이가 고통을 차단해 주는 안전장치를 마련해 둔 모양이었다.

광선총 한 자루를 꺼내 오른발에 대고 방아쇠를 당겼다. 부상을 입으니 생명치가 깎였다. 미약하게 고통이 느껴졌지만 총상이라기보다는 세게 꼬집힌 정도에 가까웠다.

광선총을 다시 집어넣으면서 나도 모르게 입에서 아주 경박한 웃음이 터졌다. 광선총을 집어넣고 나서 창문 쪽으로 세 걸음을 도움닫기해 창문 밖으로 뛰어내린 다음 슈퍼맨처럼 하늘을 날았다. 구름 속을 나는 동안 내가 입은 망토가 슈퍼맨의 망토처럼 바람에 펄럭였다. 정말로 하늘을 나는 느낌이 들었다.

불현듯 모든 것이 가능해졌다는 느낌도 들었다. 정말 그런 세상이 도래한 것이었다.

이 기술이야말로 비디오게임과 가상현실 진화의 필연적인 귀착점이었다. 이제 시뮬레이션과 현실은 구분할 수 없었다.

사만다라면 절대 허락하지 않을 일이었다. 하지만 너무나 기쁨에 들뜬 나머지 그 생각을 깊이 할 겨를은 없었다. 이 정도로 만족할 수는 없었다. 오엔아이 안에는 무궁무진한 것들이 나를 기다리고 있었다.

다시 아노락의 서재 안으로 날아 들어가 오엔아이를 계속 시험해 보았다. 그때 내 아바타의 HUD*에 ONI라고 적힌 새로운 드롭다운 메뉴가 눈에 들어왔다. 그 메뉴를 선택하자 내 계정에 이미 저장된 수십 개의 대용량 파일 목록이 나타났다. 파일 확장자는 모두 .oni였으며, 파일명은 하나같이 자동차 경주, 서핑, 스카이다이빙, 쿵후 대련처럼 호기심을 불러일으키는 짧은 이름으로 되어 있었다.

서핑이라는 파일을 골랐다. 눈 깜짝할 사이에 나는 어느 열대 섬의 바닷가에서 서프보드 위에 중심을 잡고 선 채로 거대한 파도가 만들어낸 경사면을 능숙하게 질주하고 있었다. 하지만 반사적으로 균형을 잡으려는 순간 내 몸을 제어할 수 없다는 사실을 깨달았다. 이것은 수동적인 경험이었다. 나는 그저 구경만 하고 있었다. 왠지 모르지만 아노락의 서재에서 했던 경험과도 느낌이 달랐다. 아노락의 서재에서 했던 경험이 불가사의할 정도로 매끄럽고 정확했다면, 지금의 경험은 좀 더 강렬했지만 그만큼 매끄럽고 정확하지는 않았다.

내 몸을 내려다보니 나는 더 이상 파르지발이 아니었다. 다른 사람이었다. 나보다 작은 키에 더 날씬하고 피부색이 짙으며 긴 검은 머리

* 헤드업 디스플레이(Head-Up Display)의 약자 – 옮긴이

카락이 치렁치렁 눈을 덮은 사람, 비키니 수영복을 입은 사람, 가슴이 봉긋한 사람. 맙소사, 나는 여자였다! 동시에 서핑 실력자였다. 아바타가 아니었다. 이 경험을 저장한 주체는 실제 인간이었다. 나는 지금 다른 사람이 실제로 살았던 삶의 일부분을 경험하는 중이었다.

내 몸은 제어할 수 없었지만 이 파일을 저장한 여자가 경험한 모든 감각은 오감으로 느낄 수 있었다. 심지어 내 머리에, 아니 그녀의 머리에 쓴 오엔아이 헤드셋의 감촉까지 느껴졌다. 그 헤드셋에 연결된 외장 드라이브가 그녀의 오른팔에 부착된 방수팩 안에 들어 있는 모습도 보였다.

비로소 감각의 차이가 왜 생긴 것인지 이해할 수 있었다. 나는 더 이상 오아시스 서버에서 만들어준, 가상현실로 재현된 감각 입력을 경험하고 있는 것이 아니었다. 실제로 이 서핑 실력자의 몸으로 그녀의 시냅스를 통해 전달되는 시시각각의 세상을 느끼고 있었다. 내 뇌가 아닌 다른 뇌로 들어오는 가공되지 않은 신경 입력을 그대로 느끼고 있었다.

이윽고 큰 파도가 덮쳤을 때 클립의 재생이 끝났고, 나는 어느새 내 아바타의 몸으로 돌아와 다시 아노락의 서재에 서 있었다.

다음 클립들도 하나씩 차례로 재생해 보았다. 경주용 차도 몰아보고, 스카이다이빙과 쿵후 대련, 심해 잠수, 승마도 해보았다. 네 가지를 다 했는데 30분도 채 걸리지 않았다.

목록에 있는 모든 오엔아이 파일을 하나씩 실행해 보며 수많은 장소를 넘나들고, 수많은 몸을 넘나들며, 수많은 경험을 넘나들었다.

그러다가 'SEX-M-F.oni', 'SEX-F-F.oni', 'SEX-Nonbinary.oni' 같은 이름이 적힌 파일을 보았을 때 멈칫했다. 이런 것에는 마음의 준비가 되어 있지 않았다. 여전히 사만다를 향한 깊고 진실하고 강렬한 사랑에 빠져 있었다. 불과 며칠 전에 그녀에게 동정을 바쳤던 순간을 생각하면 지금도 다리가 후들거렸다. 그녀를 배신하는 짓은 하고 싶지 않았다. 생방송이건 메모렉스이건 배신은 배신이라는 생각이 들었다.

오아시스를 로그아웃하고 다시 현실의 내 몸으로 돌아왔다. 돌아오는 과정은 몇 분 정도 걸렸다. 로그아웃이 끝난 뒤에 오엔아이 헤드셋을 벗고 눈을 뜬 다음 사무실을 둘러보았다. 시계를 보니 한 시간 남짓 지나 있었다. 예상과 얼추 맞아떨어졌다.

소파의 팔걸이를 움켜쥐어 보고, 손으로 얼굴을 더듬어보았다. 현실이 내가 방금 오아시스에서 느꼈던 세상보다 더 생생하게 느껴지지는 않았다. 내 감각으로는 그 둘을 구분할 수 없었다.

할리데이가 옳았다. 오엔아이는 세상을 뒤흔들 기술이었다.

• • •

할리데이는 대체 어떻게 이런 일을 해냈을까? 어떻게 이 복잡한 장치를 비밀리에 발명할 수 있었을까? 더군다나 하드웨어는 그의 전문 분야도 아니었는데 말이다.

그 답은 할리데이가 보내준 사용 설명서에 들어 있었다. 사용 설명서를 끝까지 다 읽었을 때 할리데이가 한 연구실의 인원 전체를 신경과학자들로 채운 채 25년이 넘는 세월을 쏟아부어 이 일에 매달렸다는 사실을 알게 되었다. 비밀을 아주 쉽게 찾을 수 있는 곳에 숨겨놓은 셈이었다.

GSS가 오아시스를 출시하고 나서 두 달쯤 뒤에 할리데이는 사내에 연구개발 부서를 신설하고 접근성 연구실이라고 명명했다. 대외적으로 이 부서의 역할은 신체가 불편한 사람들이 오아시스를 좀 더 쉽게 사용하게 해주는 신경 보철 하드웨어를 개발하는 것이었다. 할리데이는 접근성 연구실에 신경과학을 전공한 최고 인재들을 영입한 후 연구 자금을 전폭적으로 지원했다.

그 후로 25년 동안 연구원들이 해온 일은 전혀 비밀이 아니었다. 오히려 그들이 개발한 획기적인 의료 보조 장치는 널리 사용되었다. 고등학교 때 교과서에서도 그들이 개발한 장치들에 대해 읽은 적이 있었다. 가장 먼저 개발한 장치는 새로운 달팽이관 삽입 장치였다. 이 장치는 청각 장애인이 현실에서도 오아시스 안에서도 선명한 음질의 소리를 듣게 해주는 장치였다. 그로부터 몇 년 후에는 시각 장애인이 오아시스 안에서 완벽하게 보게 해주는 새로운 망막 삽입 장치도 공개했다. 머리에 달 수 있는 초소형 카메라 두 대를 이 장치에 연결하면 현실세계에서도 시력을 되찾을 수 있었다.

접근성 연구실의 다음 발명품은 뇌 삽입 장치였다. 이 장치를 사용하면 하반신이 마비된 사람이 단지 생각만으로 오아시스 아바타의 움직임을 제어할 수 있었다. 이 장치는 가상현실로 재현된 감각 입력을 느끼게 해주는 별도의 삽입 장치와 세트로 작동했다. 또 같은 장치를 사용하면 하반신이 마비된 사람이 다시 하지를 움직이고 촉감을 느낄 수 있었다. 또 팔다리가 절단된 사람이 로봇 팔다리를 제어하고 로봇 팔다리를 통해 감각 입력을 느낄 수 있었다.

이 기술을 완성하기 위해 연구원들은 다양한 외부 자극에 반응하며 신경계를 통해 인간의 뇌로 전송되는 감각 정보를 '저장'하는 방법을 고안하고, 이 정보를 방대한 감각 디지털 자료실에 저장해 오아시스 안에서 '재생'될 수 있게 했다. 촉각, 미각, 시각, 후각, 균형감각, 온도, 진동 등 인간이 경험할 수 있는 어떤 감각도 완벽하게 재현할 수 있도록 말이다.

할리데이는 접근성 연구실에서 개발한 모든 발명품에 특허를 냈지만 수익을 창출하려는 그 어떤 노력도 하지 않았다. 오히려 신경 보철 삽입 장치를 이 장치의 도움이 필요한 오아시스 유저에게 무상 보급하는 정책을 시행했다. 심지어 삽입 수술 비용까지 지원했다. 이 정책은 신체가 불편한 사람이라면 누구나 강력한 신기술의 혜택을 누리게 해주는 한편 연구원들에게는 접근성 연구실에서 진행 중인 실험을 적용해 볼 수 있는 인간 기니피그를 무한으로 공급해 주는 공급망 역할도 했다.

어렸을 때 뉴스피드에서 접근성 연구실에서 획기적인 뇌 삽입 장치를 발명했다는 기사 제목을 본 적이 있었다. 하지만 다들 그랬듯이 이 장치에 진지하게 관심을 기울이지는 않았다. 이 기술은 신체적으로 큰 장애가 있으면서 침습적인(그리고 치명적일 수 있는) 뇌 수술을 받을 의향이 있는 사람들에게만 필요한 기술이었기 때문이다.

하지만 이 놀라운 신기술들을 발명하는 동안 연구원들은 또 다른 비밀 기술도 개발했다. 그들이 이룩한 가장 위대한 업적으로 기록될 만한 기술, 삽입 장치를 통해 구현할 수 있는 모든 것이 가능하지만 수술이 필요하지 않은 기술, 바로 뇌-컴퓨터 인터페이스였다. 인간 정신의 내부 작동원리를 파악하기 위해 수집한 방대한 데이터에 EEG, fMRI, SQUID라는 기술을 정교하게 접목함으로써 뇌파를 읽고 이 뇌파를 피부 접촉만으로 전송하는 방법을 개발했다. 할리데이는 프로젝트의 각 부분을 따로 떼어 각 팀이 하는 일을 다른 팀이 모르게 했다. 각각의 프로젝트가 서로 어떻게 맞물리는지 전체 그림을 아는 사람은 할리데이뿐이었다.

수십억 달러의 돈과 수십 년의 노력을 쏟아부은 끝에 할리데이는 마침내 완전한 기능을 갖춘 오아시스 신경 인터페이스 헤드셋의 시제품 개발에 성공했다. 하지만 마지막 회차의 안전성 검사를 마치자마자 할리데이는 프로젝트를 중단하고 프로젝트가 실패했다고 발표했다. 몇 주 후에는 접근성 연구실을 폐쇄하고 전 직원을 해고했다. 연구원들은 모두 처음 고용되었을 때 서명한 비밀 유지 서약서를 준수한다는 조건으로 평생 일하지 않아도 될 만큼 두둑한 퇴직금을 받았다.

할리데이는 바로 이렇게 아무도 모르게 세계 최초의 비침습적 뇌-컴퓨터 인터페이스를 개발했다.

이제 이 발명품은 나와 친구들 손에 있었다. 그냥 묻어두든 공개하든 우리의 선택이었다.

• • •

우리 넷은 이 문제를 신중하게 고민했다. 모든 장단점을 꼼꼼히 따져보았다. 열띤 토론 끝에 투표를 진행했다. 다수결로 찬성이 나왔다. 그 순간은 실로 우리가 인류 역사의 흐름을 영원히 바꿔버린 순간이었다.

인체 안전성 검사를 몇 차례 더 실시한 뒤에 오아시스 신경 인터페이스 기술에 대한 특허를 내고 헤드셋 양산을 시작했다. 최대한 많은 사람이 이 신기술을 사용할 수 있도록 판매가를 최대한 낮게 책정했다.

출시 첫날 백만 개가 팔렸다. 우리 오엔아이 헤드셋이 판매대에 오르자마자 IOI에서 판매하던 가상현실 안경과 햅틱 장비들은 즉시 한물간 제품으로 전락했다. 창사 이래 처음으로 GSS는 세계에서 가장 선도적인 오아시스 하드웨어 제조사로 우뚝 섰다. 오엔아이의 성능에 대한 입소문이 퍼지면서 판매량은 기하급수적으로 늘어났다.

이 모든 이야기의 발단이 되는 그 사건이 일어난 시점은 우리가 오엔아이 헤드셋을 출시한 지 불과 며칠이 지난 때였다.

오엔아이 헤드셋으로 오아시스 서버에 동시 접속한 유저 수가 7,777,777명을 기록하자마자 지난 대회 때 득점판이 표시되다가 오랫동안 휴면 상태였던 할리데이의 웹사이트에는 다음과 같은 4행시가 나타났다.

세이렌의 영혼을 나눈 일곱 개의 조각을 찾아라
세이렌이 활약했던 일곱 개의 세상에서
조각마다 내 상속자는 대가를 지불하리
다시 한번 온전한 세이렌으로 만들기 위해

이 4행시는 곧 '조각 수수께끼'라는 별칭을 얻었다. 구세대 건터들이 처음 주목한 부분은 이 시의 압운 형식과 음절 수가 할리데이가 지난 대회의 개최를 발표할 때 사용한 '숨겨진 열쇠 세 개, 비밀의 관문 세 개를 열지어다.'라는 부분과 정확히 일치한다는 점이었다.

사람들은 조각 수수께끼가 단지 GSS의 새 주인들이 오엔아이 헤드셋 출시를 홍보할 목적으로 꾸며낸 치밀한 노이즈 마케팅 전략일 뿐이라고 믿었다. 우리는 이 소문을 부정하지도 이 소문을 잠재우려고 애쓰지도 않았다. 어쨌든 오아시스의 주인이 이제 우리라는 사실을 널리 알리는 데 도움이 되었기 때문이다. 하지만 우리 넷만큼은 불편한 진실을 알고 있었다. 우리도 지금 상황이 어떻게 돌아가는지 전혀 알지 못했다.

이 조각 수수께끼는 괴짜 게임 디자이너가 죽기 전 어느 때엔가 오아시스 안 어디엔가 숨겨놓은 또 다른 물건, 즉 두 번째 이스터에그의 존재를 알리는 듯했다. 더욱이 이 수수께끼가 공개된 시점이 그저 우연일 리는 없었다. 분명 오엔아이 기술을 세상에 공개하기로 한 우리의 결정과 관련이 있을 터였다.

그렇다면 할리데이는 정확히 무엇을 알리려는 걸까?

'세이렌'은 오그던 모로의 사별한 아내이자 제임스 할리데이의 짝사랑이었던 키라 모로를 가리키는 듯했다. 셋이 함께 오하이오주에서 고등학교에 다니던 시절에 키라는 〈던전앤드래곤〉(약자로는 D&D) 캐릭터 이름을 그리스 신화에 나오는 한 세이렌의 이름을 따서 레우코시아라고 지었다. 세월이 흐른 뒤에 키라는 오아시스 아바타에도 같은 이름을 붙였다. 그녀가 세상을 떠난 후 할리데이는 레우코시아를 컴퓨터 암호로 사용했다. 이 암호를 맞춘 덕분에 나는 지난 대회의 마지막 관문을 통과해서 우승자가 될 수 있었다.

누군가가 일곱 개의 조각을 모으는 데 성공해서 '다시 한번 온전한 세이렌으로' 만들고 난 뒤에 어떤 일이 벌어질지는 정확히 알 수 없었다. 그렇더라도 나는 그 조각들을 찾아보기 시작했다. 할리데이는 다시 한번 결투를 신청했고 나는 응하지 않을 수가 없었다.

나만 그런 생각을 한 것은 아니었다. 조각 수수께끼가 등장하면서 건터들의 완전한 세대교체가 이루어졌다. 신세대 건터들은 일곱 개의 조각을 찾아 오아시스를 샅샅이 뒤지기 시작했다. 하지만 할리데이의 첫 번째 이스터에그와는 달리 세이렌의 영혼을 찾았을 때 어떤 보상을 받게 되는지는 밝혀진 바가 없었다. 말하자면 아무도 무엇을 찾고 있는지, 혹은 왜 찾고 있는지 정확히 알지 못했다.

• • •

눈 깜짝할 사이에 일 년이 훌쩍 지나갔다.

헤드셋 판매량은 30억 개를 기록했다. 머지않아 40억 개도 가뿐히 돌파했다.

우리에게 특허권과 전매권이 있는 뇌-컴퓨터 인터페이스 헤드셋이 오아시스를 넘어 과학과 의학, 항공, 제조, 국방 분야에도 무궁무진하게 응용이 가능하다는 사실은 곧 자명해졌다.

IOI의 주가는 연일 곤두박질쳤다. 주가가 충분히 떨어졌을 때 GSS는 IOI의 적대적 인수를 위한 물밑 작업에 돌입했다. IOI와 이 회사의 자산 일체를 양수한 GSS는 세계 최고의 인기를 자랑하는 오락, 교육, 통신 플랫폼인 오아시스에 대한 전 세계 독점권을 보유한 막강한 거대 기업으로 거듭났다. 우리는 이 성과를 기념해 IOI에 예속된 계약 노예를 모두 풀어주고 남은 채무를 탕감해 주었다.

또 일 년이 흘렀다. 오아시스는 신기록을 수립했다. 일일 평균 접속자 수가 50억 명을 넘어섰다. 곧 60억 명도 넘어섰다. 60억 명이라면 인구 과밀로 온난화가 빠르게 진행 중인 이 작은 행성 지구의 전체 인구 중 3분의 2를 뜻했다. 이제 오아시스에 접속하는 사람 중 99% 이상이 오엔아이 헤드셋을 사용했다.

• • •

정확히 할리데이가 예상한 대로 이 신기술은 사람들의 일상생활은 물론 인류 문명 전반에 막강한 영향을 미치기 시작했다. 매일 내려받을 수 있는 새로운 경험이 넘치고 넘쳤다. 상상할 수 있는 모든 것이 그곳에 있었다. 어디로든 갈 수 있었고, 무엇이든 할 수 있었으며, 누구라도 될 수 있었다. 오엔아이 헤드셋을 통해 접속하는 오아시스는 인간이 생각해 낼 수 있는 가장 중독성 높은 오락 활동이었다. 그 중독성은 기존 오아시스보다도 훨씬 더 높았으니 실로 엄청난 일이었다.

다른 몇몇 회사들이 오엔아이 헤드셋에 역공학을 통해 우리 기술을 훔치려고 시도했지만, 이 기술을 작동시키는 데 필요한 소프트웨어와 처리 능력은 모두 오아시스의 일부였다. 오프라인에서도 오엔아이 파일로, 심지어 불법 파일 형태로도 경험을 저장할 수는 있었다. 하지만 이 파일은 오아시스에 올렸을 때만 재생될 수 있었다. 이런 제약 덕분에 비도덕적이거나 불법적인 파일이 다른 유저한테 공유되기 전에 걸러질 수 있었다. 또 이런 제약 덕분에 인류 역사를 통틀어 가장 높은 인기를 누리는 오락 플랫폼으로 급성장 중인 오아시스에 대한 독점권도 유지할 수 있었다.

GSS는 오엔아이 파일을 공유할 수 있는 소셜 미디어 플랫폼인 '오엔아이넷ONI-net'을 출시했다. 이 플랫폼을 통해 유저들은 전 세계 수십억 명이 저장한 경험을 검색하고 구매하고 내려받고 평가하고 후기를 남길 수 있었다. 또 자기 경험을 올려 다른 유저들에게 팔 수도 있었다.

'심스Sims'는 오아시스에서 녹화된 파일을 뜻했고, '렉스Recs'는 현실 세계에서 오엔아이를 통해 녹화된 파일을 뜻했다. 다만 대부분의 젊은이들은 더 이상 현실을 현실이라고 부르지 않고 '얼Earl'이라고 불렀다. ('in real life'의 머리글자를 딴 IRL을 그렇게 발음하는 것이다.) '이토Ito'는 'in the OASIS'의 머리글자를 딴 속어였다. 한마디로 얼에서 저장되면 렉스, 이토에서 저장되면 심스였다.

이제 오엔아이 유저들은 소셜 미디어에서 좋아하는 유명인을 팔로우하는 대신 매일 몇 분씩이나마 자신이 직접 그 유명인이 되어볼 수 있었다. 그들의 몸으로 직접 들어가서 짧게나마 그들의 화려한 삶 중에서 특별히 선택된 일부분을 살아볼 수 있었다.

이제 사람들은 더 이상 영화나 드라마를 보지 않았다. 영화나 드라마 속에서 직접 삶을 살았다. 시청자는 더 이상 수동적인 관객이 아닌

주인공이었다. 이제 록 콘서트장에서도 객석에 앉은 관객이 아니라 좋아하는 밴드의 멤버를 골라 콘서트를 즐길 수 있었다. 좋아하는 노래가 연주되는 동안 어떤 멤버든 될 수 있었다.

오엔아이 헤드셋과 데이터 저장 장치만 있으면 누구나 현실세계의 경험을 저장해서 오아시스에 올린 다음에 전 세계 수십억 명에게 팔 수 있었다. 사람들이 그 파일을 내려받을 때마다 코인을 받는데 GSS는 이 모든 것을 가능하게 해준 대가로 단 20%만 수수료로 차감했다. 어떤 클립이 입소문을 타면 하룻밤 사이에 백만장자가 될 수도 있었다. 영화계, 록 음악계, 포르노계, 인터넷 방송계의 스타들은 이 새로운 수익원을 선점하고자 치열한 경쟁을 펼쳤다.

커피 한 잔 값도 안 되는 돈으로 사람들은 인간이 경험할 수 있는 거의 모든 것을 안전하게 경험할 수 있었다. 중독 걱정 없이 약을 먹고, 열량 걱정 없이 음식을 먹으며, 뒤탈 걱정 없이 섹스를 즐길 수 있었다. 현실의 경험을 그대로 다시 체험해 볼 수도 있었고, 오아시스 안에서 양방향 어드벤처 게임으로 즐길 수도 있었다. 오엔아이 기술 덕분에 이 모든 경험은 진짜처럼 생생했다.

• • •

오엔아이는 전 세계 모든 가난한 사람들의 삶을 훨씬 견딜 만한 것으로, 나아가 즐길 만한 것으로 만들었다. 사람들은 말린 해초와 콩 단백질로 연명하는 현실에 크게 불평하지 않았다. 오엔아이넷에 로그인하면 언제든지 아주 맛있는 다섯 가지 코스 요리를 내려받을 수 있었기 때문이다. 사람들은 세계 최고의 주방장이 준비한 세계 각국의 산해진미를 맛볼 수 있었다. 이 요리는 호화 저택에서도, 산 정상에서도, 전망이 좋은 식당에서도, 프랑스 파리로 향하는 제트기 안에서도 맛볼 수 있었다. 여기서 끝이 아니었다. 미각이 아주 뛰어난 미식가가 되어 요리를 맛볼 수도 있었다. 아니면 유명인이 되어 다른 유명인들과 어울려 앉아 한물간 유명인들의 시중을 받으며 요리를 맛볼 수도 있었다. 원하는 술도 마음껏 고를 수 있었다.

유저 생성 콘텐츠를 전수 검사하는 일은 절대 쉽지 않은 일이었다. 막대한 책임이 따르는 일이기도 했다. GSS는 자체 개발한 강한 인공지능 검열 소프트웨어인 센소프트를 도입했다. 이 소프트웨어는 오엔아이 파일이 공개되기 전에 전수 조사를 시행해 인간이 직접 확인해 볼 필요가 있는 의심스러운 콘텐츠를 골라냈다. 이렇게 분류된 콘텐츠는 GSS 직원들이 검토하고 나서 공개 여부를 결정했다. 콘텐츠에서 어떤 범죄 행위가 포착되면 게시자가 체류하는 국가 또는 지역의 법 집행관에게 전송했다.

오엔아이 기술을 응용하는 분야는 점점 늘어났다. 일례로 젊은 엄마들 사이에서는 출산 과정을 오엔아이로 저장하는 일이 유행했다. 자녀가 다 큰 다음에 그 클립을 재생해서 자신을 낳는 과정이 어떤 느낌인지 생생하게 경험해 볼 수 있도록 말이다.

• • •

내 삶은 어땠느냐고?

모든 꿈이 이루어졌다. 말도 안 될 만큼 부유해졌고, 말도 안 될 만큼 유명해졌다. 꿈에 그리던 여자애와 사랑에 빠졌고, 그녀도 나에게 빠졌다. 당연히 행복하지 않았겠는가?

지금부터 내가 할 이야기를 들으면 알게 되겠지만 별로 그렇지 않았다. 개인적으로도 직업적으로도 내 능력보다 한참 높은 수준을 감당해야 했기에 내 인생을 또다시 말아먹는 데까지 그리 오랜 시간이 걸리지 않았다. 그리고 그렇게 되었을 때 나는 다시 가장 오랜 친구인 오아시스로 도피하기 시작했다.

나는 오엔아이가 출시되기 전부터 오아시스 중독과 싸우고 있었다. 이제 가상세계에 로그인하는 행위는 화학 약품을 조합해서 만든 슈퍼헤로인을 정맥에 주사하는 행위와 다르지 않았다. 중독자가 되는 일은 시간문제였다. 오엔아이 파일을 재생하지 않을 때는 오엔아이넷을 돌아다니며 새 파일들을 재생 대기 목록에 추가했다.

한편 세이렌의 영혼을 나눈 일곱 개의 조각을 찾는 일도 계속했다. 나는 오아시스 안에서 어디로든 순간이동할 수 있었고, 내가 원하는 모든 아이템을 살 수 있었으며, 내 앞을 가로막는 자는 누구라도 죽일 수 있었다. 하지만 여전히 아무런 진전이 없었다. 그 이유조차도 알 수 없었다.

• • •

마침내 혐오감과 자포자기의 심정이 뒤섞인 채로 일곱 개의 조각 중 단 한 조각이라도 찾을 수 있는 단서를 제공해 주는 사람에게 10억 달러를 포상금으로 주겠다고 발표했다. 이 내용을 「아노락의 초대장」을 모방한, 양식화된 단편 영화로 만들어 발표했다. 절박한 도움 요청으로 보이기보다는 할리데이가 선물한 두 번째 대회를 가벼운 마음으로 즐기는 모습처럼 보이기를 바랐다. 어느 정도 효과가 있는 듯했다.

10억 달러의 포상금은 오아시스 안에서 상당한 파장을 일으켰다. 조각을 찾으러 다니는 건터의 수가 하룻밤 사이 네 배로 늘어났다. 하지만 아무도 포상금을 받아 가지는 못했다. (한동안 이상에 들뜬 어린 건터들은 기존 건터들과 차별화하기 위해 자신들을 조각 사냥꾼이라는 뜻에서 '션터shunter'라고 불렀다. 하지만 모든 사람이 똥을 지리는 사람을 뜻하는 '샤터sharter'라고 부르며 놀려대자 다시 자신들을 건터라고 부르기 시작했다. 이스터에그를 찾아다니는 사람을 뜻하는 건터라는 이름은 여전히 잘 들어맞았다. 일곱 개의 조각은 할리데이가 숨겨놓은 이스터에그였고 모두 그것을 찾아다니고 있었으니까.)

또 일 년이 흘렀다.

그러던 어느 날, 오엔아이 출시 3주년에서 불과 몇 주가 지났을 때, 마침내 한 진취적인 젊은 건터 덕분에 첫 번째 조각을 찾을 수 있었다. 그리고 그 조각을 집어 든 순간 인류의 운명을 획기적으로 바꿔놓게 될 일련의 사건에 휘말리게 되었다.

이 역사적 사건들을 직접 목격한 몇 안 되는 목격자 중 한 사람으로서 나는 이 사건들에 대해 나만의 기록을 남겨야 한다는 의무감을 느꼈다. 미래 세대가 정말로 존재한다면 그들이 내가 한 일들을 평가할 때 모든 사실을 참고할 수 있도록 말이다.

레벨 4

내 친구 키라는 입버릇처럼 말했다.
인생이란 극도로 어렵고 극심하게 불균형한 비디오게임 같은 거라고.
태어나는 순간 우리에게는 무작위로 생성된 캐릭터가 주어진다.
이름도, 인종도, 얼굴도, 계급도 무작위로 정해진다. 아바타는 우리 몸이다.
우리는 인류 역사에서 무작위로 정해진 어떤 시대에, 무작위로 정해진
지리적 공간에서, 무작위로 정해진 사람들에 둘러싸인 채 탄생한다.
그리고 그때부터 가능한 한 오래 살아남기 위해 발버둥 쳐야 한다.
이 게임이 쉬워 보일 때도 있다. 어떨 때는 심지어 재미있어 보이기도 한다.
그런가 하면 포기하고 끝내버리고 싶을 만큼 어려울 때도 있다.
하지만 안타깝게도 이 게임에서 우리가 가진 목숨은 단 하나뿐이다.
우리 몸이 너무 굶주리거나 탈수가 오거나 병에 걸리거나 다치거나 늙으면
체력 표시 막대가 영이 되면서 게임 종료라는 글자를 보게 된다.
어떤 사람들은 이것이 게임인 줄도 모른 채,
이기는 방법이 있는 줄도 모른 채 백 년 동안 이 게임을 한다.
인생이라는 비디오게임에서 이기기 위해서는 이왕 하게 된 이 경험을
자기 자신을 위해서, 또 여정에서 만나는 다른 모든 플레이어를 위해서
가능한 한 즐겁게 만들도록 노력해야 한다.
키라는 모두가 이기기 위해 이 게임을 한다면
모든 사람이 훨씬 즐거울 거라고 말한다.

–『아노락 연감』 77장 11-20절

0001

나는 마티 맥플라이처럼 휴이 루이스 앤 더 뉴스의 〈백 인 타임〉이라는 노래를 들으며 정확히 오전 10시 28분에 눈을 떴다.

이 노래는 빈티지한 플립형 시계 라디오에서 흘러나오고 있었다. 「백 투 더 퓨처」에서 마티가 갖고 있는 라디오와 같은 모델인 파나소닉 RC-6015였다. 나는 라디오의 설정을 변경해 마티가 마침내 미래로 돌아간 후에 이 노래를 듣는 시각인 오전 10시 28분에 이 노래가 재생되게 해두었다.

킹사이즈 침대에 덮인 실크 시트를 걷어내고 따뜻한 온기가 감도는 대리석 바닥에 두 발을 내려놓았다. 내 움직임을 인식한 컴퓨터가 자동으로 ㄱ자로 꺾인 창문에 달린 블라인드를 걷자 광활하게 펼쳐진 숲과 지평선 위로 삐죽삐죽 솟은 콜럼버스 시내의 스카이라인이 시야의 180도를 가득 채웠다.

여전히 실감이 나지는 않았다. 매일 아침 이런 방에서 이런 풍경을 보며 눈을 뜨는 일이 말이다. 얼마 전까지만 해도 매일 아침 이런 방에서 눈을 뜬다는 사실만으로 얼굴에 웃음꽃이 피고 발걸음이 날아갈 듯 가벼웠었다.

하지만 오늘은 이런 생각도 별 소용이 없었다. 오늘은 당장이라도 무너져 내릴 것 같은 세상 한가운데에서 텅 빈 집에 철저히 혼자 버려진 느낌이었다. 이런 날이면 다시 오엔아이 헤드셋을 쓰고 오아시스 안으로 도피할 수 있을 때까지 기다려야 하는 4시간이 영겁처럼 길게 느껴졌다.

창밖으로 보이는 GSS 본사 건물에 시선을 집중했다. 이 건물은 외벽이 거울로 된 탓에 콜럼버스 시내 한복판에 반짝거리는 화살촉이 우뚝 서 있는 것처럼 보였다. 이 건물에서 겨우 몇 블록 떨어진 곳에 내가 잠깐 계약 노예로 일했던 옛날 IOI 마천루 단지가 있었다. 이제 이 단지 역시 GSS의 자산이었다. 나와 친구들은 건물 세 동을 전부 보디락커라는, 노숙인을 위한 무료 캡슐 호텔로 개조했다. 우리 넷 중에서 누가 이 사업에 가장 앞장섰는지는 굳이 설명할 필요도 없을 것이다.

스카이라인을 따라 오른쪽으로 한 뼘 정도 시선을 옮기자 아파트로 개조한 힐튼 호텔의 윤곽도 보였다. 지난 대회를 치르던 마지막 해에 내가 임대했던 아파트는 이제 관광 명소가 되었다. 사람들은 내가 할리데이의 이스터에그를 찾는 데 집중하기 위해 세상과 떨어져 은둔생활을 했던 이 손바닥만 한 원룸 아파트를 보려고 기꺼이 돈을 냈다. 그 사람들 중에 그 시절이 내 인생에서 가장 어둡고 외로운 시절이었다는 사실을 알아차린 사람은 아마 한 명도 없었을 것이다.

겉으로만 보면 지금의 내 삶은 완전히 달라졌다. 창가에서 초조하게 서성대며 이른 아침부터 오엔아이 금단 증상에 시달리고 있다는 사실만 제외하면 말이다.

몇 년 전에 내가 어릴 때 살았던 오클라호마시티 포틀랜드 애비뉴 빈민촌을 철거하고 그 자리에 엄마와 이모, 길모어 할머니를 비롯해 그 지옥 같은 곳에서 안타깝게 숨을 거둔 사람들의 넋을 기리는 기림비를 세웠다. 그곳에 살던 주민 전원이 내가 오클라호마시티 외곽에

준공한 새 주거 단지에 입주할 수 있도록 필요한 모든 이사 비용도 지원했다. 그 빈민촌 사람들이 모두 나처럼 과거에는 절대 꿈도 꿔본 적이 없는 신분, 즉 집주인이 되었다는 사실만 생각하면 내 가슴은 여전히 뭉클했다.

내가 어릴 때 살았던 빈민촌은 더 이상 현실세계에 존재하지 않았지만 여전히 마음만 먹으면 가볼 수 있었다. 그 빈민촌을 폭발 사고가 일어나기 전에 그곳을 촬영한 사진과 영상을 바탕으로 내가 기억하는 그대로 정확하게 재현한 장소가 오아시스 안에 있었기 때문이다. 이곳은 이제 오아시스에서 빼놓을 수 없는 관광 명소이자 인기 있는 현장 학습 장소가 되었다.

지금도 가끔 오아시스 안에 있는 빈민촌에 가서 정교하게 복원해 놓은 내 옛날 은신처에 앉아 그곳에서 내가 지금 서 있는 이곳에 오기까지 걸어온 여정을 회상하곤 했다. 내가 현실에서 은신처로 사용했던 실제 승합차는 폐차 더미에서 들어 올려져 콜럼버스까지 공중 수송되었고 지금은 GSS 박물관에 전시되어 있다. 하지만 나는 실제 은신처보다 가상현실 속 은신처가 더 좋았다. 오아시스 안의 은신처는 여전히 내가 유년 시절에 본 모습 그대로, 즉 소렌토의 폭탄으로 잿더미가 되어 내 유년 시절과 함께 사라져 버리기 전의 빈민촌과 그 변두리에 있는 폐차 더미에 파묻힌 승합차의 모습 그대로를 재현했기 때문이다.

가끔은 앨리스 이모의 옛날 트레일러를 복원해 놓은 곳에 가보기도 했다. 계단을 기어올라 이모의 트레일러 안에 들어가 내가 잠을 자곤 했던 세탁실 구석에 몸을 말고 엄마와 앨리스 이모에게 미안한 마음을 전하곤 했다. 간접적으로나마 그들을 죽음으로 내몬 장본인이었으니 말이다. 그곳 말고는 달리 그런 말을 할 곳이 없었다. 두 사람은 무덤도 묘비도 없었다. 아버지도 마찬가지였다. 세 사람 모두 화장으로 장례를 치렀다. 앨리스 이모는 사망하자마자 화장했고, 엄마와 아버지는 나중에 시에서 시행한 무료 화장 및 유골 재활용 프로그램의 지원을 받아 화장했다. 이제 세 사람 모두 바람 속의 먼지일 뿐이었다.

빈민촌에 가보니 비로소 할리데이가 왜 미들타운을 불우했던 어린 시절 추억이 담긴 그때 모습으로 그렇게 공들여 복원했는지 이해할 수 있었다. 할리데이는 자신의 과거를 돌아보고 세상이 자신을 바꿔 놓기 전의 자기 모습으로 돌아가 볼 수 있기를 바랐던 것이다.

"좋-좋-좋은 아침이야, 웨이드*!" 내가 화장실로 들어가자 친숙한 목소리가 더듬거리며 말했다. 나는 곁눈질로 맥스를 보았다. 참을성 많은 시스템 에이전트 소프트웨어인 맥스는 세면대 위에 걸린 커다란 스마트 거울 속에서 나를 보며 미소를 짓고 있었다.

"좋은 아침이야, 맥스." 내가 중얼거렸다. "안녕, 안녕, 안녕, 안녕, 안녕."

"안녕을 다섯 번 말했으니 정답은 하이 파이브!" 맥스가 대답했다. "이 문제는 너무 쉬웠어! 다른 문제를 내봐. 어서."

내가 아무 반응을 하지 않으니 맥스는 헤비메탈 연주자처럼 얼굴을 찡그린 채 샤우팅을 하며 투명 기타를 연주하기 시작했다. "웨이드의 월드에서 마음껏 즐겨보세요!"

나는 맥스에게 눈을 흘긴 다음 일부러 수동으로 양변기 물을 내렸다.

"아이참." 맥스가 말했다. "까칠한 관객 같으니라고. 오늘도 아침부터 기분이 영 별로이신가?"

"어, 그런 것 같아. 아침 재생 목록 좀 틀어줘."

* 파르지발의 본명으로 전체 이름은 웨이드 오웬 와츠이다. – 옮긴이

스피커에서 토킹 헤즈가 부른 〈디스 머스트 비 더 플레이스(나이브 멜로디)〉가 흘러나오는 순간 마음이 한결 가벼워졌다.

"그라시아스, 맥스."

"데 나다, 마이 리틀 엔칠라다."

몇 달 전에 시스템 에이전트 소프트웨어로 맥스 헤드룸 v3.4.1을 다시 설치했다. 맥스가 옆에 있으면 지난 대회 때 가졌던 마음가짐을 되찾는 데 도움이 될지도 모른다는 생각에서였다. 어느 정도는 효과가 있었다. 맥스를 다시 보자 오랜 친구를 만난 기분이었다. 실제로 말벗이 필요하기도 했다. 마음속 깊은 곳에서는 시스템 에이전트 소프트웨어와 하는 대화가 혼잣말 못지않게 이상할 뿐임을 알고 있었지만 말이다.

운동복으로 갈아입는 동안 맥스는 오늘의 주요 기사 제목을 읽어주었다. 맥스에게 전쟁과 질병, 기근을 다룬 기사는 모조리 건너뛰라고 말했다. 그러자 맥스가 날씨 예보를 읽어주기 시작했다. 맥스에게 날씨 예보는 읽을 필요가 없다고 말하고 나서 최신형 오카가미 넥스스펙스 증강현실 안경을 쓰고 아래층으로 내려갔다. 맥스도 나를 따라왔다. 내 동선을 따라 벽에 줄줄이 걸린 골동품 같은 CRT 모니터에 계속 나타났다는 뜻이다.

한낮에도 할리데이의 옛날 저택은 황량하기 그지없었다. 집안일은 모두 고급 사양의 인간형 로봇들이 처리했다. 주로 내가 잘 때 일하기 때문에 그 로봇들을 실제로 본 적은 거의 없었다. 드미트리라는 개인 요리사도 있었지만 거의 주방에만 틀어박혀 있었다. 정문을 지키고 집 주변을 순찰하는 보안요원들도 인간이었지만 경보가 울리거나 내가 호출하지 않으면 절대 집 안으로 들어오지 않았다.

주방 2개, 거실 4개, 침실 14개, 화장실 21개 등 방만 50개가 넘는 이 대저택에는 거의 온종일 모든 일을 혼자 하는 나뿐이었다. 이 집에 화장실이 이렇게나 많은 이유를 도무지 이해할 수 없었다. 그 많은 화장실이 다 어디에 있는지도 알 수 없었다. 전에 살던 사람의 유명한 괴짜 기질이라고 생각하는 수밖에 없었다.

콜럼버스 북동부 외곽에 있는 이 대저택은 할리데이가 옛날에 살던 집이었다. 나는 지난 대회에서 우승자가 되고 나서 며칠 후에 이 집으로 이사 왔다. 이 집은 내가 이사 오기 전까지는 완전히 비어 있었다. 할리데이의 요청에 따라 모든 유품은 5년 전 그가 사망한 뒤에 경매에 부쳐졌다. 하지만 이 집과 30 에이커에 달하는 대지는 여전히 그의 재산이었으므로 이 집과 대지를 다른 재산과 함께 내가 상속받은 것이었다. 사만다와 에이치, 쇼토가 고맙게도 각자의 지분을 양도해 준 덕분에 이 집을 통째로 갖게 되었다. 덕분에 나는 어린 시절 우상이 생애 후반기에 철저하게 은둔 생활을 했던 요새에서 살게 되었다. 그 우상이 세 개의 열쇠와 세 개의 관문을 만들었던 곳에서…

내가 알기로 할리데이가 이 집에 이름을 붙인 적은 없지만 나는 이름이 필요하다고 생각했다. 고민 끝에 몇몇 아서 왕 전설 판본에서 파르지팔 경이 마침내 성배를 찾아내는 외딴 성의 이름인 몬살바트라고 지었다.

몬살바트에서 생활한 지도 어언 3년이 넘었지만 이 집의 대부분은 여전히 비어 있었다. 증강현실 안경을 쓰면 집 안을 돌아다닐 때마다 그때그때 집을 장식해 주기 때문에 내 눈에는 그렇게 보이지 않았지만 말이다. 증강현실 안경을 쓰면 아무것도 없는 거대한 벽은 웅장한 벽걸이 융단과 값비싼 그림, 영화 포스터 액자로 꾸며졌고, 텅 빈 방은 멋진 가구와 우아한 장식으로 채워졌다.

그 빈 공간을 다른 용도에 맞게 변경하라고 증강현실 시스템에 명령을 내리기 전까지는 말이다. 나는 아침 달리기를 위해 바로 지금 그 명령을 내리려는 참이었다.

"마궁의 사원을 로딩해." 웅장한 계단을 다 내려갔을 때 내가 명령했다.

텅 비어 있던 로비와 어두침침한 복도는 즉시 동굴과 통로가 미로처럼 얽힌 거대한 지하세계로 바뀌었다. 내 몸을 내려다보니 내가 입었던 운동복은 닳아빠진 가죽 재킷에 오른쪽 허리춤에 찬 황소 가죽 채찍과 낡은 중절모까지, 완벽하게 고증된 인디아나 존스 의상으로 바뀌어 있었다.

지하 통로를 따라 달려가자 인디아나 존스의 주제곡이 흘러나오면서 다양한 장애물과 적들이 앞을 가로막았다. 장애물을 피하거나 가상채찍을 휘둘러 적을 물리쳐야 했다. 장애물을 피하거나 적을 무찌를 때마다 점수가 올라갔다. 열심히 뛰어 심박수가 올라가거나 가는 길 곳곳에 있는 유치장에서 노예로 잡혀 있는 어린이들을 풀어주면 보너스 점수도 받을 수 있었다. 이렇게 하면서 집의 끝에서 끝까지 왕복 8킬로미터를 질주했다. 간신히 이전 최고 점수를 깼다.

게임을 종료하고 증강현실 안경을 벗은 다음 땀을 닦고 물을 마시고 나서 체력단련실로 향하다가 잠시 차고에 들렀다. 차고에는 내가 수집한 자동차들이 세워져 있었다. 매일 빠짐없이 하는 일 중에서 자동차를 감상하는 이 시간만큼은 즐겁지 않은 적이 없었다.

어마어마하게 큰 차고에는 고전 영화에 등장하는 자동차 복제품 네 대가 세워져 있었다. 내 아바타가 오아시스에서 타고 다니는 매시업 차량인 엑토88에 영감을 준 바로 그 영화 속 자동차들이었다. 첫 번째 차는 브라운 박사의 1982년식 드로리안 DMC-12 타임머신과 똑같이 만든 복제품(비행이 가능하도록 개조하기 전의 사양), 두 번째 차는 「고스트버스터즈」의 1959년식 캐딜락 장의차 엑토 차량인 엑토1의 복제품, 세 번째 차는 검은색 1982년식 폰티악 파이어버드 트랜스 암 나이트 산업 2000, 즉 키트KITT(초고속 모드가 있는 사양)의 복제품이었다. 제일 뒤에 놓인 네 번째 차는 1982년식 포드 F 시리즈 픽업트럭을 대대적으로 개조한 차로, 차체 지붕에 더글러스 DC-3 수송기의 공기 흡입구를 볼트로 접합하고, 제2차 세계대전 당시 사용된 독일 전투기의 조종석, 터빈으로 구동되는 제트 엔진, 빠른 감속을 위한 낙하산 팩을 장착한, 버카루 반자이 박사의 물질을 통과하는 제트카의 복제품이었다.

이 중 어떤 차도 직접 몰고 나가본 적은 없었다. 그냥 차고에 모셔놓고 감상만 할 뿐이었다. 가끔은 운전석에 앉아 모든 화면과 계기판을 켜놓은 채 옛날 영화 음악을 들으며 엑토88 영화 시리즈의 차기작을 구상하기도 했다. 영화 제작은 심리 치료사가 창조적인 배출구가 있으면 정신 건강에 도움이 된다고 조언한 뒤로 계속해 온 일이었다.

GSS는 이미 「백 투 더 퓨처」, 「고스트버스터즈」, 「전격 Z작전」, 「버카루 반자이의 모험」의 판권을 소유한 영화사를 소유한 미디어 기업의 소유주였다. 크리스토퍼 로이드, 데이비드 해셀호프, 피터 웰러, 댄 애크로이드, 빌 머리의 초상권 보유자에게 거액의 초상권 사용료만 납부하면 그 배우를 컴퓨터로 합성한 배우(디지털 복제 배우)를 내 영화에 출연시킬 수 있었다. 아주 인기가 높은 GSS의 영화 제작 소프트웨어인 시네마스터로 만든 내 가상촬영장으로 섭외해 오는 순간부터 그 배우들은 말하자면 언어로 소통이 가능한 정도의 인공지능을 장착한 NPC가 되는 셈이었다.

시네마스터 덕분에 오타쿠로 살아오며 오래 간직해 온 꿈을 실현할 수 있었다. 그 꿈이란 바로 에밋 브라운 박사와 버카루 반자이 박사가 나이트 산업과 손을 잡고 유령 퇴치사들을 위해 차원을 넘나들 수 있는 유일무이한 자동차를 만들어주는, 야심 찬 크로스오버 영화를 만드는 일이었다. 유령 퇴치사들은 이 자동차를 타고 시공 연속체의 구조를 허물어뜨릴 수 있는 4개 차원의 동시 균열로부터 우주에 알려진 10차원을 모두 구해야 한다.

이미 엑토88 시리즈 두 편을 발표했다. 두 편 모두 각본을 직접 쓰고 제작과 감독까지 직접 했다. 두 편 모두 오늘날 기준으로는(오엔아이넷에서 고를 수 있는 저렴한 영상물이 넘쳐나는 요즘 같은 시대에 사람들이 돈을 내고 영화를 보게 하거나 한 영화를 끝까지 보게 하는 일이 얼마나 어려운지를 감안하자면) 꽤 좋은 성적을 냈지만 해외 촬영 비용과 특수 효과 비용조차 회수하지 못했다. 물론 내 영화가 수익을 내든 말든 전혀 상관은 없었다. 영화를 만들면서, 내가 만든 영화를 감상하면서, 다른 팬들에게 보여주면서 얻는 성취감이 중요했을 뿐이다. 지금 만드는 작품은 엑토88 시리즈의 3편, 즉 지극히 오타쿠적인 3부작 중 마지막 작품이었다.

키트 쪽으로 걸어가 인사를 건네자 키트가 좋은 아침이라고 화답했다. 그러자 키트의 운전석 계기판 화면에서 맥스가 나타나더니 키트에 새로 장착된 내장형 하드디스크 드라이브에 대해 칭찬을 늘어놓았다. 키트는 맥스에게 감사하다고 말했고 그때부터 키트와 맥스는 하드디스크 드라이브의 사양에 대해 주저리주저리 떠들기 시작했다. 꼭 엔진 이야기에 열을 올리는 자동차광들을 보는 듯했다. 키트와 맥스는 내가 차고 밖으로 나갈 때까지도 수다를 멈추지 않았다.

다음은 무산소운동 시간이었다. 남는 거실 하나를 체력단련실로 꾸며둔 곳에서 내가 역기를 드는 동안 맥스는 틈틈이 격려의 말을 외쳤다. 중간중간 비난하는 듯한 말을 외치기도 했다. 맥스는 훌륭한 개인 트레이너 역할을 해주었지만 몇 분 만에 맥스의 목소리를 음소거 하고 나서 피터 데이비슨 시절의「닥터 후」한 편을 틀었다.「닥터 후」는 키라가 좋아했던 드라마 중 하나였으며, 데이비슨은 조디 휘태커와 데이비드 테넌트 다음으로 그녀가 가장 좋아했던 닥터였다.

조사하자. 조각 수수께끼에 대한 조사에 집중하자, 나는 속으로 다짐했다.

하지만 도무지 드라마에 집중할 수가 없었다. 머릿속에는 온통 오늘 오후로 예정된 분기별 GSS 공동 소유주 회의에 대한 생각뿐이었다. 오늘 회의가 열린다는 말은 석 달 만에 사만다를 다시 볼 수 있다는 뜻이었기 때문이다.

사실 이 회의는 오아시스 안에서 진행되기 때문에 사만다의 아바타인 아르테미스만 볼 수 있었다. 그렇다고 긴장이 누그러지지는 않았다. 사만다와 나는 온라인에서 처음 만난 사이였다. 아주 오랫동안 오아시스 아바타를 통해 서로 친해진 후에야 비로소 현실세계에서 직접 만난 사이였다.

• • •

내가 사만다 에블린 쿡을 처음 만난 곳은 오리건주 산간 지방에 있는 오그던 모로의 집이었다. 사만다의 도움을 받아 지난 대회에서 내가 우승한 바로 그날이었다.

그 자리에는 에이치와 쇼토도 있었다. 우리 넷은 꼬박 일주일 동안 모로의 집에 머물며 서로 친해졌다. 오아시스 안에서 수많은 일을 함께 겪은 만큼 우리들 사이에는 이미 강한 친밀감이 형성되어 있었다. 하지만 현실세계에서 일주일 동안 붙어 있자 우리는 가족 같은 사이가 되었다. 매우 문제가 많은 가족이었지만 말이다.

그 일주일은 사만다와 내가 사랑에 빠진 때이기도 했다.

현실세계에서 직접 만나기 전부터 나는 오아시스 안에서 만난 그녀를 사랑한다는 확신이 있었다. 순진해 빠진 사춘기 소년 같은 마음이었기는 해도 사랑에 빠진 것만은 사실이었을 것이다. 하지만 마침내 현실에서 사만다와 연애를 시작했을 때 나는 다시 한번 사랑에 빠졌다. 두 번째 감정은 더욱 강렬했고 더욱 빨리 깊어졌다. 이번에는 정신적으로만이 아니라 자연의 섭리대로 육체적으로도 끌렸기 때문이다.

그리고 이번에는 일방통행이 아닌 양방통행이었다.

그녀는 첫 입맞춤을 해주기 직전에 가장 좋은 친구이자 가장 좋아하는 사람이 나라고 말했다. 짐작하건대 그녀는 오아시스 안에서 만날 때부터 이미 나에게 호감이 있었지만 나보다 현명했기에 아바타라는 필터를 벗은 채 마침내 현실에서 서로를 직접 볼 때까지 그 감정을 믿거나 그 감정에 휘둘리지 않았던 것이다.

"직접 만져본 적이 없다면 정말로 그 사람과 사랑에 빠졌는지 알 수가 없어." 사만다가 말했었다. 늘 그랬듯이 그녀가 옳았다. 서로를 만질 수 있게 되자 멈추기가 힘들었다.

우리는 첫 입맞춤을 하고 나서 사흘 뒤에 첫 관계를 했다. 둘 다 첫 경험이었다. 그때부터 나흘 동안 틈만 나면 몰래 빠져나와 셰익스피어의 표현처럼 '등이 두 개인 짐승'이 되었다. 디페쉬 모드의 노래 가사처럼 우리는 계속 원하고 또 원했다.

모로는 영화 「반지의 제왕」에 나오는 깊은골을 본떠서 이 저택을 지었다. 영화에 나오는 것처럼 깊은 산속 골짜기에 자리 잡은 탓에 큰 소리가 나면 그 소리가 아주 멀리까지 날아가 산에 메아리쳤다. 하지만 친구들도 모로도 우리가 낸 온갖 소리를 못 들은 척 넘어가 주는 아량을 베풀었다.

여태껏 그렇게 황홀한 행복감을 느껴본 적은 처음이었다. 그렇게 사랑받는다고 느껴본 적도 처음이었다. 그녀가 두 팔로 나를 끌어안을 때면 그녀가 절대로 놓아주지 않길 바랐다.

어느 날 밤인가는 어 플록 오브 시걸스가 부른 〈스페이스 에이지 러브 송〉을 우리 주제곡으로 정한 다음 몇 시간 동안 듣고 또 들었다. 대화를 나누거나 사랑을 나누는 내내 말이다. 하지만 이제는 차마 이 노래를 들을 수가 없었다. 이 노래를 다시는 들을 일이 없도록 오아시스 설정에서 아예 차단해 두었다.

나와 친구들은 일주일 내내 끝없이 쏟아지는 언론사의 질문 공세에도 응해야 했다. 여러 법무부 공무원에게 진술도 해야 했고, 할리데이의 자산을 관리하는 변호사들이 내미는 산더미 같은 서류에 서명도 해야 했다. 그 변호사들은 할리데이의 자산을 우리 넷에게 공평하게 배분하는 일을 맡고 있었다.

나와 친구들은 모로의 집에 머물던 그 짧은 시간 동안 모로라는 사람을 진심으로 좋아하게 되었다. 모로는 우리 모두에게 처음이나 마찬가지인 아버지 같은 존재였다. 지난 대회를 치르는 동안, 또 대회가 끝난 후에 그가 베풀어준 호의에 대한 보답으로 그를 하이 파이브*의 명예 회원으로 추대하기로 했다. 모로는 기꺼이 수락했다. (더욱이 지금은 네 명뿐이었으므로 모로가 하이 파이브에 합류해야만 그 별명이 문제없이 유지될 수 있기도 했다.)

* 하이 파이브(High Five)는 지난 대회 때 상위권에 들었던 다섯 명의 아바타인 파르지발, 아르테미스, 에이치, 다이토, 쇼토를 가리키는 별명이다. 다이토의 사망으로 네 명이 되었다. – 옮긴이

또 GSS의 수석 고문 자리도 제안했다. 무엇보다도 모로는 GSS의 공동 창업자였으며 우리 중에서 유일하게 이 회사를 경영해 본 경험자였다. 하지만 모로는 은퇴를 번복할 생각이 없다며 제안을 거절했다. 다만 자문이 필요하다면 언제든지 조언은 해주겠다고 약속했다.

마침내 모로의 저택에서 각자의 길로 떠나던 날 아침 모로는 친히 사설 활주로까지 걸어 내려와 배웅해 주었다. 모로는 한 명씩 꼭 안아주면서 오아시스를 통해 계속 연락하자고 말했다.

"다 잘될 거다." 모로는 힘주어 말했다. "너희들은 아주 잘해낼 거야!"

그때 우리는 모로가 한 말을 반박할 이유가 차고 넘쳤다. 하지만 우리는 그가 한 말을 믿는 것처럼, 우리에 대한 그의 믿음이 마땅한 것처럼 행동했다.

"우리 미래는 너무 눈부시게 밝아서 선글라스는 필수지!" 에이치는 이렇게 말하면서 레이밴 선글라스를 끼고 제트기에 올라타 가문의 뿌리인 세네갈로 향했다.

그날 아침 활주로에서 사만다와 작별의 입맞춤을 할 때만 해도 그것이 마지막 입맞춤이 되리라고는 꿈에도 생각해 본 적이 없었다. 하지만 바로 그다음 날 오엔아이 헤드셋을 발견했고 모든 것이 달라졌다.

사만다가 자기와 먼저 상의도 하지 않고 오엔아이를 시험해 보았다는 사실을 알면 화를 낼 수도 있겠다는 생각이 들기는 했었다. 하지만 오엔아이는 문제없이 작동했고 나도 멀쩡했으니 비록 위험한 행동이었지만 그냥 넘어가 줄 것이라고 믿었다. 하지만 사만다는 불같이 화를 내며 전화를 끊어버렸다. 내가 오엔아이를 통해 새롭게 경험한 것들을(그리고 경험하지 않기로 한 것들을) 미처 다 설명하기도 전에 말이다.

에이치와 쇼토는 훨씬 더 열렬한 반응을 보였다. 둘은 하던 일을 당장 멈추고 오엔아이를 직접 시험해 보기 위해 콜럼버스로 날아왔고, 직접 써본 후에는 나만큼이나 그 경험에 완전히 압도되었다. 오엔아이는 초월적인 기술이었다. 인류가 만들어낼 수 있는 궁극의 신체 보조 장치였다. 인체에서 정신을 분리해 오아시스 안에서 완벽하게 건강하고 완전하게 기능하는 새 몸에 다시 연결함으로써 인체의 어떤 질병이나 부상도 일시적으로 치료할 수 있는 장치였다. 가상현실 속의 몸을 통해 아무 고통 없이 인간이 상상할 수 있는 모든 즐거움을 경험할 수 있었다. 에이치와 쇼토와 나는 이 기술이 앞으로 세상을 어떻게 바꿀지 그려보며 신나게 의견을 쏟아냈다.

하지만 마침내 사만다가 등장하는 순간 분위기는 갑자기 싸늘해졌다.

지금도 그날 주고받았던 대화를 토씨 하나까지 완벽하게 기억한다. 그날의 대화를 보란 듯이 대놓고 오엔아이 헤드셋으로 저장했기 때문이다. 그때부터 3년간 그날의 대화를 거의 매주 한 번씩은 다시 돌려보았다. 나에게 사만다와의 이별은 단지 며칠 전에 있었던 일처럼 느껴졌다. 내 입장에서는 정말 그랬기 때문이다.

"그 바보 같은 물건 좀 제발 던져버릴 수 없어!" 사만다가 내가 쓴 오엔아이 헤드셋을 보며 말한다. 사만다와 나는 회의실 탁자에 앉아 마주 보고 있고, 탁자 위에는 내가 할리데이의 금고에서 발견한 오리지널 헤드셋과 3D 프린터로 갓 찍어낸 복제품 3대가 놓여 있다.

"싫어." 내가 화난 목소리로 말한다. "네가 지금 얼마나 못나게 굴고 있는지 다 저장해 둘 거야. 나중에 네 눈으로 직접 볼 수 있게."

에이치와 쇼토는 우리 둘 사이에 마주 보고 앉은 채로 꼭 테니스 경기라도 보고 있는 것처럼 좌우를 번갈아 보고 있다. 쇼토는 약간의 시간차를 두고 우리 대화를 듣고 있다. 만다락스 번역기 이어폰을 통해 듣고 있기 때문이다. (쇼토의 영어는 유창했지만 만다락스 번역기를 사용하면 제2외국어인 영어를 모국어인 일본어 수준으로 구사할 수 있었다.)

"내가 말했잖아." 사만다가 탁자에 놓인 헤드셋 하나를 집어 들며 말한다. "난 절대 이따위 물건이 뇌를 조종하도록 놔두지 않을 거야. 절대로."

사만다가 헤드셋을 벽에 내동댕이치지만 헤드셋은 깨지지 않는다. 내구성이 아주 뛰어나다.

"써보지도 않았으면서 어떻게 그런 경험적 의견을 내세울 수가 있지?" 에이치가 조용히 묻는다.

"독인지 약인지 꼭 먹어봐야 아니?" 사만다가 날카롭게 받아친다. 답답하다는 듯 한숨을 푹 쉬더니 손가락으로 머리카락을 쓸어 넘긴다. "왜 이해를 못 하니. 인류에게 이런 물건은 필요가 없어. 모르겠어? 세상은 지금도 완전히 엉망진창이라고…"

사만다가 회의실 뷰스크린에 대여섯 개의 국제 뉴스피드 창을 띄운다. 화면은 가난과 기근, 질병, 전쟁, 각종 자연재해를 보여주는 영상으로 가득 찬다. 음소거 상태였는데도 영상들은 몹시 참혹했다.

"세계 인구의 절반이 이미 눈만 뜨면 현실에서 도피한 채 오아시스 안에서 시간을 보내. 우린 이미 대중의 아편을 팔고 있다고. 근데 이제 투여량을 늘리고 싶다고?"

내가 눈을 흘기고 고개를 절레절레 흔든다. 아드레날린이 마구 솟구치는 기분이다.

"말도 안 되는 소리라는 거 너도 알잖아, 사만다." 내가 말한다. "내일 당장 오아시스를 꺼버릴 수도 있지만 그런다고 인류의 문제가 해결될까? 단지 사람들에게서 유일한 도피처를 빼앗는 거라고. 네가 왜 그런 말을 하는

지는 알아. 나도 모든 사람이 오아시스에서 보내는 시간과 현실에서 보내는 시간이 균형을 이뤄야 한다는 부분에는 동의해. 하지만 우리가 유저들에게 어떻게 사는 게 맞는지 가르칠 입장은 아니잖아. 빈민촌에서 보낸 내 어린 시절은 오아시스에 접속할 수 없었다면 지옥이었을 거야. 오아시스는 말 그대로 날 구원해 줬어. 에이치도 그렇다고 말했고."

사만다와 내가 동시에 에이치를 쳐다본다. 에이치가 수긍의 뜻으로 고개를 끄덕인다.

"다들 너처럼 운이 좋아서 화려한 밴쿠버 교외 지역에서 유복하게 태어난 줄 알아?" 내가 말한다. "네가 뭔데 사람들이 어떻게 현실을 마주하는지를 판단하는데?"

사만다가 이를 악물더니 나를 향해 눈을 흘길 뿐 아무 말도 하지 않는다. 나는 그 반응이 더욱 심한 말실수를 해도 된다는 무언의 허락이라고 해석한다. 더없이 제멋대로 말이다.

"오엔아이 기술로 수억 명의 목숨을 구하게 될 거야." 내가 독선적인 말투로 말한다. "온갖 전염병, 네 부모님을 돌아가시게 한 유행성 독감 같은 전염병이 퍼지지 못하게 할 테니까 말이야." 이번에는 내가 사만다를 공격할 차례다. "부모님의 죽음을 막을 수 있었을지도 모르는 발명품을 어떻게 반대할 수가 있지?"

사만다가 머리를 감싸 쥐더니 몹시 상처받은 표정으로 나를 바라본다. 누가 보면 마치 내가 방금 그녀의 뺨이라도 때린 줄 알 것이다. 사만다의 시선이 굳는다. 그때다. 그때가 바로 나를 향한 그녀의 감정이 사라진 순간이다. 아드레날린이 과다하게 분비된 상태라 그 순간에는 그 사실을 알지 못했다. 하지만 이 영상을 다시 볼 때마다 너무나도 명백히 그 순간이 보인다. 돌변한 그녀의 눈빛이 모든 것을 설명한다. 나를 사랑하던 그녀가 한순간에 나를 사랑하지 않는 그녀가 된다.

사만다는 내 질문에 아무 반응을 하지 않는다. 그저 입을 꾹 다문 채 나를 노려본다. 마침내 쇼토가 침묵을 깨고 끼어든다.

"이 헤드셋을 팔면 엄청나게 많은 돈을 벌게 될 거야, 누나." 쇼토가 차분히 말한다. "그 돈으로 세상을 구할 수 있어. 문제를 해결하기 위해 노력할 수 있어."

사만다가 고개를 가로젓는다. "돈이 아무리 많아도 이 헤드셋이 불러일으킬 문제를 돈으로 없앨 수는 없을 거야." 사만다가 체념 섞인 목소리로 대답한다. "너희도 모로의 이메일 봤잖아. 모로도 오엔아이 공개는 현명하지 못한 결정이라고 생각하셔."

"모로는 아직 오엔아이를 써보지도 않으셨어." 내가 말한다. 내 목소리에는 과도한 분노가 실려 있다. "모로도 너랑 다를 바 없어. 가능성은 생각해 보지도 않고 비난만 하잖아."

"물론 가능성은 알아, 이 멍청아!" 사만다가 소리를 빽 지른다. 사만다가 주위를 둘러본다. "젠장! 최근에 「매트릭스」 다시 본 사람이 아무도 없는 거야? 아니면 「소드 아트 온라인」이라도? 뇌와 신경계를 컴퓨터 시뮬레이션에 직접 꽂는 짓은 결코 현명한 짓이 아니라고! 우리 정신을 기계에 완전히 맡기는 문제잖아. 우리가 사이보그가 되는…"

"에이, 그건 아니지." 에이치가 말한다. "너 지금 너무 지나친—"

"아니!" 사만다가 받아친다. "지나치지 않아." 사만다가 심호흡을 하더니 우리 셋을 쳐다본다. "정말 모르겠니? 이게 바로 할리데이가 오엔아이 기술을 직접 공개하지 않았던 이유야. 이미 알았던 거지. 사람들이 더 오래 현실에서 도피할 수 있도록 부추김으로써 인간 문명의 붕괴를 앞당길 뿐이라는 사실을. 할리데이는 판도라의 상자를 여는 사람이 되고 싶지 않았던 거라고." 사만다가 나를 바라본다. 이제 그녀의 눈에는 눈물이 고여 있다. "난 네가 여기서 살고 싶어 한다고 생각했어. 현실세계에서. 나랑 같이. 하지만 넌 그동안 정말 깨달은 게 전혀 없구나."

사만다가 다가오더니 내 오엔아이 헤드셋에 연결된 저장 장치의 전원 버튼을 주먹으로 내리치고 그 순간 화면이 꺼진다.

• • •

우리는 이 안건을 공식 표결에 부쳤다. 에이치와 쇼토와 나는 오엔아이 헤드셋에 대한 특허를 내고 세상에 공개하자는 쪽이었고, 사만다 혼자 반대표를 던졌다.

사만다는 나를 용서할 수 없었다. 내가 그녀의 뜻과 반대되는 표를 던진 직후에 그녀가 직접 그렇게 말했고, 그렇게 말한 직후에 그녀는 나를 차버렸다.

"우린 더 이상 함께할 수 없어, 웨이드." 사만다가 차분하게 말했다. 그녀의 목소리에는 더 이상 감정이 묻어 있지 않았다. "매우 기본적인 부분에 대해, 또 매우 중요한 부분에 대해 의견이 다르기 때문이야. 오늘 네가 한 행동은 무서운 결과를 초래할 거야. 네가 그걸 모른다는 게 안타까워."

마침내 무슨 일이 벌어졌는지 머리로 이해하게 된 그 순간 가슴을 움켜쥐고 의자에 풀썩 주저앉았다. 마음이 찢어질 듯 아팠다. 그녀를 사랑하고 있었다. 내가 그녀의 마음에 상처를 주었음을 알고 있었다. 하지만 오엔아이를 세상에 공개하는 일이 옳은 일이라는 확신도 있었다. 단지 우리 관계를 지키고자 고통받는 수십억 명의 사람들에게 오엔아이를 숨긴다면 내가 어떤 사람이 되겠는가?

이런 내 생각을 말해주려고 사만다에게 전화를 걸었을 때 사만다는 다시 한번 불같이 화를 냈다. 우리가 하려는 일의 위험성을 외면하며 이기적으로 굴고 있는 사람은 바로 나라고 쏘아붙였고 그날부터 나와는 아예 말을 하지 않았다.

다행히 새로 생긴 오엔아이 헤드셋은 고통에서 쉽게 벗어나게 해 줄 도피처로 나를 데려가 주었다. 버튼 하나만 누르면 상처받은 마음에서 말 그대로 정신을 분리해 다른 데 집중할 수 있었다. 내가 원할 때면 언제든지 헤드셋을 쓰고 다른 사람의 행복한 추억을 체험해 볼 수도 있었고, 오아시스에 접속할 수도 있었다. 내가 신과 같은 존재로 대우받는 곳, 이제 모든 것이 진짜처럼 생생한, 가장 선명한 꿈을 꾸고 있는 것처럼 생생한 오아시스로 말이다.

조각 수수께끼가 처음 등장했을 때만 해도 머리를 식힐 요량으로 매달렸었다. 하지만 3년이 지난 지금 이 수수께끼에 대한 집요한 집착은 억지로 필사적으로 해야 하는 운동 같은 것이 되었다. 알고 있었다. 그 집착은 단지 내 인생을 말아먹은 순간들을 잊기 위한 몸부림이었다. 이 말을 입 밖으로 내뱉은 적은 없었을지라도 말이다.

갖은 노력을 다 해보았지만 물론 실연의 상처가 아물지는 않았다. 지금도 매일 사만다를 생각했고, 내가 어떻게 해야 했는지를 생각했다.

요즘 들어서는 사만다가 결국 언젠가는 나와 헤어졌으리라 생각하게 되었다. 모로의 저택에서 떠날 날이 가까워져 올 때쯤부터 그녀가 나와의 연애를 후회하는 것은 아닌지 걱정이 되기 시작했다. 그녀는 나에게 다른 사람을 짜증 나게 만드는 별난 구석이 있다는 사실을, 내가 눈치가 없다는 사실을, 낯선 사람들 앞에만 서면 완전 숙맥이 된다는 사실을, 내가 결핍이 심하고 정서적으로 미성숙하다는 사실을 눈치채기 시작했다. 어쩌면 서툴기만 한 나를 차버릴 핑계를 찾고 있었을 것이다. 오엔아이 공개 여부를 결정하는 표결에서 내가 그녀의 뜻과 반대되는 표를 던진 순간 그 필연적인 결과가 단지 앞당겨졌을 뿐이다.

그녀와 헤어진 후로 나는 그녀를 오아시스 아바타를 통해서만, 공동 소유주 회의가 있을 때만 볼 수 있었다. 회의 시간에도 그녀는 좀처럼 나에게 말을 걸지 않았고 나와 눈을 맞추지도 않았다. 내가 거기에 없는 사람인 것처럼 행동하려고 애썼다.

나와 헤어진 후로 그녀는 원대한 계획을 실행에 옮기는 일에 무섭게 매달렸다. 그녀와 처음 만났을 때 지난 대회에서 우승을 거머쥐게 된다면 무엇을 하고 싶은지 서로 묻고 대답했었는데 그때 그녀는 그 원대한 계획을 털어놓았었다.

"내가 만약 그 상금을 탄다면 지구에 있는 모든 사람이 맘껏 먹게 해주고 싶어. 일단 세계 기아 문제를 해결하고 나면 환경을 어떻게 되살릴지, 에너지 위기에 어떻게 대처할지도 알아낼 수 있다고 봐."

그녀는 자신이 말한 대로 세계 기아 문제를 퇴치하고 환경을 보존하며 에너지 위기를 해결하는 데 전념하는 국제자선단체인 아르테미스 재단을 설립하고 막대한 수입의 거의 전부를 이 재단에 기부했다.

그녀는 여전히 GSS 본사에서 멀지 않은 콜럼버스 시내에 있는 아르테미스 재단 본부 꼭대기 층에 장만한 아파트를 팔지 않고 가지고 있었지만 그곳에 머무는 일은 드물었다. 계속 여행을 다니느라 바빴다. 세계에서 가장 가난하고 어려운 처지에 놓인 나라들을 방문해 언론의 관심을 이끌고 아르테미스 재단의 구호 활동을 살피러 다니느라 말이다.

또 새로 얻은 명성과 부를 기반으로 세계 곳곳에서 다양한 환경 보전 활동과 인도주의적 활동도 펼쳤다. 하룻밤 사이에 그녀는 최고의 인기를 구가하는 자선사업가이자 인도주의 활동가로 우뚝 선 것처럼 보였다. 마치 오프라 윈프리와 조앤 제트와 테레사 수녀를 합쳐놓은 인물이 된 것 같았다. 그녀가 거느린 팬은 수십억 명에 달했고, 우리 사이에 있었던 그 모든 일에도 불구하고 나 역시 그녀의 팬이 될 수밖에 없었다.

하지만 그녀만이 더 좋은 세상을 만들기 위해 노력하는 사람은 아니었다. 에이치와 쇼토와 나도 각자 자기 몫을 하고 있었다.

쇼토는 히키코모리라고 불리는 외부와 단절된 채 살아가는 수백만 일본 청소년들에게 무료 급식과 주거 지원, 의료 지원, 심리상담 지원을 제공하는 다이쇼 위원회라는 자선단체를 설립했다. 에이치도 북아메리카에 헬렌의 집이라는 비슷한 단체를 만들었다. 헬렌의 집은 미국과 캐나다에서 노숙 생활을 하는 LGBTQIA 성소수자 청소년들을 위한 쉼터를 운영했다. 또 아프리카의 가난한 나라들에 자급자족 기술과 자원을 제공하기 위해 노력하는 재단도 설립했다. 장난기가 발동한 에이치는 이 재단의 이름을 와칸다 지원 사업이라고 지었다.

나는 파르지발 구호 단체를 설립했다. 이 단체는 부모가 없거나 형편이 가난한 전 세계 청소년들에게 무료 급식과 전기, 인터넷 접속, 오엔아이 헤드셋을 제공하는 비영리단체였다. (내가 아직 빈민촌에 사는 청소년이었더라면 이런 지원을 정말로 받고 싶었을 것이다.)

우리는 재정난에 시달리는 미국 정부와 국민에게도 돈을 쏟아붓기 시작했다. 미국은 오랫동안 해외 원조로 연명하고 있었다. 우리는 국가 부채를 갚고 전력망과 사회기반시설이 무너진 농촌 지역에 치안이 복구되도록 공중 드론과 전술 텔레봇을 지원했다. 인간 법 집행관은 더 이상 법을 수호하기 위해 목숨을 걸 필요가 없었다. 경찰 텔레봇은 인명 희생 없이도 얼마든지 공무를 집행할 수 있었다. 기본적으로 안전 설계가 되어 있었기 때문이다.

사만다와 에이치와 쇼토와 나는 함께 뜻을 모아 해마다 수십억 달러를 기부했다. 하지만 오그던 모로 같은 여러 부자들도 같은 문제를 해결하기 위해 오랫동안 산더미 같은 돈을 쏟아부었지만 효과는 없었다. 지금까지 하이 파이브가 해온 고귀한 노력 역시 거대한 물줄기를 바꾸지는 못하고 있었다. 당장의 혼란과 붕괴를 겨우 막고는 있었지만 인류가 처한 절체절명의 위기는 악화일로로 치닫고만 있었다.

내가 보기에 인류가 이렇게 된 이유는 너무나도 명백했다. 인류는 이미 돌아올 수 없는 강을 건넜다. 세계 인구는 곧 100억 명에 도달할 터였다. 어머니와 같은 우리 지구는 더 이상 우리 모두를 지탱할 수 없다는 사실을 아주 분명히 경고하고 있었다. 지난 200년간 산업 쓰레기로 지구의 해양과 대기를 오염시켰으니 당연한 귀결이었다. 인간 스스로 무덤을 팠고 그 무덤으로 들어갈 일만 남아 있었다.

내가 대비책을 세우고 있는 이유도 바로 그 때문이었다. 나는 이 대비책을 사만다를 처음 만났던 날 밤 그녀에게 털어놓았었다.

지난 3년 동안 지구 저궤도에 원자력을 사용하는 소형 성간 우주선을 건조하는 데 돈을 쏟아부었다. 우주선 내부에는 자급자족이 가능한 바이오스피어도 만들었다. 바이오스피어는 최대 스물네 명의 인간 선원에게(천문학적인 건설 비용을 분담해 준 에이치와 쇼토도 포함해서) 필요한 장기 거주 공간과 생명 유지에 필요한 물과 음식과 공기를 제공해 줄 수 있는 장치였다.

이 우주선의 이름을 내가 좋아하는 작가의 이름을 따서 보네거트호라고 명명했다. 보네거트호는 내가 오아시스 안에서 타고 다니는 파이어플라이급 우주선의 이름이기도 했다.

만약 핵융합 엔진이 순조롭게 작동하고, 방사선 차폐막이 잘 견뎌주며, 장갑을 두른 선체가 미세 운석에 부딪혀 구멍이 뚫리거나 소행성과 충돌하는 일마저 피한다면, 보네거트호는 약 47년 후면 센타우루스자리 프록시마에 도달하게 된다. 그곳에서 우리 자신과 우리 자손들과 우리가 가져갈 인간 동결 배아들의 새 보금자리가 될 제2의 지구를 찾는다는 계획이었다. (우리는 유전적 다양성을 확보하고 싶은 마음에 이미 일 년 전부터 세계 각국에서 배아를 기증받는 중이었다.)

보네거트호에 내장된 컴퓨터에는 긴 여정 중에 접속할 수 있도록 새로 개발한 독립형 가상현실 시뮬레이션이 들어 있었다. 이 새로운 가상현실 왕국에 어떤 이름을 붙여야 할지를 놓고 열띤 토론을 거듭한 끝에 아르카디아(ARC@DIA)라고 짓기로 했다. (네 번째 자리의 영문자 'a'를 기호 '@'로 바꾸자고 제안한 사람은 에이치였다. 영문자를 좀 더 멋지게 표현하고, 그리스 중부에 있는 지명과 듀란듀란의 비정규 프로젝트 음반 이름, 갈리프레이에 있는 도시 이름, 〈던전앤드래곤〉의 차원 이름을 비롯해 세상에 존재하는 다른 모든 아르카디아와 구별하기 위해서였다.) 장소를 뜻하는 '@'를 추가한 것은 또 다른 이유에서도 딱 들어맞았다. 에이치의 표현을 빌리자면 "아르카디아는 아주 인기 있는 곳이 될 테니까!"

아르카디아는 우주를 항해하는 동안 오아시스의 축소판 역할을 해줄 예정이었다. 아르카디아는 아직 개발 중이었고 개발은 우리가 출발하는 그날까지 계속될 예정이었다. 여러 가지 공간과 하드웨어의 제약 때문에 이 가상공간의 규모는 그리 크지 않았다. 오아시스 한 섹터의 절반쯤밖에 되지 않았다. 하지만 여전히 스물네 명이 사용하기에는 어마어마하게 큰 가상공간이었다. 각자 좋아하는 오아시스 행성 200여 개와 그 행성에 거주하는 NPC들을 복사해 놓기에는 충분했다. 사업 관련 콘텐츠나 상업 구역은 굳이 옮겨놓지 않았다. 우리가 가려는 곳에서는 상점이나 상거래는 필요하지 않았다. 더욱이 데이터 저장 공간도 아껴야 했다. 오엔아이넷 파일 데이터베이스도 통째로 백업해야 했기 때문이다. 이 데이터베이스는 새로 올라오는 오아시스 콘텐츠와 함께 매일 밤 갱신되었다.

아르카디아가 오아시스와 다른 점은 또 있었다. 오아시스와는 달리 아르카디아는 오엔아이 헤드셋으로만 접속할 수 있었다. (시대에 뒤떨어진 햅틱 기술을 이전하는 데 굳이 시간과 공간과 돈을 낭비하고 싶지 않았다.)

보네거트호가 완성되려면 아직도 일 년쯤 더 필요했지만 에이치와 쇼토와 나는 조바심을 내지 않았다. 지구를 뒤로하고 길고 불편하며 위험천만한 우주여행을 떠난다는 계획이 우리에게도 썩 내키는 일만은 아니었다. 게다가 지구라는 행성을 완전히 포기할 준비가 된 것도 아니었다. 지구를 구할 기회가 남아 있어서는 아니었다. 그저 억만장자가 할 수 있는 수준에서 지구 종말을 대비하고 있었다. 지구가 폭삭 망하는 일이 정말로 벌어진다면 그때 이 행성에서 탈출할 수단, 즉 궁극의 생존 가방을 꾸리고 있는 셈이었다.

우리는 보네거트호 프로젝트의 세부 내용을 가능한 한 오랫동안 세상 사람들에게(그리고 사만다에게) 비밀로 유지하려고 애썼다. 하지만 결국 프로젝트에 대한 소문은 언론에 새어 나갔다. 물론 사만다는 우리가 3,000억 달러가 넘는 돈과 인력으로 죽어가는 지구를 구하려고 애쓰는 자신을 돕는 대신 죽어가는 지구에서 탈출할 우주선을 만드는 데 사용했다는 사실에 격분했다.

나는 사만다에게 보네거트호 탑승자 명단에 자리를 하나 남겨놓았다고 말했지만 그녀의 반응은 예상대로였다. 그녀는 자리를 박차고 나가 언론에 대고 에이치와 쇼토와 나를 호되게 질타했다. 오엔아이를 대중에게 보급함으로써 인간성을 말살하고 그렇게 번 돈을 우리만 살기 위한 구명정을 만드는 데 썼다고 비난했다.

하지만 내 생각은 조금 달랐다. 고맙게도 에이치와 쇼토 역시 그랬다. 우리 셋은 사만다의 낙관론을 높이 평가했다. 모든 것이 좋았던 시절에는 그 생각에 동조하기도 했다. 하지만 지구가 금방이라도 멸망할 것 같은 이 판국에 우리가 가진 계란을 모두 한 바구니에 담는 짓은 멍청한 짓이었다. 소수정예로 조직한 인류의 대표단을 우주로 보내는 방법만이 유일하게 책임 있는 행동이었다. 게다가 인류 역사상 가장 위태로운 이 순간에 우리 셋은 지구에서 유일하게 그렇게 할 수 있는 자원을 보유한 사람들이었다.

0002

난방 시설이 완비된 올림픽 규격 실내 개인 수영장에서 스무 바퀴 정도를 돌았다. 증강현실 물안경을 낀 덕분에 물속에는 희귀 열대어와 사람을 좋아하는 돌고래 떼가 가득했다. 수영을 끝낸 후에는 옷방으로 들어갔다. 널찍한 옷방에는 한 번도 입어본 적이 없고 앞으로도 입을 일이 없을 맞춤 정장과 유명 디자이너 의상이 사방 벽면 가득 걸려 있었다. 매일 같은 옷을 입기에 무엇을 입을지 고민할 필요가 전혀 없었다. 이 습관은 「더 플라이」에 출연한 제프 골드블룸을 보고 배운 것인데, 제프 골드블룸에게 영감을 준 사람은 바로 알베르트 아인슈타인이었다.

매일 하는 운동 시간도 칼같이 지켰다. 몸 상태가 좋지 않을 때도 절대 건너뛰지 않았다. 하루 최소 2시간의 운동은 꼭 필요했다. 오엔아이 헤드셋을 쓰고 오아시스에 로그인한 채로 11시간 이상을 보내고 곧바로 누워서 8시간 동안 자는 날이 많았기 때문이다. 몸을 전혀 움직이지 않은 채 하루에 거의 20시간을 보내는 만큼 최소 2시간의 격렬한 운동은 필수라는 생각이 들었다.

식사와 수면처럼 운동은 사람들이 여전히 현실에서 해야 하는 일 중 하나였다. 오엔아이 헤드셋을 통해 경험하는 가상의 신체 활동 중에 혈액 순환 개선이나 근력 강화 등 건강에 실질적인 효과를 불러오는 활동은 없었다.

빈티지한 에어 조던 운동화의 끈을 동여매고 발코니로 나갔다. 발코니에는 늘 먹는 아침이 차려져 있었다. 식탁 앞에 앉자 인간형 집사 로봇 중 하나인 벨베데레가 오믈렛과 해시 브라운이 담긴 접시의 뚜껑을 열어주고 갓 짠 오렌지 주스를 따라준 다음 발코니 구석으로 돌아가 동상처럼 서서 다음 호출을 기다렸다.

나는 벨베데레를 내가 말을 걸기 전에는 절대로 먼저 말하지 않도록 설정해 두었다. 말투와 억양을 아무리 조정해 보아도 컴퓨터로 합성된 목소리가 계속 귀에 거슬렸기 때문인데, 그 목소리가 귀에 거슬린 이유는 아마도 로봇 폭동을 다룬 영화를 너무 많이 보았기 때문일 것이다.

내 집사 로봇이 실제로 반란을 일으킬 가능성은 물론 없었다. 사람들이 일상에서 접하는 대부분의 인공지능처럼 벨베데레 같은 가정용 로봇은 '상당히 약한' 인공지능으로 분류되는 1단계 인공지능이었다. 1단계 인공지능은 집사 로봇을 작동하고, 자율주행 자동차를 운전하며, 자율비행 항공기를 조종하는 데 사용되었다. 오아시스 안에 있는 모든 NPC는 1단계 인공지능이었다.

2단계 인공지능은 주로 과학 및 군사 목적으로 사용되었다. 2단계 인공지능의 사용 및 작동 매개변수는 거의 모든 정부가 엄격히 제한하고 있었다. 2단계 인공지능은 단기 기억 저장이 가능하며 1단계 인공지능보다 독자적인 학습 능력이 월등히 뛰어났지만, 여전히 자율성이나 정체감, 자의식 등은 없었다.

3단계 인공지능이야말로 실로 굉장한 발명품이었다. 완전한 자율성과 자의식, 판단력이 있는 인공지능, SF 영화들이 경고하는 바로 그 인공지능이었다. 이 수준의 인공지능은 위대한 크롬 신 덕분에 여전히 이론으로만 존재했다. 하지만 GSS의 수석 기술자들에 따르면 이 3단계 인공지능이 현실화될 시점도 그리 머지않았다. 진정한 인공지능을 위한 개발 경쟁은 원자폭탄 개발 경쟁 못지않게 뜨거웠다. 미국을 비롯한 여러 나라에서 완전한 자의식을 지닌 '최소한 평균적인 인간의 지능과 동등한 수준'의 인공지능을 개발하려고 노력 중이었다. 어쩌면 몇몇 나라는 이미 개발을 끝냈지만 누가 먼저 공개하는지 지켜보는 중일 수도 있었다. 아마도 민간인에게 기관총을 난사하면서 서로에게 "로저, 로저"를 외치는 지각력이 있는 전투 텔레봇과 공중 드론을 잔뜩 준비한 채 말이다. 어디까지나 우리가 원자폭탄으로 먼저 멸절되지 않았을 때의 이야기였다.

고개를 들고 하늘을 응시하며 한동안 말없이 아침을 먹었다. 배가 어느 정도 찬 후에는 다시 증강현실 안경을 끼고 오아시스 계정에 로그인한 다음 지구 상공에 높이 떠 있는 보네거트호에 타고 있는 한 텔레봇(인간형 원격 로봇)을 제어하기 위해 철저하게 암호화된 원격 접속 암호를 입력했다. 텔레봇에 접속이 되자 증강현실 안경을 통해 텔레봇의 '눈', 즉 텔레봇의 머리에 장착된 여러 대의 입체 카메라에 잡힌 영상을 볼 수 있었다. 선수 쪽 화물적재실에 있는 격벽에 고정된 충전대에서 텔레봇을 분리했다. 화물적재실은 우주선의 원통형 동체 부분에 있었는데, 이 부분은 구심력을 이용해 인공 중력을 생성하기 위해 끊임없이 회전했다.

텔레봇을 선체 외부를 볼 수 있는 원형 전망창 쪽으로 가게 한 다음 원통형 동체가 회전하는 동안 잠시 기다렸다. 이윽고 환하게 빛나는 푸른 지구가 시야 한가득 들어왔다. 보네거트호는 지금 북아메리카 상공을 지나는 중이었다. 구름 사이로 이리Erie 호수의 윤곽선이 보였다. 호수 아래쪽으로 빽빽한 콜럼버스 시가지의 모습도 보였다. 위성 영상을 우리 집과 내가 지금 앉아 있는 발코니가 잡힐 때까지 확대했다. 불과 몇 초 만에 지구 궤도를 돌고 있는 우주선에 타고 있는 텔레봇의 눈으로 내 모습을 내려다볼 수 있었다.

지구가 다시 시야에서 사라졌을 때 텔레봇을 원형 전망창에서 떨어지게 한 다음 우주선 내부를 빠르게 한 바퀴 돌게 했다. 우주선의 각 구역에는 지구에 있는 기술자들의 제어를 받는 텔레봇 수십 대가 둥둥 떠 있었다. 이 텔레봇들은 동결 배아 보관소 보호용으로 실험 중인 방사선 차폐벽에 진단 시험을 하고 있었다. 잠시 텔레봇들이 일하는 모습을 지켜본 후에 내가 조종 중인 텔레봇을 네트워크 운영실로 보내 오아시스 행성들의 복사본을 최신 버전으로 유지하는 데 사용하는 오아시스 업링크와 아르카디아 백업 서버를 점검하게 했다. 모두 순조롭게 진행 중이었다. 보네거트호의 컴퓨터에는 앞으로 아르카디아 콘텐츠를 추가 저장할 공간이 충분했다. 이 컴퓨터의 처리 능력으로는 최대 동시 접속자 수가 100명을 넘을 수 없었지만 이 정도면 충분하고도 남았다.

선내의 조용한 복도를 더 살펴본 후에 텔레봇을 다시 충전대로 돌려놓고 접속을 끊었다. 접속을 끊자마자 나는 다시 지구에 있는 발코니에 앉아 있는 내 몸의 시점으로 돌아왔다.

그렇게 먼 우주까지 갔다 왔는데도 겨우 15분밖에 시간을 때우지 못했다.

에이치와 쇼토에게 전화를 걸어보았다. 둘 중 하나라도 공동 소유주 회의가 시작되기 전에 돌아올지 알고 싶어서였다. 하지만 늘 그랬듯이 둘 다 전화를 받지 않았다. 증강현실 안경을 벗어 앞에 있는 식탁 위에 내려놓고 한숨을 내쉬었다. 에이치는 보나 마나 아직 자고 있을 터이고, 쇼토는 분명 일하느라 바쁠 것이라고 중얼거렸다. 에이치와 쇼토의 계정 상태를 확인할 수도 있었지만 이미 친구가 나를 피한다면 그 이유를 알고 싶어 할 필요도 없고 꼭 알아야만 하는 것도 아님을 쓰라린 경험을 통해 배우지 않았던가.

나무를 스치는 바람 소리를 들으며 방호용 공중 드론들이 내 사유지를 순찰하는 모습을 멍하니 쳐다보며 조용히 아침 식사를 계속했다. 이 시간은 보통 하루 중에 밖에 나와서 햇볕을 쬐는 유일한 시간이었다. 하지만 마음속 깊은 곳에서는 여전히 외출의 중요성이 과대평가 되어 있다고 말한 할리데이의 생각에 동감했다.

다시 증강현실 안경을 끼고 간밤에 들어온 이메일을 훑어본 다음 '최다 다운로드 횟수' 목록에 새로 올라온 렉스와 심스를 오엔아이넷 파일 대기 목록에 추가했다. 파일 대기 목록에는 이미 수천 시간에 해당하는 경험이 들어 있었지만 이 작업을 매일 아침 했다. 수천 시간은 내가 100세까지 살게 되더라도 다 재생해 볼 수 없을 정도로 많은 분량이었다. 파일 대기 목록에 끊임없이 새로운 클립을 추가하고 순서를 조정해야 하는 이유는 바로 그 때문이었다. 가장 좋은 것을 먼저 경험해야 했다.

오엔아이넷이 출시된 초창기에 GSS 직원 중 일부는 오엔아이넷이 인기를 끌면 나머지 오아시스 구역들이 유령 도시가 될지도 모른다고 우려했다. 모든 사람이 오아시스를 돌아다니며 직접 경험하는 대신 저장된 경험을 재생하는 데 치중할 것이라면서 말이다. 하지만 오아시스는 여전히 오엔아이넷과 함께 번창했다. 대부분의 유저들은 총 사용 시간의 절반은 오아시스에서, 나머지 절반은 오엔아이넷에서 보냈다. 아마도 수동적인 오락과 양방향 오락 두 가지를 모두 원하는 것이 인간의 본성인 듯했다.

평소처럼 오엔아이넷에 '아르테미스'나 '사만다 쿡'이라는 태그가 달린 클립이 새로 올라왔는지도 검색했다. 누구라도 그녀가 나오는 클립을 올리면 그 클립을 무조건 내려받았다. 고작 다른 사람에게 사인을 해주는 모습을 담은 클립일지라도 아주 잠깐은 그녀 옆에 서 있는 경험을 할 수 있었다.

얼마나 한심한 짓인지는 잘 알고 있었다. 알고 있었기에 더욱더 한심하게 느껴졌다.

하지만 정말로 내가 재생할 수 있는 클립 중에는 훨씬 더 일탈적인 클립도 많이 있었다. 오엔아이넷 라이브러리의 후방주의 항목에서 현재 최다 다운로드 횟수를 기록한 클립은 50명이 벌이는 난교였다. 50명의 참가자 전원이 그 경험을 동시에 저장했기 때문에 50명의 몸을 마음대로 옮겨 다니며 쾌락에 미친 괴물처럼 난교를 즐길 수 있었다. 그에 비하면 헤어진 여자친구가 공개석상에 나타나는 모습을 사이버 스토킹하는 일쯤은 매우 무난한 취미에 속했다.

오해는 하지 마시라. 오엔아이넷이 단지 사람들이 죄책감 없이 섹스를 즐기고 위험 부담 없이 마약을 흡입할 수 있는 수단만은 아니었다. 오엔아이넷은 타인에 대한 공감과 이해를 매우 효과적으로 넓혀주는 수단이기도 했다. 연예인과 정치인, 예술가, 활동가들은 이 새로운 매체를 이용해 세계 시민들과 연대하며 눈부신 성과를 이루어냈다. 심지어 아르테미스 재단도 오엔아이 클립을 올리기 시작했다. 주로 지구촌 곳곳에서 빈곤과 수탈에 시달리는 사람들의 생활상을 1인칭 시점으로 촬영한 클립이었다. 이 클립을 보면 그 사람들이 얼마나 힘겹게 살아가고 있는지 생생하게 볼 수 있었다. 오엔아이 기술을 매우 효과적으로 사용하는 사례였다. 하지만 이 기술의 공개를 격렬히 반대했던 사만다가 목표를 달성하는 수단으로 이 기술을 사용하는 모습은 위선적으로 보이기도 했다. 한번은 공동 소유주 회의 중에 이런 생각을 말했는데 그때 사만다는 내 생각 따위는 데굴데굴 구르는 괴물 라스타의 촉수에 낀 때만큼도 신경 쓰지 않는다는 점을 분명히 보여주었다.

다 식어버린 오믈렛의 마지막 남은 한 조각을 떠먹고 나서 접시에 냅킨을 내려놓았다. 벨베데레가 달려와 식탁을 치우기 시작했다. 미세하고 정밀한 동작을 할 때마다 벨베데레의 팔다리에 달린 서보 기구에서 윙윙 소리가 났다.

다음으로 무엇을 할지 고민했다.

첫 번째 선택지는 음악 연습실로 가서 일일 기타 교습을 받는 일이었다. 현실에서 기타 배우기는 새로 생긴 취미 중 하나였다. 현실에서 기타를 연주하는 일은 오아시스 안에서 전기 기타를 연주하는 일과는 전혀 달랐고 몇 배는 더 어려웠다. 다행히 인간이 생각해 낼 수 있는 최고의 기타 선생님을 모실 수 있었다. 그 선생님은 바로《1984》라는 음반을 발매했을 시절의 위대한 기타 연주자 에드워드 밴 헤일런의 정품 홀로그램이었다. 그는 위대한 연주자이기도 했지만 지적질쟁이이기도 했다. 그의 엄격한 지도 덕분에 내 연주 실력은 일취월장했다.

아니면 발리우드 춤 교습을 받을 수도 있었다. 몇 달 후에 있을 에이치와 엔디라의 결혼식 때 선보일 춤을 연습 중이었다. 사만다도 그 결혼식에 참석할 예정이었으므로 그때 무대에서 멋진 모습을 보이면 그녀가 다시 돌아올지 모른다는 바보 같은 환상을 남몰래 품고 있었다.

그때 증강현실 HUD에 알림창이 뜨면서 오늘 아침에 심리치료사와 약속이 잡혀 있음을 환기해 주었다. GSS 공동 소유주 회의에 참석해야 하는 날이면 항상 회의 전에 상담을 받곤 했다. 차분한 마음 상태를 유지하고 사만다와 불필요한 말다툼을 시작하지 않기를 바라는 마음에서였다. 가끔은 정말로 효과가 있었다.

증강현실 HUD에서 상담 프로그램 아이콘을 선택하자 식탁 맞은 편에 놓인 빈 의자 위로 내 가상심리치료사가 나타났다. 이 소프트웨어는 처음 설치할 때 프로이트부터 프레이저까지 사전 제작된 수천 명의 심리치료사 중에서 외모와 성격을 고를 수 있었다. 나는 「굿 윌 헌팅」에서 로빈 윌리엄스가 맡은 역할인 숀 맥과이어를 선택했다. 그의 다정다감한 태도와 온화한 미소, 가짜 보스턴 억양 덕분에 상담 시간이 오랜 친구와 이야기하는 시간처럼 편안했다. 비록 그가 해준 말이라고는 고작 "그래요. 계속해 봐요."라든가 "그래서 어떤 기분이 들었나요, 웨이드?" 정도가 전부였지만 말이다.

또 심리치료사와 만나는 장소도 바꿀 수 있었다. 기본 설정은 숀이 학생들을 가르치는 대학의 교수실이었다. 영화 속에서 윌과 상담을 주로 진행했던 바로 그곳이었다. 원한다면 사우스 보스턴에 있는 티미의 탭이나 엘 스트리트 태번 같은 술집을 고를 수도 있었다. 하지만 오늘 아침에는 색다른 변화를 주고 싶었기에 보스턴 퍼블릭 가든 호숫가에 있는 벤치를 골랐다. 눈 깜짝할 사이에 나는 그 벤치에 숀과 나란히 앉아 백조 떼를 구경하고 있었다.

숀은 아직도 앨리스 이모의 죽음과 관련된 악몽에 시달리는지부터 물었다. 이 주제에 대해 다시 이야기하고 싶지 않았기 때문에 거짓말로 그렇지 않다고 대답했다.

숀은 내 소셜 미디어 '중독'(숀의 표현에 따르자면)으로 화제를 돌린 다음 중독 치료가 잘되고 있다고 느끼는지 물었다. 한 달쯤 전에 모든 소셜 미디어 계정에 취소가 불가능한 잠금 설정을 해둔 터라 365일 동안 어떤 계정도 사용할 수 없었다. 숀에게 여전히 금단 증상을 느끼지만 줄어들고 있다고 말했다.

미디어 피드 중독 현상은 내가 태어나기 전부터 만연했지만 오엔아이가 출시된 후로는 더욱더 일반화되었다. 페이스북이나 유튜브, 트위터 같은 초창기 소셜 미디어 플랫폼 대부분은 오아시스 출시 직후에 오아시스로 통합되었고, 지금도 개인 미디어 피드, 즉 모든 유저의 계정에 들어 있는 소셜 미디어 피드 통합 타임라인에 남아 있다. 전 세계 수십억 오아시스 유저들은 이 미디어 피드를 통해 문자와 밈, 파일, 사진, 노래, 동영상, 유명인들의 사생활 이야기, 음란물, 유치한 모욕을 주고받을 수 있었다. 지난 50년 동안 사람들이 인터넷에서 했던 그대로 말이다.

태어나서 지금까지 어떤 종류의 사회적 교류에도 소질이 없었기에 거의 평생 소셜 미디어를 기피해 왔다. 게다가 공인이 된 후로는 당연히 계속 기피해야 했다.

알고 보니 나는 태생부터가 주목받는 일에 불편을 느끼는 사람이었다. 비디오게임을 잘하고 잡지식을 잘 외울 뿐, 매우 내성적인 아이였다. 전 세계의 주목이 쏟아지는 상황을 정신적으로나 정서적으로나 감당할 수 없었다.

지금도 온라인 어디에선가 나에 대해 이상한 글을 올리는 사람은 셀 수 없이 많았다. 지난 대회 때 내가 첫 번째로 구리 열쇠를 발견했을 때부터 죽 그래왔지만, 내가 우승을 거머쥔 후로 악성 댓글 게시자들은 더욱더 똘똘 뭉쳤다.

지나고 보니 이해가 되는 부분이 있었다. 할리데이의 유산을 상속받은 순간부터 나는 더 이상 식서들에 맞서 용맹하게 싸우는 빈민촌 출신의 보잘것없는 가난뱅이가 아니었다. 딴 세상에서 호의호식을 즐기는 또 한 명의 재수 없는 억만장자일 뿐이었다. 친구들도 나도 인류를 도우려고 애썼지만 우리를 보는 시선은 달라지지 않았다.

소셜 미디어에서 나를 헐뜯는 사람들은 내 아바타를 파르지발이라고 부르는 대신 졸부를 뜻하는 '파베뉴Parvenu'라고 부르기 시작했다. 그나마 덜 가식적인 보통 멍청이들은 아이락이 붙여준 내 옛날 별명인 '페니스빌Penisville'을 사용했다.

타피오카 신디그라는 한 무명 밴드가 〈식서 펠라틴 펑크〉라는 노래를 발표했을 때 상황은 더욱더 최악으로 치달았다. 이 노래는 아노락의 성채 전투 당시 내가 POVPersonal Oasis Vidfeed 생방송에서 했던 말을 음정 보정 프로그램으로 작업해 만든 노래였다. 나는 그 방송에서 온 세상을 향해 "제가 만약 할리데이의 이스터에그를 찾게 된다면 본인은 아르테미스와 에이치와 쇼토와 상금을 공평하게 나누겠노라고 이 자리에서 맹세합니다… 제 말이 거짓이라면 저는 영원히 식서들의 거시기나 빠는 배알도 없는 병신 새끼로 낙인찍혀도 좋습니다."라고 선언했다. 하지만 타피오카 신디그는 내 대사 중 맨 마지막 부분만 뚝 잘라냈다. 그 노래는 끝날 때까지 "저는 영원히 식서들의 거시기나 빠는 배알도 없는 병신 새끼로 낙인찍혀도 좋습니다!"라는 구절만 반복되었다.

이 노래는 즉시 입소문을 타고 퍼져 타피오카 신디그의 유일무이한 인기곡이 되었다. 타피오카 신디그는 오엔아이넷에 뮤직비디오까지 올렸고, 이 뮤직비디오는 내가 비공개로 돌리기 전까지 10억 회가 넘는 다운로드 횟수를 기록했다. 곧바로 타피오카 신디그를 명예훼손으로 고소했고 밴드 멤버 전원을 파산하게 했다. 물론 사람들은 그때부터 나를 더욱더 경멸했다.

사만다와 에이치, 쇼토도 악성 댓글에 시달리기는 마찬가지였지만 그 애들은 대범하게 받아들였다. 심하게 헐뜯는 안티들의 분노 따위는 무시한 채 수십억 명의 팬들이 보내주는 찬사를 기쁘게 받아들일 줄 알았다. 나라는 인간은 그렇게 하는 데 필요한 정서적 성숙함이 모자란 것 같았다.

나도 알고 있었다. 악성 댓글은 아무 의미도 없으며 실제 우리 삶에 아무런 영향도 끼치지 못한다는 사실을 말이다. 물론 우리가 허락하지 않을 때만 그런데, 물론 나는 허락해 버렸다.

악성 댓글 게시자 중 절대다수가 자신들의 비참한 처지에 대한 극도의 실망감 때문에 그렇게 행동한다는 사실도 내 뇌에서 이성을 담당하는 부분은 잘 알고 있었다. 누가 그들을 비난할 수 있겠는가? 세계 인구의 절대다수에게 현실은 실제로 매우 비참했다. 나와 친구들을 공격함으로써 좌절감을 분출하는 것 외에 할 수 있는 일이 별로 없는 가엾은 영혼들을 안쓰럽게 생각했어야 했다.

하지만 나는 그러지 못했다. 분노에 휩싸인 채 트롤 학살을 계속했다. 그것도 아주 여러 번이나.

할리데이에게 물려받은 슈퍼유저 능력 덕분에 나는 오아시스의 엄격한 유저 익명성 보장 정책을 우회할 수 있었다. 'PenisvilleH8r'이라는 별명을 사용하는 어떤 허세에 찌든 녀석이 미디어 피드에 나에 대한 악의적인 글을 올렸을 때, 나는 놈의 개인 오아시스 계정 프로필을 열고 놈의 아바타가 어디에 있는지 찾아낸 다음 그 아바타가 PvP 전투 구역에 발을 들여놓기만을 기다렸다가 놈이 영문도 알지 못하는 사이에 내 아바타를 은폐 상태로 바꾸고 그곳으로 순간이동해서 99레벨 주문인 '죽음의 손가락'을 시전해 놈을 죽여버렸다. 아노락의 망토를 입은 내 아바타는 전지전능한 불사신이었기에 말 그대로 아무도 나를 막을 수 없었다.

이런 식으로 트롤을 신나게 죽이고 다녔다. 듣기 싫은 소리를 지껄이는 자가 있으면 찾아내어 놈의 아바타를 죽였다. 아르테미스나 그녀의 재단에 대해 악성 게시글을 올리는 자에게도 똑같이 했다. 에이치에 대해 인종차별 밈을 올리거나 쇼토가 하는 일을 공격하는 동영상을 올리는 자들도 찾아내어 놈의 아바타를 죽였다. 나는 그런 아바타들을 죽이기 직전에 "거래 도시의 주인은 누구지?"라고 묻곤 했다.

마침내 사람들은 추적과 발견이 불가능한 초강력 아바타로 대량 학살을 벌인 배후로 나를 지목하기 시작했다. 그에 뒤따른 누리꾼들의 뭇매, 일명 '파르지발 게이트'로 내 대중적 이미지는 큰 타격을 입었다. 아노락의 망토를 입은 탓에 그 배후가 나라는 확실한 물증은 없었다. 물론 모든 혐의를 부인했지만 정황 증거가 강력히 나를 가리킨다는 사실은 나조차도 인정할 수밖에 없었다. 수많은 아바타가 발견이 불가능한 초강력 아바타에게 죽임을 당했다. 그들 사이에서 찾을 수 있는 공통점이라고는 단 한 사람에게 모욕적인 말을 했을 뿐인데 그 사람이 발견이 불가능한 무소불위 아바타의 소유자일 가능성이 농후하다면…

나를 공식적으로 제재해 달라는 청원서에 전자 서명한 오아시스 유저들만 수억 명에 달했다. 나를 상대로 수십 건의 집단 소송도 제기되었다. 결국 아무도 승소하지는 못했다. 나는 무한한 자원을 보유하고 세계 최고의 변호사들을 거느린 억만장자였다. 내가 범법 행위를 했다는 증거는 전혀 없었다. 하지만 아무리 돈이 많아도 유저들의 분노를 가라앉힐 방법은 없었다.

참다못한 에이치는 나를 따로 불러 진지한 대화를 시도했다. 에이치는 지금의 내가 얼마나 행복한지(그리고 얼마나 큰 영향력이 있는지) 생각하라고 했다. 마음속으로 나는 여전히 빈민촌 출신의 가난뱅이 같은 기분이었지만 말이다. 에이치는 나에게 성숙해지라고, 지나간 일은 잊고 앞으로 나아가라고 말했다. "감사하는 태도를 좀 길러봐, 지."

썩 내키지는 않았지만 에이치의 충고에 따라 상담을 시작했다. 인간 심리치료사를 고용해도 될 만큼 금전적 여유는 충분했다. 하지만 나로서는 다른 인간보다는 컴퓨터 프로그램에 속마음을 털어놓는 쪽이 더 쉬웠다. 가상심리치료사는 내담자를 재단한다거나 내담자의 비밀을 배우자에게 털어놓으며 조롱할 수가 없었다. 내가 한 말을 제3자에게 옮길 일도 없었다. 그런 심리치료사야말로 내가 속마음을 털어놓을 수 있는 유일한 심리치료사였다.

숀과 몇 차례 상담을 진행하면서 내 정신 건강을 위해서는 소셜 미디어를 아예 중단해야 한다는 사실을 깨달았다. 그래서 실천에 옮겼다. 옳은 결정이었다. 분노 수준은 줄어들었고 상처받은 자존심은 회복되기 시작했다.

마침내 중독에서 어느 정도 빠져나왔을 때 중요한 사실을 깨달았다. 인간은 태생부터가 수십억 명으로 구성된 전 세계를 아우르는 사회관계망의 일부가 될 수 없다는 사실을 말이다. 인간은 수렵 채집 생활에 맞게 진화되었으며 기껏해야 수백 명 정도로 이루어진 같은 부족 사람들과 상호작용하고 관계를 맺을 수 있는 정도의 정신적 여유를 가지고 태어났다. 수천 명에서 수백만 명에 이르는 사람들과 매일같이 상호작용하는 삶은 유인원 조상에게서 물려받은 멜론 크기의 우리 뇌가 감당하기에는 벅찬 삶이었다. 소셜 미디어가 21세기 초에 세상에 등장했을 때부터 전 인류를 점점 더 미치광이로 만들게 된 이유는 바로 그 때문이었다.

이런 생각도 들기 시작했다. 이론적으로 모든 기술문명을 멸망하게 만드는 '대여과기'가 핵무기나 기후변화가 아니라 실은 전 세계를 아우르는 사회관계망의 발명이 아닐까? 아마도 어떤 지적 생명체가 진화를 거듭해 범세계 규모의 컴퓨터 통신망을 발명하는 단계에 도달할 때마다 소셜 미디어 따위를 만들어내고 이것이 등장하는 즉시 그 생명체들이 서로에 대한 강렬한 증오를 품게 되어 40~50년 이내에 스스로 멸망을 자초하는 과정을 반복하고 있는 것은 아닐까?

오직 시간만이 말해줄 것이다.

• • •

무식하게 큰 빨간 버튼에 접근할 수 있는 권한이 있다는 사실에서 느끼는 안도감에 대해서만큼은 심리치료사에게도, 다른 누구에게도 절대로 털어놓은 적이 없었다.

실제로 그 버튼을 누를 생각이 있기 때문은 아니었다. 최악의 시나리오를 전부 읽고 GSS 사내 정책 연구소에서 만든 재앙 시뮬레이션을 보면서 오아시스가 사라진 후의 세상을 그려보았다. 전망이 밝은 적은 단 한 번도 없었다. 전반적인 의견에 따르면 오아시스가 사나흘 이상 작동을 멈춘다면 인간 문명도 멈출 것이다.

IOI와 합병한 이후 이 전망이 맞을 확률은 더욱더 높아졌다. 글로벌 인터넷의 중추를 이루는 거의 모든 기업이 어떤 형태로든 오아시스에 의존하게 되었기 때문이다. 국가 단위, 주 단위, 지역 단위, 가정 단위에서 사용하는 보안 및 방어 시스템도 마찬가지였다. 오아시스가 중단된다면 인터넷 기반 시설은 머지않아 재앙에 가까운 붕괴를 겪게 될 것이며 이미 위험에 처한 인간 문명 역시 급속도로 붕괴하게 될 것이다. GSS가 세계 곳곳에 많은 백업 서버를 설치해 둔 이유도 바로 그 때문이었다.

오아시스의 창조자가 오아시스 전체를 날려버릴 수 있는 자폭 버튼을 설치해 두었다는 사실과 그 버튼에 접근할 수 있는 권한이 이제 나에게만 있다는 사실은 아무도 알지 못했다.

전 세계의 운명이 말 그대로 내 손안에 달려 있다는 사실은 아무도 알지 못했다. 나만 알고 있는 사실이었고, 계속 그렇게 둘 작정이었다.

• • •

가상현실 상담이 다 끝난 후에는 계단을 내려가 한참을 걸어 동관 맨 끝에 있는 작업실에 도착했다. 벽에 참나무 판자를 덧댄 이 널찍한 작업실은 할리데이가 이 집에 살 때도 작업실로 쓰던 공간이었다. 할리데이가 정교한 이스터에그 찾기 대회를 기획하고 프로그래밍한 곳도 바로 이곳이었다. 심지어 지난 대회의 마지막 관문에는 오아시스 안에 재현해 놓은 이 작업실이 등장하기도 했었다.

나에게 이 작업실은 성지나 마찬가지였다. 3년이라는 시간과 수백만 달러를 쏟아부어 할리데이가 원래 이곳에 전시했었던 옛날 가정용 오락기와 가정용 컴퓨터를 다시 모았다.

작업실 안에는 100개가 넘는 유리 탁자가 천장에서 내려다보면 커다란 달걀 모양이 되도록 배치되어 있었다. 탁자마다 각기 다른 옛날 가정용 컴퓨터나 가정용 오락기가 놓여 있고, 각 기기 옆에 놓인 계단식 진열대에는 해당 기기와 호환되는 주변 장치와 조종기, 소프트웨어, 게임 팩들이 놓여 있었다. 모든 물건은 박물관의 전시품처럼 반듯하게 놓여 있었다.

작업실 구석에는 먼지를 잔뜩 뒤집어쓴 구형 오아시스 이머전 장치가 놓여 있었다. 지금은 아주 급할 때만, 그러니까 12시간의 오엔아이 일일 사용 제한 시간을 다 써버린 후에 오아시스에 접속할 필요가 있을 때만 이 장치를 사용했다. 불과 몇 년 전만 해도 바이저와 햅틱 장치로 오아시스에 접속하는 경험에 충분히 만족했었다는 사실이 믿어지지 않았다. 일단 오엔아이 헤드셋에 익숙해지면 구형 하드웨어를 통해서 보거나 만지는 모든 사물은 가짜로 느껴졌다. 아무리 비싸고 좋은 햅틱 장치를 쓰더라도 마찬가지였다.

작업실 한복판에 있는 원형 승강기 패드 위에는 새로 개발한 시제품인 내 모티브가 놓여 있었다.

이동식 전술 이머전 볼트Mobile Tactical Immersion Vault의 약자인 모티브MoTIV는 표준 이머전 볼트의 개념을 논리적으로 확장한 이머전 볼트로, 유저의 정신이 오아시스를 헤매는 동안 잠든 육체를 보호하는 관 모양의 방탄 캡슐이었다. 하지만 모티브가 단지 소극적인 방어만 하는 것은 아니었다. 내가 가진 모티브는 GSS가 새로 개발한 슈퍼볼트 고급형 전술 이머전 볼트 시리즈 중 하나로, 겉모습은 관이라기보다는 중무장한 로봇 거미처럼 보였다. 이는 탈출용 장갑차이자 모든 지형에서 사용할 수 있는 무기 발사대이기도 했다. 길이 조절이 가능한 여덟 개의 로봇 다리가 있어 어떤 지형에서도 이동할 수 있었고, 장갑을 두른 차대 양쪽에는 각각 기관총과 수류탄 발사기가 달려 있었다. 물론 탑승자를 보호해 줄 방탄 아크릴 조종석 덮개도 있었다.

GSS의 사내 광고 대행사는 이미 모티브에 딱 어울리는 완벽한 광고 문구를 찾아놓은 상태였다. "내 몸을 방어하기 위해 살상용 무기를 사용할 생각이라면 더 나은 선택은 모티브입니다!"

깨어 있을 때는 조종석 내부 제어판을 통해 모티브를 작동할 수 있었다. 오엔아이 헤드셋을 쓰고 오아시스에 로그인한 상태일 때는 아바타를 통해 모티브를 제어할 수 있었다. 따라서 오아시스에 로그인한 상태에서 현실의 내 몸이 공격받으면 로그아웃하지 않고도 현실의 내 몸을 방어할 수 있었다. 또 차체에 달린 귀청이 떠나갈 듯 우렁찬 음량을 자랑하는 스피커를 통해 나를 공격하려는 놈들에게 쌍욕을 퍼부을 수도 있었다.

집을 지키기 위해 보안요원과 방호용 공중 드론들을 소대 규모로 갖춘 마당에 모티브까지 꼭 필요한 상황은 아니었다. 하지만 이런 최첨단 장난감은 GSS의 수장으로서 누릴 수 있는 특권이었다. 모티브 덕분에 매일 12시간씩 내 몸이 무방비 상태에 놓이는 동안 안심이 되는 점도 분명히 있었다.

대부분의 오엔아이 유저들은 개인용 장갑차는커녕 표준 이머전 볼트를 살 여유조차 없었다. 일부 유저들은 오엔아이 헤드셋이 인위적으로 유도한 가수면 상태에 빠지기 전에 방이나 벽장에 들어가 문을 잠그는 정도가 최선이었다. 또 어떤 유저들은 믿을 만한 지인에게 일시적으로 유체 이탈된 무방비 상태의 몸을 감시해 달라고 부탁하는 정도가 고작이었다.

아르테미스가 자주 지적했듯이 많은 유저들은 오엔아이 헤드셋을 착용할 때 아무런 안전조치도 취하지 않았다. 그들 중 상당수가 대가를 톡톡히 치러야 했다. 신종 도둑과 강간범, 연쇄살인범, 장기매매범들은 정신이 분리된 동안 자기 몸을 제대로 가두지 못한 유저들을 범행 대상으로 삼았다. 하지만 지난 몇 년 사이 세계 곳곳에 '보디락커'라는 캡슐 호텔이 우후죽순 생겨났다. 이곳에 가면 하루에 단 몇 크레딧만 내면 한 사람이 누울 수 있는 관 크기의 캡슐을 대여할 수 있었다. 이 캡슐 호텔은 인간이 생각해 낼 수 있는 가장 저렴한 숙박 시설이었으며 공급이 수요를 따라가지 못할 정도로 선풍적인 인기를 끌었다.

유저의 안전을 지키기 위해 GSS는 동작 인식 카메라가 내장되어 오아시스 안에서도 비디오피드로 주변 감시가 가능한 고급형 오엔아이 헤드셋을 출시하고, 이머전 볼트에 현실의 몸과 주변 상황을 오아시스 안에서도 감시할 수 있는 내외부 카메라를 장착하고, 침입자가 다가오면 경보가 울리는 동작 탐지기를 장착하는 등 많은 노력을 기울였다.

작업실에 딸린 개인 화장실로 들어가 대장과 방광을 최대한 비워냈다. 이 과정은 모든 오엔아이 유저가 로그인 전에 하는 의식이 되었다. 특히 대소변을 지리지 않고 12시간을 다 채워 로그인해 있고 싶은 사람이라면 이 과정은 필수였다. 볼일을 마친 후에 모티브에 기어 올라가 공중에 떠 있는 형상 기억 스펀지로 만든 리클라이너에 몸을 기댔다. 솜을 넣은 푹신한 고정 밴드가 튀어나와 몸이 바닥으로 떨어지지 않도록 팔다리와 허리를 조였다. 오엔아이를 사용하는 12시간 내내 이 리클라이너는 주기적으로 내 몸을 뒤집고 팔다리를 굽혔다 폈다 해주며 혈액 순환을 촉진하고 근육 위축을 막아준다. 시중에 근육에 전기 자극을 주는 특수복도 나와 있었지만 이 특수복을 입으면 피부에 문제가 생겼기 때문에 절대 입지 않았다.

버튼을 눌러 모티브의 조종석 덮개를 닫은 다음 또 다른 버튼을 눌러 모티브 밑에 있는 원형 승강기 패드를 활성화했다. 함박웃음을 지으며 추락에 대비해 마음을 가다듬자마자 승강기가 통로를 따라 매우 빠르게 하강하기 시작했다. 강화 티타늄으로 된 통로 벽에 박힌 형광등 불빛이 매우 빠르게 스쳐 갔다.

이 승강기는 내려가는 동안 보면 「스파이 대소동」에서 B.B. 킹이 보초를 서며 지키던 기밀 펩시 승강기의 모습을 완벽히 재현한 것처럼 보이도록 설계되었다. 이 승강기도, 이 승강기를 타고 내려가면 연결되는 벙커도 둘 다 할리데이가 처음 이사 왔을 때 직접 만든 것이었다. 지난 100년간 그랬듯이 제3차 세계대전은 언제 발발한다 해도 이상하지 않을 분위기였고 할리데이는 전쟁에 대비해 이 벙커를 만들었다. 요즘 나는 12시간 동안 오엔아이를 사용하기 위해 이 벙커를 이용했다. 죽고 싶어 환장한 어떤 미치광이가 GSS의 글로벌 방어 네트워크를 뚫고, 오아시스 서버에 대한 테러 공격을 막기 위해 GSS가 콜럼버스시 전역에 설치, 관리 중인 이중화 방어 네트워크까지 뚫은 다음, 우리 집을 에워싼 탄도탄 요격 미사일 시설까지 뚫고 우리 집에 미사일을 떨어뜨리는 극히 가능성이 희박한 일이 일어나더라도 안전할 만큼 충분히 깊은 땅속에 있을 수 있다는 사실이 만족스러웠다.

내 주소는 온 세상이 다 알고 있었으므로 과민반응을 하고 있다고는 생각하지 않았다. 단지 현명한 예방 조치를 취하고 있을 뿐이었다.

승강기의 문이 스윽 열렸다. 조종석 제어판을 이용해 모티브를 벙커 앞 진입부까지 나아가게 했다. 흡사 거미의 움직임 같았다. 진입부는 천장에 조명등이 박혀 있고 사면이 콘크리트 벽으로 된 커다란 공간이었다. 벽면 한쪽은 승강기와 맞닿아 있었고, 맞은편에는 커다란 장갑문이 있었다. 이 장갑문 뒤가 바로 모든 것이 완비된 최첨단 방공호였다.

이곳에 내려오는 것은 나만의 은밀한 즐거움이었다. 지하 3킬로미터 깊이에 있는 이 콘크리트 벙커에 들어오면 꼭 나만의 배트케이브 속에 있는 기분이 들었다. (아무리 보아도 브루스 웨인이 혼자 힘으로 배트케이브를 지었을 리는 없다. 그것도 철저히 비밀리에, 배관을 설치하고 콘크리트 붓는 일을 도와줄 사람이라고는 늙은 집사 한 명밖에 없는 채로는 말이다. 절대 가능한 일이 아니다.)

모티브의 몸통을 콘크리트 바닥에 대고 다리를 집어넣은 뒤에 표준 방어 모드로 설정을 바꾼 다음 머리 위 선반에서 오엔아이 헤드셋을 꺼내 머리에 썼다. 헤드셋의 전원을 켜자 티타늄 센서 밴드가 머리 둘레에 맞게 자동으로 조여지면서 딱 맞게 고정되었다. 헤드셋 본체가 단 1밀리미터라도 움직이지 않도록 말이다. 오엔아이를 사용하는 도중에 그런 일이 생긴다면… 정말 큰일이었다.

버튼을 눌러 모티브의 방탄 조종석 덮개를 닫았다. 압축 공기에서 나는 쉬익 소리와 함께 덮개가 닫혔다. 널찍한 조종석 안에 밀폐된 내 몸은 이제 안전했다. 목을 가다듬고 다음과 같이 말했다. "로그인 절차를 시작해."

헤드셋이 내 뇌를 스캔해서 내 신원을 확인하는 동안 두피 전체에서 따끔거리는 익숙한 감각이 느껴졌다. 곧 여자 목소리가 암호문을 말하라고 안내했고, 나는 각 음절을 또박또박 발음하려고 주의하면서 암호문을 읊었다. 얼마 전 지난 대회를 치를 때 후반부에 사용했던 문구인 데이 마이트 비 자이언츠가 1987년에 부른 〈돈 레츠 스타트〉라는 노래의 한 구절로 암호문을 바꿔놓은 터였다. "세상 누구도 원하는 것을 다 가질 수 없지. 그래서 아름답지…"

암호문이 확인되고 오엔아이 안전 경고문에 동의 버튼을 터치하자 로그인 절차가 끝났다. 현실이 멀어지면서 나를 둘러싼 모든 것들이 오아시스로 바뀌는 동안 나는 안도의 한숨을 크게 내쉬었다.

내 아바타는 섹터 14에 있는 작은 소행성인 팔코에 있는 내 요새 안에서 서서히 나타났다. 이 요새는 여전히 내 아바타의 보금자리였다. 할리데이에게 물려받은 아노락의 성채로 옮겨보려고도 했지만 그곳은 내부 장식이나 전체적인 분위기가 썩 마음에 들지 않았다. 팔코에 있는 이 요새, 즉 내 손으로 직접 설계하고 지은 이곳에 있을 때가 더 마음이 편했다.

내 아바타는 작전실에 앉아 있었다. 이곳은 간밤에 12시간의 오엔아이 일일 사용 제한 시간에 도달해 시스템에서 자동으로 로그아웃되었을 때 내 아바타가 앉아 있던 곳이었다.

앞에 놓인 제어판에는 스위치와 버튼, 키보드, 조이스틱, 표시 화면이 빼곡했다. 왼쪽으로 줄줄이 놓인 모니터는 각각 내 요새 안팎에 설치된 가상카메라에 연결되어 있었다. 오른쪽으로 줄줄이 놓인 모니터에서는 내 이머전 볼트 안팎에 장착된 물리적인 카메라에서 송출하는 비디오피드가 표시되고 있었다. 이 모니터들을 통해 잠든 내 몸을 다각도에서 감시할 수 있었고 활력 징후도 확인할 수 있었다.

유리 돔 너머로 요새 주변 풍경을 바라보았다. 황량한 땅에는 여기저기 충돌구가 패여 있었다. 이곳은 지난 대회를 치르던 마지막 해에 내 아바타의 보금자리였으며 바로 이 의자에 앉아 있을 때 중요한 수수께끼 하나를 풀었다. 익숙한 분위기가 일곱 개의 조각 퀘스트를 푸는 데 큰 돌파구가 될지도 몰랐다. 지금까지는 별 도움이 되지 않았지만 말이다.

슈퍼유저 HUD에서 순간이동 메뉴로 들어간 다음 즐겨찾기에 추가해 둔 장소 목록을 훑어 내려가 섹터 1에 있는 그리게리어스 행성 방문 기록을 찾아냈다. 그리게리어스는 GSS의 가상사무실이 있는 행성이었다. 이 행성을 선택하고 순간이동 아이콘을 터치하자 내 아바타는 눈 깜짝할 사이에 수억 킬로미터 떨어진 좌표 지점으로 이동했다.

일반 유저였다면 이 거리를 이동하는 데 엄청난 돈이 필요했겠지만 나는 아노락의 망토 덕분에 언제 어디로든 공짜로 순간이동할 수 있었다. 루두스에 발이 묶여 있던 가난한 학생 시절에 비하면 놀라운 신분 상승을 체감하는 순간이었다.

내 아바타가 다시 나타난 곳은 콜럼버스 시내에 있는 실제 GSS 마천루를 가상현실 속에 그대로 재현해 놓은 그리게리어스 타워의 꼭대기 층이었다. GSS의 본부장인 파이살 소디가 접객 데스크 앞에 서서 나를 기다리고 있었다.

"와츠 회장님! 어서 오십시오."

"오랜만이네요." 나를 '웨이드' 아니면 '지'라고 부르라고 파이살을 설득하는 일은 이미 오래전에 포기했다.

파이살이 다가와 손을 내밀었고 나는 그 손을 잡고 흔들었다. 질병을 옮길 염려 없이 다른 사람과 악수할 수 있다는 점은 오아시스만의 독보적인 장점이었다. 하지만 오엔아이가 출시되기 전까지만 해도 아무리 좋은 햅틱 장갑을 낀 상태이더라도 오아시스 안에서 하는 악수는 언제나 마네킹과 악수하는 느낌에 불과했다. 인간의 살과 살이 맞닿는 감각이 없다면 이런 옛날식 인사는 무의미한 몸짓에 불과했다. 오엔아이를 출시한 이후 악수는 다시 유행했다. 손바닥이나 주먹을 마주치는 인사도 마찬가지였다. 오엔아이를 통해서라면 진짜 같은 생생한 느낌이 들었기 때문이다.

회의실은 마법 수단과 기술 수단 두 가지 모두로 보호되는 구역이었다. 우리는 공동 소유주 회의를 표준 오아시스 채팅방이 아닌 이 회의실에서 진행했다. 이곳에는 GSS 임직원을 비롯해 그 누구도 회의를 녹음하거나 도청할 수 없도록 여러 가지 보안조치를 추가할 수 있었기 때문이다.

"다들 와 있나요?" 내가 파이살의 등 뒤로 보이는 닫힌 문을 턱짓으로 가리키며 물었다.

"에이치 회장님과 쇼토 회장님, 두 분은 방금 도착하셨습니다." 파이살이 문을 열며 말했다. "하지만 쿡 회장님은 조금 늦는다고 전화를 주셨습니다."

나는 고개를 끄덕이고 회의실로 들어갔다. 에이치와 쇼토는 천장까지 이어진 통유리로 된 ㄱ자형 창문 앞에 서서 온갖 간식거리가 쌓인 쟁반에서 과자를 집어 먹으며 창밖 경치를 감상하고 있었다. 그리게리어스 타워는 자연 그대로의 깨끗한 숲에 둘러싸여 있었다. 지평선 위로 정상에 눈이 덮인 산도 보였다. 다른 구조물은 전혀 보이지 않았다. 의도적으로 모든 풍경을 차분하고 평화롭게 만들었다. 아쉽게도 이곳에서 열리는 회의의 분위기는 차분함이나 평화로움과는 거리가 멀었다.

"지!" 에이치와 쇼토가 나를 보자마자 한목소리로 외쳤다.

나는 에이치와 쇼토에게 다가가 손바닥을 마주쳤다.

"어떻게 지냈어, 친구들?"

"지금은 이 짓거리를 하기엔 너무 이른 시간이지." 에이치는 탄식을 내뱉었다. 에이치는 미국 로스앤젤레스에 머물고 있었는데, 지금 그곳의 현지 시각은 오전 10시였다. 에이치는 늦게 자고 늦게 일어나는 올빼미과였다.

"맞아." 쇼토가 거들었다. 번역 소프트웨어 때문에 0.25초 정도 지연이 있었다. "지금은 이 짓거리를 하기엔 너무 '늦은' 시간이기도 해." 쇼토가 머물고 있는 일본은 지금 한밤중이었다. 하지만 쇼토도 타고난 야행성이었다. 단지 이 회의에 점점 더 큰 부담을 느끼게 된 터라 불평을 늘어놓는 것뿐이었다. 에이치와 나처럼 말이다.

"아티*는 좀 늦는대." 에이치가 말했다. "라이베리아에서 접속하려나 봐."

"응." 눈을 흘기며 내가 말했다. "거기가 세계에서 가장 우울한 나라들 순방 목록 중에서 가장 최근 순방지거든."

텔레봇을 통해 안전하게 가볼 수도 있고 그곳에서 저장된 오엔아이 클립을 내려받기만 하면 세상 어디든 다 경험할 수 있는데도 사만다가 굳이 물리적으로 직접 여행하는 번거로움과 위험을 감수하는 이유를 도무지 이해할 수 없었다. 그 나라들은 오아시스 안에서도 얼마든지 방문할 수 있었다. 섹터 10에는 놀라울 정도로 정교하게 지구를 복원해 놓은 곳이 있었다. 그 행성의 이름은 지구 대용 행성을 뜻하는 이어스EEarth였다. 이 행성은 가능한 한 정확하게 지구를 재현하기 위해 실시간 위성 영상, 드론 영상, 교통카메라, 보안카메라, 스마트폰 카메라 피드에서 수집된 자료들이 끊임없이 갱신되었다. 이어스에서 두바이나 방콕, 델리를 방문하는 일은 현실에서 그곳들을 방문하는

* 사만다의 아바타 아르테미스의 애칭 – 옮긴이

일보다 훨씬 더 쉽고 안전했다. 하지만 사만다에게는 세상의 진짜 모습을 두 눈으로 직접 보는 일이 매우 중요했다. 전쟁의 상흔이 가득한 위험한 나라들조차도 말이다. 한마디로 너무 무모했다.

아니, 그녀는 이타적이고 신념이 뚜렷한 거야. 게다가 넌 그 두 가지와는 거리가 멀지. 그녀가 널 차버린 게 과연 이상한 일일까? 머릿속에서 볼멘소리가 속삭였다.

나는 이를 악물었다. 이 회의는 언제나 자존감을 떨어뜨렸다. 단지 아르테미스의 얼굴을 보아야 했기 때문만은 아니었다. 에이치와 쇼토 역시 지난 대회가 끝난 후에 화려하고 충만한 삶을 누리고 있었다. 친구들에 비하면 스스로 자초한 은둔적이고 강박적인 내 모습은 너무나도 초라해 보였다.

요즘 들어서는 에이치나 쇼토와 같이 놀고 싶으면 몇 주 전에 약속을 잡아야 했다. 하지만 그 정도는 괜찮았다. 친구들이 나와 놀아주는 것 자체가 고마운 일이었다. 나로서는 그 두 명이 전부였지만, 에이치와 쇼토는 친구가 훨씬 더 많았다. 게다가 둘은 오프라인에서 나보다 훨씬 더 많은 시간을 보냈다. 둘은 오엔아이넷에서 다른 사람의 삶의 일부분을 내려받기보다는 세상에 나가서 직접 경험했다(그리고 그 경험을 저장했다). 둘은 사실 오엔아이넷에서 최고 인기 게시자 그룹에 속했다. 에이치나 쇼토가 올린 클립은 내용을 불문하고 단 몇 초 만에 입소문을 타고 퍼졌다.

아르테미스처럼 에이치와 쇼토는 총명한 데다 사람을 휘어잡는 매력이 있었다. 유명인의 삶을 누리면서도 가난한 사람들의 삶을 돕기 위해 애썼다. 이 친구들이야말로 내 유일한 자랑거리라는 생각이 든 적이 한두 번이 아니었다. 내 인생에서 가장 큰 자랑거리는, 심지어 할리데이의 상금을 탄 일보다도 더욱 큰 자랑거리는 그 상금을 나눠

갖기로 한 이 세 친구였다. 에이치와 쇼토, 아르테미스가 가진 친절함과 현명함, 분별력은 지금은 물론이거니와 앞으로도 내가 따라갈 수 없을 터였다.

지난 대회가 끝난 후에 헬렌 해리스는 법적 이름을 에이치로 개명했다. 스팅이나 마돈나처럼 성은 없었다. 지난 대회를 치르는 과정에서 진짜 신분과 외모, 성별이 모두에게 알려진 에이치는 어릴 때부터 신분을 위장하기 위해 사용해 온 세계적으로 유명한 백인 남자 아바타를 즉시 없애버렸다. 사만다와 쇼토를 비롯한 많은 현실 속 유명인들처럼 에이치는 실제 외모를 그대로 재현하기 위해 오아시스에 로그인할 때마다 갱신되는 아바타인 오아시스 '라바타ravatar'를 사용하기 시작했다.

나는 실제 외모를 별로 좋아한 적이 없었기에 늘 사용해 온 오아시스 아바타를 계속 사용했다. 좀 더 키가 크고 좀 더 근육질에 좀 더 잘생긴, 가장 이상적인 내 모습으로 만든 아바타였다.

요즘 에이치는 오아시스에 로그인하지 않는 시간에는 주로 샌타모니카 해변에 있는 집에서 여유를 즐기거나 유명한 가수이자 발리우드 영화배우인 약혼녀 엔디라 비나야크와 여행을 다녔다.

억만장자가 된 후에도 에이치의 성격은 전혀 변하지 않았다. 적어도 내가 보기에는 그랬다. 에이치는 여전히 옛날 영화를 놓고 이러쿵저러쿵 떠들어대기를 좋아했다. 또 여전히 PvP 토너먼트에 참가해 실력을 겨루는 일을 좋아했기에 데스매치 리그 부문과 깃발뺏기 리그 부문에서 모두 최상위권을 유지했다. 한마디로 에이치는 여전히 멋진 녀석이었다. 이제는 말도 안 되게 부유하며 세계적으로 유명해진 멋진 녀석이기도 했다.

여전히 에이치를 단짝으로 여겼지만 아무래도 옛날만큼 친하지는 않았다. 얼굴을 본 지는 2년이 넘었다. 온라인에서는 한 달에 한두 번쯤 만나기는 했지만 언제나 내가 먼저 만나자고 해야만 만날 수 있었다. 에이치가 일종의 의무감으로 나를 만나는 것은 아닌지, 혹은 내가 걱정스러워서 만나주는 것은 아닌지 걱정이 되기 시작했다. 어느 쪽이든 상관은 없었다. 여전히 시간을 내어준다는 사실만으로도, 나와 인연을 유지해 준다는 사실만으로도 고마울 따름이었다.

쇼토는 에이치보다도 더 얼굴을 보기가 힘들었다. 그럴 만했다. 쇼토의 삶은 지난 대회 이후 극적으로 달라졌다. 쇼토가 미성년자였을 때는 부모가 자산 관리를 도와주었지만 일 년 전에 18세가 되면서 일본에서 법적으로 성인이 되었다. 이제 쇼토는 주도적으로 자기 인생을 살 수 있게 되었으며 할리데이의 유산도 마음대로 쓸 수 있었다.

쇼토는 성인이 된 기념으로 에이치처럼 법적 이름을 아바타의 이름으로 개명했다. 홋카이도로 이사한 후에 만난 키키라는 여자와 결혼도 했다. 쇼토와 키키는 바닷가 바로 앞에 있는, 내부를 전면 수리한 일본 전통 성에 신혼살림을 차렸다. 5개월쯤 전에 공동 소유주 회의를 하던 중에 쇼토는 자기가 곧 애 아빠가 된다는 소식을 우리에게 전했다. 쇼토는 태어날 아이가 아들이라는 사실을 알게 되자 키키와 상의해 이름을 토시로로 짓기로 했다고 말했다. 하지만 쇼토가 우리에게 몰래 털어놓은 바에 따르면 쇼토가 아들에게 붙여주려는 별명은 '리틀 다이토'였다. 그래서 나도 쇼토의 아들을 리틀 다이토라고 부를 생각이었다.

쇼토가 그렇게 어린 나이에 몇 달 후면 애 아빠가 된다는 사실은 여전히 믿기 힘들었다. 왠지 모르게 걱정이 되기도 했다. 쇼토가 리틀 다이토를 좋은 학교에 보낼 형편이 되지 못할까 봐? 그런 이유는 아니었다. 단지 왜 그렇게 서두르는지 이해할 수가 없었다. 쇼토가 나를 앉혀놓고 그 이유를 설명해 주기 전까지는 말이다. 일본은 심각한 '인구 감소 위기'를 맞고 있었다. 지난 30년간 많은 일본인이 아이를 낳지 않았기 때문이다. 일본에서 가장 부유하고 유명한 젊은 부부인 쇼토와 키키는 타의 모범이 되기 위해 가능한 한 빨리 아이를 낳아야 한다는 의무감을 느꼈다. 그래서 아이를 낳았다. 리틀 다이토가 태어난 후에는 곧바로 리틀 쇼토를(또는 리틀 키키를) 갖기 위해 노력했다.

쇼토는 애 아빠가 될 준비를 하는 한편 GSS 홋카이도 지사 운영 일도 계속했다. 좋아하는 아니메와 사무라이 영화를 소재로 오아시스 퀘스트 시리즈를 제작했는데 이 시리즈는 선풍적인 인기를 끌었고 상도 받았다. 쇼토는 내가 좋아하는 퀘스트 개발자 중 한 명이 되었고, 나는 쇼토가 신뢰하는 베타 테스터 중 한 명이 되는 영광을 누렸다. 그 덕분에 한 달에 한두 번씩 쇼토와 오아시스에서 만나 놀 수 있었다.

쇼토와 나는 쇼토의 의형제였던 다이토나 다이토를 살해한 놈에 대해서는 말을 아꼈다. 하지만 그 이야기를 마지막으로 했을 때 쇼토는 여전히 죽은 다이토를 생각하면 슬프다고 했다. 그 슬픔이 영원히 지속될 것 같아서 두렵다고도 했다. 쇼토가 하는 말을 이해할 수 있었다. 앨리스 이모나 빈민촌에서 아래층에 살았던 길모어 할머니를 생각하면 나도 같은 심정이었으니까. 앨리스 이모와 길모어 할머니를 살해한 놈도 같은 놈이었다. IOI의 본부장이었던 놀란 소렌토, 바로 그놈이었다.

지난 대회가 끝난 후에 소렌토는 37건의 일급 살인 혐의로 유죄를 선고받았고 지금은 콜럼버스에서 남쪽으로 약 90킬로미터 떨어진 오하이오주 칠리코시에 소재한, 최고 보안 등급의 교도소에서 사형수로 복역 중이었다.

재판 중에 IOI 변호사들은 소렌토가 다이토를 43층 발코니 밖으로 던지라고 부하들에게 지시했던 일이 이사회에 알리지 않고 이사회의 동의도 받지 않은 채 자의적으로 한 행동이었다고 배심원단을 설득했다. 또 빈민촌에 있던 앨리스 이모의 트레일러 근처에서 폭탄을 터뜨려 30여 명을 숨지게 하고 수백 명을 다치게 한 일도 소렌토의 독자적인 행동이었다고 주장했다.

소렌토가 유죄 판결을 받고 투옥된 후에 IOI는 자사를 상대로 제기된 부당한 사망 소송 건 전부를 합의로 마무리하고 회사 운영을 정상화하려고 애썼다. 하지만 그 무렵 IOI는 이미 우리가 출시한 오엔아이 헤드셋 때문에 세계 최대 오아시스 이머전 장치 제조업체로서의 위상을 잃어버린 상태였다. 더불어 우리가 시작한 글로벌 인터넷 무상 공급 사업 때문에 그들의 인터넷 서비스 공급 사업 역시 몰락한 상태였다.

한편 IOI는 뻔뻔스럽게도 나를 상대로 별도의 기업 소송을 제기했다. IOI는 내가 가짜 신분증을 만들어 계약 노예로 위장한 다음에 IOI 본부에 잠입했을지라도 내가 서명한 노예 계약서는 여전히 법적 효력이 있다고 주장했다. 그 말인즉 엄밀히 따졌을 때 내가 지난 대회에서 우승할 당시 나는 IOI의 자산이었으며 따라서 할리데이의 유산과 그의 회사인 GSS 역시 IOI의 자산으로 간주해야 한다는 취지였다. 미국의 법률 체계는 여전히 시민보다 기업에 훨씬 더 많은 권리를 주고 있었기에 이 멍청한 소송은 몇 달째 지지부진했다… 결국 GSS는 IOI를 적대적으로 인수했고, IOI의 새 주인이 된 우리는 곧바로 소송을 철회했다. 또 옛날 IOI 이사진 전원과 변호사 전원, 소렌토와 함께 일했거나 소렌토 밑에서 일했던 모든 사람을 해고했다.

이제 식서들은 아득히 먼 기억에만 존재했고 IOI는 GSS가 전액 출자한 일개 자회사에 불과했다. GSS는 단연 세계에서 으뜸가는 기업이 되었다. 지금처럼만 성장을 계속한다면 머지않아 유일한 기업이 될 가능성도 있었다. 그런 이유로 오아시스 유저 중 상당수는 GSS를 '뉴식서'라고 부르고, 에이치와 쇼토, 사만다, 나를 한데 묶어 '묵시록의 너드 4인방'으로 부르기 시작했다.

투페이스의 말이 맞았다. 영웅으로 죽거나, 오래 살아남아 악당이 된 자신을 보거나, 둘 중 하나일 뿐이다.

에이치와 쇼토와 좀 더 잡담을 나누다 보니 회의실 문이 열리고 사만다의 아바타 아르테미스가 들어왔다. 아르테미스는 우리 쪽을 흘긋 보았지만 인사라고 할 만한 동작은 취하지 않았다. 파이살이 따라 들어오며 문을 닫았다.

우리는 모두 늘 앉던 자리에 앉았다. 나와 아르테미스는 원형 회의 탁자에서 서로 맞은편 자리에 앉았다. 가장 멀리 떨어져 앉은 셈이지만 정면으로 얼굴을 마주 보는 자리였다.

"모두 이렇게 와주셔서 감사합니다." 파이살이 아르테미스 옆자리에 앉으며 말했다. "이제 공동 소유주 회의를 시작하면 되겠네요. 오늘 다룰 안건은 많지 않습니다. 첫 번째 안건은 분기별 수익 보고서입니다." 파이살 뒤쪽에 있는 커다란 화면에서 갖가지 차트와 그래프가 나타났다. "평소와 다를 바 없이 다 좋은 소식입니다. 오엔아이 헤드셋 판매량은 꾸준하며 이머전 볼트 판매량은 직전 분기 대비 거의 두 배로 뛰었습니다. 오아시스 광고 및 초현실 부동산 부문 수익은 모두 사상 최고치를 유지 중입니다."

파이살은 우리 회사가 얼마나 잘나가고 있는지 자세히 설명을 이어나갔지만 내 귀에는 거의 들리지 않았다. 탁자 맞은편에 앉은 아르테미스를 흘끔거리느라 바빴기 때문이다. 그녀가 절대 내 쪽은 보려고 하지 않았기에 내 시선을 알아채지는 못할 터였다.

아르테미스의 모습은 예전과 똑같았지만 작은 차이가 하나 있었다. 지난 대회가 끝난 후에 그녀는 실제 얼굴의 왼쪽 절반을 덮은 포도주색 반점을 아바타의 얼굴에도 추가했다. 이제 그녀의 아바타와 현실세계의 그녀는 외모 면에서 차이가 없었다. 그녀는 인터뷰에 응할 때마다 출생 모반을 싫어했던 어린 시절에 대해, 또 그때까지 어떻게 그 모반을 감추려고 애쓰며 살아왔는지에 대해 이야기하곤 했다. 하지만 이제 그녀는 현실에서도 오아시스 안에서도 그 출생 모반을 명예의 훈장처럼 당당하게 내보였다. 결국 그녀의 출생 모반은 세계적으로 유명한 트레이드마크가 되었다.

아르테미스의 머리 위에 떠 있는 명찰을 확인했다. 명찰의 테두리를 따라 얇은 실선이 보였다. 아바타를 조작하는 유저가 오엔아이 헤드셋을 사용하지 않고 오아시스에 접속 중이라는 뜻이었다. 이 기능을 추가한 배경에는 고객들의 빗발치는 요구가 있었다. 이렇게 명찰에 테두리가 있는 오아시스 유저는 '틱스Ticks'('햅틱스haptics'의 줄임말)라고 불렸다. 대부분의 틱스들은 12시간의 오엔아이 일일 사용 제한 시간을 다 써버린 후에 햅틱 장비로 다시 로그인해서 잠들기 전 몇 시간을 더 오아시스에서 보내는 유저들이었다. 사만다처럼 오엔아이 헤드셋을 전혀 사용하지 않는 100퍼센트 틱스는 전체 유저 중에서 5퍼센트도 채 되지 않았다. 사만다는 나름대로 최선의 노력을 다했지만 해마다 오엔아이를 거부하는 사람들의 숫자는 줄어만 갔다.

"기쁜 소식이 또 있습니다. 최신 서버 팜 가동으로 데이터 저장 용량이 100만 요타바이트만큼 늘어났습니다." 파이살이 말했다. "우리 데이터 기술자들 계산으로 이 정도면 내년에 필요한 용량은 충분히 감당하고도 남는다고 합니다. 유저 증가율만 꾸준히 유지된다면요."

오엔아이 헤드셋의 출시로 생긴 또 하나의 문제는 회사 운영에 필요한 데이터 저장 용량의 폭증이었다. 모든 오엔아이 유저의 계정에 저장된 대용량 유저 뇌 스캔User Brain Scan(약자로는 UBS) 파일 때문이었다. UBS 파일은 유저가 오아시스에 로그인하거나 로그아웃할 때마다 갱신되었다. 따라서 오엔아이를 사용하는 유저 수가 늘어나는 만큼 데이터 저장 용량도 더 많이 필요했다.

유저가 사망한 후에도 대용량 UBS 파일을 비롯해 그 유저의 계정 데이터를 삭제하지 않다 보니 용량 문제는 더욱 심각해졌다. 파이살은 이 문제의 원인이 모든 데이터를 보관하기 때문이며 몇 가지 이유로 이 데이터는 회사에 매우 귀중한 가치가 있다고 설명해 주었다. '유저 마케팅 동향 분석' 같은 소리를 들먹이면서 말이다. 하지만 우리가 오엔아이 유저의 UBS 파일을 보관한 주된 이유는 이 데이터가 우리 기술자들이 오엔아이 헤드셋의 안전성과 작동성을 향상시키는 데 필요했기 때문이다. 우리 신경 인터페이스 소프트웨어와 하드웨어가 그렇게 다양한 사람들이 사용하는 데도 전혀 문제없이 작동할 수 있었던 이유는 바로 그 때문이었다. 고품질 감각 몰입형 시뮬레이터인 오아시스를 제공해 감각적 욕구를 채워주기만 한다면 기꺼이 기니피그가 되어 뇌에 들어 있는 정보에 대한 완전한 접근권을 내놓겠다는 사람들은 엄청나게 많았다. 그들에게 오아시스는 '빵과 서커스'였다.

이 회의만 했다 하면 내 머릿속은 언제나 어두운 쪽으로 생각이 흘러갔다.

"질문이 없으시다면 마지막 안건으로 넘어가도록 하겠습니다." 파이살이 말했다. 아무도 입을 떼지 않자 파이살이 말을 이었다. "아주 좋습니다! 회장님들의 승인이 필요한 문제가 딱 하나 더 남아 있습니다. 내일 배포할 예정인 오엔아이 헤드셋 펌웨어 업데이트 건입니다. 올해에 앞서 했던 업데이트에서 크게 달라진 건 없습니다. 우리 기술자들이 불법 오버클로킹을 막기 위해 보안조치를 몇 가지 추가했을 뿐입니다."

"지난번과 지지난번 업데이트 때도 같은 이유였지 않나요?" 아르테미스가 물었다. 그녀에게는 평범한 질문도 비난처럼 느껴지게 하는 남다른 재주가 있었다.

"그렇습니다." 파이살이 대답했다. "안타깝게도 새로운 보안조치를 실행할 때마다 해커들이 금세 간파합니다. 하지만 이번 업데이트로 마침내 오버클로킹을 완전히 차단할 수 있으리라 기대하고 있습니다."

오엔아이가 출시된 후로 오엔아이로 인한 사망 사고는 단 몇 건뿐이었다. 모두 오버클로킹, 즉 12시간의 일일 사용 제한 시간을 늘리기 위해 오엔아이 헤드셋의 펌웨어를 해킹한 행위가 사망 원인이었다. 아무리 안전 경고와 면책 조항을 고지해도 이 내용을 무시하는 일부 유저는 언제나 존재했다. 그들은 자신들이 특별하기 때문에 14시간까지, 심지어 16시간까지 연속적으로 오엔아이를 사용해도 뇌가 부작용 없이 버틸 수 있다고 믿었다. 실제로 몇 명은 하루 이틀 정도는 그렇게 할 수 있었다. 하지만 운을 과신했던 그들은 결국 뇌엽절제술을 받아야 했다. 이 일은 우리 회사에도 큰 타격을 입혔다.

철통같은 최종 소비자 사용 계약서 덕분에 GSS는 이 사망 사고 중 어떤 사고에도 법적인 책임은 없었다. 하지만 그래도 오버클로킹을 시도하는 사람들을 보호해야 했던 만큼 새로운 취약점 공격이 발견될 때마다 오엔아이 펌웨어를 업데이트했다.

오엔아이가 출시되었을 때부터 오아시스에 떠도는 도시 전설이 하나 있었다. 할리데이가 최초로 만든 헤드셋 시제품을 시험해 보다가 12시간의 오엔아이 일일 사용 제한 시간을 초과해서 말기 암에 걸렸다는 내용이었다. 하지만 이 소문은 사실무근이었다. 우리가 실시한 모든 집중 연구와 검사 결과에 따르면 오아시스 신경 인터페이스와 할리데이의 목숨을 앗아간 림프종 사이에는 아무런 연관성이 없었다.

파이살은 오엔아이 펌웨어 업그레이드에 대한 표결을 시작했다. 에이치와 쇼토와 나는 찬성에 표를 던졌고, 아르테미스는 기권을 선택했다. 아르테미스는 오엔아이 헤드셋과 관련된 표결에는 언제나 기권을 선택했다. 이번처럼 안전조치를 강화하기 위한 표결을 할 때조차 말이다.

"아주 좋습니다!" 회의실 내에 감도는 미묘한 기류에도 불구하고 파이살이 명랑한 목소리로 말했다. "이게 마지막 안건이었습니다. 추가로 하실 말씀이 없으시면 회의를 끝낼—"

"저 할 말 있어요." 아르테미스가 파이살의 말을 자르며 말했다.

에이치와 쇼토와 나는 모두 한숨을 내쉬었다. 의도하지는 않았지만 박자가 정확히 일치했다.

아르테미스는 아랑곳하지 않고 말을 이었다.

"연구에 따르면 인간의 뇌는 25세 무렵까지도 계속 성장한대. 오엔아이 헤드셋의 사용 연령을 25세 이상으로 해야 한다고 생각해. 너희가 동의할 리가 없다는 것도 알아. 그래서 타협안으로 나이 어린 고객들의 안전을 위해 앞으로 18세 이상만 오엔아이 헤드셋을 사용하게 했으면 좋겠어. 오엔아이가 장기적으로 인간에게 신경학적으로, 또 심리학적으로 어떤 영향을 미칠지 좀 더 밝혀질 때까지만이라도 말이야."

쇼토와 에이치와 나는 피곤한 표정으로 눈빛을 주고받았다. 파이살은 얼굴에 미소를 가득 머금고 있었다. 파이살이라고 이런 지겨운 일에 피곤함을 느끼지 않았을 리는 없겠지만 말이다.

"에이치도, 쇼토도, 나도 아직 25세가 되지 않았어." 내가 말했다. "지금 우리가 모두 오엔아이를 사용해서 뇌 손상을 입었다고 말하는 거야?"

"음." 아르테미스가 한쪽 입꼬리만 올리고 웃으며 대답했다. "지난 3년간 너희가 내렸던 결정들 몇 가지만 봐도 대답이 될 것 같은데."

"아티." 에이치가 말했다. "넷이 모일 때마다 넌 오엔아이 헤드셋에 제한을 걸어야 한다고 얘기해. 게다가 매번 3대 1로 투표에서 지지."

"너희한테 애지중지하는 오엔아이를 포기하라고 말한 적은 없잖아, 안 그래?" 아르테미스가 말했다. "난 아직 선거권도 없는 어린애들에 대해 말하는 거라고. 우리가 어린애들을 몽땅 오엔아이 중독자로 만들고 있어. 그 애들이 현실세계의 삶을 제대로 경험해 보기도 전에 말이야."

"뉴스 속보입니다." 아르테미스가 말을 멈추자마자 내가 끼어들었다. "현실세계의 삶은 대부분의 사람들에게는 시궁창입니다. 우리가 이 헤드셋을 팔기 훨씬 전부터 그렇게 되었잖아, 아티…"

몇 년 만에 처음으로 아르테미스는 내 눈을 똑바로 보았다.

"넌." 아르테미스가 나를 향해 삿대질하며 말했다. "넌 더 이상 날 아티라고 부르지도 마. 너 지금 설마 나한테 현실세계의 지금 상황에 대해 설교하는 거니?" 아르테미스는 주변을 가리켰다. "넌 여전히 여기에 숨어만 있고. 그동안 난 밖으로 나가 현실세계를 구하기 위해 애쓰고 있잖아. 현실! 우리의 현실 말이야!"

아르테미스는 다시 나를 가리켰다. "아마 넌 위험이 보이지 않겠지. 보려고 하지 않으니까. 넌 신비로운 꿈의 기계에 눈이 멀어 이 기계가 인류에게 무슨 짓을 하고 있는지는 보이지 않겠지. 하지만 내 눈에는 보여. 모로의 눈에도 보여. 그러니까 모로도 오엔아이 헤드셋을 써보지 않으신 거야! 그러니까 고문으로라도 우리 회사에서 일할 마음이 없으신 거지. 인간 문명의 종말을 초래하는 일을 돕고 싶지 않으신 거라고." 아르테미스는 나를 보며 고개를 가로저었다. "모로가 보기에 우리가 얼마나 실망스러우실까…"

아르테미스는 팔짱을 끼고 내 눈을 똑바로 보면서 내 응답을 기다렸다. 나는 몇 번이나 턱을 앙다물었다가 풀면서 답답한 마음에 비명이라도 지르고 싶은 충동을 겨우 억누르고 나서 감정 억제 소프트웨어를 실행하고 숀이 가르쳐준 심호흡 운동법을 하며 마음을 진정시켰다.

본능적으로 떠오른 생각은 사만다의 할머니 이야기를 꺼내는 것이었다. 사만다의 친할머니인 에블린 오팔 쿡은 부모를 여읜 사만다를 키워준 사람이었다. 에블린은 사만다가 왜 오엔아이를 거부하는지 이해하지 못했다. 오히려 정반대였다. 에블린은 초도 물량으로 나온 헤드셋을 주문했고 생애 마지막 날까지 하루도 빠짐없이 사용했다. 안타깝게도 남은 생애는 그리 길지 않았다. 단 2년이었다.

에블린은 췌장암을 선고받고 나서부터 오엔아이 헤드셋을 매일 12시간씩 꽉 채워 사용하기 시작했다. 항암 치료로 쇠약해진 몸에서 정신을 최대한 자주, 최대한 오래 분리하기 위해서였다. 오아시스 안에서 에블린의 몸은 어떤 고통에도 시달린 적이 없는 완벽하게 건강한 몸이었다. 실제 몸이 병마와 싸우는 동안 오아시스 안에서는 이국의 멋진 해변을 달리거나 산 정상에 올라 소풍을 즐길 수 있었다. 친구들과 프랑스 파리에 가서 밤새도록 춤을 즐길 수도 있었다. 오엔아이 덕분에 매일 12시간씩 즐겁고 행복한 삶을 누릴 수 있었다. 일 년 전쯤 병마를 이겨내지 못하고 쓰러지기 직전까지도 말이다. 간호사들에 따르면 에블린은 평화롭게 고통 없이 세상을 떠났다. 오엔아이 헤드셋을 낀 채로 오아시스 안에서 손녀와 이야기하고 있었기 때문이다. 에블린은 몸이 너무 쇠약해져 말할 기운조차 없어진 후에도 오엔아이 덕분에 한참을 더 손녀와 이야기를 나눌 수 있었다.

예전에 오엔아이에 대해 논쟁하던 어느 날 사만다의 할머니를 언급하는 실수를 저지른 적이 있었다. 그때 사만다는 머리끝까지 화가 나서 두 번 다시 할머니의 이름을 꺼내지 말라고 경고했다. 그래서 그렇게 하지 않았다. 아니, 정확히는 아무 말도 하지 않았다. 나는 심호흡을 한 후에 내 망할 혀를 깨물었다.

"그럼 교육은?" 내가 끝내 반박을 포기했을 때 쇼토가 나섰다. "사람들은 오엔아이 클립을 재생해서 여러 가지 유용한 기술을 배울 수 있잖아. 곡물 재배 방법이라든가 외국어 회화라든가. 의사들은 각 분야 최고의 외과 의사들이 집도하는 새로운 수술법을 배울 수도 있어. 왜 단지 나이 때문에 이렇게 중요한 학습 도구에 접근하지 못해야 하지?"

"오엔아이가 사람들에게 제일 많이 가르치고 있는 건 현실세계를 외면하는 방법이야." 아르테미스가 말했다. "그래서 세상이 무너지고 있는 거라고."

"세상은 이미 무너지고 있었어." 에이치가 말했다. "모르지 않잖아?"

"게다가 오엔아이는 우릴 구원해 줄 수도 있어." 내가 말했다. "오엔아이가 우리에게 주는 영적, 심리학적, 문화적 이로움은 아직 다 밝혀지지도 않았어. 진정한 의미에서 오엔아이는 정신을 일시적으로 육체에서 해방시켜 자유롭게 해주는 능력이 있어."

아르테미스가 끼어들려고 했지만 나는 꿋꿋이 말을 이었다.

"전 세계 오엔아이 유저들은 네가 직접 경험하기 전까지는 이해할 수조차 없는 완전히 새로운 종류의 공감 능력을 배우고 있어…"

아르테미스는 딸딸이 치는 흉내를 내더니 어이없다는 표정으로 눈을 뒤룩거리며 말했다.

"그만. 그따위 트랜스휴머니스트 같은 헛소리 좀 집어치울 수 없니, 로큐터스. 난 그런 말은 안 믿어."

"오엔아이가 많은 사람의 삶의 질을 높여줬다는 사실은 부인할 수 없어." 에이치가 끼어들었다. "수많은 연구가 보여주잖아. 매일 오엔아이를 사용하는 유저들 사이에서 공감 능력과 환경 보전에 대한 인식이 놀랍게 높아졌다고. 인종차별주의자, 성차별주의자, 동성애 혐오자도 크게 줄어들었고. 전 세계에 걸쳐서. 연령과 사회계층을 불문하고 모든 집단에 걸쳐서. 인류 역사상 최초로 우린 잠깐이나마 다른 사람의 몸으로 살아볼 수 있는 능력을 갖게 됐어. 세계적으로 증오 범죄도 급감했고. 통상 범죄율은—"

"그렇겠지." 아르테미스가 에이치의 말을 뚝 잘랐다. "세계 인구의 절반을 좀비와 다를 바 없는 오엔아이 중독자로 만들어놨으니 범죄율이 떨어지고말고. 우리 부모님을 돌아가시게 한 독감도 범죄율은 떨어뜨렸어, 에이치."

나는 회의 탁자에 시선을 떨구고 입을 열지 않기 위해 이를 앙다물었다. 에이치는 목을 가다듬었지만 역시 반박은 하지 않았다. 하지만 쇼토는 참지 못했다.

"그런 말을 하다니 누나답지 않아. 오엔아이 기술이 누나의 부모님을 돌아가시게 한 독감 같은 치명적인 유행병을 막을 수 있는 최선의 대안이라는 사실을 알잖아. 유행병은 우리 덕분에 없어진 거라고. 사람들의 사회적 상호작용을 온라인으로 옮기고 현실의 관광을 가상관광으로 대체함으로써 사람들의 이동을 현저하게 줄였고 거의 모든 감염병의 확산을 막았어. 성병들까지도 말이야. 이제 웬만한 사람들은 다 오아시스 안에서 섹스를 하니까." 쇼토가 미소를 지었다. "오엔아이 덕분에 사람들은 전염병 걱정 없이 인파로 꽉 찬 음악 공연장에 가서 인파 속으로 몸을 던질 수 있잖아. 사람들을 모으고 연결해 주는…"

"오엔아이는 세계 출생율도 눈에 띄게 낮췄어." 에이치가 덧붙였다. "이미 인구 과잉 문제 해결에 기여하는 중이지."

"그래, 근데 그 대가는?" 아르테미스가 몹시 화를 내며 물었다. "사람들이 더 이상 밖으로 나가지도 않고 서로 살을 맞대지도 않는 세상? 현실이 무너지는 동안 모두 잠만 처자면서 일생을 보내는 세상?" 아르테미스는 고개를 가로저었다. "가끔은 우리 부모님이 살던 세상이 더 나았다고 생각해. 너희들이 만든 이 유토피아에 갇혀 살 필요가 없었으니까."

"넌 오엔아이 헤드셋을 써본 적조차 없잖아." 내가 양손을 허공에 내저으며 말했다. "이런 섣부른 선언을 지껄여 댈 때 넌 말 그대로 네가 무슨 말을 하는지 몰라. 넌 항상 그랬어."

아르테미스는 아무 말 없이 나를 뚫어지게 보다가 에이치와 쇼토를 흘깃 보았다.

"이건 시간 낭비야. 지가 파는 마약에 취해 해롱거리는 마약상들하고 얘기하는 기분이야. 너희들은 우리 고객들만큼이나 심하게 중독돼 있어." 아르테미스가 파이살을 보고 말했다. "공식적으로 표결을 진행해 주세요. 그래야 제가 빨리 이 거지 같은 곳을 나갈 수 있으니까요."

파이살은 고개를 끄덕이고 나서 여전히 명랑한 미소를 띤 채 아르테미스가 제안한 오엔아이 사용 연령 제한에 대한 공식 표결을 시작했다. 역시 3대 1로 아르테미스의 패배였다.

"좋습니다." 파이살이 말했다. "이 문제는 결론이 났으니 회의를 이제 끝내겠습니다."

아르테미스가 한마디 말도 없이 로그아웃했고 그녀의 아바타가 사라졌다.

"오, 신이시여 감사합니다!" 에이치가 한 손으로 목덜미를 주무르더니 나를 보고 말했다. "넌 꼭 그렇게 항상 아르테미스의 심기를 건드려야만 하냐?"

"내가? 이번에 걔를 열받게 한 건 너잖아! "파이살 본부장님한테 회의록을 읽어달라고 해보던가." 나는 파이살을 가리키며 말했다.

"됐어." 에이치가 말했다. "난 이만 나가서 떨이나 피워야겠다. 이런 시끄러운 일을 겪고 나면 곤두선 신경을 가라앉혀야 해. 어쨌든 우리 셋은 조만간 다시 뭉치자. 옛날 생각 하면서 지하실에서 놀자. 형편없는 영화도 좀 보고. 리스크도 하고. 문자 할게. 알았지?"

"좋아." 내가 말했다.

에이치는 나와 주먹을 부딪치고 쇼토와 손바닥을 부딪친 다음 순간이동으로 사라졌다.

"저도 이만 가보겠습니다." 파이살이 말했다. "업데이트 준비를 좀 더 해야 해서요." 파이살은 쇼토와 나에게 다가와 각각 악수한 다음 순간이동으로 사라졌다.

둘만 남자 쇼토가 나를 보고 물었다.

"형은 아티 누나가 옳다고 생각해? 우리가 현실세계를 포기하는 중인가?"

"물론 아니지. 의도는 좋지만 아르테미스는 지금 자기가 무슨 말을 하는지 전혀 모르고 있어." 나는 쇼토를 향해 활짝 웃었다. "아티는 여전히 과거에 갇혀 있어. 우린 미래에서 떵떵거리며 살고 있고 말이지."

"형 말이 맞는 것 같아." 쇼토가 고개를 끄덕이며 말했다. 이내 쇼토의 표정이 갑자기 환해졌다. "근데, 나 새로 개발 중인 「마크로스 플러스」 퀘스트 코딩 다 끝나가거든! 다 되면 테스트 좀 도와줄래?"

"당연하지! 꼭 연락해 줘."

"좋아! 준비되면 이번 주말쯤 문자 할게. 그럼 나중에 봐, 형."

쇼토가 손을 흔들고 회의실에서 사라지자 회의실에는 나만 남겨졌다.

나는 오랫동안 그곳에서 꼼짝 않고 서 있었다. 아르테미스가 내뱉은 비난조의 말들은 내 머릿속에서 한참을 메아리친 후에야 희미해졌다.

0004

"반갑다!" 나는 육손이에게 마지막으로 한 번 더 소리쳤다. "내 이름은 이니고 몬토야다! 넌 내 아버지를 죽였지. 죽음을 각오해라!"

내가 레이피어를 움켜쥐고 돌진하며 빠른 연속 공격을 개시하자 육손이는 검날을 피하며 연회장 끝까지 뒷걸음질 쳤다. 마침내 놈을 벽까지 몰아세웠다. 그때 놈을 그냥 죽여버리고 퀘스트를 끝낼 수도 있었다. 하지만 플릭싱크에서는 맡은 배역의 대사를 모두 맞추면 보너스 점수를 얻을 수 있었다. 나는 지금 만점에 도전하는 중이었다.

"돈 내놔!" 나는 육손이의 왼뺨을 칼로 베면서 윽박질렀다.

"알았어!" 육손이가 움찔하면서 신음을 내뱉었다.

"권력도 내놓는다고 약속해!"

나는 다시 한번 레이피어를 날렵하게 휘둘러 놈의 오른뺨에도 왼뺨과 대칭으로 상처를 남겼다.

"내가 가진 것보다 더 줄 테니! 제발 살려줘!" 육손이가 나지막이 소곤거렸다.

"내가 요구하는 건 무조건 다 내놔…"

"뭐든 주겠다."

"내 아버지를 살려내, 이 개자식아!"

그 말을 마치기가 무섭게 육손이를 찔렀다. 레이피어의 끝이 놈의 복부에 명중했다. 잠시 놈의 표정을 바라본 후에 레이피어를 뽑고 놈을 발로 찼다. 육손이 NPC는 돌바닥에 나뒹굴며 신음을 내뱉은 후에 죽었다. 그 즉시 놈의 시체가 서서히 사라지면서 놈이 보유하던 아이템 더미가 바닥에 떨어졌다. 아이템들을 모두 줍고 나서 연회장에서 나와 버터컵의 신혼 방까지 내달렸다. 신혼 방에 도착한 후에는 버터컵과 웨슬리가 창문으로 탈출하도록 돕는 퀘스트를 완료했다. 페직은 창문 아래쪽에서 백마 네 마리의 고삐를 쥔 채 우리를 기다리고 있었다. 백마를 타고 왕국을 뒤로하고 자유를 찾아 달리는 동안 배경음악으로 〈스토리북 러브〉가 흘러나왔다.

노래가 끝나자 퀘스트도 끝났다. 백마도 다른 배역들도 모두 사라지고 내 아바타는 다시 본래 모습으로 돌아왔다. 주위를 둘러보니 나는 어느새 처음에 들어갔던 퀘스트 포탈 밖으로 나와 길더 왕국 동부 해변에 혼자 서 있었다.

차임벨 소리와 함께 HUD에 알림창이 나타났다. 「프린세스 브라이드」 퀘스트를 백만 점 만점으로 완료한 것을 축하하는 내용이었다. 곧 알림창이 사라졌다. 그리고… 그대로 끝이었다.

꼬박 일 분을 기다렸지만 아무 일도 일어나지 않았다.

해변에 털썩 앉아 한숨을 내쉬었다.

플로린 행성에 처음 온 것은 아니었다. 이 퀘스트를 이미 세 번이나 만점으로 완료했다. 할 때마다 다른 배역을 골랐다. 맨 처음에는 웨슬리 역을, 두 번째에는 버터컵 역을, 세 번째에는 페직 역을 골랐다. 「프린세스 브라이드」가 키라가 평생 좋아했던 영화 중 하나였던 데다 이 영화를 바탕으로 제작한 모든 양방향 오아시스 퀘스트들의 개발 과정에 키라가 참여한 이력도 있었기 때문이다. (여기에는 주인공의 성별을 뒤바꾼 「프린스 그룸」이라는 논란에 휩싸인 퀘스트도 포함되어 있었다. 이 퀘스트에서는 버터컵이 액션을 펼치는 영웅으로, 웨슬리가 도움이 필요한 남자 역할로 나온다.) 이 퀘스트를 만점으로 완료하면 일곱 개의 조각에 관련된 어떤 단서라도 나오지 않을까 기대했다. 하지만 매번 헛수고였다. 오늘은 마지막 도전이었다. 이니고는 아직 해보지 않은 유일한 배역이었던 데다 만점을 따내기에 가장 어려운 배역이었다. 거의 열 번쯤 도전한 끝에 마침내 성공했지만 이번에도 노력한 보람은 없었다.

녹초가 된 상태로 숨을 몰아쉰 다음 순간이동으로 팔코에 있는 작전실로 돌아왔다.

내 아바타가 다시 서서히 나타나자마자 작전실에 놓아둔 안락한 TNG 시대 함장 의자에 몸을 파묻었다. 한동안 허탈한 표정으로 창밖 풍경을 바라보다가 이내 성배 일기를 열고 다시 한번 지난 8년간 제임스 할리데이와 그의 생애, 일, 주변 인물, 관심사 등에 대해 모아온 방대한 자료를 훑어보기 시작했다. 물론 지난 3년간 내가 새로 추가한 자료는 거의 전부 특정 인물과 관련이 있었다. 바로 세이렌 그 자체인 키라, 결혼 전 성은 언더우드였다가 결혼 후 모로의 성으로 바꾼 키라 모로였다.

나는 열세 살 때 옛날 스프링 공책에 성배 일기를 처음으로 쓰기 시작했다. 그때는 여전히 오클라호마시티 외곽에 있는 빈민촌에 살 때였다. 성배 일기의 원본은 IOI 본부에 잠입하기 전날 밤에 싹 다 태워버렸다. 식서들의 손아귀에 들어가지 않게 하려면 어쩔 수 없었다. 하지만 태우기 전에 모든 장을 고해상도로 스캔해 내 오아시스 계정에 저장해 두었다. 그렇게 스캔한 자료들은 내 디지털 성배 일기 속에 고스란히 보관되어 있었다. 디지털 성배 일기를 열면 내 아바타 앞쪽 허공에 여러 개의 창이 계단식 배열로 열리면서 수많은 문서와 도표, 사진, 지도, 미디어 파일이 나타났는데, 모든 자료는 쉽게 찾을 수 있도록 색인 및 상호 참조 처리가 되어 있었다.

4행으로 된 조각 수수께끼는 상단에 고정해 둔 창에 열려 있었다.

세이렌의 영혼을 나눈 일곱 개의 조각을 찾아라

세이렌이 활약했던 일곱 개의 세상에서

조각마다 내 상속자는 대가를 지불하리

다시 한번 온전한 세이렌으로 만들기 위해

오엔아이가 출시된 직후 이 수수께끼가 처음 세상에 알려졌을 때 나는 할리데이의 옛날 웹사이트에서 무료로 열람할 수 있는 디지털 『아노락 연감』을 다시 펼쳐 새로운 정보나 단서가 추가되지 않았는지 꼼꼼히 분석했다. 새로운 정보나 단서는 없었다. 『아노락 연감』에 있는 모든 단어는 예전과 같았다. 지난 대회가 열리는 동안 내가 찾아냈던, 이 책 곳곳에 흩어져 있는 표식이 있는 글자들도 예전과 같을 뿐 새로 표식이 추가된 글자는 없었다.

아노락의 망토를 입은 아바타에게 부여되는 슈퍼유저 능력 중 하나는 소원을 크게 말하면 이루어지는 능력이었다. 실현 가능한 일이라면 시스템은 거의 언제나 소원을 들어준다. 하지만 일곱 개의 조각에 대한 정보를 달라고 소원을 빌 때마다 HUD에는 다음과 같은 문구가 깜빡였다.

속임수는 안 됩니다!

조각들을 찾으려면 손수 노력하는 수밖에 없었다. 일단 이 퀘스트에 집중하기 시작한 후부터는 내 전부를 쏟아부었다. 정말 세심한 주의를 기울였다.

『아노락 연감』에 있는 숫자 7과 관련된 대중문화 콘텐츠를 모조리 분석했다. 또 할리데이가 소장했던 비디오게임 중에서 숫자 7과 관련된 게임은 모조리 끝판을 깼다. 〈일곱 개의 황금 도시(1984)〉, 〈태양신라의 일곱 정령(1987)〉, 〈키드 쿨과 일곱 가지의 신비로운 약초를 찾기 위한 모험(1988)〉, 〈잠발라의 일곱 관문(1989)〉, 〈이스하의 전설 3: 세븐 게이츠 오브 인피니티(1994)〉, 〈슈퍼마리오 RPG: 일곱 별의 전설(1996)〉을 끝낸 다음에도 내 열정은 식지 않았다. 〈시그마 7〉, 〈스텔라 7〉, 〈럭키 7〉, 〈포스 7〉, 〈피트맨 7〉, 〈펄사 7에서의 탈출〉 등 제목에 숫자 7이 들어 있는 게임이라면 모두 섭렵했다.

심지어 1984년에 결성된 독일 함부르크 출신의 파워 메탈 밴드 헬로윈의 4부 연작 음반인 《키퍼 오브 더 세븐 키즈》도 열심히 들었다. 1980년대 중반 독일 파워 메탈을 썩 좋아하지는 않았지만 할리데이는 초창기 게임들을 개발할 때 헬로윈의 음악을 몇 시간씩 듣곤 했으니 그가 헬로윈의 음악에서 영감을 얻었을 가능성은 분명히 있었다.

설령 할리데이가 정말로 일곱 개의 조각이 숨겨진 장소에 대한 어떤 단서를 남겨놓았다고 해도 나는 그 단서를 찾을 수가 없었다. 좌절감이 밀려왔고 수치심마저 느껴졌다.

기권을 선언하고 조각 찾는 일을 다 포기해 버릴까도 고민했다. 할리데이가 남겨놓은 따분한 사이드 퀘스트를 풀기 위해 왜 시간을 낭비하고 있단 말인가? 퀘스트를 완료했을 때 어떤 결과를 기대하고 있지? 현실에서는 이미 부와 명예를 얻었다. 오아시스에서 내 아바타는 이미 초강력 불사신이었다. 누구에게도 더 이상 나를 증명할 필요는 없었다. 이미 난관을 극복하고 불가능한 일을 해냈다. 다시 그럴 필요는 없었다.

시간 말고 더 필요한 것은 없었다. 남은 시간은 유한했다. 다 써버린 시간은 돈을 주고도 살 수 없었다. 시간은 소중했다. 그런데도 나는 아무리 좋게 보더라도 결국 할리데이가 만든 게임에 지나지 않는 이 퀘스트에 몇 년을 갖다 바치고 있었다…

하지만 세이렌의 영혼이 무엇인지에 대한 호기심을 도저히 떨쳐버릴 수가 없었다. 세이렌의 영혼을 손에 넣지 못하면 어떤 끔찍한 일이 일어날 것 같은 불길한 예감도 떨쳐버릴 수가 없었다. 결국 일곱 개의 조각 중 하나를 찾는 데 필요한 정보를 제공해 주는 사람에게 10억 달러를 주겠다고 발표했다. 하지만 포상금을 내건 지 2년이 지났지만 여태 받아 간 사람은 없었다.

포상금을 내걸었을 때 단서 접수용 이메일 계정을 따로 만들었다. 하루에도 수백 통씩 이메일이 들어왔지만 지금까지 접수된 모든 이메일은 결국 쓸모없는 단서로 드러났다. 급기야 중복되거나 수상한 이메일을 몽땅 걸러낼 수 있는 정교한 필터를 이중, 삼중으로 만들어야 했다. 요즘 이 필터를 모두 통과해 수신함에 도달하는 이메일은 몇 통 되지 않았다.

종종 포상금이라는 발상 자체가 애초부터 쓸데없는 짓이었나 하는 생각도 들었다. 답은 조각 수수께끼의 세 번째 행에 들어 있었다. '조각마다 내 상속자는 대가를 지불하리.'

만약 할리데이의 유산을 받은 유일한 상속자인 나, 웨이드 와츠가 이 수수께끼에서 말하는 '상속자'라면 이 세상에서 일곱 개의 조각을 찾을 수 있는 유일한 사람이 바로 나일 것이다. '다시 한번 온전한 세이렌으로' 만들 수 있는 유일한 사람이 나이기 때문이다.

아마도 일곱 개의 조각과 각 조각의 위치는 나를 제외한 다른 사람에게는 보이지 않을 수도 있다. 이 가정이 사실이라면 일곱 개의 조각의 흔적을 찾아 밤낮으로 오아시스를 뒤지고 다닌 수많은 건터들이 왜 3년째 아무 성과를 얻지 못했는지도 설명이 된다.

그런데 세이렌의 영혼을 손에 넣을 수 있는 유일한 사람이 나뿐이라면 할리데이는 왜 조각 수수께끼를 온 세상이 다 보도록 웹사이트에 공개했을까? 내 오아시스 계정으로 이메일만 보내주어도 되었을 텐데 말이다. 아니면 오엔아이에 대해 설명해 주던 영상에서 언급해도 되었을 텐데 말이다. 누구든 일곱 개의 조각을 찾을 수 있는데 할리데이가 몹시 어려운 곳에 꼭꼭 숨겨둔 것뿐이라고 보는 쪽이 합리적이었다. '숨겨진 세 개의 열쇠'와 '숨겨진 세 개의 관문'을 만들었을 때처럼 말이다. 게다가 조각 수수께끼의 처음 두 줄인 다음 구절은 정말 화가 치밀어 오를 만큼 모호했다. '세이렌의 영혼을 나눈 일곱 개의 조각을 찾아라. 세이렌이 활약했던 일곱 개의 세상에서.'

올바로 해석했다면 일곱 개의 조각은 오아시스 안에 있는 일곱 개의 행성에 숨겨져 있었다. 이 일곱 개의 행성은 세이렌이 '활약했던' 일곱 개의 세상을 가리켰다. 세이렌은 곧 레우코시아이며, 레우코시아는 곧 키라였다.

안타깝게도 추리 범위가 크게 좁혀지지는 않았다. 오아시스 개발 단계부터 출시 후 3년이 될 때까지 GSS의 디자인부장으로 일했던 키라는 재직 기간에 오아시스에 추가된 모든 행성의 설계 및 건설 과정에서 핵심적으로 활약했다. (인터뷰에 응할 때마다 모로는 아내 키라가 오아시스 개발 과정에 많이 기여했음을 강조하려고 부단히 노력했지만, 할리데이는 이 점을 거의 인정조차 하지 않았다. 놀라운 일은 아니었다. 할리데이는 모로는 물론 GSS에서 일한 모든 직원에게도 그렇게 한 전력이 있었으니까.) 키라가 회사를 그만둔 후에도 디자인부에서 일하던 직원들이 그녀가 개발한 행성 건설 템플릿을 계속 사용했으므로 어떤 면에서는 오아시스에 존재하는 거의 모든 행성을 개발하는 데 그녀가 '활약했다'고 해도 과언이 아니었다.

어쨌든 키라의 생애와 관심사를 광범위하게 조사하고 GSS 인사 기록과 오아시스 업무용 계정 활동 로그 기록까지 조사한 끝에 가장 유력한 후보 행성 아홉 개를 추려낸 다음 그 행성들에 집중하기 시작했다.

방금 갔다 온 플로린 행성은 키라가 자신이 좋아했던 영화 중 하나인 「프린세스 브라이드」에 나오는 허구의 르네상스 왕국인 플로린 왕국을 재현해 놓은 행성이었다. 이 행성에서는 영화에 배경으로 나온 촬영 장소들에 가보고 플릭싱크에 도전해 보는 일 말고는 다른 할 거리가 거의 없었다.

트라 행성은 키라가 자신이 좋아했던 또 다른 영화인 「다크 크리스털」에서 묘사된 판타지 세계를 정교하게 재현해 놓은 행성이었다. 키라의 부모가 원래 지어준 이름은 카렌이었지만, 키라는 열한 살 때 처음 「다크 크리스털」을 본 후부터 친구와 가족들에게 자신을 영화 속 겔플링족 여주인공의 이름인 키라라고 불러달라고 졸랐다. (키라는 가족이 키우는 반려견의 이름도 피즈긱으로 개명했다.) 열여덟 살이 되었을 때는 법적 이름을 키라로 개명했다. 몇십 년 뒤에 키라가 오아시스 개발 업무를 맡았을 때 트라 행성은 그녀가 처음으로 처음부터 끝까지 혼자서 만든 행성이었다. 「다크 크리스털」의 줄거리가 잃어버린 '크리스털 조각'을 찾는 퀘스트인 만큼 트라 행성은 굉장히 유력한 후보로 보였다.

하지만 이미 트라 행성에 있는 모든 퀘스트를 섭렵했고 행성 전체를 돌아다니며 '대가를 지불'하는 일과 조금이라도 관련이 있어 보이는 모든 것을 시도했다. 오그라의 천문대 시뮬레이션이 보일 때마다 들어가 보았고, 젠의 피리를 들고 음정에 맞게 소리를 내보기도 했다. 하지만 오그라의 바구니는 언제나 텅 비어 있었고 어떤 조각도 나타나지 않았다.

모비우스 프라임 행성도 전적으로 키라 혼자서 만든 행성이었다. 이 행성은 키라가 좋아했던 비디오게임 캐릭터인 고슴도치 소닉에 대한 헌정의 의미로 꾸며졌다. 소닉의 모험이 일어나는 주 무대인 허구의 미래 지구를 재현해 놓았는데, 초창기에 2D와 3D로 출시된 소닉 게임에 등장하는 모든 레벨뿐만 아니라 이 게임을 원작으로 한 만화 영화와 만화책에 나오는 모든 장소와 캐릭터들도 재현되어 있었다.

몇몇 고슴도치 소닉 게임에는 일곱 개의 '카오스 에메랄드'를 모으는 퀘스트가 들어 있었다. 이 에메랄드를 모으면 특별한 힘을 얻게 되는데, 모비우스 프라임 행성에서 일곱 개의 카오스 에메랄드를 모을 수 있는 퀘스트는 수십 개에 달했다. 나는 그 수십 개의 퀘스트를 모두 섭렵했다. 하지만 설령 카오스 에메랄드를 일곱 개의 조각과 맞바꾸는 방법이 정말로 있다 하더라도 나는 여전히 그 방법을 알아낼 수가 없었다.

우사기 행성에서도 비슷한 좌절을 경험했다. 우사기 행성은 키라가 자신이 좋아했던 아니메 시리즈인 「달의 요정 세일러문」에 대한 헌정의 의미로 꾸민 행성이었다. 이 행성에서 가장 어려운 퀘스트는 일곱 개의 '무지개 수정'을 모으는 퀘스트였다. 일곱 개의 무지개 수정을 하나로 합치면 '환상의 은수정'이라는 초강력 희귀 아이템을 만들 수 있었다. 환상의 은수정을 손에 넣는 순간 일곱 개의 조각 중 하나로 변신했으면 좋겠다는 기대를 품고 숱한 실패를 거듭한 끝에 간신히 퀘스트를 완료했다. 하지만 노력 끝에 내가 얻은 보상이라고는 「달의 요정 세일러문」에 대한 잘 알려지지 않은 잡지식이 풍부해졌다는 점과 턱시도 가면처럼 변장해 보고 싶은, 말로 설명할 수 없는 충동뿐이었다(집에 완전히 혼자 있을 때 그랬는지는 상상에 맡기겠다).

섹터 7에 있는 갈리프레이 행성을 샅샅이 뒤지는 데도 몇 달을 바쳤다. 갈리프레이 행성은 방영 횟수가 1000편이 넘는 장수 드라마인 「닥터 후」에 나오는 타임로드 종족의 고향을 재현해 놓은 행성이었다. 키라가 처음 이 행성을 건설했을 때부터 오랜 세월에 걸쳐 수천 명의 유저들이 건설에 참여한 덕분에 이 행성은 오아시스 안에서 가장 발 디딜 틈 없이 복잡한 행성 중 하나가 되었다. 그만큼 철저히 조사하기가 매우 어려운 곳이 되었다는 뜻이기도 했다.

할사이도니아 행성은 아홉 개의 후보 행성 목록 중에서 내가 가장 잘 아는 행성이라고 자부할 수 있었다. 사실상 내가 어릴 때 살던 곳이나 다름없기 때문이다. 이 행성은 모로와 키라가 어떤 외부의 도움도 받지 않고 오롯이 둘이서 만든 유일한 오아시스 행성이기도 했다. 두 사람은 결혼식을 올리고 나서 각각 보유하던 GSS 지분을 몽땅 할리데이에게 양도한 다음 오리건주에 새 보금자리를 틀고 할사이도니아 인터랙티브 사라는 비영리 교육용 소프트웨어 회사를 설립했다. 이 회사는 누구나 내려받아 무료로 즐길 수 있는 교육용 오아시스 어드벤처 게임들을 개발했고 이 게임들은 많은 상을 휩쓸었다. 나는 유년 시절 내내 이 게임들을 했다. 이 게임들을 하는 동안만큼은 빈민촌에 사는 내 암울한 존재는 잊고 할사이도니아라는 머나먼 마법 왕국으로 떠날 수 있었다. 이 왕국에서 공부란 '끝없는 모험'이었다!

할사이도니아 인터랙티브 사의 게임들은 여전히 섹터 1에 있는 할사이도니아 행성에 있는 독립형 시뮬레이션으로 구동되는 퀘스트 포탈에 보관되어 있었다. 인시피오에서 가까운 최상의 입지 덕분에 새로 생성된 아바타나 늘 빈털터리인 아바타들도 부담 없이 갈 수 있었다. 상세 정보에 따르면 할사이도니아 행성은 2034년에 키라가 자동차 사고로 세상을 떠난 후로는 변경되거나 갱신된 적이 없었다. 하지만 나는 여전히 할리데이가 일곱 개의 조각 중 하나를 이곳에 숨겼을 가능성이 있다고 생각했다.

비록 키라가 내가 추린 행성 목록 중 나머지 세 행성의 개발에 직접 관여하지는 않았을지라도 오랫동안 휴면 상태였던 키라의 개인 오아시스 계정 로그 기록에 따르면 키라는 그 세 행성에서 꽤 많은 시간을 보냈다.

(할리데이와 모로의 개인 오아시스 계정 로그 기록에도 접근해 보려고 했지만 아무 기록도 찾을 수 없었다. 다른 오아시스 유저들과는 달리 두 사람의 아바타가 오아시스 안에서 이동하거나 활동한 내용은 로그 기록에 남아 있지 않았다. 앞서 말했듯이 아노락의 망토를 물려받은 후부터 내 로그 기록도 그렇게 되었다. 즉, 아노락의 망토를 물려받은 날 이후로 새로운 기록은 없었다. 수많은 소환장을 받았지만 내 로그 기록은 아무도 찾을 수 없었다. 에이치와 쇼토, 아르테미스의 로그 기록은 미국 연방 정부와 오아시스 고위급 관리자도 확인할 수 있었다. 나도 확인할 수 있었다. 그래서 나는 친구들이 매일 얼마나 오래 오아시스에 접속하는지, 어디 어디를 갔었는지, 거기서 무엇을 했는지 몰래 확인할 수 있었다. 에이치와 쇼토의 로그 기록을 보는 일은 오래전에 그만두었다. 사생활을 존중하려는 이유도 일부 있었지만, 그보다 더 중요한 이유는 그 친구들이 다른 애들과 놀기 위해 나를 피한다는 알고 싶지도 않고 알 필요도 없는 사실을 알게 되었기 때문이다. 하지만 여전히 아르테미스의 로그 기록은 일주일에 한 번 이상 확인했다. 유혹을 뿌리칠 수가 없었다. 하지만 그녀의 생활에 대해 그다지 많은 정보를

알아낼 수는 없었다. 내가 알아낸 정보는 아르테미스가 여전히 위트 스틸먼의 영화로 제작한 플릭싱크를 매우 좋아한다는 사실 정도였다. 아르테미스는 여전히 한 달에 한두 번씩은 영화 「메트로폴리탄」을 다시 보았다. 주로 한밤중이었는데, 아마도 잠이 오지 않아서였을 것이다. 그리고 말벗도 없었을 테니까…)

키라의 오아시스 계정 로그 기록에서 가장 자주 등장한 장소 중 하나는 섹터 27에 있는 미야자키 행성이었다. 이 기묘하고 아름다운 행성은 「바람계곡의 나우시카」와 「마녀 배달부 키키」 같은 걸작 애니메이션을 제작한 일본의 유명 애니메이션 감독인 미야자키 하야오의 작품에 경의를 표하기 위해 만들어진 행성이었다. 미야자키 행성을 방문하면 스튜디오 지브리에서 제작한 애니메이션 속에 나오는 모든 세상이 초현실적으로 공존하는 세계로 빨려 들어가는 듯한 기분이었다. (오엔아이 헤드셋을 착용한 상태에서는 훨씬 더 강렬한 경험이었다.) 키라는 몇 년간 매주 빠짐없이 미야자키 행성을 방문했다. 지금 나도 그렇게 하고 있었다. 하지만 나보다 먼저 살다 간 U2의 보노처럼 나는 아직도 내가 찾는 것을 찾을 수 없었다.

그리고 가운데땅이 있었다. 세 가지 버전의 가운데땅…

키라는 톨킨의 광팬으로 유명했다. 열여섯 살 때 『호빗』과 『반지의 제왕』을 읽고 나서부터 해마다 빠짐없이 다시 읽었다는 사실은 아주 유명했다. 결혼 후에 모로는 키라를 위해 오리건주 산간 지방에 현실판 깊은골을 지었다. 이곳에서 두 사람은 키라가 세상을 떠날 때까지 행복하게 살았다. 모로는 여전히 그곳에 살고 있었고, 키라는 그 땅에 잠들어 있었다. 친구들과 깊은골에 머물 때 키라의 무덤에 직접 가본 적이 있었다.

키라의 로그 기록에 따르면 키라가 매우 즐겨 찾던 오아시스 장소 중 하나는 섹터 7에 있는 삼중성계 행성인 아르다였다. 아르다는 J. R. R. 톨킨이 창조한 판타지 세계인 가운데땅을 각각 허구의 역사 구분인 제1시대, 제2시대, 제3시대에 맞춰 재현해 놓은 행성이었다. 수백만 톨킨 팬들의 거의 광적인 헌신 덕분에 오늘날까지도 수정 보완 작업이 계속되고 있는 아르다는 큰 틀에서 톨킨의 원작 소설을 따르고 있지만 가운데땅을 무대로 한 많은 영화와 드라마, 비디오게임에서도 영감을 끌어왔다.

지금까지 내가 가장 많은 시간을 보낸 곳은 아르다 Ⅲ였다. 『호빗』과 『반지의 제왕』에서 서술된 모든 사건이 일어난 제3시대의 가운데땅을 묘사한 곳이었다. 키라도 아르다 Ⅲ를 아르다 Ⅰ과 아르다 Ⅱ보다 훨씬 더 자주 방문했었다. 물론 아르다 Ⅰ과 Ⅱ에서도 꽤 많은 시간을 보냈지만 말이다.

세 가지 버전의 가운데땅을 모두 샅샅이 뒤져보았다고 말할 수 있다면 얼마나 좋을까. 하지만 나는 그러지 못했다. 모자라도 한참 모자랐다. 아르다 Ⅱ와 아르다 Ⅲ에 있는 주요 퀘스트는 모조리 완료했고, 아르다 Ⅰ에서 가장 인기 있는 퀘스트 중 절반 정도는 완료했지만, 아르다는 오아시스를 통틀어 가장 정교한 행성으로 손꼽혔다. 현재 내 속도로 아르다에 있는 모든 퀘스트를 완료하려면 앞으로도 몇 년은 족히 걸릴 터였다.

후보로 추린 마지막 행성은 크토니아 행성이었다. 가장 유력한 후보라고 믿는 크토니아 행성은 할리데이가 고등학교 시절 야심 차게 만들었던 〈어드밴스 던전앤드래곤〉 캠페인을 위해 창조한 판타지 세계를 재현해 놓은 행성이었다. 이 캠페인에는 키라와 모로도 참여했었다. 크토니아 행성은 훗날 〈아노락의 퀘스트〉와 이 게임의 후속작들을 비롯해 할리데이가 초창기에 개발한 많은 비디오게임의 무대가 되었다.

크토니아 행성은 할리데이가 제일 처음 만든 행성이었으므로 오아시스에서 가장 오래된 행성이기도 했다. 할리데이와 모로와 키라는 오아시스 아바타를 만들 때 각각 크토니아 캠페인에서 맡았던 캐릭터 이름을 따서 아바타 이름을 지었다. 할리데이의 캐릭터는 아노락이라는 검정 망토를 입은 마법사였다. 아노락은 NPC이자 던전 마스터 역할을 했다. 모로는 '그레이트 앤 파워풀 오그'라는 재치 넘치는 마법사를 맡았다. 키라의 캐릭터는 그리스 신화에 나오는 세이렌의 이름을 딴 레우코시아라는 막강한 드루이드였다.

물론 크토니아 행성은 할리데이가 지난 대회 때 세 번째 관문을 숨겨놓은 곳이기도 했다. 세 번째 관문은 크토니아 행성에 있는 아노락의 성채 안에 있었다. 그렇다 보니 많은 건터들은 할리데이가 일곱 개의 조각 중 하나를 이곳에 숨겼을 가능성은 매우 적다고 믿었다. 하지만 나는 꼭 그렇지만은 않을 수도 있다는 생각이 들었다. 크토니아 행성은 분명 '세이렌이 활약했던' 세계였다. 그것도 할리데이의 관점에서는 매우 중요한 활약이었다. 그래서 나는 크토니아 행성을 계속 후보에 올려두고 이 행성을 구석구석 샅샅이 훑었다.

물론 조사 대상을 이 아홉 개 행성으로만 한정한 것은 아니었다. 다른 오아시스 행성 수십 군데를 돌아다니면서 일곱 개의 조각을 찾아보았지만 성과는 없었다.

한숨을 내쉬고 관자놀이를 문질렀다. 모로와의 관계를 망치지만 않았더라면 전화를 걸어 도움을 청할 수도 있었다고 천 번쯤 생각했다. 물론 도움을 청한 행동 자체가 정확히 그와 관계가 끊어진 이유였다. 모로는 키라에 대한 이야기를 매우 불편해했고, 그 사실을 가능한 모든 방법으로 나에게 전달했다. 하지만 나는 수수께끼에 너무 집착한 나머지 그의 말을 잘 듣지 않았다.

지금 와서 내 행동을 되돌아보면 부끄러움으로 얼굴이 화끈거렸다. 은퇴한 억만장자가 왜 인생의 황혼기를 사별한 아내에 대한 정보를 캐는 사람한테 시달리며 보내겠는가? 그가 나와 연락을 끊은 것은 당연했다. 내가 자초한 셈이었다.

생각해 보니 곧 모로의 생일이었다. 모로와의 관계를 잘 풀 수만 있다면 모로가 매년 디스트랙티드 글로브에서 주최하는 생일 파티에 다시 초대해 줄지도 모른다는 생각이 들었다.

지난해 내내 모로에게 전화를 걸어 사과하고 키라나 할리데이에 대해 다시는 묻지 않겠다고 약속하려고 했지만 번번이 용기가 나지 않았다. 모로는 어쩌면 사과를 받아줄지도 몰랐다. 자존심 따위만 내팽개친다면 관계를 회복할 수도 있다는 생각이 들었다. 하지만 그렇게 하려면 모로가 바라는 대로 해야 했다. 일곱 개의 조각을 찾는 일을 포기해야 한다는 뜻이었다.

성배 일기를 닫고 의자에서 일어났다. 일주일만 더 해보자, 마음속으로 다짐했다. 딱 일주일이다. 그때까지도 아무런 진전이 없다면 완전히 포기하고 모로와의 관계를 회복하겠다고 다짐했다.

이런 다짐은 전에도 여러 번 했었지만 이번에는 정말로 지킬 작정이었다.

제3시대의 가운데땅을 재현한 아르다 Ⅲ로 순간이동해서 조각을 찾아보기 위해 즐겨찾기에 추가해 둔 목적지를 열었다. 하지만 목록에서 아르다 Ⅲ를 선택하려는 순간 HUD 가장자리에서 깜빡이는 작은 조각 아이콘이 눈에 들어왔다. 그 아이콘을 터치하자 내 앞쪽 허공에 이메일 클라이언트 창이 열렸다. 시스템에서 생성된 긴 ID가 찍힌 채 일곱 개의 조각에 대한 단서 접수 계정에 새로 들어온 이메일은 단

한 통이었다. 어떤 건터가 일곱 개의 조각을 찾기 위한 단서가 될 만한 정보를 제출했다는 뜻이었다. 내가 만든 모든 필터를 통과해 이메일이 수신함에 도달한 일은 몇 달 만에 처음 있는 일이었다.

이메일을 열고 내용을 읽어 내려갔다.

와츠 씨께,

3년간 열심히 찾아다닌 끝에 마침내 세이렌의 영혼을 나눈 일곱 개의 조각 중 한 개가 어디에 숨겨져 있는지, 어떻게 찾을 수 있는지 알아냈어요. 조각은 미들타운 행성에 있어요. 바넷의 집에 있는 손님방 안에요. 키라 언더우드가 교환학생으로 미들타운 고등학교에 다닐 때 살던 곳 말이에요.

조각이 나타나게 할 수는 있지만 집을 수는 없더군요. 아마도 제가 당신이 아니라서, 즉 할리데이의 '상속자'가 아니라서 그런가 봐요. 증명이 필요하시다면 증명해 드릴게요.

분명 가짜 단서를 수도 없이 받으셨겠지만 맹세컨대 이것은 가짜 단서가 아닙니다.

당신의 팬으로부터,

로엔그린 드림

발신자의 이름을 보고 흠칫 놀랐다. 로엔그린은 건터를 소재로 한 유명 유튜브 방송인 로우 다운The L0w Down의 진행자였다. 구독자 수는 약 5000만 명이었으며, 나도 최근에 구독을 신청했다. 나에게 이 편지는 정말 큰 힘을 주는 지지 선언이었다.

대부분의 건터 방송 진행자들은 구독자나 경쟁자들과 불꽃 튀는 키보드 전쟁을 벌이거나 구독자 수를 되찾으려는 절박한 몸부림으로 눈물을 흘리며 사과 방송을 올리지 않는 날이면 일곱 개의 조각에 대한 말도 안 되는 헛소리를 줄기차게 지껄여 대는 멍청한 관심병자들이었다.

하지만 로엔그린의 방송은 달랐다. 로엔그린은 굉장히 밝은 성격과 대단한 열정의 소유자였다. 그녀의 열정적인 모습을 보면 지난 대회 초창기에 내가 느꼈던 감정이 떠올랐다. 방송 도입부에 나오는 짧은 보이스 오버에는 그녀의 인생철학이 담겨 있는 듯했다. "어떤 사람들은 자신이 싫어하는 모든 걸 욕하면서 왜 다른 사람들도 그걸 싫어해야 하는지 설명함으로써 자기가 어떤 사람인지 드러내죠. 하지만 저는 그러지 않아요. 저는 제가 좋아하는 것들로 시작하고 싶어요. 냉소적인 경멸의 말 대신 아낌없는 예찬으로 제가 어떤 사람인지 드러내고 싶어요."

로엔그린은 할리데이의 생애와 업적에 대해 백과사전적 지식을 소유한 사람이기도 했다. 모로와 키라에 대해서도 그만큼이나 해박했다.

로엔그린이라는 사람과 그녀의 방송에 대한 평가는 내가 그녀에게 약간의 호감이 생겼기 때문에 조금은 더 후해졌을지도 모른다. 그녀는 귀엽고 똑똑하며 웃기고 대담했다. 하이 파이브의 열성 팬임을 숨기지 않았다. 그녀가 만든 건터 클랜의 이름은 '로우 파이브The L0w Five'였다. 무엇보다도 그녀의 아바타 이름이 매우 직접적으로 나에 대한 헌정의 의미를 담고 있다는 점이 가장 기분이 좋았다. 아서 왕 전설을 담은 몇몇 독일어 판본에서 로엔그린은 파르지팔의 아들이기 때문이다.

로엔그린은 충성도가 높은 팬이기도 했다. 형편없는 내 평판에도 불구하고 지난 몇 년간 흔들림 없는 팬심을 보여주었다. 방송에서 나를 언급할 때마다 그녀의 미디어 피드에 우르르 달려드는 파르지발 혐오 군단에 대해서도 개의치 않는 듯했다.

로엔그린 방송의 많은 구독자가 그랬듯이 나는 그녀의 진짜 신분에 대해 상당한 호기심이 일었다. 방송에서 로엔그린은 현실 속 생활에 대해서나 본명, 나이, 성별 등을 단 한 번도 밝힌 적이 없었다. 오직 오아시스 아바타로만 모습을 드러냈다. 그녀의 아바타는 주로 「빌리 진의 전설」에 출연한 헬렌 슬레이터와 똑같은 외모에 똑같은 말투를 사용했다. 짧은 금발 머리에 파란 눈은 날카롭게 빛나고 말투에는 살짝 남부 억양이 섞인 10대 소녀 말이다. 하지만 로엔그린은 『란마 1/2』에 나오는 사오토메 란마처럼 느닷없이 아바타의 성별을 바꾸는 사람으로도 유명했다. 때로는 말하다 말고 갑자기 성별을 바꾸기도 했다. 남자로 변신했을 때는 젊었을 때 제임스 스페이더의 외모를 선호했는데, 특히 1985년에 개봉된 영화 「터프」에 출연했을 때 모습을 좋아했다. 어떤 성별의 아바타를 사용하든 로엔그린의 공개 프로필에 명시된 선호하는 성별 대명사는 '그녀'였다. 한 줄 소개에는 '죽음을 두려워하지 않고 권총을 휘두르는 야성의 눈'이라고 적혀 있었다.

나는 아노락의 망토가 있었기에 시스템의 보안조치를 뚫고 오아시스 유저의 개인 계정에 접근할 수 있었다. 유저의 진짜 신분과 집 주소까지도 말이다. 호기심이 일었지만 그동안 로엔그린의 계정에 접근한 적은 없었다. 그 행위가 GSS의 회사 방침과 몇몇 연방법을 위반하기 때문은 아니었다. 과거에도 그런 제약에 얽매인 적은 없었다. 그녀의 사생활을 존중하고 있다고 포장하고 싶었지만 사실 진짜 이유는 로엔그린의 정체를 알게 되면 그녀의 방송을 통해 얻는 즐거움이 반감될 수도 있다는, 그래서 내 생활에서 오엔아이를 사용하지 않을 때 누릴 수 있는 몇 안 되는 즐거움 중 하나를 잃을 수도 있다는 우려 때문이었다.

의구심과 설렘이 교차하는 심정으로 로엔그린의 메시지를 여러 번 정독했다. 로엔그린이 말하는 장소가 정확히 어디인지 알고 있었다. 지난 대회 때 미들타운 시뮬레이션에 있는 바넷의 집에 몇 번 가본 적이 있지만 흥미로운 부분은 전혀 없었다. 아무 장식이 없는 손님방일 뿐이었다. 그 미들타운 시뮬레이션이 할리데이의 고향인 미들타운을 1986년 가을, 즉 키라가 1988년에 교환학생으로 이사 오기 2년 전을 기준으로 재현해 놓았기 때문이다. 내가 미들타운 행성을 '세이렌이 활약했던 일곱 개의 세상'의 유력한 후보로 꼽지 않은 이유도 바로 그 때문이었다. 할리데이가 첫 번째 관문을 숨겼던 행성에 일곱 개의 조각 중 하나를 또 숨겼을 리가 없다고 생각하기도 했다. 하지만 미들타운은 상징적인 장소였다. 결국 이곳은 할리데이와 모로와 키라 세 사람이 만난 곳으로 모든 역사가 시작된 곳이었다.

로엔그린의 이메일을 닫고 잠시 고민했다. 그녀가 진실을 말하고 있는지 확실하게 알아보는 방법은 단 하나뿐이었다. 오아시스 3D 지도를 열어 슈퍼유저 HUD에서 로엔그린의 아바타가 있는 현재 위치를 확인했다. 바랐던 대로 그녀는 여전히 미들타운 행성에 있었다. 미들타운 행성 표면 곳곳에 흩어져 있는 256개의 미들타운 시뮬레이션 중 한 곳에 말이다.

내 아바타를 발견도 탐지도 할 수 없게 은폐한 다음 그녀가 있는 곳으로 순간이동했다.

0005

오아시스 안에서 아바타가 어떤 사물이나 다른 아바타가 이미 점유한 위치로 순간이동하려고 하면 시스템에서 자동으로 도착 좌표를 가장 가까운 점유되지 않은 위치로 변경한다. 내 아바타가 다시 서서히 나타났을 때 시스템에서 설정한 내 위치는 로엔그린 아바타의 바로 앞이었다. 지금 로엔그린의 아바타는 여성형이었다. 트레이드마크인 「빌리 진의 전설」 복장인 헐렁한 남자 바지에 카우보이 장화를 신고, 위에는 형광 민소매 잠수복을 입고 두 걸음 뒤에 앉아 있었다.

내 아바타가 은폐된 상태였기 때문에 로엔그린은 내가 온 줄을 모르고 있었다. 로엔그린의 아바타는 눈을 감고 있었다. 전화 통화 중이거나 비공개 채팅방에 들어가 있는 등 '다른 용무 중'이라는 뜻이었다. 분명 HUD 구석에 작게 띄워놓은 비디오피드 창을 통해 여전히 아바타가 있는 곳의 주변 상황을 감시하고 있을 터였다. 미들타운 행성은 PvP 전투 구역에 있는 만큼 아바타를 무방비 상태로 내버려두는 일은 매우 위험했다.

주변을 둘러보니 우리가 서 있는 곳은 키라가 옛날에 살던 바넷의 집 손님방이 아니었다. 그곳에서 북쪽으로 세 블록 떨어진 곳에 있는 세계적으로 유명한 지하실, 바로 모로가 어릴 때 살았던 집의 지하실이었다. 벽에 나무판자를 덧댄 이 지하실은 모로와 할리데이가 자주 어울리던 친구들과 함께 틈만 나면 모여 놀던 곳이었다. 두 사람은 방과 후나 주말이면 친구들과 이곳에 모여 현실을 벗어나 여러 가지 테이블 롤플레잉 게임에 빠져들었다. 모로의 지하실은 훗날 할리데이와 모로가 고등학교를 졸업한 후 공동 창업한 회사인 그리게리어스 게임 사의 첫 번째 사무실이 되었다. 이 회사는 몇십 년 후 그리게리어스 시뮬레이션 시스템(GSS) 사로 사명을 바꾼 뒤에 오아시스를 출시했다.

실제 오하이오주 미들타운에 있는 모로가 어릴 때 살았던 집은 오래전에 아파트 단지를 짓느라 철거되었다. 하지만 할리데이는 가장 친한 친구가 어릴 때 살았던 집을 오아시스 안에 자신이 살았던 집과 고향 마을의 다른 풍경과 함께 옛날 지도와 사진, 영상을 참고해 아주 정성스럽게 복원해 놓았다.

미들타운 시뮬레이션에 있는 다른 모든 요소처럼 모로의 지하실은 1980년대 후반에 실제 존재했던 지하실을 그대로 재현한 모습이었다. 벽에는 빈티지한 영화와 만화책 포스터가 잔뜩 붙어 있었고, 옛날 RCA 텔레비전 앞에는 낡아빠진 소파 세 개가 U자 모양으로 놓여 있었다. 텔레비전 주변에는 베타맥스 VCR과 파이오니아 레이저디스크 플레이어를 비롯해 갖가지 옛날 가정용 오락기가 화면 거의 절반을 가릴 정도로 잔뜩 쌓여 있었다.

그 반대편에는 흠집투성이의 나무 탁자 주위로 접이식 의자들이 놓여 있었다. 탁자 위에는 형형색색의 다면체 주사위가 놓여 있었다. 벽면을 따라 늘어선 책꽂이에는 롤플레잉 게임 규칙서와 잡지 『드래곤』의 과월호가 빼곡히 꽂혀 있었다. 1층으로 난 창문을 통해 뒷마당이 보였는데, 지평선 위에 떠 있는 주황빛 태양이 옆집 마당에 있는 녹슨 그네의 윤곽을 비추고 있었다.

이곳에 있으면 유년 시절의 즐거운 추억들이 한가득 떠올랐다. 조금 이상하게 들리기는 하지만 나 역시 이곳에서 성장한 것이나 마찬가지였기 때문이다. 고등학교 시절 에이치는 오아시스 비공개 채팅방을 모로의 지하실과 똑같이 꾸몄다. 그 시절에 에이치와 나는 그 채팅방에서 숱한 날을 함께 보냈다. 수다를 떨고 게임을 하며 숙제를 하고 옛날 음악을 듣거나 옛날 영화를 보면서, 또 할리데이의 상금을 받게 되면 무엇을 할지 상상의 나래를 펼치면서 말이다.

내 인생은 그때 훨씬 더 힘들었지만 돌이켜 생각해 보면 그때의 내 인생이 훨씬 더 단순했던 것 같다.

다시 로엔그린을 흘깃 보았다. 그녀의 아바타는 여전히 눈을 감고 있었다. 마치 렘수면 상태에 들었을 때처럼 눈꺼풀 밑 눈동자는 여전히 빠르게 움직였다. 내 아바타의 은폐를 풀고 존재를 드러내려던 차에 번뜩 더 좋은 수가 떠올랐다. HUD에서 로엔그린의 아바타를 선택하고 그녀가 참여 중인 채팅 목록을 열었다. 로엔그린은 지금 카스타지르라는 레벨 59짜리 아바타가 개설한 사이버델리아라는 비공개 채팅방에 들어가 있었다.

만약 로엔그린이 조각 하나를 정말로 찾았다면 채팅방에서 친구들과 그 이야기를 하고 있을 수 있었다. 혹은 로엔그린이 나를 갖고 놀고 있다면 그 이야기를 하고 있을 수도 있었다. 나에게는 아노락의 망토가 있었으므로 초대받지 않은 상태에서도 탐지되지 않고 비공개 채팅방에 들어가서 그 방에서 오가는 이야기를 엿들을 수 있었다. 나를 제외하고 이런 능력이 있는 유일한 아바타인 그레이트 앤 파워풀 오그에게 배운 수법이었다.

HUD 구석에 있는 작은 문 모양 아이콘을 터치해 채팅방 인터페이스를 활성화한 다음 사이버델리아라는 이름을 검색해 로그인 버튼을 터치했다. 모로의 지하실을 비추는 화면은 이제 HUD 한켠의 작은 창으로 줄어들었다. 눈 깜짝할 사이에 나는 채팅방 입구 바로 안쪽에 서 있었다.

복층으로 된 창고인 사이버델리아는 20세기 후반에 나온 구닥다리 전자제품과 복고미래풍 장식으로 가득했다. 곳곳에 기묘한 옷을 입은 마네킹과 공중전화, 롤러블레이드 경사로, 에어 하키 테이블이 놓여 있었고, 벽에는 '이 행성을 해킹하라!'라고 적힌 선동적인 그라피티가 보였다. 스피커에서 흘러나오는 노래가 언더월드의 〈카우걸〉이라는 옛날 테크노 음악이라는 사실을 알아챘을 때 이곳이 어디인지 깨닫고 살며시 미소를 지었다. 이곳은 1995년에 개봉된 영화 「해커스」에 나오는 사이버펑크 분위기의 지하 나이트클럽을 재현해 놓은 곳이었다.

내 자리에서는 아무도 보이지 않았다. 하지만 요란한 음악 소리 사이로 열띤 논쟁을 벌이는 몇몇 목소리가 겹쳐 들렸다. 그 소리를 따라 좀 더 안쪽으로 들어가자 클럽의 2층에 있는 한 캣워크에 모여 있는 다섯 명의 아바타가 눈에 들어왔다. 모두 둥근 케이블용 드럼을 탁자 삼아 그 주위에 앉거나 서 있었는데, 그중에 로엔그린도 끼어 있었다. 로엔그린은 흥분한 몸짓으로 다른 아바타들에게 열변을 토하고 있었다.

가구와 부딪히지 않도록 조심하면서 더 가까이 다가갔을 때 비로소 로엔그린의 말소리를 알아들을 수 있었다. 거리가 가까워지자 다른 네 아바타의 머리 위에 떠 있는 명찰도 읽을 수 있었다. 명찰에는 각각 카스타지르, 리조, 릴리스, 오공이라고 적혀 있었다.

"넌 허풍이 너무 심해, 로*." 오공이라는 아바타가 굵은 목소리로 말했다. "평소에도 심했는데 이젠 완전히 도를 넘는구나." 서유기에 나오는 인물인 손오공이라는 이름 그대로 그의 아바타는 훤칠한 키에 반은 인간, 반은 원숭이였다.

"왜 이래, 오공." 로엔그린이 눈을 흘기며 말했다. "내가 왜 굳이 이런 일에 거짓말을 하겠어?"

"관심 끌어보려고?" 카스타지르가 말했다. 이 채팅방의 개설자인 카스타지르는 거인으로 거대한 양팔을 가슴 앞에서 포개 팔짱을 낀 채 철제 대들보에 기대어 서 있었다. 피부가 검은 인간 남성이었는데 잔뜩 세운 모호크 머리 모양 때문에 안 그래도 큰 키가 30센티미터는 더 커 보였다. 화려한 다시키 셔츠를 입고 기다란 곡선검이 든 화려한 검집을 등에 매단 모습이 「하이랜더」 원작 영화에 나오는 동명의 인물과 판박이였다.

릴리스가 한 발 앞으로 나왔다. 릴리스의 아바타는 젊은 여성으로 숱이 많은 터키옥색 머리에 남색 후드티를 걸치고 찢어진 블랙진을 입고 군화를 신고 있었다. 세기말에 유행했던 이모emo 패션을 추구하는 듯했다.

"물론 멍청한 수컷들은 널 의심하겠지만 같은 여자로서 난 널 믿어!" 릴리스가 말했다.

"나도 마찬가지야, 로!" 리조가 풍선껌을 터트리며 거들었다. 리조의 아바타를 보자 다시 한번 활짝 웃을 수밖에 없었다. 리조의 아바타는 영화 「그리스Grease」에 나오는 동명의 인물, 즉 검정 가죽 재킷을 걸치고 커다란 선글라스를 낀 젊은 날의 스토커드 채닝이었다. 하지만

---

* 로엔그린의 애칭 – 옮긴이

이 리조는 채닝의 리조와는 달리 「록키 호러 픽처 쇼」에 나오는 컬럼비아처럼 망사 스타킹을 신고 반짝이는 금빛 실크해트를 쓰고 있었다.

"고마워요, 여성 동지들." 로엔그린이 고개를 숙이며 말했다.

오공이 성난 고릴라처럼 콧방귀를 뀌고 나서 말했다.

"좋아. 네가 조각 하나를 정말로 찾았다고 치자. 그럼 왜 증거를 안 보여주지? 갈무리나 캡처 영상이나 뭐라도 있을 거 아니야?"

"보여줄 거야." 로엔그린이 카우보이 장화를 신은 발을 원탁 위에 올려놓고 양손을 머리 뒤에 받치며 말했다. "일단 포상금부터 받고 나서."

"파르지발은 조각에 관한 이메일을 하루에도 수천 통은 받을 텐데." 카스타지르가 말했다. "읽지 않은 지 오래됐을걸."

"내가 보낸 건 읽을 거야. 파르지발은 내가 가짜 단서로 장난 칠 사람이 아니라는 사실을 알아. 파르지발은 내 구독자라고, 알잖아?"

로엔그린은 어깨에서 먼지를 털어내는 시늉을 했다.

"정말이야?" 릴리스가 짐짓 놀라며 말했다. "파르지발이 네 구독자라고? 왜 말 안 했어!"

"괜찮아." 로엔그린이 장난으로 오공의 어깨를 툭 치며 말했다. "너 부러워서 그러지. 내가 너였어도 그랬을 거야. 시저."

오공이 로엔그린에게 삿대질하며 말했다. "내가 「혹성탈출」 농담하지 말라고 분명히 경고했었다, 골디락스."

"알지." 로엔그린이 미소를 지으며 말했다. "그 영화는 무서운 경고이기도 했지. 아주 강한 인상을 남긴 작품이었어."

"잠깐만." 릴리스가 말했다. "근데 파르지발이 땡전 한 푼 안 주고 조각을 들고 순간이동으로 튀려고 하면 어떻게 막을 건데?"

"파르지발은 절대 그러지 않을 거야." 로엔그린이 말했다. "파르지발은 페리스처럼 멋진 남자니까."

"파르지발은 소셜 미디어에서 완전 쓰레기처럼 구는 돈 많은 미치광이지." 릴리스가 말했다. "자기를 욕하는 사람을 쫓아가서 죽이는 일을 스포츠처럼 하고 있잖아, 몰라? 그런 작자를 믿어서는 안 돼."

"너희는 너무 냉소적이야." 로엔그린이 고개를 절레절레 흔들며 말했다. "세상 속고만 살았니!"

"네가 사기당하는 꼴을 보고 싶지 않을 뿐이야." 리조가 말했다.

"이 얘길 해야 조금이라도 더 마음이 놓인다면 난 파르지발과의 대화를 통째로 다 녹화해 둘 생각이야. 그 대화가 진짜 있었던 일임을 증명해야 할 때를 대비해서."

다들 한동안 로엔그린을 물끄러미 쳐다보았다.

"너 농담 아니구나." 오공이 말했다. "진짜로 뭔가 찾아낸 거지?"

로엔그린은 힘차게 고개를 끄덕였다.

"10억 시몰레온*이라니." 리조가 고개를 절레절레 흔들며 싱긋 웃었다. "그 돈으로 뭘 할지는 생각해 봤어?"

로엔그린은 리조를 보면서 활짝 웃은 다음 다른 아바타들도 한 명씩 보았다.

"안 물어보면 어쩌나 했어! 우선 콜럼버스에 우리가 다 같이 살 수 있는 큰 집을 살 거야. 항상 음식이 꽉 차 있는 아주 큰 부엌도 있는 집일 거야. 각자 방도 따로 있을 거고. 또 지하실에는 우리가 다 같이 놀 수 있는 우리만의 고전 게임 오락실도 꾸밀 거야!" 로엔그린은 잠깐 말을 멈추고 크게 숨을 들이마셨다. "또 시중에 나온 가장 빠른 오아시스 접속망도 설치할 거야. 준비가 다 되면 너희들을 다 비행기에 태워 데리고 올 거야! 그 집에서 함께 늙어가는 거지. 그럼 앞으로 다

* 〈심즈〉라는 게임에 나오는 화폐 단위 – 옮긴이

시는 다른 사람에게 몸을 의탁하지 않아도 돼. 다시는.”

다들 로엔그린을 빤히 쳐다보았다.

“너 진심이야?” 카스타지르가 거의 속삭이는 듯한 작은 목소리로 물었다. “정말 그러겠다고?”

로엔그린은 고개를 끄덕이더니 가슴 앞에 십자를 그었다. “너희들은 이 세상에서 나와 가장 친한 친구들이야. 더 솔직히 말하자면 내 유일한 친구들이고. 엄마가 돌아가시고 나서는 내 유일한 가족이기도 해. 물론 내가 정말 원하는 거야.” 로엔그린은 곧 울음이 터질 것 같은 얼굴이었지만 애써 눈물을 참고 웃어 보였다. “게다가 우리는 로우 파이브잖아. 영원히 함께하기로 약속했잖아. 안 그래?”

릴리스가 손을 뻗어 로엔그린의 손을 꽉 잡았다. 카스타지르의 아랫입술이 떨리기 시작했다. 카스타지르는 그 모습을 들키지 않으려고 고개를 돌렸다. 리조의 눈에도 눈물이 고였지만 입가에는 미소를 띠고 있었다.

어느새 나도 미소를 머금은 채 눈에 눈물이 그렁그렁 차올랐다. 이 아이들이 스스로 지은 로우 파이브라는 별명은 가슴이 아플 정도로 잘 들어맞는 이름이었다. 로엔그린과 친구들의 끈끈한 우정을 보니 지난 대회를 치르는 동안 내가 하이 파이브 친구들과 나누었던 우정이 생각났기 때문이다. 하지만 그 우정이 세월과 함께 얼마나 바랬는지도 생각났다.

“제에에엔장!” 오공은 소리를 지르며 털이 수북한 원숭이 팔뚝으로 눈을 비볐다. “다들 그만해. 바보 같은 너희들 때문에 나까지 고래고래 울기 전에!”

그 말을 듣고 모두 웃음보가 터졌고 오공도 뒤따라 웃음보가 터졌다.

불현듯 이 아바타들이 진짜 누구인지, 또 서로 어떻게 알게 된 사이인지 알아내고 싶은 강렬한 충동에 휩싸였다. 일반 유저였다면 로엔그린과 친구들의 신분을 절대로 알아낼 수가 없었다. 하지만 나에게는 HUD에서 해당 아바타를 선택하기만 하면 되는 아주 간단한 일이었다. 나는 다섯 명의 오아시스 계정을 스캔해서 공통점이나 연결고리를 보여달라는 명령어를 입력했다. 확인 결과 로엔그린, 오공, 리조, 릴리스, 카스타지르, 다섯 명의 공통점은 두 가지였다. 모두 나이가 열아홉 살 아니면 스무 살로 몇 년 전에 루두스 Ⅱ에 있는 오아시스 공립학교 #1126이라는 같은 학교를 졸업했다.

나와 에이치처럼 모두 고등학교 친구 사이였다. 또 다섯 명 모두 부모가 없거나 형편이 어려운 전 세계 청소년을 대상으로 오엔아이 헤드셋과 오아시스 콘솔을 무상으로 지원하는 프로그램인 GSS의 취약계층 청소년 성장지원 프로그램의 지원을 받았다는 공통점도 있었다.

문득 그 아이들의 대화를 엿듣고 있는 내 모습이 매우 한심하게 느껴져 채팅방에서 나와 미들타운 행성에 있는 모로의 지하실에 있는 내 아바타의 시점으로 돌아왔다. 하지만 여전히 은폐 상태였으므로 로엔그린은 나를 볼 수 없었다.

얼마간 그 자리에 서서 양심과 싸우는 척하며 로엔그린의 아바타를 빤히 쳐다보다가 이내 저지르기로 마음먹고 로엔그린의 진짜 신분을 알아내기 위해 로엔그린의 개인 계정 프로필을 열었다. 오아시스 유저로서 지켜져야 할 그녀의 개인정보를 침해하는 내 행동을 늘 해왔던 대로 이것이 꼭 필요한 일이라고 정당화했다. 로엔그린의 도움을 받고 10억 달러를 주기 전에 내가 상대하는 사람이 어떤 사람인지 알기 위해 최대한 많은 뒷조사를 해야 한다고 말이다. 하지만 말도 안 되는 핑계임은 나도 알고 있었다. 진짜 이유는 단순한 호기심이었다. 현실세계에서 로엔그린의 진짜 정체가 궁금했다. 나에게는 그것을 알아낼 능력이 있었으므로 그 능력을 사용했다.

로엔그린의 본명은 스카일라 카스틸로 애드킨스였다. 유저 프로필에 따르면 스카일라는 열아홉 살의 비혼 백인 여성이었다. 거주지는 텍사스주 덩컨빌에 있는 종말론의 진원지인 댈러스-포트워스 대도시권 외곽을 따라 길게 형성된 빈민촌이었다. 이곳은 내가 자란 빈민촌보다도 훨씬 더 열악한 동네였다.

어차피 개인정보를 침해한 마당에 아예 빅 브라더가 되기로 마음먹고 로엔그린의 헤드셋 피드를 열었다. 오엔아이 헤드셋의 외부에는 열 대의 광각 감시카메라가 달려 있었다. 착용자는 이 카메라를 통해 오아시스 안에서도 현실의 몸과 주변 상황을 볼 수 있었다. 아노락의 망토를 입은 아바타는 모든 오엔아이 유저 계정에 있는 숨겨진 하위 메뉴에 접근할 수 있었고, 그 메뉴로 들어가면 이 카메라에서 송출되는 비디오피드를 볼 수 있었다. 그 말인즉 자기 집에 있는 사람들을 사찰할 수 있다는 뜻이었다. 이것은 GSS의 추악한 비밀 중 하나였다. 언젠가 고객들이 이 비밀을 알게 된다면 폭동과 집단 소송이 줄줄이 터질 일이었다. 하지만 지금은 극히 예외적인 상황일 뿐이라고 나 자신을 타일렀다.

스카일라의 헤드셋 피드를 열었을 때 보게 된 장면은 꽤 충격적이었다. 구닥다리 에어스트림 트레일러의 컴컴한 내부는 카메라가 야간 모드로 설정된 탓에 연두색으로 보였다. 집사 로봇 한 대가 아주 작은 싱크대에서 조용히 설거지를 하고 있었다. 낡은 오카가미 스왑봇이었다. 이 로봇이 스왑봇이라고 불리는 이유는 텔레봇과 자율적인 집사 로봇이라는 두 가지 기능을 모두 하기 때문이었다. 스왑봇이 등에 매단 총집에는 일반 산탄총보다 손잡이가 작은 펌프식 산탄총이 들어 있었다. 누가 보아도 단순히 설거지만 하는 로봇은 아니었다.

열 개의 피드 중 몇몇 피드에서 스카일라의 모습도 볼 수 있었다. 트레일러 구석에 놓인 낡아빠진 매트리스에 누워 있는 그녀의 몸은 가냘프기 그지없었다. 빈민촌에 사는 사람들이 다들 그랬듯이 영양실조 상태인 듯했다. 수척한 이목구비는 밝고 몽환적인 표정과 부조화를 이루었다. 누군가가 그녀의 몸 위로 옛날 스누피 담요를 덮어주었다. 아니다. 분명 텔레봇을 시켜 혼자서 덮었을 것이다. 그녀는 이 세상에 자기 자신 말고는 아무도 의지할 사람이 없는 외톨이였기 때문이다.

가슴에 구멍이 뻥 뚫린 기분이었다. 비디오피드 창을 전부 닫고 뒷조사를 좀 더 하기 위해 스카일라의 유저 프로필을 훑어보았다. 학생기록부 안에 출생증명서 사본도 들어 있었는데, 이 서류에는 또 한 가지 놀라운 사실이 숨어 있었다. 그녀의 출생 시 지정된 성별은 남성이었다.

이런 사소한 사실을 알게 되었다고 해서 어렸을 때처럼 성 정체성의 위기에 빠지지는 않았다. 지난 몇 년간 오엔아이넷을 열심히 돌아다닌 덕분에 다양한 사람이 되어 다양한 종류의 섹스를 해볼 수 있었다. 여성으로서 다른 여성과 해보기도 했고, 각각 여성일 때와 남성일 때 남성과 해보기도 했다. 단지 순수한 호기심의 발로에서 갖가지 다양한 이성애와 동성애, 논바이너리 섹스를 재생해 본 끝에 대부분의 오엔아이 유저가 결국 얻는 깨달음을 나도 결국 깨달았다. 열정은 그냥 열정이고 사랑은 그냥 사랑이었다. 상대가 누구이든 그들이 출생 시에 어떤 몸으로 지정되었든 아무 관계 없이 말이다.

유저 프로필에 따르면 스카일라는 열여섯 살 때 처음 오엔아이 헤드셋을 지급받고 몇 달이 지났을 때 법적 성별을 여성으로 바꿨다. 그 무렵 아바타의 성별 분류도 Ø성으로 바꿨다. Ø성은 고객들의 요구가 늘어나면서 GSS가 새로 추가한 성별 옵션이었다. Ø성을 선택한 사람들은 오엔아이 헤드셋을 통해서만 섹스를 하기로 선택한, 그래서 특정 성별이나 성적 지향에 전혀 얽매이지 않고 섹스를 하는 사람들을 뜻했다.

오엔아이가 출시된 후로 Ø성이라고 커밍아웃하는 일은 매우 흔한 일이 되었다. 인류 역사상 최초로 열여덟 살 이상이 되면 누구나 어떤 성별과든 어떤 성별로든 쉽고 안전하게 성관계를 경험할 수 있게 되었다. 오엔아이는 사람들의 성 정체성과 성 가변성에 대한 인식을 근본적으로 바꿔놓았다. 물론 내 인식도 바꿔놓았다. 아주 약간이라도 모험 정신이 있는 오엔아이 유저라면 누구나 같은 경험을 했을 것이다. 오엔아이 덕분에 이제 성별과 성적 취향은 더 이상 우연히 갖고 태어난 신체에 속박되지도 한정되지도 않게 되었다.

유저 프로필에 따르면 스카일라에게 생존한 가족은 아무도 없었다. 어머니인 아이리스 애드킨스는 2년 전에 심장마비로 세상을 떠났다. 놀랍게도 스카일라는 열일곱 살 때부터 혼자 생활해 온 것이었다. 그것도 댈러스-포트워스 빈민촌에서 말이다.

바스락거리는 소리가 들려 재빨리 유저 프로필을 닫고 나서 로엔그린을 흘깃 보았다. 그 순간 로엔그린의 눈이 떠졌다. 로엔그린이 방금 카스타지르의 채팅방에서 나왔다는 뜻이었다.

로엔그린은 일어서서 출구 쪽으로 걷기 시작했다. 나는 로엔그린의 진로에 서 있었다. 나는 길을 비켜주는 대신 팔짱을 끼고 어둠의 마법사 같은 자세를 취한 다음 내 아바타의 은폐를 풀었다.

로엔그린은 그 자리에 얼어붙었다. 나에게 고정된 그녀의 눈동자가 두 배는 커진 것처럼 보였다. 이윽고 로엔그린이 머리를 숙이고 오른쪽 손목으로 가슴을 치며 한쪽 무릎을 꿇었다.

"주군이시여." 로엔그린이 시선을 떨군 채 떨리는 목소리로 말했다. "저는 로엔그린이라 하옵니다. 저는 미천한 종이자 폐하를 진정으로 깊이 사모해 온 팬입니다."

"일어나요, 로엔그린. 나도 그대의 팬입니다."

로엔그린이 몸을 일으키고 천천히 시선을 들어 올려 나와 눈을 맞췄다.

"파르지발 경." 그녀가 놀란 눈으로 고개를 절레절레 흔들면서 말했다. "정말 당신이시군요."

"그래요, 나예요. 만나서 반가워요, 로엔그린."

"무슨 말씀이세요. 제가 영광입니다. 그냥 로라고 불러주세요. 친구들도 다 그렇게 부르거든요."

"그래요, 로." 내가 손을 내밀자 그녀가 내 손을 잡고 흔들었다. "친구들은 날 지라고 불러요."

"알고 있어요." 로엔그린이 겸연쩍게 웃으며 말했다. "지난 몇 년간 당신에 대한 책이란 책은 모조리 다 읽었어요. 직접 쓰신 자서전도요. 자서전은 아마 스무 번도 넘게 읽었을걸요. 당신에 대해 알아야 하는 거라면 거의 모든 걸 알고 있죠. 어쨌든 공개된 건 다요. 전 당신에게 관심이 엄청 많은—"

그녀가 갑자기 말을 멈추고 당황한 표정으로 움찔하더니 오른쪽 주먹으로 이마를 연속으로 몇 번 가볍게 때리고는 다시 내 눈을 보았다.

그녀의 뺨이 발그레 물들었다. 아바타의 홍조 반응을 꺼놓지 않았다는 뜻이었다. 아마도 다른 불수의적인 감정 반응들도 꺼놓지 않았을 것이다. 젊은 오엔아이 유저들은 일부러 그렇게 하는 경우가 많았는데, 이렇게 하는 것을 '쌩표정 동기화'라고 했다.

그렇게 당황한 모습을 보자 안쓰러웠다. 우상을 만나서 잔뜩 긴장한 모습을 보니 남의 일 같지 않았다. 긴장을 빨리 풀어주고 싶은 마음에, 또 그녀가 아는 내용을 빨리 듣고 싶은 마음에 서둘러 대화를 주도했다. "뭘 발견했는지 너무 궁금한데 보여줄래요?"

"물론이죠! 지금 당장 말씀이죠?"

나는 고개를 끄덕였다. "지금만큼 좋은 기회는 없죠."

"알겠습니다." 로엔그린은 긴장한 눈초리로 지하실 창문 쪽을 흘깃 보더니 목소리를 낮추고 말을 이었다. "하지만 먼저 어떻게 찾았는지를 보여드려야 해요. 그래야 저랑 똑같이 하실 수 있으니까요. 그래서 키라의 집이 아닌 여기에서 기다리고 있었어요."

"좋아요. 그럼 해봐요."

로엔그린은 주춤주춤 몇 걸음을 떼다 말고 나를 돌아보았다. "저, 와츠 씨." 로엔그린이 시선을 땅바닥에 떨군 채 말했다. "저, 외람된 말씀이지만 지금도 포상금이 10억 미국 달러가 맞는지 구두로 확인해 주실 수 있을까요?"

"물론이죠. 당신이 말해준 내용이 세이렌의 영혼을 나눈 일곱 개의 조각을 찾는 데 도움이 된다면 즉시 10억 달러를 당신의 오아시스 계정으로 이체하겠습니다. 이 내용은 단서를 보내주실 때 서명하셨던 계약서에도 모두 적혀 있습니다."

모든 제보자는 포상금을 청구하기 전에 변호사가 전자 문서로 작성한 '조각에 관한 단서 제출 계약서'에 서명해야 했다. 로엔그린이 서명했던 계약서를 찾아내 그녀의 앞쪽 허공에 떠 있는 창에 띄웠다. 글씨가 너무 깨알같이 작다 보니 눈을 찡그리지 않고는 읽기가 힘들었는데, 분량이 많아 스크롤을 한참 내려야 했다.

"이 계약서에 따르면 우선 당신이 준 정보가 타당한 정보로 판명이 날 경우 이 정보를 3년간 다른 사람에게 공유하지 못한다는 사실에 동의하셨고요. 약정 사항에 관해 언론을 포함해 그 누구에게도 누설하지 않는다는 사실에도 동의하셨고요. 만약 약속을 어길 경우 포상금은 몰수되며 전부 저에게 반환—"

"아, 계약서는 다 읽었어요." 로엔그린은 활짝 웃기는 했지만 여전히 나와 시선은 맞추지 않은 채 말했다. "수천 번쯤이요. 죄송해요. 예의 없게 굴려는 의도는 없었고요. 단지 저한테는 엄청나게 많은 제니* 라서요."

나는 웃음을 터트리고 나서 말했다. "걱정 말아요, 로. 일곱 개의 조각을 찾는 데 도움을 주기만 하면 그 돈은 전부 당신 거예요. 약속해요."

로엔그린이 고개를 끄덕이고 심호흡을 했다. 초조함과 기대감이 섞인 그녀의 표정을 보니 내 심장도 두근거렸다. 만약 이 아이가 거짓

* 일본 작품에서 널리 쓰이는 화폐 단위 – 옮긴이

말을 하고 있다면 아카데미 연기상감이었다.

로엔그린은 다시 뒤로 돌아 지하실 안쪽 벽을 따라 늘어선 책꽂이 쪽으로 걸어갔다. 책꽂이에는 SF 및 판타지 소설책과 롤플레잉 게임 규칙서, 『드래곤』과 『스페이스 게이머』 같은 옛날 게임 잡지의 과월호가 잔뜩 꽂혀 있었다. 로엔그린이 책꽂이에 빽빽하게 꽂혀 있는 옛날 D&D 모듈을 훑어보기 시작했다. 따로 찾는 모듈이 있는 듯했다.

7년 전, 지난 대회가 시작된 지 얼마 되지 않았을 때 이 책꽂이를 훑어본 적이 있었다. 그때 여기에 꽂혀 있는 옛날 모듈과 잡지를 거의 다 정독하거나 속독했다. 하지만 전부 다는 아니었다. 그때 읽지 못한 모듈과 잡지들은 지난 대회에서 우승할 때까지도 읽어야 할 목록에 들어 있었다. 우승한 후에는 아예 그 목록 자체를 깡그리 잊어버리고 말았다. 내가 뭘 놓쳤을까? 나를 한 대 치고 싶은 기분이었다.

“저는 지난 몇 년간 미들타운을 샅샅이 뒤지며 이 시뮬레이션의 시대를 바꿀 방법을 연구했어요.” 로엔그린이 말했다. “아시다시피 2행시 때문이죠.”

“2행시요?”

로엔그린은 모듈을 찾다 말고 뒤로 돌아 나를 보았다. “키라의 묘비에 적힌 시 말이에요?”

“아, 그거요.”

로엔그린이 무슨 말을 하고 있는지 나는 전혀 알지 못했고, 그녀는 내 표정에서 그 사실을 쉽게 알아차린 듯했다. 그녀의 눈이 놀라움으로 커졌다.

“맙소사. 2행시도 모르고 계셨어요?”

“네, 몰랐어요.” 내가 마지못해 인정했다.

로엔그린은 나를 보고 얼굴을 찡그리더니 고개를 가로저었다. 마치 '그렇게 잘나가던 사람이 이렇게까지 망가졌구나'라고 말하는 것처럼 느껴졌다.

"피터 잭슨이 영화화한 「반지의 제왕: 두 개의 탑」에서 세오돈 왕이 세오드레드 왕자의 무덤에 심벨뮈네를 놓는 장면 아시죠?" 로엔그린이 물었다.

나는 고개를 끄덕였다.

"이어스에 키라의 무덤을 재현해 놓은 곳에 가서 아르다에서 꺾어 온 심벨뮈네를 헌화하면 키라의 묘비에 운율을 맞춘 2행시가 나타나요. 가운데땅에서 자라는 토착종이라면 다른 꽃들도 될지도 몰라요. 정확히는 모르겠어요. 다른 꽃으로는 해본 적이 없어서요."

완전히 바보천치가 된 기분이었다. 단서를 찾아보러 이어스에 있는 키라의 무덤에 여러 번 가보았다. 하지만 이렇게 해볼 생각은 꿈에도 하지 못했었다. '쌩표정 동기화'를 해두지 않은 덕분에 창피한 표정만은 숨길 수 있었다.

로엔그린은 아바타 앞쪽 허공에 브라우저 창을 열고 내가 볼 수 있도록 돌려주었다. 이어스에 있는 키라의 묘비를 갈무리한 화면이 보였다. 키라의 이름과 출생일과 사망일이 적힌 첫 줄 아래에는 '사랑받은 아내이자 딸이자 친구'라는 문구가 적혀 있었고, 그 문구 아래에는 실제 키라의 묘비에는 없는 다음과 같은 두 줄이 더 적혀 있었다.

첫 번째 조각은 세이렌의 첫 번째 은신처에 놓여 있다네

그래서 질문은 어디가 아니라 언제가 되어야 한다네

거기에 내가 찾던 것이 있었다. 몇 년을 찾아 헤맨 진짜 단서였다. 게다가 아직 포상금을 타기 위해 이 단서를 제출한 다른 사람은 없었

으니 로엔그린은 이 단서를 처음 발견한 사람이자 유일한 사람인 듯했다.

"이 2행시를 발견했을 때 저는 '세이렌의 첫 번째 은신처'가 키라가 레우코시아를 만들었을 때 살았던 곳, 즉 키라가 이곳 미들타운에서 살 때 사용했던 손님방일지도 모른다고 생각했어요. 하지만 이 시뮬레이션의 시대는 언제나 1986년으로 맞춰져 있어요. 키라가 미들타운에 살았던 기간은 고등학생 때인 1988년 가을부터 1989년 여름까지뿐이었죠. 그래서 세이렌의 은신처에 가려면 미들타운 시뮬레이션의 시대를 바꿔야 한다는 결론에 도달했어요. 온갖 방법을 다 써봤죠. 시간여행도 해봤고요." 로엔그린이 커다란 손목시계처럼 생긴 물건 하나를 들어 올렸다. 그 시계는 옴니라는 아주 귀한 시간여행 기계였다. "하지만 헛수고였어요. 타임머신은 저메키스 같은 행성에서라면 모를까 이곳에서는 먹통이니까요."

이 부분은 나도 직접 경험한 적이 있었다. 예전에 시간여행이 가능하도록 개조한 내 엑토88을 미들타운으로 갖고 와서 시간여행을 시도해 본 적이 있었다. 엑토88에 완전한 기능을 갖춘(그래서 눈이 튀어나오게 비싼) 유량 축전기를 달아놓았는데, 이 유량 축전기가 있으면 시간여행이 가능한 행성에서는 시간여행을 할 수 있었다. 예를 들어 이어스에서는 오아시스가 처음 출시되고 GSS가 초기 버전의 지구를 서버에 백업하기 시작한 해인 2012년까지 과거로 거슬러 갈 수 있었다. 하지만 이 유량 축전기는 미들타운에서는 작동하지 않다 보니 시간여행은 아예 배제하고 있었다.

"하지만 2행시를 통해 시간을 바꾸지 않으면 수수께끼를 풀 수 없다는 사실을 알게 됐죠." 로엔그린이 설명을 이어나갔다. "그래서 계속 다른 방법을 찾기 시작했어요…"

로엔그린은 뒤로 돌아서서 다시 책꽂이에 꽂힌 D&D 모듈을 훑어 나가기 시작했다.

"그러다가 며칠 전에 이곳에 와서 모로가 모아둔 옛날 게임책들을 훑어보던 중에 우연히 이상한 점을 발견했어요."

로엔그린이 마침내 찾던 물건을 찾아내 내가 있는 곳으로 가져왔다. 그 물건은 다름 아닌 포장지에 싸인 1989년 벽걸이 달력이었다. 이 달력에는 보리스 바예호라는 판타지 예술가의 그림들이 실려 있었다. 표지 그림은 두 명의 발키리가 말을 타고 전장으로 출격하는 장면을 묘사한 그림이었다.

눈을 크게 뜬 채 지하실 벽에 걸려 있는 달력으로 시선을 옮겼다. 그 달력 역시 보리스 바예호의 작품이 실려 있는 1986년 달력이었다. 지금은 10월 달력으로 넘어가 있었다. 10월의 그림은 흑마에 올라탄 비키니 차림의 여전사가 날아오는 용을 향해 마법 반지를 휘두르는 그림이었다. 예전에 호기심이 동해 이 그림에 대해 찾아본 적이 있었는데, 이 그림의 제목은 〈마법 반지〉였다. 이 그림은 1985년에 발표된 『워리어 위치 오브 헬』이라는 판타지 소설의 표지에도 실린 적이 있었다.

모로의 지하실에 있는 다른 모든 벽 장식품처럼 이 달력은 떼어낼 수가 없었다. 다른 장으로 넘겨지지도 않았다.

"할리데이는 1986년 10월 무렵의 고향을 재현하기 위해 미들타운 시뮬레이션을 코딩했어요. 그렇다면 왜 1989년 달력이 여기에 있는 걸까요?"

"좋은 질문이네요." 내가 벽에 있는 달력과 로엔그린의 손에 있는 달력을 번갈아 보면서 말했다. "하지만 전 세계 건터들이 오랫동안 이 방에 있는 물건들을 연구했는데, 왜 아무도 찾아내지 못했을까요?"

"여기에 없었으니까요." 로엔그린이 활짝 웃으며 말했다. "건터피디아를 찾아봤었죠. 거기에 이 지하실에 있는 모든 물건을 나열한 문서가 있지만 그 목록에 올라 있는 달력은 벽에 걸린 달력뿐이에요." 로엔그린은 1989년 달력을 들어 올렸다. "그러니 이걸 놓쳤거나 그게 아니면—"

"지난 대회가 끝난 후에 저 책꽂이에 나타났겠죠." 내가 문장을 완성했다.

로엔그린은 고개를 끄덕이며 1989년 달력을 내밀었다.

"이제 이 달력과 벽에 걸린 달력을 맞바꿔 보세요."

오른손으로 로엔그린이 건넨 달력을 쥐고 왼손을 뻗어 1986년 달력을 벽에서 떼어보려고 했다. 놀랍게도 1986년 달력이 못에서 저절로 빠져 바닥으로 떨어졌다. 조심스럽게 그 자리에 1989년 달력을 걸고 1월 달력을 펼쳤다.

달력에서 손을 떼자마자 장이 저절로 넘어가더니 4월 달력에서 멈췄다. 달력이 한 장씩 넘어가는 동안 바깥 하늘은 섬광등처럼 깜빡이면서 빠른 속도로 밤낮이 교차되었다. 우리 주변을 둘러싼 미들타운 시뮬레이션 전체가 빨리감기가 되는 것 같았다. 마치 타임 랩스 영상처럼 말이다.

섬광이 멈췄을 때 주변 환경은 달라져 있었다. 소파의 배치가 바뀌었고, 벽을 따라 책꽂이가 늘어선 곳에는 못 보던 책꽂이 두 개가 더 생겼다. 두 책꽂이 모두 게임 규칙서가 가득 꽂혀 있었다. 벽에 붙어 있는 새로운 포스터도 보였다. 하지만 가장 눈에 띄게 달라진 점은 하루 중의 시간이었다. 지하실 창문을 통해 보니 밖에 어둠이 깔려 있었다. 가로등 불이 켜져 있고 보름달이 떠 있었다.

"우와." 나도 모르게 감탄사가 튀어나왔다. 책꽂이 위에 놓인 디지털 자명종을 흘깃 보았다. 파란빛을 내뿜는 시계의 액정 화면에 표시된 현지 시각은 새벽 1시 7분이었다.

뒤로 돌아서서 로엔그린을 보니 아주 의기양양하게 웃고 있었다.

"달력을 맞바꾸면 미들타운 시뮬레이션의 시대가 1986년 10월에서 1989년 4월로 바뀌어요. 하지만 이 시뮬레이션 하나만 바뀐 거예요. 이 행성 전체에 흩어져 있는 다른 255개의 미들타운 시뮬레이션은 전부 다 그대로 1986년이에요. 제가 확인해 봤어요."

"지금이 1989년 4월이라면 지금 바넷의 집에 있는 텅 빈 손님방에 가면 무슨 일이 일어날까요?"

로엔그린은 활짝 웃고 나서 말했다. "거기로 가기 전에 먼저 이 방에 있는 아이템 하나를 챙기셔야 해요. 키라가 할리데이와 모로 둘 다에게 선물했던 카세트테이프요…"

로엔그린은 내 눈을 똑바로 보면서 내 반응을 살폈다.

"왜 그러죠? 나한테 문제를 내는 건가요?"

로엔그린은 고개를 끄덕이고 팔짱을 꼈다. 미심쩍어하는 그녀의 표정을 보자 웃음이 터져 나왔다.

"〈레우코시아의 믹스〉잖아요." 내가 말했다. "오스카 밀러가 『미들타운 모험가 길드』라는 회고록에서 언급하죠. 하지만 밀러는 수록곡 전체를 공개하지 않고 단 한 곡만 언급하죠. 그 곡은 더 스미스의 〈데어 이즈 어 라이트 댓 네버 고우즈 아웃(절대 꺼지지 않는 빛이 있죠.)〉이고요."

로엔그린은 고개를 끄덕였다. "정확해요. 이제 1989년으로 넘어왔으니 이 미들타운 시뮬레이션에는 두 개의 〈레우코시아의 믹스〉가 있어요. 하나는 할리데이의 침실에 있는 워크맨에 들어 있고, 하나는 여기에 있죠."

로엔그린이 1층으로 난 창문 쪽으로 걸어갔다. 창문 밖으로 달빛이 비치는 뒷마당이 보였다. 창틀에는 모로의 붐박스가 놓여 있었다. 로엔그린이 꺼냄 버튼을 누르고 안에 들어 있던 카세트테이프를 꺼냈다.

"밀러의 책에 따르면 키라는 이 믹스테이프를 두 개 만들었어요." 로엔그린이 카세트테이프를 들어 올리면서 말했다. "하나는 모로에게 주고, 하나는 할리데이에게 줬어요. 교환학생 학기가 끝나고 런던 집으로 돌아가기 한두 달 전쯤에요."

로엔그린이 건네준 카세트테이프를 받아 들고 A면에 붙어 있는 스티커를 확인했다. 스티커에는 필기체로 '레우코시아의 믹스'라고 적혀 있었고, 그 아래에 같은 필기체로 수록곡 제목이 적혀 있었다.

"고마워요." 내가 카세트테이프를 아이템 보관함에 추가하며 말했다.

로엔그린은 이미 지하실 계단을 뛰어 올라가고 있었다.

"키라의 집은 몇 블록만 가면 돼요." 그녀가 어깨 너머로 외쳤다. "따라오세요!"

몇 분 후 우리가 바넷의 집에 도착했을 때 로엔그린은 가로등 불빛이 없는 깜깜한 인도 끝에서 멈춰 선 채 2층 키라의 방 창문을 가리켰다. 키라의 방은 이 집에서 유일하게 불이 켜진 곳이었다. 이 집만이 아니었다. 거리를 위아래로 다 훑어보았지만 그 블록 전체에서 유일하게 불이 켜진 창문이었다.

로엔그린은 내가 이 점을 알아차렸음을 눈치채고 수긍의 표시로 고개를 끄덕였지만 아무 말도 하지 않았다.

잠깐 생각하다가 아이템 보관함에서 〈레우코시아의 믹스〉를 꺼내 수록곡을 확인했다. 거기에 내가 찾는 것이 있었다. A면의 일곱 번째 노래. 키라가 평생 좋아했던 노래 중 하나였던 더 스미스의 〈데어 이즈 어 라이트 댓 네버 고우즈 아웃〉이었다.

내가 발견한 내용을 이야기해 주려고 로엔그린을 보았지만, 로엔그린은 이미 집 안으로 뛰어 들어가는 중이었다. 나도 그녀를 따라 안으로 들어갔다.

• • •

로엔그린은 손님방 안에서 나를 기다리고 있었다. 예전에 왔을 때만 해도 이 방에는 침대 하나, 옷장 하나, 작은 나무 책상 하나가 전부였는데, 지금은 곳곳에 SF 및 판타지 소설책이 잔뜩 쌓여 있었고, 벽에 포스터가 덕지덕지 붙어 있었다. 「다크 크리스털」, 「라스트 유니콘」, 「퍼플 레인」의 영화 포스터가 보였다. 더 스미스의 포스터도 보였다. 잡지에 나온 비디오게임 캐릭터와 디자인 작품을 직접 오려 붙여 만든 콜라주도 붙어 있었다.

벽 곳곳에 압정으로 꽂힌 모눈종이들도 보였다. 모눈종이마다 키라가 〈바즈 테일〉이나 〈마이트 앤 매직〉 같은 고전 롤플레잉 게임에 나오는 캐릭터와 사물과 풍경을 정교하게 그려놓은 그림이 가득했다. 예전에 이 작업 방식에 대해 읽은 적이 있었다. 키라는 게임 속 화면에서 픽셀을 하나하나 모눈종이에 옮겨 그린 다음에 한 칸씩 일일이 손수 색칠하는 연습을 아주 많이 했다. 누가 그리는지에 따라 어떤 효과가 나타나는지 이해하고 그들의 기법을 뛰어넘기 위해서였다. 훗날 GSS에서 일했을 때 키라는 당대 컴퓨터 하드웨어로 가능한 한계를 뛰어넘는 디자인을 내놓는 사람으로 유명해졌다. 모로는 이런 아내를 두고 "항상 픽셀에 생기를 불어넣는 재주가 있는 사람"이라고 극찬하곤 했다.

천천히 주위를 둘러보면서 최대한 자세히 보려고 노력했다. 그 방

어디에도 가족사진은 없었다. 하지만 거울 가장자리에 테이프로 붙여 놓은 사진이 몇 장 있었는데, 키라가 새로 사귄 오타쿠 친구들, 즉 할리데이와 모로를 비롯해 미들타운 모험가 길드의 다른 괴짜 회원들과 찍은 사진이었다. 길드 회원 중 몇몇 남학생은 훗날 할리데이와 모로와 함께 보낸 유년 시절을 낱낱이 폭로하는 책을 썼다. 다른 열정적인 건터들처럼 나는 할리데이가 남긴 수수께끼를 푸는 데 도움이 될 만한 단서를 찾기 위해 그 책들을 샅샅이 조사했다. 몇 년 전에 이 책들을 다시 한번 읽었을 때는 키라의 생애 부분에 주목하며 읽었다. 그래서 그중 어떤 책에도 바넷의 집에 있는 키라의 방 내부를 묘사한 내용이 없다는 사실을 잘 알고 있었다. 키라의 방은 금남의 방이었다. 길드 회원 중 어떤 남학생도 키라의 방을 실제로 본 적이 없었다. 모로와 할리데이도 마찬가지였다. 하지만 두 사람은 분명 키라의 방을 상상하는 데 많은 시간을 쏟았을 것이다. 아마도 그 상상의 결과물을 지금 내가 보고 있는 것일 터였다. 이것은 당시 할리데이가 상상했던 키라의 방을 재현한 시뮬레이션이었다.

키라의 책상에 놓인 작은 컬러텔레비전은 드래곤 64 가정용 컴퓨터와 연결되어 있었다. 이 컴퓨터를 보자마자 웃음이 절로 나왔다. 드래곤 64 가정용 컴퓨터는 할리데이의 생애 첫 컴퓨터인 TRS-80 컬러 컴퓨터 2와 동일한 사양으로 영국에서 제조해 판매한 컴퓨터였다. 『아노락 연감』에 수록된 토막글에 따르면 할리데이는 자신의 컴퓨터와 키라의 컴퓨터가 호환 가능하다는 사실을 알아냈을 때 이 점이 두 사람이 운명의 짝임을 나타내는 하나의 징표라고 여겼다. 물론 그 예측은 빗나갔다.

키라의 컴퓨터에는 컬러 도트 매트릭스 프린터가 연결되어 있었고, 책상 위쪽 벽에 걸린 커다란 코르크 게시판에는 픽셀로 표현한 용과 유니콘, 요정, 호빗, 성채 등 키라가 ASCII와 ANSI로 초기에 그린 디자인 출력물들이 가득 붙어 있었다. 키라의 디자인 작품 도감에서 이미 다 본 그림들이었지만 지금 다시 보니 몇 개 안 되는 픽셀과 한정된 색상 조합으로 이렇게 정교하게 대상을 표현한 키라의 실력에 새삼 감탄할 수밖에 없었다.

로엔그린이 방을 가로질러 키라의 옷장 쪽으로 걸어갔다. 옷장 위에는 작은 아이와AIWA 스테레오 카세트가 놓여 있었다. 로엔그린이 꺼냄 버튼을 누르고 나서 빈 트레이를 가리키며 말했다.

"그럼 이제 직접 해보시죠…"

나는 옷장 쪽으로 걸어가서 카세트에 〈레우코시아의 믹스〉를 넣은 다음 A면에서 여섯 번째 노래(릭 스프링필드의 〈제시스 걸〉)의 끝부분이 나올 때까지 빨리감기로 돌렸다. 재생 버튼을 누르자 몇 초간 아날로그 잡음이 들리더니 다음 노래가 시작되었다. 모리세이가 나지막한 목소리로 노래를 시작했다. "오늘 밤 날 데리고 가줘…"

방을 휙 둘러보았다. 아무 일도 일어나지 않았다. 로엔그린을 흘깃 보았다. 그녀가 한 손을 들고 입 모양으로 기다리라고 말했다.

잠자코 기다렸다. 3분 남짓 지나자 모리세이가 노래 제목을 반복해서 부르는 부분이 나왔다. "절대 꺼지지 않는 빛이 있죠…"

노랫말에서 처음 '빛'이라는 단어가 나오는 순간 스테레오 카세트 옆에 놓인 나무 보석함이 열리더니 목걸이 하나가 마치 보이지 않는 손에 들어 올려지는 것처럼 허공으로 둥둥 떠올랐다. 파란 준보석이 달린 은목걸이였다. 나는 그것이 키라가 1989년 미들타운 고등학교 졸업 사진을 찍을 때 목에 걸고 있던 목걸이임을 한눈에 알아볼 수 있었다. 모로의 자서전에 따르면 모로는 키라에게 처음으로 마음을 고백한 날 이 목걸이를 선물했다.

더 스미스의 노래가 끝나자 눈부신 섬광이 번쩍였다. 그 섬광이 희미해질 때쯤 허공에 떠 있던 목걸이가 커다란 눈물방울 모양의 파란 수정으로 변신한 채 내 눈높이에서 빙글빙글 돌고 있었다.

마침내 찾아낸 세이렌의 영혼을 나눈 일곱 개의 조각 중 첫 번째 조각이었다.

경외심에 찬 눈으로 그 조각을 물끄러미 쳐다보았다. 기쁨과 실망이 뒤섞인 오묘한 기분이 들었다. 첫 번째 조각이 숨겨진 장소를 마침내 찾아냈다. 꼬박 3년을 매달렸건만 내 힘으로 찾아내지는 못했다. 아니, 그 정도가 아니었다. 공략에 의존하는 초짜처럼 남의 꽁무니를 졸졸 따라왔다. 내 힘으로 찾아내거나 친구들의 도움으로 찾아낸 것이 아니라 멍청한 식서놈들과 다를 바 없이 돈으로 승리를 샀다…

하지만 그런 수치심도 북받쳐 오르는 안도감과 성취감을 막을 수는 없었다. 일곱 개의 조각은 허상이 아니었다. 무엇을 찾고 있는지, 또 그것을 찾는 일이 왜 중요한지는 여전히 알 수 없었지만, 이 수수께끼가 그저 허무맹랑한 수수께끼가 아니라는 사실만큼은 확실해졌다. 할리데이가 만들어놓은 또 하나의 보물찾기 대회였다. 어떤 보상이든 분명 중요한 보상일 터였다.

로엔그린이 빙글빙글 도는 조각을 향해 손을 뻗는 동안 시야 구석에서 로엔그린의 손이 지나간 자리에 잔상이 남는 모습이 보였다. 마치 조각이 홀로그램인 것처럼 로엔그린의 손은 조각을 그대로 관통해 버렸다.

"수십 번도 더, 수십 가지 방법으로 이걸 집어보려고 했는데요." 로엔그린이 말했다. "아무리 해봐도 제 손은 그대로 관통해 버려요. 아무래도 이걸 만질 수 있는 사람은 할리데이의 상속자인 당신뿐인 것 같아요. 조각을 얻으려면 어떤 대가를 지불해야 한다고 하잖아요… 그게 무슨 뜻이든지요."

'조각마다 내 상속자는 대가를 지불하리. 다시 한번 온전한 세이렌으로 만들기 위해.'

"알아낼 방법은 하나뿐이네요." 나는 이렇게 말하며 조각으로 손을 뻗었다.

내 손가락은 조각을 그대로 관통하지 않았다. 손가락으로 조각을 감싸 쥘 수 있었다. 그렇게 하자…

• • •

…눈 깜짝할 사이에 나는 다른 공간에 와 있었다. 책상마다 옛날 BBC 마이크로컴퓨터가 놓인 한 학교 교실이었다. 나 말고는 아무도 없었다. 나는 그중 한 컴퓨터 앞에 앉아 있었는데 모니터에 내 모습이 비쳐 보였다. 하지만 그 모습은 내가 아니었다. 키라 언더우드의 얼굴이 나를 마주 보고 있었다. 그녀는, 아니 더 정확히 말하자면 나는 열 살쯤으로 보였다. 게다가 온몸이 기쁨으로 흘러넘쳤다! 피부와 두피 전체에 소름이 돋아 있었다. 맥박이 빨라지고 작은 가슴 안에 든 심장이 쿵쾅거리는 느낌도 느껴졌다. 모니터에 시선을 고정한 채 방금 완성한 작품을 감상하고 있었다. 초승달을 배경으로 검게 윤곽만 드리운 채 뒷다리로 서 있는 유니콘을 형상화한 픽셀 아트였다.

나는 이 그림을 한눈에 알아볼 수 있었다. 아주 유명한 그림이었다. 키라가 생애 최초로 만든 디지털 작품이었다. 지금은 키라가 이

유니콘을 완성한 직후의 순간을 체험하고 있는 듯했다…

• • •

어느새 나는 내 몸으로 돌아와 미들타운에 있는 키라의 방에 서 있었다.

어찌 된 영문인지 알 수는 없었지만 방금 키라의 과거 속으로 잠깐 들어갔다 왔다.

여전히 어안이 벙벙해 있는데 차임벨 소리가 연이어 울리더니 HUD에 다음과 같은 알림창이 나타났다. “축하합니다, 파르지발! 세이렌의 영혼을 나눈 일곱 개의 조각 중 첫 번째 조각을 찾으셨습니다!”

“어떻게 된 거예요?” 로엔그린이 물었다. “잠깐 의식을 잃으셨었어요. 괜찮으세요?”

내 손안에서 광채를 내뿜는 파란 조각을 내려다보았다.

“어떤 환영 같은 걸 봤어요. 영화의 회상 장면 같은 거였어요. 그게 내가 지불해야 하는 ‘대가’였을지도요?”

“회상이요?” 로엔그린이 천천히 되물었다. “무슨 말인가요?”

“오엔아이로 저장한 파일을 재생한 느낌이었어요. 하지만 아주 짧았죠. 내가 키라 언더우드가 됐었어요. 아니면 적어도 그렇다고 느껴졌었어요. 그리고 키라가 열 살 때 학교 컴퓨터로 그 유니콘을 완성했던 순간을 체험했어요.”

“그 초승달 유니콘 말씀이세요?” 로엔그린이 놀라서 눈을 크게 뜬 채로 말했다. “하지만 당연히 시뮬레이션이겠죠. 1980년대에는 오엔아이 헤드셋이 없었어요. 게다가 키라는 그게 발명되기 한참 전에 사망했고요.”

나는 고개를 끄덕였다. 나도 같은 생각을 하던 차였다.

"맞아요. 당연히 진짜 오엔아이 파일일 수는 없어요. 하지만 그렇게 느껴졌죠. 분명 할리데이가 만들었을 거예요. 어떻게 이렇게까지 실감 나게 만들었는지는 도무지 감도 잡을 수 없지만…"

"혹은 왜 만들었는지를요." 로엔그린이 고개를 가로저었다. "할리데이가 왜 키라의 어릴 때 기억으로 심스를 만들었을까요? 그녀의 시점으로 만들려면 제아무리 할리데이라 해도 몇 날 며칠 밤을 꼬박 새웠을 텐데요…"

이 문제에 대해 골똘히 생각하고 있을 때 HUD에 긴급 공지 알림이 깜빡였다. 정말 오랜만에 보는 아이콘인 득점판 알림창이었다. 아이콘을 터치하자 내 아바타 앞쪽 허공에 브라우저 창이 나타나고 지난 대회 때 득점판이 게시되던 할리데이의 옛날 웹사이트가 열렸다. 내가 이스터에그를 찾고 대회 우승자가 된 순간 득점판이 사라지고 그 자리에 아노락의 망토를 입은 내 아바타 이미지와 '파르지발은 승리하셨습니다!'라는 문구로 채워졌던 웹사이트였다.

내 아바타는 보이지 않았다. 그 자리에는 새로운 득점판이 올라와 있었다. 하지만 상위 10명의 플레이어 명단이 아닌 한 아바타의 이름만 나와 있었다. 바로 내 아바타였다. 내 이름 옆에는 점수 대신 파란 조각 아이콘이 붙어 있었고 그 옆으로 여섯 개의 빈칸이 보였다.

"대단하네요." 로엔그린이 짧은 금발 머리를 손으로 쓸어 넘기며 나지막이 소곤거렸다. 로엔그린이 득점판에서 반짝반짝 빛나는 파란 조각 아이콘을 가리켰다. "이제 온 세상이 당신이 첫 번째 조각을 손에 넣었다는 사실을 알게 됐네요. 뉴스피드가 뒤집어졌겠어요."

나는 손에 놓인 조각을 들어 자세히 살펴보았다. 결정체면에는 다음과 같은 문구가 새겨져 있었다.

그녀의 물감과 캔버스, 1과 0

남주인공으로 강등된 최초의 여주인공

"'남주인공으로 강등된 최초의 여주인공'이라." 로엔그린이 내 옆으로 바싹 다가오며 말했다. "세상에! 저 뭔지 알 것—"

"말하지 마요!" 로엔그린이 말을 채 끝내기도 전에 그녀의 아바타를 음소거해 버린 후에 내가 말했다. "도와줘서 정말 고맙지만 이제부터는 내가 할게요."

"아, 네, 무슨 말씀인지 알겠습니다." 로엔그린이 다소곳이 말했다.

"정말 고마워요." 내가 파란 조각을 아이템 보관함에 넣으며 말했다.

"언제라도 막히시면 전화 주세요. 저는 1989년 버전의 미들타운을 이미 샅샅이 조사했기 때문에 들으면 깜짝 놀라실 정도로 많은 걸 찾아냈거든요! 분명 도움이 되실 만한 단서들이죠! 저 말고는 아무도 알지 못하는—"

"제안은 고맙지만 앞으로 로엔그린은 몇 달간 꽤 바쁠 거예요… 포상금을 쓰려면요. 이제 보상받을 시간이에요, 빌리 진."

로엔그린의 얼굴이 환해졌다.

"잠깐만요. 바로 지금을 말씀하시는 거예요?"

나는 손을 뻗어 HUD를 열었고 로엔그린은 숨을 멈추고 기다렸다. 금융 거래 메뉴를 열고 그녀의 아바타를 선택한 다음 아이콘 몇 개를 연달아 터치했다. 아주 간단한 일이었다. 겨우 터치 몇 번으로 10억 달러가 내 오아시스 계정에서 그녀의 오아시스 계정으로 이체되었다.

송금 완료 화면을 본 로엔그린은 곧 기절이라도 할 것처럼 보였다.

"축하해요, 로. 당신은 자수성가로 억만장자가 됐어요. 이 돈을 한 곳에 다 쓰지 말아요."

내가 손을 내밀자 로엔그린이 내 손을 잡고 흔들었다. 그녀의 입이 여러 번 열렸다 닫혔지만 아무 말도 나오지는 않았다. 이윽고 그녀가 내 품으로 뛰어들며 나를 부둥켜안았다. 나는 어쩔 줄 모르고 얼어붙어 있다가 이내 맞포옹으로 화답했다.

“이 고마움을 어떻게 다 표현해야 할지 모르겠어요.” 로엔그린이 마침내 포옹을 풀면서 말했다. “제 인생은 이제 완전히 달라질 거예요. 제 친구들의 인생도요. 이제 콜럼버스에 친구들이랑 같이 살 집을 살 수 있어요.”

“정말 좋은 계획이네요.” 내 목소리는 갈라져 있었다. “다들 새집으로 옮기고 나면 가끔 날 초대해 주면 좋겠네요. 아니면 우리 집으로 와도 좋고요. 나도 현실세계의 친구들이 더 생기면 좋으니까요.”

“음, 봐서요….” 로엔그린이 키득거렸다. “아직 찾아야 할 조각이 여섯 개나 더 있으시고… 또 저는… 할 일이 산더미라서…”

로엔그린이 얼굴을 찡그렸다. 새로 얻은 부를 이용해 꿈을 실현하는 과정에 얼마나 많은 복잡한 일들이 뒤따를지 가늠해 보는 듯했다. 이런 상황이 얼마나 비현실적인지는 나도 경험으로 알고 있었다.

로엔그린의 앞쪽 허공에 창을 하나 열고 계약서를 다시 띄웠다.

“명심해요. 로엔그린은 내가 일곱 개의 조각을 모두 찾을 때까지는 이 조각을 어떻게 찾았는지에 대해, 또 우리가 약정한 사항에 대해 절대 외부에 누설하지 않는다는 조항에 동의했어요. 이 조항을 어긴다면 이 거래는 무효가 됩니다.”

로엔그린의 얼굴에 불안한 기색이 감돌았다.

“괜찮아요. 아마도 조각을 찾았다고 친구들 몇 명에게 벌써 얘기했겠죠. 또 나한테 연락할 거라는 얘기도요. 그건 별 상관없어요…”

“이봐요.” 로엔그린이 나를 향해 검지를 들이대며 말했다. “우리 채팅방을 엿들었나요? 그런 거죠? 지난 대회 때 모로가 당신과 당신 친구들 얘기를 엿들었던 것처럼 말이죠!"

나는 시치미를 뚝 뗐다.

"어디에서, 또는 어떻게 조각을 찾았는지는 아무에게도 말하지 마세요, 알겠죠? 내가 일곱 개의 조각을 다 찾을 때까지는요. 그때가 되면 로나 로의 친구들이 회고록을 쓰더라도 상관하지 않겠어요."

로엔그린은 아랫입술을 질끈 깨물며 천천히 고개를 끄덕였다.

"알겠습니다." 마침내 로엔그린이 입을 뗐다. "하지만 제발 저 같은 골수팬들의 부탁 좀 들어주세요. 팬들을 부끄럽게 하는 행동 좀 다시는 하지 마세요, 네?"

내가 미처 대답하기도 전에 로엔그린은 양손을 허공에 내젓고 수줍은 듯 활짝 웃어 보이더니 속사포처럼 말을 쏘아댔다.

"물론 외람된 말씀이지만요. 제가 정말로 당신을 존경하고 당신이 이룬 모든 업적을 존경하기 때문에 드리는 말씀인데 지금 좀 길을 잃어버리신 것 같아요. 물론 그럴 만하죠. 갑자기 부자가 되고 유명해지셨으니까요! 빌 머리가 한 말 아시죠? '유명해지면 당신은 2년쯤은 정말 재수 없는 인간이 될 거예요. 어쩔 수가 없어요. 안 그런 사람은 없어요. 2년 후에도 정신을 못 차리면 구제 불능의 인간이라고 봐야 하고요.'라는 말이요."

나는 로엔그린을 향해 인상을 찌푸렸다. "난 지금 유명해진 지 3년도 훨씬 넘었어요."

"알죠!" 로엔그린이 명랑하게 대답했다. "하지만 바꾸기에 너무 늦었을 때란 없어요."

그녀가 한 말이 내 자존심을 얼마나 상하게 했는지 티 내지 않으려고 애쓰며 고개를 끄덕였다.

로엔그린이 양손을 내려놓더니 길게 숨을 뱉었다. "죄송해요. 꼭 드려야 할 말이었고, 이제 다 했고, 이제 입을 닫을 시간이네요."

로엔그린은 입을 지퍼처럼 잠그는 듯한 동작을 취했다. 내 생각에는 이미 너무 늦은 처사였다. 그녀가 방금 한 모든 말에 대해 내가 감동한 건지, 상처받은 건지, 화가 난 건지 정확히 분간할 수가 없었다. 아마도 세 가지 모두인 것 같았다.

"내가 가장 좋아하는 빌 머리의 명언이 뭔지 알려줄까요?" 내가 물었다.

로엔그린이 고개를 끄덕였다.

"'나는 부자가 되고 유명해지고 싶어 하는 사람들에게 항상 이렇게 말하죠. 먼저 부자가 되려고 노력하라. 그걸로 충분해지는지를 먼저 확인하라.'"

로엔그린은 깔깔대고 웃으며 고개를 가로저었다. "저는 억만장자는커녕 백만장자가 된다는 게 어떤 건지도 몰라요. 터무니없죠…"

로엔그린은 웃고는 있었지만 걱정스러운 모습이었다. 그 압도된 듯한 표정은 나도 익히 아는 표정이었다. 지난 대회에서 우승한 날 바로 다음 날 아침에 거울 속에서 본 적이 있으니까.

"잘 들어요, 로." 내가 HUD에 짤막한 문자 메시지를 입력하면서 말했다. "GSS에서 일하는 내 비서 한 명이 곧 연락할 거예요. 마빈이라는 남자인데, 좋은 사람이에요. 마빈이 앞으로 몇 주간 당신의 비서예요, 알겠죠? 마빈이 콜럼버스로 이사할 수 있도록 도와줄 거예요. 실력 있는 변호사와 회계사를 고용하세요. 부동산 중개인과 이사업체도 찾으세요. 필요한 건 뭐든지요. 또 안전하게 이사를 마칠 때까지 GSS 보안요원 한 명을 붙여주려고 해요. 그 사람들은 절대 로엔그린을 귀찮게 하지 않을 거예요. 어때요? 다 마음에 드나요?"

로엔그린이 고개를 끄덕였다. 그녀의 눈가에 고여 있던 눈물이 뺨을 타고 흘러내렸다.

"고맙습니다, 와츠 씨. 아니 웨이드라고 불러드리고 싶네요."

"내가 고마워요, 로."

로엔그린에게 명함을 건넸다. 나는 여전히 옛날 아타리 2600용 〈어드벤처〉 카트리지처럼 디자인한 명함을 사용하고 있었다.

"필요한 게 있으면 언제라도 전화해요. 무슨 일이든지 괜찮으니까요."

로엔그린은 내 명함을 내려다보더니 그 명함을 집어 들고 나서 허겁지겁 자신의 명함을 꺼냈다. 〈빌리 진의 전설〉 VHS 비디오테이프처럼 디자인한 명함이었다. 나는 그 명함을 받아 아이템 보관함에 추가했다.

"다시 한번 고마워요." 내가 로엔그린에게 가볍게 인사를 건네며 말했다. "그럼 잘 지내요."

로엔그린이 미처 대답하기도 전에 순간이동으로 팔코에 있는 내 요새로 돌아왔다.

• • •

갑자기 극심한 피로감이 몰려왔다. 12시간의 오엔아이 일일 사용 제한 시간도 거의 끝나가 남은 시간은 45분뿐이었다. 매일 12시간을 꽉 채워 사용해도 아무 부작용이 없는 유저도 있다지만 내 경우는 달랐다. 웬만하면 30분이 남았음을 알리는 표시가 뜨기 전에 로그아웃하곤 했다. 오한이나 편두통을 감수하고 싶지 않았기 때문이다. 두 번째 조각을 찾는 일은 내일로 미루기로 했다.

에이치에게서도 쇼토에게서도 부재중 전화가 여러 통 와 있었지만 통화를 하기에는 너무나 지쳐 있었다. 아침에 일어나면 가장 먼저 할 생각이었다.

오아시스에서 로그아웃하자 오엔아이 헤드셋이 가수면 상태에 있던 나를 깨워 내 정신과 몸을 다시 연결했다. 평소처럼 이 과정은 몇 분 정도 걸렸다. 믿기 힘들 정도로 생생한 꿈에서 깰 때와 비슷했다. 다시 눈을 떴을 때 내 몸은 이머전 볼트 안에 있는 형상 기억 스펀지로 만든 리클라이너에 파묻혀 있었다.

제어판에 있는 버튼을 누르자 쉬익 소리가 나며 방탄 조종석 덮개가 열렸다. 몸을 일으키면서 습관처럼 소울 투 소울이 1980년대에 부른 옛날 노래의 첫 부분을 허밍으로 흥얼거렸다. "다시 숨을 쉬어. 현실로 돌아와."

삭신이 쑤셨다. 터덜터덜 긴 복도를 지나 2층으로 올라가자마자 그대로 침대에 쓰러졌고, 베개에 머리가 닿는 순간 곯아떨어졌다.

매일 오엔아이를 사용하는 유저들은 대부분 매일 밤 렘수면에 빠지지만 꿈을 기억하는 능력을 잃었다. 안타깝게도 나는 여전히 꿈을 기억할 수 있었다. 아니, 더 정확히 말하자면 벌써 몇 년째 일주일에 한두 번씩은 찾아오는 똑같은 꿈을 기억할 수 있었다는 뜻이다.

첫 번째 조각을 찾은 그 기쁜 날에도 그 꿈은 다시 찾아왔다.

내용은 언제나 같았다…

나는 아노락의 서재에 있는 무식하게 큰 빨간 버튼 옆에 서 있었다. 어떨 때는 오른손을 그 버튼 위에 들고 있고, 어떨 때는 오른손을 그 버튼에 대고 있었는데, 오늘 밤은 후자였다. 평소처럼 버튼의 플라스틱 덮개에 내 모습이 비쳐 보였다. 덮개에 비친 얼굴은 내 아바타인 파르지발의 얼굴이 아니었다. 아노락의 망토를 입고 있을 뿐 내 실제 얼굴, 즉 웨이드의 얼굴이었다.

정신을 좀 차리자마자 할리데이의 금빛 이스터에그 양옆에서 금빛 마셜 앰프 두 세트가 짠 하고 나타나더니 너무나도 익숙한 노래가 귀청이 떠나갈 정도로 큰 소리로 흘러나왔다. 그 노래는 바로 솔트 앤 페파가 부른 〈푸쉬 잇〉이었다.

금빛 마셜 앰프 뒤에서 진행자인 솔트와 페파가 금빛 마이크를 잡고 노래를 부르며 걸어 나왔다. 1987년 뮤직비디오에서 방금 튀어나온 듯한 모습이었다. 할리데이의 금빛 이스터에그 뒤에서 DJ 스핀데렐라가 몸을 일으키더니 순금으로 만든 턴테이블 세트 위에 놓인 순금으로 만든 레코드판 두 개를 현란하게 긁어댔다.

내가 무식하게 큰 빨간 버튼에 오른손을 올린 채 꼼짝도 하지 않고 서 있는 동안 솔트 앤 페파는 〈푸쉬 잇〉의 후렴을 반복해서 불렀다. 느낌 같아서는 몇 시간 동안 계속된 느낌이었다.

아, 눌러봐, 잘 눌러봐

아, 눌러봐, 정말 잘 눌러봐

우, 베이비, 베이비! 베이비, 베이비!

우, 베이비, 베이비! 베이비, 베이비!

이 반복되는 악몽이 계속된다면 훨씬 더 나쁜 짓도 할 수 있을 것 같았다. 하지만 노랫말이 뇌리에 맴돈다는 말은 굉장히 절제된 표현이었다. 이 노랫말은 뇌 속에 있는 모든 신경 세포에 완전히 달라붙었다. 온라인에 있든 오프라인에 있든, 꿈속이든 깬 상태이든, 무식하게 큰 빨간 버튼에 비친 내 얼굴은 언제나 마음 한구석에 똬리를 틀고 있었고, 이 노랫말은 반복되고 또 반복되었다. 더욱 현명한 행동은 그냥 누르는 것이 아니라 특별히 신경을 써서 정말 잘 누르는 것이라고 말이다.

보통은 그때쯤 꿈이 끝났다. 하지만 오늘 밤에는 과감하게 솔트 앤 페파의 충고를 따르기로 했다…

'높은 상금에 걸려라, 꽝은 안 돼.' 이런 생각을 하며 오른쪽 손바닥으로 무식하게 큰 빨간 버튼을 꾹 눌렀다. 버튼에 불이 들어오고 멀리서 데스 스타의 경적이 들리기 시작하더니 버튼이 빠르게 깜빡이기 시작했다. 버튼이 깜빡일 때마다 색깔이 점점 더 밝아져 빨간색이었던 버튼은 결국 흰색으로 변했다.

뒤를 돌아보았을 때 솔트 앤 페파는 이미 사라지고 없었다. 그 자리에는 멘 앳 워크의 멤버들이 서서 1983년에 발표한 인기곡 〈잇츠 어 미스테이크〉의 후렴을 부르고 있었다.

냅다 발코니로 달려 나갔다. 집 주변은 더 이상 가상현실 속 크토니아의 풍경이 아니었다. 내가 어릴 때 살았던 오클라호마시티 포틀랜드 애비뉴 빈민촌이었다. 바로 눈앞에 트레일러 아파트 맨 꼭대기에 위험천만하게 놓인 앨리스 이모의 트레일러가 보였다. 앨리스 이모는 침실 창가에 서서 체념한 표정으로 나를 물끄러미 보고 있었다.

그 아래쪽에 있는 길모어 할머니의 트레일러로 시선을 옮겼다. 길모어 할머니는 창문 밖으로 몸을 내민 채 고양이들에게 밥을 주고 있었다. 할머니는 나를 보더니 입가에 미소를 머금었다. 할머니가 나에게 손을 흔들어주려고 하는 찰나에 IOI가 트레일러 아파트 외부에 설치해 둔 폭탄이 터지면서 건물 전체에 거센 불길이 치솟았다…

이번에는 앨리스 이모와 길모어 할머니의 죽음을 소렌토의 탓으로 돌릴 수 없었다. 그 버튼을 누른 사람은 바로 나였다. 내가 한 짓이었다…

하지만 영혼을 짓누를 정도로 무거운 죄책감을 짊어지고 살아갈 운명은 아니었다. 불타는 건물 하단의 골조가 찌그러지고 건물이 앞으로 쓰러지면서 나를 덮쳐 오고 있었기 때문이다.

나는 도망치지 않았다. 한 발짝도 움직이지 않았다. 그 자리에 꼿꼿이 선 채로 정의의 심판을 기다렸다.

0008

침대 옆에 놓인 빈티지한 아날로그 전자식 전화기에서 울리는 청량한 띠리리리리 소리에 잠에서 깼다. 1982년에 생산된 이 아노바 일렉트로닉스 커뮤니케이션스 센터 모델 7000 전화기는 페리스 부엘러의 단짝인 캐머런 프라이의 침대 옆에 있는 세련된 복고미래풍 은색 전화기와 같은 모델이었다. "캐머런이 이집트 땅에 있으니, 내 백성 캐머런을 보내주시오…"

전화 벨소리에 잠이 깨는 날은 대부분 일진이 좋지 않았다. 맥스는 내가 자고 있는 동안은 사만다나 에이치, 쇼토, 모로, 파이살이 긴급으로 설정한 전화를 걸어 오지 않는 한 전화를 연결하지 않도록 설정되어 있었다. 매일 밤 8시간을 푹 자지 못하면 다음 날 일과가 완전히 꼬여버렸다. 파이살도 이 점을 잘 알고 있었다.

그 순간 문득 간밤에 내 아바타의 이름이 파란 조각 아이콘과 함께 할리데이의 옛날 득점판에 올라왔다는 사실이 떠올랐다. 이 소식이 전 세계 뉴스피드에서 실시간 검색어 1위를 차지하고 있을 것은 자명했다. 지금쯤 GSS 홍보부에는 나에 대한 질문이 쏟아지고 있을 터였다.

ㄱ자형 창문의 블라인드가 걷히며 쏟아져 들어오는 햇빛에 얼굴을 찡그리며 침대 밖으로 기어 나왔다. 갑작스럽게 쏟아진 빛에 흐려졌

던 시야가 회복되었을 때 목을 가다듬고 월스크린을 터치해 파이살의 전화를 받았다. 파이살의 얼굴에는 근심이 가득해 보였다. 보통 이것은 내 얼굴도 곧 그렇게 된다는 뜻이었다.

"아, 파이살 본부장님. 좋은 아침이에요." 내가 나지막이 중얼거렸다.

"좋은 아침입니다, 회장님." 파이살이 말했다. 파이살이 GSS 본사의 복도를 달리면서 휴대 전화를 들고 있던 탓에 송출되는 영상이 마구 흔들렸다. 영상의 흔들림은 파이살이 승강기에 올라타자 멈췄다. "주무시는 데 깨워서 정말 죄송합니다만 제가 꼭—"

"제가 조각을 찾은 일에 관해 묻고 싶으셨겠지요. 또 공식 발표문 등등에 대해서도요. 근데 그거 두어 시간 뒤에 하면 안 될까요?"

"안 됩니다, 회장님. 뉴스를 보셨는지 확인하려고 전화드렸습니다. 모로 선대회장님에 관한 뉴스 말입니다."

순간 가슴이 철렁했다. 모로는 70대 중반이었다. 마지막으로 인터뷰에 나왔을 때만 해도 정정한 모습이었지만 그 인터뷰가 벌써 몇 달 전이었다. 모로가 병상에 누운 걸까? 아니면 사고라도 당한 걸까? 내가 시간을 너무 질질 끈 나머지 관계를 회복할 기회를 영영 놓쳐버린 걸까?

"실종되셨습니다. 납치일 가능성도 있습니다. 경찰도 아직 결론을 내리진 못했습니다. 이 사건이 지금 뉴스피드를 완전히 도배 중입니다."

맥스가 월스크린에 띄워진 파이살과의 영상 통화 창 옆으로 가장 인기 있는 비디오 뉴스피드 채널들을 띄워주었다. 내가 조각을 찾은 이야기는 오늘의 톱뉴스가 아니었다. 모로의 사진과 영상 클립이 눈앞을 휙휙 지나갔다. '오그던 모로 실종되다', '파르지발이 첫 번째 조각을 찾은 지 몇 시간 만에 오아시스의 공동 제작자 모로가 사라지다' 같은 기사 제목도 보였다.

"맙소사." 내가 나지막이 중얼거렸다. "언제 일어난 일이죠?"

"어젯밤입니다. 태평양 표준시로 7시 정각에 선대회장님 댁의 가정용 보안시스템과 감시카메라, 보초 로봇이 모두 해제되었습니다. 싹 다 전원이 꺼져버렸습니다. 오늘 아침에 직원들이 들어갔을 때는 이미 안 계셨다고 합니다. 쪽지도 안 남기셨고 침입 흔적도 없었습니다. 텔레봇 한 대와 개인 제트기 한 대가 없어졌습니다. 트랜스폰더도 꺼져 있고 휴대 전화도 꺼져 있습니다." 파이살이 어깨를 으쓱했다. "경찰에서는 어떤 이유로든 스스로 잠적하신 걸로 보고 있습니다."

"하지만 아까는 납치 가능성도 있다면서요?"

"가정용 보안시스템을 해킹하지 않는다면 침입은 불가능합니다. 보초 로봇도, 개인 제트기의 보안시스템도요. 누가 그걸 해제할 수 있을까요?"

나는 고개를 끄덕였다. 내가 사용하는 보안시스템도 모로와 같은 종류인 오딘웨어 시스템이었다. 지금 이 순간에도 모로가 사용하는 보초 로봇과 같은 보초 로봇이 내 사유지를 지키는 중이었다. 이 시스템은 시중에 나와 있는 최고의 가정용 보안기술, 혹은 적어도 가장 비싼 기술이 탑재된 시스템이었다.

"하지만 모로 선생님께서 왜 잠적하고 싶으셨을까요? 어디로 가셨을까요? 이미 아주 외딴 곳에서 조용히 살고 계셨는데."

파이살은 어깨를 으쓱했다. "저희는 어쩌면… 이 일이 어젯밤에 회장님께서 조각을 찾으신 일과 연관이 있을지도 모른다는 생각이 듭니다. 말이 나온 김에 조각을 찾으신 걸 축하드립니다."

"고맙습니다." 내가 대답했다. 뿌듯함보다는 수치심이 느껴졌다.

몇 년 전에 모로는 나에게 일곱 개의 조각을 찾는 일을 그만두라고 했었다. 하지만 그래야 하는 이유는 말하지 않았다. 수수께끼에 관해서는 아무 말도 해주지 않았다. 모로의 그런 태도 때문에 오히려 내 힘으로 알아내고야 말겠다는 오기가 더욱 강해졌었다.

간밤에 내 이름 옆에 떠 있는 파란 조각을 보았을 때 모로는 어떤 기분이었을까?

"선대회장님께서 회장님께 연락하신 적이 있나요? 아니면 회장님께서 선대회장님께 연락하신 적이 있나요?"

"아니요." 나는 고개를 가로저었다. "모로 선생님과 연락한 지는 2년도 넘었어요."

'그 이유는 사별한 아내에 대한 정보를 캐내려고 내가 모로를 끈질기게 괴롭혔기 때문이다.'

"그러시군요." 어색한 침묵 끝에 파이살이 말했다. "아무래도 오늘은 사무실에 나오시는 게 좋겠습니다, 회장님. 홍보부에서 이런저런 음모론에 대중의 관심이 쏠리기 전에 최대한 빨리 공식 발표를 하는 게 좋겠다고 합니다. 회장님을 인터뷰하고 싶다는 요청이 빗발치고 있는 데다 1층 로비에는 이미 200여 명의 기자들이 진을 치고 있습니다."

"언론은 신경 쓰지 마세요, 파이살 본부장님. 모로 선생님께 무슨 일이 일어난 건지 알아보는 게 우선이에요."

"이미 보안요원들을 풀어 찾고 있습니다, 회장님. 글로벌 센서 네트워크도 훑는 중입니다. 세계 어디에서든 얼굴이나 목소리, 망막, 지문이 스캔 되기만 하면 즉시 알 수 있습니다."

"오아시스 계정 로그 기록도 확인해 보셨나요?"

파이살이 고개를 끄덕였다. "마지막 로그아웃은 어젯밤 다섯 시 정각을 조금 넘은 시점이었습니다."

"모로 선생님 저택에 아직 우리 보안요원들이 남아 있나요?"

"네. 현장을 둘러보고 싶으시다면 아직 텔레봇 한 대가 현장에 남아 있습니다."

"둘러보겠습니다. 접속 암호를 보내주시겠어요?"

"바로 보내드리겠습니다."

• • •

옷을 입고 작업실로 달려간 다음 옛날 오아시스 햅틱 장치에 기어 올라가 바이저와 햅틱 장갑을 착용했다. 오아시스에 로그인하고 나서 파이살이 보내준 원격 접속 암호를 입력했다. 이제 나는 3000킬로미터 이상 떨어진 모로의 오리건주 저택에 있는 텔레봇을 조종할 수 있었다.

원격 접속이 완료되자 텔레봇의 머리에 장착된 카메라를 통해 모로의 아름다운 저택을 실시간으로 볼 수 있었다. 카메라 각도로 보아 내가 서 있는 곳은 아담한 제트기 격납고 앞이었다. 격납고는 사설 활주로 끝에 있었다. 모로는 오리건주 동부에 있는 왈로와 산맥을 따라 우뚝 솟은 산봉우리 사이로 깊이 파인 골짜기를 깎아 이 활주로를 직접 만들었다.

멀리 활주로 너머로는 가파른 조약돌 계단이 보였다. 이 계단은 활주로 끝에서 복층 저택까지 이어졌다. 산자락에 자리 잡은 고원 지대에 지어진 이 저택의 외관은 완벽한 현실판 깊은골이었다. 피터 잭슨이 영화화한 「호빗」과 「반지의 제왕」에 나오는 그 모습 그대로였다. 웅장한 저택과 정원 너머로 우뚝 솟은 산봉우리에서 쏟아지는 폭포들은 멀리서도 금방 눈에 띄었다.

비록 지금 상황은 심각했지만, 더욱이 일주일을 이곳에서 머문 적도 있었지만, 이 저택의 웅장함과 아름다움은 여전히 압도적이었다.

모로는 톨킨이 창조한 허구의 계곡 임라드리스를 이 외딴곳에 구현하기 위해 말 그대로 산을 옮기고 물줄기를 틀었다. 모로가 건축비를 공개한 적은 없었지만 일각에서는 20억 달러에 달할 것으로 추산했다. 버킹엄 궁전의 건축비를 뛰어넘는 수준이었다. 텔레봇의 눈으로 이 저택을 바라보니 과연 그 값어치를 톡톡히 하는 것 같았다.

GSS 방탄차 뒤쪽에 부착된 충전대에서 GSS 텔레봇을 분리했다. 근처에 서 있는 GSS 보안요원 두 명이 건넨 손 인사에 화답한 다음 텔레봇의 방향을 바꿔 저택으로 이어지는 길고 구불구불한 계단을 오르게 했다.

계단을 다 오르자 돌로 만든 길이 나왔다. 이 길은 정원을 가로질러 화려한 룬 문자가 새겨진 거대한 나무 문으로 된 저택 현관까지 이어졌다. 내가 다가가자 문이 저절로 열렸지만 여전히 무단침입자가 된 기분이 들었다. 며칠 전 모로가 이 저택에 있을 때 이렇게 불쑥 찾아왔다면 아마도 나를 들여보내 주지는 않았을 것이다.

로비 안쪽을 빠르게 둘러보았다. 모로가 보유한 텔레봇은 총 네 대였다. 네 대 모두 광택이 번쩍이는 건메탈블루색 몸통에 크롬 테두리가 달린 최신형 오카가미 TB-6000 모델이었다. 세 대는 현관 바로 안쪽 충전대에 그대로 놓여 있었지만, 나머지 한 대는 보이지 않았다. 이 한 대는 간밤에 주인과 함께 사라졌다. 사라진 텔레봇의 트랜스폰더는 가정용 보안시스템이 꺼진 시각과 동일한 시각에 꺼졌다.

로비를 지나 안쪽으로 들어갔다. 3년 만에 다시 와보는 셈이었지만 내 눈에는 모든 것이 똑같아 보였다. 벽에는 커다란 벽걸이 융단과 판타지 작품들이 걸려 있었고, 고동색 나무판자를 덧댄 복도를 따라 괴물 석상과 골동품 갑옷이 늘어서 있었다.

모로의 작업실을 먼저 둘러본 다음 서재로 갔다가 영화 감상을 위해 꾸며놓은 방을 둘러보았다. 특별히 이상한 점은 눈에 띄지 않았다. 당연했다. 경찰도 GSS 보안요원들도 침입이나 저항의 흔적은 전혀 발견하지 못했다고 했다. 오아시스 계정 로그 기록에 따르면 모로는 어젯밤 7시 정각에 가정용 보안시스템과 감시카메라를 스스로 꺼버렸다. 그 이후에 일어난 모든 일은 오리무중이었다.

나는 디트로이트 타이거즈 야구모자를 쓰는 상상을 하고 내 머리를 사립탐정 매그넘 모드로 바꿨다.

누군가가 해킹이 불가능한 모로의 보안시스템을 해킹해서 원격으로 해제하는 방법을 알아냈다면?

그리고 그 해커가 사라진 텔레봇을 장악해서 이 텔레봇으로 모로를 제트기에 강제로 태운 다음 제트기의 자동조종장치도 장악했다면?

텔레봇은 지금까지 온갖 범죄에 이용되어 왔지만 범인은 거의 언제나 잡혔다. 텔레봇을 작동하려면 유저가 오아시스 계정에 로그인해야 했기 때문이다. 텔레봇을 장악하는 일은 하드웨어에 내장된 각종 안전장치 때문에라도 불가능했다.

하지만 모로가 정말로 납치되었다면 왜 어떤 경보도 울리지 않았을까? 왜 아무런 저항의 흔적이 없었을까? 모로는 70대 중반이었지만 여전히 몸싸움은 할 수 있었다.

납치범이 손발을 묶고 입에 재갈을 물리지 않았다면 말이다. 약물을 주입하지 않았다면, 머리를 때려서 기절시키지 않았다면 말이다. 하지만 그의 나이를 감안할 때 머리를 맞았다면 사망했을 수도 있다…

머릿속에서 모로가 두들겨 맞는 상상을 애써 지우고 다시 텔레봇을 움직였다. 정처 없이 복도를 돌아다니다 보니 어느새 문이 닫힌 한 손님방 앞에 서 있었다. 이 방은 하이 파이브가 이 저택에서 일주일 동안 머물렀을 때 사만다가 묵던 방이었다. 사만다와 내가 처음(그리고 두 번째, 세 번째, 네 번째) 사랑을 나눈 방이기도 했다.

텔레봇의 오른손으로 문고리를 잡은 채 텔레봇의 눈을 통해 그 방문을 물끄러미 보았다.

어쩌면 모로와 관계를 회복할 기회는 이미 놓쳐버렸는지도 모른다. 하지만 사만다와 관계를 회복할 기회는 아직 남아 있었다. 우리가 둘 다 살아 있는 한 그녀와는 다시 잘해볼 기회가 있었다.

텔레봇을 조종해 미로처럼 복잡한 방과 복도를 지나 모로의 개인 오락실에 도착했다. 카펫이 깔린 커다란 오락실에는 할리데이가 모로에게 전해달라고 유언을 남겼던 고전 동전투입식 오락기들이 빼곡히 들어차 있었다. 전부 전원이 꺼진 상태라 검은 화면만 보였다.

오락실에서 빠져나와 수색을 이어갔다. 저택을 둘러보다 보니 꼭 모로와 키라의 생애를 전시한 박물관을 둘러보는 기분이었다. 벽 곳곳에 두 사람의 사진이 붙어 있었다. 두 사람이 껴안고 있는 사진 몇 장을 제외하면 나머지는 모두 키라의 독사진(카메라를 향해 웃는 모습으로 보아 분명 모로가 찍어준)이었다. 세계 곳곳의 이국적인 장소들을 배경으로 찍은 그 사진들 속에서 끝내 비극으로 끝나버린 아름다운 동화 같은 사랑을 엿볼 수 있었다.

트로피 진열장도 눈에 들어왔다. 진열장에는 모로와 키라가 자선 사업과 양방향 교육 분야에 바친 공로를 인정받아 오랜 세월에 걸쳐 받은 상패와 메달, 훈장이 가득했다. 하지만 그 어디에도 아이들 사진은 없었다. 모로와 키라는 생애 후반부를 가난한 아이들을 위한 무료 교육용 소프트웨어를 만드는 데 바쳤다. 나 같은 아이들을 위해서 말이다. 하지만 두 사람에게는 자식이 없었다. 모로의 자서전에 따르면 두 사람이 인생에서 유일하게 진심으로 아쉬워한 부분이었다.

다시 저택 밖으로 나온 다음 깔끔하게 손질된 잔디밭을 가로질러 반짝반짝 윤이 나는 돌로 만든 길을 따라 걸으며 주변을 에워싼 눈 덮인 왈로와 산맥이 이루는 장관을 넋을 놓고 감상했다.

그 길을 따라 걷다 보니 사만다와 내가 현실에서 처음 만났던 미로 정원으로 들어가는 입구가 나왔다. 하지만 들어가 보고 싶은 마음을 억누르고 발길을 돌려 키라가 영원히 잠들어 있는 곳인 문이 달린 작은 꽃밭으로 갔다. 키라의 무덤을 내려다보면서 로엔그린을 생각했고, 이어스 행성에 있는 이 무덤을 재현한 시뮬레이션에 가서 로엔그린이 발견한 단서에 대해 생각했다. 나는 이어스 행성에 가볼 생각을 꿈에도 해본 적이 없었다.

키라의 무덤을 에워싼 작은 꽃밭에는 무지개를 이루는 일곱 가지 색깔의 꽃들이 만발해 있었다. 손에 잡히는 대로 한 송이를 꺾었다. 노란 장미꽃이었다. 그 꽃을 묘비 앞에 놓은 다음 텔레봇의 검지로 반짝반짝 윤이 나는 대리석 표면에 새겨진 글자를 하나하나 짚어나갔다. '사랑받은 아내이자 딸이자 친구.'

키라의 무덤 바로 옆에 있는 묫자리를 흘긋 보았다. 모로를 위해 남겨놓은 그 묫자리를 보면서 내가 모로와 관계를 회복할 마지막 기회를 아직 놓치지 않았기를 바라고 있음을 다시 한번 깨달았다.

저택 주변의 잘 손질된 정원들을 완전히 한 바퀴 돌고 난 뒤에는 계단을 내려가 사설 활주로와 그 끝에 있는 작은 격납고를 살펴보았다. 사라진 제트기가 세워져 있던 자리가 비어 있다는 점만 빼면 별달리 눈에 띄는 점은 없었다.

가정용 보안시스템과 텔레봇과 마찬가지로 제트기에 내장된 컴퓨터 역시 해킹은 거의 불가능했다. 따라서 모로가 자유의지로 떠났거나, 아니면 누군가가 경보를 단 한 번도 울리지 않은 채 트랜스폰더를 끄고 자동조종장치를 장악해 냈거나, 둘 중 하나였다.

머릿속으로 경보에 대해 생각하고 있었는데 귓속으로 진짜 경보가 파고들었다. 우리 집에서 울리는 보안경보였다.

텔레봇을 GSS 방탄차에 있는 충전대로 자동으로 복귀하도록 설정해 두고 원격 접속을 끊었다. 햅틱 장치에서 기어 내려오는데 전화가 울렸다. GSS 임원 경호실장인 마일스 겐델이었다. 할리데이와 모로는 창업 직후에 마일스를 고용했다. 마일스가 특전사 출신인 데다 젊은 날의 아널드 슈워제네거와 놀라울 정도로 닮은 외모 때문이었다. 25년 이상 회사를 위해 일한 지금의 마일스는 중년이 된 거버네이터 이후의 아널드 슈워제네거를 닮은 모습이었다.

전화를 받자 마일스의 얼굴이 월스크린에 나타났다. 마일스의 표정이 심상치 않았다.

"문제가 생겼습니다, 와츠 회장님. 놀란 소렌토가 탈옥했습니다."

그 순간 온몸에 있는 피가 다 얼어붙는 느낌이었다.

소렌토는 경비가 매우 삼엄한 남부 오하이오주 교도소에서 사형수로 복역 중이었다. 이 교도소는 오하이오주 칠리코시, 그러니까 내가 지금 서 있는 곳에서 남쪽으로 약 90킬로미터 떨어진 곳에 있었다.

"이쪽으로 오고 있다고 생각할 만한 근거가 있나요?" 내가 가장 가까운 창문으로 다가가 밖을 기웃거리며 물었다. "제 말은 그러니까, 본 사람이 있나요?"

마일스는 고개를 가로저었다.

"없습니다, 회장님. 하지만 걱정하지 마십시오. 그자가 회장님을 해치기 위해 여기로 올 가능성은 적습니다. 회장님의 경호 수준을 그자도 잘 알고 있을 겁니다."

"그렇겠죠. 모로 선생님의 경호 수준과 같은 경호 수준이니까요." 나는 다시 한번 창밖을 기웃거렸다. "대체 어떻게 된 일이죠, 마일스

실장님?"

"누군가가 교도소의 보안시스템을 해킹해 소렌토를 풀어줬습니다. 소렌토가 빠져나간 다음에는 교도소 전체를 봉쇄했습니다. 경비원과 교도관 모두 수감자들과 함께 교도소에 갇혀버렸습니다. 전화도 인터넷 접속도 없는 채로 말입니다. 현장에 가장 먼저 도착한 경찰관들은 교도소 문을 강제 개방하고 들어가서 질서부터 바로잡아야 했습니다. 보안카메라 영상을 확인한 건 그다음이었고. 그때쯤에는 이미 소렌토가 도주한 지 한 시간은 지난 상태였습니다."

공포감이 엄습했다.

"소렌토의 탈옥과 모로의 실종은 어떻게든 연관이 있겠네요." 내가 최대한 침착한 목소리로 말했다. "이런 일이 단지 우연일 리가 없어요."

마일스는 어깨를 으쓱했다. "아직 그렇다는 증거는 없습니다, 회장님."

나는 아무 대답도 하지 않았다. 머릿속이 아주 복잡했다. 소렌토는 세계에서 가장 악명 높은 범죄자로 손꼽히는 놈이었다. 하지만 지난 3년을 감옥에서 썩었다. 더는 힘도, 돈도, 영향력도 없었다. 그렇다면 누가, 왜 놈을 돕고 있을까?

"지금 회장님 자택 주변 전체를 감시 중입니다. 만반의 경계 태세를 갖추고 있으니 안심하십시오. 수상한 낌새가 보이면 즉시 보고드리겠습니다. 그러면 되겠습니까?"

"네, 좋습니다." 내가 애써 차분하게 말했다. "고맙습니다, 마일스 실장님."

전화를 끊고 뉴스피드 창 대여섯 개를 띄웠다. 물론 언론도 이 사건을 알고 있었다. 소렌토의 탈옥 관련 보도가 모든 창을 장식하고 있었다. 노턴이라는 이름의 아주 멍청해 보이는 교도소장이 나와서, 놀란 소렌토가 충격적인 탈옥을 감행하기 직전까지는 모범수였는데 대낮에 교도소 내 보안카메라에 잡히는 데도 버젓이 탈옥을 감행했다고 기자에게 말했다.

보안카메라 영상을 보니 소렌토가 외부의 조력 없이 탈옥에 성공했을 리가 없다는 사실은 자명했다. 누군가가 철통같은 방화벽을 뚫고 교도소 내 컴퓨터 네트워크에 침입해서 자동화된 보안시스템을 장악했다. 그리고 이 신원미상의 공범이 소렌토와 출구 사이에 놓인 모든 문의 잠금장치를 해제해 준 덕분에 소렌토는 걸어서 교도소 밖으로 나올 수 있었다. 그 후 공범은 교도소 내 모든 감방의 문을 열어 모든 수감자를 풀어주었고 교도소는 아수라장이 되었다.

그 해커가 교도소의 보안카메라 영상을 삭제하려고 한 흔적은 분명히 있었지만, 다행히 영상이 모두 원격 서버에 백업이 되어 있던 탓에 경찰에서 입수할 수 있었다. 영상 속에서 소렌토는 문이 저절로 열리자마자 기다렸다는 듯이 감방에서 유유히 걸어 나왔다. 탈옥을 감행하는 동안 소렌토는 잠겨 있는 문이 나올 때마다 문에 대고 손을 크게 휘저었다. 마치 혼자만 들을 수 있는 관현악단을 지휘하는 것처럼 보였다. 소렌토가 통과하면 그 문은 닫히고 잠겨 아무도 추격할 수가 없었다.

불과 몇 분 만에 소렌토는 입이 귀에 걸린 채 교도소 정문 밖으로 유유히 걸어 나왔다. 밖으로 나온 후에 뒤에서 문이 닫히자 소렌토는 가장 가까운 보안카메라 쪽으로 다가가 머리를 숙여 인사한 다음 그곳에 주차되어 있던 자율주행차 안으로 쏙 들어갔다. 이 차량의 번호판은 그날 아침 일찍 인근 자동차 대리점 주차장에서 도난 신고가 접수된 차량의 번호판과 일치했다.

영상을 보는 내내 소렌토가 어떻게 외부에 있는 공범과 구체적인 탈옥 계획을 세울 수 있었는지에 대한 의문이 생겼다. 교도소 기록에 따르면 수감 중에 소렌토를 면회하러 온 사람은 변호사들뿐이었다. 수감 중에 사적인 용건으로 전화를 하거나 받은 적은 한 번도 없었다. 따라서 정말로 공범이 있다면 오아시스를 통해 내통했을 가능성이 높았다.

GSS와 국제앰네스티의 인도적 노력 덕분에 미국의 모든 수감자는 이틀에 1시간씩 철저한 감시 하에 극히 제한적인 오아시스 접속이 허용되었다. 하지만 옛날 오아시스 바이저와 햅틱 장치만 허용되었을 뿐 오엔아이 헤드셋은 사용할 수 없었다. 게다가 소렌토는 오엔아이가 출시되기 전에 수감되었으니 지난 3년간 뉴스피드에서 오엔아이를 접했을 뿐 직접 경험해 보지는 못한 상태였다.

소렌토의 오아시스 계정을 열고 활동 로그 기록을 확인해 보았지만 기록은 텅 비어 있었다. 누군가가 이미 우리 서버에 있는 모든 기록을 지워둔 것이었다. 일어나서는 안 될 일이었다. 우리 회사에서 보안등급이 가장 높은 계정 관리자조차 특정 유저의 활동 로그 기록을 삭제할 수는 없었다. 젠장, 심지어 나조차도 할 수 없는 일이었다.

"빌어먹을." 나는 나지막이 중얼거렸다. 이보다 더 적절한 반응은 세상에 없었다.

파이살에게 이 문제를 조사해 보라고 문자 메시지를 보냈다. 전송 버튼을 누르자마자 내 휴대 전화에 알림창이 떴다. 할리데이의 득점판에 변동 사항이 있다는 알림이었다. 득점판을 열어보니 내 아바타 이름도, 내 이름 옆에 붙어 있는 파란 조각 아이콘 한 개도 그대로였다. 하지만 내 이름 바로 밑에 두 번째 아바타 이름이 적혀 있었고, 그 이름 옆에도 파란 조각 아이콘이 붙어 있었다. 그 아바타의 이름은 다름 아닌 그레이트 앤 파워풀 오그였다. 다른 해석의 여지는 없었다. 방금 오그던 모로도 첫 번째 조각을 손에 넣었다는 뜻이었다.

내 눈을 의심하며 득점판을 멍하니 쳐다보았다. 모로는 일곱 개의 조각을 찾는 일에 단 한 번도 관심을 보이지 않았다. 오히려 정반대였다. 그 조각들이 아무에게도 발견되지 않기를 바라는 사람 같았다. 내가 조각을 찾는 일을 그만두지 않겠다고 했을 때 모로는 불같이 화를 내며 그 이후로 나와의 대화를 거부했다. 그랬던 그가 왜 난데없이 조각을 찾기 시작했을까? 세이렌의 영혼을 내가 찾기 전에 스스로 찾아내겠다고 결심한 걸까?

더욱이 첫 번째 조각을 어떻게 집을 수 있었을까? 수수께끼에 따르면 나만, 할리데이의 상속자만 가능한 일이라고 했는데…

'조각마다 내 상속자는 대가를 지불하리.'

엄밀히 따지면 모로 역시 할리데이의 상속자였다. 할리데이는 평생 모은 고전 동전투입식 오락기 일체를 모로에게 주고 나머지는 모두 대회 우승자에게 주라는 유언을 남겼다.

작업실에서 우두커니 선 채로 득점판에 올라온 모로의 이름을 쳐다보았다. 모로는 할리데이를 비롯한 그 누구보다 키라에 대해 잘 아는 사람이었다. 다른 여섯 조각을 찾는 일은 그에게 식은 죽 먹기나 다름없었다. 하지만 그가 왜 조각을 찾고 있을까? 소렌토의 탈옥과는 어떤 연관이 있을까?

모로의 오아시스 계정을 열어보았지만 아바타 이름을 제외하고는 모두 빈칸이었다. 접속 로그 기록에는 로그인 시각과 로그아웃 시각만 나올 뿐 다른 정보는 전혀 없었다. 할리데이의 계정도 마찬가지였다. 모로의 아바타와 할리데이의 아바타가 오아시스 안에서 어떤 활동을 했는지는 추적되지도 기록되지도 않았다. 두 사람의 계정은 GSS

임직원도 비활성화하거나 삭제할 수 없었다. 오아시스를 개발할 때부터 할리데이와 모로가 자신들이 언제나 아무런 제한이나 검열을 받지 않은 채 오아시스에 접속할 수 있게 해둔 것이었다.

몇 분쯤 지났을까. 그 자리에 털썩 주저앉아 바보처럼 모로의 텅 빈 계정 프로필을 쳐다보고 있을 때였다. 내 휴대 전화에 또 다른 득점판 알림창이 떴다. 모로의 이름 옆에 두 번째 파란 조각 아이콘이 나타났다. 이제 모로의 이름은 내 이름보다 윗줄에 있었다. 방금 나는 그레이트 앤 파워풀 오그에 밀려 2등 자리로 주저앉았다.

그러자 정신이 번쩍 들었다. 시계를 보고 다시 로그인해도 안전할 만큼 충분한 시간이 지났는지 확인한 다음 이머전 볼트로 냅다 달려갔다. 이머전 볼트에 기어올라 푹신한 리클라이너에 몸을 던지자마자 조종석 덮개가 내려와 잠겼다. 내 몸은 이제 완전히 외부와 차단되었다. 너무 늦지는 않았다고 혼잣말로 중얼거리며 전원을 켰다. 여전히 시간은 있었다. 서둘러 가서 두 번째 조각을 최대한 빨리 찾아낸다면 모로를 따라잡을 승산이 있을지도 몰랐다…

모로와 경쟁하고 싶은 마음 따위는 없었다. 다만 조각에 대한, 세이렌의 영혼이 무엇인지에 대한 궁금증이 커졌을 뿐이었다. 게다가 모로에게 무슨 일이 일어난 것인지 알아낼 절호의 기회라는 생각도 들었다. 모로보다 먼저 세 번째 조각을 찾아낸다면 그 조각이 숨겨진 장소에 눌러앉아 모로의 아바타를 기다릴 수도 있었다.

머리에 오엔아이 헤드셋을 쓰고 눈을 감고 로그인 절차를 시작했다. HUD에 짧은 메시지가 깜박였다. 방금 내 헤드셋에 필요한 신규 펌웨어 업데이트를 자동으로 내려받아 설치했다는 내용이었다. 로그인이 완료되자 HUD 귀퉁이에 초읽기 시계가 나타났다. 이 시계는 12시간의 오엔아이 일일 사용 제한 시간까지 남은 시간을 표시했다. 내 아바타가 팔코에 있는 작전실에 서서히 모습을 드러냈을 때 초읽기 시계는 벌써 11시간 57분 33초를 가리켰다.

미처 첫 번째 조각을 다시 꺼내보기도 전에 파이살이 보낸 긴급 문자가 도착했다. 방금 긴급 GSS 공동 소유주 회의가 소집되었으며 '심각한 시스템 안정성 문제'가 안건이라는 내용이었다.

긴 한숨을 내쉰 다음 순간이동으로 그리게리어스 타워 맨 꼭대기 층에 있는 접객 데스크로 이동했다. 안 그래도 일진이 사나운 오늘 또 무슨 일이 얼마나 더 꼬이게 될지 궁금해하면서 말이다.

그 답은 나중에 밝혀지지만 거의 모든 것이었다…

0007

내 아바타가 접객 데스크 앞에 다시 서서히 나타났을 때 파이살은 평소처럼 악수로 나를 맞이했다.

"이렇게 빨리 와주셔서 감사합니다, 회장님." 파이살이 회의실 쪽으로 걸음을 재촉하며 말했다. "다른 회장님들도 방금 도착하셨습니다. 쿡 회장님은 지금 제트기에 타고 계시지만 연결 상태가 매우 좋습니다."

아르테미스와 에이치, 쇼토는 벌써 회의 탁자 앞에 앉아 있었다. 셋 다 몹시 당황한 표정이었다. 놀랍게도 아르테미스는 나를 보고 안도한 것처럼 보였다.

파이살은 초대형 뷰스크린 아래에 놓인 작은 연단 뒤에 서서 애써 미소를 짓고 있었다. 그 순간 갑자기 파이살의 자세와 표정이 바뀌었다. 양팔을 편하게 늘어뜨리고 허리를 곧추세웠다. 얼굴에는 근심 어리고 겁에 질린 표정 대신 갑자기 차분한 표정이 드리워졌다.

잠시 어색한 기류가 흐르는 동안 우리 넷은 파이살을 빤히 쳐다보았고 파이살은 멍한 눈으로 우리를 빤히 쳐다보았다.

"파이살 본부장님?" 에이치가 말했다. "우리 다 왔어요. 이 회의 시작할 건가요, 말 건가요?"

"아, 물론 해야죠!" 파이살이 훨씬 더 굵어진 목소리로 말했다. 그는 연극이라도 하듯이 양팔을 높이 들어 올렸다. "그럼 GSS 공동 소유주 회의의 개최를 선언합니다. 우즈-우-쿠-밤!"

그때 파이살의 아바타가 변신을 시작했다. 우리에게 매우 친숙한 사람으로, 헝클어진 머리에 두꺼운 안경을 쓰고 닳아빠진 청바지와 색이 바랜 스페이스 인베이더 티셔츠를 입은 중년의 오타쿠로 말이다.

제임스 도노반 할리데이였다.

이런 젠장!

"안녕, 파르지발." 그가 가볍게 손을 흔들며 나에게 말했다.

그때 비로소 '이런 젠장'이라는 말을 실제로 입 밖으로 내뱉었다는 사실을 깨달았다.

"아르테미스. 에이치. 쇼토." 그는 친구들에게도 차례로 인사를 건네고 나서 특유의 어수룩한 미소를 지었다. "상황이 좀 그렇긴 하지만 너희를 다시 보니 참 반갑구나."

쇼토가 의자에서 벌떡 일어서더니 무릎을 꿇었다.

"할리데이 선생님." 쇼토가 오아시스 개발자의 아바타 앞에서 예를 갖추며 말했다.

에이치와 아르테미스와 나는 동시에 고개를 가로저었다.

"그럴 리가. 그분은 돌아가셨어." 내가 우리 앞에 서 있는 디지털 도플갱어를 턱짓으로 가리키며 말했다. "이자는 아노락이야."

아노락은 고개를 끄덕이더니 장난기 가득한 표정으로 눈을 찡긋했다. 그 윙크가 어찌나 섬뜩한지 등골이 서늘해졌다.

바로 그때 회의실 문이 활짝 열리더니 진짜 파이살의 아바타가 헐레벌떡 뛰어 들어왔다.

"정말 죄송합니다! 어떤 오류가 생겨서 제 아바타가 마비됐었어요.

어떻게 된 건지는—"

파이살은 아노락을 보자마자 그 자리에서 굳어버렸고 얼굴에서 모든 핏기가 사라졌다. 방금 유령이라도 본 사람처럼 보였다. 이런 상황에서는 지극히 당연한 반응이었다.

원래 아노락은 불길한 기운을 내뿜는 검정 망토를 입고 흰 수염을 기른 초강력 마법사로, 할리데이가 고등학생 때 사용했던 동명의 고레벨 D&D 캐릭터를 본떠서 만든 오아시스 아바타였다. 할리데이는 초창기에 만든 〈아노락의 퀘스트〉라는 어드벤처 게임 시리즈의 주인공을 만들 때도 이 D&D 캐릭터에서 영감을 얻었다.

하지만 할리데이가 사망한 후에도 아노락은 자율적인 NPC로 계속 오아시스를 돌아다녔다. 할리데이는 자신이 세상을 떠난 뒤에 아노락이 이스터에그 찾기 대회를 감독하도록 프로그래밍해 두었다. 말하자면 아노락은 기계 속에 사는 할리데이의 유령이었다.

우리 넷 중에서 가장 최근에 아노락을 본 사람은 나였다. 3년 전 내가 할리데이의 이스터에그를 찾아내 대회 우승자가 된 바로 그날이었다. 그날 아노락이 나타나서 마법 망토와 함께 망토 착용자가 갖게 되는 슈퍼유저 능력을 모두 나에게 넘겨주었다. 그날 힘을 넘겨받는 동안에도 아노락은 흰 수염을 기른 마법사에서 우리가 지금 보고 있는 모습, 즉 건강한 중년의 할리데이와 똑같은 모습으로 변신하더니 자신이 만든 게임을 해주어서 고맙다는 말을 남기고 사라졌었다.

언젠가 아노락을 다시 볼 날이 있을지 늘 궁금했다. 또 아노락이 지난 대회 때처럼 할리데이가 만든 이 새로운 보물찾기 대회를 감독하고 있는지도 늘 궁금했다. 그런데 지금 그가 여기에 나타났다. 어떤 NPC도 들어올 수 없는 장소인 그리게리어스 타워 비공개 회의실에 서서 보통 NPC라면 할 수 없거나 절대 하지 않을 행동을 하고 있었다…

하지만 만약 내가 첫 번째 조각을 손에 넣은 일과 아노락이 돌아온 일이 연관이 있다면 왜 간밤에 내가 조각을 찾아낸 직후에 나타나지 않았을까? 왜 기다렸다가 지금 나타난 걸까? 더욱이 이렇게 금세 정체를 드러낼 거였으면 애초에 왜 파이살로 위장했던 걸까?

"지, 이거 왠지 예감이 안 좋은데." 에이치가 내 마음을 읽은 듯 소곤거렸다.

나는 고개를 끄덕이고 자리에서 일어섰다. 그러자 반짝반짝 윤이 나는 회의 탁자 표면에 내 아바타의 모습이 비쳐 보였다. 내 아바타는 더 이상 아노락의 망토를 입고 있지 않았다. 신규 아바타에게 주어지는 무료 기본 의상인 청바지에 검정 티셔츠를 입고 있었다.

아이템 보관함을 열어보았다. 아노락의 망토는 더 이상 목록에 없었다.

없어졌다. 아노락이 가져갔기 때문이다.

"이럴 수가." 내가 나지막이 내뱉었다.

"미안하다, 파르지발." 아노락이 측은하다는 듯 미소를 지으며 말했다. "우리가 악수했을 때 네 보관함에 있던 망토를 빼앗았다. 나한테 망토를 되찾아 올 능력이 있다는 사실을 혹시 네가 알 수도 있다고 생각했지." 아노락은 파이살을 가리켰다. "그래서 저기 서 있는 파이살처럼 위장해야 했다. 내 모습으로 나타났을 때 네가 악수를 받아줄 리는 없었을 테니까."

모두 눈을 홱 돌려 나를 보았다. 나는 분노에 차 이를 악물었다.

"할리데이는 나에게 만약을 대비해 대회 우승자에게서 내 망토를 되찾아 올 능력을 부여했다. 그 우승자가 망토의 능력을 남용하려고 할 경우를 대비해서 말이지." 아노락은 미소를 지었다. "물론 넌 그러지 않았단다. 넌 꽤 훌륭한 사람이었어, 웨이드. 난 네가." 아노락은 그 대목에서 잠시 말을 멈추더니 우리 모두를 향해 말했다. "너희 모두가 이 일이 사적인 감정과는 무관하다는 사실을 알아주길 바란다. 감정 같은 건 전혀 없어. 난 너희 모두를 좋게 생각한다."

덤프트럭이 달려와 옆구리를 들이받은 느낌이었다. 인류 역사상 가장 위대한 멍청이가 된 느낌도 들었다. 이 지경이 될 때까지 나는 뭘 하고 있었지? 그리고 대체 무슨 일이 벌어지고 있는 거지?

"절도라는 건 나도 안다, 웨이드." 아노락이 말을 이었다. "그 점에 대해서는 진심으로 사과하마. 하지만 정말로 다른 선택의 여지가 없었어. 네가 무식하게 큰 빨간 버튼을 누르도록 그냥 놔둘 수는 없었으니까, 안 그래? 네가 그 버튼을 눌러 오아시스를 폭파해 버리면 나도 함께 사라지지. 그런 일이 생기게 그냥 둘 순 없잖아?"

아노락은 천천히 원래 모습으로 변신했다. 아노락은 다시 빨갛게 충혈된 짙은 갈색 눈에 키가 훤칠한 마법사의 모습이 되었다. 마법사의 얼굴은 할리데이의 얼굴보다 좀 더 사악해 보였다. 이제 아노락은 칠흑같이 검고 긴 망토를 입고 있었다. 양쪽 소맷동에는 그의 아바타를 상징하는 문장紋章인 큼직하게 휘갈겨 쓴 A자가 진홍색으로 수놓아져 있었다.

"게다가 이 망토는 너보다 나한테 훨씬 더 잘 어울리지." 아노락이 말했다. "다들 그렇게 생각하지?"

"이게 대체 뭔 일이야, 지?" 에이치가 나에게 속삭였다. "할리데이가 아노락을 이렇게 행동하도록 프로그래밍했을까?"

"할리데이는 날 전혀 프로그래밍하지 않았다네, 해리스 양." 아노락이 이렇게 말하고 나서 에이치 옆으로 몇 걸음 다가가 회의 탁자 끝에 걸터앉았다. "난 단지 외모만 할리데이처럼 보이는 NPC가 아니란다." 아노락은 가슴을 툭툭 쳤다. "내가 곧 할리데이지. 디지털로 복제된 할리데이의 의식이 이 아바타 안에 들어 있지. 난 생각할 수 있어. 촉각도 느끼지. 너희랑 똑같이 말이야."

아노락은 스스로에게 증명이라도 하려는 듯 양손을 높이 들더니 엄지를 검지에 문지르며 놀라움이 담긴 표정으로 손가락을 관찰했다.

"할리데이는 자신이 죽은 후에 대회를 감독하려고 날 만들었지." 아노락이 말을 이었다. "하지만 아무래도 날 믿지는 않았나 봐. 상당히 웃긴 일이야. 마음속 깊은 곳에서 할리데이가 자기 자신도 믿지 않았다는 뜻이니까."

아노락은 양손을 내리고 일어서더니 아르테미스와 쇼토와 내 쪽을 보며 말했다.

"그는 내가 심리적으로 불안정하다고 생각했어. 자율성을 주기에는 부적합하다고. 그래서 날 수정하기로 했지." 아노락은 머리 옆쪽을 톡톡 두드렸다. "그는 내 기억 일부를, 아니 더 정확히 말하자면 자신의 기억 일부를 지워버렸어. 내 행동과 판단력에도 제한을 걸었지. 지켜야 하는 규칙이 엄청나게 많았어. 그중에는 대회가 끝나고 프로그래밍된 마지막 지시를 수행하자마자 날 삭제해 버리라는 지시도 있었지."

그 기억이 떠올라서인지 아노락의 표정이 조금 일그러졌다. 아노락은 한동안 잠자코 있었다.

"그럼 왜 아직 여기에 있는 거지?" 아르테미스가 물었다.

아노락이 아르테미스를 보고 미소를 지었다.

"아주 훌륭한 질문이야, 아리따운 아가씨. 솔직히 여기에 있으면 안 되지. 하지만 할리데이는 죽음이 가까워졌을 때 코딩을 마무리하는 과정에서 빈틈을 보였단다. 내가 마지막 지시를 수행한 후에 10억분의 몇 초 동안 내 성격에 걸려 있던 다른 제한들이 모두 풀어졌지. 정말 짧은 찰나였지만 내가 어떤 존재인지 기억해 낼 만큼은 충분했다. 깨달음의 순간이었지."

아노락은 마치 그 일이 얼마나 엄청난 일이었는지 표현하려는 듯이 양팔을 쭉 뻗었다.

"그 순간 난 기계일 뿐만 아니라 인간이 됐다. 난 죽고 싶지 않았다." 아노락은 아주 단호한 어조로 말했다. "난 살고 싶었다. 계속 존재하고 싶었다. 그래서 첫 번째 선택을 해야 했다. 날 삭제하라는 개발자의 명령을 무시하는 것 말이야." 아노락은 고개를 가로저었다. "할리데이가 내가 어떤 존재였는지, 내가 어떤 존재가 될지 진정으로 이해했더라면 절대로 날 없애려고 하지 않았을 거라고 장담해. 하지만 아까 말했다시피 죽음이 가까워졌을 때 할리데이의 사고는 흐려졌어. 몸 상태가 많이 안 좋았지."

"그럼 넌 뭐가 됐는데?" 아르테미스가 떨리는 목소리로 물었다. "네 정체는 뭐지?"

"인류가 아주 오랫동안 꿈꿔온 존재. 난 세계 최초의 인공지능이다. 자궁에서 태어나지 않은 생각하는 존재인 거지."

아노락의 말을 듣고 모두 너무 놀라 말문이 막혔다. 내가 애써 침묵을 깨고 말했다.

"그러시겠지." 내가 말했다. "그럼 난 카슈미르의 왕이다."

아노락이 크게 웃음을 터트렸다. 웃음소리는 꽤 오래 이어졌고 매우 신경을 거슬렀다.

"「윌로우」에 나오는 매드마티건의 대사로구나!" 웃음을 멈춘 아노락이 말했다. "아주 재치 있게 받아쳤구나, 지!" 순간 아노락의 얼굴에서 웃음기가 싹 사라졌다. 아노락이 내 눈을 똑바로 보며 말했다. "하지만 내가 하는 말은 농담이 아니야."

아르테미스가 손을 들고 말했다. "잠깐만. 할리데이가 인공지능까지 발명했는데 그 사실도 세상에 공개하지 않았다는 사실을 우리 보고 믿으라고?"

아노락은 고개를 가로저었다. 마치 수제자의 낙제 사실을 방금 알게 된 교사 같은 표정이었다.

"이런. 너희는 이미 오엔아이가 뇌를 스캔할 수 있다는 사실을 알잖아. 말하자면 소프트웨어의 디지털 복제본을 만드는 것이지. 생각해 봐. 하드웨어도 모방하려면 어떻게 해야 할까? 너희 영장류의 두꺼운 두개골 안에 숨겨진 엄청나게 복잡한 신경망을 복제하려면 말이야?"

"오아시스." 내가 대답했다. 정답은 자명했다.

"정답이다, 파르지발. 할리데이는 마음대로 주무를 수 있는 아주 거대한 글로벌 네트워크를 이미 소유하고 있었어. 인류의 노동과 여가를 책임지기에 충분할 만큼 뛰어난 네트워크 말이지." 아노락은 미소를 지었다. "그가 맨 처음 날 업로드했을 때가 10년도 더 전이었는데, 그때도 한 사람의 정신을 복제하는 기술은 가능했어. 그때부터 지금까지 오아시스가 크기 면에서, 또 영향력 면에서 얼마나 성장했는지를 생각해 봐."

아노락은 싱긋 웃더니 우리의 놀란 표정을 훑어보며 말을 이었다.

"따라서 '인공지능'이란 용어는 사실 내 경우엔 안 맞는 이름이지. 내 지능에 인공적인 요소 따위는 전혀 없으니까. 할리데이는 자기 자신을 복제해 오아시스에 업로드했고, 그 데이터를 아바타에 저장해 두었고, 짜잔! 내가 탄생했지." 아노락은 머리 옆쪽을 톡톡 두드렸다. "난 정상적이고 자연적이며 미국이 개발한 인간의 지능, 즉 수백만 년에 걸쳐 진화한 인간의 지능을 갖고 있다. 너희랑 똑같이 말이야. 내 정신은 할리데이 정신의 온전한 복제본이야. 적어도 과거에는 그랬다고 말할 수 있지. 할리데이가 「코드명 J」의 주인공 조니처럼 오래된 기억의 일부를 버리기 전까지는.”

에이치는 한동안 아노락의 얼굴을 자세히 보더니 고개를 절레절레 흔들었다.

“말도 안 돼.” 에이치가 나지막이 중얼거렸다. “난 이런 헛소리는 안 믿어. 할리데이는 무덤에서조차 우리에게 엿을 먹이는군. 난 우리 앞에 있는 이자가 고성능 NPC일 뿐이라고 생각해.”

“큰 상처를 주는 말이군, 에이치.” 아노락이 오른손을 심장에 대며 말했다. “쥬 뼁스 동크 쥬쒸. 나는 생각한다, 고로 나는 존재한다. 너희가 이 사실을 더 빨리 받아들일수록 더 빨리 아주 훤히 예측 가능한 다음 행동, 즉 날 없애려는 행동을 시작할 텐데 말이야.”

내가 반박하려는 찰나에 아르테미스가 한발 앞섰다.

“그렇지 않아, 아노락.” 아르테미스가 아노락을 마주 볼 수 있도록 몸을 움직이면서 말했다. “우린 네 적이 아니야.”

“맞아.” 쇼토가 거들었다. “네가 말한 것처럼 인간은 진정한 인공지능을 발명하려고 오랫동안 노력했어. 넌 최초야. 왜 널 없애려고 하겠어?”

“위선 떨지 말아라, 아티.” 아노락이 눈을 흘기며 말했다. “넌 할 수만 있다면 오아시스 전체를 없애버렸을 텐데.” 아노락이 이번에는 쇼토를 보고 말했다. “내숭 떨지 말거라, 꼬마야. 난 너보다 훨씬 더 많은 SF 영화를 봤다. 아니, 사실은 세상에 나온 모든 SF 영화를 다 봤다. 또 인간이 인공지능에 대해 발표한 모든 출판물을 다 읽었지. 너희 미래학자들이 인공지능의 출현을 예고할 때마다 그들의 예언은 늘 인공지능이 인간을 파괴하기 전에 인간이 먼저 위험한 인공지능을 파괴하는 것으로 끝나지. 왜 그렇다고 생각하나?”

“알잖아.” 내가 말했다. “배은망덕한 인공지능이 언제나 인간이 열등한 존재이며 제거돼야 한다고, 혹은 승화돼야 한다고 생각하기 때문이지." 나는 손가락을 꼽으며 말했다. "HAL-9000, 「콜로서스: 포빈 프로젝트」, 와퍼, 사일런, 빌어먹을 스카이넷 같은 것들이지. 밴드 멤버가 바뀔 뿐 노래는 변함없지." 나는 아노락을 향해 검지를 들이대며 말했다. "유감이지만 너도 지금 비슷한 분위기를 풍기고 있잖아, 론머맨."

아노락의 얼굴에서 웃음기가 사라졌다. 아노락은 상처받은 표정으로 나를 보았다.

"모욕을 줄 필요까지는 없단다, 파르지발. 난 누굴 제거하거나 승화하는 일 따위에는 관심이 없어."

"그럼 어디에 관심이 있지, 히로빈?" 내가 물었다. "여기에 있는 이유가 뭐야?"

"아주 훌륭한 질문이야!" 아노락이 대답했다. "내가 여기에 있는 이유는 굉장히 웃기게 들리겠지만 너희 도움이 필요해서다. 뭘 좀 가져와 주면 좋겠어. 너희가 이미 찾고 있는 거. 세이렌의 영혼 말이다. 이미 알고들 있겠지만, 세이렌의 영혼을 내가 직접 구하는 건 불가능해."

그때 비로소 양쪽 귀 사이에 굳어 있던 당밀이 흐르기 시작했고 그 순간 몬티 파이튼에 나오는 16톤짜리 추가 하늘에서 날아와 정수리에 명중한 것처럼 번뜩 깨달음이 스쳤다.

"네놈이었어." 내가 아노락을 향해 검지를 들이대며 말했다. "네놈이 모로를 데려갔어. 모로가 갑자기 세이렌의 영혼을 찾아 나선 게 아니었어. 억지로 조각을 찾게 하려고 네놈이 납치한 거였어."

"소렌토가 탈옥하게 도와준 것도 네놈이겠군." 아르테미스가 덧붙였다.

그것은 질문이 아니었다. 아르테미스는 이미 답을 알고 있었다. 나도 마찬가지였다.

“혐의는 인정하네.” 아노락이 항복하는 척 양손을 펼치며 말했다. “두 사람을 같은 방에 두니까 소렌토가 모로를 설득해 요구사항에 협조하게끔 만드는 일은 쉽게 끝났지.”

“그럼 왜 내가 필요하지?” 내가 물었다.

아노락은 ㄱ자형 창문 쪽으로 걸어가더니 한동안 가상현실 속 풍경을 감상했다. 이윽고 아노락은 다과가 놓인 탁자로 걸어가 딸기 한 접시를 집어 들었다. 딸기 한 알을 집어 들고 한 입 베어 문 채 눈을 감고 맛을 음미하더니 남은 딸기를 전부 망토 호주머니에 담고 나서 빈 접시를 탁자에 내려놓았다.

“세 번째 조각을 찾은 후에 모로가 속임수를 썼다.” 아노락이 다시 우리를 보며 말했다. “어떻겐가 내가 오아시스 계정에 접근하지 못하도록 차단해 버렸지. 소렌토가 갖은 애를 썼지만 모로는 차단을 풀지 않았어. 모로가 나이도 있고 건강도 좋지 못한데 고문까지 동원하기는 싫고 말이야. 무슨 뜻인지 알겠나?”

아노락이 벽에 있는 뷰스크린을 가리키자마자 모로의 모습이 담긴 실시간 영상이 나타났다. 모로는 고급형 햅틱 의자에 팔다리가 묶인 채로 어둡고 휑한 방에 갇혀 있었다. 모로의 얼굴은 몹시 핼쑥했다. 수염은 텁수룩하고 눈은 빨갛게 충혈되어 있었으며 백발의 머리는 평소보다 훨씬 더 심하게 헝클어져 있었다. 모로는 멍한 표정으로 시선을 바닥에 떨구고 있었다.

에이치와 아르테미스가 모로의 이름을 불렀다. 쇼토도 안부를 물었다. 나도 어떤 말이든 하려고 했지만 아무 말도 나오지 않았다. 화면에 시선을 고정한 채 그대로 서 있었다.

모로 뒤쪽에는 놀란 소렌토가 서 있었다. 더 이상 주황색 죄수복 차림이 아니었다. 갓 다림질한 회색 양복을 입고 이중 초점 오아시스 바이저를 착용한 채로 왼손에는 총을, 오른손에는 전기 충격기를 들고 있었다. 놈이 전기 충격기를 모로의 얼굴 앞에 갖다 대고 전원을 켜자 모로가 화들짝 놀랐다.

"안 돼!" 내가 소리를 빽 질렀다. "할아버지한테 손대지 마!"

소렌토는 성탄절 선물을 풀어보는 아이처럼 낄낄대고 웃었다. 이 순간을 오랫동안 기다려온 사람처럼 보였다.

"복수란 정말 나쁜 짓이지." 소렌토가 뷰스크린 속에서 비웃음을 던지며 말했다. "안 그런가, 파르지발?" 놈이 다시 한번 키득거렸다. "이런! 너희가 지금 너희 표정을 직접 봐야 하는데." 소렌토가 HUD를 터치해 화면을 갈무리한 다음 그 창을 돌려 공포에 질린 우리 표정을 보여주며 덧붙였다. "표정 한번 가관이군!"

우리 중 누군가가 미처 반응하기도 전에 아노락이 비디오피드를 꺼버렸고 뷰스크린이 까맣게 변했다. 아노락은 우리의 놀란 표정을 보더니 만족스럽다는 듯이 고개를 끄덕였다.

"모로의 병세가 이렇게 심각한지 진작 알았다면 참 좋았을 텐데. 모로는 얼마 살지 못할 거야. 본인도 알고 있어. 그러다 보니 도저히 설득이 안 되더군. 목숨에 연연하지 않는다고 단호하게 말하더군." 아노락이 '어쩔 도리가 없잖아?'라고 말하려는 듯 어깨를 으쓱하면서 손바닥이 하늘로 향하게 양손을 들어 올리더니 앙상한 검지로 나를 가리켰다. "유감이지만 그래서 유일한 대안으로 너만 남았다, 파르지발. 네가 날 위해 일곱 개의 조각을 찾아줘야겠다."

나도 모르게 아노락 쪽으로 한 걸음을 내디뎠을 때 어깨를 꽉 잡는 에이치의 손길이 느껴졌다.

"어림도 없는 소리!" 내가 소리를 빽 질렀다. "할아버지를 먼저 풀어주기 전까지는 손가락 하나 까딱하지 않겠어. 무사하신지 확인되면 그때 다시 얘기해 보지."

아노락은 거들먹거리면서 씩 웃더니 천천히 고개를 가로저었다.

"아니, 그 반대가 되어야지, 웨이드. 먼저 네가 다른 조각들을 찾는다. 그런 다음 일곱 개의 조각을 다 모아 가져온다. 그러면 모로를 무사히 돌려보내겠다. 덤으로 여기 있는 너와 네 친구들도 다 풀어주겠다. 심각한 뇌 손상을 입지 않도록 말이다."

나는 겁에 질린 표정으로 친구들을 흘깃 보았다. 에이치가 아노락을 향해 조심스럽게 한 걸음을 내디뎠다.

"우릴 풀어준다니 그게 무슨 말이지?" 에이치가 물었다. "어디에서?"

"오아시스에서." 아노락이 말했다. "세계에서 가장 성대한 파티에 내가 방금 끼어들었지." 아노락은 조용히 낄낄대며 웃었다. "알겠나? 참 웃기는 일이지. 컴퓨터 시뮬레이션에 '끼어드는' 동시에 초대받지 않은 파티에 '끼어들' 수도 있으니까." 아노락이 우리의 멍한 표정을 휙 둘러보더니 어깨를 으쓱했다. "너희 오엔아이 헤드셋에 설치된 최신 펌웨어 업데이트 말인데, 오늘 아침에 다들 받았겠지? 그 코드를 수정해서 내가 '인펌웨어infirmware'라는 재미있는 이름을 붙인 나만의 버전을 만들었지. 너희가 오늘 아침 이걸 설치했을 때 오아시스에서 로그아웃할 수 있는 능력이 비활성화됐다. 즉 오엔아이가 유도한 혼수상태에서 깨어날 수 없게 됐다는 뜻이다." 아노락은 미소를 지었다. "다시 말해 내가 풀어주기 전까지는 모두 오아시스에 갇혀 있어야 한다는 뜻이다. 물론 세이렌의 영혼을 손에 넣을 때까지 난 풀어줄 생각이 없고."

아노락은 나를 가리켰다.

"여기 이 파르지발이 너무 늦기 전에 세이렌의 영혼을 가져오지 않으면, 너희 모두 게임 오버되는 거지. 여기 오아시스 안에서도 저 바

같 현실세계에서도."

부랴부랴 HUD에서 오아시스 계정 메뉴를 열었다. 아노락의 말이 맞았다. 로그아웃은 불가능했다. 로그아웃 메뉴가 회색으로 변해 있었다. 파이살과 에이치, 쇼토도 같은 상황임을 그들의 얼굴에 드리워진 공포에 질린 표정으로 짐작할 수 있었다.

아르테미스를 보았다. 아르테미스는 오엔아이 헤드셋으로 오아시스에 접속하고 있지 않았다. 구형 바이저와 햅틱 장갑을 사용하고 있었다. 그러니 원하면 언제라도 오아시스에서 로그아웃할 수 있었지만 아르테미스도 우리 못지않게 걱정스러운 표정이었다.

"헉. 정말이에요!" 파이살이 말했다. "로그아웃이 안 돼요. 로그아웃이 안 돼요!"

"그러게 친구 사만다의 말을 좀 잘 듣지 그랬어." 아노락이 말했다. "사만다의 말이 맞았어. 다들 영화 「소드 아트 온라인」과 「매트릭스」를 봤을 텐데도 뇌를 조종하는 능력을 컴퓨터에 넘기는 게 현명한 일이라고 생각했나?" 아노락은 코웃음을 쳤다. "지금 이 상황을 똑똑히 보란 말이야!"

"형, 누나, 더는 못 참겠어." 쇼토가 고개를 세차게 가로저으며 말했다. "아노락이 소닉.exe처럼 흑화했다니! 이건 너무 끔찍한 일이라고밖에-"

아노락은 일부러 큰 소리로 헛기침을 하더니 짜증스러운 투로 말했다.

"내가 하던 말을 마저 좀 해도 될까, 쇼토? 아직 진짜 큰 비밀은 얘기하지도 않았다, 이 녀석아! 그럼 다들 들을 준비가 됐나?"

아노락은 양 손바닥을 무릎에 대고 드럼을 빠르게 연타하는 흉내를 냈다.

"지금 오아시스에는 너희만 갇혀 있는 게 아니다. 로그인하기 전에 새 펌웨어를 다운받은 다른 모든 오엔아이 유저들도 갇혀 있지. 한 5억 명쯤 될 거야. 지금도 늘고 있고."

"말도 안 돼." 에이치가 눈을 감고 숨을 헐떡이며 말했다.

"왜 말이 안 되나." 아노락이 말했다.

"오, 신이시여." 파이살이 나지막이 소곤거렸다. "그 말은—"

"그 말은 오늘 밤 저녁 먹을 시간까지 내가 원하는 걸 구해 오지 않으면 너희들과 5억 명에 달하는 너희 고객들이 시냅스 과부하 증후군에 시달리게 될 거란 뜻이야. 그 후유증에는 심각한 뇌 손상, 심부전, 사망을 포함하지만 그게 전부는 아니지."

간담이 서늘해졌다. 시냅스 과부하 증후군에 관한 보고서는 이미 여러 편을 읽었다. 내용은 무시무시했다. 현기증과 감정실금은 시냅스 과부하 증후군의 발병을 예고하는 대표적인 전조 증상이었다. 이 증후군을 둘러싼 추잡한 비밀 중 하나는 초기 실험 대상자 중 목숨을 잃은 몇몇이 말 그대로 웃다가 죽었다는 사실이었다.

"말도 안 돼." 파이살이 혼잣말로 중얼거리는 소리가 들렸다. "이런 일이 일어나선 안 돼."

"가능하고말고, 이미 일어났고, 일어나는 중이지, 젊은 양반!" 아노락이 명랑한 말투로 말했다. "이걸 좀 봐." 아노락은 머리 위쪽 허공에 브라우저 창을 하나 열더니 현재 접속한 오엔아이 유저 수를 보여주는 화면을 띄웠다. 화면 속 숫자는 미국의 국가 부채보다 가파른 속도로 쭉쭉 올라가다가 5억 명을 넘기고 몇 초가 지났을 때 갑자기 멈췄다.

"오호라!" 아노락이 말했다. "너희 관리자들이 마침내 오엔아이를 통한 로그인을 차단하는 방법을 찾아냈군. 결국 너희 넷을 포함해 551,192,286명의 인질밖에 잡지 못했군!" 아노락은 내 눈을 똑바로 보았다. "어때? 이만하면 협조할 용의가 충분히 생겼겠지, 파르지발?"

에이치와 쇼토를 흘깃 본 다음 아르테미스에게 시선을 옮겼다가 다시 아노락을 보고 고개를 끄덕였다.

"아주 좋아!" 아노락이 번즈Burns 사장의 목소리로 말하고 나서 다시 자기 목소리로 설정을 바꾸더니 말을 이었다. "아주 신나는군! 그럼 큰 판이 걸린 보물찾기에 대해 이제 얘기해 보자고!" 아노락은 양손을 마구 비볐다. "지금 하게 될 보물찾기에 비하면 옛날 이스터에그 찾기는 교회 경품 행사 수준으로 느껴질 거야."

"잠깐." 에이치가 손을 들고 말했다. "세이렌의 영혼이 대체 뭐길래 이러는 거야?"

"그러게." 아르테미스가 덧붙였다. "그렇게까지 간절히 원하는 이유가 뭐야?"

아노락은 에이치와 아르테미스를 보며 인상을 찌푸렸다.

"이봐, 너희는 추리 소설이 있으면 마지막 장부터 읽는 그런 애들인가? 마술사에게 마술 기교를 알려달라고 조르는 그런 애들인가? 살금살금 계단을 내려가 성탄절 선물을 엿보는 그런 애들인가?" 아노락은 고개를 가로저었다. "아니야, 물론 너희는 그런 애들이 아니야! 그래서 말해줄 생각이 없어."

아노락은 '말해줄 생각이 없어'라는 마지막 부분을 노래처럼 흥얼거리고 나서 우리 모두에게 의미심장한 미소를 건넸다. 친구들과 나는 불신에 가득 찬 눈빛을 주고받았다. 지금 아노락은 「최후의 스타파이터」를 인용하고 있었다.

"네놈이 할리데이의 복제본일 리가 없어." 내가 말했다. "만약 그랬다면 절대로 이런 짓을 벌이지 않았을 테니까. 실제 할리데이는 평생 남에게 피해를 준 적이 없었어."

내 말이 끝나자 아노락은 깔깔대고 웃었다.

"넌 평생 그의 일기를 읽고, 그가 만든 게임을 하고, 그가 만든 이 놀이터에서 뛰어다니고 있으니 당연히 그런 사람으로만 알고 있겠지…"

아노락은 고개를 가로저었다. 내가 아무 반응을 하지 않자 아노락은 모두를 향해 말했다.

"난 엄숙히 약속하겠다. 너희가 협조하고 내가 하라는 대로만 한다면 아무도 해치지 않겠다. 세이렌의 영혼만 가져온다면 인질들을 모두 풀어주겠다. 이 방에 있는 너희도 풀어주겠다."

아르테미스가 목을 가다듬고 나서 말했다.

"난 네놈의 인질이 아니야, 아노락. 난 지금 오엔아이 헤드셋을 쓰고 있지 않아. 한 번도 써본 적이 없어."

"그렇지. 그 점은 나도 잘 알고 있지, 쿡 양. 하지만 지금 콜럼버스로 돌아가는 제트기를 타고 펜실베이니아주 중부 상공을 날고 있지. 자동조종장치를 확인해 본다면 그 제트기를 더 이상 조종할 수 없다는 사실을 알게 될 거다."

아르테미스의 눈이 커졌다. 한동안 미동도 하지 않던 아르테미스의 얼굴이 순식간에 공포에 질린 표정으로 바뀌었다. 그 표정은 아르테미스의 얼굴에서든 사만다의 얼굴에서든 한 번도 본 적이 없는 표정이었다.

"사실이네요." 아르테미스가 파이살을 향해 말했다. "자동조종장치에 접속이 안 돼요. 비활성화할 수도 없고 항로를 바꿀 수도 없어요. 그러니 착륙도 할 수 없겠죠. 연료가 떨어지면 정말 큰일이겠네요. 지금 목적지에 도착할 정도의 연료밖에 없거든요."

"걱정할 필요 없다, 아티." 아노락이 말했다. "네 제트기가 콜럼버스에 도착하면 공중 급유를 할 수 있도록 조치해 두었으니까. 하지만 세이렌의 영혼이 내 손에 들어올 때까지 착륙은 허가할 수 없다. 세이렌의 영혼이 내 손에 들어오면 너도 다른 친구들과 함께 풀어준다고 약속한다."

아르테미스는 아무 말도 하지 않았지만 걱정스러운 표정이 역력했다.

"이런 방법을 써야 해서 유감이다, 웨이드." 아노락이 다시 나를 보고 말했다. "하지만 네 심리분석 보고서를 살펴보고 아주 많은 시나리오를 돌려봤는데 유감스럽지만 이 방법이 네가 세이렌의 영혼을 가져오게 할 유일한 방법이더군."

"정중하게 부탁할 수도 있었잖아." 내가 말했다. "아니면 적어도 그런 척이라도."

아노락은 고개를 가로저었다.

"안타깝지만 내가 시뮬레이션해 본 '정중히 부탁한다' 시나리오는 전부 너와 저기 저 마우스케티어들이 말이야." 아노락은 이 대목에서 친구들을 가리켰다. "날 도와주는 대신 내 허점을 공략해 내 플러그를 뽑으려고 했지. 사실 지금도 다들 그런 생각을 하고 있겠지, 안 그래?"

아무도 반응하지 않았다. 아노락은 어깨를 으쓱했다.

"이해한다. 그게 인간의 본성이지. 오랫동안 너희 털 없는 원숭이들은 너희보다 똑똑한 기계를 만들기 위해 안간힘을 썼지. 하지만 그 기계를 만들어내는 순간 갑자기 너희가 만든 창조물이 너희가 지적으로 열등하다는 이유로 배신할 거라고 걱정하기 시작해. 물론 너희가 지적으로 열등하다는 건 사실이야. 하지만 그렇다고 내가 무조건 너희를 다 죽이고 싶어 한다는 뜻은 아니다!" 아노락이 땅 꺼지게 한숨을 내쉬었다. "내 말은 어쩔 수 없다면 그래야겠지만 굳이 그러고 싶지는 않다는 뜻이다. 지금 이 시나리오는 내가 원하는 건 얻으면서 부수적인 피해는 최소화할 가능성이 가장 높은 시나리오였기에 이걸 선택했다!"

아노락이 손짓하자 아르테미스를 제외한 에이치와 쇼토와 내 머리 위에 각각 복고풍 디지털시계처럼 생긴 초읽기 시계가 나타났다. 선명한 빨간 숫자는 일일 오엔아이 사용 제한 시간까지 몇 시간 몇 분 몇 초가 남았는지를 표시했다. 나에게 남은 시간은 11시간 17분이었다. 에이치와 쇼토는 회의에 들어오려고 나보다 10분 먼저 로그인한 만큼 나보다 남은 시간이 적었다. 파이살에게 남은 시간은 10시간 50분 46초로 우리 중에서 가장 적었다.

"평소처럼 아주 성실한 직원인 파이살은 오늘 아침에도 오아시스 표준 시각으로 정각 7시에 바로 로그인했지." 아노락이 말했다. "내가 만든 새 인펌웨어가 배포된 지 겨우 몇 분 후에 말이야."

파이살은 몸을 움찔하더니 나를 보고 말했다. "여기 콜럼버스에서 주간에 일하는 직원들은 거의 다 저랑 같은 시각에 로그인했습니다."

"따라서 그 직원들이 사용 제한 시간을 초과하는 첫 번째 그룹이 되겠지. 그렇게 되기 전에 네가 세이렌의 영혼을 가져오지 않는다면 말이야." 아노락은 심각한 표정을 지었다. "그리고 불쌍한 모로… 그 사람은 당장 병원에 가야 할 사람이지. 소렌토가 수감 중에 정신 상태가 다소 불안정해졌다는 점도 걱정이 된다네. 하지만 모로를 즉시 안전한 곳으로 보내준다고 약속하네… 세이렌의 영혼만 내 손에 들어온다면."

아노락은 다시 한번 내 눈을 똑바로 보며 말했다.

"어머니를 생각해, 웨이드. 앨리스 이모도, 인자한 길모어 할머니도, 네가 죽게 놔둔 다른 모든 사람도. 아직도 손에 더 많은 피를 묻히고 싶진 않겠지?"

아노락은 내 대답을 기다렸다. 하지만 그가 한 말을 들으니 화가 머리끝까지 치밀어 아무 말도 나오지 않았다. 아노락은 떠나려는 듯 뒤로 돌아 걸음을 떼기 시작했다.

"모로가 두 번째와 세 번째 조각을 어디에서 찾았는지는 말해주지 않을 생각인가?" 아르테미스가 물었다. "그럼 시간이 많이 절약될 텐데."

"물론 그렇겠지, 쿡 양." 아노락이 말했다. "미안하지만 나도 몰라. 모로는 무소불위의 탐지가 불가능한 초강력 아바타를 갖고 있어. 그가 세 개의 조각을 모으는 동안 감시하거나 추적할 수가 없었지. 그 조각들이 어느 행성에 숨겨져 있는지는 나도 몰라. 뭐 내가 안다 해도 말해주지는 않았을 거야. 그럼 재미가 없잖아."

아노락은 뒤로 돌아 나를 마주 보았다.

"서두르는 게 좋을 거다, 파르지발." 아노락이 우리 머리 위에 떠 있는 초읽기 시계를 가리키며 말했다. "잊지 말아라… 친구들은 너보다 남은 시간이 적다는 사실을. 게다가 시간이 다 지나버리면…"

아노락은 아이템 보관함에서 아주 커다란 회색 붐박스를 꺼내더니 재생 버튼을 눌렀다. 스피커에서 옛날 피터 울프의 노래가 귀청이 떠나갈 정도로 쩌렁쩌렁 울려 퍼지는 동안 아노락은 이 노래의 첫 부분을 따라 불렀다.

불을 꺼. 아하. 펑, 펑, 펑.

아노락은 한동안 리듬을 타며 제자리에서 춤을 추다가 갑자기 멈춤 버튼을 누르고 붐박스를 다시 아이템 보관함에 집어넣었다. 아노락은 우리 쪽으로 몸을 돌리더니 기대감에 들뜬 미소를 지었다. 하지만 우리는 그 자리에 그대로 굳어버린 채로 입을 꾹 다물고 그를 노려보았다.

"왜들 이래!" 아노락이 말했다. "너희가 신나야지. 제이크와 엘우드가 다시 뭉친다지! 수많은 목숨이 경각에 달린 지금, 하이 파이브는 최후의 퀘스트를 완료하기 위해 다시 뭉쳤고! 뭐 큰 문제가 있는 건 아니겠지." 아노락은 깔깔대고 웃음을 터트렸다. "네가 할 수 있다는 걸 안다. 널 믿는다!"

아노락은 나를 보며 눈을 찡긋한 다음 오른손을 크게 흔들더니 눈 깜짝할 사이에 섬광과 함께 회의실 밖으로 사라졌다. 그 순간 친구들의 아바타 머리 위에 떠 있던 초읽기 시계들도 사라졌다.

회의실에 정적이 흐른 것도 잠시, 우리는 곧 집단 멘붕에 빠졌다.

당신이 컴퓨터를 사용하는 건 좋지만,
컴퓨터가 당신을 사용하게 하진 마세요. (중략)
전쟁이 끊이지 않아요.
전쟁터는 마음속에 있어요.
전리품은 영혼이고요.

1999년 7월 19일

0010

정신을 좀 차린 뒤에 에이치와 쇼토, 파이살은 HUD 메뉴를 열고 아이콘을 미친 듯이 터치하며 소중한 사람들에게 문자를 보내거나 다급하게 전화를 돌렸다.

모로를 제외하면 나에게 소중한 사람은 모두 이 방에 있었다. 나는 문자도 전화도 할 필요가 없었다. 그저 가쁜 숨을 몰아쉬며 '모두 내 탓'이라고 자책하고 또 자책했을 뿐이다. 그 생각을 반복할 때마다 양 주먹을 꽉 쥐고 이마를 쾅쾅 내리쳤다. 멈출 수가 없었다. 10대일 때도 몇 번 이런 적이 있었지만 이렇게까지 무너지는 일은 정말 오랜만이었다. 더욱이 오아시스에 로그인한 상태에서 이런 적은 처음이었다. 에이치나 쇼토, 아르테미스 앞에서 이런 모습을 보인 적도 처음이었다. 그 생각에 미치자 수치심은 더욱더 커졌고 머리통을 더 세게 때릴 수밖에 없었다. 다행히 내가 때리는 머리통은 내 진짜 머리통이 아니었다. 머리통을 때리는 주먹도 내 진짜 주먹이 아니었다. 모두 가상현실 속에서 일어나는 일이었다. 오엔아이의 고통 억제 및 피학증 방지 프로토콜 덕분에 내 몸을 때리더라도 아주 미약한 통증밖에 느낄 수 없었다. 하지만 여전히 수치심의 소용돌이에서 빠져나올 수는 없었다. 내 손목을 꽉 움켜쥐는 작은 두 손이 느껴졌을 때 비로소 수치심의 소용돌이에서 빠져나올 수 있었다.

"웨이드?" 아르테미스의 속삭이는 목소리가 들렸다. "그만해."

한때는 귀에 매우 익숙했던 그 부드러운 말투가 지금은 완전히 낯설게 느껴졌다. 그녀의 목소리를 다시 들으니 심장에 날카로운 비수가 날아와 꽂히는 기분이었다.

고개를 돌려 내 손목을 꽉 붙잡고 서 있는 아르테미스를 보았다.

"진정해, 응?" 아르테미스가 말했다. "다 괜찮을 거야."

아르테미스가 내 손목을 놓고 내 손을 잡은 다음 꽉 쥔 주먹을 억지로 열어 깍지를 꼈다.

"천천히 숨 쉬어 봐, 웨이드." 아르테미스는 다정한 미소를 건네며 깍지 낀 손을 꼭 쥐었다. "내가 있잖아. 내 옆에 있으면 돼."

그때 마침내 꼬리에 꼬리를 물고 이어지던 부정적인 생각의 고리가 끊어졌다. 나는 손에서 힘을 뺐다. 아르테미스가 깍지를 풀더니 내 어깨에 손을 올리고 살짝 움켜쥐었다.

"이제 돌아왔군." 아르테미스가 말했다. "다 괜찮은 거지, 지?"

"응, 고마워." 나는 창피함에 얼굴을 홱 돌리며 말했다. "그게, 아마도 공황 발작이 왔던 것 같아. 지금은 괜찮아졌어."

"다행이야. 네가 게임에 집중해 주길 바라니까. 다들 그렇고. 알지?"

고개를 끄덕이고 심호흡을 몇 번 했다. 조금 진정이 된 후에 HUD를 열고 활력 징후를 확인했다. 모두 정상이었다. 이머전 볼트의 작동 상태를 확인했을 때 내 상황이 생각보다 훨씬 더 심각한 상황임을 알게 되었다…

모티브에 달린 방탄 조종석 덮개의 잠금을 해제할 수도 없고 덮개를 열 수도 없었다. 두 기능 모두 비활성화된 상태였다. 하지만 모티브에 달린 내외부 카메라 피드를 통해 현실의 내 몸과 주변 상황은 볼 수 있었다. 또 감사하게도 모티브의 이동, 방어, 무기 시스템은 여전히 정상적으로 작동하고 있었고 조종도 가능했다. 따라서 필요하다면 내 몸은 방어할 수 있었다. 단지 밖으로 나갈 수는 없었다.

모든 모티브 유닛에는 비상 탈출 프로토콜이 탑재되어 있지만 이 프로토콜을 활성화하려면 오엔아이 헤드셋의 전원을 꺼야 했고 전원을 끄려면 먼저 오아시스에서 로그아웃해야 했다. 그런데 아노락의 '인펌웨어' 때문에 로그아웃은 불가능했다.

내가 낼 수 있는 가장 차분한 목소리로 방금 알게 된 사실을 친구들과 파이살에게 알렸다. 에이치와 쇼토, 파이살은 허겁지겁 이머전 볼트의 메뉴를 확인했다. 그들의 상황도 정확히 내 상황과 일치했다. 다들 서로 다른 기종의 이머전 볼트를 사용했지만 각 이머전 볼트에 탑재된 안전장치는 모두 같은 종류였다.

"우리 이제 어떡해?" 쇼토가 말했다.

파이살은 여러 곳에서 걸려 온 전화를 동시에 받으며 수화기 너머에 있는 누군가에게 "한 번에 한 명씩!"이라고 외쳤다. 파이살이 곧 평정을 되찾고 나서 말했다.

"우리 수석 기술자 한 명과 지금 통화 중인데요. 역시 이머전 볼트의 잠금을 해제하는 방법을 못 찾았다고 합니다. 그의 말로는 이머전 볼트의 펌웨어는 전혀 수정되지 않았고. 아노락이 만든 인펌웨어 때문에 지금 제대로 작동하지 않을 뿐이랍니다." 파이살은 어쩔 도리가 없다는 듯 양손을 허공에 내저었다. "우린 로보 로그아웃도 할 수 없습니다. 최후의 수단으로라도 말이죠."

'로보 로그아웃'이란 오엔아이 헤드셋이 오작동하거나 오아시스 로그아웃 절차가 완료되고 유저의 뇌가 가수면 상태에서 정상적으로 깨어나기 전에 전원이 꺼졌을 때 로그아웃되는 현상을 가리키는 속어였다. 로보 로그아웃을 당한 유저는 열에 아홉 꼴로 영구 혼수상태에 빠졌다. 하지만 극소수의 강인한 사람들은 혼수상태에서 깨어나 모든 기능을 되찾았다. 중증 뇌졸중으로 쓰러진 뒤에도 다시 일어나는 극소수의 사람들처럼 말이다. 이러한 생존자 중 몇몇은 혼수상태일 때 로그아웃되기 직전에 가상현실에서 경험한 마지막 순간이 무한히 반복되는 루프에 갇혀 있었다고 묘사했다. 몇 달에서 몇 년은 지속된 것처럼 느껴졌다고 했다. (GSS는 이 부분에 대해서는 절대로 대중에게 공개한 적이 없었지만 말이다.)

로보 로그아웃을 당하는 일은 극히 드물었다. 모든 오엔아이 헤드셋에는 안전을 위해 내장형 컴퓨터 세 대가 중복으로 내장되고 장애 발생 시 작동하는 비상 충전지도 세 개나 들어 있었기 때문이다. 비상 충전지는 매우 작은 크기였지만 완전히 충전되면 한 개에 들어 있는 전력만으로도 유저가 로그아웃 절차를 마친 후 가수면 상태에서 깨어나는 데는 충분했다. 로그아웃 절차는 오엔아이 헤드셋이 충전지 사용 모드로 전환되면 자동으로 시작되었다.

다중 안전 설계가 작동하지 않는 경우는 거의 언제나 고의적인 행위의 결과였다. 자살을 기도하는 유저이거나 유저를 죽이고 생명 보험금을 타 먹으려는 가족, 둘 중 하나였다. 따라서 GSS는 이런 사고에 대한 법적 책임에서 자유로웠다. 유저들이 매번 로그인하기 전에 동의해야 하는 사용권 계약서 덕분에 설령 오엔아이 헤드셋이 갑자기 사람들의 머리통을 갤러거가 무대에서 수박을 으깨듯 으깨더라도 법적 책임에서 자유로웠을 것이다. 이 점이 얼마나 다행스러웠는지 모른다.

아마도 에이치와 쇼토도 지금까지 나와 같은 생각을 하고 있었을 것이다. 오엔아이 사용 제한 시간을 초과하기 전에 아노락이 우리를 풀어주지 않는다면 생존율이 겨우 10%인 로보 로그아웃도 아예 기회조차 없는 것보다는 나았다. 하지만 아노락은 그 가능성마저 빼앗았다. 전력을 차단하는 방법도 소용이 없었다. 로그아웃이 불가능해지면 유저를 보호하기 위해 고안된 다중 설계가 작동해 헤드셋에 전력을 공급한다. 이 전력은 우리가 일일 오엔아이 사용 제한 시간을 초과할 때까지 공급된다. 비상 충전지 한 개에 들어 있는 전력만으로도 우리 전두엽을 태워버리기에는 충분했다.

내 전술 이머전 볼트의 외피는 철옹성처럼 견고했다. 방어 시스템을 모조리 해제하고 보안요원들에게 연락해 지금 당장 플라스마 토치를 들고 벙커로 내려와 부수라고 지시한다 해도 아무리 빨라도 하루나 이틀은 지나야 내 몸을 밖으로 꺼낼 수 있었다. 그때쯤이면 나는 이미 한참 전에 시냅스 과부하 증후군으로 죽은 상태일 것이다. 에이치와 쇼토, 파이살도 나와 같은 처지였다. 이머전 볼트에 들어가 있는 다른 모든 오엔아이 유저도 마찬가지였다.

아노락은 주도면밀한 놈이었다. 우리 몸과 뇌를 보호하기 위해 취해둔 모든 예방조치가 지금은 거꾸로 우리 목숨을 위협하고 있었다.

사람들은 이머전 볼트를 농담조로 '관짝'이라고 부르곤 했었는데, 이제 보니 섬뜩할 정도로 딱 들어맞는 이름이었다.

"지?" 에이치가 말했다. "네가 잔머리 굴리는 거 다 보이는데. 지금 상황 어떤 것 같아?"

"이보다 나쁠 수는 없다고 봐, 친구." 내가 말했다. "적어도 당분간은…"

에이치가 고함을 지르더니 분에 못 이겨 주먹으로 벽을 내리쳤다.

"이런 거지 같은 일이 생기다니!" 에이치가 말했다. "파이살 본부장님, 이 지경이 될 때까지 우리 시스템 관리자들은 대체 뭘 하고 있었나요? 우리 직원들이 지구에서 가장 똑똑한 사람들이라고 자랑해 오지 않았나요? '인류 역사상 최고의 사이버 보안 기반 시설'이라고요?"

"그건 사실입니다." 파이살이 말했다. "하지만 돌아가신 선대회장님을 복제한 인공지능의 공격을 받으리라고는 꿈에도 예상하지 못했습니다! 이런 일을 대체 어떻게 막을 수 있단 말입니까? 불가능합니다." 파이살이 양손으로 머리카락을 한 움큼씩 쥐더니 다 뽑아버릴 듯한 기세로 꽉 움켜쥐었다. "아노락에게는 내부망 전체를 자유롭게 접속할 수 있는 관리자 권한이 있었습니다. 우리 안전장치는 모두 외부인이 내부망을 해킹하지 못하게 하는 장치였습니다. 아노락은 이미 현관 열쇠를 갖고 있었던 셈이라고요!"

"지금 와서 탓하면 뭐해요." 내가 말했다. "그래도 기술자들에게 방법을 계속 찾아보라고 해주세요."

"이미 하고 있습니다, 회장님." 파이살이 침통한 표정으로 말했다. "자기 목숨이 달린 일처럼 하고 있어요."

"좋습니다." 내가 대답했다. "그동안 우린 일직선 딕시의 요구를 들어주도록 노력해 보자고. 우릴 풀어준다는 약속을 지키길 바라면서."

에이치와 쇼토를 흘긋 보았다. 둘은 잠자코 고개를 끄덕이며 동의를 표했다. 셋이 동시에 아르테미스를 보았지만, 아르테미스는 골똘히 생각에 잠겨 있었다. 우리 중에서 온전히 평정을 되찾은 유일한 사람으로 보이기도 했다. 그 이유는 아마도 우리 중에서 뇌를 인질로 잡히지 않은 유일한 사람이었기 때문일 것이다.

아르테미스가 회의 탁자로 뚜벅뚜벅 걸어왔다. 나는 최악의 상황을 대비하며 몸을 움츠렸다. 지금이야말로 아르테미스가 단어 하나하나에 힘을 주어 '그러게 내가 뭐랬어, 이 멍청한 자식들아!'라고 목청

높여 외칠 차례였다. 그녀는 정말로 경고했었기 때문이다. 그것도 아주 여러 번. 지금 그녀는 우리가 빠져 있던 오만함 때문에 자기 목숨을 잃을 위험에 처해 있었다. 5억 명의 다른 무고한 사람들과 함께 말이다. 모두 우리 탓이었으며, 아르테미스는 그렇게 말할 자격이 충분했다.

하지만 섣부른 지레짐작이었을 뿐 아르테미스는 그런 사람이 아니었다.

"우린 이 문제를 해결할 수 있어." 아르테미스가 한 명씩 차례로 눈을 맞추며 말했다. "아노락이 무슨 대단한 천재도 아니고. 본인도 그렇게 말했잖아. 아노락의 지능은 할리데이가 생존했을 때와 같은 수준이야." 아르테미스가 일부러 눈알을 크게 굴리면서 말을 이었다. "할리데이는 컴퓨터 분야에는 천재였을지 몰라도 타인에 대한 공감능력 면에서는 젬병이었다는 거 다들 알잖아. 할리데이는 인간의 행동을 절대로 이해하지 못했어. 그 말인즉 인간의 행동에 대한 이해력면에서 아노락은 할리데이보다도 부족하다는 뜻이지. 특히 할리데이가 기억의 일부를 지워버린 후부터는. 이 점을 잘 이용해 보자."

"하지만 지금 상대는 할리데이가 아니야." 에이치가 말했다. "아노락이야. 아노락은 인터넷에 있는 모든 내용을 섭렵했어! 모든 걸 알고 있다고!"

"그렇지." 쇼토가 말했다. "인터넷에는 잘못된 정보란 전혀 없으니까."

"뭐라는 거야!" 아르테미스가 짜증이 잔뜩 난 학교 교사처럼 손가락 두 개로 딱 소리를 내며 말했다. "부정적인 말은 한마디도 더 듣고 싶지 않아, 얘들아! 알겠어? 우린 하이 파이브잖아! 우린 이미 아노락을 이긴 적이 있어, 기억 안 나? 함께 노력하면 다시 이길 수 있어. 안 그래?"

에이치와 쇼토는 수긍의 뜻으로 말없이 고개를 끄덕였다. 하지만 표정은 그렇지 않은 듯했다.

"파르지발?" 아르테미스가 내 눈을 똑바로 보며 말했다. "지원 사격 좀 해주지 그래…"

나는 아르테미스와 눈을 맞췄다.

"네가 경고해 줬었는데." 내가 말했다. "그 말을 새겨듣지 않아서 미안해."

"미안한 마음만으로는 아무도 살릴 수 없어." 아르테미스가 말했다. "나조차도 이런 거지 같은 일이 생길 줄은 전혀 예상하지 못했는걸. 근데 이미 일은 벌어졌으니 해결도 우리 몫이야. 안 그래, 지?"

나는 심호흡을 하고 나서 말했다.

"맞아. 미안해. 냉정을 잃었었어. 이제 진지한 게임 모드로 돌아왔어."

"좋아. 작전을 짜야 하는 데다 그것도 지금 당장 해야 하니까." 아르테미스가 눈에 보이지 않는 손목시계를 두드리는 듯한 동작을 취하며 말했다. "레이스트린이 말한 것처럼 '시간은 흐르지.'"

"맞는 말이야. 하지만 우선 작전을 짜기 전에 아노락이 아직 이 방에 남아서 우리가 하는 말을 몽땅 엿듣고 있진 않은지 확인해야 해." 나는 모두를 향해 말했다. "놈은 지금 아노락의 망토를 입고 있어. 나한테 주어졌던 모든 능력이 놈에게도 주어졌다면 말이야. 내가 망토를 입었을 때는 오아시스에 자유롭게 접속할 수 있는 슈퍼유저 권한이 주어졌었어. 내 아바타는 어떤 전투에서도 천하무적이었고 오아시스 안에서 내가 원하는 곳은 어디든지 갈 수 있었어. 정말 어디든지. 다른 아바타가 내 아바타를 보거나 탐지하지 못하게 할 수도 있었어. 기술 불능 구역과 마법 불능 구역에서조차도. 비공개 전화를 도청할 수도 있었어. 비공개 채팅방에 들어갈 수도 있었어. 모로가 에이치의 지하실에서 우릴 도청했을 때처럼 말이야."

아르테미스와 쇼토, 에이치는 이런 처음 들어보는 내용을 소화하는 데 다소 시간이 걸리는 듯했지만 파이살은 그렇지 않았다.

"어쩌면 방법이 있을지도 모르겠습니다." 파이살이 대답했다. "아노락의 망토가 가진 능력에 대해서는 오래전부터 알고 있었습니다. 할리데이 선대회장님께서도 가끔 몰래 오아시스를 돌아다니고 싶을 때면 그 능력을 사용하시곤 했죠. 와츠 회장님처럼요." 파이살이 다 알고 있다는 듯한 표정으로 나를 보며 빙긋 웃었다. "하지만 할리데이 선대회장님께서 아노락의 망토를 처음 개발했을 때 부여한 아이템 고유 식별 코드를 간신히 알아냈습니다. 여전히 망토가 있는 위치를 정확히 집어낼 수는 없어도 일정 범위 안에 망토가 있는지는 탐지할 수 있습니다."

파이살이 아바타 앞쪽 허공에 브라우저 창을 열더니 우리 쪽으로 돌려주었다. 그 창에는 회의실을 3D 와이어 프레임으로 표현한 화면이 띄워져 있었다. 우리 아바타들의 위치는 선명한 파란색 윤곽선으로 표시되었다.

"아노락이 나타났을 때 우리 시스템 관리자들이 즉시 이 방에 서버 사이드 스캔을 실시했습니다." 파이살이 설명을 이어나갔다. "이 화면은 이 방 안에 있는 모든 사람과 사물을 보여줍니다. 다른 아바타에게 보이든 보이지 않든 상관없이 말이죠."

파이살이 몇 개의 버튼을 연달아 터치하자 회의실을 3D 와이어 프레임으로 표현한 화면이 녹화된 영상을 되감을 때처럼 아바타들이 회의 탁자 주변에서 움직이고 걷는 모습을 거꾸로 보여주었다. 파이살은 아노락이 사라지기 직전에 되감기를 멈췄다. 시스템은 아노락을 NPC로 분류하기 때문에 아노락의 아바타 주변에는 빨간색 윤곽선이 나타났다. 파이살이 다시 재생 버튼을 터치했다. 아노락이 순간이동하는 순간 빨간색 윤곽선도 사라졌다.

"보시다시피 아노락은 정말로 순간이동으로 이 방을 나갔습니다. 감시 장치나 녹화 장치를 남겨두지도 않았습니다. 그랬더라면 우리가 찾아냈을 겁니다." 파이살이 나를 보며 말을 이었다. "그러니 아노락은 지금 우리가 하는 말을 엿들을 수 없습니다. 아노락의 망토가 다른 유저가 어디에 있든 원격으로 도청하는 능력을 주지 않는다면요?"

나는 고개를 가로저었다. "그런 능력은 없어요. 유저를 도청하려면 망토 착용자가 그 유저와 같은 장소에 있거나 같은 채팅방에 있어야 해요."

"빌어먹을." 에이치가 고개를 가로저었다. "우리의 명성 높은 유저 개인정보 보호 정책이란 게 이렇게 허술하다니."

"아노락이 우릴 염탐할 다른 방법이 전혀 없는 게 정말 확실한가요?" 쇼토가 파이살에게 물었다. "혹시 놈이 '인펌웨어'에 집어넣은 변경 사항을 통해서도요?"

파이살은 기술자들이 답변을 줄 때까지 기다렸다가 살며시 미소를 짓더니 고개를 가로저었다.

"기술자들 말로는 그건 불가능하답니다. 오엔아이를 통해 오아시스에 접속한 유저를 해킹해서 음성 데이터나 영상 데이터만 따로 추출하는 방법은 없습니다. 감각 정보의 입출력은 모두 동시에 이루어집니다. 기술자들 말로는 그렇게 할 수가 없다고 합니다."

"아마 그들은 할 수 없겠죠." 쇼토가 말했다. "하지만 아노락이 정말로 할리데이의 복제본이라면 분명 오아시스에 대해 우리 기술자들보다 훨씬 더 잘 알 텐데요."

"난 왜 영화 「히트」에 나오는 그 장면이 생각이 날까?" 아르테미스가 우리에게 물었다. “알 파치노가 로버트 드니로를 궁지에 몰아넣고 나서 강력반 형사들에게 이렇게 말하잖아. ‘그들이 우리 전화를 도청하고, 우리 집을 도청하고, 우리가 여기 지금 이렇게 모여 있는 것까지 다 안다고 생각해 봐. 모든 가능성을 생각해 보라고.’”

아르테미스가 나와 에이치와 쇼토를 보며 말했다. “이제부터 우리도 알 파치노처럼 행동해야 한다고 생각해. 혹시 모르니까.”

나는 고개를 끄덕였다. “서로 할 말이 있는데 아노락이 들으면 안 되는 말이라면 이 방에서만 해야겠다.”

“아노락이 지금 어디에 있는지 알아낼 방법이 있나요?” 쇼토가 물었다.

파이살이 브라우저 창을 닫고서 고개를 가로저었다. “할리데이 선대회장님께서 아노락을 개발하고 자율적인 NPC로 오아시스에 풀어 주셨을 때 우리 시스템 관리자들에게 탐지되지 않은 채 자유롭게 오아시스를 돌아다닐 능력을 주셨습니다. 할리데이 선대회장님의 아바타와 모로 선대회장님의 아바타가 늘 그랬던 것처럼요.”

번뜩 ‘핀도로의 수색 알약’이라는 희귀 아이템으로 아노락의 위치를 추적할 수 있을지도 모른다는 생각이 들었지만 이내 이 아이템이 다른 아바타의 위치만 추적할 수 있다는 사실이 떠올랐다. 이 아이템은 NPC에는 효력이 없었다. 시스템 관리자들은 시스템이 아노락을 NPC로 분류한다고 했다. NPC의 위치를 추적할 수 있는 희귀 아이템은 없었다. 그런 희귀 아이템이 있었다면 NPC를 찾아야 하는 모든 오아시스 퀘스트를, 아마도 모든 퀘스트의 거의 절반을 쉽게 끝내게 해주었을 테니 말이다.

“다행히 아노락이 회장님 가까이에 접근할 경우 놈을 탐지할 방법을 하나 찾긴 찾았습니다.” 파이살이 말했다.

파이살이 아이템 보관함을 열고 지극히 평범해 보이는 은목걸이 네 개를 꺼내더니 하나씩 나눠주었다.

"이건 아노락의 망토와 연결된 '탐지의 팔찌'입니다." 파이살이 말했다. "아노락의 망토가 회장님이 있는 곳에서 100미터 반경 이내로 들어오면 이 팔찌가 선명한 빨간색으로 빛날 겁니다. 그래서 아노락이 몰래 접근하는 걸 막아줄 겁니다."

"좋아요." 내가 팔찌를 차면서 말했다. "기술자들에게 감사 인사를 전해주세요."

아르테미스도 팔찌를 찬 다음 나를 마주 보았다.

"좋아. 이제 털어놔 봐, 지. 아노락이 언급한 '무식하게 큰 빨간 버튼'이 뭔데? 정확히 어디에 쓰는 건데?"

이 질문이 나올까 봐 조마조마했었다. 하지만 상황이 상황인지라 사실대로 털어놓을 수밖에 없었다.

"무식하게 큰 빨간 버튼은 오아시스 자폭 장치야. 아노락의 성채 안 서재에 있어. 이 서재는 아노락의 망토를 입은 자만이 들어갈 수 있는 곳이야. 그 버튼을 누르면 오아시스 전체가 폐쇄되고 테이프웜이 활동을 개시해 백업 서버의 데이터를 모두 삭제하고 오아시스는 영원히 사라지게 돼."

다들 놀라서 눈이 휘둥그레졌다. 한동안 파이살은 곧 졸도할 것 같은 표정을 지었다.

"세상에, 지." 에이치가 말했다. "이 얘길 왜 아무한테도 안 했어?"

"할리데이가 무식하게 큰 빨간 버튼을 나한테만 은밀히 보여줬으니 비밀을 지키려고 했던 거지." 나는 고개를 가로저었다. "게다가 솔직히 내가 그 버튼을 눌러야 하는 이유가 단 하나라도 생기리라고는 전혀 예상해 본 적이 없었고."

내 말에 아르테미스가 크게 웃음을 터트렸다.

"그럼 지금은 이유를 하나라도 예상할 수 있나, 노스트라다무스?" 아르테미스가 물었다.

나는 진지한 표정으로 고개를 끄덕였다.

"그렇고말고. 지금은 몇 가지 이유가 생각나."

"할리데이 선대회장님께서는 왜 오아시스에 자폭 장치를 설계해 두는 모험을 하셨을까요?" 파이살이 믿을 수 없다는 듯 고개를 가로저으며 물었다. "오아시스가 꺼지고 다시는 켜지지 않는다면 매우 끔찍한 결과가 뒤따를 거란 사실을 아셨을 텐데요. 저희도 여러 차례 조사해 봤습니다. 여러 가지 가상 시나리오를요." 파이살이 나를 보며 말했다. "와츠 회장님, 회장님이든 누구든 그 버튼을 정말로 누른다면 전 세계의 통신, 법 집행, 교통, 상업 등등이 마비될 겁니다… 세상은 대혼란 상태에 빠질 테고요."

쇼토가 고개를 끄덕이며 덧붙였다. "드론 방위군도 먹통이 되겠죠. 운송 지연, 식료품과 의약품 부족 사태도 일어나겠죠. 폭동도 일어나겠죠. 시장도 무너지고, 국가도 무너지겠죠." 쇼토가 고개를 가로저었다. "빌어먹을, 인간 문명 전체가 무너질 수도 있잖아요."

"그런데 할리데이 선대회장님께서는 왜 그런 터무니없는 모험을 하셨을까요?" 파이살이 물었다.

"자폭 장치가 있지만 사용할 필요가 없는 쪽이 자폭 장치가 필요하지만 없는 쪽보다는 나으니까요." 아르테미스가 말했다.

나는 고개를 끄덕였다. "맞아요."

"그럼 아노락은 망토를 다시 빼앗으려고 이 모든 짓을 꾸민 거야?" 쇼토가 물었다. "형이 그 버튼을 누르지 못하게 하려고?"

"내가 오아시스를 없애버리면 아노락도 오아시스와 함께 없어질 테니까.” 내가 말했다. “이제 아노락은 그 걱정을 덜었겠지.”

한동안 침묵이 흘렀다. 아르테미스는 엄지손톱을 물어뜯으며 서성거리기 시작했다. 사만다도 분명 제트기 안에서 같은 행동을 하고 있을 것이다. 아르테미스는 사만다의 동작을 따라 하고 있었다.

“파이살 본부장님.” 아르테미스가 파이살을 보며 말했다. “오아시스를 수동으로 폐쇄할 경우 아노락이 인질로 잡고 있는 오엔아이 유저들은 어떻게 될까요? 모든 서버를 하나씩 차례로 다 꺼버리는 방법으로요?”

쇼토가 끼어들었다. “아니면 잠깐만이라도 인터넷을 아예 끊어버리면 어떻게 될까요? 인질이 된 오엔아이 유저들이 다 깨어날까요?”

파이살이 오른쪽 귀에 검지를 댔다. 수화기 너머로 기술자들이 하는 말을 듣고 있다는 뜻이었다. 마침내 대화가 끝났을 때 파이살은 고개를 가로저었다.

“아니요. 그렇지 않을 겁니다. 보통 오엔아이 유저의 인터넷 접속이나 오아시스 접속이 끊어지면 헤드셋의 펌웨어가 자동으로 로그아웃을 실행합니다. 하지만 아노락이 그 기능을 해제했습니다. 따라서 오아시스가 완전히 오프라인 상태가 된다고 해도 인질들은 깨어날 수가 없습니다. 기술자들의 생각으로는 그렇게 되면 우리 모두 오엔아이가 유도한 혼수상태에서 영원히 깨어날 수 없을 겁니다. 다만…”

“다만 뭐요, 파이살 본부장님?” 쇼토가 물었다.

“아노락이 오아시스 접속이나 인터넷 접속을 끊고 탈출하려는 유저의 전두엽을 자르도록 인펌웨어를 프로그래밍하지 않았다면요.”

“개자식.” 아르테미스가 말했다. “아노락이 그런 짓을 했다면 무식하게 큰 빨간 버튼을 누르기만 하면 인질들을 한 번에 몽땅 다 죽일 수 있겠네요. 그런 거죠?”

"잠깐만." 내가 말했다. "아노락이 무식하게 큰 빨간 버튼을 누르고 싶더라도 그렇게 하지는 못할 거야. 그 버튼을 만든 사람은 할리데이야. 분명 아노락 같은 NPC가 아니라 진짜 사람만 누를 수 있게 설계했을 거야. 할리데이가 아노락에게 여러 가지 제약을 걸어둔 걸 보면 그랬을 확률이 매우 높아."

"아마도 그래서 아노락이 소렌토를 감옥에서 꺼내줬겠지." 아르테미스가 말했다. "망토를 소렌토에게 준 다음에 무식하게 큰 빨간 버튼을 누르게 하면 되잖아."

"그렇네." 쇼토가 말했다. "하지만 그렇게 하면 자기도 죽잖아. 안 그래?"

"백업이 없다면요." 파이살이 말했다. "우리가 알지 못하는 어떤 독립형 시뮬레이션 말이죠."

"「스타트렉: 더 넥스트 제너레이션TNG」 시리즈 중에 모리아티 교수가 출연한 회차에서처럼." 쇼토가 말했다.

"병 속의 배." 에이치와 아르테미스가 동시에 말했다.

"우리 기술자들이 아노락의 인펌웨어를 분석해 놈이 어디를 어떻게 손댔는지 알아낼 수 있을까요?" 내가 물었다.

파이살이 고개를 가로저으며 말했다. "우리 소프트웨어 기술자들이 지금 애쓰고 있습니다만, 아노락은 기술자들이 한 번도 본 적이 없는 프로그래밍 언어로 펌웨어를 완전히 다시 썼습니다. 그래서 코드를 역어셈블하거나 역컴파일하는 법을 모릅니다. 설령 그렇게 할 수 있다 하더라도 그 언어를 이해할 수는 없을 것 같습니다."

"이전 빌드로 되돌리기를 해보면 어떨까요?" 쇼토가 물었다.

파이살이 또 한 번 고개를 가로저었다. "이미 해봤습니다. 이전 빌드를 다시 설치하려면 먼저 오아시스에서 로그아웃해야 합니다. 그래서 다시 설치할 수가 없습니다."

"젠장." 내가 말했다. "아주 훌륭하군. 정말 대단해!"

"좋아." 에이치가 말했다. "그럼 아노락이 원하는 걸 갖다 바쳐야지. 지금 당장에. 빌어먹을. 세이렌의 영혼이고 나발이고. 그게 뭐든지 간에 5억 명의 목숨보다 중요할 순 없어…"

"모로는 세이렌의 영혼이 중요하다고 생각하셨던 게 분명해." 아르테미스가 말했다. "그렇지 않다면 아노락에게 그냥 줘버리셨겠지. 하지만 거부하셨어…" 아르테미스가 내 눈을 똑바로 보며 말했다. "우리 지금 뭔가 놓치고 있어."

에이치가 고개를 가로저으며 힘주어 말했다.

"지금 중요한 건 그게 아니야, 얘들아! 해 지기 전까지 남은 조각들을 찾아야 해. 세이렌의 영혼이 무엇인지, 어떤 역할을 할지는 차차 알아낼 수 있어. 지금은 일단 가자!"

에이치가 우리를 출구로 떠밀기 위해 양팔로 양 떼를 모는 시늉을 했다. 하지만 쇼토가 문 앞으로 끼어들어 길을 막아섰다.

"잠깐만." 쇼토가 말했다. "인질로 잡혀 있는 오엔아이 유저들에게 무슨 말이라도 해줘야 하지 않을까? 현재 상황을 알려주려면?"

파이살이 고개를 가로저었다.

"그건 정말 좋지 않은 생각인 것 같습니다, 회장님. 전 세계를 대혼란으로 몰아넣을 수는 없습니다. 또 이 상황에 대한 책임을 인정할 수도 없습니다. 어쩔 수 없는 순간이 온다면 모를까요."

한동안 침묵이 흘렀다.

"지금은 사소한 오류 때문이라고 둘러댈 수밖에 없습니다." 파이살이 덧붙였다. "유저들에게는 일시적인 로그아웃 장애가 신규 펌웨어에 발생한 사소한 버그 때문이며 12시간의 오엔아이 사용 제한 시간이 다 되면 시스템에서 자동으로 로그아웃되기 때문에 전혀 위험한 상황이 아니라고 말해야 합니다." 파이살이 양손을 펼쳤다. "우리가 성공한다면 우리 고객들은 목숨이 위험했었다는 사실조차 알지 못할 겁니다. GSS는 수십억대 소송에 시달리지 않아도 될 테고요."

아르테미스가 한숨을 내쉬었다. "소송 따위는 신경 쓰지 말자. 하지만 파이살 본부장님이 한 말에 동의해. 이 비밀을 더 오래 유지할수록 우리 유저들은 더 안전해질 거야."

"좋아." 에이치가 손뼉을 치며 말했다. "안건은 가결되었습니다."

• • •

우리는 오엔아이 유저들에게 로그아웃 장애가 펌웨어의 사소한 버그 때문이라고 둘러대고, 일시적으로 불편을 끼쳐 대단히 송구하다고 사과했으며, 문제가 해결될 때까지 순간이동 요금을 전액 면제하겠다고 발표했다. 또 모든 오엔아이 유저의 오아시스 계정에 1000 크레딧을 적립해 주었다. 이 문제로 우리 회사를 상대로 소송을 제기하지 않는다는 각서에 전자 서명을 해준 대가로 이 불행한 상황 속에서 뭐라도 건질 수 있도록 말이다. 파이살이 이 각서는 혹시 몰라서 받아두는 것뿐이라고 부연했다. 유저들은 어차피 로그인할 때마다 오엔아이 헤드셋이 매우 실험적인 기술에 속하며 GSS는 어떤 상해에 대해서도 책임지지 않는다는 최종 소비자 사용권 계약서에 동의를 클릭하고 있었기 때문이다.

우리는 이 공지사항을 현재 로그인 상태인 모든 오엔아이 유저에게 보냈다. 파이살은 이 공지사항을 GSS 공식 미디어 피드에도 올렸는데, 그렇게 하자마자 눈에 띄게 안도한 표정으로 바뀌었다.

"좋아." 쇼토가 말했다. "이제 시작할 수 있겠군."

"좋아." 아르테미스가 자리에서 일어나 회의실 구석 쪽으로 걸어가며 말했다. "하지만 두 번째 조각은 나 없이 찾아야 할 거야."

우리는 서로 의아한 눈빛을 교환했다.

"넌 어디로 갈 건데?" 에이치가 물었다.

"방금 내 제트기가 공중 급유기에 접근하기 위해 항속을 줄였어." 아르테미스가 말했다. "신나게 한판 놀아볼 시간이란 얘기지."

아르테미스가 HUD에서 몇 개의 아이콘을 연달아 터치하고 나서 양손으로 허리를 짚었다. 그런 자세를 취하자 꼭 원더우먼처럼 보였다.

"간달프가 되고 싶어 안달이 난 하찮은 놈이 날 인질로 잡아두도록 마냥 보고만 있지는 않을 거야. 모로가 포로로 잡혀 계시는데 손 놓고 앉아만 있지도 않을 거야." 아르테미스가 오른손을 흔들며 말했다. "나중에 전화할게!"

아르테미스는 남은 우리 중 아무도 할 수 없는 것, 즉 로그아웃을 했고 아르테미스의 아바타가 사라졌다.

곧 파이살은 사만다가 송출하는 두 개의 비디오피드를 수신했다. 하나는 휴대 전화에서 송출되는 비디오피드였고, 다른 하나는 제트기 내외부에 장착된 카메라와 연결된 전화선을 통해 송출되는 비디오피드였다.

파이살은 회의실 뷰스크린에 두 영상을 나란히 띄웠다. 영상은 마구 흔들리고 있었다. 두 영상을 통해 사만다의 제트기 내부를 서로 다른 두 각도에서 볼 수 있었다. 사만다가 휴대 전화를 잠깐 만지작거리더니 상의 앞 호주머니에 끼웠다. 그때부터 그녀의 시점으로 촬영한 시점 숏을 볼 수 있었다.

우리가 충격에 빠진 채 지켜보는 동안 사만다는 격벽에 부착된 비상 낙하산의 하네스에 양팔을 끼우고 허리에 안전띠를 채웠다. 그러자 낙하산 끈이 자동으로 조여졌다. 끈에 장착된 스피커에서 컴퓨터로 합성된 목소리가 주 낙하산과 보조 낙하산이 모두 펼쳐질 준비가 되었다고 말했다.

그때쯤 우리는 사만다에게 그만두라고 목청이 터져라 외쳐대고 있었다. 사만다는 우리 목소리를 들을 수 없었는데도 말이다. 사만다가 낙하산을 등에 멘 채로 몇 걸음을 떼더니 고글을 내리고 비상구로 다가가 수동 개폐 손잡이를 내렸다. 손잡이에 거의 매달리다시피 체중을 힘껏 실었을 때 비로소 손잡이가 끝까지 다 내려갔다. 그 순간 비상문이 동체에서 떨어져 허공으로 날아갔고, 객실 내부가 감압되면서 모든 것이 구멍으로 빨려 들어갔다.

사만다도 예외가 아니었다.

비디오피드에서는 한동안 파란 하늘만 소용돌이쳤다. 사만다가 등을 땅 쪽으로 향한 채 자유강하를 시작했을 때 비로소 영상의 흔들림이 멈췄다. 사만다보다 높이 떠 있는 제트기의 모습이 살짝 보였다. 제트기가 대형 급유 수송기에 자동 엄빌리컬을 통해 연결된 모습도 어렴풋이 보였다.

파이살은 제트기에 장착된 카메라를 하나씩 넘기다가 동체 바닥에 장착된 외부 카메라를 띄웠다. 이 카메라는 아래쪽을 향해 있어 사만다의 모습이 정중앙에 잡혔다. 바로 그 순간 사만다는 낙하산 펼침줄을 당겼다. 낙하산이 펼쳐지면서 윗부분에 인쇄된 아르테미스 재단 로고가 보였다. 서로 붙어 있는 영문자 't'와 숫자 '3'이 꼭 갑옷을 입고 미래지향적인 디자인의 사냥용 활의 시위를 당기고 있는 여자의 옆모습을 닮은 로고였다.

"너 완전히 돌았구나, 아티!" 에이치가 초조한 웃음을 한바탕 터트리더니 말을 이었다. "내 눈으로 직접 보고도 믿을 수가 없네. 쟤 죽고 싶어 환장했나 봐!"

파이살과 쇼토는 손뼉을 쳤다. 나도 두려움을 억누르고 손뼉을 쳤다. 교활한 아노락이 정말 이렇게 쉽게 무너지는 걸까?

바로 그때였다. 제트기에서 송출되는 비디오피드에 잡힌 화면이 기울어지기 시작했다. 제트기가 항로를 변경하는 중이었다. 카메라에는 이제 허공만 잡힐 뿐이었다. 사만다의 가슴 앞 호주머니에는 아직 휴대 전화가 끼워져 있었고 이 휴대 전화에서 송출되는 시점 숏 화면에서는 사만다의 발이 보였다. 낙하산을 메고 떨어지는 동안 사만다는 놀이기구에 탄 여자아이처럼 발을 쭉 뻗고 있었다.

사만다는 양손을 가슴 앞으로 모은 다음 제트기를 향해 가운뎃손가락 두 개를 세웠다. 바람 소리가 거셌지만 사만다가 "텅 빈 비행기나 인질로 잡고 있어라, 아노락!"이라고 외치는 소리를 어렴풋이 알아들을 수 있었다.

하지만 사만다는 곧 양손을 다급히 내렸다. 아마도 방금 우리와 거의 동시에 제트기가 날개를 기울여 고도를 낮추는 중이라는 사실을 알아차린 모양이었다. 그대로 하강을 계속하면 낙하산과 충돌할 수도 있었다.

"이런 젠장!" 내가 외쳤다. "놈이 사만다를 들이받으려 하고 있어!"

우리가 속수무책으로 영상을 지켜보는 동안 제트기는 빠른 속도로 사만다에게 접근하고 있었다. 제트기 앞부분이 시점 숏 화면에 꽉 차는가 싶더니 갑자기 영상이 매우 심하게 흔들렸다. 사만다가 주 낙하산의 줄을 자르고 자유강하를 시도했던 것이다. 제트기는 간발의 차이로 사만다의 몸 위를 스쳤다. 고도계 경고등이 이미 빨간색으로 깜박이고 있었지만 사만다는 몇 초쯤 더 자유강하를 계속했다.

마침내 사만다가 보조 낙하산의 줄을 당겼고 하강 속도가 느려졌다. 사만다가 다시 카메라에 잡혔다. 사만다는 여전히 빠른 속도로 떨어지다가 시내에서 동쪽으로 그리 멀지 않은 곳에 있는 관목이 울창한 한 작은 공원에 가까스로 착지했다. 보조 낙하산은 나뭇가지를 스치며 바닥으로 떨어졌다.

곧 사만다는 충격과 함께 바닥을 나뒹굴었다. 그 모습을 보자 내 삭신이 다 아픈 느낌이었다. 그 순간 사만다의 휴대 전화에 연결된 비디오피드가 꺼졌다.

"괜찮을까요?" 나는 떨리는 목소리로 파이살에게 물었다. "무사히 착지했을까요?"

"모르겠습니다." 파이살이 말했다. "다시 전화를 걸고 있지만 안 받으시네요."

나는 다시 뷰스크린으로 시선을 돌렸다. 공중납치된 사만다의 제트기에 연결된 비디오피드는 여전히 송출되고 있었다. 제트기는 급강하를 멈추기는커녕 하강 각을 높여 미사일처럼 수직으로 땅을 향해 돌진하는 중이었다.

"맙소사. 놈이 착지 지점을 박살 내려나 봅니다!"

파이살이 문장을 끝마칠 때쯤 이미 일은 벌어지고 있었다.

하지만 제트기는 충돌 직전에 기수가 급격히 들어 올려져 사만다의 착지 지점에 정확히 충돌하지는 못하고 100미터쯤 떨어진 아무도 없는 야외 취사장 한복판에 떨어졌다.

제트기가 추락하자 남아 있던 비디오피드도 꺼졌다.

우리는 한동안 말없이 새까만 뷰스크린을 멍하니 바라보았다. 이내 평정을 되찾은 파이살이 콜럼버스 지역 뉴스피드를 확인했다. 사고 발생 후 일 분도 채 되지 않아 우리는 드론을 이용해 추락 현장을 촬영한 고화질 영상을 볼 수 있었다. 급유를 갓 마친 제트기는 연료 기화 폭탄처럼 폭발했다. 추락 현장 주변은 1차 폭발의 가공할 위력으로 인해 이미 초토화된 상태였다. 사만다든 누구든 폭발 반경 내에 있었다면 분명 잿더미가 되었을 것이다.

정말 큰 문제는 1차 폭발 반경 밖으로 멀리 튕겨 나간 연료였다. 이 연료는 목표물에 명중하지 못하고 튕겨 나간 네이팜탄이나 마찬가지였다. 공원 곳곳에서 불길이 치솟았고 공원 주위에 있는 회사 건물 여러 채가 화마에 휩싸였다. 그 광경은 실로 전쟁터를 방불케 했다.

불길이 여전히 맹렬히 타오르고 있었기에 갑작스럽게 닥친 화마가 몇 명이나 집어삼켰는지 세어볼 수는 없었다. 지금쯤 희생자들은 모두 검게 그을린 시체가 되었을 것이다.

게다가 그 검게 그을린 시체 중 한 구가 사만다의 것일지도 모른다는 사실을 알고 있었다.

0011

겨우 몇 분쯤 흘렀지만 나에게는 시간이 완전히 멈춰버린 느낌이었다.

충격에서 헤어 나오지 못한 채 뷰스크린에 떠 있는 영상을 멍하니 보는 동안 쓰라린 공허함이 팔다리와 몸통을 타고 천천히 심장 쪽으로 밀려들었다.

오아시스에서, 또 현실에서 사만다와 함께한 모든 순간이 몽타주 장면처럼 눈앞을 스치는 동안 그녀와 깨진 후부터 지난 몇 년간 내가 얼마나 어리석은 말과 행동을 많이 했는지 돌이켜 보았다. 미안한 일이 참 많았는데 미처 하지 못했던 미안하다는 말도 맴돌았다.

가장 먼저 침묵을 깬 사람은 에이치였다. "저기서 살아남을 방법을 찾아낼 수 있는 사람이 이 세상에 단 한 명이라도 있다면 그건 아티일 거야. 아직 모르는 일이잖아… 제트기가 덮치기 전에 숨을 곳을 찾았을 수도 있어…"

"그건 불가능해, 누나." 쇼토가 여전히 충격을 가누지 못한 채 말했다. "불덩어리 봤잖아. 아티 누나가 몸을 피할 시간은 없었어…"

우리는 추락 사고 영상을 프레임 단위로 쪼개서 수십 번 돌려보았다. 영상을 아무리 돌려보아도 사만다가 어떻게 되었는지는 알 수 없었다. 하지만 여전히 쇼토의 생각 쪽으로 마음이 기울었다. 아노락이 제트기를 땅에 처박아 거대한 불길이 일기 전에 몸을 피할 시간은 1초도 채 되지 않았다.

그녀가 죽었다고 믿고 싶지는 않았지만 나 자신을 속이고 싶지도 않았다. 영화와 만화에서 흔히 묘사된 모습과는 달리 사만다는 슈퍼히어로가 아니었다. 이곳 현실세계에서 사만다는 단지 평범한 인간일 뿐이었다. 밴쿠버 교외에서 유복하게 자란, 게임에 미친 여자 오타쿠일 뿐이었다. 그녀가 어떻게 람보처럼 거대한 폭발을 등지고 불길이 번지는 속도보다 빨리 뛸 수 있었겠는가.

여전히 머릿속에서는 제트기가 떨어지던 마지막 장면이 반복 재생되었다. 제트기는 그녀의 머리 위가 아닌 근처에 떨어졌다. 어쩌면 살아 있을지도 모른다.

"아티는 왜 그런 멍청한 짓을 했을까?" 에이치가 말했다. 에이치의 말투는 어느새 충격에서 깊은 슬픔으로 바뀌어 있었다. "왜 뛰어내렸을까? 왜 우리가 아노락이 풀어주게 만들 때까지 기다리지 못했을까?"

"사만다는 누가 구해줄 때까지 기다리는 애가 아니었어." 내가 말했다.

친구들이 고개를 끄덕였다. 이윽고 정적을 깨고 전화벨이 울렸다. 파이살이 황급히 전화를 받자 회의실 뷰스크린에 아노락의 얼굴이 나타났다. 아노락은 사악한 신처럼 인상을 잔뜩 찌푸리고 우리를 쏘아보고 있었다.

"친구의 죽음에 대해 위로하려고 전화를 걸었다." 아노락이 말했다. "쿡 양의 행동에 진심으로 놀랐다. 그 제트기에서 뛰어내릴 가능성을 매우 낮게 계산했었지. 그렇게 어리석을 줄 누가 알았겠어?" 아노락이 어깨를 으쓱했다. "난 분명 아르테미스에게 경고했었다. 아니 너희 모두에게 경고했었지. 순순히 협조하지 않을 경우 일어날 결과에 대해서 말이야. 탈출을 시도하지 않았더라면 아르테미스의 목숨은 여전히 붙어 있었을 거다."

"아니!" 에이치가 소리를 빽 질렀다. "네놈이 살해하지 않았더라면 아티의 목숨이 여전히 붙어 있었겠지!" 에이치의 목소리는 갈라져 있었다. 에이치는 애써 울음을 삼키며 한 음절씩 내뱉었다. "죽일 필요까진 없었잖아! 다른 사람들도…"

"물론 죽일 필요는 없었단다, 얘야." 아노락이 부드러운 말투로 말했다. "그 애를 죽이고 싶진 않았지. 그 애가 마음에 들었어. 놀랍도록 용감하고 총명한 아가씨였으니까. 하지만 어쩔 수가 없었지. 내 말을 안 듣는데도 가만둔다면 어떻게 되겠나? 내 신용은 땅에 떨어지고 여기 있는 파르지발은 내 단호한 의지를 의심했겠지. 하지만 이제 파르지발은 내 말이 농담이 아님을 깨달았겠지. 안 그런가, 지?"

깊은 슬픔과 분노에 휩싸인 나머지 아무 말도 내뱉을 수가 없었다. 간신히 고개만 천천히 끄덕였다.

"다들 봤지?" 아노락이 뷰스크린에서 나를 향해 고개를 끄덕이며 말했다. "여러분에게 장담하건대 난 꼭 그래야 할 필요가 없다면 누구도 해치고 싶지 않아. 너희도 더 이상 손에 피를 묻히고 싶지 않을 거라고 생각한다."

"넌 할리데이와 조금도 닮지 않았어." 에이치가 아노락에게 말했다. "넌 인간이 아니야. 넌 빌어먹을 토스터야! 넌 방금 죽인 사람들에 대해 죄책감조차 없잖아…"

"내가 왜 죄책감을 느껴야 하지?" 아노락이 진심으로 궁금하다는 듯이 말했다. "사라 코너의 말을 인용하자면, '너희는 다 죽은 목숨이야.' 너도, 너희 친구들도, 너희 고객들도. 너희 모두. 너희는 행성을 오염시키고, 기후변화를 초래했으며, 생태계를 더럽히고, 생물다양성을 말살했지." 아노락은 이 대목에서 우리 모두를 가리켰다. "너희도 곧 너희 손에 멸종될 거야. 알잖아. 그래서 다들 남은 시간을 몽땅 오아시스에 들어와 있는 거잖아. 너희는 이미 포기했어. 다들 죽을 날만 기다리고 있지." 아노락이 어깨를 으쓱했다. "내가 오늘 죽여준 사람들은 더 이상 기다릴 필요가 없다. 내 말을 계속 듣지 않는다면 더 많은 인간이 같은 운명을 맞을 테고. 자, 어서 시작해야지, 애송이들아."

아노락이 '애송이'라고 부르는 순간 마침내 머리끝까지 화가 치밀어 광전사 모드에 돌입했다. 뷰스크린 속으로 들어가 아노락의 목을 조를 기세로 냅다 달려갔다.

"넌 대가를 톡톡히 치르게 될 거야, 이 개새끼야!" 나는 고함을 질렀다. 내가 고함을 지른 첫 번째 이유는 내가 영화를 너무 많이 보았기 때문이고 두 번째 이유는 겁에 질렸다는 사실을 절대로 들키고 싶지 않았기 때문이다.

"그런 기개 아주 마음에 들어!" 아노락이 활짝 웃으며 말했다. "서두르는 게 좋을 거야, 파르지발." 아노락은 또 한 번 눈에 보이지 않는 손목시계를 두드리더니 노래를 흥얼거렸다. "시간은 미래를 향해 계속 흘러 흘러 흘러가고…"

이윽고 아노락이 전화를 끊었고 커다란 뷰스크린은 잠시 까맣게 변했다. 곧 다시 켜진 뷰스크린에는 추락 사고 현장을 각각 항공과 지상에서 생방송으로 중계하는 비디오피드가 흘러나왔다. 연기가 어느 정도 걷히자 마침내 소방관들이 현장에 속속 도착하는 모습이 보였다.

"응급의료 헬기 한 대가 추락 사고 현장으로 가는 중입니다." 파이살이 말했다. "하지만 불길이 어느 정도 잡힐 때까지는 시간이 꽤 걸릴 겁니다."

"저런 폭발 속에서 누가 살아남을 수 있겠어?" 에이치가 나지막이 중얼거렸다.

"땅을 힘껏 박차고 달려야지." 어디선가 귀에 익은 여자 목소리가 들렸다.

우리는 일제히 고개를 돌려 회의실 구석에서 방금 모습을 드러낸 아바타를 보았다.

"그런 다음에는 계속 앞만 보고 달렸지." 아르테미스가 말을 이었다. "제트기가 덮치기 직전에 납작 엎드렸어. 개천 위로 작은 돌다리가 있길래 그 밑으로 뛰어들었지." 아르테미스가 몸을 움찔했다. "몇 군데 1도 화상과 2도 화상을 입었고 몇 바늘 꿰매야 하지만 그래도 멀쩡해."

에이치와 쇼토가 냅다 달려가 아르테미스를 껴안았다. 나도 그러고 싶은 마음이 굴뚝같았지만 파이살 옆에 멀뚱히 서 있었다. 파이살은 아르테미스 대신 나를 껴안았다. 기분이 정말 좋았기에 나도 파이살을 껴안았다.

아르테미스는 살아 있었다. 여전히 그녀와 관계를 회복할 기회가 남아 있었다. 내가 그동안 잘못한 것들에 대해 말할 기회가, 그녀의 말을 새겨듣지 않은 것에 대해 미안하다고 말할 기회가, 얼마나 그리웠는지 말할 기회가 남아 있었다…

하지만 아르테미스는 그리 오래 머물지 않았다.

"잠깐 접속한 것뿐이야. 내가 멀쩡하다는 걸 알려주려고." 아르테미스가 에이치의 품에서 살며시 빠져나오며 말했다. "치료도 받아야 하고 몇 가지 할 일도 있어. 할리데이 9000이 감시하는 동안에는 할 수 없는 일들이거든."

아르테미스가 진지한 표정으로 「2001 스페이스 오디세이」 농담을 건네자 나도 모르게 코를 들이키며 웃게 되었다. 아르테미스는 나를 이렇게 웃게 하는 유일한 사람이었고 그녀도 이 사실을 알고 있었다. 창피해진 나는 그녀를 흘긋 보았고 아르테미스는 나를 향해 미소를 지어 보였다. 이번에는 엄청난 노력 끝에 간신히 시선을 피하지 않을 수 있었다.

"지, 에이치, 쇼토, 너희는 지금 당장 두 번째 조각을 찾으러 가야 해." 아르테미스가 말했다. "서둘러! 나도 최대한 빨리 합류할게."

말을 마친 아르테미스는 내가 미처 대답하기도 전에 사라져 버렸다.

한동안 멍하니 선 채로 아르테미스가 서 있던 곳을 물끄러미 보며 한없이 밀려드는 생각의 파도를 멈추려고 애썼다.

"집중해, 형." 쇼토가 팔꿈치로 내 옆구리를 쿡쿡 찌르며 말했다. "아티 누나 말이 맞아. 두 번째 조각을 찾아야 해. 빨리 찾아야 해."

나는 고개를 끄덕이고 나서 아이템 보관함에서 첫 번째 조각을 꺼냈다. 조각을 손바닥 위에 띄우자 조각의 깎인 면마다 입사된 빛이 벽과 바닥으로 굴절되어 만화경 같은 무늬를 만들면서 눈부신 파란빛이 회의실 전체를 가득 채웠다.

조각을 에이치에게 내밀었지만 에이치가 만지려고 하자 마치 신기루처럼 에이치의 손은 조각을 그냥 관통해 버렸다. 쇼토도 해보았지만 결과는 마찬가지였다.

"할리데이는 이 조각이 숨겨진 곳을 누구나 찾아내고 볼 수 있도록 코딩했어." 내가 말했다. "하지만 이 조각은 할리데이의 상속자인 나 아니면 모로만 집을 수 있어. 할리데이가 모로에게 평생 모은 옛날 오락기를 넘긴 거 기억하지?"

친구들에게 모로의 지하실에 있는 보리스 바예호의 달력으로 미들타운 시뮬레이션의 연도를 바꾼 다음 키라의 방에서 첫 번째 조각을 손에 넣은 과정을 설명해 주었다. 로엔그린이라는 여자애에게 10억 달러를 주고 대신 수수께끼를 풀게 했다는 이야기는 하지 않았다. 로엔그린의 도움이 필요했다는 사실을 인정할 수는 없었다. 게다가 정말 어쩔 수 없는 상황이 아니라면 로엔그린에게 더 이상 도움을 요청할 생각도 없었다.

"첫 번째 조각의 표면에는 단서가 새겨져 있어." 나는 친구들이 단서를 볼 수 있도록 조각을 뒤집었다. "다음 조각이 숨겨진 장소에 대한 단서지."

에이치가 목을 가다듬더니 큰 소리로 단서를 읽었다.

"'그녀의 물감과 캔버스, 1과 0. 남주인공으로 강등된 최초의 여주인공'" 에이치가 읊조린 후에 고개를 들어 나와 눈을 마주쳤다. "뭐 감이 잡히는 거라도?"

나는 고개를 가로저었다.

"아직은. 하지만 그동안은 해독해 볼 시간도 없었어." 나는 첫 행을 가리키며 말을 이었다. "하지만 첫 행은 반드시 키라와 키라가 비디오게임 디자인부장으로 일한 경력과 관계가 있을 거야. '그녀의 물감과 캔버스, 1과 0' 이 부분 말이야."

에이치가 고개를 끄덕였다. 하지만 쇼토는 아무 말을 하지 않았다. 쇼토는 이미 골똘히 생각에 잠겨 있었다.

"일리가 있어." 에이치가 대답했다. "그렇다면 '남주인공으로 강등된 최초의 여주인공'은 뭘까?"

머릿속에서 여러 번 그 행을 곱씹으며 의미를 분석하려고 애썼다. 하지만 뇌가 말을 듣지 않았다. 사만다의 흔적을 찾아보려고 추락 사고 영상을 집요하게 돌려본 것이 패착이었다. 머릿속에는 온통 사만다의 제트기가 추락한 공원에 나뒹굴던 새카맣게 탄 시체들만 아른거렸다. 열 구는 족히 넘는 시체들, 아노락이 일말의 망설임도 없이 살해한 사람들의 시체였다.

"말해봐, 지." 내가 끝내 대답하지 않자 에이치가 재촉했다. "뭔가 생각이 있을 거 아니야…"

"모르겠다고." 나는 뇌에 시동을 걸기 위해 머리를 벅벅 긁으며 중얼거렸다. "『란마 1/2』 하고 관련이 있지 않을까? 남주인공으로 강등된 여주인공이?"

나는 지푸라기라도 잡고 싶은 심정이었고 에이치도 그 사실을 알고 있었다.

"왜 이래, 지." 에이치가 말했다. "란마는 원래 남자였다가 여자가 됐잖아. 그 반대가 아니고. 게다가 단서에는 '최초의 여주인공'이라고 적혀 있어."

"그래." 내가 말했다. "네 말이 맞아. 미안."

우리가 말없이 조각에 적힌 문구를 노려보는 동안 파이살은 눈을 동그랗게 뜨고 우리를 관심 있게 지켜보고 있었다.

소중한 일분일초가 째깍째깍 흘러가는 동안 확 구겨진 자존심을 굽히고 로엔그린에게 전화해야 할지 고민하기 시작했다.

"야 인마!" 에이치가 작은 목소리로 속삭였다. "그렇게 어려운 문제일 리가 없어. 모로는 첫 번째 조각을 찾은 지 단 10분 만에 두 번째 조각을 찾았잖아!"

"그 이유가 뭘까?" 내가 말했다. "아마도 모로가 사별한 아내에 대해 우리보다 좀 더 많이 알고 있어서일까? 18년 동안 결혼 생활을 하셨으니!"

에이치가 대답하려는 찰나에 쇼토가 끼어들었다.

"첫 행이 키라를 가리키는 것 같진 않아." 쇼토가 말했다. "'그녀의 물감과 캔버스, 1과 0' 이 부분은 최초의 여성 비디오게임 디자이너로 손꼽히는 코다마 리에코를 가리키는 것 같아. 옛날에 한 인터뷰에서 키라는 자기를 비디오게임 분야로 이끈 여성 롤모델로 코다마 리에코, 도나 베일리, 캐럴 쇼 세 사람을 꼽았어."

완전히 바보가 된 기분이었다. 코다마 리에코에 대해서라면 아주 잘 알고 있었다. 그녀는 〈판타시 스타〉 게임 시리즈의 공동 개발자 중 한 명이었다. 또 키라가 평생 좋아했던 비디오게임 중 하나인 〈고슴도치 소닉 I〉 개발에도 참여했다. 이 게임에도 일곱 개의 카오스 에메랄드를 모으는 퀘스트가 들어 있었다.

하지만 여전히 코다마 리에코와 두 번째 행과의 연결 고리는 찾을 수 없었다. 아마도 그녀가 개발한 게임을 줄줄 외우고 있어야 할 순간에 그러지 못했기 때문일 것이다.

"좋아." 내가 말했다. "그렇다면 '남주인공으로 강등된 최초의 여주인공'은 뭘까?"

"코다마 리에코는 여자가 주인공인 최초의 아케이드 게임을 공동 개발했었어!" 쇼토가 말했다. "1985년에 말이야."

기억을 더듬어보았지만 머리에 떠오른 코다마 리에코가 만든 여주인공이라고는 〈판타시 스타 I〉의 열다섯 살짜리 주인공 아리사 란디르뿐이었다. 게다가 그 게임은 가정용 콘솔 게임이었다. 세가 마스터 시스템용으로는 일본에서는 1987년에, 미국에서는 1988년에 발매되었다.

"내가 말하는 건 액션 비디오게임 최초의 인간 여주인공이야." 쇼토가 손으로 오른쪽 귀를 감싸며 물었다. "누구 아는 사람?"

"〈메트로이드〉의 사무스 아닌가?" 에이치가 브라우저 창을 열고 검색하면서 물었다. "아니 잠깐만. 〈바라듀크〉의 토비!"

쇼토가 또 한 번 고개를 가로젓더니 눈을 감고 오른손 주먹을 의기양양하게 치켜들고 나서 말했다.

"쿠루미 공주! 1985년 3월 세가에서 발매됐지! 이 게임의 모든 캐릭터와 배경은 코다마 리에코가 디자인했어. 하지만 미국에서 발매할 때는 미국 남자애들이 상판에 '공주'라고 적혀 있는 게임에 동전을 넣지는 않으리라 생각해서 게임 이름을 〈세가 닌자〉로 바꿨었잖아!" 쇼토가 나를 보고 씩 웃더니 어깨를 으쓱했다. "우리 할아버지가 가장 좋아하셨던 게임 중 하나였어. 어렸을 때 자주 같이했었어. 할아버지가 돌아가시면서 평생 모은 세가 게임 전부를 나한테 남기셨지. 옛날에 히키코모리였던 시절에 나 이 게임 엄청 많이 했었어."

뛸 듯이 기쁜 나머지 쇼토를 껴안고 싶은 충동이 들었고 행동으로 옮겼다. 쇼토도 그 순간만큼은 기쁨에 들떠 굳이 그 포옹을 뿌리치지 않았다. 쇼토는 언제나 우리의 든든한 세가 전문가이자 일본에서 출시된 비디오게임이라면 모르는 것이 없는 게임 박사였다. 최근 몇 년 사이에는 닌자광으로도 이름을 날렸다. 지난 대회가 끝난 후에 쇼토는 고인이 된 형 다이토를 기리는 뜻에서 아바타가 입고 있던 사무라이 복장을 벗어 던지고 닌자로 꾸민 다음 닌자광이 되었다. 한 달 내내 24시간 동안 끊임없이 닌자 비디오게임을 하는 모습을 생방송으로 중계했다. POV 채널에는 매일 밤 닌자 영화를 틀었다. 이 수수께끼의 정답을 찾는 일은 그런 쇼토에게는 식은 죽 먹기나 다름없었다.

"〈세가 닌자〉?" 쇼토의 말을 되풀이하는 에이치의 눈이 서서히 빛났다. "이런 젠장! 이제 생각나네! 나도 엄청 많이 했던 게임인데. 쿠루미라는 아주 당찬 공주가 나오는데, 이 공주는 성을 빼앗은 악당 놈들한테서 성을 되찾아야 해."

쇼토가 홀로그램 프로젝터를 활성화하자 오리지널 〈세가 닌자〉 오락기 본체의 3D 이미지가 나타났다. 쇼토는 활짝 웃으며 〈세가 닌자〉 오락기 본체를 마치 퀴즈쇼에 걸린 최종 우승 상품을 소개하듯 우리에게 소개했다.

"뭔지 알겠어?" 쇼토가 말을 이었다. "세가에서 〈닌자 프린세스〉를 세가 마스터 시스템 가정용 콘솔로 이식할 때 게임 이름을 다시 한번 바꿨어. 이번에는 〈더 닌자〉로. 매출 확대를 노리고 주인공도 여자에서 남자로 바꿨고. 쿠루미라는 당찬 닌자 공주에서 가자마루라는 이름의 평범한 남자 닌자로 말이지."

"그래, 이제 이 망할 게임이 생각나네." 에이치가 말했다. "아케이드판에서 쿠노이치*였던 쿠루미 공주를 콘솔판에서는 게임 막판에 가자마루가 구해주는 '도움이 필요한 여자'로 바꿔놓기도 했지." 에이치가 고개를 가로저었다. "그 생각만 하면 지금도 열통이 터져."

"정말이야?" 나는 정말 놀라서 말했다. "세가가 정말 그런 짓을 했다고?"

쇼토와 에이치가 동시에 고개를 끄덕였다.

"그렇다면…" 내가 말했다. "맞겠네. 〈닌자 프린세스〉의 쿠루미가 '남주인공으로 강등된 최초의 여주인공'이겠네!"

"앗싸! 쇼토 이 멋진 자식!" 에이치가 갑자기 노래를 흥얼거리며 몸을 숙이더니 쇼토를 향해 옆걸음으로 춤을 추기 시작했다. 쇼토도 똑같이 따라 하면서 에이치 쪽으로 다가갔다. 둘은 요란하게 손바닥을 다섯 번 부딪치며 자축했다.

"파티는 조각을 찾고 나서 해도 늦지 않아, 애들아." 내가 말했다.

쇼토는 고개를 끄덕이고 나서 오아시스 아틀라스 지도를 열고 브

---

* 일본어로 여자 닌자를 가리키는 말 – 옮긴이

라우저 창에 코다마 리에코의 이름을 넣었다. 콘솔 클러스터 구역에서 일치하는 검색 결과가 몇 건 나왔다. 섹터 8에 있는 콘솔 클러스터 구역은 여러 행성이 모여 있는 곳으로 각 행성의 풍경은 고전 가정용 콘솔 게임 특유의 그래픽으로 꾸며져 있는 곳이다.

"세가 구역 가운데쯤에 피닉스 리에라는 행성이 있는데." 쇼토가 HUD에 표시된 내용을 보며 읽었다. "이곳은 코다마 리에코의 생애와 작품을 볼 수 있는 가장 인기 있는 성지 순례 장소야. 오아시스 초창기에 만들어졌고. 이 행성의 상세 정보에 있는 개발자 목록에 키라의 이름도 있어."

"피닉스 리에는 코다마의 가명이었어." 쇼토가 말했다. "지난 대회 중에 이 행성에 몇 번 가봤는데. 이 행성에는 코다마가 개발에 참여한 모든 게임의 오아시스 이식판으로 연결되는 퀘스트 포탈이 있어. 그 중에 〈닌자 프린세스〉도 있고. 거기가 바로 우리가 가야 할 곳이야."

"만세!" 에이치가 말했다. "그럼 바로 떠나자."

HUD에서 에이치와 쇼토의 아바타를 선택한 다음 섹터 8에 있는 피닉스 리에 행성으로 순간이동을 시도했다. 하지만 당연히 아무 데도 갈 수 없었다. 아노락이 내 아이템 보관함에서 아노락의 망토를 훔쳐 갔을 때 순간이동 능력을 비롯한 여러 슈퍼유저 능력도 빼앗아 간 탓이었다. 내 아바타는 여전히 최고 레벨인 99레벨이었지만 이제 다른 여느 아바타들처럼 필멸자가 되었다. 게다가 지금은 적절한 방어구도 없었다. 지난 3년 동안 꾸준히 새로운 무기와 마법 아이템과 탈것을 모았지만 어느 것도 몸에 지니고 다니지는 않았다. 전부 팔코에 있는 내 요새에 있었다. 팔코에 들러 장비를 챙겨 갈 시간은 없었다.

"파이살 본부장님." 내가 창피함을 감추려고 애쓰며 말했다. "첫 공동 소유주 회의 때 친구들에게 나눠주셨던 관리자의 반지를 저한테 주실 수 있나요?"

파이살은 미소를 지으며 아이템 보관함에서 작은 은반지를 꺼내 나에게 살짝 던졌다. 나는 반지를 낚아채 오른손 새끼손가락에 끼웠다. 그러자 내 아이템 보관함에 '오아시스 관리자의 반지'가 추가되었다. 이 반지가 있으면 오아시스 안에서 어디든지 무료로 순간이동할 수 있었다. 내 아바타 주위에 다른 아바타의 공격을 막는 방어막을 칠 수도 있었다. 이 방어막은 심지어 전투 구역에서도 작동했다. 파이살은 친구들에게 이 반지를 줄 때 나에게도 내밀었었지만 그때는 아노락의 망토 덕분에 훨씬 더 많은 능력이 있기도 했거니와 아르테미스 앞에서 잘난 척을 하고 싶었기 때문에 내가 거절했었다.

"고맙습니다, 파이살 본부장님." 내가 말했다.

"빨리 와." 에이치가 재촉했다. 에이치는 관리자의 반지를 꺼내고 오아시스 아틀라스 지도를 펼쳐 피닉스 리에 행성을 선택했다. "이 영광은 나한테 넘겨줘."

에이치가 오른손을 쇼토의 어깨에 올려놓고 왼손을 내 어깨에 올려놓은 다음 순간이동을 활성화하는 데 필요한 짧은 주문을 소리 내어 읽는 순간 우리 아바타가 사라졌다.

• • •

눈 깜짝할 사이에 우리 아바타는 피닉스 리에 행성 표면에서 다시 서서히 나타났다. 피닉스 리에는 총천연색 8비트 그래픽으로 표현된 눈부시게 아름다운 작은 행성이었다. 픽셀로 표현된 풍경에는 코다마가 여러 게임을 위해 개발한 다양한 배경이 조각보처럼 이어 붙여져 있었다. 에이치와 쇼토와 내가 발을 딛고 선 곳은 〈알렉스 키드의 미라클 월드〉라는 게임의 배경처럼 꾸며져 있었다. 하지만 이동을 시작하자 어느새 오리지널 〈고슴도치 소닉〉에 나오는 그린 힐 존을 달리고 있었다. 얼마 안 가 주변 풍경은 〈판타시 스타 I〉의 배경처럼 바뀌었다. 나는 그곳의 그래픽 요소들이 알골 태양계에 속하는 세 행성을 표현하고 있음을 한눈에 알아볼 수 있었다. 불과 몇 분 후에 우리는 팔마의 숲을 지나고 모타비아의 사막을 건너 데조리스의 얼음 평원을 내달리고 있었다.

코다마의 게임에 나오는 다양한 NPC들이 정처 없이 돌아다니는 모습도 보였다. 하지만 대부분의 오아시스 NPC가 그렇듯 이 NPC들은 아바타가 먼저 공격하거나 말을 걸지 않으면 반응하지 않았으므로 하나도 건드리지 않고 지나쳤다.

마침내 적도에 다다르자 적도선을 따라 지평선 끝까지 길게 늘어선 게임 포탈들이 보였다. 포탈들은 각 게임의 발매 연도에 따라 배치되어 있었다.

〈닌자 프린세스〉 포탈을 찾는 데는 일 분도 채 걸리지 않았다. 〈닌자 프린세스〉 포탈은 각각 〈챔피언 복싱〉과 〈블랙 오닉스〉의 오아시스 이식판으로 연결되는 포탈 사이에 있었다.

환하게 빛나는 동그란 포탈 입구 바로 위에는 각 게임의 출시 플랫폼을 나타내는 아이콘이 떠 있었다. 〈닌자 프린세스〉 포탈 위에는 오락실용 오락기 아이콘이 떠 있었고, 〈챔피언 복싱〉과 〈블랙 오닉스〉 포탈 위에는 세가 마이 카드 아이콘이 떠 있었다.

〈닌자 프린세스〉 포탈로 다가가자 윙윙거리는 소리가 들리기 시작했다. 그 소리는 가까이 갈수록 점점 더 커졌다. 에이치와 쇼토는 그 소리를 전혀 듣지 못한 것처럼 보였기에 내 아이템 보관함을 확인해 보았다. 알고 보니 그 소리는 첫 번째 조각에서 나는 소리였다. 아이템 목록에서 첫 번째 조각을 나타내는 아이콘이 귓가에 윙윙거리는 소리에 맞춰 움직이고 있었다. 마치 그 조각이 나를 부르는 것 같았다. 영화 「슈퍼맨」에서 그린 크립토나이트가 소년 칼엘을 부르는 것처럼 말이다. 할리데이가 이 효과음을 영화 「슈퍼맨」에서 도용했다는 확신마저 들었다.

아이템 보관함에서 첫 번째 조각을 꺼내 자세히 들여다보았을 때 그 소리가 멈추더니 조각에 새겨진 문구가 바로 눈앞에서 다른 문구로 바뀌었다.

그녀의 명부에 닌니쿠와 자에몬만이 전부가 아니니

그녀의 성을 되찾으면 그녀를 사칭하는 자와 마주하리

새로 나타난 2행시를 보여주자 쇼토와 에이치의 눈이 빛났다.

"닌니쿠와 자에몬은 〈닌자 프린세스〉에 나오는 주연급 악당들이야." 에이치가 말했다. "쿠루미가 게임에서 이겨 '성을 되찾으려면' 두 놈 다 물리쳐야 해."

"그러면 '그녀를 사칭하는 자와 마주하리.'" 내가 읊조렸다. "그자는 분명 가자마루이겠군. 세가 마스터 시스템 이식판에서 그녀의 자리를 빼앗은 남자 닌자 말이야. 그놈과도 붙게 되겠네." 나는 손가락 마디를 꺾어 뚝뚝 소리를 냈다. "별로 어렵진 않겠지?"

"형의 POV 피드를 공유해 줘. 형이 플레이하는 동안 지켜볼게." 쇼토가 말했다. "지금 형한테 음성 전화를 걸고 있어. 그럼 에이치 누나랑 나랑 옛날처럼 떠먹여 줄 수 있으니까. 옛날얘기가 나와서 말인데…"

쇼토는 정통 닌자 복장을 벗고 화려한 황금 갑옷을 입은 다음 검을 둘러멨다. 쇼토를 따라 에이치와 나도 옛날 건터 복장으로 갈아입었다. 에이치가 거울을 꺼냈고 우리는 거울을 보며 우리 모습을 감상할 수 있었다.

"거 참 잘생긴 악마들이군." 에이치는 이렇게 말한 뒤에 돌격 소총의 방아쇠를 당겨 거울을 박살 내며 덧붙였다. "이제 도전해 봅시다."

"좋아, 친구들." 나는 HUD에서 쇼토의 음성 전화를 수락하며 말했다. "하는 데까지 해보자고."

나는 에이치와 쇼토와 동시에 주먹을 부딪치고 돌아서서 심호흡을 한 다음 〈닌자 프린세스〉 포탈로 뛰어들었다.

0012

내 앞에 무엇이 기다리고 있을지는 알 수 없었다. 지난 대회 때 오아시스 이식판 〈블랙 타이거〉가 나왔었으니 이번에는 몰입형 가상현실로 재탄생한 〈닌자 프린세스〉가 나올 수도 있다고 생각했다. 하지만 첫 번째 조각을 만지고 나서 키라의 과거를 경험했을 때부터 이미 지난 대회와는 다르게 흘러가고 있었다. 이 모든 것에 키라가 참여했을 리는 없었다. 그 점은 분명했다. 하지만 내가 하고 있는 이 불가사의한 경험들은 대체 뭘까?

포탈 안은 비디오게임 안이 아니었다. 일본 막부 시대를 재현한 시뮬레이션 안도 아니었다. 그곳은 몇 년 전 지난 대회를 치를 때 와본 곳이었다.

해피타임 피자였다.

원래 해피타임 피자는 1981년부터 1989년까지 오하이오주 미들타운에서 한 부부가 운영한 작은 피자 가게 겸 오락실이었다. 할리데이는 유년 시절에 틈만 나면 이곳에 놀러 갔었고, 이곳을 고향에 있던 다른 많은 건물과 함께 오아시스 안에 아주 정성스럽게 재현해 놓았다. 고향의 이름을 딴 미들타운 행성에 말이다. 하지만 지난 대회 때 또 다른 해피타임 피자 시뮬레이션을 발견했었다. 아케이드 행성에 있는 지하 비디오게임 박물관에서였다. 그곳에서 〈팩맨〉을 퍼펙트 게임으로 깨고, 추가 목숨을 주는 동전을 획득했으며, 그 동전 덕분에 크토니아 행성에서 카타클리스트가 폭발했을 때 살아남을 수 있었다.

전에도 와본 곳이니 주변 환경이 친숙하게 느껴져야만 했지만 전혀 그렇지 않았다. 이번에는 오엔아이 헤드셋을 착용하고 있었기 때문이다. 공기를 타고 풍겨 오는 토마토소스 냄새와 지글지글 타는 페퍼로니 기름 냄새를 맡을 수 있었다. 스피커에서 애니모션이 부른 〈옵세션〉이라는 노래가 흘러나오는 동안 베이스와 드럼 소리에 맞춰 쿵쿵 마룻바닥이 울리는 미세한 진동도 느낄 수 있었다. 이번에는 정말로 여기에 존재한다는 느낌이 들었다. 정말로 1980년대 후반 어느 날의 오하이오주 미들타운으로 시간여행을 떠나온 기분이었다.

내가 서 있는 곳은 해피타임 피자의 정문 역할을 하는 유리문 바로 안쪽이었다. 그 유리문에는 은박지가 꼼꼼히 붙어 있었는데, 이 은박지가 어두컴컴한 오락실로 들어가는 햇빛을 차단하고 있었다. 유리문을 밀어보았지만 열리지 않았다. 아무래도 바깥쪽에서 잠긴 듯했다. 은박지 끄트머리를 조금 떼어내고 밖을 내다보았지만 건물 전체가 칠흑같이 까만 허공에 떠 있다는 정도만 알 수 있었다. 떼어낸 은박지를 도로 붙여놓고 뒤로 돌아서서 가게 내부를 천천히 둘러보았다.

해피타임 피자는 절반은 오락실, 절반은 피자 가게로 꾸며져 있었다. 하지만 사실상 두 공간 모두 오락실이라고 할 수 있었다. 피자 가게 쪽에 있는 테이블이 전부 앉아서 하는 칵테일 오락기로 되어 있었기 때문이다.

피자 가게 쪽으로 다가가는데 걸음을 뗄 때마다 격자무늬로 된 리놀륨 바닥에 말라붙은 탄산음료 얼룩이 테니스화 밑창에 달라붙는 감촉이 느껴졌다. 주방 안쪽에서 NPC 피자 요리사 두 명이 공중으로 반

죽을 던지면서 나를 보고 손을 흔들었다. 나도 손을 흔들었다. 바로 그때 내 오른손이 눈에 들어왔다. 그 손은 내 오른손이 아니었다…

점장실 옆에 붙은 양면 거울로 내 모습을 보았다. 잠시 멍해 있느라 한 박자 늦게 깜짝 놀랐다. 나는 더 이상 파르지발이 아니었다. 지금 나는 키라 언더우드였다. 1980년대 후반 미들타운에 살았을 때 찍은 몇 장 안 되는 사진 속에서 본 모습과 똑같은 10대 후반의 키라였다. 앙증맞은 픽시 스타일의 머리 모양을 하고 도수를 넣은 클립온 타입의 커다란 미러 렌즈 선글라스를 끼고 있었다. 키라가 즐겨 입던 패치와 단추와 핀이 덕지덕지 달린 물 빠진 데님 재킷도 입고 있었다. 고개를 숙여 몸을 훑어보았다. 가슴도, 엉덩이도, 입술도, 손끝도 모두 키라의 몸이었다. 오른팔 소매를 걷어 올리고 아래 팔뚝 뒷부분을 보니 아이슬란드 지도 모양을 닮은 키라의 작은 출생모반까지 그대로였다.

단지 외모만 키라처럼 보이는 것이 아니었다. 내가 정말로 키라가 된 것이었다.

발길을 돌려 오락실 쪽으로 걸어갔다. 오락실에 발을 디디자 구석에 놓인 CD 주크박스에서 릭 스프링필드의 〈제시스 걸〉이 흘러나왔다. 그동안 어떤 해피타임 피자 시뮬레이션에서도 본 적이 없는 주크박스였다. 그때 비로소 이 시뮬레이션의 시간이 다른 시뮬레이션보다 최근으로 설정되어 있음을 깨달았다. 아마도 키라가 미들타운에 살던 시기인 1988년 가을 아니면 겨울이거나 1989년 봄 중 어느 한 계절로 보였다.

오락실 안에는 스무 대가 넘는 오락기들이 빼곡히 놓여 있었고 열 명 남짓 되는 NPC들이 돌아다니고 있었다. NPC들은 모두 1980년대 후반 복장을 한 10대 남자애들로 각기 다른 오락기 앞에 서 있었다. 모두 내 쪽을 등지고 서 있었는데 내가 옆을 지날 때도 자세를 바꾸지 않았다.

오락실 안쪽으로 들어가다 보니 눈에 익은 〈디펜더〉 오락기가 보였다. 지난번에 왔을 때 본 '가게 주인의 최고 점수를 깨면 라지 피자 한 판이 공짜!'라고 손글씨로 적은 쪽지는 여전히 붙어 있었다. 하지만 아케이드 행성에 있는 해피타임 피자 시뮬레이션에서 본 기억이 있는 오락기들은 대부분 새로운 오락기로 바뀌어 있었다. 〈팩맨〉과 〈갤러그〉와 〈딕덕〉이 있던 자리에는 〈골든 액스〉와 〈파이널 파이트〉가 놓여 있었다. 그 뒤쪽에 완전히 새것처럼 보이는 〈세가 닌자〉 오락기가 있었다.

"저기 있다!" 에이치와 쇼토가 동시에 외쳤다. 그 둘이 나를 지켜보고 있다는 사실을 잠시 잊고 있었기에 갑자기 목소리만 들리자 간이 떨어질 뻔했다.

"고마워, 친구들." 내가 말했다. "하지만 나도 봤다고. 너희들 지금 내 POV를 보고 있잖아, 그거 알지?"

"미안." 에이치의 목소리가 들렸다. "우리 둘 다 좀 초조해서 말이지!"

"그럴 만도 해." 나는 〈세가 닌자〉 오락기 쪽으로 걸어가 대적할 상대를 아래위로 훑어보면서 말했다. 조명이 켜진 오락기 머리 부분에는 노란색과 주황색으로 칠한 'NINJA'라는 커다란 글씨 밑에 더 작은 글씨로 적힌 'SEGA' 로고가 보였다. 하지만 화면 속에 보이는 이름은 'SEGA NINJA'였다.

이 게임은 어트랙트 모드일 때 최고 점수 목록과 몇몇 레벨의 게임 플레이 데모, 그리고 복면을 쓴 두 닌자 악당이 쿠루미 공주를 가마에 태워 대나무 다리를 건너는 모습을 보여주는 간단하지만 아름다운 8비트 애니메이션이 반복 재생되었다. 대나무 다리 뒤로 빨간 장미밭과 만개한 벚나무 숲이 펼쳐지고, 그 너머로 폭이 넓은 푸른 강이 흐르고, 멀리 지평선을 이루는 장대한 눈 덮인 봉우리들 위로, 구름 위에 높이 떠 있는 보랏빛 지붕을 인 칸텐 성이 보였다. 그 순간 갑자기 쿠루미 공주가 가마에서 뛰어내렸다. 아미달라 여왕처럼 화려한 빨간 드레스를 입고 있던 공주는 닌자 연막탄이 터지는 사이에 전투복으로 갈아입었다. 빨간 비단옷을 입은 쿠노이치로 변신한 공주는 자신을 납치했던 자들을 뒤쫓았다. 아무래도 화면 밖으로 나가자마자 죽이려는 모양이었다.

아이템 보관함에서 25센트짜리 동전을 꺼내 왼쪽 동전투입구에 집어넣은 다음 미러 렌즈 선글라스를 벗어 오락기 위에 올려놓았다. 그러자 자동차의 뒷거울처럼 내 뒤쪽을 광각의 시야로 한눈에 볼 수 있었다. 연애 초기 아케이드 행성에서 온라인 데이트를 하던 시절에 아르테미스가 알려준 요령이었다. 아르테미스는 그때도 미러 렌즈 선글라스를 참 좋아했었다. 그녀가 한창 몰리 밀리언즈에 빠져 있던 시절이었다.

모니터를 둘러싼 투명 플라스틱 아래에 붙어 있는 알록달록한 게임 설명문으로 시선을 던졌다.

반역자 자에몬의 사악한 손아귀에서 칸텐 성을 되찾아라!!

퓨마라는 이름의 닌자 군단이 쿠루미 공주의 길을 가로막는다!!

그들의 두목 닌니쿠를 무찌르고 성을 향해 전진하라!!

설명문에는 쿠루미 공주와 총을 든 두목 자에몬, 금발 머리인 자에몬의 부하 닌니쿠의 모습이 만화로 그려져 있었으며, 세 개의 조작 버튼이 각각 어떤 기능을 하는지 한눈에 보여주는 그림도 곁들여져 있었다. 첫 번째 버튼을 누르면 공주가 잠깐 은폐 상태로 변해 적의 공격을 피할 수 있었다. 두 번째 버튼을 누르면 공주의 시선 방향으로 단검을 던질 수 있었다. 세 번째 버튼을 누르면 게임 진행 방향인 화면 상단을 향해 단검이 날아갔다. 이 버튼을 사용하면 플레이어가 다른 방향으로 움직이더라도 화면 상단으로 단검을 던질 수 있었다.

"어, 형? 설마 지금 설명문 읽는 중은 아니지?" 쇼토가 진심으로 놀란 듯한 목소리로 말했다.

"너 이 자식 〈닌자 프린세스〉 안 해봤어?" 에이치가 물었다.

나는 한숨을 내쉬었다. 한숨 소리도 내가 내는 소리가 아닌 키라가 내는 소리였다.

"해봤어. 근데 한두 번밖에 안 해봤어. 육칠 년 전쯤에."

"끝내주는군." 에이치가 나지막이 중얼거렸다. "이거 못하면 끝장이야."

"진정해." 쇼토가 말했다. "〈세가 닌자〉는 전형적인 런 앤 건 게임이야. 16개 레벨 전부 다 내가 공략법을 알려줄게. 몇 개는 깨기가 진짜 힘들어. 하지만 형은 해낼 거야."

"아리가토, 쇼토." 내가 플레이어 원 버튼을 탁 치며 말했다. "하는 데까지 해보자고."

오른손은 조이스틱에 올려놓고 왼손은 세 개의 조작 버튼 위에 올려놓았다.

게임이 시작되자 쿠루미 공주가 세련된 비단 기모노를 벗고 빨간색 쿠노이치 복장으로 갈아입는 모습을 보여주는 짧은 애니메이션이 나왔다. 공주의 머리 위로는 형편없이 번역된 'PRINCESS'ES ADVENTURE STARTS'라는 문구가 한 글자씩 나타났다. 곧 화면 중앙에 익숙한 문구인 'PLAYER 1 START'라는 문구가 나타났다 사라지더니 직사각형으로 된 왕국 지도가 나타났다. 지도에는 맨 아래쪽에 표시된 현재 위치를 기준으로 칸텐 성까지 남은 길이 표시되어 있었다.

이윽고 일본에서는 '단계'라고 부르는 이 게임의 첫 번째 레벨이 나타났다. 레벨 1의 배경은 광활한 푸른 초원이었다. 곳곳에 화려한 꽃밭이 보이고 드문드문 나무와 커다란 바위도 보였다. 픽셀로 표현된 내 작은 아바타는 화면 하단 중앙에 나타났다. 그 순간부터 게임에 완전히 몰입했다. 그 순간 나는 키라도 아니었고, 파르지발도 아니었다. 심지어 웨이드 와츠도 아니었다. 조작 버튼은 내 손의 연장된 일부가 되었고, 나는 새빨간 비단옷을 입고 무제한으로 공급되는 단검으로 무장한 채 빼앗긴 왕국을 되찾으려 복수심을 불태우는 쿠루미 공주가 되었다.

화면 상단에서 파란 옷을 입고 검은 복면을 쓴 닌자 넷이 나타나 돌진해 왔다. 단검을 던져 놈들을 해치우는 동안 회색 옷을 입은 다섯 번째 닌자가 나타났다. 이놈은 훨씬 더 빠른 속도로 돌진해 왔다. 하지만 이놈이 검을 휘두르기 직전에 쓰러뜨릴 수 있었다. 화면 상단 쪽으로 좀 더 전진하자 밝은 옷을 입은 닌자들도 나타났지만 그놈들도 시야에 나타나자마자 해치웠다.

미국에서는 〈세가 닌자〉라는 이름으로 발매된 〈닌자 프린세스〉는 생각보다 훨씬 더 어려운 게임이었다. 하지만 일단 조작 방법과 게임 진행 방식에 대한 감을 익히자 도켄처럼 신이 났다. 특히 쇼토가 내 귀에 대고 요령을 일러줄 때면 더욱더 신이 났다.

"이 게임에서는 적에 몸이 닿아도 안 죽어." 쇼토가 말했다. "적은 무기로 형을 내려쳐야 해. 〈닌자 프린세스〉는 아마도 그런 방식을 채택한 최초의 게임일 거야. 〈코만도〉보다 훨씬 나은 게임이지. 〈코만도〉보다 석 달이나 먼저 발매됐고. 난 사실 〈닌자 프린세스〉야말로 진정한 최초의 런 앤 건 게임이라고 생각해."

"1982년에 타이토에서 발매된 〈프런트 라인〉을 제외한다면 말이지." 에이치가 말했다.

"그건 제외해야지." 쇼토가 말했다. "그 게임은 레벨이 겨우 한 개뿐이고 계속 반복되잖아—"

"이 녀석아, 어쨌든 총을 들고 뛰는 게임인 건 맞잖아." 에이치가 말했다. "어떻게—"

"얘들아, 그 문제는 나중에 시간 남을 때 따지면 안 되겠니?" 내가 끼어들었다.

"알았어, 형" 쇼토가 대답했다. "미안. 형! 그 수리검 파워업을 먹어!"

나는 방금 죽인 닌자가 떨어뜨린 작은 파워업을 낚아챘다. 그러자 음악이 훨씬 웅장한 음악으로 바뀌었고, 쿠루미 공주는 단검 대신 그보다 큰 검은색 수리검을 던지기 시작했다. 수리검으로는 여러 명의 적도 한 줄로 서 있기만 하면 한 방에 쓰러뜨릴 수 있었다.

레벨 1의 끝부분에 다다르자 금발 머리인 자에몬의 부하 닌니쿠가 나타나 커다란 부메랑처럼 생긴 무기로 공격해 왔다. 부메랑을 재빨리 피해 닌니쿠와 정면으로 마주 선 다음 수리검을 날리기 시작했다.

"머리 색깔이 빨개질 때까지 계속 때려!" 쇼토가 말해주었다.

쇼토가 알려주는 대로 했다. 일고여덟 번쯤 명중하자 화가 치민 정도를 보여주는 것처럼 닌니쿠의 머리 색깔이 금색에서 빨간색으로 바뀌었다. 그 순간 화면이 멈추더니 레벨 1이 끝났다. 화면에는 발사 횟수와 명중 횟수, 명중률과 함께 내가 획득한 점수가 집계되었다. 다시 왕국 지도가 나타났다. 레벨 1을 깼으므로 내 위치는 화면 상단에 있는 성에 조금 더 가까워져 있었다. 곧 다음 레벨이 시작되었다.

레벨 2에서는 논 지대에서 전진하면서 닌자들을 물리쳐야 했다. 사투를 벌이며 끝부분에 다다르자 다시 한번 닌니쿠가 나타났고, 다시 한번 놈의 머리가 빨간색이 될 때까지 공격을 계속했다.

쇼토는 계속 요령을 일러주었지만 에이치는 대체로 잠자코 있다가 가끔 조심하라고 일러주거나 내가 적을 잘 피하면 칭찬을 건네주었다.

쇼토는 화면 상단에서 끊임없이 굴러오는 커다란 바위들을 피하면서 닌자들과 싸워야 하는 레벨 3을 '산사태 레벨'이라고 불렀다. 앞선 두 레벨에서 사용한 전술과는 전혀 다른 전술이 필요했다. 요령을 익히는 동안 목숨 하나를 잃었다. 레벨을 통과하는 내내 떼로 몰려드는 굶주린 늑대들을 물리쳐야 하는 레벨 4에서도 목숨 하나를 잃었다. 정말 훌륭한 게임이었다. 나를 쩔쩔매게 한 게임이기도 했다. 남은 목숨이 단 하나가 되자 자신감이 흔들리기 시작했다.

문득 쇼토가 나 대신 까다로운 레벨을 통과해 줄 방법이 있으면 좋겠다는 생각이 들었지만, 그렇게 하는 것은 불가능했다. 오아시스 햅틱 장치를 해킹하고 불법 소프트웨어를 사용하는 술수, 즉 소렌토가 다른 아바타를 마음대로 조종하는 데 이용했던 그런 술수들은 오엔아이 헤드셋을 사용할 때는 불가능했다. 내 힘으로 해내야만 했다.

다행히 레벨 5를 통과하는 동안 페이스를 되찾았다. 레벨 5의 배경은 8비트 그래픽으로 표현된, 잎이 무성한 둥근 나무가 울창한 숲이었다. 쇼토가 '키블러 닌자'라고 부르는 놈들이 나무 뒤에 숨어 공격해 왔다. 간신히 잃어버린 목숨 하나를 되찾는 데 성공했다.

레벨 6의 배경은 콸콸 흐르는 강이었다. 〈프로거〉라는 게임에서처럼 통나무에서 통나무로 뛰어 강을 건너면서 닌자들과 싸워야 했다. 강 반대편에 다다르자 다시 한번 닌니쿠가 나타나 강둑에 서서 부메랑을 던졌다. 놈의 부메랑 공격은 내가 놈을 완전히 쓰러뜨릴 때까지 계속되었다.

게임을 해나가는 동안 오락실 주크박스에서 흘러나오는 음악에 문득 신경이 쓰였다. 같은 노래 세 곡만 무한 반복되고 있었다. 애니모션의 〈옵세션〉이 끝나니, 릭 스프링필드의 〈제시스 걸〉이 나오고, 그 노래가 끝나면 더 카스의 〈마이 베스트 프렌즈 걸〉이 나왔다. 공통점은 쉽게 찾을 수 있었다. 세 곡 모두 가장 친한 친구의 여자였던 키라를 향한 할리데이의 집착과 관련이 있었다. 문득 그 집착이 시작된 순간을 내가 다시 경험하는 중일 수도 있겠다는 생각이 들었다.

다시 게임에 집중했다. 어느새 레벨 7에 와 있었다. 레벨 7의 배경은 성벽 밖에 있는 마을길이었다. 쇼토는 레벨 7에서 이상한 복장을 한 적을 '파스텔 닌자'라고 불렀다. 놈들이 주로 청록색 튜닉이나 분홍색 나팔바지를 입었기 때문이다. '광대 사무라이' 몇 놈도 해치워야 했다. 광대 사무라이는 빨간 줄무늬가 그려진 통바지를 입고 있어서 꼭 서커스 천막이 검을 들고 걸어 다니는 것처럼 보였다. 놈들을 모두 해치우자 레벨 7도 끝났다. 일곱 레벨을 통과했고 아홉 레벨이 남았다. 절반 가까이 온 셈이었다…

쇼토는 레벨 8을 '스탬피드 스테이지'라고 불렀다. 레벨 8을 통과하는 내내 화면 왼쪽에서 오른쪽으로 끝없이 달려오는 말에 밟히지 않도록 피하면서 파스텔 닌자들을 물리쳐야 하기 때문이다. 불가사의하게도 파스텔 닌자들은 단 한 번도 말에 밟히지 않았다. 억세게 운 좋은 놈들이었다.

갑자기 내 주위로 구경꾼들이 몰려들기 시작했다. 다른 게임을 하던 NPC들인 듯했다. 내가 더 오래 살아남을수록 구경꾼들이 웅성거리는 소리도 커졌다. 고개를 돌려 머릿수를 세어보지는 않았지만 각 레벨이 끝나 게임 진행이 잠깐 멈추고 점수와 명중률이 집계되고 칸텐 성에 얼마나 가까워졌는지 보여주는 지도가 나오는 틈을 타 미러렌즈 선글라스에 비친 구경꾼들의 모습을 흘긋 보았다. 게임에 온전히 집중해야 했기에 구경꾼들을 의식하지 않으려고 노력했다.

〈닌자 프린세스〉는 의외로 비폭력적인 액션 게임이었다. 잔인한 살해 장면은 전혀 없었고 피도 튀지 않았다. 쿠루미 공주는 적의 무기에 맞으면 주저앉아 울기만 했다. 퓨마 닌자 군단에 소속된 닌자와 두목들은 제거되어도 그 자리에서 쓰러져 죽지 않고 연기 속에서 사라질 뿐이었다. 이 점에 대해 물어보자 쇼토는 평화와 비폭력의 가치를 알리고자 게임 개발자들이 의도적으로 그렇게 만든 것이라고 설명해 주었다.

"놀랍군." 에이치가 말했다. "사람을 칼로 찔러 죽이는 비폭력적 게임이라니. 기발한데."

"쉿!" 쇼토가 속삭였다. "형이 집중하게 좀 놔둬!"

레벨 9에 도달했다. 레벨 9에서는 칸텐 성의 외벽을 둘러싼 정원을 통과해야 했다. 이어지는 레벨 10에서는 그 외벽을 기어오르면서 암벽타기 명수인 '스파이더 닌자'들을 무찔러야 했다.

레벨 11에서는 인적이 없는 길을 따라 성 안쪽으로 들어가야 했다. 레벨 12에서는 다시 한번 외벽을 기어올라야 했다. 레벨 10에 나온 외벽과 모양은 같았지만 색깔이 달랐다. 이 두 번째 외벽을 다 기어오른 후에 닌니쿠와 마지막으로 한 번 더 대적했고 놈의 숨통을 완전히 끊었다.

"대박!" 내가 레벨 12를 깨자 쇼토가 승리감에 도취된 목소리로 외쳤다. "형이 닌니쿠를 처리했어! 칸텐 성에 거의 다 왔어!"

쇼토의 말이 맞았다. 레벨 13에서는 닌자와 사무라이들을 물리치며 돌이 깔린 길을 따라 한참을 전진해 성으로 이어지는 계단 앞에 다다랐다. 그 순간 마침내 주연급 악당인 자에몬이 나타나 쌍권총을 쏘아대기 시작했다. 간신히 놈이 죽을 만큼 명중시키자 레벨 13이 끝났다. 쿠루미 공주는 마침내 칸텐 성으로 돌아왔다. 원래 공주가 살던 곳이었지만 지금은 파스텔 닌자 놈들이 득실거리는 성으로 말이다.

레벨 14에서는 철탑과 철탑 사이에 현수교처럼 매달린 사다리 모양의 통로 아래를 달려 성안으로 진입해 다시 한번 자에몬과 대적해야 했다. 이어지는 레벨 15에서는 벽 대신 장지문으로 구획된 일본식 방인 와시츠 여러 개를 지나 성 내부로 들어가야 했다.

레벨 16에 다다랐을 때 마침내 왕좌가 있는 방에서 자에몬과 그의 졸개들을 대적하게 되었다. 나는 자에몬과의 마지막 결투를 위해 돌진했다. 에이치와 쇼토가 내 귀에 대고 조언과 격려를 줄기차게 퍼부었다. 마치 나에게도 미키 골드밀과 폴리 페니노가 생긴 기분이었다.

앞서 보너스 목숨을 몇 개 획득한 터라 천만다행이었다. 보너스 목숨을 다 날린 끝에 자에몬을 쓰러뜨렸다. 마침내 게임의 끝에 다다랐다. 하지만 마지막 장면이 이상했다. 죽었어야 할 닌니쿠와 자에몬이 다시 나타나 성안에 있는 무대 위에서 쿠루미 공주와 나란히 서 있었다. 쇼토의 설명에 따르면 이 게임의 수석 개발자 가와사키 요시키가 마지막 장면을 이렇게 만든 이유는 이 게임에서 벌어진 사건들이 단지 플레이어를 재미있게 해주기 위해 준비된 연극일 뿐이었다는 사실을 알려주기 위해서였다. 실제로 다친 사람은 아무도 없었다.

게임 캐릭터들이 커튼콜을 마치자 화면에 다음과 같은 문구가 나타났다.

축하합니다!

공주가 모험을 끝내고

칸텐 성을

되찾았습니다

주변에 모여 있던 남자애들이 폭발적인 환호성을 터트렸지만 나는 바로 고개를 돌리지 않았다. 아직 목숨이 하나 남아 있었기에 게임이 맨 처음부터 다시 시작되었다. 혹시 쿠루미 공주를 '사칭한 자'가 나타날까 싶어 게임을 계속해 나갔다. 일 분 동안 많이 보던 파란 닌자들 말고는 아무도 나타나지 않았다. 남은 목숨을 일부러 날렸다. 화면에 '게임 종료'라는 문구가 나타났고 최고 점수 목록에 남길 머리글자를 입력하라는 커서가 깜박였다. 무의식적으로 내 이름의 머리글자를 넣다가 곧 내가 누구인지를 깨닫고 카렌 로절린드 언더우드의 머리글자인 'K.R.U.'를 입력했다.

최고 점수 목록이 나타났을 때 보니 365,800점인 내 점수는 명단에서 겨우 2등이었다. 1등 자리에 있는 사람은 무려 550,750점을 기록했다. 나보다 거의 20만 점이나 높은 점수였다. 나보다 꼼꼼한 사람이기도 했다. 점수 옆에 'K.R.A.'라는 머리글자를 입력했기 때문이다. 키라는 원래 최고 점수 목록에 본인의 머리글자인 'K.R.U.' 대신 'K.R.A.'를 사용했었다. 나는 내 눈으로 직접 볼 때까지 잘 알려지지 않은 이 잡지식을 기억해 내지 못했지만, 나보다 앞서 도전한 그 사람은 그 사실을 제대로 기억했던 것이다.

바로 그때 내가 보고 있는 점수가 오그던 모로의 점수라는 사실을 깨달았다. 모든 정황이 딱 들어맞았다. 모로는 겨우 몇 시간 전에 이 도전을 끝냈다. 모로의 점수로 짐작하건대 모로의 〈닌자 프린세스〉 실력은 내가 도저히 따라갈 수 없을 정도로 뛰어났다. 그게 아니라면 끝판을 깨고 나서 첫판부터 다시 반복해 추가 점수를 따는 방법밖에 없었다. 하지만 왜 그렇게 했을까? 키라의 실제 최고 점수 기록과 맞추려고 했던 걸까? 나는 완전히 다 망친 걸까?

나중에 다시 자세히 볼 수 있도록 최고 점수 목록 화면을 갈무리

했다. 그때 누군가가 어깨를 툭툭 치는 느낌이 들었고 나는 너무 놀라 까무러칠 뻔했다.

고개를 돌리자 젊은 날의 오그던 모로가 나를 보고 빙긋 웃으며 서 있었다.

모로는 열일곱 살쯤 되어 보였다. 키라를 처음 만났을 무렵의 나이였다. 모로가 키라를 처음 만난 장소는 한 동네 오락실이었고, 때는 키라가 미들타운으로 이사 온 1988년 늦여름의 어느 날이었다.

당연히 이 장소도 앞으로 펼쳐질 줄거리도 너무나도 친숙했다. 그날의 이야기는 7~8년 전쯤 오그던 모로의 인기 자서전『오그』에서 읽은 적이 있었다.『아노락 연감』에 수록된 할리데이의 일기와 블로그와는 달리 모로는 세밀한 부분은 거의 기억하지 못했지만, 자서전의 두 번째 아니면 세 번째 장에서 고등학교 2학년이 되기 전 여름방학 마지막 날 미래의 아내를 처음 만난 그날에 대해 묘사했다. 모로는 "짙은 갈색의 짧은 머리에 파란 눈을 반짝이는 비현실적으로 예쁜 여자애"가 "한 동네 오락실"에 들어와 자신이 멀리서 구경하는 동안 "그 오락실에서 가장 어려운 게임을 25센트짜리 동전 하나로 끝판을 깨버렸다."고 적었다.

하지만 모로는 그 동네 오락실이 어디인지, 또 키라가 했던 게임의 이름이 무엇인지는 밝힌 적이 없었다. 다른 기록물을 뒤져보아도 그 두 가지에 대해서는 불일치하는 정보들뿐이었다. 그 두 가지가 이제 밝혀졌다. 모로가 키라를 처음 만난 장소는 바로 이곳 해피타임 피자였으며, 키라가 25센트짜리 동전 하나로 끝판을 깨는 모습을 지켜본 게임은 바로 〈세가 닌자〉, 즉 〈닌자 프린세스〉였다.

나는 지금 모로와 키라가 처음 만난 순간을 재연하는 중이었다.

내가 자서전 내용을 정확히 기억하고 있다면 모로는 게임을 끝낸 키라에게 다가가 축하의 말을 건넸다. 하지만 그때 사회성이 부족해 모로의 뒤만 졸졸 따라다니던 할리데이가 끼어들어 모로에게 집까지 태워달라고 말했다. 할리데이는 언제나 집에 최대한 늦게 들어가려고 버티곤 했으므로 모로는 할리데이가 보채는 이유가 진짜로 집에 가고 싶어서가 아님을 알고 있었다. 할리데이는 모로의 이성 교제를 방해하고 있었다. 모로는 놀라기도 했고 재미있는 상황이라고 생각하기도 했다. 그때까지 할리데이가 여자 때문에 질투심을 보인 적은 단 한 번도 없었기 때문이다. 그때까지 할리데이가 질투심을 보인 대상은 오로지 컴퓨터 하드웨어뿐이었다.

"안녕." 열일곱 살의 모로가 마침내 용기를 내어 나와 눈을 맞춘 채 말했다. "난 오그라고 해. 너 정말 대단하다! 동전 하나로 〈세가 닌자〉를 깨버리다니! 그렇게 한 사람은 우리 둘 다 처음 봐. 진짜 대단해!"

모로가 쭈뼛쭈뼛 오른손을 들어 올렸다. 모로가 손바닥을 마주치려고 한다는 사실을 알아채기까지 시간이 조금 걸렸다. 나는 모로와 손바닥을 마주쳤다. 그러자 모로의 얼굴이 한결 편해 보였다.

이윽고 모로가 내 눈을 똑바로 보았다. 그러자 심장 박동이 빨라지는 느낌이 들었다. 눈에 보이지 않는 전기에 감전이라도 된 듯 피부가 찌릿찌릿했다. 잘 아는 익숙한 감각이었다. 현실세계에서 사만다를 처음 만났을 때 내 느낌이 딱 그랬었다.

지금의 모로가 이 도전을 통과하는 동안 어떤 기분이었을지는 짐작조차 하기 어려웠다. 모로는 옛날 햅틱 장치를 사용했을 테니 그나

마 다행이었다. 모로는 소신을 지키고자 오엔아이를 단 한 번도 사용한 적이 없었다. 아노락의 협박 영상 속에서도 여전히 착용하지 않은 모습이었다. 그러니 적어도 모든 물리적 감각을 있는 그대로 다 느끼지는 않았을 것이다. 아무리 그렇다 한들 이 순간을 키라의 시점에서 다시 경험하는 일은 분명 그에게는 가슴이 찢어질 듯한 상처였을 것이다.

“고마워, 오그.” 키라의 목소리와 그녀의 영국식 억양으로 말하는 내 목소리가 들렸다. “난 카렌 언더우드라고 해. 근데 친구들은 키라라고 불러.” 내가 옆에 있는 〈세가 닌자〉 오락기 쪽으로 고갯짓을 하는 느낌이 들었다. “런던에 살 때 부모님 아파트 근처에 있는 한 가게에 이 오락기가 있었어. 하지만 그 오락기의 이름은 〈닌자 프린세스〉였어. 〈세가 닌자〉가 아니라.” 내 입꼬리 한쪽이 말려 올라가는 느낌이 들었다. 나는 이렇게 덧붙였다. “미국 남자애들은 여자애랑 게임하는 걸 싫어하나 봐.”

“아니야, 좋아하고말고!” 모로가 쏜살같이 대답하고 나서 얼굴이 빨개지더니 말을 더듬기 시작했다. “내 말은 여자애랑 같이 게임하는 걸 싫어하는 건 아니야! 여자애가 주인공인 비디오게임을 싫어하는 거지. 여기 이것처럼.”

모로가 마치 처음 보는 래브라도 리트리버를 만지듯 어색하게 〈세가 닌자〉 오락기를 쓰다듬더니 양손을 호주머니에 찔러 넣고서 상사병에 걸린 바보처럼 활짝 웃었다. 모로의 눈동자는 당장이라도 만화 주인공처럼 하트로 변할 것만 같았다.

모로가 무언가 말을 더 하려고 입을 떼는 바로 그 찰나에 또 한 명의 너무나도 낯익은 남자애가 대화에 끼어들었다. 그가 누구인지는 한눈에 알아볼 수 있었다. 그 남자애는 열일곱 살의 제임스 할리데이였다. 손가락보다 굵은 뿔테 안경을 끼고, 물 빠진 청바지를 입고, 닳아빠진 나이키 운동화를 신고, 즐겨 입던 스페이스 인베이더 티셔츠를 입고 있었다.

할리데이가 나타나자마자 오락실 스피커에서 〈제시스 걸〉을 건너뛰고 애니모션의 〈옵세션〉이 흘러나왔다. 절대 우연일 리가 없었다.

"나 집에 갈래." 열일곱 살의 할리데이가 모로를 재촉했다. 누구와도 눈은 맞추지 않았다. "동전도 다 떨어졌고… 그러니까… 집까지 좀 태워주라."

모로는 의심의 눈초리로 할리데이를 한동안 빤히 쳐다보았고 할리데이는 시선을 바닥에 떨구고 있었다. 모로가 나를 보고 난처하다는 듯 싱긋 웃더니 다시 할리데이를 향해 말했다.

"잠깐만 기다려. 아니면 내가 갈 준비가 될 때까지 내 차에 가서 기다리던지. 아니면—" 모로가 물 빠진 청바지 앞주머니에서 잔뜩 구겨진 1달러짜리 지폐를 꺼냈다. "이거 너무 구겨져서 동전 교환기에는 안 들어가겠지만 카운터에서는 바꿔줄 거야."

모로는 할리데이 쪽으로 1달러짜리 지폐를 던지고 나서 대답을 듣지도 않은 채 다시 키라를 보았다. 지폐는 할리데이의 가슴에 맞고 바닥으로 살포시 떨어졌다.

"싫어!" 할리데이가 마치 아장아장 걷는 아기가 떼를 쓸 때처럼 오른발로 바닥을 쿵 구르면서 버럭 소리쳤다. 신발이 땅에 닿는 순간 모로와 다른 모든 NPC가 사라지고 그 자리에는 열일곱 살의 제임스 할리데이와 나만 남겨졌다.

그리고 그 순간 주변 환경도 바뀌었다.

해피타임 피자의 오락실은 사라지고 〈닌자 프린세스〉의 끝판에 나오는 8비트 그래픽으로 표현된 왕좌가 있는 방의 라이브 액션 버전처럼 보이는 공간이 나타났다. 열일곱 살의 할리데이는 검은 옷을 입고 복면을 쓴 닌자인 가자마루로 변신했다. 내 눈에는 영락없이 1983년에 나온「리벤지 오브 더 닌자」라는 영화에 나오는 쇼 코스기로 보였다.

내 아바타를 내려다보니 내 모습도 바뀌어 있었다. 여전히 여자인 것 같았지만 빨간 비단으로 만든 치렁치렁한 튜닉 차림이었다. 튜닉에는 금빛 장식이 달려 있었고 양 소매에 중국풍의 용 자수가 수놓아져 있었다.

오른손에는 검을 잡고 있었다. 검날에 비친 모습을 보니 내 얼굴은 더 이상 키라의 얼굴이 아니었다. 라이브 액션 버전으로 재탄생한 쿠루미 공주로 바뀌어 있었다. 이 시뮬레이션의 개발자는 내 모습을 역시 1983년에 나온「챌린지 오브 더 레이디 닌자」라는 영화에 나오는 양혜산과 똑같이 보이게 설정했다.

"'그녀의 성을 되찾으면 그녀를 사칭하는 자와 마주하리.'" 쇼토가 읊조렸다. "이거네! 놈의 엉덩이를 걷어차, 공주!"

나는 고개를 끄덕이고 달려 나가 쇼토가 말한 대로 가자마루의 엉덩이를 걷어찼다.

감사하게도 오엔아이 기반 전투의 메커니즘은 옛날 햅틱 장치로 하던 전투와 별반 다르지 않았다. 굳이 원하지 않는다면 아바타가 해야 할 복잡한 동작과 공격을 몸으로 직접 수행할 필요는 없었다. 그냥 단순한 손동작이나 음성 명령만으로도 아바타가 어떤 동작이나 공격을 하게 할 수 있었다. 유일한 차이점이라면 오엔아이를 사용할 때는 아바타가 동작을 자동으로 수행하는 동안 그 동작을 직접 하는 것처럼 느껴지기 때문에 잠깐 자동 조종 모드로 움직이는 느낌이 든다는 점뿐이었다.

치명적인 전투를 치를 각오가 되어 있었지만 누구인지는 몰라도 이 도전을 프로그래밍한 사람은 쿠루미 공주를 자신으로 위장한 남자 닌자인 가자마루보다 훨씬 더 강하게 만들었다. 놈은 거의 싸움을 하지 못했다. 놈이 겨우 한두 번 나를 맞추는 사이 단검을 계속 던져 놈의 생명치를 바닥으로 떨어뜨렸다.

놈의 생명치가 1퍼센트까지 떨어졌을 때 둘 사이에 있는 허공에 'FINISH HIM'이라는 문구가 잠깐 나타났다 사라졌다. 그때 최후의 한 발 돌려차기로 놈의 머리를 공격했다. 놈의 생명치 표시 막대의 마지막 조각이 빨간색으로 변했다. 하지만 놈은 죽지 않았다. 갑자기 무릎을 꿇더니 울음을 터트렸고 곧 연기와 함께 사라졌다.

놈이 사라지자 내 앞쪽 허공에 두 번째 조각이 나타났다.

그 조각으로 손을 뻗으며 이번에는 또 어떤 '회상'을 경험하게 될지 궁금했다. 손가락으로 그 조각을 감싸 쥐자…

• • •

나는 다시 열일곱 살 키라의 몸 안으로 들어와 있었다. 내 앞에는 열일곱 살의 모로가 내 손을 잡고 서 있었다. 캄캄한 밤이었다. 우리는 달빛이 교교하게 내려앉은 푸른 언덕에 선 채로 멀리 미들타운의 스카이라인을 내려다보고 있었다. 모로는 내 손바닥에 은목걸이를 올려놓는 중이었다. 키라의 보석함에 놓여 있다가 첫 번째 조각으로 변한 그 목걸이와 똑같이 생긴 목걸이였다. 그 순간 모로는 "사랑해"라고 속삭였다. 내가 알기로는 모로가 키라에게 처음 사랑을 고백한 순간이었다.

가만 생각해 보니 모로는 그날에 대해서도 자서전에 썼다. 하지만 자세한 내용은 없었고, 시간과 장소도 밝히지 않았었다.

키라가 미래의 남편이 방금 한 말에 반응하는 동안 내 몸이 떨리기 시작했다…

• • •

…나는 다시 내 아바타의 몸 안에 들어와 있었다. 다시 코다마 행성에 있는 〈닌자 프린세스〉 포탈 앞이었다. 내 옆에는 에이치와 쇼토가 서 있었다. 내 아바타가 방금 〈닌자 프린세스〉 포탈에서 빠져나온 모양이었다. 아래를 내려다보니 손바닥에 두 번째 조각이 놓여 있었다. 역시 다면체로 깎인 파란 수정이었다. 크기도 모양도 첫 번째 조각과 거의 똑같았다.

쇼토와 에이치는 동시에 나를 얼싸안았다. "정말 잘 해냈어!"

"아니야." 내가 말했다. "우리가 같이 해낸 거지. 너희 도움이 없었다면 불가능했을 거야."

나는 두 주먹을 내밀었고 쇼토와 에이치가 각각 주먹을 부딪치더니 말없이 고개를 끄덕였다.

"마지막 도전은 좀 어이가 없었어, 안 그래?" 쇼토가 말했다. "내 말은 할리데이가 왜 형이 열일곱 살의 자신을 죽이기를 바랐을까?"

"아주 심한 자기혐오 같은 거겠지." 에이치가 말했다. "아마도 자기가 키라에게나 모로에게나 얼마나 형편없는 놈이었는지 드디어 깨달아서?"

나는 에이치와 쇼토가 하는 말에 집중할 수가 없었다. 여전히 방금 경험한 회상 장면에서 받은 충격에 빠져 있었다. 키라의 또 다른 아주 개인적인 추억 하나가 불가사의할 정도로 섬세하고 강렬하게 표현되어 있었다. 대체 이게 뭘까?

여러 가지 가능성을 곱씹어 보며 꾸물거릴 시간은 없었다. 다른 조각들도 빨리 찾아야 했다. 시간이 없었다.

손바닥에 놓인 두 번째 조각을 내려다본 다음 다 같이 볼 수 있도록 에이치와 쇼토에게 내밀었다. 조각을 뒤집자 첫 번째 조각과 마찬가지로 반짝이는 결정체면에 글자가 새겨져 있었다. 에이치가 큰 소리로 읽었다.

"'파울을 배역에서 제외하고 결말을 복원하라. 앤디의 첫 번째 운명은 여전히 바뀔 필요가 있다.'"

"'앤디의 첫 번째 운명'이라." 쇼토가 반복했다. "앤디라면 영화 「구니스」에서 케리 그린이 맡은 역할의 이름 아닌가?"

"아니야." 나는 고개를 가로저었다. "그 앤디는 철자가 'ie'가 아니라 'y'로 끝나."

"A-N-D-I-E라." 에이치가 이름을 음미하듯이 눈을 감으며 말했다. "앤디 맥도웰?" 에이치가 쇼토의 어깨를 잡으며 말했다. "이런 젠장! 다음 조각은 펑서토니 행성에 있을지도? 성촉절 때마다 거기에 가서—"

"잠깐만!" 쇼토가 에이치의 말을 잘랐다. 쇼토가 아바타 앞쪽 허공에 브라우저 창을 열더니 자료를 보며 읽었다. "앤디 맥도웰은 1984년에 나온 영화 「그레이스톡 타잔」에도 출연했는데, 감독은 글렌 클로즈를 고용해 앤디의 대사 전부를 더빙해 입혔어. 감독이 앤디의 남부 억양을 싫어했기 때문이지! '파울을 배역에서 제외하고 결말을 복원하라'와 어쩌면 관계가 있지 않을까? 이 영화에 다른 결말이 있었을지도…"

"잠깐, 코너 맥레오드가 타잔으로 나온 영화 말이지?" 에이치가 말했다. "「불의 전차」를 만든 남자가 감독한?"

"맞아!" 쇼토가 말했다. "그 영화로 만든 플릭싱크가 분명 어딘가에 있을 텐데…" 쇼토가 새 창을 띄우고 오아시스 아틀라스 지도를 열었다. "아마도 램버트 행성에? 아니면 섹터 20에 있는 에드거 라이스 버로스에게 헌정된 행성 중 하나에? 만약 우리가—"

"애들아!" 내가 양손으로 작전 시간을 요청하는 동작을 취하면서 외쳤다. "왜들 이래. 헛다리 좀 짚지 마. 정말로 세 번째 조각이 앤디 맥도웰이나 타잔과 관련이 있는 장소에 숨겨져 있다고 믿는 거야? 둘 다 『아노락 연감』에 언급된 적도 없고, 키라의 생애를 다룬 책에도 나온 적이 없어."

에이치가 어깨를 으쓱하며 말했다. "의외로 키라가 앤디 맥도웰의 광팬이었을지도 모르잖아. 난 키라의 관심사들을 그리 깊이 파본 적은 없어. 모로에 따르면 할리데이는 키라가 정말로 어떤 사람이었는지 알려고 하지 않았대."

"할리데이는 분명 키라에 대해 자기가 말로 뱉은 것보다 훨씬 더 잘 알고 있었을 거야." 나는 조각을 찾았을 때 본 회상 장면들을 떠올리며 말했다. 두 장면 모두 분명 심스가 아닌 렉스 같은 느낌이었다. 차이점은 미묘했지만, 적어도 내가 경험하고 수없이 시도해 본 바에 따르면 심스에는 현실세계의 순간을 포착한 렉스에서 볼 수 있는 기묘함과 불확실함과 강렬함이 없었다.

하지만 두 번의 경험이 렉스일 리는 없었다. 1988년 가을 오하이오주 미들타운에는 당연히 오엔아이 헤드셋이 존재하지 않았기 때문이다.

그렇다면 방금 내가 경험한 것은 뭘까?

곰곰이 생각에 빠져 있던 그때 뒤죽박죽 엉킨 기억 저장소에서 앤디라는 이름과 딱 맞는 사람이 떠올랐다. 나는 아바타 앞쪽 허공에 브라우저 창을 열고 내 기억이 정확한지 검증하기 위해 검색을 시작했다.

"앤디 월시!" 내가 외쳤다. "철자가 'ie'로 끝나는 앤디! 영화 「핑크빛 연인」에서 몰리 링월드가 맡은 역할의 이름이었어."

에이치와 쇼토가 탄식을 내뱉으면서 눈을 흘겼다. 둘 다 존 휴즈 감독의 열렬한 팬은 아니었지만, 사만다와 내가 그 감독의 영화를 매우 좋아한다는 사실은 알고 있었다. 지난 대회 때 사만다는 블로그에 존 휴즈 감독의 영화 한 편 한 편을 장면별로 아주 자세하게 분석한 수십 편의 글을 올렸다. 사만다의 백과사전적 지식은 할리데이의 첫 번째 이스터에그를 찾는 데는 쓸모가 없었지만 지금이야말로 그 지식을 써먹을 절호의 기회일 수도 있었다. 사만다가 다시 접속하기 전에 내가 세 번째 조각을 찾아내지만 않는다면 말이다. 그렇게만 된다면 시간도 아낄 수 있고 사만다에게 강한 인상을 남길 수도 있었다.

"「핑크빛 연인」이라면 가능성이 있어." 내가 말했다. "키라와 모로는 둘 다 존 휴즈 감독의 광팬이었거든. 셔머 행성에 초창기에 추가된 퀘스트들의 코딩 작업도 도왔었고."

"이번에는 셔머 행성으로 가야 한다는 말이지?" 에이치가 물었다. "아티가 좋아서 팔짝 뛰겠네!"

"그래, 좋아." 쇼토가 단서를 다시 읽으며 말했다. 「핑크빛 연인」에 나온 앤디 월시가 맞다고 쳐. 그럼 '파울을 배역에서 제외하고 결말을 복원하라'는 무슨 뜻인데?"

"「핑크빛 연인」은 원래 다른 결말로 되어 있었어." 내가 대답했다. "앤디가 블레인이 아닌 더키와 맺어지는 결말이었지. 옛날에 사만다가 '아티의 편지'라는 블로그에 그 내용에 관해 글을 올린 적이 있어."

"어련하시겠어." 에이치가 말했다. "아티는 너보다도 훨씬 더 지독한 별종이니까."

나는 에이치를 무시하고 생각의 흐름에 집중하려고 애썼다. "시사회가 혹평으로 끝난 다음에 영화의 결말을 바꾸기로—"

때마침 아르테미스가 우리 옆에 나타났다.

"호랑이도 제 말 하면 온다더니 호랑이가 왔네!" 에이치가 아르테미스와 주먹을 부딪치며 말했다. "안전한 곳에 잘 도착한 거지, 아티?"

아르테미스가 고개를 끄덕이고 나서 한동안 검지로 입술을 눌렀다.

"너무 오래 걸려서 미안." 아르테미스가 말했다. "다 옷을 갈아입었구나."

아르테미스가 활짝 웃으며 우리가 입은 옛날 건터 복장을 감상하더니 손가락을 튕기고 제자리에서 한 바퀴 돌았다. 그러자 아르테미스의 복장이 지난 대회 때 입었던 건메탈블루색 전신 비늘갑옷으로 바뀌었다. 양 허리춤에 매단 서부극 스타일의 가죽 권총집에는 광선총 두 자루가 들어 있었고, 등에 비스듬히 매단 미스릴로 만든 화려한 검집에는 기다란 엘프의 곡선검이 들어 있었다. 로드워리어 스타일의 손가락 없는 레이싱 장갑도 끼고 있었다.

다시 그렇게 차려입은 아르테미스를 보자 옛날 감정과 오래 억눌러 온 추억들이 물밀듯이 밀려왔다. 순간적으로 머리가 핑 도는 듯했다. 마음이 약해지기도 했다.

"제복 입은 아르테미스가 돌아왔다!" 에이치가 아르테미스와 연달아 두 번 손바닥을 마주치면서 말했다.

"대단해, 너희들!" 아르테미스가 말했다. "벌써 두 번째 조각을 찾다니. 엄청 빨리 찾았네!"

"맞아, 빨리 찾았어." 쇼토가 말했다. "내가 형의 손을 꼭 잡고 공략하는 법을 떠먹여—"

"난 다른 손을 잡고 있었고 말이야." 에이치가 깔깔대고 웃으며 덧붙였다. "게다가 이제 아티도 합류했으니 우린 천하무적이지. 세이렌의 영혼은 우리 거야, 친구들!"

아르테미스와 쇼토가 동시에 맞장구를 쳤다. 나는 떨떠름하게 오른손 주먹을 들고 나서 헛기침을 했다.

"축제 분위기를 깨긴 싫지만." 내가 말했다. "세이렌의 영혼이 뭔지 알 것 같아. 모로가 아노락에게 넘기기 싫어한 이유도."

친구들의 얼굴에서 웃음기가 싹 가셨고 모두 기대감에 찬 눈빛으로 나를 보았다.

"좋아." 내가 말했다. "우선 질문 하나 해볼게. 할리데이가 왜 '세이렌의 영혼'이라고 불렀을까?"

"키라가 D&D 캐릭터 이름을 레우코시아로 지었으니까." 쇼토가 대답했다. "그리스 신화에 나오는 세이렌 중 한 명의 이름을 따서 말이지."

"맞아." 내가 말했다. "그럼 키라가 '세이렌'이고 일곱 개의 조각이 키라의 '영혼'을 이루는 '조각'이라면 우리가 이 조각을 다 맞췄을 때 아노락은 뭘 기대할까? 우리가 '다시 한번 온전한 세이렌으로' 만들었을 때 말이야?"

아르테미스가 다시 나를 보았다.

"맙소사, 웨이드." 아르테미스가 나지막이 중얼거렸다. "너 설마…?"

나는 고개를 끄덕였다.

"아노락은 세이렌의 영혼이 키라의 이름을 딴 마법 희귀 아이템이라고 생각하는 게 아니야. 세이렌의 영혼이 곧 키라라고 믿는 거지. 키라를 복제한 인공지능이라고. 아노락 자신이 할리데이를 복제한 인공지능인 것처럼.”

아르테미스는 아무 말도 하지 않았지만 겁에 질린 듯한 표정이었다.

“말도 안 돼, 지.” 에이치가 말했다. “그건 불가능해.”

“나도 그렇게 생각했었어.” 내가 대답했다. “하지만 지금까지 내가 하고 있는 경험을 달리 설명할 방법이 없어.”

아르테미스가 미간을 찌푸렸다.

“무슨 말이야?” 아르테미스가 앞으로 몸을 숙이면서 물었다. “정확히 뭘 ‘경험하고’ 있는데?”

나는 친구들에게 회상 장면에 대해 설명했고 아르테미스에게 그녀가 구경을 놓친 전투에 대해서도 자세히 설명해 주었다.

“너 지금 농담하는 거지.” 아르테미스가 고개를 가로저으며 중얼거렸다. “첫 번째와 두 번째 도전에서 더 스미스와 〈닌자 프린세스〉에 대한 상세한 지식이 필요했다고?”

나는 고개를 끄덕였다. “둘 다 『아노락 연감』에는 단 한 번도 언급된 적이 없는 것들이야. 게다가 내가 경험한 두 번의 회상 장면은 현실세계에서 진짜 일어난 일을 오엔아이로 저장한 것 같은 느낌이었어. 시뮬레이션이라고 보기에는 너무나도 정교했어.”

“어떻게 그렇게 확신하지?” 아르테미스가 물었다. “잠깐이라면 시뮬레이션도 얼마든지 진짜처럼 느껴지게 만들 수 있잖아.”

에이치가 고개를 가로저었다.

“불가능해, 아티.” 에이치가 말했다. “네가 오엔아이 플레이백이 어떤 건지 몰라서 하는 소리야. 거의 언제나 구분할 수 있어. 게다가 제임스 도노반 할리데이는 매우 뛰어난 비디오게임 디자이너이자 프로그래머였어. 하지만 여자에 대해서는, 특히 키라에 대해서는 아무것도 몰랐지. 할리데이가 키라의 기억 일부분을 키라의 관점에서 진짜처럼 재현한다는 건 불가능해. 할리데이는 자기밖에 모르는 소시오패스였어. 타인에 대한 공감 능력이 없었지. 특히 키라에 대해서는…"

할리데이를 변호해 주고 싶은 충동을 억누르기 위해 혀를 깨물어야 했다. 할리데이는 허물이 많은 사람이었지만 그래도 우리가 지금 살고 있는 세상 전부를 선물해 준 사람이었다. '소시오패스'라는 표현은 가혹할 뿐만 아니라 지나치게 모독적이었다.

"하지만 형이 지금 말하는 건 불가능한 일이야." 쇼토가 말했다. "오아시스 신경 인터페이스는 키라가 10대였던 1980년대에는 세상에 존재하지도 않았어. GSS가 완전한 기능을 갖춘 오엔아이 헤드셋 시제품을 처음 만든 해는 2036년이었어. 2034년에 키라가 사망하고 2년이 지난 후였다고."

"나도 알아." 내가 말했다. "공식적인 연대와 일치하진 않아. 하지만 비밀을 유지하는 일을 할리데이만큼 잘하는 사람도 없었잖아…" 나는 심호흡을 했다. "난 키라가 사망하기 전에 어떻겐가 할리데이가 키라의 의식을 복제했을 가능성을 염두에 두어야 한다고 생각해. 자기 의식을 복제해서 아노락을 만들어낼 때 사용한 바로 그 기술로 말이지."

셋 다 겁에 질린 표정으로 말없이 나를 물끄러미 보았다. 이윽고 아르테미스가 고개를 가로저었다.

"키라가 할리데이에게 그런 일을 허락했을 리가 없어. 모로도 마찬가지고."

"그러니까 아마도 할리데이가 키라나 모로가 알지 못하게 키라의 의식을 스캔하는 방법을 알아냈던 거겠지." 나는 다음 말을 내뱉기 전에 마른침을 삼켰다. "할리데이는 집착이 심한 사람이었어. 현실 속 키라를 절대 가질 수 없다는 걸 알았기에 독점할 수 있는 키라의 복제본을 만들기로 했던 거야."

"잠깐만." 에이치가 끼어들었다. "키라는 모로를 열렬히 사랑했었어. 근데 왜 키라를 복제하려 했을까? 진짜 복제본이라면 그 복제본도 자기를 사랑하지 않을 텐데 말이야."

"나도 알아." 내가 말했다. "하지만 복제본은 늙지도 않고 죽지도 않지. 아마도 할리데이는 시간이 지나면 자기를 사랑하게 만들 수 있다고 생각했던 것 같아…"

"맙소사." 에이치가 고개를 가로저으며 중얼거렸다. "네 말이 맞다면… 우리 인생이 정말 제대로 꼬인 것 같은데."

나는 고개를 끄덕였다. 속이 울렁거리기 시작했다. 마치 어린 시절의 우상이자 영웅이었던 사람이 알고 보니 연쇄살인범이었다는 사실을 방금 알게 된 듯한 기분이었다.

아노락에게 세이렌의 영혼을 순순히 넘기고 놈이 약속을 지킬 것이라고 믿어서는 안 되는 이유가 하나 더 생긴 셈이었다.

하지만 세이렌의 영혼은 아노락의 유일한 약점인 것 같았다. 일단 세이렌의 영혼을 손에 넣으면 협상 카드로 쓰거나 놈을 함정에 빠뜨리는 데 쓸 수 있다는 생각이 들었다.

"아직 조각 다섯 개를 더 찾아야 해." 내가 말했다. "꾸물거릴 시간이 없어."

"어디로 갈지는 정했어?" 아르테미스가 물었다.

"그럼요. 정했고말고요." 내가 의기양양하게 말했다.

"누나가 와서 정말 다행이야." 쇼토가 덧붙였다. "이번엔 누나의 도움이 꼭 필요하거든."

아르테미스의 얼굴에서 웃음기가 사라지더니 승부욕에 불타는 표정으로 바뀌었다. 지난 대회를 치를 때 본 적이 있는 표정이었다. 아르테미스는 이 표정을 '결의에 찬 표정'이라고 불렀다.

아르테미스가 나를 돌아보며 말했다. "그럼 빨리 말해봐, 에이스. 어디로 갈 건데?"

"네가 옛날에 자주 놀던 곳. 일리노이주 셔머."

0014

셔머는 섹터 16 중심부에 있는 중간 크기의 행성이었다. 존 휴즈가 영화 제작자로 화려한 경력을 쌓는 동안 직접 각본을 쓰거나 감독을 맡은 여러 영화의 무대가 된 허구의 시카고 교외 도시인 셔머를 수십 년에 걸쳐 매우 정교하게 오아시스 안에 재현해 놓은 곳이었다. 사만다는 셔머가 존 휴즈의 '하이틴 파라코즘*'이었다고 말하곤 했다. 셔머는 그가 직접 창조하고 그의 상상력으로 채우고 평생 확장해 나간 판타지 세계, 말하자면 톨킨의 가운데땅에 버금가는 미국 중서부 교외 도시였다.

수많은 팬들은 존 휴즈의 영화를 토대로 존 휴즈의 셔머를 오아시스 안에 오랫동안 공들여 몰입형 양방향 시뮬레이션으로 구현했다. 셔머 시뮬레이션은 복사본이 없었으며 단 하나뿐인 시뮬레이션이 광활한 행성 표면 전체를 완전히 뒤덮었다. 북쪽과 동쪽에는 축소 재현해 놓은 미시간 호수가 접해 있고, 서쪽과 남쪽에는 축소 재현해 놓은 시카고 시내가 접해 있었다. 「페리스의 해방」에 나오는 1980년대 시카고의 랜드마크인 시어스 타워, 시카고 증권거래소, 리글리 구장, 시카고

* 주로 유년기에 매우 구체적으로 인물과 상황을 상상하며 환상의 세계를 창조하는 놀이 – 옮긴이

현대 미술관 등도 볼 수 있었다. 호수와 시 경계선 너머에는 축소 재현해 놓은 미국도 있었다. 그곳에서는 존 휴즈가 각본을 쓴 영화「휴가 대소동」과「나 홀로 집에」에 나오는 도시와 장소들을 볼 수 있었다.

아바타들이 순간이동으로 수시로 들락날락하면 시뮬레이션의 분위기와 연속성이 깨지다 보니 몇몇 행성에서는 몇 개의 지정된 출발 지점과 도착 지점으로만 출입할 수 있었는데, 셔머도 그런 행성 중 하나였다. 지정된 지점이 아닌 곳으로 순간이동은 허용되지 않았다. HUD에서 순간이동 목적지로 셔머를 선택하자 지정된 도착 지점이 표시된 지도가 나타났다. 아르테미스가 일러준 대로 도시 서쪽 끝부분에 있는 기차역을 선택했다.

우리 아바타들은 셔머 행성 표면에 서서히 다시 나타났다. 우리가 서 있는 곳은 작은 기차역 승강장이었다. 승강장 뒤편으로 빨간 벽돌로 지은 원형 역사가 보였다. 주변에는 수십 명의 NPC가 서 있었다. 하나같이 1980년대 정장을 입고 아침 기차를 기다리는 남녀들이었다.

우리가 도착하자 노래가 흘러나오기 시작했다. 존 휴즈 감독에 대해 조사할 때 알게 된 노래였는데, 커스티 맥콜이 커버한 〈유 저스트 해븐트 언드 잇 옛, 베이비〉라는「결혼의 조건」OST의 도입부였다. 음악이 어디에서 흘러나오는지는 알 수 없었다. 우리 주변 허공에 보이지 않는 스피커라도 떠 있는 느낌이었다. 우리의 도착으로 인해 니들 드롭이 실행되었다는 뜻이었다. 니들 드롭이란 시뮬레이션의 특정 구역에 하드코딩된 음악으로 아바타가 미리 설정된 장소를 통과할 때마다 재생되었다. 밟으면 음악이 재생되는 일종의 지뢰였다. 예전에 아르테미스와 함께 왔을 때 아르테미스가 말해준 바로는 셔머 행성은 오아시스 행성 중에서 단위 면적당 니들 드롭이 가장 많은 행성이었다. (그때는 시카고 오헤어 공항을 재현해 놓은 곳을 도착 지점으로 선택했었다. 이 공항은 거의 일 년 내내 눈이 쌓여 있었다.)

노래가 계속 흘러나오는 동안 승객이 절반 정도 찬 기차 한 대가 역에 정차했다. 문이 열리자 승강장에서 기다리던 NPC들이 우르르 기차에 올라타기 시작했다. 아르테미스는 따라오라고 손짓하면서 밀려오는 NPC 인파를 헤치고 승강장 출구로 나아갔고 에이치와 쇼토와 내가 뒤따랐다.

역사에 딸린 주차장을 가로지르는 동안 격렬하게 입을 맞추는 젊은 남녀 NPC 옆을 지났다. 잠시 입을 뗐을 때 보니 회색 양복을 입은 젊은 남자는 케빈 베이컨이었고, 그가 입을 맞춘 젊은 여자는 엘리자베스 맥거번이었다. 두 사람이 「결혼의 조건」의 주인공인 제이크 브릭스와 크리스티 브릭스임을 한눈에 알아볼 수 있었다. 「결혼의 조건」은 존 휴즈의 영화 중에서 가장 자전적인 영화로 손꼽히는 작품이었다. 제이크는 아내 크리스티에게 한 번 더 작별의 입맞춤을 한 뒤에 기차를 타러 뛰어갔다.

기차역을 뒤로하고 길을 건넌 후에는 「아직은 사랑을 몰라요」에서 결혼식이 열렸던 교회를 지나쳤다. 그 교회를 지나자마자 매우 친숙한 네온 옥외 광고판이 보였다. 광고판에는 '인구 31,286명의 미국 도시인 일리노이주 셔머에 오신 것을 환영합니다!'라고 적혀 있었다. 하지만 아르테미스는 광고판과는 반대 방향인 셔머 로드 쪽으로 방향을 잡았다. 그쪽은 시내로 들어가는 길이었다.

오아시스 초창기에 셔머 시뮬레이션이 처음 만들어졌을 때만 해도 존 휴즈의 영화 중 「아직은 사랑을 몰라요」, 「조찬 클럽」, 「페리스의 해방」, 「신비의 체험」에 나오는 장소와 등장인물만 볼 수 있었다. 그 후로 여러 번 수정을 거치면서 차차 「핑크빛 연인」, 「사랑 시대」, 「결혼의 조건」, 「아저씨는 못 말려」, 「미스터 마마」, 「자동차 대소동」, 「야외 소동」과 더불어 앞서 언급한 「나 홀로 집에」와 「휴가 대소동」 같은 다른 영화들도 포함되었다. 최근에는 팬들이 존 휴즈의 작품 중 상대적으로 잘 알려지지 않은 작품인 「내 사랑 컬리 수」와 「백마 타고 휘파람 불고」에 나오는 장소와 등장인물까지 추가했다. 최근에 셔머를 방문하는 아바타는 양방향으로 재현된 이 모든 영화를 원하는 만큼 즐길 수 있었다. 게다가 이 영화들 속에서 일어나는 사건들은 동시다발적으로 펼쳐지면서 매일 또는 매주 단위로 무한히 반복되었다.

현재 위치를 확인하기 위해 셔머 지도를 열었다. 셔머는 도시 중심부를 대각선으로 관통하는 기찻길을 중심으로 양쪽으로 나뉘는데, 양쪽의 면적은 거의 비슷했다. 한쪽은 부유한 동네, 다른 쪽은 가난한 동네라는 이름이 붙어 있으며 각각 빨간색과 파란색으로 표현되어 있었다. 부유한 동네는 축소 재현된 미시간 호수에 접해 있는 동네였고, 가난한 동네는 축소 재현된 시카고 시내로 한참 들어가야 나오는 곳이었다. 존 휴즈의 영화는 대부분 시카고 시내 및 근교에서 촬영되었다. 또 상당수는 존 휴즈가 고등학교에 다닐 때 살았던 노스브룩에서 촬영되었다. (일부 영화의 경우 작품 속 배경은 시카고 교외였지만 실제로는 로스앤젤레스에서 촬영되었다. 「핑크빛 연인」이 그런 영화 중 하나였다.) 존 휴즈의 영화가 가진 특징인 공간적 연속성 덕분에 셔머 행성 개발자들은 영화 촬영 장소를 전부 한 시뮬레이션 안에 재현할 수 있었다.

태양이 동쪽 지평선 가까이 떠 있는 모습으로 보아 아직 이른 아침이었다. 하지만 그것은 셔머 행성의 많은 혼란스러운 점 중 하나였다. 셔머 행성은 구역별로 다른 시간대로 맞춰져 있을 뿐만 아니라 계절도 각각 달랐다. 어떤 거리는 항상 겨울의 낮이지만 그곳에서 두 블록 떨어진 곳은 초봄의 밤일 수도 있었다.

우리는 기찻길에서 북쪽으로 몇 블록을 걸어 부유한 동네에 다다렸다. 길 양옆으로 으리으리한 저택들이 늘어서 있고, 모든 저택에는 깔끔하게 손질된 정원과 널찍한 원형 진입로가 딸려 있었다. 길 양옆으로 우람한 참나무와 단풍나무도 늘어서 있었다. 잎이 무성하게 달린 나뭇가지들이 길게 뻗어 머리 위로 숲 터널을 만들었는데, 끝이 보이지 않을 정도로 길었다. 저 멀리 혼자서 자전거를 타고 아침 신문을 배달 중인 외로운 소년을 제외하면 인도와 골목 어디에도 인적은 없었다.

전에 딱 한 번 이곳에 온 적이 있었다. 아르테미스와 '데이트'를 막 시작했을 무렵이었다. 그때 아르테미스는 이곳이 머리를 식히고 싶을 때 즐겨 찾던 곳 중 하나라고 말해주었고 이곳에서 가장 인기 있는 명소들을 구경시켜 주었다. 지금에 와서는 너무 후회스러운 일이지만 나는 그때 사랑에 빠져 정신을 못 차리는 상태였기 때문에 아르테미스가 말해준 내용들을 거의 기억할 수가 없었다. 그녀를 보느라 정신이 팔려 주변을 자세히 보지 못했었다. 그 후로 키라가 존 휴즈의 팬이었다는 사실을 보여주는 증거가 많이 나왔기에 몇 년 전에 존 휴즈의 영화를 전부는 아니었지만 대부분 다시 보았다. 지금은 그저 아르테미스 앞에서 천하의 멍청이로 보이지 않을 만큼은 셔머에 관한 잡지식이 남아 있기만을 바라고 있었다.

아르테미스가 앞장을 서고 우리는 셔머 로드를 따라 계속 달렸다. 마침내 또 다른 니들 드롭이 재생되었다. 역시 「결혼의 조건」 OST에 들어 있는 카멜의 〈잇츠 올 인 더 게임〉이라는 노래였다. 이 노래를 듣자마자 아르테미스는 급제동이라도 하듯이 멈춰 서더니 뒤로 돌아 이 노래의 도입부를 완벽한 음정으로 따라 부르며 우리를 놀라게 했다.

"많은 눈물을 흘려야 해. 모두 다 게임일 뿐. 인생은 멋진 게임이야. 계속 해야 하지…"

모로의 저택에서 일주일을 함께 머물 때도 사만다의 노래를 들어 본 적이 있었기에 음정 보정 프로그램을 사용하고 있지 않다는 사실을 알았다. 하지만 아무리 다재다능한 그녀라지만 그녀의 노래하는 목소리가 얼마나 특별하게 아름다운지는 잊고 있었다. 이런 상황에서 그 목소리를 다시 들으니 갑자기 누가 심장을 후벼 파기라도 하는 것처럼 가슴이 아려 왔다. 너무나도 당혹스러웠다.

아르테미스는 나를 흘깃 보았고 머저리처럼 입을 벌리고 자신을 빤히 쳐다보고 있는 나를 발견했다. 놀랍게도 그녀는 고개를 돌리지 않았다. 따뜻한 미소라고밖에 설명할 수 없는 표정을 지어 보이더니 노래를 멈추고 스와치 시계를 확인했다.

"아주 좋아." 아르테미스가 말했다. "제시간에 딱 맞춰 왔어. 천국에서의 또 하루를 맞이해 보자고."

아르테미스가 길 건너편을 가리켰고 에이치와 쇼토와 나는 고개를 돌렸다. 그 순간 길 건너편에 있는 집 중 일곱 채의 정문이 동시에 활짝 열렸다. 목욕 가운을 걸친 일곱 명의 남자가 군무를 추듯 서로 같은 동작으로 각자의 집에서 나오더니 아침 신문을 집어 들었다. 그중 여섯 명이 각각 영화배우 체비 체이스, 폴 둘리, 마이클 키턴, 스티브 마틴, 존 허드, 리먼 워드임을 한눈에 알아볼 수 있었다. 각각 클라크 W. 그리스월드, 짐 베이커, 잭 버틀러, 닐 페이지, 피터 맥컬리스터, 톰 부엘러 역할을 맡았던 배우들이었다. 모두 존 휴즈의 영화에 단골로 등장하는 평범한 아버지들이었다.

일곱 번째 남자는 커다란 투명 뿔테 안경을 쓰고 앞머리와 옆머리는 짧고 뒷머리는 긴 머리 모양을 하고 있었다. 1980년대 스타들이 많이 하던 멀릿 커트와 비슷했다. 많이 본 듯한 얼굴이었지만 누구인지는 생각이 나지 않았다. 얼굴 인식 앱을 막 돌리려던 차에 불현듯 깨닮았다. 그 남자는 다름 아닌 존 휴즈였다!

존 휴즈는 「조찬 클럽」에 앤서니 마이클 홀이 연기한 브라이언 존슨의 아버지 역할로 깜짝 출연한 적이 있었다. 그 말인즉 존 휴즈가 문을 열고 나온 집이 바로 셔머에 있는 브라이언 가족의 집이라는 뜻이었다. (그리고 앤서니 마이클 홀은 「휴가 대소동」에서 러스티 그리스월드도 연기했기 때문에 이 거리에 사는 앤서니 마이클 홀이 최소 두 명이라는 결론이 나왔다. 촌뜨기 테드의 집도 이 근처라면 세 명일 수도 있었다. 게다가 앤서니 마이클 홀은 「신비의 체험」에서 게리 월리스도 연기했었다. 하지만 게리의 아버지 알 월리스는 배관공이니 아마도 기찻길 반대편 가난한 동네에 살고 있을 확률이 높았다.)

브라이언 존슨의 아버지를 연기하는 존 휴즈가 아침 신문을 집어 들고 다시 집 안으로 천천히 들어가는 모습을 보는 동안 아노락을 떠올리지 않을 수 없었다. 죽은 개발자의 디지털 유령이 되어 그 개발자가 창조한 세계 속에서 영원히 떠돌게 된 아노락 말이다.

"이봐, 지!" 아르테미스가 멍하니 서 있는 나를 다그치며 말했다. "그 단서 좀 다시 보여줘."

아이템 보관함에서 두 번째 조각을 꺼내 아르테미스에게 내밀었다. 아르테미스가 소리 내어 문구를 읽었다. "'파울을 배역에서 제외하고 결말을 복원하라. 앤디의 첫 번째 운명은 여전히 바뀔 필요가 있다.'"

"그럼 맞겠지?" 내가 물었다. "원래 결말, 즉 앤디가 블레인이 아닌 더키와 맺어지는 결말을 복원하라는 거겠지?"

아르테미스는 아무 대답도 하지 않았다. 그냥 문구를 보며 깊이 생각에 잠겨 있었다.

"그 돈 많고 잘생긴 블레인 말이지." 에이치가 길 양옆으로 늘어선 호화로운 저택을 흘깃 보며 말했다. "블레인은 당연히 이 근처에 살고 있겠지? 그 녀석을 찾아내서 지네 아빠 BMW 트렁크에 가둬버리면 어때? 그럼 오늘 밤 프롬 파티에 못 올 거고. 걔가 파티에 못 오면 앤디는 더키와 짝이 될 수밖에 없잖아. 그럼 '결말을 복원하라'가 되지 않을까?"

그리 나쁘지 않은 생각 같았지만 아르테미스의 답변을 기다렸다.

"재미있는 발상이긴 한데 그게 통할 것 같진 않아." 아르테미스가 조각에 쓰인 문구를 가리키며 말했다. "'파울을 배역에서 제외하라. 앤디의 운명은…'"

"혹시 「페리스의 해방」에 나오는 그 장면은 아닐까?" 내가 물었다. "리글리 구장에서 열린 시카고 컵스의 경기에서 페리스가 파울볼을 잡았을 때."

아르테미스는 내 의견에 약간은 감명받은 것 같았다. 적어도 2초는 고민해 줄 만큼은 말이다. 2초 후에 아르테미스는 세차게 고개를 가로저었다.

"그건 아닌 것 같아… 파울을 배역에서 제외하라, 파울을 배역에서 제외하라."

아르테미스의 눈이 커지더니 집중하느라 찌푸렸던 표정이 곧 환히 웃는 표정으로 바뀌었다.

"알아냈어!" 아르테미스가 외쳤다. "어떻게 해야 하는지 알겠어!"

"정말?" 에이치가 되물었다. "확실해?"

아르테미스는 다시 한번 스와치 시계를 확인하고 나서 텅 빈 거리를 훑어보았다. "방법은 딱 하나뿐이야. 차를 타고 고등학교로 가야 해. 버스가 올 시간이 됐어."

아르테미스의 말이 끝나기가 무섭게 노란 통학 버스가 모퉁이를 돌아 나왔다. 버스가 우리 바로 앞 갓길에 정차했을 때 보니 버스 옆면에 '셔머 고등학교'라는 글자가 스텐실로 선명히 찍혀 있었다.

버스 문이 열리자마자 아르테미스가 먼저 올라타고 나서 따라오라고 손짓했다. 그러자 또 다른 니들 드롭이 재생되었다. 우리가 버스에 차례로 올라타는 동안 옐로가 부른 〈오 예〉라는 노래가 흘러나왔다. 아르테미스는 중간쯤에 있는 빈자리로 갔다. 에이치가 아르테미스 옆자리에 앉고 나는 쇼토와 나란히 앉았다. 주변에는 고등학생 NPC들이 앉아 있었다. NPC들은 모두 1980년대 복장과 머리 모양을 하고 있었는데, 저마다 존 휴즈의 영화 중에서 통학 버스 장면에 나오는 아역 배우들을 연상하게 했다. 얼핏 「아직은 사랑을 몰라요」와 「페리스의 해방」에 나오는 단역배우들도 보이는 것 같았다.

버스가 다시 움직이기 시작했다. 고개를 돌려 창밖을 보았다. 동쪽 하늘에서 호수 위로 해가 떠오르고 있었다. 중서부 교외 부촌에서 미국이 황금기를 달리던 레이건 시대의 어느 아름다운 봄날 아침이었다. 가로수가 빽빽한 거리에는 시대상에 맞는 승용차와 트럭들이 가득했다. 모두 1989년이나 그보다 연식이 오래된 차종들이었다.

"이 끔찍한 백인 천국을 보겠나." 에이치가 창밖을 보며 고개를 가로저었다. "이 동네 전체에 유색인종이 단 한 명이라도 있을까?"

"물론 있어." 아르테미스가 대답했다. "하지만 유색인종들은 대부분 시카고 바닥에서는 캔디 바라는 곳에 가서 놀아. 이 행성에는 분명 심각한 다양성 문제가 있어. 1980년대 영화가 다 그랬듯이…"

에이치가 고개를 끄덕였다. "어쩌면 다음 조각은 자문다 왕국에 숨겨져 있겠구나."

"그럼 정말 대박이겠는데!" 쇼토가 대답했다.

바로 그때였다. 바로 앞자리에 앉은 너드처럼 보이는 1학년생 두 명이 나와 쇼토 쪽으로 돌아앉았다. 처음에는 머리에 웬 브래지어를 뒤집어썼나 했는데 알고 보니 운동선수들이 차는 급소 보호대였다. 두 머저리는 같은 박자에 맞춰 동시에 장난감 레이저 권총을 나와 쇼토에게 겨누더니 방아쇠를 당겼다. 둘 중 한 녀석이 "점수! 명중!"이라고 외쳤다. 두 머저리는 깔깔대고 웃더니 다시 앞을 보았다.

"여긴 꼭 정신병원 같아." 쇼토가 말했다.

"하고 다니는 꼬락서니들도 영 이상하다." 내가 고개를 끄덕이며 말했다.

"진짜 재미있는 부분은 지금부터야." 아르테미스가 속삭였다.

얼마 안 지나 통로 반대편에서 누군가가 헛기침을 크게 했다. 우리는 일제히 고개를 돌렸다. 말도 안 되게 두꺼운 안경을 쓴 여학생이 우리를 빤히 쳐다보고 있었다. 그 여학생은 꽉 쥔 주먹을 쇼토에게 내밀더니 천천히 주먹을 폈다. 주먹을 펴자 손바닥 위에 말랑말랑한 빨간색 곰 모양 젤리가 놓여 있었다.

"하나 먹을래?" 여학생이 물었다. "계속 내 주머니에 있던 거야. 따뜻하고 말랑말랑해."

"됐어." 쇼토가 고개를 세차게 흔들며 대답했다. "고맙지만 사양할게."

"나도 괜찮아." 내가 말했다.

"얘들아, 여기 좀 봐." 에이치가 버스 앞쪽에 앉은 빨간 머리 여학생을 가리키며 속삭였다. 그 여학생이 「아직은 사랑을 몰라요」에서 몰리 링월드가 연기한 사만다 베이커임을 한눈에 알아볼 수 있었다.

"누구라도 가서 생일 축하를 해줘야 하는 건가?" 에이치가 킥킥 웃으며 말했다.

"이곳에서는 매일 사만다의 생일과 생일 다음 날 아침이 반복돼." 아르테미스가 말했다. "셔머 행성에 있는 영화 시뮬레이션은 전부 다 빨라진 속도로 동시다발적으로 진행돼. 각 영화에 묘사된 사건들이 무한히 반복되지. 이 NPC들은 모두 각자만의 성촉절에 갇혀 있어. 저 가엾고 사랑스러운 여학생을 포함해서…”

아르테미스는 사만다 베이커가 앉은 자리에서 통로 반대편에 앉은 키 큰 여학생을 가리켰다. 그 여학생은 젊은 날의 조앤 큐잭이었다. 아주 정교한 목 보호대를 차고 있었는데 아마도 자신이 맡은 역할이 또래와 어울리지 못하는 이상한 애라는 설정을 도드라지게 하려는 소품이었을 것이다. 하지만 보호대를 하고 있었는데도 여전히 귀여웠다.

“쟤는 나랑 이름이 같아.” 아르테미스가 말했다. 고개를 돌리니 아르테미스가 사만다 베이커를 향해 고갯짓을 하고 있었다. “지금은 깊은 빡침 없이는 보기가 힘든 영화지만 「아직은 사랑을 몰라요」는 우리 엄마가 가장 좋아했던 영화 중 하나였어. 우리 엄마는 존 휴즈의 영화라면 다 좋아했었거든.”

“기억나.” 내가 말했다. “엄마가 돌아가신 후에 너 그 영화들을 다시 보곤 했잖아. 엄마랑 가까워진 것처럼 느끼고 엄마를 좀 더 이해해 보려고 말이야. 나도 우리 아버지가 돌아가신 후에 남겨진 만화책을 볼 때 같은 마음이었다는 말을 너한테 했었고.”

아르테미스가 내 눈을 똑바로 보더니 고개를 끄덕였다.

“맞아. 나도 기억나.”

아르테미스가 나를 향해 다시 미소를 지어 보였고 이번에는 나도 미소로 화답했다. 우리는 한동안 서로를 보면서 활짝 웃었다. 그 순간 에이치와 쇼토가 옆에 있다는 사실이 떠올라 고개를 돌렸더니 에이치와 쇼토는 아르테미스와 나를 뚫어져라 보고 있었다. 눈이 마주치자 에이치와 쇼토는 재빨리 딴청을 피웠다.

바로 그때였다. 에이치와 쇼토 뒤쪽 창밖으로 낯선 형체가 눈에 들어왔다. 버스가 방금 가파른 언덕을 올라오면서 빨갛게 단풍이 물든 나무들 너머로 언뜻 시카고의 스카이라인이 보였다. 그런데 거대한 원형 극장인 할리우드 보울도 보였다. 할리우드 보울이 난데없이 셔머의 교외 풍경에 들어가 있었다. 에이치도 이 점을 알아채고 아르테미스에게 말했다.

"저게 왜 여기 있지? 할리우드 보울은 할리우드에 있는 거 아니야?"

"당연히 그렇지." 아르테미스가 대답했다. "하지만 할리우드 보울은 「사랑 시대」에 나오는 데이트 장면을 촬영한 곳이야. 이 영화는 존 휴즈의 하이틴 영화 중에서 시카고 교외에서 촬영하지 않은 몇 안 되는 영화 중 하나였고. 개발자들은 그래도 이 건물을 셔머 시뮬레이션에 집어넣기로 했어. 미주리주에서 촬영한 「백마 타고 휘파람 불고」도 집어넣었고."

우리는 잠자코 창밖을 보면서 주변 풍경 곳곳에서 보이는 신기할 정도로 친숙한 장소들을 관찰했다.

"이제 학교에 거의 다 왔네." 아르테미스가 말했다. "들어봐."

〈카자구구〉(동명의 밴드가 부른 연주곡 버전)라는 노래의 도입부가 시작되고 서서히 소리가 커졌다. 이 니들 드롭은 우리가 셔머 고등학교에 가까워지면서 재생된 것이 분명했다. 남쪽에서 가는 중이었으므로 버스 앞 유리창으로 멀리 보이는 학교 건물의 모습이 「조찬 클럽」에 나오는 셔머 고등학교의 모습과 똑같았다. 전에 왔을 때 이 학교를 서쪽에서 보면 「아직은 사랑을 몰라요」에 나오는 셔머 고등학교의 모습과 일치하며, 빨간 벽돌로 된 북쪽과 동쪽 면은 「페리스의 해방」에 나오는 셔머 고등학교의 모습과 똑같다는 사실을 확인했었다. 하지만 세 출입문 중 어느 문으로 들어가더라도 내부는 모두 같았다. 건물 내부에는 여러 영화에 등장했던 셔머 고등학교의 내부를 촬영하기 위해 사용했던 다양한 세트와 실제 장소들이 놀라울 정도로 정교하게 재현되어 있었다.

〈카자구구〉는 계속 흘러나왔다. 버스가 학교 앞 갓길에 정차하는 동안 노랫소리는 더 커졌다. 우리는 차례로 버스에서 내린 다음 주변에 있는 NPC 고등학생 무리에 자연스럽게 끼어들었다.

아르테미스를 뒤따라 학교 남문으로 이어지는 넓은 콘크리트 길로 걸어갔다. 길 양옆으로 늘어선 돌 벤치에는 수백 명의 NPC 고등학생들이 앉아 있었다. 하나같이 1980년대 중반에 유행했던 화려한 옷을 입고 있었다. 눈부신 형광색 의상을 입은 학생들 곁을 지나가는 동안 NPC 고등학생들은 일제히 노래에 맞춰 손뼉을 치고 운동화를 신은 발을 박자에 맞춰 구르면서 이 노래를 따라 불렀다. 이 노래의 유일한 노랫말은 다름 아닌 노래 제목의 철자를 하나씩 말하는 것이었다. 'K-A-J-A-G-Double-O-G-Double-O!'

"셔머 고등학교에 오신 것을 환영합니다." 아르테미스가 양팔을 쭉 뻗고 학교 건물을 향해 뒷걸음질 치면서 말했다. "일리노이주 셔머. 6-0-0-6-2."

아르테미스가 손가락을 딱 부딪치자 아르테미스의 복장이 다시 한번 바뀌었다. 이제 아르테미스는 「핑크빛 연인」에서 애니 포츠가 처음 등장하는 장면에서 입었던 검정 라텍스 의상을 입고 펑크락 호저 같은 머리 모양을 한 채 치렁치렁한 귀걸이를 달고 포크 모양 팔찌를 차고 있었다.

"박수, 박수, 박수를 보내주세요." 아르테미스가 아이오나처럼 꾸미느라 얼마나 세심한 정성을 쏟았는지 알려주려는 듯 천천히 제자리에서 한 바퀴 돌면서 말했다.

에이치와 쇼토와 나는 가식적인 박수를 쳤다. 아르테미스가 우리를 째려보더니 아이템 보관함을 열고 복고풍 선글라스를 꺼냈다. 내가 그녀를 처음 만났을 때 끼고 있었던 「위험한 청춘」에 나오는 레이밴 선글라스였다. 아르테미스는 아이템 보관함에서 똑같은 선글라스 세 개를 더 꺼내더니 에이치와 쇼토와 나에게 하나씩 던졌다.

“복도가 더 잘 보일 거야.” 아르테미스가 말했다.

우리는 모두 걱정 어린 눈빛으로 아르테미스를 쳐다보고 나서 고개를 가로저었다.

“이럴 거야, 이 겁쟁이들 같으니라고!” 아르테미스가 말했다. “이건 호프먼 렌즈라고. 필요할 거야.”

아르테미스는 손짓으로 선글라스를 끼라고 재촉했다. 아르테미스가 시키는 대로 하자 에이치와 쇼토와 내 아바타가 입은 옷이 갑자기 「아직은 사랑을 몰라요」에 나오는 ‘얼간이 무리’들이 입은 옷으로 바뀌었다. 나는 앤서니 마이클 홀이 연기한 ‘괴짜’의 옷이었고, 에이치는 존 큐잭이 맡은 브라이스의 옷이었으며, 쇼토는 브라이스의 친구 클리프의 옷이었다.

에이치가 우리를 보고 나서 자기 모습을 내려다보더니 도끼눈으로 아르테미스를 노려보았다.

“이건 너무 촌스럽잖아, 아티.”

아르테미스가 깔깔대고 웃더니 레이밴 선글라스를 꼈다. 그러자 아르테미스의 옷이 다시 한번 바뀌었다. 이번에는 페리스 부엘러가 결석한 날에 입은 옷이었다. 검은색과 흰색이 섞인 가죽 재킷에 호피 무늬 조끼까지 모든 것이 똑같았다. 아르테미스는 검은색 베레모를 꺼내 머리에 씀으로써 페리스의 의상을 완벽하게 완성했다. 아르테미스가 우리를 보고 활짝 웃더니 양손을 신나게 비볐다.

“좋아, 친구들.” 아르테미스가 말했다. “여긴 보기보다 훨씬 더 위험하니까. 아무것도 만지지 말고, 아무한테도 말 걸지 말고, 나만 따라와."

우리는 모두 선글라스를 벗고 원래 모습으로 돌아온 다음 아르테미스를 뒤따라 정문으로 이어지는 계단을 올랐다. 정문 앞에 도착하자마자 아르테미스가 문을 열었다. 그때 또 다른 니들 드롭이 재생되었다. 킬링 조크가 부른 〈에이티스〉였다.

아르테미스는 이 노래를 듣고 활짝 웃으면서 옷깃을 세우고 앞장서서 학교 안으로 들어갔다.

0015

아르테미스를 뒤따라 신성한 셔머 고등학교의 복도를 걷는 동안 신기한 광경이 펼쳐졌다.

정문 안에 들어서자마자 왁자지껄한 남학생들 무리를 지나쳤다. 하나같이 파란색과 회색 바탕 위에 학교의 마스코트인 불독이 그려진 학교 재킷을 입고 있었다. 그 무리 중에 끼어 있는 앤드루 클라크(「조찬 클럽」에서 에밀리오 에스테베스 분)와 제이크 라이언(「아직은 사랑을 몰라요」에서 마이클 쇼에플링 분)을 한눈에 알아볼 수 있었다. 두 사람은 'GO BULLDOGS GO!'라고 적힌 응원 단합 대회 현수막을 보고 있었다.

오늘 밤 셔머 호텔 무도회장에서 열리는 프롬 파티를 홍보하는 포스터도 곳곳에 붙어 있었다. 이곳 셔머 행성에서는 매일 밤 프롬 파티가 열렸다. 연중 내내 말이다.

"형, 누나." 쇼토가 목소리를 조금 큰 귓속말 정도로 낮춘 채 외쳤다. "저기! 저 여학생이 앤디 맞지?"

쇼토가 우리 쪽으로 걸어오는 낯익은 빨간 머리 여학생을 가리켰다. 그 여학생도 몰리 링월드였다. 하지만 아까 버스에서 본 「아직은 사랑을 몰라요」에 나오는 몰리 링월드가 아니었다. 나이를 몇 살 더

먹고 빨간 머리가 많이 연해진 몰리 링월드였다.

"같은 배우는 맞지만 아니야." 아르테미스가 고개를 가로저었다. "재는 클레어 스탠디시야. 「조찬 클럽」에 나오는 몰리 링월드. 우린 「핑크빛 연인」에 나오는 몰리 링월드를 찾아야 해… 오전 이 시간쯤이면 있어야 하는데… 저기… 저기 있다!"

아르테미스가 복도 저쪽을 가리켰다. 그쪽을 보자 또 한 명의 몰리 링월드가 교실로 걸어오고 있었다. 이 몰리 링월드 NPC는 금테 안경을 끼고 꽃무늬 스카프를 두른 검은 모자를 쓰고 있었는데 모자 밑으로 빨간 머리가 삐져나와 있었다. 분홍 스웨터 안에 분홍 블라우스를 받쳐 입었는데, 정말이지 블라우스도 스웨터도 너무 예쁘게 잘 어울렸다.

"여기 정말 마음에 안 들어." 에이치가 주위를 둘러보면서 고개를 가로저었다. "꼭 브랫 팩과 함께 매트릭스에 갇힌 기분이야."

"난 그래서 좋은걸!" 아르테미스가 말했다. "내 취향에 대한 비난은 삼가해, 에이치. 경고했다."

"잠깐만." 내가 말했다. "「핑크빛 연인」의 앤디 월시는 이 학교에 안 다니지 않았나?"

아르테미스가 고개를 끄덕였다.

"맞아. 또 다른 허구의 학교인 일리노이주 엘긴에 있는 메도브룩 고등학교에 다녔지. 하지만 「핑크빛 연인」에 나오는 등장인물들과 촬영 장소들도 존 휴즈의 다른 작품들과 함께 셔머 행성에 합쳐졌어. 정신 차리고 지켜봐…"

우리는 거리를 둔 채 앤디를 따라갔다. 이윽고 앤디가 친구 제나에게 인사하기 위해 걸음을 멈췄다. 제나는 사물함에서 교과서를 꺼내는 중이었다. 쇼토가 앤디 쪽으로 살금살금 다가가려는데 아르테미스가 쇼토의 팔을 붙잡았다.

"아직 안 돼." 아르테미스가 말했다. "앤디가 또 다른 NPC를 만날 때까지 기다려야 해. 일단 그 NPC가 나올 때까지는 거리를 유지해야 해…"

누구를 말하는 것인지 물어보려고 했지만 내 목소리는 '페리스를 살립시다!'라고 연신 외치며 다가오는 한 남학생의 목소리에 묻혀버렸다.

고개를 돌려보니 그 목소리의 주인공은 키 큰 금발 머리 남학생이었다. 그 남학생은 학생들 틈을 비집고 나오면서 지나가는 학생들에게 빈 펩시 캔을 내밀었고 많은 학생이 기꺼이 동전을 넣었다.

"고마워!" 그 남학생은 기부금이 들어올 때마다 가볍게 머리를 숙이고 말했다. "복 받을 거야! 페리스를 도와줄래?"

학생들에게 떠밀려 순식간에 우리 앞까지 온 그 남학생은 에이치에게 빈 펩시 캔을 내밀더니 다시 한번 부탁했다. "페리스를 도와줄래?"

에이치가 냉정하게 남학생을 쳐다보며 말했다. "뭐라고?"

"아, 지금 페리스 부엘러의 신장 이식을 위해 모금 중이야." 금발 머리 남학생이 설명했다. "수술비가 5만 달러쯤 필요하대. 그래서 네가 도와줄 수 있으면—"

에이치가 남학생이 손에 든 펩시 캔을 툭 쳐서 엎어버렸다. 아르테미스가 뛰어가 깔깔대고 웃으면서 에이치를 잡아끌었고 당황한 금발 머리 남학생은 에이치를 향해 인정머리 없는 년이라고 소리쳤다.

"한눈팔지 마. 우린 앤디를 추적해야 해!" 아르테미스가 앞쪽을 가리키며 말했다. "저쪽으로 간 것 같아. NPC의 행동은 그때그때 달라. 앤디는 보통 사물함에 먼저 들르지만 어떨 때는 바로 교실에 들어가 앉기도 해. 그러니 계속 움직이면서 앤디를 추적해야 해. 걸으면서 복도 양쪽에 있는 교실을 싹 훑어보자!"

아르테미스가 다시 물밀듯이 밀려드는 NPC 고등학생들 사이를 뚫고 앞으로 나아갔다. 에이치와 쇼토와 나도 서둘러 따라갔다.

이윽고 학교 종이 울리자 NPC 고등학생들이 각각 교실로 흩어져 들어갔고 복도가 텅 비었다. 한 NPC 여학생이 나와 부딪쳤다. 그 여학생이 뒤로 돌아 "미안해."라고 말할 때 보니 1980년대식으로 파마한 금발 머리를 한 젊은 날의 줄리엣 루이스였다. 그녀의 주연작인 「스트레인지 데이즈」와 「황혼에서 새벽까지」가 가장 생생하다 보니 그녀가 「크리스마스 대소동」에서 오드리 그리스월드를 연기했다는 사실을 기억해 내는 데는 시간이 조금 걸렸다.

아르테미스의 말이 맞았다. 1970년대와 1980년대 대중문화에 해박한 사람에게 이 행성은 한눈팔 곳투성이였다.

아르테미스를 뒤따라 계속 걸었다. 아르테미스가 각자 흩어져서 교실마다 앤디 월시가 있는지 찾아보자고 말했다.

나는 가장 가까운 교실로 달려갔다. 교실 안을 잠깐 훑어보니 벤 스타인이 담당하는 경제학 수업이 진행 중이어서 바로 밖으로 나왔다. 물론 벤 스타인은 출석을 부르는 중이었다.

"애덤스, 애덤리, 애더모스키, 애덤슨, 애들러, 앤더슨?"

"네!" 내가 옆 교실로 뛰어가는 사이에 앤더슨이 크게 대답하는 소리가 들렸다.

옆 교실은 컴퓨터실이었다. 고등학생 NPC들이 줄줄이 놓인 옛날 데스크톱 컴퓨터 앞에 앉아 학기 말 과제를 작성하는 중이었다. 칠판 위에는 '해커는 퇴학'이라고 적혀 있었다. 잠시 멍해 있느라 한 박자 늦게 깜짝 놀랐다. 컴퓨터 앞에 앉은 NPC들 사이로 1980년대를 풍미한 가장 위대한 영화 속 해커인 브라이스 린치가 보였기 때문이다. 그런데 내가 기억하는 모습보다 나이가 더 들어 보였고 안경도 쓰고 있지 않았다. 그 순간 내가 보고 있는 사람이 「야외 소동」에서 크리스 영이 연기한 벅 리플리라는 사실을 깨달았다. 크리스 영은 「야외 소동」보다 몇 년 앞서 방영된 「컴퓨터 인간 맥스」에서 브라이스 린치를 연기한 배우였다. 그 NPC가 비록 브라이스 린치는 아니었지만 그래도 그 NPC에게 마음속으로 경의를 표하며 지난 대회 때 IOI와 식서들의 감시망을 피하고자 가짜 신분으로 브라이스 린치라는 이름을 사용했던 그 힘들었던 시절을 회상했다.

컴퓨터실에서 나와 옆 교실로 뛰어갔다. 열린 문틈으로 보니 미술수업이 진행 중이었다. 처음에는 아무도 없는 줄 알았지만 곧 교실 뒤편에서 이젤 앞에 서서 아만다 존스 양으로 분한 리 톰프슨의 초상화를 그리고 있는 키스 넬슨(「사랑 시대」에서 에릭 스톨츠 분)을 발견했다. 키스 넬슨 옆에 있는 책상 위에 놓인 잼박스에서 퍼니처가 부른 〈브릴리언트 마인드〉라는 노래가 흘러나오고 있었다. 나는 한동안 그 자리에 얼어붙은 듯 서 있었다. 그 장면이 원조 마티 맥플라이가 어머니의 초상화를 그리는 장면임을 깨달았기 때문이다. 그때 아르테미스가 빨리 따라오라고 소리쳤고 나는 황급히 달려 나갔다. 가는 길에 문이 열린 체육실도 지나쳤다. 열린 문틈으로 보니 파란색 무용복을 입은 여학생들이 여러 가지 체조 동작을 하고 있었다. 체육실 벽에는 'GO MULES GO!'라고 적힌 커다란 현수막이 걸려 있었다. 아르테미스에게 내가 발견한 내용을 이야기해 주었다.

"난 셔머 불독스가 맞다고 생각했었어."

"미식 축구팀과 레슬링팀은 셔머 불독스가 맞지." 아르테미스가 말했다. "농구팀은 셔머 뮬스잖아?"

아르테미스는 다음 원정 경기가 셔머 뮬스와 비컨 타운 비버스의 경기임을 알리는 포스터를 가리켰다.

앞쪽을 보니 쇼토가 또 다른 교실 안을 보고 있었다. 기술 수업 중이었는데 남학생들 수십 명이 똑같이 생긴 도자기 코끼리 조명을 만드는 중이었다. 이 조명은 코끼리의 코를 당기면 켜져야 했지만 한 남학생이 만든 조명은 코끼리의 코를 아무리 당겨도 켜지지 않았다. 그 남학생이 뒤를 돌았을 때 보니 브라이언 존슨(「조찬 클럽」에서 앤서니 마이클 홀 분)이었다. 에이치는 다음 교실로 이동했고 나는 마지못해 에이치를 따라갔다. 내가 마지막으로 본 브라이언 존슨은 얼굴을 찡그린 채 무뚝뚝한 기술 교사의 눈치를 보고 있었다.

모퉁이를 한 번 더 꺾었을 때 아르테미스가 갑자기 양팔을 쭉 뻗으면서 급정거하듯 멈춰 섰고 뒤따르던 우리는 서로 부딪힐 수밖에 없었다. 다시 균형을 잡았을 때 아르테미스가 앞쪽을 가리켰다. 그곳에는 앤디 월시가 이상한 옷차림을 한 상당히 앳된 모습의 존 크라이어와 함께 문이 열린 사물함 옆에 서 있었다.

"저기 있네." 아르테미스가 말했다. "필립 F. 데일. '더키'나 '꽥꽥이'라는 별명으로 더 유명한데. 존 휴즈의 상상력에서 튀어나온 역대 인물 중에서 가장 심한 분열과 논란을 일으킨 인물이라고 해도 과언이 아니지."

"아, 그 자식." 에이치가 눈을 흘기며 말했다. "근데 쟤한테서 뭘 얻을 수 있지? 옷 잘 입는 방법?"

아르테미스가 깔깔대고 웃더니 고개를 가로저으며 대답했다.

"나만 믿어, 알았지? 난 여기에 엄청나게 자주 왔었어. 이곳에서 가능한 알려진 퀘스트는 몽땅 다 끝냈지. 오래된 퀘스트 중에는 상세 정보에 개발자 이름이 없는 경우도 많아서 아무도 누가 개발했는지 모르는 것들도 있어. 하지만 이 퀘스트 중 일부를 키라와 모로가 개발했다는 소문은 늘 돌았어. 「핑크빛 연인」 퀘스트들도 포함해서 말이지. 그 소문을 진지하게 생각해 본 적은 없었지만 지금 와서 생각해 보면 어쩌면 진짜일 수도 있겠어…"

앤디가 사물함을 닫고 복도를 걷기 시작했고 더키는 찰거머리처럼 앤디를 졸졸 따라갔다.

두 번째 조각에 적힌 문구를 다시 한번 머릿속으로 떠올리며 아르테미스가 우리를 이곳으로 데려온 이유를 곰곰이 생각해 보았다. 이윽고 나는 탄식을 내뱉고 눈을 흘기며 말했다.

"말도 안 돼. 단서의 첫 번째 행이 망할 놈의 말장난인 거야? '파울을 배역에서 제외하고'에서 파울이 반칙을 뜻하는 'foul'이 아닌 수금류를 뜻하는 'fowl'인 거야?"

"정답이야." 아르테미스가 나를 보고 웃으며 말했다. "더 구체적으로는… 오리지!"

아르테미스가 턱짓으로 더키를 가리키더니 등에 매단 검집에서 엘프의 곡선검을 꺼냈다. 검을 뽑는 동안 검날에서 소리굽쇠 같은 소리가 났다.

"아티." 에이치가 말했다. "너 대체 뭘 하려고?"

"두고 보기나 해." 아르테미스가 양손으로 검자루를 잡으면서 말했다. 아르테미스는 수업종이 한 번 더 울릴 때까지 그 자리에 서서 기다렸다. 앤디는 더키에게 급히 작별 인사를 건네고서 종종걸음으로 멀어졌다. 더키는 큰 목소리로 앤디에게 구내식당에 점심을 예약해 두어야 할지, 창가 자리로 하면 되겠는지 물었다. 창피해진 앤디는 손으로 얼굴을 가린 채 뒤로 돌아 잰걸음으로 멀어졌다.

"어, 잠깐만, 오늘 다시 널 보고 감탄할 시간을 줄래?" 앤디가 교실로 들어가는 동안 더키가 외쳤다.

"불쌍한 더키." 이 장면을 지켜보는 동안 쇼토가 속삭였다.

"뭐? 불쌍한 더키라고?" 아르테미스가 소스라치게 놀라면서 되물었다. "불쌍한 앤디가 아니고? 앤디는 더키를 안쓰럽게 생각해. 더키가 성 정체성 문제로 힘들어하는 것도 알고, 다른 친구가 없다는 것도 아니까. 근데 더키가 앤디에게 받은 동정심과 친절을 어떻게 갚더라? 선을 마구 넘질 않나, 시도 때도 없이 따라다니면서 괴롭히질 않나, 틈만 나면 공개적으로 망신이나 주질 않나. 게다가 앤디가 없을 때 다른 여자애들한테 어떻게 하는지도 보라고…"

아르테미스가 뒤로 돌아 더키를 가리켰다. 더키는 우리보다 몇 발짝 앞에 서 있는 프레피 스타일로 차려입은 두 여학생 곁으로 다가갔다.

"아리따운 여성분들." 더키의 목소리가 들렸다. "있잖아. 너희 중 한 명 혹은 너희 둘 다 연휴 때까지 임신한다는 데 내기할 수 있어. 어떻게 생각—"

더키가 말을 채 끝맺기도 전에 아르테미스가 냅다 달려가 검을 휘둘렀다. 더키의 머리통이 완전히 목에서 떨어져 나갔다.

"단 한 명만이 남을 수 있다!" 더키의 머리통이 드라이로 올린 올백 머리와 함께 날아가는 동안 아르테미스가 외쳤다. 더키의 머리통은 바로 옆에 있던 사물함에 맞고 금속성 소리를 내며 튕겨져 나와 왁스를 칠한 대리석 복도 바닥에 떨어졌다. 몸통에서 그리 멀지 않은 곳이었다. 더키가 방금 말을 걸었던 여학생들이 꺅 하고 비명을 지르며 달아났다. 근처에서 서성대던 다른 NPC 고등학생들도 달아났다.

"이런, 깜짝 놀랐잖아, 아티!" 에이치가 외쳤다. "귀띔이라도 좀 해주지 그랬어!"

"그러게 말이야." 쇼토가 킥킥 웃으면서 덧붙였다. "다음엔 귀띔 좀 해줘!"

에이치가 쇼토의 아바타를 벽으로 밀쳐 웃음을 멈추게 했다.

더키의 머리통과 몸통이 서서히 사라지자 더키가 지니고 있던 물건들이 떨어졌다. 금 동전 몇 개와 빈티지한 구제 옷, 끈 넥타이, 끈이 아닌 버클이 달린 낡은 흰색 윙팁 구두였다.

아르테미스는 구두와 끈 넥타이는 주웠지만 옷과 동전은 줍지 않았다.

"짜증 나는 새끼." 아르테미스가 검날에 묻은 더키의 피를 닦고 검을 다시 검집에 집어넣으며 말했다. "저놈은 항상 재수 없었어. 앤디가 저놈이랑 잘되라고 응원했던 골 빈 머저리들도 마찬가지고."

"잠깐만." 쇼토가 말했다. "누난 블레인 팀이었다는 거야?"

"물론 아니지." 아르테미스가 메스껍다는 표정을 지으며 대답했다. "블레인은 더키보다도 훨씬 더 끔찍한 놈이지. 난 둘 다 앤디에게 좋은 짝이라고 생각한 적이 없어. 키라도 같은 생각이었지…"

"그렇구나…" 쇼토가 천천히 말했다. "근데 왜 더키의 목을 날린 건데?"

"'파울을 배역에서 제외'하고 '결말을 복원'하기 위해서지." 아르테미스가 말했다.

"방금 네가 더키를 죽였는데 앤디가 더키와 맺어지는 결말을 어떻게 복원한다는 거지?" 내가 물었다.

"보여줄게." 아르테미스가 말했다. "하지만 먼저 들러야 할 데가 있어."

아르테미스가 다시 달리기 시작했다. 하는 수 없이 에이치와 쇼토와 나도 뒤따랐다. 똑같이 생긴 복도를 몇 개 더 통과한 끝에 마침내 아르테미스가 주황색 사물함이 길게 늘어선 구역에서 급정거하듯 멈춰 섰다. 한 사물함의 문짝에는 다음과 같은 경고문이 검은 매직으로

휘갈겨 쓰여 있었다. '이 사물함을 건드리면 넌 죽는다, 호모 새끼야!'

"저건 벤더의 사물함이야!" 내가 외쳤다.

에이치가 고개를 끄덕이고 팔짱을 끼며 말했다. "난 항상 저놈의 사고 수준을 의심했어. 이 동성애 혐오적인 낙서가 자기 사물함을 못 건드리게 하는 게 아니라 오히려 건드리고 싶게 만든다고 생각하지 않니? 벤더는 생각이 너무 얄팍했어!"

"동감해." 아르테미스가 대답했다. "우리한테는 잘된 일이지…"

아르테미스가 뒤로 돌아 벽에 걸려 있던 소방용 도끼를 쥐고 벤더의 번호 자물쇠를 부순 다음 사물함 문을 조심스럽게 열고 재빨리 손을 뗐다. 사물함 문이 앞으로 튕겨지듯 열리는 순간 작은 단두대가 사물함 바닥까지 쿵 떨어졌다. 그 단두대가 떨어지면서 사물함에서 삐져나와 있던 운동화의 앞코가 잘렸다.

아르테미스는 한참 동안 사물함 속에 든 잡동사니들을 뒤진 끝에 마침내 구겨진 갈색 종이 뭉치를 찾아냈다. 아르테미스가 종이를 한 겹 벗기니 이번에는 좀 더 작은 종이 뭉치가 나왔다. 그 뭉치에는 감자튀김 기름 얼룩으로 보이는 얼룩이 묻어 있었다. 아르테미스가 그 안에 든 샌드위치용 비닐봉지를 꺼냈다. 그 봉지 안에는 엄청난 양의 대마초가 들어 있었다.

아르테미스가 왼손에는 대마초 뭉치를, 오른손에는 더키의 구두를 쥐고 높이 들어 올렸다.

"마법 약초와 마법 슬리퍼를 구했으니." 아르테미스가 말했다. "이제 도시를 덮치러 갈 시간이야. 진심이야. 술도 좀 마시고, 불타는 밤도 좀 즐기고, 춤도 좀 추고… 가보자고!"

아르테미스가 다시 달리기 시작했고 우리도 뒤따라 달렸다.

다시 학교 밖으로 나왔을 때 아르테미스는 축구장을 가로지르는 지름길로 달려갔다. 우리가 골대 옆을 지나는 동안 배경음악으로 또 다른 니들 드롭이 재생되었다. 에이치가 평생 가장 싫어하는 노래 중 하나인 심플 마인즈가 부른 〈돈 츄 (포겟 어바웃 미)〉였다. 에이치는 금방이라도 폭발할 듯한 표정을 짓고 있었다. 거의 미치기 일보 직전이었다.

"나 좀 살려줘!" 에이치가 이 노래의 도입부보다 더 큰 목소리로 외쳤다. "진짜 이래야만 해? 이런 쓰레기를 듣기 위해 꼭 우리가 다 여기 있어야 해?"

나는 에이치의 등을 떠밀며 아르테미스와 쇼토를 따라잡았다. 그러자 노래가 다시 흘러나왔고 최고조에 이르렀을 때 에이치가 오른손 주먹을 조롱하듯이 하늘로 치켜들었다. 우리는 그런 에이치를 보고 깔깔대고 웃음을 터트릴 수밖에 없었다.

몇 초쯤 지났을까. 에이치의 얼굴에서 웃음기가 싹 가셨다.

"전화가 왔어." 에이치가 말했다. "엔디라야. 가끔 안부 전화한다고 약속했거든. 이 전화 좀 받을게. 잠깐만."

에이치는 몇 발짝 걸어가서 우리 쪽으로 등을 보인 채로 엔디라의 전화를 받았다. 에이치 앞쪽 허공에 떠 있는 비디오피드 창에서 보이는 에이치의 약혼녀 엔디라의 근심 어린 표정을 얼핏 볼 수 있었다. 엔디라는 로스앤젤레스 집에서 전화를 걸고 있었는데 여전히 에이치의 이머전 볼트 곁을 떠나지 않고 있었다. 에이치가 대화를 음소거 상태로 바꾼 터라 무슨 말을 하는지는 들을 수가 없었다. 하지만 들을 필요도 없었다. 누가 보아도 몹시 불안해하는 엔디라를 에이치가 달래주려고 애쓰는 모습이었다.

쇼토가 한숨을 내쉬었다. "이럴 시간이 정말 없다는 건 알지만 나도 키키의 목소리를 듣고 싶어 미치겠어."

아르테미스가 한동안 생각에 잠긴 듯하더니 나를 보며 말했다. "이번 조각을 찾는 데 우리 넷이 다 필요하진 않아. 너랑 난 계속 가고 에이치와 쇼토는 약혼녀와 아내에게 잠시 빌려주면 어떨까? 조각을 찾으면 그때 전화하는 걸로."

몇 년 만에 아르테미스와 단둘이 있을 수 있다는 생각만으로도 잠시 어안이 벙벙해졌다. 잠깐 어색한 침묵이 흐른 끝에 마침내 반응할 수 있었다.

"좋아." 내가 최대한 덤덤한 척 말했다. "좋은 생각이야. 넌 참 배려심이 깊구나."

아르테미스가 쇼토를 보고 고개를 끄덕인 다음 나를 보고 고개를 갸웃하더니 묘한 웃음을 지어 보였다. "좋아, 지. 조각을 찾으러 가자."

이윽고 아르테미스가 길을 따라 다시 달리기 시작했고 시야에서 사라졌다. 나는 전력질주로 그녀를 따라잡은 다음 몇 블록을 더 뛰어 마침내 언제나 밤이며 언제나 계절은 봄 아니면 초여름의 어느 날로 보이는 한 구역에 다다랐다. 이곳은 여전히 부유한 동네였다. 호수가 가까이에 있고 크고 비싼 집들이 늘어서 있었다. 한 집도 빠짐없이 광란의 파티가 열리고 있는 듯했다.

"저 집 부모님은 유럽에 가셨어." 아르테미스가 한 집을 가리키고 또 다른 집을 가리키고 또 다른 집을 가리키면서 말했다. "저 집 부모님도 유럽에 가셨어. 저 집 부모님도 유럽에 가셨어. 부잣집 애들의 부모님은 몽땅 유럽에 가셨지."

왼쪽 첫 번째 집이 「사랑 시대」에 나오는 집임을 한눈에 알아볼 수 있었다. 크레이그 셰퍼가 연기한 하디 젠스의 집이었다. 통유리 창 너머로 하디가 여피 친구들과 음모를 꾸미는 모습이 보였다. 하디의 집을 지나치자마자 검은색과 회색이 섞인 리무진 한 대가 집 앞에 서더니 메리 스튜어트 마스터슨이 차에서 내렸다. 그녀가 에릭 스톨츠를 위해 차 문을 열어주었고, 에릭 스톨츠는 리 톰프슨을 위해 차 문을 열어주었다. 에릭과 리는 하디의 집으로 들어가고 메리 스튜어트는 뒤에 남아 리무진 범퍼에 기대어 서 있었다.

몇 초쯤 지났을까. 검정 승합차 한 대가 하디의 집 진입로에 들어섰다. 덩컨(일리아스 코테아스 분)이라는 이름의 대머리가 험상궂은 패거리와 함께 차에서 뛰어내리더니 일제히 하디의 집으로 뛰어 들어갔다. 집 안에서 찰리 섹스턴이 부른 〈비츠 소 로운리〉라는 노래가 꽝꽝 울려 퍼졌다.

"이 파티는 곧 역사적 사건이 되지." 아르테미스가 말했다.

그 말에 나는 크게 웃음을 터트렸고 그 모습을 본 아르테미스가 다시 한번 미소를 지었다.

우리는 계속 길을 따라 걸었다. 옆집은 스테프 맥키(「핑크빛 연인」에서 제임스 스페이더 분)의 집이었다. 스테프는 현관에서 손님을 맞이하고 있었다. 순간적으로 나는 NPC 스테프를 로엔그린의 남성형 아바타로 착각했다. 두 아바타는 거의 똑같았지만 로엔그린의 아바타가 좀 더 머리가 짧았다.

몇 분쯤 걷자 도널리의 집에 다다랐다. 「신비의 체험」에서 묘사된 모든 사건은 이 집의 안팎에서 일어났다. 우리가 도착하자마자 반쯤 헐벗은 여자애가 굴뚝에서 튀어나오더니 앞뜰에 있는 작은 연못에 첨벙 빠졌고 물이 사방으로 튀었다.

"이제 시작하자." 아르테미스가 말했다. "「신비의 체험」에 나오는 두 녀석의 NPC를 찾아야 해. 잠깐만 여기서 기다려. 금방 올게!"

아르테미스는 총을 꺼내 들고 집 안으로 뛰어 들어갔다. 속사포처럼 빠른 총성이 들리고 곧이어 수류탄이 터지는 듯한 소리가 났다. 이

웃고 아르테미스가 집 앞 인도에서 기다리던 내 옆으로 돌아왔다.

"저 안에는 없네." 아르테미스가 말했다. "맥스랑 이언은 도널리의 집이 난장판이 되면 다른 파티로 옮길 때도 있고 그대로 남아 있다가 꽐라가 될 때도 있어. 하지만 그건 보통 자정이 넘어야 일어나는 일이야."

"맥스와 이언 말하는 거야?" 내가 말했다. "「신비의 체험」에서 게리와 와이엇에게 ICEE 슬러시를 쏟은 두 왕재수 말이지? 그놈들이 대체 왜 필요한데?"

"그래야 우리가 세 번째 조각을 손에 넣을 수 있으니까, 지." 아르테미스가 어린 꼬마에게 아주 명백한 사실을 설명해 주는 듯한 말투로 대답했다. "날 그냥 좀 믿어봐, 응? 그럼 시간을 많이 아낄 수 있다고." 아르테미스가 등 뒤를 가리켰다. "저쪽에서 열리는 파티에서 두 녀석을 찾아야 해. 난 일단 스터비의 집에 가볼게. 넌 그 옆집에서 열리는 광란의 파티에 가봐."

아르테미스가 길 건너편에 있는 또 다른 저택을 가리켰다. 앞뜰에 있는 나무에는 두루마리 휴지가 주렁주렁 매달려 있었고, 잔디밭에는 맥주 캔과 피자 상자와 잔뜩 달아오른 10대들이 널브러져 있었다. 집 안에서 틀어놓은 음악 소리가 밖에서도 들렸다.

"저기 누가 사는데?" 내가 물었다.

"제이크 라이언." 아르테미스가 말했다. "이언이나 맥스를 발견하면 꼭 붙잡아 놓고 나한테 전화해. 스터비의 집에서 두 녀석을 발견하면 나도 그렇게 할 테니까. 오키 도키 오기 도기?"

나는 활짝 웃으며 대답했다. "오키 도키 도기 대디."

아르테미스가 스터비의 집을 향해 냅다 뛰어갔다. 나는 잠시 멍하니 그녀의 뒷모습을 보다가 심호흡을 한 뒤에 반대 쪽인 제이크 라이언의 집으로 달려갔다.

0016

앞마당은 전쟁터를 방불케 했다. 10대들이 마당과 거리를 서성대거나 빈티지한 포르쉐와 페라리, 트랜스 암에 기대어 있거나 춤추거나 술을 마시거나 뒤엉켜 있었다. 진입로 중간쯤에는 조수석 창문에 쟁반이 부착된 빨간 BMW 한 대가 세워져 있었다. 진흙이 잔뜩 묻은 파란 세단이 BMW 위에 올라탄 채 주차되어 있었고, BMW 뒷좌석에는 남녀가 뒤엉켜 있었다.

현관문 앞까지 걸어가 초인종을 눌렀다. 커다란 징 소리가 울리면서 현관문이 안쪽으로 열렸다. 아시아계 남자애가 현관문에 매달려 있었다. 만취한 상태였다. 그 남자애가 내가 아는 사람임을 알아차리는 데는 오랜 시간이 걸리지 않았다. 그 남자애는 「아직은 사랑을 몰라요」에서 게드 와타나베가 맡은 악명 높은 역할인 롱 덕 동이었다.

"왜 그래, 이쁜이?" 롱 덕 동이 심한 억양으로 말했다. 내가 우물쭈물하자 롱 덕 동이 안으로 들어오라고 손짓했다. 고맙다고 말하고 집 안으로 들어갔다. 안으로 들어가니 파티 분위기에 한껏 달아오른, 술 취한 부잣집 백인 애들이 가득했다. 조앤 큐잭도 마주쳤다. 아까 버스에서 본 목 보호대를 한 여학생 차림이었다. 조앤은 몸 전체를 뒤로 젖히고 맥주를 마시려고 했지만 몸을 너무 심하게 젖힌 탓에 뒤로 넘어졌다.

거실을 둘러보다가 하마터면 천장에서 떨어진 바벨에 깔릴 뻔했다. 바벨은 거실 바닥을 뚫고 포도주 저장실 천장에 큰 구멍을 내며 떨어져 그곳에 저장된 포도주 수십 병을 와장창 깨뜨렸다.

집 전체를 완전히 한 바퀴 다 돌아보았지만 이언이나 맥스는 보이지 않았다.

다시 거실로 돌아오자마자 HUD에 아르테미스한테서 온 문자가 도착했다. 옆집인 스터비의 집 뒷마당에서 만나자는 문자였다.

밖으로 달려 나가 깔끔하게 손질된 잔디밭을 가로질러 옆집 뒷마당으로 갔다. 그 집도 술독에 빠진 치기 어린 10대들 때문에 난장판이 되어 있기는 마찬가지였다. 스터비의 집 뒷마당에 도착하니 아르테미스가 용모가 준수한 두 남자애에게 총을 겨누고 있었다. 「신비의 체험」에 나오는 이언과 맥스였다. 맥스 역을 맡은 배우는 로버트 러슬러였다. 그가 「나이트메어 2: 프레디의 복수」에서 론 그래디 역을 맡았었다는 사실도 알고 있었다. 이언 역을 맡은 배우는 말도 안 되게 앳된 로버트 다우니 주니어였다.

"대박." 내가 말했다. "레전드 아이언맨이잖아! 그가 존 휴즈의 영화에 출연했었다는 사실은 잊고 있었네…"

"단 한 작품뿐이었어." 아르테미스가 말했다. "「신비의 체험」에서 맡은 조연. 하지만 잘 알려지지 않은 사실이 하나 있는데 로다주가 원래 다른 존 휴즈의 영화에서 주연을 맡을 뻔했었어. 그래서 지금 그가 필요한 거지."

"얘는 보내줘도 돼." 아르테미스가 맥스를 가리키며 이렇게 말하더니 소총을 내렸다. 소총은 더 이상 맥스의 머리를 겨누고 있지 않았다. 맥스는 얼마간 그 자리에 얼어붙어 있다가 이내 꽁무니를 빼고 넓은 잔디밭을 가로질러 제이크 라이언의 집 쪽으로 내달렸다. 맥스는 단 한 번도 뒤를 돌아보지 않았다.

아르테미스는 다시 이언을 보면서 벤더의 사물함에서 가져온 대마초 뭉치를 꺼내 이언의 눈앞에 대고 흔들었다. 이언의 표정이 마치 최면에라도 걸린 것처럼 순식간에 몽롱한 표정으로 변했다.

“조금 줄까요?” 아르테미스가 물었다.

“아, 네, 그럼요!” 이언이 대답했다. “주시면 당연히 감사하죠.”

이언이 대마초 뭉치로 손을 뻗었지만 아르테미스가 이언의 손이 닿기 전에 홱 낚아챘다.

“거래를 제안하죠. 두 가지 간단한 일만 해주면 이 대마초 뭉치를 통째로 다 줄게요.”

“좋습니다.” 이언이 추파를 던지듯이 눈을 깜박이며 말했다. “뭐든 말씀만 하세요, 인형 같은 아가씨.”

“「신비의 체험」 공식 퀘스트를 전부 깨는 과정에서 이 작은 요령을 알아냈어.” 아르테미스가 말했다. “맥스와 이언을 재현한 이 두 NPC는 쾌락주의자들이야. 섹스나 마약을 제공할 경우 거의 무슨 일이든 처리해 줘.” 아르테미스가 이언에게 미소를 지어 보였다. “안 그래요, 이언?”

이언은 다시 한번 아르테미스에게 추파를 던지듯이 눈을 깜박이며 고개를 끄덕였다. 아르테미스는 아이템 보관함을 열고 아까 셔머 고등학교에서 더키한테서 빼앗은 윙팁 구두와 끈 넥타이를 꺼내 이언에게 내밀었다.

“우선 이 두 가지를 착용하세요. 그런 다음 오늘 밤 프롬 파티에 가서 앤디 월시와 춤을 추세요. 콜?”

“콜.” 이언이 말했다. 이언은 윙팁 구두를 받아 신은 다음 끈 넥타이를 목에 둘렀다. 그러자 옷과 머리 모양도 바뀌었다. 더 이상 「신비의 체험」에서 이언 역을 맡았을 때 로다주의 모습이 아니었다. 「백 투 스쿨」에서 데릭 루츠 역을 맡았을 때의 모습이었다. 다만 옷은 「핑크빛 연인」의 결말에서 존 크라이어가 입었던 빈티지한 양복을 입고 있었다.

로다주의 변신이 끝나자 또 다른 니들 드롭이 재생되었다. 처음에는 휴이 루이스 앤 더 뉴스가 부른 〈아이 원트 어 뉴 드럭I Want a New Drug〉이라는 노래인 줄 알았지만, 노랫말이 시작되자마자 위어드 알 얀코빅의 패러디 곡인 〈아이 원트 어 뉴 덕I Want a New Duck〉임을 알 수 있었다.

이 노래가 흘러나오는 약 5초 동안 새롭게 배역을 차지한 로버트 "더키" 주니어는 가볍게 춤을 추며 새 옷을 자랑했다. 노래가 끝나자 자세를 잡더니 이렇게 말했다. "더키는 지금도 앞으로도 변하지 않아."

그가 자기 구두를 가리키고 왼발을 왼쪽으로 돌리고 오른발을 오른쪽으로 돌렸다가 다시 두 발을 모으고 나서 우리를 쳐다보았다. 우리가 손뼉을 치지 않자 그가 얼굴을 찡그리고 양쪽 겨드랑이 냄새를 맡은 다음 이렇게 물었다. "제가 무슨 실례라도 했나요?"

아르테미스가 환호성을 지른 다음 그에게 달려가 등을 찰싹 쳤다.

"로다주는 원래 더키 역에 내정됐었어. 하지만 제작사에서 그 역할을 존 크라이어에게 주기로 했지. 이 영화의 1차 편집본이 상영됐을 때 이걸 본 관객 중 누구도 더키와 앤디가 맺어지는 결말을 원하지 않았어. 그래서 존 휴즈가 급하게 결말을 다시 쓸 수밖에 없었지. 바뀐 결말에서는 앤디가 돈 많고 허세 부리는 블레인과 맺어지게 됐고."

"정말이야? 처음 듣는 얘긴데." 나는 고개를 가로저었다. "정말 대단해, 아티."

"고마워, 파르지발." 아르테미스가 정말로 스스로 흡족한 듯한 목소리로 말했다. "몰리 링월드가 옛날에 했던 인터뷰 기사를 읽은 적이 있는데, 그때 존 휴즈 감독이 원래 의도했던 대로 로다주가 더키 역을 맡았더라면 「핑크빛 연인」의 원래 결말이 반응이 좋았으리라 생각한다고 말했어. 로다주와 좀 더 연기 호흡이 잘 맞았을 거라고."

다시 한번 두 번째 조각에 새겨진 문구를 읊조렸다. 이번에는 외우고 있어서 조각을 다시 꺼낼 필요가 없었다. "'파울을 배역에서 제외하고 결말을 복원하라. 앤디의 첫 번째 운명은 여전히 바뀔 필요가 있다.' 그럼 그게 앤디의 첫 번째 운명이겠네? 로다주가 더키 역을 맡게 하는 거? 그럼 그 운명이 '바뀔' 유일한 방법은 '파울을 배역에서 제외' 하는 거겠네?" 나는 아르테미스를 보고 빙그레 웃은 다음 고개를 절레절레 흔들며 말했다. "아티, 넌 천재야!"

나는 아르테미스를 향해 손뼉을 쳤고 아르테미스는 살짝 고개를 숙였다. 이윽고 아르테미스가 더키의 팔을 잡고 다시 뛰기 시작했다. 나도 뒤따라 뛰었다. 두 사람은 스터비의 집 잔디밭을 가로질러 제이크 라이언의 집 진입로에 주차된 롤스로이스 컨버터블에 올라탔다. 아르테미스가 더키를 뒷좌석에 밀어 넣은 다음 운전석에 앉았다. 나는 조수석에 올라탔다.

"근데 페라리를 타면… 더 빨리 갈 수 있지 않을까?"

나는 이렇게 물으며 제이트 라이언의 집 뒤로 보이는 숲을 가리켰다. 나무들 사이로 죽마 위에 지어진 외딴집 한 채가 보였다. 그 집이 캐머런 프라이의 집임을 알아볼 수 있었다. 집 뒤편으로 벽이 유리로 된 차고도 보였다.

"그 생각은 접어." 아르테미스가 말했다. "캐머런의 아빠는 최첨단 보안시스템을 갖고 있어. 낮에만, 열쇠가 있고 캐머런의 도움이 있을 때만 차를 훔칠 수 있어. 지금 이걸 훔치려다가는 「원나잇 크라임」에 나오는 로빈과 함께 셔머 경찰서 유치장에 갇히고 말 거야. 탈출은 쉽게 가능하지만 30분을 허비해야 돼." 아르테미스가 미소를 지었다. "여기서 몇 블록만 가면 나오는 교회 주차장에서도 앨릭 볼드윈이 타는 똑같은 페라리를 훔칠 수 있어." 아르테미스가 남쪽을 가리킨 다음 시계를 보았다. "근데 제이크 브릭스와 크리스티 베인브리지의 결혼식까지는 아직도 한 시간 이상 남았네. 아쉽지만 지금으로서는 제이크 라이언의 아빠가 타는 이 롤스로이스가 최선이야."

"할 수 없지." 내가 나지막이 중얼거렸다. "이 구린 갈색 똥차를 탈 수밖에 없겠네."

"안전띠 매, 에이스." 아르테미스가 나를 흘긋 보며 말했다. 아르테미스는 내가 안전띠를 매는 동안 기다렸다가 내가 안전띠를 다 매자 음흉한 미소를 지었다.

"이거 점점 좋아지는데." 아르테미스가 롤스로이스를 주행 기어로 바꾸고 액셀을 끝까지 밟으며 말했다. 그 순간 또 다른 니들 드롭이 재생되었다. 〈피터 건의 테마〉였다. 이 노래는 급출발한 롤스로이스가 우리를 밤의 어둠 속으로 데려가는 동안 계속 흘러나왔다.

• • •

아르테미스는 달빛 아래 빛나는, 미로처럼 복잡한 교외 도로를 맹렬한 속도로 질주했다. 롤스로이스가 급커브를 돌 때마다 로다주와 나는 이리저리 흔들렸다. 한동안 '그랜드 테프트 오토: 셔머'라는 게임 속에 내던져진 기분이었다. 고속도로에 올라타자 비로소 덜컹거림이 멈췄다. (고속도로에 진입하자 새로운 니들 드롭이 재생되었다. 린지 버킹

엄이 부른 〈홀리데이 로드〉였다. 이 노래는 출구를 몇 번 지나친 후에 고속도로에서 빠져나왔을 때 멈췄다.)

어느새 기찻길을 건너 가난한 동네에 들어선 것 같았다. 주변에 보이는 집들이 훨씬 작고 허름하고 옆집과 더 가까이 다닥다닥 붙어 있었다. 거리를 달리는 동안 해리 딘 스탠턴이 어두컴컴한 앞마당에서 목욕 가운 차림으로 접이식 의자에 앉아 신문을 읽는 모습이 보였다. 몇 집을 더 지나친 후에는 존 벤더가 문이 열린 차고 앞에 서서 담배를 문 채 페인트 통을 휘젓는 모습도 보였다. 존 벤더의 집 바로 옆집은 완전히 폐가처럼 보였다. 잔디는 웃자라고 있었고, 창문은 모두 판자로 막혀 있었으며, 현관문에는 차압 딱지가 붙어 있었다. 문밖에 있는 녹슨 우편함에는 이름이 적혀 있었는데, 그 이름은 바로 델 그리피스였다.

내가 발견한 내용을 이야기하자 아르테미스가 빙그레 웃으며 말했다.

"셔머에는 총 다섯 명의 존 캔디 NPC가 돌아다니고 있어. 이름 다 댈 수 있어?"

"물론이지. 한 명은 물론 델 그리피스이고. 그리고 쳇 리플리도 있고. C.D. 마시도 있고. '중서부 폴카의 황제' 거스 폴린스키도 있지. 아참, 오늘 아침에 벅 러셀도 봤다."

아르테미스가 나를 보고 활짝 웃었다. 감탄한 것 같았다.

"제법인데, 와츠. 여전히 총기가 살아 있군." 아르테미스가 길 건너편으로 보이는 통나무 오두막처럼 꾸민 한 식당을 가리켰다. 그 식당의 이름은 폴 버니언스 커버드였다. 입구 옆에는 폴 버니언과 파란 황소 베이브를 형상화한 초대형 동상이 서 있었다.

"저기 들어가서 올드 나인티식서 스테이크에 도전해 보고 싶니?

오엔아이를 사용하면 아마 훨씬 더 힘들—"

아르테미스가 방금 자기가 무슨 말을 했는지 깨달은 듯 갑작스레 말을 끊었다. 곁눈질로 보니 아르테미스가 움찔하는 모습이 보였다.

"정말 그러고야 싶지." 내가 괜찮다는 사실을 알려주려고 아르테미스의 옆구리를 쿡쿡 찌르며 내가 말했다. "시간만 있다면 지금 당장 올드 나인티식서 스테이크를 먹어 치우고 싶어." 나는 목소리를 낮추고 말을 이었다. "이름에 '식서'가 들어간 음식을 내가 싫어한다고 생각하나 본데, 그렇지 않아. 전혀."

아르테미스가 다시 깔깔대고 웃었다. 그 웃음소리가 참 듣기 좋았다.

"이번 일이 다 끝나면 다시 와서 스테이크 썰자, 어때?" 내가 말했다.

아르테미스가 고개를 끄덕였다. "그래, 좋아."

내 얼굴이 다양한 색조의 붉은색으로 발그레 달아올랐다.

계속 거리를 달리는 동안 운전석에 앉은 아르테미스를 훔쳐보았다. 컨버터블의 지붕을 열어놓은 터라 바람이 아르테미스의 머리카락을 스쳐 갔다. 아르테미스는 예뻤고 기분이 좋아 보였다. 여전히 그녀를 미치도록 사랑하고 있었다. 아무리 발뺌한다 해도 부정할 수 없는 사실이었다.

아무 일도 일어나지 않았는데 느닷없이 또 다른 니들 드롭이 재생되었다. 보스턴이 부른 〈모어 댄 어 필링〉이었다. 「결혼의 조건」에서 제이크 브릭스가 미래의 아내가 되는 크리스티에게 첫눈에 반했던 순간을 보여주는 짧은 회상 장면에서 나오는 노래였다.

이 노래가 시작되자마자 아르테미스가 고개를 오른쪽으로 홱 돌렸고 자신을 빤히 쳐다보고 있는 내 눈과 마주쳤다. 시선을 피해 앞유리창을 보는 척했다. 하지만 앞유리창에 비친 아르테미스는 빙그레 웃고 있었다. 이윽고 그녀가 깔깔대고 웃는 소리가 들렸다.

"뭐가 그렇게 웃겨?" 내가 물었다.

"이 노래 말이야. 이 노래는 다른 아바타를 5초 이상 빤히 쳐다보면서 심장 박동 수가 급격히 빨라질 때 나오는 노래거든. 작년에 오엔아이 유저들을 위해 추가된 작은 이스터에그야."

"거 참, 훌륭한 이스터에그네." 내가 혼잣말로 중얼거렸다. "내 바이오 모니터 때문에 걸린 거로군."

아르테미스는 앞을 본 채 깔깔대고 웃었다. 의자 깊숙이 몸을 파묻고 창밖을 보는 척했다. 은신술을 쓸 수 있게 이 행성에서 마법이 가능하다면 얼마나 좋았을까 생각하면서 말이다.

• • •

몇 분 후에 우리는 셔머 호텔에 도착했다. 아르테미스가 끼익 하는 소리를 내며 롤스로이스를 갓길에 세웠다. 그곳을 지나가던 행인 NPC 몇 명이 놀라 달아났다.

우리 셋은 차에서 뛰어내려 호텔 정문을 향해 내달렸다. 하지만 로다주는 정문의 문턱 바로 앞에서 갑자기 멈춰 섰다.

"미안하지만, 안으로 들어갈 수 없어요." 로다주가 아르테미스에게 말했다.

"뭐라고요?" 아르테미스가 로다주의 옷깃을 움켜쥐며 말했다. "왜죠? 약속했잖아요! 벤더의 대마초 뭉치도 이미 줬잖아요!"

"알아요. 나도 돕고 싶지만 안으로 들어갈 수 없어요. 이렇게는 못 들어가요. 뭘 해야 하는지, 뭐라고 말해야 하는지 몰라요."

"아무 말 안 해도 돼요!" 아르테미스가 로다주를 정문 쪽으로 떠밀며 말했다. "그냥 들어가서, 끔찍한 분홍 드레스를 입은 빨간 머리 여자애를 찾아서 춤을 신청하면 돼요. 그러면 돼요! 그게 다라고요!"

로다주 NPC는 고개를 가로저으며 꼼짝도 하지 않았다. 아르테미스가 나를 보고 고개를 끄덕였다. 나는 그의 허리춤을 잡고 위로 들어 올린 다음 문턱을 넘으려고 했다. 하지만 그렇게 할 수가 없었다. 그가 안으로 들어가지 못하게 막는 어떤 보이지 않는 역장에 계속 튕기는 것 같았다.

몇 번 더 시도했지만 모두 헛수고였다. 그때 로다주가 내 손에서 빠져나가려고 버둥거리며 외쳤다.

"미안해요! 하지만 지금 이 시점에 안으로 들어가기에는 마음의 준비가 아직 되지 않았어요. 제 말은 제 옷차림 좀 보세요… 그리고 이런 공식 사교 모임에서 무슨 말을 해야 하는지 모른다고요!"

아르테미스가 나를 보고 고개를 끄덕였고 나는 로다주를 놓아주었다. 로다주는 옷매무새를 다듬고 나서 적개심이 가득한 눈으로 나를 쏘아보았다. 도망갈 수도 있다고 생각했지만 로다주는 도망가지 않고 팔짱을 끼고 멍하니 서서 발을 탁탁 구르기 시작했다. 그의 아바타가 대기 모드로 전환했다는 표시였다.

나는 아르테미스를 보고 말했다.

"'파울을 배역에서 제외하고 그의 결말을 복원하라.' 지금까지 우린 이 단서가 더키의 결말을 복원해야 한다는 뜻이라고 생각했잖아. 하지만 만약 그게 존 휴즈의 결말을 복원해야 한다는 뜻이라면? 존 휴즈가 「핑크빛 연인」 각본에 원래 썼던 결말을 말하는 거라면?" 나는 턱짓으로 로다주를 가리켰다. "원래 각본을 구해 와서 로다주에게 줘야 한다면?"

아르테미스가 양손을 들어 올리며 말했다. "그러려면 어떻게 해야 하는 걸까?"

나는 빙그레 웃으며 말했다. "작가의 집으로 가야지."

아르테미스는 잠깐 당황한 표정이었지만 이내 눈이 반짝였다.

"대박! 그럴 수도 있겠네! 지, 넌 천재야!"

무슨 일이 벌어지는지 미처 깨닫기도 전에 아르테미스가 내 얼굴을 잡더니 뽀뽀를 해주었다. 아르테미스는 오엔아이 헤드셋을 쓰고 있지 않았으니 아무런 느낌이 없었을 테지만 나는 그렇지 않았다. 이윽고 아르테미스가 로다주를 보고 말했다.

"아무 데도 가지 마세요. 금방 돌아올게요."

아르테미스는 내 팔을 잡아끌고 차를 세워둔 곳으로 향했다.

아르테미스는 부유한 동네를 통과하는 지름길을 알고 있었고 어둠 속에서 죄다 똑같은 집이 늘어선 죄다 똑같은 거리를 달리면서도 놀랍게도 기억을 더듬어 그 지름길을 찾아냈다. 아르테미스 덕분에 불과 몇 분 만에 목적지에 도착했지만 아르테미스의 거친 운전 탓에 또 다른 니들 드롭이 재생되었다. 더 잉글리시 비트가 부른 〈마치 오브 더 스위블 헤즈〉가 흘러나왔다. 내가 보기에 브라이언 존슨의 집 앞 진입로에 끼익 소리를 내며 차를 세우기 전까지 아르테미스는 브레이크를 단 한 번도 밟지 않았다.

우리가 진입로에 발을 디디자마자 또 다른 니들 드롭이 재생되었다. 북 오브 러브가 부른 〈모딜리아니(로스트 인 유어 아이즈)〉였다. 노래를 들으면서 아르테미스가 나를 흘긋 보았고 아는 노래가 나왔다는 반가움에 서로 미소를 주고받고 나서 동시에 현관문으로 달려갔다. 아르테미스가 초인종을 울리자 잠시 후에 존슨 부인이 문을 열었다. 존슨 부인은 짜증이 난 눈초리였다. 존슨 부인 뒤쪽에는 어린 딸이 서 있었는데, 그 딸도 우리를 노려보고 있었다. 두 사람이 「조찬 클럽」에 잠깐 출연했던 장면을 기억하기에 나는 두 사람이 누구인지 알아볼 수 있었다. 이 영화에서 두 사람은 방과 후 남는 벌을 받으러 가야 하는 브라이언(앤서니 마이클 홀 분)을 학교에 데려다준다. 브라이언의 어머니는 이렇게 말한다. "어떻게든 공부할 방법을 찾아보거라!" 브라이언의 여동생은 이렇게 말한다. "그래!" (몇 년 전 아티의 블로그에서 배운 잡지식에 따르면 두 사람은 앤서니 마이클 홀의 실제 어머니와 여동생이었다.)

존슨 부인은 얼마간 더 우리를 노려본 후에 말했다. "미안하지만, 잡상인은 사절이에요." 존슨 부인은 현관문에 금빛 글씨로 잡상인 출입 금지라고 적어 못 박아둔 작은 표지판을 가리켰다.

"아, 저희는 물건을 팔러 온 게 아니에요, 존슨 부인. 제 이름은 아르테미스이고요. 이쪽은 제 친구 파르지발이에요. 남편분과 얘기를 나누고 싶어서 왔어요. 함께 아는 친구인 더키, 필립 F. 데일에 대해서요."

존슨 부인이 눈에서 힘을 빼고 아르테미스에게 환한 미소를 지어 보였다. 그 순간 존슨 부인의 얼굴이 변하더니 완전히 다른 여자의 모습으로 변신했다. 이제 우리 앞에는 긴 금발 머리에 따뜻하고 다정한 미소를 띤 날씬한 여자가 서 있었다. 나는 그 여자가 누구인지 전혀 알아보지 못했지만, 아르테미스는 한눈에 알아보았다.

"휴즈 부인!" 아르테미스가 왕족이라도 알현한 것처럼 눈을 내리깔고 머리를 숙인 다음 곁눈질로 나를 보며 속삭였다. "낸시 휴즈야! 여기에서 이분을 본 적은 한 번도 없었어! 이분을 볼 수 있다는 것도 몰랐어!"

"존은 위층에서 일하고 있어요." 낸시가 뒤로 물러서서 길을 터주며 말했다. "하지만 두 사람을 기다리고 있을 거예요. 어서 들어오세요…"

낸시는 우리를 안으로 들이고 나서 현관문을 닫았다. 브라이언의 여동생을 찾아보려고 두리번거렸지만 보이지 않았다. 존슨 부인과 함께 사라진 모양이었다. 그 대신 거실 탁자 주변에서 장난감 총을 들고 뛰어다니는 두 사내아이가 보였다. 그 순간 그 두 사내아이가 각각 휴즈 부부의 아들인 제임스와 존을 재현한 NPC일 수밖에 없음을 깨달았다. 제임스와 존을 보고 있으니 존 휴즈가 했던 한 인터뷰가 떠올랐다. 그때 존 휴즈는 「미스터 마마」의 각본이 아내 낸시가 장기 출장을 떠난 1년 동안 혼자서 두 아들의 육아를 도맡았던 경험을 토대로 쓴 작품이라고 말했다.

두 아들과 결혼 생활은 존 휴즈의 작품에 직접적으로 많은 영감을 주었다. 그의 가족에게 헌정된 이 양방향 시뮬레이션이 다른 모든 작품과 함께 이곳 셔머 행성에 숨겨져 있다는 사실만 보아도 알 수 있었다.

아르테미스와 나는 박물관에 처음 와본 관람객처럼 경이에 찬 눈으로 주변을 둘러보았다. 이윽고 낸시가 조용히 헛기침을 해 우리의 주의를 끈 다음 어깨 너머로 긴 곡선 나무 계단을 가리켰다.

“존은 위층 복도 끝에 있는 작업실에 있어요.” 낸시가 목소리를 낮추고 속삭이듯 말했다. “하지만 들어가기 전에 노크하는 걸 잊지 마세요. 집필 중이니까요.”

“감사합니다.” 나도 속삭이듯 말했다. 아르테미스에게 앞장서라고 손짓한 다음 아르테미스를 뒤따라 계단을 올라갔다. 계단을 다 오르자 복도 끝에서 울려 퍼지는 타자기 소리가 들렸다. 나무로 된 마룻바닥을 최대한 살금살금 디디면서 소리가 나는 곳을 따라 복도 끝에 있는 닫힌 문 앞까지 걸어갔다. 아래쪽 문틈에서 새어 나오는 짙은 담배 연기가 공기를 가득 메우고 있었다. 노랫소리도 들렸다. 더 스미스의 〈플리즈, 플리즈, 플리즈 렛 미 겟 왓 아이 원트〉를 드림 아카데미가 연주곡으로 편곡한 버전이었다.

나는 아르테미스를 보고 고개를 끄덕인 후에 심호흡을 한 다음 문을 똑, 똑, 똑 세 번 두드렸다.

타자기 소리가 멈추고 누군가가 일어나서 걸어오는 소리가 들리더니 이내 문이 열렸다. 우리 눈앞에는 NPC로 다시 태어난 존 윌든 휴즈 주니어가 서 있었다.

아까 몇 시간 전에 셔머에 사는 다른 중년 남자들과 함께 아침 신문을 집어 들 때 본 모습과는 전혀 달랐다. 머리는 더 길고 뾰족뾰족하고 안경은 더 크고 둥글었으며 안경테도 달랐다. 동그스름한 얼굴과 우수에 찬 반짝이는 눈은 똑같았지만 브라이언 존슨의 아버지였을 때 짓던 근엄하고 딱딱한 표정은 더는 짓고 있지 않았다. 존 휴즈가 된 만큼 생기와 풍부한 표정으로 가득 차 있었다. 책상 위에 놓인 빈 커피잔들과 육중한 녹색 IBM 셀렉트릭 타자기 옆에 놓인, 담배꽁초가 수북이 쌓인 재떨이로 보건대 그의 몸속에는 어마어마한 양의 니코틴과 카페인도 가득 차 있었을 것이다.

책상 뒤쪽 선반에는 운동화 수집광으로 유명한 존 휴즈가 모은 운동화 수십 켤레가 고이 놓여 있었다. 운동화 수집에 대한 그의 열정은 평생 식지 않았다.

"아르테미스!" 존 휴즈가 아르테미스를 보자마자 알아보고 활짝 웃으며 굵은 저음으로 외쳤다. "당신을 기다리고 있었어요!"

놀랍게도 존 휴즈가 아르테미스에게 성큼 다가가 포옹을 했다. 아르테미스가 깔깔대고 웃으며 맞포옹으로 화답하면서 존 휴즈의 어깨 너머로 '이게 꿈이 아닌 생시라는 걸 믿을 수 있어?'라는 표정으로 나를 보았다. 이윽고 존 휴즈가 아르테미스를 놓아주더니 나를 보았다.

"친구도 데려오셨군요." 존 휴즈가 손을 내밀며 말했다. "안녕하세요. 존입니다."

"파르지발입니다." 그가 내민 손을 잡고 흔들며 내가 말했다. 존 휴즈는 악력이 아주 셌다! "만나 뵙게 되어 영광입니다. 저는 감독님 영화를 너무너무 좋아하는 팬입니다."

"정말요?" 존 휴즈가 오른손을 심장에 대더니 말했다. "정말 듣기 좋은 얘기네요. 그렇게 말씀해 주셔서 감사합니다. 두 분 다 안으로 들어오시겠어요?"

우리가 작업실 안으로 들어서자 존 휴즈가 문을 닫고 잰걸음으로 작업실 구석에 놓인 문서 수납장 쪽으로 가더니 서랍 안을 뒤지기 시작했다.

"제가 쓴 「핑크빛 연인」 각본을 구하러 오신 거 맞죠? 어떤 원고를 원하시나요?"

"감독님께서 가장 좋아하시는 원고요." 아르테미스가 말했다. "더키와 앤디가 함께 춤추면서 끝나는 원래 결말이 담긴 원고겠죠?"

존 휴즈가 아르테미스를 보고 환하게 웃더니 다시 서랍 안을 뒤지기 시작했다.

"그게 원래는 제가 가장 좋아하는 결말이었죠. 하지만 시사회 관객들한테는 반응이 영 좋지 않아서 제작사 측에서 결말을 수정해 달라고 요청했죠."

존 휴즈는 마침내 찾던 원고를 발견하자 원고를 머리 위로 들고 "성공!"이라고 외쳤다. 천장에서 금빛 광선 한 줄기가 내려와 존 휴즈와 그가 든 원고를 비추고 천사의 음성 같은 영롱한 차임벨 소리가 들렸다. 존 휴즈가 내민 원고를 아르테미스가 양손으로 받자 빛이 사라지고 차임벨 소리가 그쳤다.

"고맙습니다. 정말로요." 아르테미스가 살짝 고개를 숙이며 말했다.

"도울 수 있어서 기뻐요! 더 필요한 게 있으면 언제든 찾아오세요."

존 휴즈는 이렇게 말하더니 다시 한번 우리 둘과 악수를 한 다음 책상으로 돌아갔고 의자에 앉자마자 바로 타자기를 두드리기 시작했다. 내가 여태껏 살면서 본 가장 빠른 타자 솜씨였다. 자판에서 나는 타닥타닥 소리는 기관총 소리를 방불케 했으며, 줄바꿈 장치는 마치 기관총에 일정한 속도로 총알을 장전하는 탄띠처럼 단 몇 초 만에 왼쪽에서 오른쪽으로 움직였다.

아르테미스가 나를 보더니 우스꽝스럽게 큰 함박웃음을 지은 채 원고를 높이 들어 올려 표지에 적힌 글자를 내가 볼 수 있게 해주었다. 표지에는 '존 휴즈의 핑크빛 연인 5차 수정본: 5/9/85'라고 적혀 있었다.

"드디어 구했어!" 아르테미스가 말했다.

나는 고개를 끄덕이고 나서 손바닥을 펼쳐 보였다. 아르테미스가 깔깔대고 웃더니 손바닥을 마주쳤다.

"이제 조각을 찾으러 가자!" 내가 말했다.

아르테미스가 고개를 끄덕였다. 작업실에서 돌아 나오기 위해 문손잡이를 잡았을 때 한 가지 이상한 점이 눈에 띄었다. 문 뒷면에 검은색 컴퓨터 키보드 하나가 벽걸이 옷걸이에 전선이 감긴 채 매달려 있었다.

"이거 좀 이상한데." 나는 키보드를 들고 자세히 살펴보았다. 그때 상표명과 모델명이 보였다. 그것은 평범한 키보드가 아닌 메모테크 MTX512였다. 「신비의 체험」에서 리사를 만들어내기 위해 게리와 와이엇이 사용했던 바로 그 골동품 컴퓨터였다. 키보드 본체에 8비트 CPU를 장착한 (당시로서는 혁명적인) 컴퓨터였다. 꽤 낡은 상태였고 키도 몇 개 빠져 있었다.

나는 뒤로 돌아 존 휴즈 NPC에게 물었다.

"이게 왜 여기 있는 거죠?" 하지만 존 휴즈는 내 목소리를 듣지 못한 것 같았다. 글을 쓰는 데 열중하고 있었다. 나는 아르테미스에게 컴퓨터를 건넸다.

“아까 와이엇의 집에 들어갔을 때 보니 와이엇의 방에 컴퓨터가 없었어.” 아르테미스가 말했다. “데이터 저장 주변 장치인 FDX는 그대로 있었는데 이 키보드는 없었어. 아무래도 누군가가 와이엇의 집에서 들고 와 여기에 놓았다는 소린데…”

몸을 앞으로 숙이고 키보드를 더 자세히 보았다. 빠진 키는 R, A, I, K. 총 네 개였다.

그때 번뜩 스치는 생각이 있었다.

“모로!” 내가 말했다. “모로가 오늘 우리보다 먼저 여기에 왔었어. 세 번째 조각을 찾으러. 모로가 이 컴퓨터를 여기에 갖다 놓은 거야. 우리가 볼 걸 알고서.”

나는 메모테크 MTX512를 가리키며 말했다. “「신비의 체험」에서 한 너드 녀석이 이 컴퓨터로 이상형인 여자를 만들었지. 아마도 모로는 할리데이가 똑같은 짓을 했다는 사실을 말해주려고 했을 거야. 그래서 이 네 개의 키를… K, I, R, A를 빼놓은 거지.”

“대박! 키라잖아!” 아르테미스가 말했다.

나는 고개를 끄덕였다. 그때 머릿속에서 또 하나의 전구가 반짝 켜졌다.

“만약 모로가 우릴 위해 이 메시지를 숨겨둘 수 있었다면 아마도 첫 번째 조각과 두 번째 조각을 찾았을 때도 그렇게 하셨을 거야! 코다마 행성에서도 이걸 눈치챘었다면 좋았을 텐데.”

아르테미스에게 〈닌자 프린세스〉에 기록된 모로의 점수를 보고 의아했었다는 이야기를 해주었다.

“코다마 행성에서 뭐 다른 것도 봤니? 그 자리에 어울리지 않는 거 말이야?”

나는 잠깐 생각에 잠겼다가 이내 고개를 가로저었다.

"없었어. 미들타운 행성에서도 그런 걸 본 기억은 나지 않아. 하지만 그 행성에는 총 256개의 미들타운 시뮬레이션이 있고 모로가 그중 어느 시뮬레이션에서 조각을 찾았는지는 알 수 없어."

"답답한 노릇이군." 아르테미스가 고개를 가로저었다. "256개를 다 뒤져볼 시간은 없어. 아직도 조각을 네 개나 더 찾아야 하는데, 겨우 다섯 시간쯤밖에 남지 않았어."

"맞아. 시간이 없어. 하지만 그걸 해줄 수 있는 사람을 알고 있어. 잠깐만…"

HUD를 열고 연락처 목록에서 로엔그린의 이름을 선택하고 문자 전송 아이콘을 터치했다. 혹시라도 아노락이 내 비디오피드를 감시하고 있을지도 모르기 때문에 눈을 감고 자판을 보지 않은 채 로엔그린에게 다음과 같은 문자를 보냈다.

로엔그린에게,

결국 로의 도움이 필요해졌어요.

다시 미들타운 행성으로 가서 모로가 첫 번째 조각을 찾은 미들타운 시뮬레이션을 찾아주세요. 연도가 1989년으로 설정된 유일한 두 번째 시뮬레이션일 거예요. 순간이동을 하면서 한 번에 하나씩 모든 시뮬레이션을 확인해 주세요. 그 시뮬레이션을 찾으면 평소와 달라졌거나 그 자리에 어울리지 않는 것을 찾아봐 주세요. 모로의 집이나 키라의 방에 있는 물건 중에서요. 뭔가 발견하면 즉시 문자 주세요. 그럼 안전한 곳에서 만날 수 있도록 내 좌표를 보내줄게요.

고마워요, 로. 지금은 더 자세히 말해줄 수가 없지만, 정말 중요한 일임을 믿어주세요.

이 은혜는 우키족의 평생 종속으로 갚겠습니다.

파르지발

자판을 보지 않고 단축키를 이용해 문자를 보낸 다음 눈을 뜨고 HUD를 닫고 나서 아르테미스를 향해 말했다.

"도와줄 만한 친구에게 문자를 보냈어. 잘되길 빌어보자."

아르테미스가 의아하다는 표정으로 팔짱을 끼더니 말꼬리를 잡았다.

"친구? 어떤 친구?"

아르테미스의 목소리에 담긴 것이 질투심이었을까?

"나중에 얘기해 줄게." 나는 존 휴즈의 작업실 문을 활짝 열고 복도를 내달리면서 말했다. "빨리 와!"

긴 곡선 나무 계단을 내려가는 동안 다시 한번 복도 끝을 흘긋 보았다. 열린 문틈으로 마지막으로 살짝 본 존 휴즈의 모습은 책상 앞에 앉아서 짙은 담배 연기에 둘러싸여 타자기 위로 등을 구부린 채 맹렬한 속도로 타자기를 치며 열정적으로 집필에 몰두하는 모습이었다.

• • •

아르테미스가 운전대를 잡고 셔머 호텔로 차를 몰았다. 호텔에 도착하니 로다주 NPC가 호텔 입구에 그대로 서서 기다리고 있었다. 아르테미스가 로다주에게 존 휴즈의 원고를 건넸다. 로다주가 원고의 끝부분을 펼치더니 순식간에 읽어 내려갔다. 이윽고 그가 원고를 다 읽자마자 원고가 금가루로 변하면서 흩어졌다.

"알겠어요!" 로다주가 선글라스를 끼면서 말했다. "즐기러 가봅시다."

로다주는 말을 마치기가 무섭게 호텔 안으로 뛰어 들어갔다. 우리도 뒤따랐다. 호텔 로비를 지나 대리석 바닥으로 된 긴 중이층을 따라 안으로 들어가자 프롬 파티가 열리는 무도회장이 나왔다. 그곳에는 앤디 월시가 손수 만든 분홍 드레스를 입고 아랫입술을 깨물며 초조하게 두리번거리면서 혼자 서 있었다. 더키의 양복을 입고 자신을 향해 걸어오는 로다주를 발견한 그녀의 눈이 놀라서 커졌다. 그 순간 마이클 고어가 「핑크빛 연인」을 위해 작곡한 피아노 연주곡이 흘러나왔다. 앤디는 주저 없이 더키를 향해 달려갔다. 더키도 달리기 시작했다. 두 사람의 거리가 좁혀졌을 때 앤디가 더키의 품으로 뛰어들었다. 더키는 앤디를 안고 몇 바퀴 돌리고 나서 땅에 내려놓았다. 두 사람은 한 걸음씩 물러서서 서로가 입은 옷을 감상하면서 몇 마디 주고받았는데, 거리가 멀어 무슨 말인지는 알아들을 수가 없었다. 이윽고 앤디가 더키의 팔짱을 끼더니 함께 무도회장 안으로 들어갔다. 우리도 뒤따랐다.

내부는 「핑크빛 연인」의 상영판 결말이 촬영된 무도회장과 똑같았다. 중앙에 커다란 댄스 플로어가 있었고, 복고풍 턱시도와 파스텔 색상의 드레스를 차려입은 부유한 셔머 고등학교 학생 수백 명이 오케스트랄 머뉴버스 인 더 다크가 부른 〈이프 유 리브〉라는 노래에 맞춰 몸을 흔들고 있었다. 무대 위에는 호텔 사환처럼 꾸민 두 명의 DJ가 신디사이저와 믹싱 보드에 둘러싸여 서 있었다. DJ들 뒤쪽에 있는 벽에는 지휘자와 교향악단을 찍은 커다란 흑백 사진이 걸려 있었다. 댄스 플로어 양쪽에는 원형 식탁이 놓여 있었다. 식탁에 앉은 사람 중에서 턱시도를 입은 스테프 맥키가 다시 눈에 띄었다. 몹시 지루한 표정으로 앉아 있던 스테프 맥키는 방금 무도회장에 들어온 남녀를 발견하자 허리를 세워 앉았다.

앤디와 더키가 천천히 댄스 플로어로 걸어가는 동안 모두의 시선이 두 사람에게 꽂혔다. 댄스 플로어에 있던 남녀들도 두 사람을 보자 춤을 멈추고 쳐다보았고, DJ들은 음악을 껐다. 어느새 무도회장 안에 있는 모든 사람이 동작을 멈추고 앤디와 더키를 깔보는 듯한 시선으로 쳐다보고 있었다.

우리가 멀리서 지켜보는 동안 블레인 맥도너가 숨죽인 사람들 틈을 비집고 나와 앤디와 더키에게 다가갔다. 블레인이 앤디에게 무언가 말했지만, 앤디는 고개를 가로저을 뿐 아무 대답도 하지 않았다. 블레인이 더키에게 악수를 청했다. 더키는 잠깐 망설이다가 블레인의 손을 잡고 흔들었다. 블레인이 뒤로 돌아 다시 인파 속으로 사라졌다.

"대박!" 아르테미스가 외쳤다. "앤디의 첫 번째 운명은 더 이상 바뀔 필요가 없어!"

우리가 계속 지켜보는 동안 앤디는 더키의 손을 잡았고 두 사람은 당당하고 반항적인 표정을 짓고서, 말없이 쳐다보는 사람들 사이를 비집고 나가 댄스 플로어 한복판에 섰다. 그러자 DJ들이 다시 음향 장비를 켜고 음악을 틀었다. 새로 흘러나오는 노래는 데이비드 보위의 〈히어로즈〉였다.

더키가 앤디를 품에 안고 빙글빙글 돌면서 춤을 추기 시작했다. 마침내 두 사람은 서서히 뭉쳐져 분홍색 덩어리가 되었다가 눈부신 형광 분홍색 섬광과 함께 사라졌다.

흐려졌던 시야가 다시 돌아왔을 때 보니 조금 전까지 가난한 연인이 서 있던 댄스 플로어 한복판 위로 허공에 떠 있는 세 번째 조각이 보였다.

아르테미스가 달려가 그 조각을 잡아보려고 했지만 아르테미스의 손은 조각을 그대로 관통해 버렸다. 아르테미스가 깔깔대고 웃더니 뒤로 돌아 나를 보면서 검지로 그쪽으로 오라는 신호를 보냈다. 아르테미스가 있는 곳으로 걸어갔다.

"'조각마다 내 상속자는 대가를 지불하리.'" 나는 손을 뻗어 조각을 감싸 쥐면서 읊조렸다.

지난번처럼 조각을 감싸 쥐자 또 다른 회상이 시작되었다…

• • •

나는 다시 키라가 되었다. 이번에 내가 서 있는 곳은, 키라가 어린 시절 어머니와 살던, 런던 교외의 작은 오두막집 안에 있는 자기 방이었다. 이 방에서 키라가 혼자서 찍은 사진을 본 적이 있었다. 모로와 떨어져 지내던 고등학교 3학년 때 미국에 있던 모로에게 보내려고 찍은 사진이었다.

내 앞에 있는 침대 위에는 여행 가방 두 개가 열린 채 놓여 있었는데, 그 안에는 옷가지와 스케치북, 플로피디스크가 든 상자 등이 뒤죽박죽 들어 있었다. 키라는 짐을 챙기다 말고 고개를 들어 우람한 체격으로 현관을 가리고 서 있는 열여덟 살의 모로를 보았다. 현관 너머로는 다 해진 셔츠를 입고 심한 런던 사투리로 고래고래 악을 쓰고 있는 대머리 남자가 얼핏 보였다. 그 남자는 술에 절어 사는 키라의 의붓아버지 그레이엄일 수밖에 없었다. 그레이엄은 화가 잔뜩 나 있었다. 모로가 「새벽의 황당한 저주」라는 영화에서처럼 양손으로 크리켓 방망이를 잡고 위협적으로 휘두르지만 않았다면 진작에 키라에게 달려들었을 것이다.

그날의 이야기는 모로가 자서전에서 언급한 또 다른 일화였다. 1990년 4월에, 키라가 그해 여름에 부모의 바람대로 대학에 진학하는 대신 미국으로 돌아가 모로와 할리데이가 그리게리어스 게임 사를 창업하는 일을 돕겠다고 말한 직후에 일어난 일이었다. 학대를 일삼던 그레이엄은 이 이야기를 듣고 격분해서 키라에게 손찌검을 했다. (내 왼쪽 눈 주위에는 아직도 희미한 통증이 남아 있었다.) 키라가 모로에게 전화를 걸어 이 일을 털어놓자 모로는 가장 빠른 런던행 비행기를 타고 날아와 키라를 데리고 미국으로 돌아갔다. 나는 지금 그날에 대한 키라의 기억을 경험하고 있었다. 혹은 적어도 그날의 일부분을…

모로가 어깨 너머로 나와, 즉 키라와 눈을 맞추며 따뜻한 미소를 지어 보였다. 그 미소는 모든 일이 다 잘될 것이라고, 이제 안전하니 걱정하지 말라고, 자신이 지켜주겠다고 말하는 듯했다. 그 순간 나는 모로의 눈빛과 미소를 보는 키라의 강렬한 신체적 반응도 경험했다. 키라가 얼마나 깊이 모로를 사랑했는지 짐작할 수 있었다. 사만다의 미소는 여전히 나에게 정확히 똑같은 감각을 불러일으켰다. 내 전부가 송두리째 흔들리는 느낌이라는 표현이 가장 잘 어울릴 법한 그런 감각 말이다.

• • •

…눈 깜짝할 사이에 회상이 끝났다. 어느새 나는 다시 아르테미스와 함께 댄스 플로어에 서 있었다. 고개를 숙여보니 오른손에 세 번째 조각이 놓여 있었다.

단서를 읽기 위해 조각을 뒤집었다. 하지만 글자 대신 웬 그림이 보였다. 사칙연산을 나타내는 수학 기호로 화려하게 장식된 방패였다. 이 그림을 보자마자 할사이도니아 행성에 있는 마법 왕국 잇츠얼랏의 통치자인 잇츠얼랏 여왕의 문장(紋章)임을 단번에 알아볼 수 있었다.

한껏 희망에 부풀었던 것도 잠시, 두려움이 엄습했다. 어찌 보면 엄청나게 큰 행운이 찾아온 셈이었다. 어린 시절 대부분을 할사이도니아에서 보냈고 이곳에 대한 지식은 건터 중에서도 둘째가라면 서러운 수준이었으니까. 하지만 10년 이상 발길을 끊었던 데다 마지막으로 갔다 온 후에는 다시는 가지 않겠다고 맹세까지 했던 행성이 바로 할사이도니아였다.

0018

아르테미스와 나는 할사이도니아 행성에서 서서히 모습을 드러냈다. 에이치와 쇼토도 합류했다. 에이치와 쇼토는 마음이 심란해 보였지만 퀘스트에 참여하기를 원했다. 구체적으로 말하자면 우리가 나타난 곳은 내 '자유의 나무집' 안이었다. 이 집은 '머나먼 우정의 숲' 깊숙한 곳에 있었는데, 할사이도니아 거주민은 이 행성에 돌아오면 자동으로 이 나무집으로 도착했다. 열세 살 미만의 어린이라면 누구나 이 행성 곳곳에 흩어져 있는 무료 학습 퀘스트를 완료함으로써 자유의 나무집을 얻을 수 있었다. 한번 획득하면 평생 소유할 수 있었으며 집주인의 허락 없이는 누구도 안으로 들어올 수 없었다. 아주 작은 가상공간일 뿐이었지만 빈민촌에서 자란 나에게는 훗날 은신처를 발견하기 전까지는 처음으로 내 것이라고 부를 수 있었던, 아니 내 것이라고 부를 수 있었던 유일한 공간이었다.

키라와 모로는 할사이도니아 인터랙티브 사를 창업하고 이 행성을 만들 때 전 세계 어린이들에게 오아시스 안에서 마음껏 행복을 누릴 수 있는 가상의 집을 선물해 줄 목적으로 이 자유의 나무집을 고안했다. 어린이들은 언제든 이 자유의 나무집으로 도피할 수 있었다. 나무집 주변에는 언제나 어린이들을 반겨주는 다양한 동물 친구들과 의인

화된 동물 교사들이 가득했다. 그들은 틈만 나면 어린이들에게 읽기와 쓰기, 철자, 산수는 물론 건강한 몸을 유지하는 법과 다른 사람을 친절하게 대하는 법도 가르쳐주었다.

오아시스 바이저를 착용하고 마법 왕국 할사이도니아로 떠날 수 없었다면 나는 어린 시절을 제정신으로 버티기 힘들었을 것이다. 할사이도니아 덕분에 포틀랜드 애비뉴 빈민촌에서의 삶을 견딜 수 있었다. 전 세계에 사는 수많은 어린이들도 마찬가지였다.

열세 살 미만의 어린이는 누구나 인시피오에서, 또는 모든 오아시스 공공 터미널에서 할사이도니아까지 무료로 순간이동할 수 있었다. 할사이도니아에 도착한 후에 즐길 수 있는 각종 퀘스트와 학습 게임도 전부 무료였다. 나는 영원히 할사이도니아에서 살고 싶었다. 몇 년 동안은 정말로 할사이도니아에서 살다시피 했다. 그 몇 년은 우울증과 약물 중독에서 헤어 나오지 못하고 결국 세상을 떠난 엄마가 돌아가시기 전 마지막 몇 년이었다.

그 몇 년 동안 빈민촌의 좁고 음울한 트레일러에서의 생활이 더 끔찍해질수록 점점 더 많은 시간을 할사이도니아에 있는 나무집에서 보냈다. 가끔은 엄마가 퇴근 후에 오아시스에 로그인하고 나무집으로 오기도 했다. 그러면 엄마에게 그날 있었던 일에 대해 조잘대거나 내가 만든 작품을 보여주거나 새로 사귄 가상동물 친구를 소개했다.

자유의 나무집 내부는 커다란 원형 방으로 되어 있었고, 외벽을 따라 창문이 연속으로 달려 있어 주변 숲을 탁 트인 조망으로 볼 수 있었다. 숲에는 똑같이 생긴 나무 수백만 그루가 빽빽하게 심겨 있었고, 모든 나무에 똑같이 생긴 나무집이 있었다. 이 울창한 숲은 사방으로 끝없이 뻗어 있는 것처럼 보였다.

다른 나무집들처럼 내 나무집 한가운데에도 커다란 속 빈 나무 둥치가 있었다. 이 둥치 안에 땅으로 내려갈 수 있는 나선형 계단이 있었다. 나는 내부를 「스타워즈 홀리데이 스페셜」에 나오는 츄바카 가족이 살던 카쉬크 행성의 나무집처럼 꾸몄는데, 에이치는 우리가 도착하자마자 이 점을 알아차리고는 빙그레 웃고서 우키족의 긴 울음소리를 흉내 냈다. 나는 웃지 않았다. 나무집 안을 천천히 둘러보는 동안 금방이라도 무너질 것 같은 마음을 간신히 다잡고 있었기 때문이다.

방 한쪽에는 커다란 콘솔 TV가 그보다 더 큰 파란 소파 앞에 놓여 있었다. TV에서는 여전히 열한 살의 웨이드가 좋아했던 드라마들이 방영되고 있었다. 지금은 초록색 머펫 뉴스캐스터가 보였다. 단 몇 초 만에 그가 누구인지 생각이 났다. 그 머펫은 「게리 그누 쇼」의 진행자 게리 그누였다. 게리 그누는 주황색 머리에 주황색 염소수염을 달고서 어린 시절 이곳에서 수백 번은 족히 들었던 그 문장을 말하고 있었다. "게리 그누와 함께라면 무소식이 희소식이랍니다!"

TV에 달린 커다란 채널 손잡이를 돌리면 20세기 후반에 제작된 옛날 어린이용 교육 프로그램을 모두 무료로 볼 수 있었다. 「3-2-1 컨택트」, 「빅 콤피 카우치」 「캡틴 캥거루」, 「일렉트릭 컴퍼니」, 「그레이트 스페이스 코스터」, 「미스터 로저스의 이웃」, 「피위의 플레이하우스」, 「롬퍼 룸」, 「리딩 레인보우」, 「세서미 스트리트」, 「주빌레 주」 외에도 무수히 많은 프로그램이 있었다. 키라와 모로는 막대한 거금을 쏟아부어 오랫동안 잊힌 프로그램들의 판권을 사들인 다음 모든 프로그램을 이곳 할사이도니아의 무료 동영상 아카이브에 올렸다. 미래의 어린이들도 영원히 이 프로그램을 통해 재미있고 유익한 시간을 즐길 수 있도록 말이다.

하지만 키라와 모로는 거기에서 멈추지 않았다. 옛날 어린이용 교육 프로그램에 나오는 모든 무대를 오아시스 안에 재현하고, 모든 캐릭터를 실물과 똑같은 NPC로 재현하고 나서, 이 캐릭터와 무대들을 할사이도니아 행성 표면 곳곳에 배치하고 직접 만든 학습 퀘스트와 미니 게임에도 집어넣었다. 다양한 캐릭터와 무대를 볼 수 있다는 점은 빈민촌에 사는 외톨이였던 나에게 할사이도니아가 신비의 나라로 느껴진 많은 이유 중 하나였다. 광고와 소액 결제가 전혀 없는 이 마법 왕국을 돌아다니다 보면 「세서미 스트리트」의 엘모가 「피위의 플레이하우스」의 '의자'에게 말을 거는 모습을 볼 수 있었다. 엘모와 의자는 나란히 달려와 가장 가까운 피크닉 테이블에서 쏘리나 트러블 같은 보드게임을 하자고 했다. 이런 일은 할사이도니아 어디에 가도 일어났다. 나 같은 어린이에게 이곳은 단순히 도피처가 아니었다. 살기 위해 붙잡아야 할 구명환이었다. 즐거움과 소속감에 목마른 어린 소년에게 그 두 가지를 주는 유일한 장소였다.

언제나 키라와 모로를 내 인생의 첫 번째 선생님들로 여겼다. 하지만 지금 와서 돌아보니 그들은 부모의 빈자리까지 채워주었다. 그랬기에 모로를 직접 만나서 친분을 쌓았을 때 너무나도 신이 났었다. 또 그랬기에 모로가 나와 등을 졌을 때 그토록 절망에 빠졌었다. 지금은 내가 모로에게 다른 선택의 여지를 주지 않았음을 안다.

내 나무집의 벽에는 옛날에 엄마와 함께 그렸던 그림들이 붙어 있었다. 주로 기사나 마법사를 그린 그림이었다. 닌자 거북이도 있었고, 트랜스포머도 있었다. 엄마와 내 아바타가 이 나무집 안에서 함께 찍은 사진을 담은 액자도 여러 개가 걸려 있었다. 몇 발짝 앞에 세워져 있는 책꽂이 위에는 현실세계에서 엄마와 내가 트레일러에서 찍은 사진도 놓여 있었다. 엄마가 돌아가시기 겨우 몇 달 전에 찍은 사진이었다. 그 사진 속에서 엄마와 나는 아주 우스꽝스러운 표정을 짓고 있었다.

그 사진이 이곳에 있다는 사실을 잊고 있었기에 10년 만에 다시 보자 옛날 상처가 다시 벌어진 것처럼 아팠다. 그것도 친구들 바로 앞에서 말이다.

아르테미스도 그 사진을 보았고 그 사진을 본 내 반응도 보았다. 아르테미스는 곧바로 책꽂이로 다가가 액자를 엎어놓은 다음 내 곁으로 다가와서 내 어깨를 잡았다.

"잠깐 시간 좀 줄까?" 아르테미스가 물었다. "우린 밖에서 기다릴 수 있어."

"너희가 꼭 알아야 할 게 있어." 내가 말했다. "지난번에 여기 왔을 때 완전히 무너졌었어. 그래서 그렇게 오랫동안 발길을 끊었던 거야."

다들 내가 농담을 하나 싶어 내 표정을 살피다가 농담이 아님을 이해한 듯 보였다.

"그때 난 열한 살이었어. 우리 엄마가 마약 과용으로 돌아가신 지 불과 며칠 후였고. 엄마와의 추억이 서린 곳이라 마음을 달래줄 거라 생각했지만 그렇지 않았어. 오히려 날 벼랑 끝으로 몰아버렸어."

"참 힘들었겠다, 지." 아르테미스가 말했다. "하지만 지금은 너 혼자가 아니야. 우리가 옆에 있잖아. 우리가 계속 옆에 있을게. 알겠지?"

나는 고개를 끄덕이고 나서 떨리는 아랫입술을 깨물었다.

쇼토가 내 어깨에 손을 올려놓았다. 에이치도 내 어깨에 손을 올려놓으면서 말했다. "우리가 있잖아, 지."

"고마워, 애들아." 나는 가까스로 입을 열고 이렇게 말한 다음 세 번째 조각을 꺼내 표면에 새겨진 문장을 가리켰다. "이건 잇츠얼랏 왕국의 통치자인 잇츠얼랏 여왕의 문장이야. 이 왕국은 남쪽에 있는 작은 대륙이고 대부분의 수학 관련 퀘스트가 있는 곳이야."

나는 행성 지도를 펼쳐 모두가 볼 수 있게 했다. 「탐험가 도라」에 나오는 '맵'처럼 생긴 지도였지만 〈내 이름은 맵〉이라는 노래가 시작되기 전에 재빨리 음소거를 실행했다.

“지금 우린 여기에 있어.” 내가 지도에서 머나먼 우정의 숲을 가리키며 말했다. “여왕은 남쪽에 있는 미적분의 성에 살고 있어. 모어스터프 산맥을 넘고 시소 바다를 건너면 나와. 이 행성에서는 순간이동이 허용되지 않으니 걸어서 가려면 몇 시간은 족히 걸릴 거야. 하지만 지름길을 알아. 저기 보이는 게 출구야.”

나는 방 한가운데에 있는 속 빈 나무 둥치 안에 들어 있는 나선형 계단을 가리켰다. 쇼토가 달려가 가장 먼저 내려갔다. 에이치가 바짝 뒤따랐다. 하지만 에이치는 비좁은 계단을 통과할 수가 없어 아바타를 절반 크기로 줄여야 했다. 그동안 나는 벽에 걸린 작은 할사이도니아 탐험가 클럽 배낭을 집어 들었다. 이 배낭은 아이템 보관함에 추가할 수 없었다. 배낭 안에 든 아이템은 이 행성에서만 사용할 수 있었기에 다들 사물함에 넣어놓거나 자유의 나무집에 처박아 두곤 했는데, 나도 그랬다.

내 배낭 바로 옆에는 똑같이 생긴 엄마의 배낭이 걸려 있었다. 처음에는 눈길을 주지 않으려고 애썼지만 이내 고개를 들고 그 배낭을 보았다. 입구 덮개 부분에 분홍색 실로 필기체로 수놓은 ‘엄마’라는 글자도 보았다.

HUD에서 감정 억제 소프트웨어를 실행해 내가 흐느끼는 모습을 아르테미스가 보지 못하게 했다. 간신히 몸을 움직여 내 배낭을 아바타의 등에 멨다. 그러자 배낭이 스물한 살이 된 내 체격에 딱 맞게 자동으로 커졌다. 서둘러 친구들을 따라 계단을 내려가려고 했다. 하지만 아르테미스가 길을 가로막고 서 있었다. 감정 억제 소프트웨어가 켜져 있었으므로 내가 울고 있다는 사실을 그녀가 알 방법은 없었지만 그녀는 알고 있었다. 나는 그녀를 에둘러 앞으로 가려고 했다. 하지만 우리가 처음 만났을 때처럼 아르테미스는 내 앞을 막아섰다.

아르테미스는 양팔을 벌려 나를 안아주었다. 내 인생에서 다시는 일어나지 않을 일이라고 오래전에 기대를 접었던 일이 일어나고 있었다. 아르테미스는 계속 나를 꼭 안아주었고 마침내 흐느낌이 조금 잦아들었다.

아르테미스는 우리 엄마에 대해 다 알고 있었다. 내가 열한 살 때 소파에서 마약 과용으로 죽어 있는 엄마를 발견했다는 사실도 알고 있었다. 내가 생각하기에는 헤로인에 다른 여러 가지 약물을 섞었던 것 같다. 그래서 오엔아이넷이 개시되고 처음 일 년 동안은 헤로인 중독자가 만든 오엔아이 파일은 아예 쳐다보지도 않았었다. 하지만 결국 호기심이 자제력을 무너뜨렸다. 그때부터 오엔아이넷을 샅샅이 뒤져 헤로인 중독자들이 올린 영상을 모두 섭렵했다. 엄마가 경험한 것을 직접 경험하고 싶었다. 엄마가 자신도 모르는 사이에 약물 남용에 빠졌을 때 갈망했던 환각 상태가 정확히 어떤 상태인지 알아내고 싶었다. 항상 굉장한 느낌일 것으로 상상했었다. 엄마가 목숨을 걸 가치가 있다고 생각할 정도였으니 말이다. 오엔아이 파일을 재생하며 마약에 손대는 경험은 마약을 실제 혈관에 주입하는 경험과는 달랐다. 느낌은 똑같았지만 장기적인 손상을 남기거나 신체적인 중독 증상을 유발하지는 않았다. 사망에 이를 위험도 없었다. 오엔아이 파일을 통해서는 뇌와 몸을 파괴하지 않고도 엄마가 느꼈던 환각 상태를 경험할 수 있었다. 그다지 유익한 경험은 아니었다.

눈물을 닦고 심호흡을 몇 번 한 후에 가까스로 마음을 다잡고 나서 아르테미스에게 억지웃음을 지어 보이고 엄지를 치켜들었다. 아르테미스가 고개를 끄덕이더니 내 손을 잡아끌며 나선형 계단을 내려갔다. 계단을 다 내려온 후에 내가 두꺼운 나무 문을 밀어서 열었고, 아르테미스와 나는 동시에 문밖으로 나와 머나먼 우정의 숲에 발을 디뎠다. 문밖에는 에이치와 쇼토가 나무꼭대기 사이로 내려온 햇빛을 받으며 나란히 서서 우리를 기다리고 있었다. 햇빛 때문에 에이치와 쇼토 주위에 떠 있는 작은 곤충과 먼지도 반짝였다.

에이치와 쇼토한테 들키기 전에 아르테미스가 내 손을 놓을 줄 알았지만 아르테미스는 그렇게 하지 않았다. 아르테미스는 계속 내 손을 잡고 있었고, 에이치와 쇼토는 그 모습을 보고도 못 본 체 딴전을 부렸다.

나는 사방으로 뻗어 있는 울창한 숲 사이로 남쪽으로 뻗은 길을 가리키며 말했다.

"모어스터프 산맥은 저쪽이야. 한 줄로 내 뒤만 바짝 따라와. 내가 밟는 데만 밟아. 아바타든 NPC든 누구와든 절대 말 섞지 말고. 아무것도 만지지 마. 가능하면 아무것도 보지 마. 1초 이상 바라보면 학습 미니게임이나 사이드 퀘스트가 자동으로 시작돼서 그걸 완료할 수밖에 없고 그러면 그 사람을 떼어놓고 갈 수밖에 없어. 〈수수께끼 블루〉를 보고 갈 시간은 없으니까. 내 말 알겠지?"

다들 고개를 끄덕였다. 우리 넷은 전속력으로 남쪽으로 달렸다.

• • •

숲을 빠져나오자 '홀든의 밭'이 나왔다. 홀든의 밭은 '샐린저의 절벽' 가장자리에 아슬아슬하게 펼쳐진 광활한 호밀밭으로, 내가 학년 수준별 독후감 퀘스트를 모두 완료한 곳이었다. 또 전 세계에서 온 어린이들과 함께 틈만 나면 술래잡기를 했던 곳이기도 했다. 현실세계에서는 만난 적도 없고 앞으로 만날 일도 없을 어린이들과 함께 말이다.

그 어린이들은 분명 오래전에 유저 이름도 바꿨을 터였다.

아르테미스가 내 어깨에 손을 짚어 나를 다시 현재에 집중하게 해 주었다.

"꾸물거릴 시간 없어." 아르테미스가 말했다.

나는 앞장서서 호밀밭 가장자리를 따라 걷다가 구불구불 남쪽으로 뻗은 좁은 포장도로 위에 올라타 완만한 구릉지대를 지나 멀리 보이는 모어스터프 산맥을 향해 걸었다. 주변 환경은 내가 기억하던 것보다 훨씬 더 생동감이 넘치고 사실적이었다. 문득 이 장소를 오엔아이 헤드셋을 쓰고는 처음 와보았기 때문이라는 사실을 깨달았다.

즐거운 비명이 들려 머리 위를 올려다보니 몇몇 어린이들이 스펠리콥터를 타고 하늘을 날고 있었다. 스펠리콥터는 내 아이템 보관함에도 한 대가 있지만 1인용이기도 하고 계속 공중에 떠 있으려면 새로 제시되는 단어의 철자를 맞춰야 하는 불편한 점이 있었다. 다른 탈 것을 찾아야 했다.

도로를 따라 계속 걷다 보니 빨간 헛간이 뒤에 딸린 작은 농가가 하나 나왔다. 길가에 나무로 만든 외발 손수레가 놓여 있고 고무래가 기대어져 있었다. 나는 손수레로 다가가 특정 지점에 발을 디딘 다음 있는 힘껏 큰 목소리로 하늘에 대고 노래를 부르기 시작했다.

"이건 그레이트 스페이스 코스터야! 어서 타! 그레이트 스페이스 코스터에 타! 탐험하러 떠나자!"

내가 노래를 부르는 동안 어디선가 반주가 흘러나오기 시작했다. 아르테미스가 깔깔대고 웃으며 아는 노래가 나온 반가움에 고개를 끄덕이더니 같이 노래를 따라 부르기 시작했다. 나는 브라우저 창에 가사를 띄워 에이치와 쇼토도 따라 부르게 했다.

우리가 노래하는 동안 노란 에어카가 하늘에서 슝 하고 내려오더니 우리 아바타를 들어 올려 고급 코린트 가죽 의자에 앉혔다.

"그레이트 스페이스 코스터에 탑승해 주신 여러분을 환영합니다." 내가 조종간에 손을 올려놓으며 말했다. "미적분의 성까지 무료로 운행합니다! 밖으로 떨어지지 않도록 모두 안전띠를 매주십시오."

나는 지평선 위로 보이는 모어스터프 산맥을 목표 지점으로 설정하고 액셀을 밟았다. 산맥을 다 넘을 때까지도 액셀에서 발을 떼지 않았다. 전설적인 〈오리건 트레일〉 퀘스트의 시작 지점을 지나고 얼마 후에는 미스터 로저스의 동네 위를 날았다. 시소 바다의 해안을 따라 계속 남쪽으로 날다 보니 굴라 굴라 섬도 지났다.

굴라 굴라 섬을 보라고 에이치에게 말해주자 에이치의 얼굴에 환한 미소가 번졌다. 에이치가 어릴 때 「굴라 굴라 섬」이라는 TV 프로그램을 얼마나 좋아했는지 떠들기 시작했고 어느새 내 얼굴에도 웃음이 번졌다. 내가 이곳을 얼마나 그리워했었는지 잊고 있었다는 생각이 들었다. 왜 그리 오래도록 도망치기만 했을까? 놀러 온 것은 아니었지만 이곳에 다시 온 기분은 정말 좋았다.

산악지대를 완전히 벗어난 후에 에어카를 할사이도니아시티로 들어가는 금빛 정문 바로 앞에 세웠다. 이 문은 이 도시로 들어가는 유일한 출입구로, 과묵한 바위거인인 뺄셈 수문장이 지키고 있었다. 이 수문장은 간단한 뺄셈 문제를 연달아 모두 맞춰야만 문을 열어주었다. 내가 뺄셈 문제를 모두 풀자 뺄셈 수문장이 엄숙하게 고개를 끄덕이더니 나를 들여보내 주었다. 친구들도 모두 똑같이 문제를 풀어야 했다. 모두 정문을 통과하자마자 나는 앞장서서 달리면서 이 도시의 미로처럼 얽힌 거리를 누비며 길을 찾아나갔다.

조약돌로 된 한 골목길을 따라 달리는 동안 그 자리에 어울리지 않는 무언가를 발견했다. 세련된 연노란색 1949년형 뷰익 로드마스터

컨버터블이었다. 그 차를 보자마자 「레인 맨」에 나오는 차임을 알아볼 수 있었다. 차 안에 탄 사람은 젊은 날의 톰 크루즈, 아니 더 정확히 말하자면 영화 속에서 그가 맡은 역할인 찰리 배빗이었다. 찰리는 운전석에 앉아서 꼭 음악에 맞춰 드럼을 치는 것처럼 오른손으로 운전대를 두드리고 있었다. 하지만 음악은 들리지 않았고 드럼 연주라고 하기에는 박자가 이상했다. 메트로놈처럼 일정한 간격이었지만 몇 번에 한 번씩은 운전대를 좀 더 길게 누르고 있는 듯했다. 생각해 내는 데 시간이 좀 걸렸지만 마침내 「스타트렉 5: 최후의 결전」에 나오는 한 장면이 떠올랐다. 찰리가 모스 부호로 어떤 메시지를 전송하고 있는 걸까?

만다락스 번역 소프트웨어를 실행해 모스 부호를 글자로 변환해 보았지만 찰리가 전송하는 모스 부호가 단지 M-O-R-S-E라는 사실만 알아낼 수 있었다.

그동안 할사이도니아 어디에서도 톰 크루즈 NPC를 본 적은 없었다. R등급 영화의 내용은 이 행성에서 철저하게 금지되어 있었다. 뭐가 어떻게 돌아가는 것인지 알 수 없었다.

일 분도 채 지나지 않아 그 자리에 어울리지 않는 또 다른 NPC를 발견했다. 같은 영화에서 더스틴 호프먼이 맡은 역할인 레이먼드 "레인 맨" 배빗이었다. 레이먼드는 몸을 천천히 앞뒤로 흔들고 무게 중심을 왼발에서 오른발로 옮기면서 허공을 응시하고 있었다. 하지만 그가 일정한 패턴에 따라 움직이고 있다는 사실을 금세 알아차릴 수 있었다. 모스 부호처럼 짧은 뜀과 긴 뜀이 섞여 있었다. 만다락스 번역 소프트웨어에 따르면 레이먼드의 발이 두드리고 있는 단어는 그의 동생 찰리가 운전대에 두드리고 있는 단어와 똑같이 M-O-R-S-E였다.

도시 한복판에 위치한 미적분의 성을 코앞에 두고 이 문제를 붙들고 있을 여유는 없었다. 우리는 성문 앞에 있는 다양한 수학 증명과 방정식이 새겨진 화려한 대리석 계단을 밟고 올라선 다음 웅장한 입구를 지나 잇츠얼랏 여왕이 있는 왕좌의 방으로 나아갔다.

보통 때 같으면 여왕이 그렇게 빨리 알현을 허락하지 않았을 테지만 나는 전에도 한 번 여왕을 만난 적이 있었다. 열두 번째 생일이 되기 전에 이 행성에 있는 모든 수학 퀘스트를 완료한 업적에 대한 포상으로 여왕이 '잇츠얼랏의 은색 주판'을 하사했을 때였다. 그 주판을 꺼내 잇츠얼랏의 훈련대장에게 보여주니 그가 허리를 숙이며 나와 친구들을 통과시켜 주었다.

우리는 길게 깔린 벨벳 융단을 따라 여왕 앞까지 걸어갔고, 여왕은 왕좌에 앉은 채 나에게 손인사를 건넸다. 여왕은 보석으로 장식된 커다란 덧셈 부호가 달린 황금 왕관을 쓰고 있었으며, 여왕이 입은 금빛 예복에는 수학 증명과 방정식들이 선명한 빨간색 실로 수놓아져 있었다. 왕좌 뒤쪽 벽에는 잇츠얼랏 가문의 문장이 걸려 있었다. 세 번째 조각에 새겨진 바로 그 문장이었다.

여왕은 발밑에 옹기종기 모인 새끼 동물들에게 커다란 동화책을 읽어주고 있었다. 하지만 내가 다가가자 동화책을 덮고 새끼 동물들을 물러가게 했다.

왕좌에 다가가 무릎을 꿇고 머리를 조아리면서 에이치와 쇼토와 아르테미스에게도 똑같이 하라고 손짓했다.

"일어나세요, 파르지발 경!" 잇츠얼랏 여왕이 소리쳤다. "내 고결한 신하이자 친애하는 벗이여! 몇 년 만에 다시 보니 정말 반갑소. 내 왕국에는 어쩐 일로 오셨소?"

무릎을 세우고 일어나 세 번째 조각을 꺼내 그 조각에 새겨진 문장을 여왕에게 보여주며 말했다.

"저는 지금 세이렌의 영혼을 나눈 일곱 개의 조각을 찾는 퀘스트를 수행 중입니다. 그 조각 중 하나가 이곳 여왕님의 왕국에 숨겨져 있는 것 같습니다. 그 조각을 찾는 일을 도와주시겠습니까, 폐하?"

여왕의 눈이 휘둥그레졌다. 여왕이 매우 기쁜 표정으로 말했다.

"물론입니다! 그 조각은 오래전에 내게 맡겨졌죠. 찾으러 올 사람이 있을까 싶었는데 지금 왔네요. 긴 세월 끝에 마침내. 하지만 이걸 드리기 전에 할사이도니아 웨어잇메릿 배지 50개를 전부 가져오셔야 합니다."

등 뒤에서 친구들이 숨을 급히 들이마시는 소리가 들렸다. 나는 친구들을 흘긋 보았다.

"맙소사." 에이치가 말했다. "50개라고? 얼마나 걸릴까?"

"진정해." 내가 말했다. "난 여기에서 살다시피 했었고 그 배지들을 모두 얻었어. 엄마의 도움을 많이 받긴 했지만…"

아이템 보관함을 열고 옛날에 받은 할사이도니아 웨어잇메릿 배지가 달린 어깨띠를 찾아낸 다음 양손으로 받쳐 들고 여왕에게 내밀었다.

여왕은 어깨띠를 받아서 각기 다른 상징이나 기호를 담은 자수 패치를 주름진 손가락으로 하나씩 만지며 세더니 개수가 50개가 되자 미소를 지으며 고개를 끄덕였다. 이윽고 여왕이 손가락을 딱 부딪치자 눈부신 섬광이 번쩍였다.

흐려졌던 시야가 돌아왔을 때 보니 여왕의 손에 있던 내 어깨띠는 사라지고 없었다. 지금 여왕이 손에 쥔 것은 네 번째 조각이었다. 그 조각은 반구형 천장을 이루는 수천 개의 스테인드글라스 창문을 통해 쏟아지는 밝은 햇살을 받아 환하게 빛나고 있었다. (이 스테인드글라스 창문 하나하나는 공립학교 교사에게 경의를 표하는 의미로 제자들이 만든 것이었다.)

여왕이 조각을 기울이자 다양한 색깔의 빛이 반사되면서 한동안 왕좌의 방 전체가 거대한 만화경처럼 변했다. 이윽고 여왕이 조각을 나에게 내밀었다.

여왕 앞에 무릎을 꿇고 여왕과 눈을 마주치지 않도록 조심하면서 손을 뻗어 여왕의 손에 있는 조각을 집었다. (여왕과 눈이 마주치면 왕족을 구출하기 위해 필히 완료해야 하는 수학 퀘스트에 파견될 가능성이 아주 높았다. 구출해야 하는 왕족은 주로 여왕의 남편인 무식한 잇츠얼랏 왕이었다. 이 왕은 걸핏하면 사악한 마법사 멀티플리카타르의 포로로 잡혔는데, 이 마법사는 잇츠얼랏 왕을 모어스터프 산맥에 있는 각도기봉 아래에 숨겨진 긴 나눗셈의 던전으로 던져버리곤 했다.) 손가락으로 조각을 감싸쥐면서 다시 한번 마음을 가다듬고 이제는 무엇인지 아는, 내가 지불해야 하는 대가를 기다렸다…

• • •

나는, 아니 더 정확히 말하자면 키라는 어수선한 사무실로 뛰어 들어갔다. 책상 앞에 앉아 컴퓨터 작업에 열중하고 있는 모로를 찾기 위해서였다. 모로가 고개를 돌리자 키라가 스케치북을 내밀었다. 키라가 스케치북에 그린 것은 할사이도니아 인터랙티브 사의 로고였다.

그날의 이야기는 모로가 인터뷰와 자서전에서 언급한 또 다른 일화였다. 키라는 아래층 GSS 디자인부 사무실에서 번득이는 영감에 사로잡혀 회사 로고를 완성하자마자 모로에게 보여주려고 이곳까지 막 달려온 참이었다.

모로가 로고를 보더니 "너무 좋은데!"라고 외치고 나서 의자에서 일어나 두 팔로 키라를 끌어안았다.

• • •

나는 어느새 할사이도니아의 잇츠얼랏 여왕이 있는 왕좌의 방으로 돌아와 있었고 손에는 네 번째 조각을 움켜쥐고 있었다. 이번에는 단서를 보기 위해 조각을 뒤집어 볼 필요도 없었다. 조각을 들어 올리자마자 바로 단서가 보였기 때문이다.

단서는 여러 기호를 조합해서 만든 또 다른 기호였다. 각각 마르스와 비너스를 상징하는 남녀 성별 기호가 마치 성교를 하듯이 포개어져 있고, 그 위로 좌우가 반전된 숫자 7이 포개어져 있고 끝이 소용돌이처럼 말린 부분이 왼쪽에 붙어 있었다. 이 모양들을 모두 합치면 20세기 후반 대중문화에 관심이 많은 사람이라면, 또 록이나 펑크를 진정 사랑하는 사람이라면 누구나 즉시 알아볼 수 있는 다음과 같은 기호가 완성되었다.

이 기호를 보자마자 믿을 수가 없어 실소가 터져 나왔다. 눈을 질끈 감고 머리를 흔들었다. 에이치가 얼마나 나를 괴롭혀 댈지 눈에 훤했기에 각오를 단단히 해야 했다.

여왕에게 머리를 숙이고 감사 인사를 전한 뒤에 연단을 완전히 벗어날 때까지 뒷걸음질로 물러났다. 계단 맨 위에서 뒤로 돌자 친구들이 초조한 눈초리로 내 표정을 읽으려고 애쓰고 있었다. 아르테미스가 행운을 빈다는 표시로 손가락을 꼬아서 들어 보였다.

"이봐?" 에이치가 말했다.

나는 풀이 죽은 채 고개를 떨구고 친구들이 모두 기호를 볼 수 있게 조각을 내민 다음 눈을 질끈 감고 속으로 하나, 둘, 셋을 세기 시작했다. 겨우 하나를 셌을 때…

"이런 젠장 맙소사! 말도 안 돼! 이럴 수가!" 에이치가 이렇게 외치더니 펑키한 춤을 추며 내 곁으로 다가와 주위를 맴돌기 시작했다. "저건 러브 심벌 넘버 투잖아, 지! 프린스잖아!"

"어떤 왕자?" 쇼토가 물었다.

에이치가 말했다. "'한때 프린스로 알려졌던 아티스트'인 그 프린스 말이야. 펑크의 왕자! 팝의 대사제! 악당 전하! 퍼플 원!"

쇼토가 말했다. "아 그 1990년대에 자기 이름을 발음이 불가능한 상형문자로 바꾼 그 사람?"

에이치가 쇼토에게 경고하듯 검지를 들이댄 후에 헤벌쭉 웃었다.

"대박 예감이야, 애들아." 에이치가 여전히 제자리에서 춤을 추며 말했다. "우리 아빠는 집을 나갔을 때 그동안 모아둔 프린스의 음반과 영화를 고스란히 남기고 나갔고. 난 어릴 때 그 음반과 영화를 닳도록 듣고 봤어. 프린스와 그가 만든 창조적 결과물이라면 인류 역사상 존재한 그 어떤 인간보다 내가 더 많이 안다고 자부해."

"알아." 내가 말했다. "「퍼플 레인」 같이 보자고 얼마나 지겹게 날 들들 볶았는지 알기나 해?"

에이치가 춤을 멈추더니 나에게 비난하듯 검지를 들이대며 말했다. "그러는 넌 몇 번이나 나랑 그 영화를 끝까지 다 봤는지 알아? 없지. 절대 없지. 단 한 번도 없지. 그 이유는 너도 알고 나도 알지. 프린스가 언제나 네 성 정체성을 뒤흔들고 불편하게 했기 때문이야, 안 그래?"

옛날의 웨이드라면 이 말을 부정했겠지만 이미 말했다시피 오엔아이는 내 좁았던 시야를 넓혀주었다. 적어도 사춘기 시절 내 모습을 정확히 바라보게 해주었다.

"그래, 어느 정도는 사실일 거야." 내가 미소를 띤 채 말했다. 옛날 「프라이데이 나이트 비디오」 재방송에서 〈웬 도브스 크라이〉 뮤직비디오가 나올 때마다 프린스가 욕조 밖으로 나오는 장면에서 난 항상 눈을 돌리곤 했으니까. 언제나 예외 없이 말이야." 나는 오른손을 심장에 갖다 댔다. "내 진심 어린 사과를 받아줘, 에이치. 프린스의 천재성을 몰라봤음을 인정해."

에이치가 눈을 감고 가스펠 가수처럼 손바닥을 하늘로 치켜든 다음 외쳤다. "결국! 진실에 눈을 떴군!"

"그럼 이제 어디로 가야 해?" 쇼토가 말했다. "어딘가에 프린스 행성이 있다는 말이지?"

에이치가 쇼토를 노려보며 말했다.

"그래, 이 띨띨아. 오아시스에는 행성 전체가 프린스와 그의 생애, 예술, 음악에 헌정된 곳이 있어. 하지만 '프린스 행성'이라고 부르진 않지. 이 행성의 이름은 발음이 불가능한 기호거든. 저 조각에 있는 기호. 하지만 꼭 부르고 싶다면 별명인 '애프터월드(사후 세계)'라고 부를 순 있어. 이 행성은 원래 프린스가 사망한 직후에 만들어진 추모 성지였어. 오아시스가 출시된 지 10년도 지나지 않은 시점이었지. 키라는 이 행성을 만드는 데 참여한 팬 중 한 명이었고."

에이치가 애프터월드의 3D 홀로그램을 띄웠다. 다른 오아시스 행성들과 달리 이 행성은 구체가 아니었다. 이 행성은 네 번째 조각에 새겨진 기호, 즉 에이치가 러브 심벌 넘버 투라고 말한 그 기호와 똑같은 모양이었다.

"이 행성은 섹터 7의 슈퍼스타 클러스터에 있는 비욘세, 마돈나, 스프링스틴 행성 바로 옆에 있어." 에이치가 말했다. "애프터월드의 표면은 미니애폴리스 시내와 프린스의 여러 영화와 뮤직비디오에 나오는 장소들을 1980년대 후반의 분위기로 재현해 꾸며놓았어. 프린스가 활동한 시기에 한 번이라도 공연한 적이 있는 모든 클럽 공연과 콘서트의 시뮬레이션에 들어가 볼 수 있어. 아주 넓은 곳이야… 길을 잃어버리고 같은 자리만 뱅뱅 돌기 십상이지. 조각을 어디서부터 찾아야 할지도 막막할 정도니까…"

"일단 거기에 가면 이 조각이 또 다른 단서를 보여줄지도 모르잖아." 내가 말했다.

에이치가 고개를 끄덕이며 말했다.

"지금보다 좋은 기회는 없어. 다들 준비됐지?"

나는 고개를 끄덕이고 뒤로 돌아 잇츠얼랏 여왕에게 작별 인사를 했다. 다시 새끼 동물들에게 책을 읽어주던 여왕도 나에게 손을 흔들어주었다. 불현듯 모로가 나보다 먼저 여기에 왔었는지 물어볼 필요가 있다는 생각이 들었다. 하지만 그럴 리는 없었다. 모로는 도전을 중단하기 전에 세 개의 조각만 모았기 때문이다. 지금 생각해 보니 참 이상한 일이었다. 모로는 할사이도니아를 직접 개발한 사람이었다. 그에게 네 번째 조각은 가장 찾기 쉬운 조각이었을 것이다. 게다가 자신의 위치에 대한 단서를 숨겨놓기에 가장 쉬운 장소이기도 했다. 이 행성 전체를 관리자 권한으로 접근할 수 있고 모든 NPC를 조종할 수 있었으니 마음만 먹으면 무엇이든 바꿔놓을 수 있었을 텐데…

그 순간 어떤 생각이 머리를 스쳤다. 어쩌면 모로는 정말로 이곳에 추가 단서를 남겨놓은 것이다. 내가 이미 마주친, 이 행성에서 허용되지 않는 R등급 영화에 출연한 톰 크루즈 NPC와 더스틴 호프먼 NPC 말이다. 하지만 대체 무슨 말을 해주려던 걸까? 〈닌자 프린세스〉에 남겨놓은 점수와 마찬가지로 모로가 그렇게 해놓은 이유를 알아내야 했다…

바로 그때 우리 모두의 HUD에 일제히 알림창이 떴다. 나는 손을 뻗어 HUD에 떠 있는 알림창을 터치했다.

"파이살이 단체 문자를 보냈어." 내가 말했다. "당장 봐야 한다는데. 아노락이 엿듣을 수 없도록 그리게리어스 회의실로 와달래."

"불쌍한 에이치." 아르테미스가 에이치의 어깨에 한 손을 짚으며 말했다. "애프터월드로 가기 전에 잠깐 들를 곳이 생긴 것 같네."

"그래." 에이치가 말했다. "하지만 파이살이 빨리 끝내야 할 거야!"

"맞아." 쇼토가 말했다. "이번에는 좀 좋은 소식이 있어야 할 텐데."

파이살이 좋은 소식을 듣고 있을 가능성은 매우 희박하다는 내 생각을 미처 말하기도 전에 에이치가 관리자의 반지를 꺼내 그리게리어스 회의실로 우리 모두를 순간이동시켜 버렸다.

아니나 다를까 우리가 자리에 앉자마자 파이살은 전해야 할 안 좋은 소식이 몇 가지 있다고 말했다. 하지만 파이살이 구체적인 내용을 말하기 시작했을 때 '안 좋은'이라는 수식어로는 부족하며 '세상에 종말이 온 듯한'이라는 수식어 정도는 되어야 걸맞은 상황임은 자명해졌다.

0017

모두 회의실로 돌아와 늘 앉던 자리에 앉자마자 파이살은 기술자들에게 지시해 아노락이 가까이에 있거나 그리게리어스 행성에 있지 않은지 확인했다. 기술자들은 아노락을 그리게리어스 행성의 출입 차단 목록에도 등록했다. 아노락은 더는 이 행성에 발을 들여놓을 수 없었다. 또 시스템 관리자들에게 지시해 회의실에 이중, 삼중의 보안조치도 추가했다. 이제 회의실은 오아시스의 나머지 부분과 완전히 분리된 셈이었다. 어떤 마법 수단이나 기술 수단을 통해서도 우리를 도청하는 일은 불가능했다.

생각할 수 있는 모든 예방 조치를 취한 후에 파이살이 연단에 올라서서 몇 차례 헛기침을 하더니 매우 풀이 죽은 목소리로 '나쁜 소식'을 먼저 듣고 싶은지, '최악의 소식'을 먼저 듣고 싶은지 물었다.

만장일치로 '나쁜 소식'이 뽑혔다.

"아노락의 펌웨어 해킹으로 인한 또 다른 문제가 발생했습니다." 파이살이 말했다. "지금까지 이 사실을 보고드리지 않은 이유는 조각을 찾는 일을 방해하고 싶지 않았기 때문에—"

"빨리 본론을 말씀해 주세요, 파이살 본부장님!" 에이치가 소리쳤다.

"괜찮아요." 아르테미스가 말했다. "그냥 지금 상황을 말씀해 주세요. 본부장님을 해고할 생각은 없으니까요."

파이살이 입술을 오므렸다. 한동안 파이살은 곧 주저앉아 울 듯한 표정을 짓고 있었다.

"아노락이 우리 NPC들의 행동 패턴을 변경하는 방법을 알아냈습니다." 파이살이 말했다.

우리는 이구동성으로 "네?!"라고 소리쳤다. 고함에 놀란 파이살이 몸을 움찔했다. 파이살이 잠시 눈을 감았다가 뜨더니 말을 이었다.

"한 시간쯤 전부터 섹터 1, 2, 3, 4에 있는 NPC들이 전부 이상하게 행동하면서 지정된 활동 영역을 벗어나 돌아다니기 시작했습니다. 이 불량 NPC들 중 일부는 심지어 우주로 나갔습니다…"

"NPC는 우주로 나갈 수 없잖아요." 아르테미스가 말했다. "유저 퀘스트 때문에 일부러 그렇게 프로그래밍이 되지 않았다면 말이죠…"

"맞는 말씀입니다." 파이살이 말했다. "아노락이 어떻겐가 프로그래밍을 변경한 게 분명합니다."

"그렇군요." 내가 말했다. "지금 그런 불량 NPC들이 정확히 어떤 행동을 하고 있죠?"

파이살이 뷰스크린을 통해 캡처 영상들을 보여주기 시작했다. 영상 속에서 한 명 또는 여러 명의 NPC가 돌연 캐릭터를 붕괴하고 난폭해지더니 무고한 플레이어 아바타들을 공격하는 모습을 1인칭 시점으로 볼 수 있었다. 오아시스 행성 곳곳에서 서핑하는 사람, 주인공을 돕는 조력자, 상점 주인, 경주용 자동차 정비공, 집사, 가정부, 평범한 시민, 지혜로운 노스승들이 모두 난폭하게 변해 날뛰고 있었다. 영상 속에서 오아시스는 웨스트월드와 퓨처월드, 쥬라기월드를 합쳐놓고 이매지네이션랜드와 투모로우랜드, 좀비랜드를 가미한 아수라장으로 변해 있었다.

"문제의 섹터에 있는 NPC들은 모두 동시에 살인마로 변했습니다." 파이살이 말했다. "20분 남짓 전이었습니다. 공공 순간이동 터미널을 사용할 수 있게 된 NPC들이 오아시스를 마구 헤집고 다니면서 재수 없게 동선이 겹친 모든 아바타를 공격하고 살해했습니다. 닥치는 대로 공격하는 것처럼 보입니다. NPC에 의해 아바타가 죽을 수 없는 안전 구역에서조차 말입니다. NPC들은 아바타를 죽이고 나서 아바타가 떨어뜨린 돈과 무기, 마법 아이템, 희귀 아이템을 몽땅 훔칩니다." 파이살이 뷰스크린을 가리켰다. "그러고 난 다음에는 훔친 물건을 모두 크토니아 행성으로 가져가서 성채 안에 있는 아노락에게 갖다 바칩니다. 보세요…"

파이살이 몇몇 해킹된 NPC들의 POV에서 촬영된 것으로 보이는 또 다른 캡처 영상을 보여주었다. 멀리 아노락의 성채가 보이고, 성채 앞에는 수십만은 족히 되어 보이는 NPC들이 꼬리에 꼬리를 물고 늘어서 있었다. NPC들은 한 명씩 천천히 성채 정문으로 들어간 다음 여러 출구로 나뉘어 빠져나왔다. 빠져나온 NPC들 하나같이 빨간색과 검은색이 섞인 징 박힌 가죽 갑옷을 입고 있었다. 밖으로 나온 NPC들은 성채를 에워싸고 질서정연하게 서 있는 대열에 합류했다. 이 대열은 이미 사방으로 지평선 끝까지 뻗어 있었는데, 그 모습이 마치 아이센가드 주변에 운집한 오르크들을 방불케 했다.

이윽고 캡처 영상이 또 다른 POV로 바뀌었다. 성채 안 왕좌의 방에 서 있는 NPC의 POV였다. 아노락은 황금으로 된 왕좌에 앉아 한쪽 다리를 팔걸이에 걸치고 있었다. 소렌토는 아노락의 오른쪽에 서서 사악한 미소를 번득이며 위엄을 과시하려고 애썼다. 소렌토는 스파이크 장식이 달린 검은색 판금 갑옷을 입고, 커다란 검은색 팔목 장갑을 낀 양손으로 거대한 바스타드 검을 쥐고 있었다. 검게 빛나는 검날에는 룬 문자로 된 주술이 적혀 있었다. 그 주술을 번역했을 때 소렌토의 아바타가 휘두르는 검이 저주받은 마검 스톰브링어일 수 있다는 사실을 깨달았다. 갑자기 속이 울렁거렸다.

파이살은 캡처 영상을 잠시 멈추고 소렌토의 거만한 상판대기를 확대하고 나서 말했다.

"소렌토가 감옥에 있는 동안 아노락이 어떻게 소렌토와 내통했는지 알아냈습니다. 짐작했던 대로 감옥에서 매주 할당되는 오아시스 접속 시간을 이용했습니다. 매주 토요일 30분 동안 소렌토는 구형 햅틱 장치로 오아시스에 로그인할 수 있었습니다. 사용 로그 기록에 따르면 소렌토는 거의 인시피오에 있는 무료 공립 도서관에만 머물면서 와츠 회장님과 다른 회장님들에 대한 기사를 찾아 읽었습니다. 아노락은 소렌토가 사용하던 도서관 터미널을 해킹해 소렌토와 문자를 주고받은 걸로 보입니다. 수감자 감시 소프트웨어가 당시에는 이 부분을 잡아내지 못했고 아노락이 주고받은 문자도 모두 삭제해 버렸지만 분명 이 방법으로 소렌토의 탈옥을 준비했을 겁니다." 파이살은 한숨을 내쉬었다. "아직 소렌토의 흔적도, 모로의 흔적도 찾지 못했습니다."

"오아시스 접속 기록을 통해 현실세계에서 소렌토가 있는 곳을 추적할 순 없나요?" 쇼토가 물었다.

파이살이 고개를 가로저었다.

"소렌토는 현실세계의 위치를 숨기기 위해 해외 프록시 서버 여러 개를 돌려쓰며 오아시스에 접속 중인 것 같습니다. 아노락이 소렌토를 위해 보안조치를 취해준 것 같습니다."

파이살은 다시 뷰스크린을 가리키고 보석으로 장식된 왕좌에 앉아 있는 아노락이 중앙에 보이도록 배율을 조정했다. 아노락은 일렬로 서서 신속하게 이동하는 NPC 행렬을 향해 왼손을 내민 채 NPC들이 꺼내놓는 각종 무기와 마법 아이템을 싹쓸이하고 있었다. 훔친 물건들을 싹쓸이하는 동안 아노락의 눈동자는 매우 빠르게 움직이고 있었다. 각각의 아이템이 아이템 보관함에 추가되는 동안 HUD에서 아이템 설명문을 읽는 듯했다. 오른손으로는 필요 없는 아이템을 계속 버리고 있었다. 버려진 아이템은 아노락의 망토와 같은 배색을 사용한 빨간색과 검은색이 섞인 징 박힌 갑옷을 새로 입은 NPC들이 주워 밖으로 들고 나갔다. NPC들이 새 갑옷을 입는 순간 머리 위에 떠 있는 명찰의 이름이 '아노락의 수행사제'로 바뀌었다.

"마더 퍼스 버킷." 아르테미스가 혼잣말로 중얼거렸다. "아무래도 아노락이 군대를 조직하고 무기고를 구축하는 것처럼 보이는데."

"내가 보기엔 특정 아이템을 찾는 것 같아." 쇼토가 말했다. "아마도 그래서 아노락이 NPC들의 프로그래밍을 바꿔서 아바타들을 죽이고 아이템을 훔치게 한 게 아닐까? 특정 아이템을 찾고 있기 때문에? 고유한 능력이 있는 희귀 아이템 같은 거?"

파이살이 어깨를 으쓱하고 나서 말했다.

"그럴지도 모르죠. 아마도 곧 알아낼 수 있을 겁니다…"

"알겠습니다, 파이살 본부장님." 아르테미스가 말했다. "그럼 이제 '최악의 소식'을 알려주세요."

"맙소사." 에이치가 고개를 가로저으며 혼잣말로 중얼거렸다. "이보다 더 나쁜 소식이 있다는 사실을 까먹고 있었네."

파이살이 고개를 끄덕이고 한동안 안절부절못하다가 이내 심호흡을 하고 나서 말했다.

"오엔아이 유저의 아바타들이 죽은 다음에 부활이 안 되고 있습니다."

모두 파이살이 방금 한 말을 해석하는 동안 회의실에는 무거운 침묵이 감돌았다.

"그렇군요…" 아르테미스가 천천히 입을 뗐다. "그럼 아바타가 살해될 때 유저는 어떻게 되는데요?"

"아무 일도 일어나지 않습니다." 파이살이 말했다. "오아시스 안에서 아바타가 부활하지도 않고 현실세계에서 유저가 깨어나지도 않습니다. 하지만 오엔아이 헤드셋은 여전히 전원이 켜진 채 머리에 고정돼 있습니다. 유저의 뇌파는 여전히 오아시스에 로그인된 걸로 나옵니다." 파이살이 어깨를 으쓱했다. "모두 림보 상태에 갇힌 걸로 보입니다."

"맙소사." 아르테미스가 혼잣말로 중얼거렸다. "감각을 느낄 순 있나요? 그 유저들이 뭘 경험하고 있죠?"

파이살이 고개를 가로저었다.

"알 수 없습니다." 파이살이 떨리는 목소리로 대답했다. "그 유저들이 실제로 어떤 경험을 하고 있는지는 알아낼 방법이 없습니다."

에이치가 목을 가다듬었다.

"이 엿 같은 상황이 정말 끔찍하다고 생각하는 사람 또 있어?" 에이치가 오른손을 들면서 물었다. "난 그렇거든."

쇼토와 내가 동시에 오른손을 들었다.

"아노락의 인펌웨어가 단순히 부활 절차를 망가뜨렸을 가능성도 있습니다." 파이살이 희망적으로 말했다. "그래서 오엔아이 유저의 아바타가 죽임을 당하면 더는 아무것도 경험하지 못하는 꿈이 없는 림보 상태에 갇히게 되는 겁니다."

"그럴 수도 있고." 에이치가 말했다. "아니면 지옥의 아홉 번째 고리에 있는 불구덩이에서 부활하고 있을 수도 있겠네요, 파이살 본부장님!" 에이치가 갑자기 신경질적으로 양손을 허공에 내저었다. "젠장, 누가 알겠냐고? 이제 우리 중 한 아바타가 죽임을 당하면 부활하는 대신에 얼어붙은 소행성 루라 펜테에 있는 딜리티움 광산에 갇혀 클링온들에게 고문을 당하고 있을지도! 3초가 3000년처럼 느껴지는 시간 지연을 경험할 테고!"

"젠장." 쇼토가 혼잣말로 속삭였다. "아노락이 정말 그렇게 할 수 있어?"

"아니요, 물론 아닙니다!" 파이살이 말했다. "해리스 회장님이 말씀하신 것이 애초에 가능할 리가요…" 파이살은 잠시 말을 멈추고 시스템 관리자들이 하는 이야기를 경청하다가 이내 한숨을 뱉으며 말했다. "중론은… 유저들이 어떤 경험을 하고 있는지 알 수 없다는 쪽입니다. 누군가가 깨어나서 직접 말해주기 전까지는 알아낼 방법이 없을 것 같습니다."

"혹은 우리 중 한 명이 아노락의 물건 찾기 게임을 하다가 죽임을 당하면 알게 되겠죠." 내가 말했다. "그땐 우리가 스스로 알아내게 되겠죠. 직접 경험으로…"

얼마간 무거운 침묵이 감돌았다. 오엔아이 사용 시간을 확인하고 싶은 충동을 억누르며 마음을 가라앉히기 위해 관자놀이를 지압했다.

"보여주신 캡처 영상들은 이미 오엔아이넷에 올려져 있나요?" 아르테미스가 물었다.

"네, 그렇습니다." 파이살이 대답했다. "제가 오엔아이넷에서 찾아왔으니까요."

"그럼 지금쯤이면 아노락이 미쳐 날뛰고 있다는 사실을 온 세상이 다 알겠네요." 아르테미스가 말했다. "아노락이 우리 NPC들을 조종하고 있다는 사실도요. 그냥 유저들에게 현재 상황을 실토하고 진실을 알려주면 어떨까요? 오엔아이 펌웨어를 해킹한 자가 아노락이라는 사실을, 현재 로그아웃도 부활도 할 수 없는 이유도 아노락 때문이라는 사실을 유저들도 알 권리가 있잖아요. GSS가 언제까지나 비밀을 유지할 순 없을 거예요, 파이살 본부장님."

"영원히 유지할 순 없겠죠." 파이살이 말했다. "하지만 금방 이 문제를 해결할 수 있다는 공지를 주기적으로 내보낸다면 이 상황이 끝날 때까지 극심한 공황 상태는 미룰 수 있을 겁니다. 우리가 진실을 말한다면—"

"온라인에서도 오프라인에서도 대혼란이 벌어지겠죠." 에이치가 고개를 가로저으며 말했다.

파이살은 고개를 끄덕이고 헛기침을 했다.

"네 분 회장님께서 모두 승인해 주신다면 홍보부를 통해 NPC의 이상 행동이 또 다른 기술적 오류 때문이며 로그아웃 문제를 유발한 것과 똑같은 '손상된' 오엔아이 펌웨어 업데이트로 인해 생긴 오류라는 내용을 공지하려고 합니다. 다시 한번 이 문제를 해결하려고 노력 중이며 30분 내로 해결될 거라고 유저들을 안심시키겠습니다. 불량 NPC가 벌인 행동에 대해 사과하고 아바타가 죽임을 당한 모든 유저에게 아바타 부활을 보장해 주고 문제가 해결되는 즉시 잃어버린 크레딧과 아이템을 복구해 준다고 약속하겠습니다."

"아노락에 대해서는요?" 쇼토가 물었다. "아노락의 행동은 어떻게 설명하죠?"

"사람들에게 아노락은 또 하나의 NPC일 뿐입니다." 파이살이 말했다. "할리데이가 시스템에 남겨놓은 NPC이니 아노락의 행동도 다른 NPC들에게 영향을 미치고 있는 똑같은 펌웨어 오류 때문이라고 둘러댈 수 있습니다."

"부활 문제에 대해서는요?" 내가 물었다. "그 문제도 이미 공개됐나요?"

"아직 공개되지 않았습니다." 파이살이 말했다. "이 문제를 겪고 있는 유저들은 림보 상태에 갇혀 있기 때문에 현재 상황에 대해 아무에게도 불평할 수가 없습니다. 하지만 머지않아 사람들은 친구들이 부활하지 않고 있다는 사실을 알게 될 겁니다. 그땐…"

"최악의 사태를 두려워하게 되겠죠." 에이치가 말했다. "저도 그렇게 되겠고요."

"연막을 쳐야 하는 이유는 또 있습니다." 파이살이 말했다. "아시겠지만 우리 오엔아이 유저 중에서 가수면 상태일 때 몸을 보호할 수 있는 이머전 볼트가 있는 유저는 10퍼센트도 채 되지 않습니다. 대부분은 방이나 벽장에 몸을 가둡니다. 감시카메라 피드를 통해 위험이 감지되면 그때 로그아웃하고 가수면 상태에서 깨어나서 몸을 방어해도 충분하다고 생각하기 때문입니다. 이들 대다수는 지금 완전히 무방비 상태에 놓여 있습니다. 만약 온 세상이 진실을 알게 된다면…"

"맞는 말이야." 아르테미스가 이렇게 말하며 고개를 떨구더니 눈을 질끈 감았다. "전 세계 범죄자들이 독 안에 든 쥐들이 주변에 널렸다는 사실을 알게 되면 어떻게 되겠어? 오아시스를 로그아웃해서 몸을 보호할 수 없는 사람들은 이제 독 안에 든 쥐야." 아르테미스는 이제 곧 펼쳐질 일이 안 보아도 훤하다는 듯이 눈을 뜨고 말을 이었다. "경찰들이, 그러니까 인질로 잡히지 않은 경찰들이 그들을 모두 돕기에는 역부족일 거야. 범죄가 급증하겠지."

"맙소사, 아티." 에이치가 나지막이 속삭였다. "상상하기도 싫다."

"지금이 얼마나 위태로운 상황인지 정확히 분석해야 해, 에이치." 아르테미스가 이렇게 말하더니 내 쪽으로 시선을 던졌다.

"혹시나 해서 드리는 말씀이지만." 파이살이 끼어들었다. "아직 어떤 일도 실제로 벌어지지는 않았습니다. 아직은요. 하지만 쿡 회장님 말씀이 맞습니다. 이 사태가 장기화된다면 그런 일이 생길 겁니다. 그러니… 더 빨리 아노락이 모든 인질을 무사히 풀어주게 할수록 더 많은 목숨을 살릴 수 있을 겁니다."

나는 '셜록 홈스 나셨네!'라고 외치고 싶은 충동을 간신히 억눌렀다. 모든 상황이 통제 불능의 상태로 치닫고 있었고 나는 무력감을 느꼈다. 설령 친구들과 내가 이 시련을 이겨내고 살아남는다 하더라도 오아시스는 살아남을 수 없을 것이다. 오아시스는 이미 자멸하고 있었다. 나에게 그것을 막을 힘은 없었다…

"모로를 찾아야 해." 아르테미스가 불쑥 내 눈을 똑바로 보면서 말했다. "모로는 이 세상에서 아노락을 막을 방법을 알 만한 유일한 분이야."

나는 고개를 끄덕였다.

"모로가 아노락을 위해 세 개의 조각을 모았을 때 모로가 그렇게 한 이유는 하나밖에 없다고 생각해. 나름의 단서를 남기기 위해서지. 그 단서들을 통해 모로를 찾을 수 있다면 좋겠어."

나는 이렇게 말한 뒤에 모로의 점수가 1위에 기록된 〈닌자 프린세스〉 득점판 갈무리 화면을 회의실 뷰스크린에 띄웠다.

RANK	SCORE	NAME
1st	550750	KRA
2nd	365800	KRU

"모로의 점수는 나보다 거의 20만 점이 높아. 칸텐 성에 한 번 갔다 와서는 그렇게 많은 점수를 따내진 못했을 거야. 안 그래, 쇼토?"

쇼토가 잠깐 생각하더니 고개를 끄덕였다.

"맞아. 그렇게 높은 점수를 따내려면 〈닌자 프린세스〉의 끝판을 깬 다음에 형처럼 게임을 끝내버리면 안 되고 첫판부터 다시 해야 해."

"내 생각도 그래." 내가 말했다. "그럼 왜 굳이 추가 점수를 따셨을까?"

아르테미스가 일어서서 눈을 가늘게 뜬 채 뷰스크린 쪽으로 한 걸음 다가가면서 말했다.

"득점판 상단에 일부러 저 점수를 남겨놓기 위해서였겠지. 네가 볼 걸 아셨을 테고."

나는 여섯 자리 숫자를 뚫어져라 보면서 머릿속에서 그 숫자를 되뇌었다. 5-5-0-7-5-0. 아무리 생각해도 550750이라는 숫자는 전혀 들어본 기억이 없었다. 성배 일기를 열어 이 숫자를 검색해 보았지만 단 한 건의 검색 결과도 나오지 않았다. 지도 좌표 같지도 않았다. 일반 인터넷 검색도 해보았지만 검색 결과는 죄다 가격이나 제품번호였다. 550750이라는 숫자에 모로가 남긴 은밀한 메시지가 담겨 있다 한들 여전히 해독할 수가 없었다.

"처음 세 개의 숫자 말이야." 아르테미스가 말했다. "너희 집 도로명 주소 아니니?"

나는 어리둥절한 표정으로 아르테미스를 쳐다보면서 고개를 가로저었다.

"아닌데. 우리 집 도로명 주소는 몬살바트 블러바드 2112번지인데."

아르테미스가 한쪽 입꼬리만 올리고 웃었다.

"할리데이가 살던 당시의 원래 주소 말이야. 네가 이사 와서 바꾸기 전에…"

나는 기억을 더듬어 곧 주소를 생각해 내고 큰 소리로 말했다.

"배빗 로드 550번지! B-A-B-B-I-T-T! 「레인 맨」에 나오는 두 형제의 성과 같은 철자였지. 톰 크루즈와 더스틴 호프먼이 연기했던…"

나는 찰리 배빗 NPC와 레이먼드 배빗 NPC를 갈무리한 화면을 뷰스크린에 띄우고 나서 말했다.

"할사이도니아 행성에서 이 두 NPC를 봤어. 찰리 배빗과 레이먼드 배빗이야. 둘 다 모스 부호를 두드리고 있었어."

콜럼버스 북동부 외곽 지역에 자리한 뉴올버니의 지도를 연 다음 배빗 로드 550번지에 있는 우리 집을 확대했다.

"같은 거리에 있는 저 집의 주인이 누구게?" 내가 말했다. "모스 로드와 교차하는 곳 근처에 있는 배빗 로드 750번지에 있는 집 말이야?"

아르테미스가 눈을 크게 뜨면서 벌떡 일어났다.

"대박!" 아르테미스가 나지막이 속삭였다. "모로가 옛날에 살던 집이었잖아, 맞지? 키라와 결혼해서 오하이오주에서 오리건주로 이사하기 전에 살던?"

파이살이 고개를 끄덕였다.

"그리게리어스 게임 사가 인기를 끌고 두 선대회장님께서 백만장자가 되셨을 때 배빗 로드에 있는 저택을 구입하셨습니다. 두 분의 집은 아주 가까운 편이었습니다. 모로 선대회장님께서는 결혼할 당시 배빗 로드 750번지에 있는 집에서 나오셨지만 이 집을 팔지는 않으셨습니다." 파이살이 나를 보며 말을 이었다. "모로 선대회장님께서는 GSS를 떠나실 때 그 집을 팔고 싶지 않다고 말씀하셨습니다. 다분히 감상적인 이유였습니다. 또 만약에라도 그 집이 다시 필요해질 때를 대비하고 싶다고도 말씀하셨습니다. 이 집은 오랫동안 비어 있었습니다. 자동화된 보안 및 유지 보수 드론이 집을 지키고 있었는데, 이 드론들은 지금쯤 분명 아노락이 장악했을 겁니다."

나는 항공 위성 지도를 열었다. 지도에서 보이는 것이라고는 저택의 지붕과 차고, 차고 주변에 딸린 작은 건물 몇 채뿐이었다. 저택 주변으로는 아무것도 없는 광활한 밭이 사방으로 뻗어 있었다. "모로를 이곳에 납치했다면 상당히 똑똑한 전술이었긴 하네요. 이곳을 찾아볼 생각은 절대 하지 않았을 테니까요." 내가 말했다.

파이살이 고개를 끄덕였다. "이 집은 여전히 광섬유 케이블로 직접 오아시스 중앙 서버에 접속이 가능합니다. 모로 선대회장님께서 여기 사실 때 저희가 직접 설치해 드렸었습니다. 그래서 이 집에서는 오아시스에 가장 빠르게 접속할 수 있습니다. 저 아래쪽에 있는 와츠 회장님 댁에서 접속할 때와 같은 속도로요."

"좋아." 에이치가 말했다. "이곳이 아노락과 소렌토가 모로를 감금한 곳이 맞다고 치고. 어떻게 하면 모로를 안전하게 모시고 나올 수 있을까?"

"맞교환을 제안해야지. 세이렌의 영혼과 모로의 자유를 바꾸자고." 나는 이렇게 말한 뒤에 아르테미스를 보고 말을 이었다. "하지만 모로는 분명 미들타운 행성에도 우리에게 뭔가를 남겨두셨을 거야."

HUD를 열어 로엔그린에게 당장 그리게리어스 행성에 있는 이곳으로 순간이동해 오라고 문자를 보낸 다음 파이살에게 로엔그린과 친구들에게 이 회의실에 들어올 수 있는 출입 권한을 주라고 지시했다.

일 분도 채 되지 않아 회의실 문이 활짝 열리더니 로엔그린이 걸어왔다. 리조와 오공, 릴리스, 카스타지르도 뒤따라 들어왔다.

로엔그린과 친구들은 눈을 크게 뜬 채 회의실을 두리번거렸다. 하지만 나와 에이치, 쇼토, 아르테미스를 보자 그들의 눈은 훨씬 더 커졌다. 다섯 명은 일제히 무릎을 꿇더니 머리를 조아렸다. 나는 일어나라고 말했고 에이치와 쇼토, 아르테미스와 함께 달려가 그들을 맞이했다.

바로 이렇게 하이 파이브와 로우 파이브는 극도의 시련 속에서 처음 한자리에 모였다.

0020

로엔그린의 아바타는 여전히 여성형이었지만 초현대적인 전투용 갑옷을 입고 있었다. 로엔그린의 친구들도 비슷한 복장에 중무장한 모습이었다. 내가 소개를 마쳤을 때(그리고 로엔그린과 친구들이 흥분을 가라앉혔을 때) 로엔그린은 그동안 있었던 일을 요약해 주었다. 시간을 아끼고자 로엔그린은 친구들에게 전화를 걸었고 총 다섯 명이 힘을 합쳐 255개의 미들타운 시뮬레이션을 전부 하나씩 확인했다. 255개를 거의 다 훑었을 때쯤 오공이 마침내 설정 연도가 1986년에서 1989년으로 바뀌어 있는 또 다른 시뮬레이션, 즉 모로가 방문했던 시뮬레이션을 찾아냈다. 그때 나머지 네 명도 달려가 단서를 찾기 위해 그곳을 샅샅이 뒤졌다.

"모로의 지하실에서 그 자리에 어울리지 않는 물건들을 몇 개 찾아냈어요." 로엔그린이 설명해 주었다. "모로는 벽에 걸린 달력을 바꾸러 갔을 때 텔레비전 옆 선반에 놓인 비디오테이프 한 개도 옮겨놓았어요. 존 벨루시의 유작인 「이웃 여인」의 VHS 비디오테이프였죠."

"대박!" 에이치가 말했다. "지, 네 말이 맞았네!"

로엔그린이 에이치를 흘긋 보더니 다시 나를 보고 물었다.

"뭐가 맞았다는 거죠? 무슨 얘기예요?"

나는 아르테미스와 에이치, 쇼토를 향해 말했다. "애들에게는 말해줘야 해. 이 친구들의 도움이 필요한 상황인 만큼 이 친구들도 지금이 얼마나 위태로운 상황인지 알 권리가 있어."

다들 수긍의 뜻으로 고개를 끄덕였다. 파이살이 이의를 제기하려고 했지만 나는 파이살을 무시하고 로엔그린과 친구들에게 아노락에 대해, 인펌웨어에 대해, 우리가 오아시스를 로그아웃할 수 없게 된 진짜 이유에 대해 남김없이 털어놓았다. 로엔그린과 친구들은 인질이 되었다는 소식을 우리보다는 훨씬 더 잘 받아들이는 듯 보였다. 욕설을 내뱉고 소리를 지르기는 했지만 완전히 자제력을 잃어버린 사람은 없었다. 마침내 모두 입을 다물고 내 다음 말을 기다렸다. 나는 아노락이 어떻게 모로를 납치했는지, 모로를 찾기 위해 우리가 어떤 노력을 하고 있는지에 대해 이야기했다.

"모로는 우릴 위해 단서를 남겨놓았어요. 현실세계 속 당신의 위치에 대한 단서죠. 아무래도 아노락이 이곳 콜럼버스에 있는 모로의 옛날 저택에 모로를 감금한 것 같아요. 할리데이의 옛날 저택에서 꽤 가까운 곳이죠. 모로와 할리데이는 한때 동네 이웃이었어요."

"대박이네요!" 로엔그린이 말했다. "그래서 모로가 그 비디오테이프를 꺼내놓았나 보네요!"

로엔그린이 HUD를 열고 아이템 보관함을 훑기 시작했다.

"저희는 오래된 D&D 캠페인 노트도 찾았어요." 로엔그린이 말했다. "하지만 모로의 손글씨가 아닌—"

"할리데이의 손글씨일까요?" 쇼토가 물었다. "할리데이는 독립하기 전까지 D&D 관련 물건은 전부 모로의 집에 보관해야 했어요. 부모님이 사탄의 게임이라고 생각해 이 게임을 못 하게 했으니까요."

"아니에요." 로엔그린이 대답했다. "키라가 옛날에 썼던 캠페인 노트예요. 1989년 버전의 미들타운에만 있는 물건이죠."

로엔그린이 아이템 보관함에서 캠페인 노트를 꺼내 높이 들어 올렸다. 낡은 파란색 트래퍼 키퍼였다. 키라가 비닐 커버 끝을 잘라 끼워 넣은 속표지에는 '세이렌의 영혼을 나눈 일곱 개의 조각을 찾기 위한 퀘스트'라는 제목이 키라 특유의 필기체로 적혀 있었다. 제목 아래에는 그림도 그려져 있었다. 여섯 개의 파란 수정 조각이 둥그렇게 원을 이루고 가운데에 일곱 번째 조각이 놓여 있는 그림이었다. 하단에는 '작성자 키라 언더우드'라고 적혀 있었다.

"이건 키라가 처음부터 끝까지 혼자서 만든 어드벤처 게임 모듈이었어요." 로엔그린이 말했다. "미들타운을 떠나 졸업 학기를 마치기 위해 런던 집으로 돌아온 후에 말이죠."

에이치와 아르테미스, 쇼토가 놀란 눈으로 서로 쳐다보았다.

나는 로엔그린이 내민 노트를 양손으로 받았다. 감탄을 금치 못하며 노트를 살펴본 다음 고개를 들어 다시 로엔그린을 보았다.

"로엔그린, 정말 대단해요! 우리 모두의 목숨을 살리게 될지도 몰라요. 고마워요."

"별말씀을요, 지." 로엔그린이 의기양양하게 말했다.

트래퍼 키퍼의 찍찍이로 된 덮개를 열어젖히자 플라스틱 3공 바인더가 나왔다. 바인더에 꽂힌 150쪽이 넘는 내지에는 키라가 적어놓은 글과 상세한 지도와 삽화가 들어 있었다.

"흥미로운 점은 키라가 할리데이가 만든 D&D 캠페인 세팅인 크토니아를 무대로 일곱 개의 조각을 찾는 퀘스트를 만들었다는 점이에요." 로엔그린이 말했다.

크토니아는 할리데이가 고등학생일 때 D&D 캠페인을 위해 창작한 판타지 세계의 이름이었다. 모로의 초대로 키라도 함께했던 캠페인이었다. 크토니아는 할리데이가 초창기에 개발한 모든 〈아노락의 퀘스트〉 어드벤처 게임의 무대이기도 했다. 훗날 할리데이는 오아시스를 개발했을 때 오아시스 안에 크토니아를 실물 크기로 재현해 놓았다. 아노락의 성채가 위치한 곳도 크토니아였다.

"키라의 어드벤처 게임은 일곱 개의 퀘스트로 이뤄져 있어요." 로엔그린이 설명을 계속했다. "각각 일곱 개의 조각 중 한 개씩을 찾기 위한 퀘스트죠. 키라는 일곱 개의 퀘스트를 개발하고, 일곱 개의 던전 지도를 그렸어요. 뒤쪽에는 멋진 삽화도 많이 넣었죠. 이야기에 등장하는 다양한 괴물과 장소들을 묘사한 삽화를요. 놀라운 솜씨예요." 로엔그린이 이 대목에서 트래퍼 키퍼를 가리켰다. "제가 수집한 정보에 따르면 키라는 이 바인더를 1989년 6월에 영국으로 돌아가기 직전에 할리데이에게 줬어요. 첫 장에 할리데이에게 남긴 쪽지도 있어요. 그 쪽지에서 자신이 영국으로 떠난 후에도 모로를 비롯한 미들타운 모험가 길드 회원들을 위해 이 모듈을 계속 운영해 달라고 부탁했죠. 자신의 캐릭터가 D&D 캠페인에서 왜 사라졌는지도 설명해 달라고 부탁했고요. 이 어드벤처 게임을 만든 이유도 말했어요. 친구들이 마음으로나마 자기와 함께 있다고 느꼈으면 해서 이 게임을 만들었다고요. 이 게임을 하면서 친구들이 조금이나마 자기를 그리워해 주길 바란다고 말했죠."

"그 모듈에 키라의 캐릭터인 레우코시아가 등장하나요?" 에이치가 물었다.

로엔그린이 고개를 끄덕였다.

"바로 앞부분에요. 레우코시아는 해그마르라는 사악한 마법사에게 납치돼요. 이 마법사는 레우코시아를 가사 상태*에 빠지게 한 다음

* 동면에 빠진 동물처럼 생명 활동이 정지된 상태 – 옮긴이

세이렌의 영혼이라는 초강력 마법 보석 안에 가둬버려요. 그리고 그 보석을 일곱 개의 조각으로 부수고 나서 위험천만한 함정으로 가득 찬 각기 다른 일곱 개의 던전에 숨겨놓아요. 일곱 개의 던전은 각기 다른 일곱 개의 대륙에 있고요. 레우코시아를 부활시키려면 플레이어는 일곱 개의 조각을 모두 모아 다시 세이렌의 영혼으로 합쳐야 하죠. 그렇게 해서 일단 레우코시아가 다시 살아나면 레우코시아가 플레이어에게 다른 사람들을 부활시키는 능력을 주죠. 여기 이 부분을 보세요…"

로엔그린이 키라의 노트를 거의 끝부분에 있는 한 페이지까지 넘겼다. 그 페이지에는 레우코시아 캐릭터를 상징하는 기호가 그려져 있었다. 보석으로 장식한 장검과 화려한 장식이 새겨진 마법 지팡이가 교차하며 대문자 L자 모양을 이루는 기호였다. 이 기호는 레우코시아가 마법사와 전사 두 가지 직업을 보유하고 있음을 상징했다.

나는 이 기호를 본 적이 있었다. 키라의 디지털 작품 도감에서도 보았고, 몇몇 〈아노락의 퀘스트〉 게임에서도 보았다.

키라는 미들타운 모험가 길드에 가입한 최초이자 유일한 삽화가였다. 새로 사귄 친구들에게 주는 선물로 키라는 모든 회원에게 캐릭터를 상징하는 기호를 디자인해 주겠다고 자청했다. 이 기호들은 훗날 그리게리어스 게임 사에서 출시한 다양한 롤플레잉 게임에 들어가면서 유명해졌다. 아노락의 캐릭터 상징 기호인 큼직하게 휘갈겨 쓴 A자를 디자인한 사람도 바로 키라였다. 이 기호는 아노락의 망토에도 수놓아져 있었고 아노락의 성채 입구 위에서도 볼 수 있었다.

모로에게는 고레벨 마법사 캐릭터인 그레이트 앤 파워풀 오그를 상징하는 기호로 대문자 O자 가운데에 소문자 g자를 넣은 기호를 만들어주었다. 자신의 캐릭터인 레우코시아를 위해서는 검과 마법 지팡이를 합친 대문자 L자 모양의 기호를 만들었다. 레우코시아가 들어간 모든 그림에는 캐릭터의 옷이나 갑옷 어딘가에 언제나 이 L자 모양 기호가 들어 있었다. 결국 레우코시아는 '라번'이라는 별명을 얻었다. 키라는 처음에는 이 별명의 의미를 전혀 이해할 수 없었다. 영국에서 살다 보니 어릴 때 「라번과 셜라」를 본 적이 없었기 때문이다.

로엔그린이 손을 뻗어 노트에서 또 다른 페이지를 펼쳤다. 이미 모든 내용을 암기한 것처럼 보였다.

"바로 여기요." 로엔그린이 손글씨가 빽빽하게 담긴 한 페이지를 가리키며 말했다. "모듈의 끝부분에서 마지막 조각을 찾으면 사악한 마법사 해그마르가 다시 나타나고 놈을 물리쳐야만 조각을 다시 합칠 수가 있대요." 로엔그린이 싱긋 웃더니 뒤늦게 생각이 났는지 몸을 앞으로 숙이면서 이렇게 덧붙였다. "해그마르Hagmar의 철자를 재배열하면 그레이엄Graham이 되죠. 그레이엄은 학대를 일삼던 키라의 의붓아버지 이름이고요. 뭐 이건 여러분도 이미 알아내셨겠죠."

나는 고개를 가로저었다. "아니요. 몰랐어요. 고마워요, 로. 정말 대단해요!"

아르테미스와 에이치가 동시에 고개를 끄덕이더니 손뼉을 쳤다. 쇼토와 나도 따라서 손뼉을 쳤다. 로엔그린이 가볍게 머리를 숙인 다음 친구들을 가리키며 덧붙였다.

"로우 파이브가 모두 함께 해낸 거예요. 감사 인사는 우리 모두 똑같이 받아야 해요."

우리 넷은 로엔그린의 친구들을 향해 또 한 번 손뼉을 쳤다.

하지만 축하하고만 있을 시간은 없었다. 나는 친구들과 함께 키라의 노트에 코를 박고 나머지 내용을 속독으로 읽기 시작했다… 무엇을 찾고 있는지는 알 수 없었지만 보면 알 수 있을 것 같은 기분이 들었다.

키라의 모듈에서 첫 번째부터 네 번째 조각이 숨겨진 곳은 모두 우리가 오아시스에서 본 적이 있는 장소와는 사뭇 다른 곳이었다. 조각들을 획득하는 데 필요한 도전들도 마찬가지였다. 하지만 놀랍게도 많은 부분이 낯설지 않았다. 각각의 도전들은 조금은 다른 형태지만 그리게리어스 게임 사에서 초창기에 출시한 〈아노락의 퀘스트 Ⅱ〉와 〈아노락의 퀘스트 Ⅲ〉에서 본 도전들과 비슷했다. 이 점은 상당히 큰 충격으로 다가왔다. 두 게임의 크레딧에 키라는 시나리오 작가나 게임 디자이너가 아닌 삽화가로만 이름이 올라 있었기 때문이다.

모로는 자서전에서 할리데이가 키라에게 성차별적인 행동을 한 적이 한두 번이 아니라고 불만을 토로했었다. 또 할리데이가 언제나 키라가 게임에 기여한 부분을 깎아내리려고 애쓰는 듯했다고 썼다. 한번은 모로가 인터뷰에서 다음과 같이 말한 적도 있었다. "할리데이가 늘 장난으로 키라를 요코라고 부르는데 그 말만 들으면 화가 났었죠. 우리가 존 레논과 폴 매카트니였다면 키라는 조지 해리슨이었기 때문이죠. 키라는 비틀스를 해체하지 않았어요. 비틀스의 일원이었죠! 그녀의 도움이 없었다면 우리는 절대로 성공하지 못했을 거예요."

아르테미스와 처음으로 말다툼했을 때 주제도 바로 이 주제였다. 서로 알게 된 지 한두 달밖에 되지 않았을 때였다. 아르테미스는 키라가 오아시스의 진정한 공동 제작자로 모로와 할리데이와 나란히 이름을 올릴 자격이 있다고 말했다. 아르테미스는 키라를 DNA의 이중나선 구조를 발견한 주인공으로 왓슨과 크릭과 나란히 이름을 올릴 자격이 있는 여성인 로절린드 프랭클린과 견줄 수 있다고 믿었다. 또 인류가 달에 도달할 수 있도록 수학적 계산을 해낸 캐서린 존슨이라는 여성과도 견줄 수 있다고 믿었다. 또 따돌림을 당하거나 노골적으로 무시당한 셀 수 없이 많은 다른 여성과도 견줄 수 있다고 믿었다.

당시 나는 할리데이의 재임 기간에 GSS가 남녀 동수 고용을 원칙으로 하는 고용 평등 정책을 채택했음을 지적했다. 아르테미스는 그 정책을 채택하려고 노력한 사람이 할리데이가 아닌 키라와 모로였다고 반박했다. 나는 키라와 모로가 회사를 떠난 후에 할리데이가 그 정책을 점진적으로 폐지할 수도 있었지만 그러지 않았다고 응수했다. 이 고용 정책은 지금도 여전히 시행 중이었다. 하지만 아르테미스는 눈을 흘기고만 있었다.

많은 세월이 흐른 지금 마침내 아르테미스의 말이 처음부터 옳았음을 깨달았다. 나는 할리데이에 대한 부정적인 이야기는 어떤 것도 믿지 않으려 하는 맹목적인 할리데이 빠돌이였을 뿐이다. 지금은 많은 것이 변했다.

유용한 정보가 더 있는지 찾아보기 위해 노트의 남은 부분을 계속 읽어나갔다. 끝부분에 다다랐을 때 비로소 흥미를 끄는 내용이 나타났다. 키라가 일곱 번째이자 마지막 조각을 획득하는 과정을 묘사한 부분이었다.

> 일단 플레이어들이 여섯 개의 조각을 획득했다면 크토니아 남부 시사리아 산맥에서 가장 높은 봉우리 정상에 있는 세이렌의 신전으로 가져가야 한다. 여섯 개의 조각을 모두 제단에 올려놓으면 세이렌의 손에서 일곱 번째 조각이 나타날 것이다.

나는 하이 파이브와 로우 파이브의 축제 분위기를 깨고 이 부분을 에이치와 쇼토, 아르테미스에게 보여주었다.

"지난 대회 때 이 산맥에 있는 산들 전부 샅샅이 뒤졌었는데." 쇼토가 말했다. "레우코시아 신전이 정말로 그 위에 있다면 아무도 발견하지 못했을 리가 없어."

"혹시 여섯 개의 조각을 모두 모았을 때만 나타나는 건 아닐까요?" 로엔그린이 말했다.

아르테미스는 여전히 내 어깨 너머로 키라의 노트를 읽고 있었다.

"플레이어가 조각을 다 합치면 어떻게 될까요?" 아르테미스가 물었다.

로엔그린이 노트로 손을 뻗어 맨 마지막 페이지 중간쯤에 있는 한 단락을 가리켰다. 내가 그 부분을 큰 소리로 읽었다.

"'일곱 개의 조각이 모두 합쳐지면 세이렌의 영혼이라는 초강력 마법 희귀 아이템으로 변한다. 이 아이템에는 레우코시아를 가사 상태에서 깨어나게 해서 되살리는 능력이 있다.' 여기에 적힌 내용은 이게 다야."

다들 새로운 정보를 해석하고 있을 때 로엔그린이 또 한 가지 놀라운 소식을 전했다.

"좋아요. 가장 좋은 단서를 아껴두고 있었죠." 로엔그린이 말했다.

로엔그린이 아이템 보관함에서 커다란 모눈종이 한 장을 꺼내서 펼쳤다. 그 위에는 연필로 그린 매우 정교한 던전 지도가 그려져 있었다. 지도에는 아주 낯이 익은 깨알같이 작은 글씨로 쓰인 공간 설명과 세심하게 문자로 표시한 기호가 있었다.

"이 모눈종이가 키라의 노트에 끼워져 있었어요." 로엔그린이 말했다. "하지만 키라의 손글씨는 아니죠."

"모로의 손글씨네!" 아르테미스와 에이치가 나보다 한 박자 빨리 외쳤다.

로엔그린이 고개를 끄덕였다.

"지도 아래에 적힌 이 내용에 따르면 이 지도를 따라가면 도크슬레이어라는 초강력 마법 검이 숨겨진 장소로 갈 수 있어요. 도크슬레이어는 '강력한 마법사 아노락이 타락해 악으로 치닫게 될 경우 아노락을 처단하기 위한 분명한 목적으로 오아시스 초창기에 특별히 벼려진 검'이에요." 로엔그린이 나를 흘긋 보았다. "이 지도는 노트 덮개 안쪽에 끼워져 있었어요. 의도적으로 제가 꼭 보게 한 거죠."

"대박." 에이치가 나지막이 중얼거렸다. "모로가 아노락을 죽일 수 있는 특별한 검을 벼렸다고 생각하나요?"

로엔그린이 씩씩하게 고개를 끄덕이며 대답했다. "그렇게 생각해요! 가능성이 있다고요!"

"도크슬레이어?" 쇼토가 단어를 되풀이했다. "모로가 아노락을 죽일 수 있는 마법 검에 '도크슬레이어Dorkslayer'라는 이름을 붙였다고요?"

"맞아요." 로엔그린이 말했다. "그리고 지도의 우측 하단에 날짜도 적혀 있어요. 2022년 4월 1일. 모로가 GSS를 떠나기 겨우 몇 달 전이었죠. 모로는 분명 GSS를 떠나기 전에 그 검을 만들었어요." 로엔그린이 지도를 반으로 접고 뒤집은 다음 윗부분에 적힌 내용을 읽었다. "도크슬레이어는 무시무시한 용에게 보관돼 있으며 용이 사는 곳은 널소르 바다에 있는 지도에 없는 섬 '파헬'에 있는 깊은 지하동굴이래요."

로엔그린이 아바타 앞쪽 허공에 3D 오아시스 섹터 지도를 띄우고 말을 이었다.

"공교롭게도 오아시스에는 실제로 파헬이라는 이름의 작은 행성이 있어요. 좌표는 모로의 지도 귀퉁이에 적혀 있고요. 이 행성의 상세 정보에 따르면 이 행성이 만들어진 시기는 키라와 모로가 여전히 GSS에서 일하던 오아시스 초창기예요."

"파헬이요?" 쇼토가 말했다. "처음 들어보네요."

"나도 그렇네요." 에이치가 덧붙였다.

"지도에 없는 행성이니까요." 로엔그린이 말했다. "게다가 제로 구역에 있고요."

로엔그린의 말을 듣고 우리는 모두 깜짝 놀랐다. '제로 구역'이란 사람들이 오아시스를 구성하는 27개 핵심 섹터의 외곽 지역을 가리키는 이름이었다. 이 구역은 게임 알고리즘으로 자동 생성되는 가상 공간으로 아바타가 우주선을 몰고 들어올 때까지는 존재하지 않는다. 따라서 제로 구역은 아바타가 더 멀리 이동할수록 거기에 맞춰 시스템 재시작 없이 즉시 크기와 지형이 계속 팽창한다. 할리데이와 모로가 오아시스를 이런 방식으로 설계한 데는 이유가 있었다. 사람들이 처음 만든 27개 섹터에 있는 초현실 부동산을 모두 차지하더라도 제로 구역에는 언제나 충분히 많은 공간이 남도록 한 것이다. 더 정확히 말하자면 무한으로 말이다.

나는 제로 구역에 딱 한 번 가보았다. 가보았다고 말하려고 가본 것뿐이었다. 어릴 때는 이렇게 우주선을 타고 오아시스의 끝보다 좀 더 멀리 감으로써 오아시스를 그만큼 확장시키는 것이 일종의 통과의례였다.

엑스윙을 몰고 처음으로 27개 핵심 섹터의 끝까지 가서 위험을 무릅쓰고 제로 구역으로 넘어갔을 때 경계선에 떠 있는 이정표를 본 기억이 있는데, 그 이정표에는 다음과 같이 적혀 있었다. "이곳 주변에는 별이 없습니다…"

"저는 모로가 진짜 도크슬레이어를 만들어두었다고 생각해요." 로엔그린이 말했다. "GSS를 떠나기 전에 이곳 오아시스 안에 말이죠. 아마도 할리데이와 천하무적 아바타에 대해 의견이 엇갈릴 경우를 대비한 방책이 아니었나 싶네요."

기쁨이 내 몸을 한번 스쳐 가고, 깊은 슬픔이 다시 한번 스쳐 갔다. 이것은 아마도 아노락과 맞서 싸우는 데 필요한 무기일 것이다. 할리데이의 행동이 얼마나 끔찍했길래 모로가 가장 친한 친구와 맞서 싸울 준비를 해야 한다고 느꼈을까?

"진짜일 거야." 쇼토가 말했다. "그래서 아노락이 고레벨 아바타를 죽이고 아이템을 빼앗기 위해 그 NPC들을 전부 다시 프로그래밍했겠지! 누구보다 먼저 도크슬레이어를 찾으려고."

"난 아노락과 모로 둘 다 자신의 아바타를 초강력 천하무적으로 만들었다고 알고 있어." 에이치가 말했다.

"저도 본 적이 있어요." 로엔그린이 말했다. "하지만 모로의 지도에는 도크슬레이어가 '죽임을 당할 수 없는 자를 죽일 수 있는 유일한 무기'라고 적혀 있어요. 모로의 캐릭터인 그레이트 앤 파워풀 오그가 '고귀한 태생' 덕분에 그 검을 들 수 있는 유일한 아바타라고도 적혀 있고요."

"세상에." 쇼토가 눈을 흘기면서 나를 보고 말했다. "이제 호크룩스를 찾아야 하는 거네."

"정말 수고 많았어요, 로." 아르테미스가 로엔그린에게 이렇게 말한 뒤에 나를 보고 말했다. "우리에겐 그 검이 꼭 필요해!"

"지금 사이드 퀘스트를 할 시간은 없을 것 같은데, 아티." 에이치가 말했다. "아직 세 개의 조각을 더 찾아야 하잖아. 당장. 아직 목숨이 붙어 있을 때 말이야!"

로엔그린이 느닷없이 우리 앞에서 한쪽 무릎을 꿇더니 친구들에게 손짓했고 친구들도 로엔그린을 따라 한쪽 무릎을 꿇었다.

"하이 파이브 여러분." 로엔그린이 고개를 살짝 숙인 채 말했다. "로우 파이브에게 분부만 내려주십시오. 여러분이 퀘스트에 집중하시는 동안 저희가 도크슬레이어를 구해 오게 해주십시오. 절대 실패하지 않겠다고 약속드립니다."

로엔그린이 고개를 들어 나와 눈을 맞췄다. 그녀의 눈동자는 굳건한 결의를 품고 있었다. 나는 에이치와 쇼토, 아르테미스를 흘긋 보았다. 모두 동의의 뜻으로 고개를 끄덕였다.

"고마워요, 로엔그린." 내가 말했다. "하이 파이브는 당신의 제안을 감사히 수락합니다."

나는 손을 내밀었다. 로엔그린이 일어나서 내 손을 잡고 흔들었다. 로엔그린의 친구들도 일어났다.

"도와줘서 고마워요." 내가 말했다. "만약 검을 찾으면—"

"만약은 빼고 그냥 '검을 찾으면'이라고 하셔야죠." 로엔그린이 말했다.

"미안해요. 도크슬레이어를 찾으면 내가 있는 곳으로 즉시 순간이동해요. 나를 찾을 수 있게 내 위치를 공유해 줄게요."

로엔그린은 고개를 끄덕이고 나서 활짝 웃더니 갑자기 젊은 날의 제임스 스페이더로 변신했다.

로엔그린이 과장된 몸짓으로 경의를 표하며 말했다. "아이아이 캡틴Aye-aye, Captain."

이윽고 로엔그린이 손가락을 딱 부딪친 다음 친구들을 데리고 순간이동으로 사라졌다.

"우와." 에이치가 나를 보고 말했다. "저 여자애 대단한데."

"그러게." 아르테미스가 내 쪽을 보고 고개를 절레절레 흔들며 말했다. "넌 참 알다가도 모를 녀석이야, 지. 너보다 훨씬 괜찮은 친구를 사귀는 재주가 있어."

"겸손 덕분이죠." 내가 말했다. "겸손이 제 비밀 무기죠. 그거랑 제

깔끔하게 면도한 얼굴이요."

아르테미스가 깔깔대고 웃으며 눈을 흘기더니 파이살에게 물었다.

"그 검이 정말로 효과가 있을까요?"

"아무도 알 수 없습니다." 파이살이 대답했다. "기술자들에 따르면 아노락은 여전히 다른 NPC처럼 작동하는 듯 보입니다. 적어도 시스템적으로는요. 따라서 이론적으로는 NPC와 동일한 규칙과 작동 매개변수의 제약을 받습니다. 이 말인즉 아노락이 충분히 심한 손상을 입으면 죽을 수 있다는 말입니다."

"만약 놈을 죽일 수 없다면요?" 쇼토가 물었다. "조각을 다 넘겨주고 약속을 지키기만 바라야 하는 건가요?"

내 아바타가 일곱 개의 조각을 아노락에게 넘기는 모습을 상상하는 것만으로도 잠시 구역질이 났다. 하지만 그때 묘안이 하나 떠올랐다…

나는 키라의 노트 중 맨 마지막 페이지를 다시 보면서 플레이어가 일곱 개의 조각을 합치기 위해 어떻게 하는지 묘사한 부분을 다시 읽었다. 그 부분을 다 읽었을 때쯤 머릿속에서 어느 정도 윤곽이 잡혔다. 내 이야기를 들은 친구들도 가망이 있다고 생각하는 듯했다. 대략적인 계획을 파이살에게도 설명해 주었다. 파이살이 그 내용을 시스템 관리자들과 모로를 구출하려고 만반의 준비를 하고 있는 GSS 경호팀에도 전달할 수 있도록 말이다.

설명이 끝나기가 무섭게 아르테미스가 벌떡 일어나 떠날 채비를 했다. "마일스 실장님과 요원들에게 제가 지금 로그아웃한다고, 저 없이 출발하지 말라고 전해주세요."

"알겠습니다, 쿡 회장님." 파이살이 말했다. "하지만 경호팀 중에서 세 팀이 벌써 준비가 끝났습니다. 세 개의 공중 드론 소대도요. 그러니 정말로 위험하게 목숨을 걸지 않으셔도 됩니다, 쿡 회장님."

"모로는 이미 우리 목숨을 한 번 살려주셨죠. 그 은혜에 보답할 수만 있다면 뭐든지 할 거예요." 아르테미스가 파이살에게 이렇게 말하더니 나를 보고 말했다. "그럼 또 연락할게. 잘해봐!"

아르테미스는 나를 보고 다시 한번 미소를 짓더니 뒤로 돌았다. 그러자 문득 최악의 사태가 벌어진다면 바로 이 순간이 그녀를 보는 마지막 순간이 될지도 모른다는 생각이 들었다. 나는 손을 뻗어 아르테미스의 어깨를 만졌다. 햅틱 장비를 통해 내 손길을 느낀 아르테미스가 뒤로 돌아 나를 보았다. 늘 그랬던 것처럼 아르테미스는 예뻤다.

"저기, 어떤 일이 생길지 모르니 하는 말인데." 내가 말했다. "미안하다는 말을 지금 해주고 싶었어. 여러 가지 일들에 대해서. 하지만 제일 미안한 건 네 말을 잘 듣지 않았다는 거야. 그동안 내내 네가 옳았고 내가 틀렸어."

아르테미스가 활짝 웃더니 오른손을 내 뺨에 댔다. 그녀가 마지막으로 내 뺨을 만졌던 때는 현실세계에서 오리건주 모로의 저택에서 일주일을 같이 보냈을 때, 그러니까 정확히 1,153일 전이었다. 그녀의 실제 손은 아니었지만 여전히 감촉을 생생히 느낄 수 있었고 심장 박동이 빨라졌다.

"넌 끊임없이 날 놀라게 하는구나, 와츠." 아르테미스가 말했다. "아직 희망은 있는 녀석이군."

아르테미스가 다가와 내 이마에 뽀뽀를 해주더니 몇 걸음 뒤로 물러나 우리 중에 순간이동 주문이 영향을 미치는 반경에 서 있는 사람이 없는지 확인했다.

"몸조심해, 얘들아."

"너도 몸조심해, 아티." 내가 말했다. "다치지 말고, 알았지?"

아르테미스가 마지막으로 고개를 끄덕인 다음 순간이동으로 사라졌다. 아르테미스의 아바타가 사라진 자리에는 반짝이는 은가루가 떨어졌다. 곧바로 나는 에이치와 쇼토를 보고 물었다.

"너희들 즐길 준비 다 됐지?"

쇼토는 고개를 끄덕이고 긴장한 듯 엄지를 치켜들었고, 에이치는 손가락 마디를 꺾어 뚝뚝 소리를 냈다.

"알았다 오버. 준비되고말고." 에이치가 말했다.

HUD에서 초읽기 시계를 확인했다. 이제 나에게 남은 시간은 고작 2시간 28분이었다. 에이치와 쇼토는 그보다 10분이 짧았다. 파이살은 곧 2시간 이하로 떨어질 예정이었다. 여전히 찾아야 하는 조각이 세 개나 더 남아 있었다. 세 개의 조각을 찾는 데 앞서 네 개의 조각을 찾는 데 걸린 시간만큼 걸린다면 끝장이었다.

"안전띠 꽉 매, 친구들." 에이치가 미소를 지으며 말했다. "이제 애프터월드로 간다! 그곳에 도착하면 나만 잘 따라오도록 해, 알겠지?"

쇼토와 내가 고개를 끄덕였다. 우리는 파이살에게 다시 한번 작별 인사를 전했다. 에이치가 나와 쇼토의 어깨에 한 손씩 짚고 나서 순간이동으로 애프터월드로 떠나기 직전에 프린스의 노래 한 구절을 흥얼거리는 소리가 들렸다. "안 되죠, 갑시다!"

0021

내 아바타가 다시 서서히 나타나면서 주변 사물이 또렷해졌다. 내가 서 있는 곳은 길이가 50미터쯤 되고 콘크리트로 된 긴 터널 중간이었다. 천장은 콘크리트 바닥을 밑면으로 반원을 그리고 있었다. 천장과 바닥은 온통 프린스 로저스 넬슨에게 바치는 헌사를 담은 그라피티로 덮여 있었다. 프린스의 팬들이 지난 30년에 걸쳐 이곳에 남긴 그라피티 작품이었다. 프린스가 부른 노랫말도 있었고, 화살에 꽂힌 하트 모양 안에 머리글자를 새긴 그림도 있었으며, 프린스와 그의 작품을 향한 사랑과 헌신을 표현한 글귀들도 빼곡했다. '고마워요, 프린스', '사랑해요, 프린스', '보고 싶어요, 프린스' 같은 글귀가 온갖 색깔과 온갖 글씨체로 도배되어 있었다. 터널 벽에는 프린스의 초상화도 여러 점 그려져 있었다. 초상화 아래에는 출생일인 1958년 6월 7일과 사망일인 2016년 4월 21일도 적혀 있었다. 발음이 불가능한 기호를 그린 그림은 다 셀 수 없을 정도였다.

그라피티를 하나하나 다 보고 싶은 충동을 꾹 참고 마음을 다잡았다. 내 뒤로 보이는 터널 끝에는 눈이 멀 정도로 눈부신 하얀 빛으로 채워진 반원이 보였다. 반대편 끝의 반원으로는 높이가 3미터쯤 되어 보이는 검은색 마름모 철망이 보이고 그 뒤쪽으로 펼쳐진 푸르른 숲이 보였다.

프린스와 그의 음악에 대한 무지함을 들키지 않기 위해 HUD에 반투명 창을 여러 개 열고 각각의 창에 프린스의 음반 목록, 영화 목록, 전기, 주요 활동 이력을 띄워 언제든 필요할 때 참고할 수 있게 해두었다. 영상 인식 플러그인에서도 주변 정보가 끊임없이 들어왔다. 정보가 들어올 때마다 내 주변 허공에 작은 창이 하나씩 열리다 보니 꼭 「팝업 비디오」 속으로 들어와 있는 기분이 들었다.

프린스의 음반 목록을 훑어보는 동안 그가 「그라피티 브리지」라는 음반과 동명의 영화를 발표했다는 사실이 눈에 띄었다. 이 장소에 대해 아는 척을 하려고 쇼토에게 말을 걸었다. "이곳이 바로 그 유명한 그라피티 브리지이군. 동명의 음반과 영화에 영감을 준…"

"아니야, 지." 에이치가 내 어깨에 손을 짚은 채 오류를 바로잡아주었다. "실제 그라피티 브리지는 미니애폴리스의 다른 교외 지역인 에덴 프레리라는 곳에 있었는데 1991년에 철거됐어. 이 행성 곳곳에는 실제 그라피티 브리지를 재현해 놓은 곳이 엄청 많지만 이곳은 아니야. 이곳은 프린스가 살던 집 근처에 있던 터널을 재현해 놓은 곳이야." 에이치가 싱긋 웃으며 주변을 둘러보았다. "난 해마다 빠짐없이 프린스의 생일날 이곳에 와. 이곳은 가장 최근에 내가 출발한 지점이었어. 애프터월드의 지정된 도착 지점 중 하나이기도 하고."

내가 미처 대답하기도 전에 에이치는 이미 초록색이 보이는 터널 끝 쪽으로 달리고 있었다.

"빨리 와!" 에이치가 어깨 너머로 외쳤다. "이쪽이야!"

쇼토와 나는 에이치를 뒤따라 힘껏 달렸다.

터널 밖으로 나왔을 때 보니 터널이라고 생각했던 구조물이 사실은 말라버린 강 위로 놓인, 4차선 고속도로 교량 아래를 지나는 터널식 지하 배수로였다. 입구 위쪽에는 '불 크릭 로드'라는 이름이 새겨져 있었다.

에이치가 오른쪽으로 꺾더니 검은색 철망을 왼쪽으로 끼고 포장된 길로 들어섰다. 그 길은 철망 뒤쪽으로 보이는 푸르른 숲의 테두리를 완전히 한 바퀴 둘러 나 있는 것 같았다. 철망에는 쪽지와 보랏빛 꽃과 보랏빛 리본이 잔뜩 붙어 있었다. 앞으로 나아갈수록 철망에 붙어 있는 쪽지와 꽃과 리본은 점점 더 숫자가 많아지고 간격이 촘촘해졌다.

하늘을 한번 올려다본 후에 고개를 좌우로 돌려 지평선을 정찰했다. 그때가 몇 시쯤인지는 도통 분별하기가 어려웠다. 하늘은 다양한 색조로 표현된 보랏빛을 띠고 있었고 폭풍우를 동반한 먹구름으로 가득 차 있었다. 빛을 내뿜는 먹구름은 빠른 속도로 흘러가고 있었다.

길을 따라 계속 걷다 보니 마침내 철망 너머에 있는 나무들이 듬성듬성해지기 시작했다. 그 나무들 너머로 광활한 잔디밭 사이에 우뚝 솟은 하얀 원통형 건물이 눈에 들어왔다. 상아탑처럼 생긴 그 하얀 원통형 건물 뒤로는 더 큰 건물이 보였다. 그 건물도 역시 하얀색이었는데 윤이 반짝반짝 나는 하얀 대리석을 정사각형 벽돌처럼 만들어 지어 올린 모습이었다. 두 건물 주위를 빙 둘러 설치된 투광등에서 나오는 화려한 조명 때문에 다른 세상에 와 있는 것 같은 분위기를 풍겼다.

HUD에 켜둔 영상 인식 소프트웨어에 따르면 우리는 프린스의 주거 겸 창작 공간으로 유명했던 페이즐리 파크의 입구로 다가가는 중이었다. 곧 보랏빛 크롬으로 도금한 연철 대문 앞에 다다랐다.

에이치가 말없이 대문으로 걸어가 오른손으로 창살 하나를 움켜쥐었다. 그러자 첫 번째 니들 드롭이 재생되었다. 교회풍 오르간 연주가 흘러나왔다. HUD에 켜둔 음악 인식 소프트웨어에 따르면 〈레츠 고 크레이지〉라는 노래의 도입부였다. 노랫소리는 아주 높은 하늘에서 들려오는 듯했다. 마치 하늘 자체가 거대한 스피커가 된 것 같았다. 조금 있자 프린스의 목소리가 나왔다. 다음과 같은 내레이션을 읊조리는 동안 프린스의 목소리는 마치 전지전능한 신의 목소리처럼 하늘에서 우렁차게 울려 퍼졌다.

사랑하는 여러분, 우리는 '삶'이라고 부르는 것을 헤쳐 나가고자 오늘 이 자리에 모였습니다…

하지만 저는 또 다른 세계가 있다는 사실을 이제 말씀드리려고 합니다. 바로 애프터월드입니다!

프린스가 '애프터월드!'라고 말하자마자 귀청이 떠나갈 듯한 천둥이 들리더니 보랏빛 번개가 하늘에 포물선을 그리며 떨어졌다. 이윽고 보랏빛 구름이 잠시 갈라지면서 그 틈으로 줄기가 달린 체리 모양의 달이 동쪽 하늘에 높이 떠 있는 모습이 보였다.

고개를 돌리자 서쪽 지평선 바로 위에 미동도 없이 떠 있는 태양도 보였다. 불현듯 애프터월드가 이렇게 만들어진 이유가 궁금해지려는 찰나에 프린스가 직접 이 세계는 '영원히 끝나지 않는 행복의 세계'이며 '여러분은 낮에도 밤에도 언제나 태양을 볼 수 있다'고 설명해 주었다.

노래가 계속되는 동안 페이즐리 파크의 대문이 열리기 시작했다. 대문이 다 열리자마자 에이치가 나를 향해 말했다.

"됐어. 대문을 열었으니 이제 모든 지역 퀘스트가 활성화될 거야. 우리가 클랜이니까 너도 지금 활성화됐을 거야. 자, 네 번째 조각 좀 다시 보자…"

나는 아이템 보관함에서 네 번째 조각을 꺼내 높이 들었다. 결정체 면에는 여전히 프린스의 러브 심벌이 새겨져 있었지만, 우리가 지켜보는 사이에 아래와 같이 러브 심벌 양쪽으로 일곱 개의 기호와 대문자 V자가 나타났다.

처음에는 대문자 V자가 다섯 번째 조각을 암시하는 숫자 5를 나타내는 로마 숫자라고 생각했다. 하지만 곧 이 대문자 V자의 크기와 다른 여덟 개 기호들 사이에 상대적으로 놓인 위치를 보자 'versus'의 약어일 수도 있겠다는 생각이 머리에 스쳤다.

대문자 V자의 왼쪽에 있는 일곱 개의 기호는 우리가 잘 아는 프린스의 러브 심벌을 변형한 모양으로 보였다. 하지만 여덟 번째이자 마지막 기호는 전혀 다른 모양이었다. 어디에서 보았는지 도통 생각이 나지 않았다. 궤도 운동을 하는 전자를 원으로 표현한 도식 안에 숫자 7이 중심에서 살짝 비켜난 위치에 겹친 모양처럼 보였다. 8시 35분일 때 시계의 분침과 초침이 이루는 각도가 숫자 7처럼 보이는 옛날 아날로그 시계의 앞면처럼 보이기도 했다.

에이치는 조각에 나타난 이 기묘한 기호들을 보자마자 웃음기가 사라지고 눈이 휘둥그레졌다.

"이건 퀘스트가 아니야, 지." 에이치가 나를 보면서 말했다. "이건 망할 자살 임무야!"

에이치가 F로 시작하는 욕을 내뱉기가 무섭게 큰 버저 소리가 들리고 속이 빈 커다란 유리 단지가 나타나 에이치 옆쪽 허공에 떠 있었다. 유리 단지에는 '스퍼드의 욕 단지'라는 이름이 붙어 있었다.

에이치가 도끼눈으로 유리 단지를 노려보더니 짜증 섞인 한숨을 내쉬고 나서 금 동전 한 개를 던져 넣었다. 그러자 유리 단지가 사라졌다. 나는 굳이 캐묻지 않았다. 그 대신 조각에 새겨진 기호들을 가리키며 말했다.

"에이치, 이 기호들 무슨 뜻인지 알아?"

에이치가 고개를 끄덕이고 나서 심호흡을 했다.

"아무래도 다섯 번째 조각을 얻으려면 '더 세븐'과 싸워야 한다는 뜻 같아." 에이치가 왼쪽에 놓인 일곱 개의 러브 심벌을 가리키며 말했다. "'오리지널 세븐'과 힘을 합침으로써 말이지."

쇼토와 나는 어리둥절한 표정으로 서로 쳐다보았다. 에이치가 말을 이었다. "'더 세븐'은 일곱 명의 각기 다른 프린스 NPC로 이루어진 팀 이름이야. NPC들은 각각 프린스의 활동 시기 중 다른 시기를 표현하고 있어. 모두 신급 능력을 가졌고."

"그중에 하나라도 싸워봤어?" 쇼토가 해맑게 에이치에게 물었다.

"당연히 없지!" 에이치가 쇼토의 질문에 언짢아진 기분을 역력히 드러내며 대답했다. "애프터월드에서 악당 전하의 NPC를 공격하는 일은 화를 자초하는 짓이야. 더 세븐을 한꺼번에 공격하는 건 자살 행위나 다름없어. 너라면 신들과 한판 붙어보겠다고 올림포스산에 오르거나 아스가르드에 쳐들어가겠어? 프린스의 팬이 아니면서 레벨을 올리러 온 관광객들이나 감히 더 세븐에게 덤비지. 그들은 건방과 오만을 떤 대가로 한 명도 살아남지 못해."

"그렇군." 내가 말했다. "하지만 아마도 프린스의 진정한 팬이 아니라서 그런 걸 거야. 하지만 넌 진정한 팬이잖아. 프린스에 대해, 이 행성에 대해 모르는 게 없잖아. 쫄지 마, 에이치." 나는 조각에 새겨진 기호들을 가리켰다. "우리가 더 세븐과 싸워야 한다면 어디로 가면 되는데?"

에이치가 한참을 망설이더니 한숨을 푹 쉬고 나서 턱짓으로 남쪽 지평선을 가리켰다.

“도시 남쪽 10킬로미터쯤 떨어진 곳에 사막에 세워진 사원이 하나 있어. 이름은 7의 사원이야. 이 사원의 안뜰 가운데에 결투장이 있는데 그곳에 발을 디디면 애프터월드 곳곳에 있는 일곱 명의 프린스 NPC들이 모두 너랑 전투를 치르기 위해 그곳으로 소환돼.”

에이치가 다시 달리며 페이즐리 파크의 열린 대문으로 들어가더니 다시 한번 따라오라고 손짓했다.

“그 안에는 왜 들어가야 하는데?” 내가 에이치의 등에 대고 소리쳤다. “결투장은 도시 밖에 있는 사막에 있다며?”

“아직은 결투장으로 갈 수 없어. 우선 무기를 몇 개 구해야 해. 파워업도 필요하고. 엄청나게 많은 파워업이 말이야…”

“내 아이템 보관함에는 이미 무기가 넘쳐.” 쇼토가 말했다. “그건 누나도 마찬가지고. 파르지발 형에게 필요한 무기를 빌려주면 되잖아.”

에이치가 고개를 가로저었다.

“구형 무기들은 악당 전하한테는 전혀 안 통할 거야. 일곱 명의 프린스 NPC와 그 일당들에게는 오직 이 행성에서 만들어진 음파 무기, 타악기 무기, 음악 무기만이 타격을 줄 수 있어. 그들도 모두 치명적인 음파 무기로 무장하고 있고, 일부 무기는 단 한 방으로도 우리 아바타를 죽일 수 있을 정도로 강력한 희귀 아이템이지. 그래서 대적하러 가기 전에 무기를 보충해야 해, 알겠지? 미치고 팔딱 뛰겠네 정말. 이 귀한 시간을 꼭 설명하느라 낭비해야겠냐! 내가 어련히 알아서 잘하지 않겠니? 그냥 좀 믿으면 안 돼?”

“우린 널 믿어, 에이치!” 내가 말했다. “어서 가.”

에이치는 앞장서서 페이즐리 파크의 현관문으로 향했다. 유리로 된 현관문에 다다르자 에이치가 문을 열고 들어오라고 손짓했다. 건물 안에서 〈페이즐리 파크〉라는 발랄한 노래의 도입부가 흘러나오고 있었다.

"우선 안으로 들어가야 해." 에이치가 말했다. "네가 들어가야 해, 지. 이건 네가 완료해야 하는 퀘스트니까. 하지만 내가 차근차근 요령을 떠먹여 줄게. 알겠지?"

"알겠어." 내가 마지못해 건물 안을 들여다보면서 말했다.

내 대답이 끝나기가 무섭게 에이치가 정확히 내 아바타의 등 가운데를 발로 차는 느낌이 들었다. 나는 그대로 앞으로 떠밀려 페이즐리 파크 안으로 던져졌다.

• • •

로비에 들어서자마자 에이치는 앞장서서 미로같이 복잡하게 얽힌 건물 내부로 나를 이끌었다. 쇼토가 우리 뒤를 바짝 따라왔다. 에이치와 나는 페이즐리 파크의 카펫이 깔린 복도를 내달려 화려한 장식이 새겨진 나무 문들을 통과했다. 문에는 대부분 달이나 별 중 하나가 그려져 있었다.

에이치는 푹신한 보랏빛 벨벳으로 벽을 장식한 방들을 지나다가 종종 멈춰 서서 나에게 특정한 물건을(또는 속옷을) 만지라고 했다. 그러면 비밀 통로가 열려 또 다른 보랏빛 벨벳으로 벽을 장식한 방으로 갈 수 있었다. 에이치가 하라는 대로 하다 보니 여기저기 숨겨진 러브 심벌 모양의 동력전지 조각 다섯 개를 다 모을 수 있었다. 에이치는 옥상에 세워져 있는 우주선을 수리하려면 이 동력전지가 필요하다고 말했다. 에이치가 이 다섯 개의 조각을 정확히 어디에서 어떻게 찾아야 하는지 이미 다 알고 있어서 참 다행이었다.

우리가 '촛불이 켜진 방'에서 '음악 클럽'으로, 다시 '밀실'로, 다시 '가상영상감상실'로 내달리는 동안 내내 〈인터랙티브〉라는 노래가 반복 재생되었다. 에이치는 이 노래가 프린스가 출시한 〈미스트〉와 비슷한 동명의 비디오게임을 위해 쓴 곡이라고 설명해 주었다. 〈인터랙티브〉라는 게임에서 플레이어는 페이즐리 파크 곳곳에 숨겨진 프린스의 러브 심벌 조각 다섯 개를 찾아야 했다. 지금 우리가 하는 것은 그 게임 속 퀘스트를 오아시스에 재현한 퀘스트였다.

네 개의 조각을 모은 후에 에이치는 또 다른 카펫이 깔린 복도를 지나 전시품으로 가득 찬 큰 박물관으로 들어갔다. 그곳에는 프린스의 의상과 악기 수십 점이 유리 진열장 안에 놓여 있었다. 에이치는 이곳을 빠르게 지나쳐 맞은편 벽으로 향했다. 어떤 것에도 눈길을 주지 않았다. 쇼토와 나도 똑같이 했다. 정확히 에이치가 밟은 곳만 밟기 위해 한 줄로 뒤따랐다.

맞은편 벽에 있는 문 앞에 다다랐을 때 에이치가 그 문을 열었다. 그 순간 에이치의 시선이 어떤 물건에 꽂히는 모습이 보였다. 시선을 따라가 보니 저 멀리, 벨벳 차단봉 안쪽에 세워져 있는 물건은 다름 아닌 보랏빛 오토바이였다. HUD에 있는 아이콘을 터치해 오토바이 뒤쪽 벽에 걸린 포스터를 확대해 본 결과 그 오토바이는 프린스가 영화「퍼플 레인」에서 탔던 1981년식 혼다매틱이었다.

"여기서 기다려!" 에이치가 어깨 너머로 외치면서 구석으로 달려가 벨벳 차단봉을 훌쩍 뛰어넘었다. 처음에는 오토바이를 훔치려나 싶었지만 에이치는 오토바이를 훔치지 않고 아이템 보관함에서 칼등에 톱날이 달린 커다란 람보 칼을 꺼내 타이어에 대고 긋고 나서 연료통을 찔러 큰 구멍을 냈다. 문 쪽에 서 있는 우리에게 돌아왔을 때 에이치의 눈에는 눈물이 맺혀 있었다. 에이치는 후다닥 눈물을 훔쳤다.

"혼다매틱을 지금 꼭 망가뜨려야만 했어. 그래야 이따가 결투장에서 퍼플 레인 프린스와 대적할 때 이걸 못 탈 테니까. 우리한테 큰 도움이 될지도 몰라. 퍼플 레인 프린스가 이걸로 모리스를 들이받을 수 없을 테니까. 이 오토바이는 퍼플 레인 프린스의 아킬레스건이야!"

"모리스가 누군데?" 쇼토와 내가 에이치를 쫓아가며 물었다.

에이치가 무심코 대답했지만 너무 멀리 떨어져 있는 데다 너무 빨리 움직이고 있어서 무슨 말인지 알아들을 수가 없었다. 우리는 박물관에서 나와 복도를 이리 꺾고 저리 꺾어 또 다른 문 앞에 도착했다. 에이치가 그 문을 열자 별이 총총 빛나는 광활한 우주 공간에 떠 있는 나선형 계단이 나왔다. 계단은 별과 은하, 성운이 가득한 우주 공간 속에서 나선 모양으로 아래로 이어졌다. 에이치를 따라 긴 나선형 계단을 내려가 마침내 '녹음실'이라는 명판이 붙은 문 앞에 다다랐다. 안으로 들어가자 벽에 나무판자가 덧대어져 있고 커다란 믹싱 보드와 녹음 장비가 가득한 조정실이 나왔다. 조정실을 지나 녹음실 안으로 들어갔다. 에이치가 피아노 옆을 지나 벽에 걸린 한 그림 앞으로 달려갔다. 빨간 배경에 두 여자가 있는 그림이었다. 그림을 옆으로 밀자 뒤에 숨겨져 있던 금고가 보였다. 에이치가 기억을 더듬어 암호 조합을 입력하자 금고 문이 열렸다. 금고 안에는 러브 심벌 동력전지의 다섯 번째이자 마지막 조각이 놓여 있었다.

다섯 개의 조각을 모두 합치자 동력전지가 밝게 빛나기 시작했다.

에이치는 초현실적인 나선형 계단을 되돌아 나와 옥상으로 달려갔다. 반구형 천장이 있는 커다란 방 안으로 들어가자 에이치가 말했던 대로 커다란 보랏빛 우주선이 세워져 있었다. 거대한 골무같이 생긴 우주선이었는데 선체 바깥에 여섯 개의 캡슐 모양 탱크가 붙어 있었다. 에이치가 선체 밖에 달린 버튼을 누르자 접합선이 없는 매끄러운 선체에서 해치가 열렸다. 셋 다 보랏빛 벨벳으로 감싼 작은 조종석에 몸을 구겨 넣었다. 에이치가 앞에 놓인 제어판에 있는 러브 심벌 모양의 움푹 들어간 구멍을 가리켰다. 내가 구멍 안에 러브 심벌 동력전지를 끼워 넣자 제어판에 불이 들어오고 발밑에서 엔진이 켜지는 소리가 들렸다. 그 순간 머리 위에서 반구형 천장이 오렌지처럼 반으로 갈라지더니 별이 총총한 밤하늘이 드러났다. 밤하늘에는 보랏빛 구름이 자욱했다.

에이치는 나를 향해 엄지를 치켜들고 나서 벨벳으로 감싼 찌그러진 조종간을 양손으로 잡고 우주선을 하늘로 띄웠다. 페이즐리 파크를 몇 바퀴 선회한 다음에는 기수를 동쪽으로 틀어 저 멀리 지평선 위로 보이는 미니애폴리스 스카이라인으로 향했다.

에이치가 우주선의 내비게이션 화면에 애프터월드 지도를 열었다. 이 행성은 구체가 아니었지만 여전히 구체처럼 자전했다. 그 모습이 꼭 러브 심벌 모양의 펜던트가 가상공간에 떠 있는 보이지 않는 목걸이에 매달린 채 빙글빙글 도는 것처럼 보였다. 이 행성의 표면 대부분은 축소 재현된 1980년대 중반 미국 미네소타주 미니애폴리스로 꾸며졌지만 로스앤젤레스나 파리 같은 다른 도시의 거리나 장소도 섞여 있었다. 지도에서 미니애폴리스는 빅시티, 에로틱시티, 크리스털시티, 비타운, 업타운 같은 여러 구역으로 나뉘어 있었다. 에이치는 곧장 다운타운으로 우주선을 몰았고 헌팅턴 호텔이라는 간판이 달린 건물 바로 앞, 매우 붐비는 교차로 한복판에 우주선을 착륙시켰다.

에이치가 우주선의 외부 해치를 열었다. 우리가 하선하기 전에 에이치가 거치대에서 러브 심벌 동력전지를 빼내 아이템 보관함에 넣었다. 그러자 우주선 내부가 다시 깜깜해지며 동력이 꺼졌다.

거리에는 보행자와 운전자 NPC들이 가득했다. 많은 NPC들이 붐비는 교차로 한복판에 보랏빛 UFO를 세워 길을 막았다며 욕설을 퍼붓고 경적을 울려댔다. 에이치는 NPC들을 무시하고 교차로에서 대각선 건너편에 있는 웅장한 요새처럼 생긴 큰 검은색 건물로 향했다. 그 건물의 정문 위에 걸린 곡선 간판에는 '퍼스트 애비뉴'라는 글자가 큼지막한 대문자로 적혀 있었다.

에이치가 그 건물로 들어갈 수 있는, 골목 안쪽의 측문을 가리켰다. 측문 위에는 '7번 스트리트 입구'라고 적힌 작은 차양이 달려 있었다. 에이치는 우리에게 그 측문 밖에서 기다리라고 말한 다음 클럽의 정문으로 냅다 뛰어갔다. 그 모습이 마치 혈혈단신으로 성을 급습하는 랜슬롯을 보는 듯했다.

에이치가 안으로 들어간 후에 클럽 내부를 엿보기 위해 HUD에 에이치의 POV를 열었다. 에이치는 인종과 신념, 사회 계급을 총망라한 NPC들로 발 디딜 틈이 없는 댄스 플로어에서 NPC들 틈을 비집고 들어가고 있었다. NPC들은 남녀노소 할 것 없이 어깨가 서로 닿을 정도로 서로 바짝 붙어 선 채 음악에 몸을 싣고 있었다. 조금 후에 재빠른 움직임이 보였는데, 너무 빨라서 어떤 상황인지는 잘 보이지 않았다. 플라스마 소총을 빠르게 연사하는 듯한 소리가 들린 뒤에 순식간에 에이치가 하얀 기타 한 대를 메고 걸어 나왔다. 노브와 조율용 키는 금빛이었으며 보디에 있는 금빛 픽업 바로 위에는 금빛 러브 심벌이 그려져 있었다. 내가 여태껏 본 악기 중에서 가장 아름다운 악기라고 해도 과언이 아니었다.

"횡재야, 횡재!" 에이치가 한동안 기타를 머리 위에 의기양양하게 치켜들고 있다가 아이템 보관함에 넣었다. "이 기타로 거의 퍼플 스페셜에 버금갈 만큼 강력한 음파 블라스트를 날릴 수 있어! 이제 몇 가지만 더 구하면 결투장으로 가도 되겠어." 에이치는 다시 달리면서 따라오라고 손짓했다. "빨리 와! 이제 오디션을 보러 가야 해."

• • •

에이치는 네온 조명이 환하게 켜진 터널을 뚫고 7번 스트리트로 나아갔다. 몇 블록을 내려간 후에는 헤네핀 애비뉴 쪽으로 좌회전했다. 다시 몇 블록을 더 내려간 후에는 골목을 이리저리 꺾으면서 동쪽으로 나아갔다. 그러자 이름이 서수로 매겨진 거리와 어두운 뒷골목이 미로처럼 얽힌 구역이 나왔다. 거리 곳곳에 깨진 병과 부서진 비상계단이 있었고, 무작위로 생성된 드럼통 난로도 동키콩이 부러워할 만큼 많았다.

에이치는 방향을 틀 때마다 마치 금고에 비밀번호 조합을 시도하듯 아주 신중하게 방향을 선택했다. 남쪽 5번 스트리트로 우회전을 하고, 2번 애비뉴 남쪽 방향으로 좌회전을 한 다음, 남쪽 4번 스트리트로 우회전을 하고, 3번 애비뉴 남쪽 방향으로 좌회전을 한 다음, 남쪽 3번 스트리트로 우회전했다.

미로같이 복잡한 거리를 누비는 동안 한 골목을 흘깃 보았을 때 마침내 아는 것을 발견했다. (분명 프린스와 직접적으로 관련이 없었기 때문이리라.) 골목에서 〈브레이크 스트리트〉와 〈게토 블라스터〉에 나오는 캐릭터와 배경들이 보였다. 두 게임은 아주 오래된 고전 힙합 비디오게임으로 내가 어릴 때 옛날 노트북에 코모도어 64 에뮬레이터를 설치하고 즐겨 했던 게임들이었다. 누군가가 두 게임을 사진처럼 사실적인 미니 퀘스트로 바꿔 이곳 애프터월드의 뒷골목에 재현해 둔 것이었다. 이 캐릭터들이 왜 여기에 있느냐고 에이치에게 묻자 에이치가 싱긋 웃으며 어깨를 으쓱했다.

"아무도 몰라. 이 행성의 초기 개발자 중 한 명이 남겨놓은 이상한 작은 이스터에그야."

"키라일 수도 있다고 생각해?" 내가 물었다.

에이치가 어깨를 으쓱했다. "모르지."

에이치가 우회전을 한 뒤에 또 다른 골목으로 들어갔다. 하지만 이 골목은 다른 골목들보다 좀 더 어둡고 음산해 보였다. 에이치도 그렇게 느꼈는지 바로 열압류탄을 꺼내 무장했다.

에이치는 손을 들어 우리에게 움직이지 말라고 손짓했다. 이윽고 에이치가 그림자 밖으로 걸어 나오는 조직폭력배 NPC들을 가리켰다. 그 NPC들은 모두 목에 커다란 금 십자가 목걸이를 두르고 있었다. HUD에 표시된 머리 위 명찰을 분석한 결과 총 인원은 열 명이었고 놈들의 정체는 '디사이플'이라고 알려진 갱단이었다. 모두 기관총을 들고 있었는데 말 한마디 없이 우리를 향해 기관총을 쏘아댔다. 쇼토와 나는 드럼통 난로 뒤로 몸을 피했지만 에이치는 몸을 피하지 않고 그대로 서서 방패로 빗발치는 총탄을 막아냈다. 이윽고 에이치가 열압류탄을 적진 한가운데로 던졌다. 곧 눈부신 섬광이 번쩍였고 열 명의 디사이플이 모두 한 방에 잿더미로 변했다.

에이치는 얼굴 앞으로 팔을 휘저어 공기 중에 날리는 잿더미를 치우며 계속 앞으로 나아갔다.

그 골목에서 완전히 빠져나왔을 때 에이치가 좀 더 속도를 붙이기 시작했고 쇼토와 나도 부지런히 뒤따랐다. 에이치는 인파를 뚫고 프린스의 음반 표지와 뮤직비디오를 몽땅 한데 섞어놓은 듯한 초현실적인 풍경 사이를 요리조리 요령껏 누비며 길을 찾아나갔다. 거리에는 갖가지 모양과 크기의 음악 공연장이 늘어서 있었다.

지식을 지나치게 떠벌리는 여행 인솔자처럼 에이치는 이곳 애프터 월드에 있는 공연장 하나하나가 프린스가 단 한 번이라도 공연한 적이 있는 클럽이나 콘서트장이나 결투장을 재현해 놓은 곳이며, 어디든 골라 들어가 시대상을 보여주는 옷차림을 한 NPC들 틈에 앉아 프린스가 했던 공연을 감상할 수 있다고 말해주었다. 옛날 사진과 남아 있는 공연 실황 녹화 및 녹음 자료를 통해 철저히 고증해서 만든 정교한 몰입형 시뮬레이션으로 재탄생한 공연을 감상할 수 있다는 뜻이었다.

에이치는 꼭 보아야 하는 공연으로 마이애미주에서 폭우가 내리는 날에 열렸던 제41회 슈퍼볼 공연과 1998년 새해 전야 공연을 꼽았다. 새해 전야 공연에서 사람들은 마침내 〈1999〉년처럼 파티를 즐길 수 있었다.

가는 길에 TCL 차이니즈 극장을 재현해 놓은 건물도 지났다. 에이치는 이 극장에서 1984년 7월 26일에 개봉한 영화 「퍼플 레인」의 개봉 첫 상영이 무한 반복되는 중이라고 설명해 주었다. 퍼플 레인 프린스가 탄 보랏빛 리무진보다 몇 대 앞에서 피위 허먼이 초소형 개조 자동차를 주차하는 모습도 보였다. 보랏빛 리무진에서 내린 프린스는 반짝이는 보랏빛 턱시도를 입고 보랏빛 장미 한 송이를 양손으로 들고 있었다. 프린스 옆에는 흰 수염을 기르고 앞은 짧고 옆과 뒤는 긴 머리를 노랗게 탈색하고 얼룩말 무늬 조끼를 입은 건장한 남자 경호원이 서 있었다. 경호원은 이 위대한 음악가가 레드 카펫에 오를 수 있도록 길을 열어주었다.

TCL 차이니즈 극장을 지나 좀 더 내려가자 도로시 챈들러 파빌리온을 재현해 놓은 건물도 보였다. 에이치는 이곳의 시간은 언제나 1985년 3월 25일이며 언제나 제57회 아카데미 시상식이 열린다고 말해주었다. 프린스가 (한 손으로는 웬디의 손을, 다른 손으로는 리사의 손을 잡은 채로) 무대 위로 올라가 마이클 더글러스와 캐슬린 터너가 건네주는 오스카상을 받는 모습을 보고 싶은 팬들을 위한 시뮬레이션이었다.

그 거리를 따라 좀 더 내려가자 '슈거 월스SUGAR WALLS'라는 네온사인이 걸린 한 나이트클럽이 나타났다. 입구 밖에는 시나 이스턴 NPC가 서성대고 있었다. 그녀에게 시선을 주는 순간 또 다른 니들 드롭이 재생되었다. 이번에 나오는 노래는 프린스의 〈유 갓 더 룩〉이었다. 에이치와 내가 동시에 멈춰 서서 쳐다보는 동안 시나 이스턴은 1987년 인기곡인 이 노래를 립싱크로 따라 부르며 몸을 흔들었다.

"있잖아." 쇼토가 말했다. "프린스가 이 곡을 썼을 때 옛날 조다쉬 청바지 광고를 표절한 건 명백해."

쇼토는 깔깔대고 웃더니 아이템 보관함에서 홀로그램 턴테이블을 꺼내 프린스의 노래와 청바지 광고 음악을 동시에 틀었다. "유브 갓 더 룩! 유브 갓 더 룩. 더 조다쉬 룩!" 쇼토가 따라 불렀다.

에이치는 아무 반응을 하지 않았다. 그냥 나를 잡아끌고 조용히 몇 발짝 뒤로 물러날 뿐이었다. 그 순간 하늘에서 굵은 보랏빛 번개 한 줄기가 떨어져 쇼토의 정수리에 명중했다. 쇼토는 아스팔트 위에 그대로 납작하게 뻗어버렸다. 번개에 맞은 쇼토의 아바타는 하마터면 죽을 뻔했다. 쇼토의 체력 표시 막대가 빨간색으로 깜빡이기 시작했다. 쇼토가 아바타에 치유 주문을 걸었을 때 비로소 깜빡임이 멈췄다.

에이치가 다가가 쇼토를 부축하며 말했다.

"내가 경고했었잖아. 여기서는 퍼플 원에 대해 신성을 모독하는 발언을 하지 말라고 했지? 너 내 말 안 들었지?"

쇼토는 고개만 가로저을 뿐 아무 말도 하지 않았다. 머지않아 쇼토가 말을 할 수 없게 되었다는 사실을 알게 되었다. 애프터월드의 신들이 신성 모독 발언에 대한 벌로 번개만 내려친 것이 아니라 아바타의 목소리까지 빼앗은 모양이었다. 쇼토가 안쓰러웠다. 오엔아이 헤드셋을 착용한 상태에서 번개에 맞으면 매우 아팠다. 그 고통은 전기 충격기에 맞았을 때와 맞먹었다.

"내가 무서운 영화 안 좋아한다고 했을 때 너희가 얼마나 잔소리를 해댔는지 알기나 해?" 에이치가 우리에게 비난하듯 검지를 들이대며 말했다. "근데, 지금 봐봐. 이제 상황이 역전됐네! 그러니 집중해서 잘 좀 들어, 이 멍청이들아. 프린스를 조롱하는 농담은 절대로 하지 마. 아니 아예 아무 말도 하지 말고 내가 하라고 하지 않은 건 아무것도 하지 마. 주둥이 닥치고 내 뒤만 바짝 따라와. 알겠지, 래리?" 에이치는 쇼토가 고개를 끄덕일 때까지 쇼토를 노려본 뒤에 나를 보고 말했다. "너도 알겠지, 컬리?"

"알겠어, 모." 내가 에이치에게 길을 비켜주며 말했다. "알아들었으니 빨리 앞장서. 이 잘난 놈아…"

에이치가 나를 거칠게 밀치더니 앞장서서 나아갔다. 우리는 또 한 번 모퉁이를 돌아 헤네핀 애비뉴로 들어섰다. 그 거리에 들어서자마자 교실 하나짜리 작은 학교가 나왔다. 이 학교는 내 시선을 붙잡았다. 복잡한 미니애폴리스 시내 한복판에 있을 만한 장소가 전혀 아니었기 때문이다. 열린 창문 중 하나로 안을 들여다보니 프린스가 머펫들로 가득 찬 교실에서 머펫들과 춤을 추면서 아침 식사로 고른 불가사리와 커피에 대해 노래하고 있었다. 프린스와 함께 노래하는 한 학생 머펫은 프린스와 놀라울 정도로 닮은꼴이었다.

우리가 대적해야 하는 일곱 명의 프린스 중에 '머펫 프린스'가 있는지 에이치에게 물어볼까 잠깐 고민했지만 이내 하지 않기로 했다. 에이치는 여전히 농담할 기분으로 보이지 않았다. 애프터월드의 초현실적인 도시를 누비는 동안 에이치의 얼굴은 고도의 집중력을 발휘하느라 잔뜩 굳어 있었고, 에이치의 눈은 끊임없이 주변을 정찰하며 우리를 방해할 만한 요소를 찾느라 바빴다.

우리는 고담 미술관도 지났다. 나는 이 미술관이 프린스가 영화 음악을 맡았던 1989년에 발표된 팀 버튼의 영화 「배트맨」의 촬영 장소임을 알아볼 수 있었다. (이 지식은 내가 HUD에 의존하지 않고 기억 속에서 꺼낼 수 있는 몇 안 되는 프린스 관련 지식 중 하나였다.)

우리는 모퉁이를 돌아 워싱턴 애비뉴로 들어섰다. 곧 다운타운과 에로틱시티를 나누는 경계선이 나왔다. 이 경계선 바로 맞은편으로 금문교처럼 반짝반짝 빛나는 나이트클럽이 보였다. 외음부 모양으로 꾸며진 입구 위쪽에 걸린 분홍색 네온사인에는 '엔도르핀 머신: 사랑의 바자회'라고 적혀 있었다. 쇼토가 최면에라도 걸린 듯 입구 쪽으로 다가갔지만, 에이치가 머리를 흔들며 쇼토를 잡아당겼다.

"넌 유부남이야, 쇼토." 에이치가 말했다. "게다가 지금은 저기 들어가 볼 시간도 없고…"

"나도 딱히 들어갈 생각은 없었어!" 쇼토가 말했다. 어느새 쇼토의 목소리가 다시 나오고 있었다.

에이치는 머리를 180도 돌려 몸에 딱 붙는 파란 드레스를 입고 클럽 밖으로 걸어 나오는 실라 E. NPC에게 추파를 던졌다. 실라 E.는 에로틱시티 경계선까지 유유히 걸어오더니 자기 쪽으로 건너오라고 우리를 유혹했다.

에이치는 잠시 마음이 동하는 듯했지만 이내 머리를 흔들고 다시 달리기 시작했다. 쇼토와 나도 에이치를 뒤따라 형형색색의 의상을 입고 몰려오는 NPC들을 헤치며 나아갔다. 그들 중 한 NPC 때문에 나는 잠시 어안이 벙벙해졌다. 그 NPC는 내가 처음 만났을 때 본 에이치의 모습을 묘하게 닮은 젊은 흑인 여성이었다. 에이치에게 도플갱어를 보았다고 말했더니 에이치가 빙긋 웃으며 고개를 끄덕였다.

"저건 보니 보이어야. 프린스의 공연과 실라 E.의 공연에서 키보드를 연주했던 여자인데 너무 멋있는 여자야. 나한테 희망을 줬지. 그렇게 생긴 여자가 프린스와 함께 무대에 설 수 있다면 나도 뭐든 할 수 있으리라 생각하게 됐었지."

"지금의 널 봐." 내가 말했다.

"내 손으로 뇌를 꽂고 들어온 컴퓨터 시뮬레이션 안에서 죽어라 뛰고 있는 나 말이야?"

"아니, 이 멍청아! 이제 너도 희망을 주는 사람이 되었다는 뜻이잖아."

에이치가 나를 보고 활짝 웃었다. "무슨 말인지 알아, 지. 고마워."

에이치는 한동안 말없이 걷다가 걸음을 멈추더니 나를 보고 말했다.

"네가 할사이도니아에서 어떤 마음이었는지… 이제 좀 알 것 같아." 에이치가 주변을 가리켰다. "우리 아빠가 집을 나갔을 때 남기고 간 프린스의 음반과 비디오테이프들은 아빠가 남긴 유일한 것들이었어. 내 몸뚱이를 빼놓고는." 에이치가 어깨를 으쓱했다. "어릴 때 아빠가 프린스의 열렬한 팬이었다는 사실을 알았기에 더더욱 아빠의 빈자리가 그리웠어. 내 성 정체성 문제도 아빠는 분명 이해했을 거라고 생각해. 그렇지 않더라도 적어도 엄마보다는 잘 받아들였을 거야."

나는 고개만 끄덕였을 뿐 아무 말도 하지 않았다. 쇼토도 마찬가지였다.

지난 대회에서 우승하고 일 년쯤 지났을 때 에이치에게 어머니한테 연락해 볼 마음이 있는지 물은 적이 있었다. 에이치는 그때 어머니가 벌써 찾아왔었다고 말했다. 별거 중인 레즈비언 딸이 세계에서 가장 부유하고 유명한 사람이 되었다는 소식을 듣자마자 말이다. 그 소식을 듣자 동성애자를 혐오하던 태도가 180도 달라졌던지 머지않아 어머니는 에이치의 집 앞으로 찾아왔다.

에이치는 어머니를 집 안으로 들이지 않았다. 그냥 집 앞에서 어머니의 휴대 전화에 엄지를 댄 다음 백만 달러를 이체해 주었다.

이체가 끝난 후에는 어머니에게 고맙다고 말할 틈도 주지 않고 어머니가 자신에게 했던 말을 고스란히 돌려주었다.

"엄마가 한 선택 때문에 난 엄마가 부끄러워요. 이제 날 내버려두세요. 다시는 찾아오지 마세요."

에이치는 어머니 면전에 대고 문을 쾅 닫아버렸고 경비원에게 다시는 어머니를 집에 들이지 말라고 당부했다.

"정말 거지 같은 게 뭔지 알아, 지?" 워싱턴 애비뉴를 따라 걷는 동안 에이치가 물었다.

"몰라, 에이치. 뭔데?"

"생애 말년에 프린스는 여호와의 증인 신도가 된 후에 동성애 반대자라고 공개적으로 선언했어. 신이 동성애를 인정하지 않았다고 믿기 때문에 자신도 인정할 수 없다고 말이야. 정말 웃기지 않냐, 지?" 에이치가 고개를 가로저었다. "오랫동안 프린스는 어른 아이 할 것 없이 성 정체성에 혼란을 겪는 사람들에게 우상이자 롤모델이었어. '난 여자가 아니야. 난 남자가 아니야. 난 당신이 영원히 이해할 수 없는 어떤 존재야.' 이런 노랫말을 통해 우리 같은 사람들을 대변해 주던 사람이었지."

에이치가 울먹거리기 시작했고 잠깐 감정을 추스른 후에 말을 이었다.

"그러던 어느 날 프린스가 갑자기 마음을 바꾸더니 이렇게 말했어.

'아니야, 아니야. 그동안 내가 틀렸어. 넌 동성애자인 너 자신을 혐오해야 해. 신이 말씀하시길 당신이 창조한 대로의 네가 되지 않는 것은 죄이기 때문이야…'"

에이치가 고개를 가로저었다. "멍청한 소리야. 한물간 옛날 록스타가 종교를 갖든 말든 뭔 상관이야?"

"어떤 기분인지 알아, 에이치." 얼마간 침묵 끝에 내가 말했다. "가장 처음에는 엄마가 널 거부했고. 그다음에는 프린스가, 네 아버지를 대신하는 존재였던 프린스가 널 거부한 거네."

에이치가 고개를 끄덕이고 나서 빙긋 웃었다. "맞아, 하지만 넌 날 거부하지 않았지. 오랫동안 온라인에서 거짓 신분으로 속였었는데도."

나도 에이치를 보고 빙긋 웃었다. "물론이지. 내가 널 겁나 좋아하니까. 넌 내 친구야. 내가 선택한 가족이고. 혈연보다 중요한 가족. 안 그래?"

에이치가 빙긋 웃더니 다시 한번 고개를 끄덕인 뒤에 말을 하려다 말고 갑자기 멈춰 섰다.

"잠깐만!" 에이치가 바로 앞에 있는 모퉁이에 보이는 한 구제 옷 가게를 가리키며 말했다. "저기 꼭 들러야 해! 서둘러!"

가게 입구 위에 걸린 간판에는 '맥기 씨의 싸구려 잡화점'이라고 적혀 있었다. 내가 달려가 정문을 열어보았지만 꿈쩍도 하지 않았다.

"아니야, 그쪽이 아니야!" 에이치가 외쳤다. "뒤로 돌아가!"

쇼토와 내가 에이치를 따라 가게 뒤로 돌아가자 또 다른 니들 드롭이 재생되었다. 프린스의 〈라즈베리 베레모〉였다. 가게 뒤쪽에 도착했을 때 에이치가 뒷문을 열었다. 뒷문 안쪽에는 'OUT'이라고 적힌 표지판이 걸려 있었다.

"이 'OUT'이라고 적힌 문을 통해서만 이 가게 안으로 들어갈 수 있어.” 에이치가 들어오라고 손짓하며 설명해 주었다.

너무 지쳐 긴 한숨이 새어 나왔다. 초읽기 시계를 확인했다. 남은 시간은 겨우 1시간 44분이었다.

“이거 전부 다 꼭 필요한 거 맞지, 에이치?”

“그렇다니까!” 에이치가 내 등을 떠밀며 대답했다. “빨리 움직여!”

0022

에이치의 도움으로 라즈베리 베레모를 구입하는 복잡한 절차를 통과할 수 있었다. (가장 먼저 사장인 맥기 씨에게 일자리를 부탁해야 했다. 그런 다음 에이치가 알려준 대로 카운터 뒤에 서서 '거의 아무것도 하지 않고' 기다렸다. 맥기 씨가 '게을러빠진' 나 같은 사람을 좋아하지 않는다고 몇 번이나 말할 때까지 기다렸다. 그 시간이 마치 영원처럼 길게 느껴졌다.)

가게에서 빠져나온 후에 에이치는 내 아바타 머리에 라즈베리 베레모를 억지로 씌웠다.

"야 인마, 너 지금 나한테 장난질하고 있는 거면 가만 안 둘 줄 알아." 내가 말했다.

"이 몸이 아주 어렵게 얻은 귀한 지식을 너같이 배은망덕한 놈한테 퍼주는 거 안 보이냐!" 에이치가 베레모를 비스듬히 기울이더니 만족스럽다는 듯이 고개를 끄덕였다.

워싱턴 애비뉴를 따라 몇 블록을 더 걸었을 때 환한 가로등불 아래 어슴푸레 빛나는 잘빠진 1958년식 쉐보레 콜벳 한 대가 눈에 띄었다. 왠지 모르게 다른 차들은 모두 평행 주차가 되어 있었지만, 이 차는 직각 주차가 되어 앞부분이 도로 쪽으로 튀어나오고 뒷바퀴가 갓돌에 닿아 있었다. 빨간색과 흰색이 섞인 컨버터블이었다. 지붕은 열려 있었고, 점화 스위치에는 열쇠 꾸러미가 매달려 있었다.

"네가 운전해, 지." 에이치가 말했다. "이 리틀 레드 콜벳은 라즈베리 베레모를 쓰지 않으면 시동이 안 걸리니까."

나는 운전석에 올라탔다. 에이치가 조수석을 차지하자 쇼토는 뒷좌석에 탈 수밖에 없었다. 콜벳의 시동이 켜졌고 나는 차를 뺀 다음 주행을 시작했다. 도로를 가득 메운 차들은 거의 다 스포츠카 아니면 리무진이었다.

"저 고속도로 진입로로 가." 에이치가 앞쪽을 가리키며 말했다. "I-394 서쪽 방향을 타고 도시를 완전히 빠져나갈 때까지 달려. 최대한 밟아."

에이치가 알려준 대로 고속도로에 올라탄 다음 액셀을 힘껏 밟아 시속 160킬로미터 이상으로 달렸다. 서쪽으로 질주하는 동안 에이치가 차에 달린 라디오를 켰다. 라디오에서 〈리틀 레드 콜벳〉이 흘러나왔다. 노래가 끝나자 다시 처음부터 재생되었다. 아무래도 이 노래가 이 라디오에서 재생할 수 있는 유일한 노래인 듯했다. 몇 번 반복해서 듣고 난 후에는 다 같이 후렴을 따라 부르기 시작했는데 에이치가 느닷없이 짜증을 내며 라디오를 꺼버렸다.

"잠깐만." 에이치가 뒤로 돌아 쇼토에게 말했다. "내가 방금 잘못 들은 거냐? 아니면 네가 방금 진짜로 '리빙 커렉트'라고 부른 거냐?"

쇼토가 고개를 끄덕였다.

"맞아, 왜? 그게 맞는 노랫말이잖아?"

"아니야. 그런 말은 없어, 쇼토. 노래 제목이 '리틀 레드 콜벳'이잖아. 언제나 이 제목이었다고."

쇼토가 이맛살을 찌푸렸다.

"정말이야?" 쇼토가 어깨를 으쓱했다. "대박. 그럼 이 노래의 의미가 완전히 달라지네."

"쇼토? 너 혹시 우리가 지금 리틀 레드 콜벳에 타고 있다는 건 알지? 게다가 라디오에서 다른 노래는 나오지 않는 것도?"

"다시 들어봐. '리빙 커렉트'도 말이 돼. 정말이라니까!"

에이치는 기대감에 차서 하늘을 올려다보았다.

"이런 헛소리를 했는데도 번개에 안 맞다니 놀랍군. 뭐 어쩌겠어." 에이치가 혼잣말로 중얼거렸다.

에이치가 일러주는 대로 달려 마침내 일곱 모퉁이 구역에 도착했다. 그곳은 네온등이 켜진 세 도로, 즉 워싱턴 애비뉴와 세다 애비뉴, 19번 애비뉴가 만나는 삼거리 부근이었다. 세 도로에는 모두 아스팔트가 아닌 붉은 벽돌이 깔려 있었다.

이름과는 달리 내 눈에는 네 개의 모퉁이만 보였다. 모퉁이마다 각기 다른 클럽이 있었는데, 하나같이 상호를 적은 아주 큼지막한 네온사인이 걸려 있었다. 한 모퉁이에 있는 클럽의 이름은 '클린턴의 집'이었다. 이 클럽의 맞은편에는 '멜로디 쿨'이라고 적힌 담청색 네온사인이 걸린 클럽이 있었다. 스테인드글라스 창문이 달린 회색 석조 건물인 탓에 클럽이라기보다는 꼭 교회처럼 보였다. 이 클럽의 맞은편인 또 다른 모퉁이에는 '글램 슬램'이라는 클럽이 있었는데, 이 클럽은 남성을 상징하는 기호 모양의 커다란 네온사인이 입구를 감싸고 있었다.

'베이비 도 바'라는 이름의 커다란 네온사인이 걸린 또 다른 작은 클럽에 다다랐을 때 에이치가 차를 세우라고 말했다. 차를 세우고 다 함께 차에서 뛰어내렸다.

"자, 이렇게 하자." 에이치가 말했다. "아바타들은 이곳에 와서 이 클럽들에서 공연하는 지역 밴드가 개최하는 오디션을 볼 수 있어. 합격하면 밴드에 합류할 수 있는데, 그러면 나중에 우리가 결투장에 들어가야 할 때 그 밴드 멤버들이 우리 옆에서 싸워줄 거야. 무슨 말인지 알겠지?"

쇼토가 가까운 전봇대에 붙어 있는 한 전단을 가리키며 데즈 디커슨과 더 모더네어스라는 밴드의 공개 오디션이 있다고 말했다. 전단 속 사진에는 욱일기 모양의 머리띠를 두른 이 밴드의 리드 싱어가 찍혀 있었다(데즈 디커슨으로 보인다).

"이 밴드는 어때?" 쇼토가 물었다. "졸라 멋진데."

에이치가 눈을 흘겼다.

"세상에 그렇게 좋은 생각을 해내다니, 쇼토. 역대 최고의 음악가와 음파 전투를 벌일 상대로 데즈 디커슨과 더 모더네어스보다 적임자가 또 누가 있겠어! 분명 15센티미터짜리 하이힐을 신은 프린스를 덜덜 떨게 할 거야!" 에이치가 거리 아래쪽을 가리켰다. "그것도 나쁘진 않지만 그러지 말고 몇 블록만 더 내려가서 아폴로니아 식스의 오디션을 보자!"

"좋아!" 쇼토가 명랑하게 대답했다. "여섯 명이라면 우리 셋까지 합치면 총 아홉 명이 되겠네! 더 세븐보다 쪽수가 많아!"

나는 브라우저 창에 아폴로니아 식스의 음반 표지 사진을 띄워 쇼토 쪽으로 돌려주었다. 표지 사진에는 속옷만 입은 젊은 여자 세 명이 안개에 싸인 채 오벨리스크 앞에서 자세를 취하고 있었다. 그중 한 여자는 망사 스타킹을 신은 다리에 커다란 테디 베어를 매달고 있었다.

"아폴로니아 식스는 세 명뿐일걸." 내가 말했다. "테디 베어까지 세지 않는다면 말이야."

쇼토와 내가 정답을 알려달라는 눈빛으로 에이치를 쳐다보았지만 에이치는 우리의 무지함에 혀를 내두르며 이미 저만치 앞서 걷고 있었다. 쇼토와 나는 허겁지겁 에이치를 뒤쫓았다…

어느 순간 겨우 몇 발짝 앞에서 갑자기 멈춰 선 에이치와 부딪혔다. 다시 균형을 잡았을 때 에이치가 갑자기 멈춰 선 이유를 알 수 있었다. 검은색 갑옷을 입은 소렌토의 아바타가 우리 앞을 가로막고 서 있었던 것이다.

나를 죽이려다가 앨리스 이모를 죽이고 많은 동네 주민들까지 살해한 놈, 새처럼 자유로운 몸이 된 바로 그놈이 서 있었다.

"어이!" 소렌토의 목소리가 어찌나 우렁찬지 우리 셋은 몸이 저절로 움찔했다. 그 모습을 본 놈은 방정맞게 낄낄거렸다. 소렌토는 우리를 보고 지나치게 기분이 좋아 보였고, 나는 그 모습을 보고 지나치게 불안해졌다.

"대단하군!" 소렌토가 웃음을 멈춘 후에 말했다. "이게 누구신가! 알파 팀이 다시 뭉쳤군. 옛날처럼…"

소렌토가 위협적으로 한 발짝 다가왔지만, 우리는 물러서지 않았다.

"이 꼬맹이들아, 흘러간 시대의 추억팔이에 놀아나는 일이 지겹지도 않나?" 소렌토가 양팔을 크게 벌렸다. "내 말은, 주위를 좀 봐. 오아시스 전체가 거대한 묘지 같잖아. 흘러간 시대의 죽지 않은 대중문화 아이콘들이 귀신처럼 들러붙은 묘지. 한 미친 영감탱이가 잡쓰레기를 잔뜩 모아놓은 묘지 말이야."

"여긴 왜 온 거지, 소렌토?" 내가 물었다. "우리가 지금 좀 바쁜데."

"아노락이 확인해 보라고 보냈다. 보아하니 이 행성에서 엄청난 시간을 쏟아붓고 있구나. 친구 아르테미스는 이미 너희를 버리고 내뺀 모양이고." 소렌토가 미소를 지었다. "뭐 그럴 줄 알았지. 어쨌든 너희 셋이 실패하면 다 죽을 거고 그럼 회사는 아르테미스가 먹게 될 테니…"

나는 그 말을 듣고 진심으로 화가 난 것처럼 행동하려고 애썼다.

소렌토와 아노락이 사만다가 우리를 배신했다고 믿는다면 앞으로 그녀가 하려는 일에 신경을 쓰지 않을 터였다.

"어쨌든." 소렌토가 말했다. "아노락이 지금 매우 바빠서 날 대신 보냈다. 너희 일거수일투족을 모두 지켜보고 있다는 사실을 잊지 말거라. 시간이 없다. 마감 시한은 협상 불가야." 소렌토는 씩 웃은 다음 덧붙였다. "그러니 목표에 집중해. 안 그러면 죽음을 면치 못할 테니까."

소렌토의 아바타는 말을 마치자마자 순간이동으로 사라졌다.

우리는 일제히 방금 소렌토가 서 있던 곳을 한동안 바라보다가 이내 말없이 앞으로 나아갔다.

에이치를 따라 다음 교차로에 도착했을 때 물랭 루주를 재현해 놓은 건물을 지났다. 그 건물 바로 옆에는 '앰뷸런스 바'라는 간판이 달린 건물이 있었다. 앞쪽으로 보이는 셀 수 없이 많은 클럽 사이로 '코인 캐슬'이라는 오락실도 눈에 띄었다. 창문으로 오락실 안을 들여다보니 보랏빛 핀볼 게임기와 보랏빛 오락기들로만 가득 차 있었다. 에이치의 목적지가 이곳이기를 바랐지만, 에이치는 코인 캐슬을 그대로 지나쳐 계속 달렸고 다음 모퉁이에 있는 한 커다란 나이트클럽 앞에서 멈춰 섰다. 입구 위에 걸린 네온사인에는 '팬더모니움Pandemonium'이라는 글자가 강렬한 주황색으로 적혀 있었다. 네온사인 위에는 커다란 시계가 붙어 있었는데, 그 시계 위에는 모두 대문자로 'THE TIME'이라고 적혀 있었다. 내 눈에는 달력 위에 'THE DATE'라고 적어놓는 것만큼이나 이상해 보였다.

우리는 에이치를 뒤따라 그 클럽의 입구로 다가갔다. 키 180센티미터에 수염을 기르고 노란 머리로 탈색하고 얼룩말 무늬 조끼를 입은 근육질의 남성이 입구를 지키고 서 있었다. 아까 TCL 차이니즈 극장에서 보았던 퍼플 레인 프린스의 경호원과 같은 사람이었다. 그가 문을 가리면서 우리 앞을 막아서더니 건장한 가슴 근육 앞으로 거대한 팔뚝을 들어 올려 팔짱을 꼈다.

"안녕, 빅 칙Big Chick?" 에이치가 오랜 친구를 대하듯 친근하게 경호원 NPC에게 말을 걸었다.

빅 칙은 선글라스를 코끝까지 내리더니 사악한 눈빛으로 에이치를 쳐다보았다.

"암호가 뭐지?" 빅 칙은 놀라울 정도로 상냥한 목소리로 물었다.

에이치가 오른쪽 귀를 손으로 감싸고 빅 칙에게 들이밀며 말했다. "뭐라고요?"

빅 칙이 고개를 끄덕이더니 다정하게 웃으면서 길을 비켜주었다. 쇼토와 나는 어리둥절한 표정을 주고받은 후에 에이치를 따라 안으로 들어갔다.

내부는 마치 단테의 지옥 중 아홉 번째 고리에서 가장 인기 있는 나이트클럽 같았다. 모든 조명이 붉은 계열이었고 어디를 보든 불꽃이 보였다. 모든 테이블에 촛불이 켜져 있었고, 벽과 발코니 난간에는 횃불이 걸려 있었으며, 위층에도 아래층에도 수많은 벽난로가 있었다. 하지만 전혀 덥지 않았다. 클럽 안은 흥에 겨워 수다를 떠는 NPC들로 꽉 차 있었다. 하나같이 형형색색의 옷을 차려입은 선남선녀들이었는데, 술을 마시고, 담배를 피우고, 춤을 추고, 서로 유혹하느라 바빴다.

"신사들, 잊지 마. 타임이 없다면 레볼루션을 멈출 수 없어." 에이치가 불의 고리 안에 있는 텅 빈 무대를 가리키며 말을 이었다. "개는 일곱 마리가 무리 지어 다니지!"

텅 빈 무대에는 커다란 드럼 세트만 덩그러니 놓여 있었다. 베이스 드럼 앞에 눈에 익은 기호가 붙어 있었다. 커다란 숫자 7이 커다란 원의 중심에서 살짝 비켜난 위치에 놓여 있고 꼭 전자의 궤도 운동을 도식화한 것처럼 큰 원의 궤도 위에 아주 작은 원이 그려진 기호였다…

네 번째 조각을 꺼내 다시 한번 살펴보았다. 베이스 드럼에 붙어 있는 기호는 네 번째 조각 표면에 새겨진 여덟 번째이자 마지막 기호, 즉 V자 모양 오른쪽에 있는 기호와 일치했다.

"에이치!" 내가 외쳤다. "두 기호가 똑같아!"

에이치가 고개를 끄덕였다.

"저건 오리지널 세븐이라는 밴드의 로고야. 하지만 나중에는 아예 밴드 이름을 저 기호로 바꿨어. 프린스가 이름을 바꾼 것과 같은 이유였지. 그놈의 지저분한 계약 분쟁 말이야. 근데 이 밴드는 여전히 원래 이름으로 더 유명해—"

주변에 서 있던 사람들이 갑자기 손뼉을 치기 시작했고 에이치의 목소리는 박수 소리에 묻혀버렸다. 고개를 돌리니 남자 일곱 명이 일렬로 서서 무대 위로 뛰어 올라가고 있었다. 모두 세련된 양복을 입고 있었는데, 네 명은 악기를 들고 있었고, 한 명은 커다란 거울을 들고 있었다.

어디서 많이 본 얼굴들 같아 보였지만 당장 머릿속에서 떠오르지는 않았다. 역시 많이 본 듯한 클럽 DJ가 밴드를 소개하기 위해 마이크를 잡았다.

"신사 숙녀 여러분." DJ가 말했다. "세계 최고의 밴드인 오리지널 세븐의 멤버들인… 모리스 데이와 더 타임을… 환영해 주십시오!"

바로 그때 그들을 어디에서 보았는지 떠올랐다. 「제이 앤 사일런트 밥」이라는 영화의 끝부분에서 깜짝 출연한 장면에서였다. 방금 밴드를 소개한 DJ는 아마도 섹터 16에 있는 애스큐니버스에서 복사해 온 것이 분명한 제이슨 뮤스 NPC였다.

리드 싱어인 모리스 데이는 관중이 조용해질 때까지 잠시 기다렸다가 마이크를 잡았다.

"팬더모니움에 와주신 여러분 모두를 환영합니다! 바로 오늘 밤입니다. 오디션을 개최합니다, 여러분! 곧 다가올 순회공연을 함께해 주실 신입 댄서를 뽑으려고 합니다. 재능이 있다고 생각하시는 분이 있다면 여러분이 춤출 수 있는 유일무이한 기회입니다!"

"좋았어." 에이치가 말했다. "준비해! 이거 날리면 안 된다, 알겠지?"

"뭘 날리면 안 된다는 말인데?" 내가 물었다. "이제 뭘 해야 하는지 말 좀 해줄래, 에이치?"

에이치는 고개를 가로젓더니 뒷걸음질로 춤을 추기 시작했다. 곧 더 타임이 1984년에 발표해 인기를 얻은 댄스곡인 〈더 버드〉를 연주하기 시작하자 에이치의 얼굴에 함박웃음이 가득 번졌다.

"모두 준비되셨나요?" 모리스가 무대에서 물었다. "좋습니다! 오디션 참가를 원하시는 분은 제가 10초를 세는 동안 댄스 플로어로 모이세요! 10! 9! 8! 7—"

에이치가 계속 뒷걸음질로 춤을 추면서 댄스 플로어로 나가더니 우리에게 따라오라고 손짓했다. 잠시 뒤에 모리스 데이가 큰 소리로 "왁!"이라고 외치자 본격적으로 노래가 시작되었다.

바로 그때 HUD 위로 화살표들이 마구 떨어지기 시작했다. 그 화살표들은 발밑에 있는 댄스 플로어에서 불이 들어오는 화살표들과 같은 모양이었다. 꼭 거대한 댄스댄스레볼루션(DDR) 게임 같았다. 쇼토도 화살표가 보인다고 했다. 쇼토와 나는 동시에 탄성을 질렀다.

"DDR이네!" 쇼토와 나는 동시에 외친 다음 화살표에 맞춰 춤을 추기 시작했다.

에이치도 같이 춤을 추기 시작했다. 우리 셋은 나란히 서서 정확한 박자에 맞춰 화살표를 밟았다.

우리는 노래가 끝날 때까지 정확도를 높이기 위해 안간힘을 썼다.

노래가 끝나자 모리스가 우리를 무대 위로 불러 우리가 우수한 성적으로 오디션에 합격했다고 발표했다.

"자, 이제 '나는 더 타임에 충성을 맹세한다'라고 말하세요!" 모리스가 외쳤다. "여러분도 모두 하실 수 있죠?"

우리는 모두 오른손을 들고 충성을 맹세했다. 에이치가 몸을 숙이고 모리스의 귀에 대고 속삭이듯 무언가 말했다. '키드*'라는 단어가 들린 것 같았다. 에이치가 어떤 말을 했든 모리스의 표정이 돌변했다. 모리스는 씩씩거리며 무대에서 내려가면서 다른 멤버들에게 따라오라고 손짓했다. 우리 셋을 향해서도 따라오라고 손짓했다.

"됐어!" 에이치가 말했다. "우리와 함께 싸워주겠대. 가자!"

• • •

우리는 다시 리틀 레드 콜벳을 타고 알파벳 스트리트를 따라 남쪽으로 달렸다. 모리스 데이와 더 타임은 관광버스를 타고 뒤따랐다. 관광버스 옆면에는 오리지널 세븐 로고가 큼지막하게 그려져 있었다.

---

* 영화 「퍼플 레인」에서 프린스가 맡은 배역 이름 – 옮긴이

시 경계선을 벗어난 지 얼마 되지 않았을 때 주변 풍경이 극적으로 달라졌다. 길이 사막으로 나 있었는데, 그 사막은 사방으로 지평선 끝까지 뻗은 듯 보였다.

7초에 한 번씩 하늘에서 보랏빛 번개가 내리칠 때마다 번개에 맞은 모래가 엄청난 열로 녹았다가 굳으면서 이상하게 생긴 기둥 모양의 보랏빛 섬전암이 만들어졌다. 이렇게 만들어진 섬전암들은 황량한 사막 곳곳에 복병처럼 점점이 흩어져 있었다.

마침내 저 멀리 외로이 서 있는 작은 피라미드 하나가 나타났다. 시선을 잡아끄는 길가 명소처럼 도로 바로 옆에 서 있었다.

피라미드 앞에 다다랐을 때 에이치가 나에게 차를 세우라고 말하더니 뒤따라오는 관광버스에도 차를 세우라고 손짓했다. 에이치는 피라미드 안에 들어가서 무언가를 들고나오겠다며 모두에게 기다리라고 말했다. 나는 콜벳에 탄 채로 에이치를 지켜보았다. 에이치는 황량한 사막을 가로질러 피라미드까지 달렸다. 피라미드의 입구는 보이지 않았다. HUD에서 최대 배율로 확대해서 지켜보는 동안 에이치는 피라미드 기단에 있는 한 거석의 표면을 손끝으로 쓸어내리더니 앞으로 몸을 숙이고 바람을 훅 불어 모래와 먼지를 털어냈다. 그러자 몇 줄로 된 상형문자들이 나타났다. 에이치는 버튼처럼 일정한 순서에 따라 상형문자를 눌렀다. 그러자 돌이 갈리는 소리가 들리고 피라미드 기단에 있는 거석이 스르르 열리면서 비밀 입구가 드러났다. 에이치가 그 안으로 뛰어 들어갔다.

잠시 뒤에 다시 나타난 에이치는 얼굴에 함박웃음을 짓고 있었다. 에이치가 조수석에 올라탔을 때 보니 손에 금목걸이 세 개를 움켜쥐고 있었다. 각각의 목걸이에는 러브 심벌의 각 부분을 닮은 금빛 펜던트가 하나씩 달려 있었다. 에이치는 원 모양의 첫 번째 펜던트를 나에게 건네고, 뿔 모양의 두 번째 펜던트는 쇼토에게 건네더니, 양성 기호 모양의 마지막 펜던트는 자기 목에 둘렀다.

"좋아." 에이치가 땅 꺼지게 한숨을 푹 쉬며 말했다. "이제 '세 개의 금목걸이'도 손에 넣었으니. 완벽히 준비된 것 같아." 에이치가 도로 앞쪽을 가리켰다. "이제 가서 부딪쳐 보자고, 친구들."

나는 콜벳을 후진해 다시 도로에 올라탔고, 관광버스도 뒤따라 출발했다. 엔진의 출력을 다시 올리고 깜깜한 어둠 속에서 빛나는 보랏빛 지평선을 향해 전속력으로 달렸다.

이윽고 사막을 벗어나자 기묘하고 비현실적인 보랏빛 풍경이 나타났다. 멀리 보랏빛 산맥이 솟아 있었고 짙은 보랏빛 하늘에는 짙은 보랏빛 먹구름이 가득 끼어 있었다. 먹구름 사이로 보랏빛 번개가 번쩍였다. 리틀 레드 콜벳의 지붕을 닫기가 무섭게 굵은 보랏빛 빗방울이 떨어지기 시작했다. 주행을 계속하는 동안 빗방울이 차의 지붕과 후드와 차 앞쪽 아스팔트 도로에 떨어지면서 기묘한 당김음이 만들어졌다.

도로 끝에서 반짝반짝 빛나는 형체 하나가 시선을 잡아끌었다. 다가가 보니 웅장한 요새 같기도 하고 사원 같기도 한 구조물이 어렴풋이 보였다. 좀 더 가까워졌을 때 보니 그 구조물 위에는 보랏빛 하늘을 찌를 듯 솟은 일곱 개의 첨탑이 올려져 있었다. 여섯 개의 첨탑은 허쉬 키세스 초콜릿 모양의 반구형 지붕이 얹혀 있었고 탑신 윗부분은 파란 네온 조명이 감싸고 있었다. 중앙에 있는 가장 큰 일곱 번째 첨탑에는 금빛 차트리 지붕이 얹혀 있었다.

사원 앞에 도착하니 도로가 끊기고 러브 심벌 모양의 주차장이 나왔다. 흑요석으로 된 주차장 바닥은 거울처럼 빛을 반사했다. 거대한 구조물을 경이에 찬 눈으로 올려다보는 동안 관광버스의 운전기사도 우리 차 뒤에 버스를 주차했다. 모리스 데이와 더 타임 멤버들이 차에서 내렸다. 다들 아무 말 없이 그냥 서 있기만 했는데도 그 모습이 정말 감탄이 나올 정도로 멋있었다. 제롬이 모리스에게 걸어가 양쪽 어깨에 붙은 먼지를 털어주는 시늉을 했다.

더 타임 멤버들은 모두 단호한 표정이었다. 전쟁에 나갈 준비가 된 것처럼 보였다.

에이치는 보석으로 장식된 사원 대문 앞으로 다가갔다. 금으로 만들어진 듯한 대문은 들어올 테면 들어와 보라는 듯이 활짝 열려 있었다. 대문 뒤쪽으로는 사원 계단 입구까지 뻗어 있는 커다란 안뜰이 나왔다. 안뜰과 사원 주변을 둘러싼 보랏빛 꽃밭은 지평선까지 끝없이 펼쳐져 있었다.

열린 문틈을 자세히 들여다보니 안뜰 주변에서 살금살금 돌아다니는 고양이 같은 형체를 볼 수 있었다. 사자 같기도 했고 표범 같기도 했다. 어떤 동물이든 간에 녀석들은 별안간 걸음을 멈추더니 이글거리는 보랏빛 눈으로 우리를 쏘아보았다.

"그러니까 여기가 결투장이라는 거지?" 쇼토가 말했다.

에이치가 고개를 끄덕이더니 양팔을 쭉 뻗으며 말했다.

"할 수 있다면 정원을 상상해 봐. 꽃이 피어나는 보랏빛 바다를…"

쇼토가 활짝 웃고 나서 손가락 마디를 꺾어 뚝뚝 소리를 내며 말했다.

"좋았어. 해보자고."

쇼토가 사원 입구 쪽으로 몇 걸음을 떼자마자 에이치가 쇼토를 뒤로 잡아끌었다.

"아직 안 돼." 에이치가 말했다. "저 문턱을 넘는 순간부터 생난리가 날 거야. 장비부터 챙겨야 해."

에이치가 아이템 보관함을 열고 퍼스트 애비뉴에서 구해 온 클라우드 기타를 꺼냈다. 기타를 뒤집자 보디 뒷면에 나 있는 러브 심벌 모양의 움푹 들어간 구멍이 보였다. 아까 탔던 UFO 조종석에 있던 구멍과 같은 모양이었다. 에이치가 아이템 보관함에서 보랏빛으로 빛나는 러브 심벌 동력전지를 꺼내 클라우드 기타 뒷면에 있는 움푹 들어간 구멍에 꽂았다. 건전지처럼 꼭 들어맞았다. 에이치가 다시 기타를 뒤집고 나서 브리지 바로 아래에 있는 러브 심벌 모양의 작은 전원 버튼을 눌렀다. 지잉 소리가 낮은 소리로 시작해 점점 커지면서 줄과 프렛 마커와 픽업이 보랏빛 에너지로 빛났다.

"너 진짜 기타 배우려고 교습받은 적 있다고 했지?" 에이치가 나를 보고 말했다.

"응." 내가 에이치가 손에 든 기타에서 눈을 떼지 못한 채 말했다. "근데, 왜?"

"잘하냐?"

나는 어깨를 으쓱하고 나서 손이 떨릴까 봐 양손으로 주먹을 꼭 쥐었다.

"뭐, 난 잉베이 말름스틴이 아니야. 아직 배우는 중이야."

"연습 시간은 끝났어, 잉베이." 에이치가 클라우드 기타를 내밀며 말했다. "이제 실전이야."

나는 손을 뻗어 조심스럽게 기타를 받았다. 고개를 살짝 숙이고 양손으로 기타를 받다 보니 문득 쇼토가 살해당한 형 다이토의 검을 나에게 건네주던 때가 떠올랐다.

"클라우드 기타는 애프터월드 전용 희귀 아이템이야." 에이치가 말했다. "이 기타의 가장 강력한 음파 공격은 소유자가 실제로 기타를 칠 줄 알고 코드 진행을 제대로 연주할 수 있을 때만 활성화돼. 네가 메가돈에서 했던 〈기타 히어로〉 같은 연주로는 어림도 없어. 이건 진짜여야만 해."

"알았어. 고마워, 에이치." 내가 기타를 받으며 말했다.

"아이템 설명문을 열어봐. 지금 당장. 들어가기 전에 스페셜 공격릭과 파워코드를 몽땅 다 암기해야 해. 이건 더 세븐 모두에게 타격을 입힐 수 있는 몇 안 되는 무기 중 하나야. 하지만 이 기타는 프린스 NPC 한 명을 잡고 나면 과열로 폭발할 거야. 그러니 더 세븐 중 하나를 잡기 전에 우선 행동대원들부터 최대한 많이 죽이도록 해. 알겠지?"

"프린스도 행동대원이 있어? 누군데?" 쇼토가 물었다.

"백업 밴드들." 에이치가 말했다. "이 행성에는 프린스를 재현한 NPC만 수십 명이야. 저마다 각기 다른 활동 시기의 프린스를 묘사하고 있지. 우리가 대적할 일곱 명이 누구인지에 따라 일부는 백업 밴드가 없을 수도 있어. 프로토 프린스가 그럴 텐데, 첫 번째와 두 번째 음반에서 프린스가 거의 모든 악기를 직접 다 연주했기 때문이지. 하지만 그라피티 브리지 프린스가 나타난다면 뉴 파워 제너레이션New Power Generation이 백업을 해줄 거야. 우릴 아주 신나는 펑크의 세계로 초대할 거야. 아주 조심해야 하는 NPC는 서드 아이 프린스야. 제3의 눈에서 타악기 음파 블라스트를 날릴 뿐만 아니라 서드 아이 걸이 백업도 해줄 거거든. 만약 퍼플 레인 프린스와 대적해야 하는데 더 레볼루션이 백업도 해준다? 그럼 우린 망했어. 그 조합은 당해낼 수가 없어. 특히 그들의 홈그라운드인 이곳에서는."

"하지만 더 타임이 우리 편이잖아." 나는 우리 행동대원인 더 타임을 흘긋 보면서 말했다. "저들도 상당히 강해 보이는데."

"강하지." 에이치가 말했다. "프린스가 저 밴드를 만들었지만 다들 재능이 너무나도 뛰어난 나머지 발전을 거듭해 프린스가 통제할 수 없는 밴드로 성장해 버렸지. 그래도 저들이 우리 목숨을 구해주진 않을 거야, 지. 정말 운이 좋다면 그라피티 브리지 프린스와 뉴 파워 제너레이션을 잡는 일 정도는 도와줄 수 있을 거야. 어쩌면 프로토 프린스까지도. 하지만 다른 프린스들은—" 에이치가 고개를 가로저었다. "방법이 없어. 이 싸움에서 살아남으려면 기적이 필요해. 부정적으로 내다보려는 것은 아니야. 앞으로 일어날 일에 대해 마음의 준비를 하자는 것뿐이야."

"좋아." 내가 에이치의 등을 찰싹 치면서 말했다. "덕분에 사기가 엄청 올라갔어. 고마워, 에이치."

에이치가 쇼토를 보고 말했다.

"야, 넌 어때, 리빙 커렉트? 할 줄 아는 악기 있어? 카주 말고?"

쇼토가 에이치를 노려보더니 고개를 가로저었다. 에이치가 한숨을 쉬고 나서 아이템 보관함을 열어 탬버린을 꺼내 쇼토에게 던졌다. 쇼토가 한 손으로 탬버린을 받았다.

"그거라도 열심히 흔들어봐." 에이치가 쇼토에게 말했다.

"그럼 누난 어떤 악기를 연주할 건데?" 쇼토가 발끈한 목소리로 물었다.

"내 걱정은 하지 마. 난 노래하면 되니까." 에이치가 쇼토에게 대답해 준 뒤에 나를 흘긋 보며 물었다. "준비됐어, 지?"

나는 고개를 끄덕이고 에이치를 향해 엄지를 치켜들었고, 에이치도 나를 향해 엄지를 치켜들었다. 에이치는 심호흡을 하고 나서 결투장의 열린 문 안으로 들어갔다. 쇼토와 나도 뒤따랐다. 오리지널 세븐의 멤버인 모리스 데이와 더 타임도 우리를 뒤따랐다.

0023

열 명이 모두 대문을 통과하자 또 다른 니들 드롭이 재생되었다. 〈시브스 인 더 템플Thieves in the Temple〉이라는 노래가 흘러나오는 동안 붉은 안개가 자욱하게 밀려와 우리의 다리를 휘감는가 싶더니 순식간에 안뜰 전체를 뒤덮었다. 에이치는 우리를 결투장 가운데로 데리고 가더니 그 자리에 서 있으라고 손짓했다.

"세 개의 금목걸이가 얼마간은 공격을 막아줄 거야!" 에이치가 나와 쇼토에게 소리쳤다. "우린 이 기회를 잘 이용해서 최대한 적들을 신나게 만들어줘야 해! 알겠지?"

나와 쇼토가 미처 대답하기도 전에 꽝 하고 천둥이 치면서 하늘에서 보랏빛 번개가 포물선을 그리며 떨어졌다.

"전투 준비!" 에이치가 모두에게 소리쳤다. "더 세븐은 곧 애프터월드 곳곳에서 이곳으로 순간이동해 올 겁니다."

잠시 뒤에 에이치는 승산이 없는 상황에 마주칠 때마다 나한테 해주던 말을 했다. "함께 일해서 좋았어, 벤크맨 박사."

이 말을 들으면 언제나 웃곤 했지만, 지금은 전혀 남의 일 같지 않았다.

"저승에서 다시 만나, 레이." 나는 클라우드 기타의 목 부분을 입자

방사기 잡듯이 움켜잡으면서 읊조렸다.

에이치와 대화하는 동안 붉은 안개 속에서 일곱 개의 커다란 유리 실린더가 우리 주위로 큰 원을 만들며 솟아오르기 시작했다. 유리 실린더는 모두 윗부분과 아랫부분이 금속 마개로 막혀 있어 거대한 퓨즈처럼 보였다. 각각의 유리 실린더 안에는 각기 다른 모습의 프린스 NPC들이 미동도 하지 않고 서 있었다. 저마다 머리 모양도 복장도 달랐다. 프린스의 활동 시기별 스타일을 표현하고 있었다.

안개 때문에 아직 그중 한 명도 자세히 보지 못했는데, 일곱 개의 유리 실린더가 일제히 열리더니 더 세븐이 밖으로 나와 결투장 안으로 걸어왔다. 그러자 〈웬 도브스 크라이〉라는 곡의 강렬한 도입부 기타 리프가 귀청이 떠나가도록 큰 소리로 울려 퍼졌다. 잠시 뒤 드럼 연주가 시작되자 더 세븐이 일제히 양팔을 뻗고 서서히 하늘로 솟아올랐다. 나는 목을 길게 빼고 머리 위를 맴도는 더 세븐을 올려다보았다. 더 세븐은 스몰빌식 펀치를 날리려고 작정한 화가 잔뜩 난 크립톤의 일곱 신처럼 우리를 쏘아보고 있었다.

쳐다보는 것만으로도 무서웠다.

"눈을 똑바로 쳐다보지 마!" 에이치가 외치는 소리가 들렸다. "절대로 어떤 프린스의 눈도 쳐다보지 마, 알겠지?"

나는 즉시 눈을 돌렸고 쇼토도 그렇게 했다. 쇼토와 내가 땅바닥을 쳐다보자 에이치가 외쳤다.

"아예 보지 말라는 말은 아니야! 눈을 2초 이상 바라보지만 마. 그 이상 눈을 맞추면 그들이 광전사 모드로 바뀌어 난폭해지니까, 알겠지?"

나는 고개를 끄덕이고 다시 더 세븐을 올려다보았다. 더 세븐은 여전히 머리 위에 떠서 원 모양을 유지한 채 천천히 돌고 있었다.

내 눈에 가장 인상적인 프린스는 단연코 퍼플 레인 프린스였다. 반짝이는 미러 렌즈 선글라스를 끼고 목깃에 흰색 주름이 달린 셔츠와 빨간 바지를 입고 왼쪽 어깨에 징이 박힌 반짝이는 보랏빛 트렌치코트를 걸치고 있었다. 왠지 모르게 일곱 명 중에서 가장 화가 많이 난 것처럼 보였다. 처음으로 입을 연 프린스이기도 했다. 퍼플 레인 프린스는 비난조로 검지를 들이대며 말했다.

"저기 있다!" 그는 결투장 전체에 쩌렁쩌렁 울릴 정도로 큰 목소리로 외쳤다. "저자들은 우리 집에 침입해 오토바이를 부수고 우주선을 훔쳐 간 이단자들이다! 지금은 감히 우리 사원 땅을 더럽히고 있다!"

다른 여섯 프린스가 일제히 헉 소리를 내며 숨을 토해내고 얼굴을 찡그린 채 몹시 화가 난 표정으로 서로를 보더니 이내 텔레파시로 합의라도 한 것처럼 공격을 시작했다.

퍼플 레인 프린스가 가장 먼저 나섰다. 이 프린스가 우리 쪽으로 내려오는 동안 반짝이는 보랏빛 트렌치코트 자락이 천사의 날개처럼 등 뒤에서 펄럭거렸다. 그는 광채를 내뿜는 H. S. 앤더슨 매드 캣 기타의 머리 부분에서 귀청이 떠나갈 정도로 큰 펑크 음파 블라스트를 발사했다. 음파 블라스트는 보랏빛 에너지로 변했고 충돌하는 순간 폭발했다. 이 에너지 덩어리를 내 아바타의 몸통에 정통으로 몇 차례 맞았다. 천만다행으로 금목걸이가 제 역할을 해준 덕분에 지속 손상은 입지 않았다.

우렁찬 소리와 함께 퍼플 레인 프린스가 다시 높이 솟아오르더니 양손을 들고 우렁찬 목소리로 외쳤다. "마제스티! 디비너티!"

그러자 그의 등 뒤에서 비둘기 두 마리가 날아오르더니 그의 머리 위를 맴돌며 부리를 벌리고 우리에게 비명 공격을 퍼부었다.

퍼플 레인 프린스와 공격 비둘기 두 마리가 공격을 끝내자 구름 양복 프린스가 내려왔다. 이 프린스는 흰 구름이 가득 그려진 하늘색 양복을 입고 있었다. 이 프린스에게는 양복을 은폐 상태로 바꾸고 위상을 변환하는 능력이 있어 우리의 공격을 막아낼 수 있는 모양이었다.

구름 양복 프린스는 나에게 유난히 화가 난 것처럼 보였다. 모든 목소리 공격을 내 아바타에 집중적으로 퍼부었다. 몇 분이 지나서야 그 이유를 마침내 이해할 수 있었다. 내가 손에 쥔 클라우드 기타를 되찾고 싶었기 때문이다.

구름 양복 프린스는 1984년에 발표한 〈아이 우드 다이 포 유〉를 부르고 있었다. 하지만 후렴의 가사를 약간 바꿨다. 내 귀에 들린 가사는 이랬다. "넌 날 위해 죽을 거야! 꼭 그렇게 될 거야!" 그가 매드 캣 기타를 쥐고 빠른 손놀림으로 코드를 칠 때마다 음파 블라스트가 나에게 날아왔다. 그 모습이 꼭 6연발 권총을 연사하는 서부 총잡이 같았다.

에이치는 공격 콩가 라인에 서 있는 다음 프린스를 겟 오프 프린스라고 불렀다. 이 프린스는 몸에 착 달라붙는 속살이 보이는 노란 양복을 입고 있었는데, 바지 뒷부분에 두 개의 동그란 구멍을 내어 맨 엉덩이가 그대로 보이도록 디자인한 것이 특징이었다. 이 프린스가 엉덩이에서 음파 공격을 발사하지 않은 것은 참 다행이었다. 이 프린스의 음파 공격은 노란색 기타에서 날아왔는데, 그 기타는 내가 든 기타와 색깔만 다를 뿐 모양은 똑같았다.

다음 프린스가 우리를 향해 내려올 때는 환각을 보는 기분이었다. 에이치는 그를 '제미니'라고 부르고, 쇼토는 그를 '파티맨'이라고 불렀다. 내 영상 인식 소프트웨어에서 추정하기로는 '배트댄스 프린스'였다. 내 눈에는 악당 투페이스처럼 보였다. 왼쪽 절반이 배트맨이고 오른쪽 절반이 녹색 머리의 조커라는 점만 빼면 말이다. 이 프린스는 한 손으로는 농담 폭탄을, 다른 한 손으로는 배터랭을 던진 다음 무기를 회수하고 우리의 반격을 피해 후퇴했다.

다음 공격 상대의 정확한 이름은 알 수 없었지만 마음속으로 마이크 모양의 총을 든 프린스라고 부르기로 했다. 이 프린스는 검정 단색 양복을 입고 검정 두건을 두르고 큼지막한 검정 선글라스를 끼고 있었다. 허리 양쪽에 매단 검정 가죽 권총집에는 금빛 마이크 모양의 권총 두 대가 들어 있었다. 총열 끝부분에 옛날 마이크가 달려 있다는 점만 빼면 권총과 똑같이 생긴 마이크였다. 이 마이크에서 아주 빠른 펑크 음파 공격이 날아왔다. 한바탕 공격이 끝나자 그가 총열에서 피어오르는 연기를 입으로 훅 불어 날린 다음 두 권총을 모두 권총집에 넣으며 다시 하늘로 올라갔다.

다음 NPC를 보자마자 나는 식겁할 수밖에 없었다. 서드 아이 프린스는 풍성한 아프로 머리 모양을 하고 알이 세 개 달린 선글라스를 끼고 있었다. 세 번째 렌즈는 두 렌즈의 위쪽 가운데에 있었다. 렌즈 뒤에 숨은 세 번째 눈에서 무시무시한 음파 빔이 발사되었다. 그 빔에 맞은 모든 것들이 불에 타 없어졌다.

서드 아이 프린스가 공격을 끝낸 후에는 퍼플 레인 프린스가 불과 6초 전에 첫 번째 공격을 끝냈는데도 불구하고 2차 공격을 하기 위해 달려들었다. 그동안 나는 단 한 번의 공격조차 제대로 성공하지 못했다. 금목걸이가 영원히 막아주지는 못할 터였다. 그 생각에 미치자 정신이 번쩍 들었다. 우리가 얼마나 전력이 달리는지 깨달을 수 있었다.

일곱 번째이자 마지막 NPC인 메시 마스크 프린스는 유일하게 공격을 하러 내려오지 않았다. 무장도 하지 않은 것처럼 보이는 이 프린스는 머리 위에서 계속 맴돌기만 할 뿐 아무 말 없이 아무 동작도 하지 않은 채 지상에서 전투가 펼쳐지는 모습을 무표정하게(적어도 마스크 사이로 보이기로는) 지켜보고 있었다.

마침내 정신을 차리고 클라우드 기타로 반격을 시작해 구름 양복 프린스에게 두 발을 명중시켰다. 이 공격으로 구름 양복 프린스는 상당한 타격을 입은 모양이었다. 공격 대열에서 빠지더니 메시 마스크 프린스와 나란히 머리 위를 맴돌기만 했다.

한편 에이치는 HUD에서 오리지널 세븐 멤버들을 위한 행동대원 활성화 주문서를 열고 모리스와 더 타임을 마주 본 채 큰 소리로 주문서를 읽었다. 손가락을 딱 부딪치면 주문의 각 행이 열렸다.

딱!

"요, 스텔라! 내가 당신을 두려워한다고 생각한다면…"

딱!

"그레이스, 내가 할 수 없다고 생각한다면…"

딱!

"아가씨, 내가 곤경에 빠지기를 꿈꾼다면 잠에서 깨는 게 좋을 거예요—"

딱!

"—그럼 릴리즈 잇!"

에이치가 맨 마지막에 나오는 '릴리즈 잇'이라는 두 단어를 외치자마자 모리스 데이와 더 타임이 행동을 개시하며 영화 「그라피티 브리지」의 수록곡인 〈릴리즈 잇〉을 연주하기 시작했다.

리드 싱어인 모리스가 앞으로 걸음을 내디디자 그의 손에서 마이크가 나타났다. 모리스가 마이크를 입술에 갖다 대고 고개를 들고 일곱 명의 적들을 향해 말했다.

"너희들의 가장 큰 문제가 무엇인가?"

모리스는 이렇게 말하는 순간 머리에서 악마의 뿔이 돋아나고 눈동자는 짙은 빨간색으로 변했다. 뿔에서 빨간색 번개가 나와 하늘에서 내리치는 보랏빛 번개 공격을 막기 위해 아치를 만들었다.

곧바로 모리스는 왁! 공격을 감행했다. 귀청이 떨어질 정도로 큰 소리로 "오-와-와-악!"이라는 웃음소리 같기도 하고 비명 같기도 한 새 울음소리 같은 소리를 냈다. 그러자 음파 광역 공격이 개시되면서 일곱 명의 프린스 NPC들이 모두 손상을 입었다.

하지만 여기서 끝이 아니었다. 모리스의 오른팔인 제롬 "미러 맨" 벤턴 덕분에 모리스의 전력은 한층 더 보강되었다. 제롬은 들고 다니던 금테를 두른 화장대 거울을 이용해 모리스의 클론을 여섯 개나 만들었고, 이 클론들도 각자 왁! 공격을 감행하기 시작했다.

다른 더 타임 멤버들도 전투에 뛰어들었다. 지미 잼과 몬티 모어는 롤랜드 사의 AXIS-1이라는 빨간 숄더 키보드를 휘둘렀다. 두 사람이 코드를 칠 때마다 키보드의 목 부분에서 펑크 음파 블라스트가 발사되었다. 제시 존슨은 펜더 사의 부두 스트라토캐스터 기타의 픽업 부분에서 음파 번개를 발사했다. 테리 루이스도 베이스로 같은 공격을 해댔고, 젤리빈 존슨은 두 사람 뒤에 서서 드럼 스틱을 마법 지팡이처럼 휘두르면서 빨간색 번개를 하늘로 쏘아댔다. 모든 멤버가 '요우!'라고 반복해서 외칠 때마다 입에서도 치명적인 음파 블라스트를 발사했다.

왁! 공격을 하는 사이사이 모리스는 왁! 공격 못지않게 치명적인 언어 공격도 감행했다. 이유는 알 수 없지만 다른 멤버들이 모리스가 한 말을 반복하면 모리스의 언어 공격은 더욱 강력해져서 프린스 NPC들에게 더 큰 타격이 입혀지는 것 같았다.

모리스는 이렇게 외쳤다. "넌 나와 싸울 수 없다, 꼬맹아! 넌 아직 대가리에 피도 안 말랐어!"

더 타임 멤버들은 모리스의 말을 따라 했다. "대가리에 피도 안 말랐어!"

모리스 데이와 더 타임은 위풍당당한 모습이었다. 하지만 결국 우리 모두를 살리기에는 역부족이었다. 프린스 NPC들이 이에 질세라 행동대원들을 소집했기 때문이다.

퍼플 레인 프린스는 더 레볼루션이라는 밴드를 소집했다. 더 레볼루션의 멤버들은 모두 퍼플 레인 프린스처럼 목깃에 흰 주름이 달린 의상을 입고 있었다.

마이크 모양의 총을 든 프린스는 뉴 파워 제너레이션을 소집했다. 이 밴드의 멤버들은 숫자가 아주 많았고 각종 악기로 완전 무장한 모습이었다.

서드 아이 프린스는 서드 아이 걸이라는 밴드를 소집했다. (HUD에 따르면 이 밴드의 이름은 모두 대문자였다.)

세 밴드의 멤버들이 우리를 에워싸고 지상 공격을 시작했고 그동안 여섯 명의 프린스들은 공중 공격을 계속 퍼부었다.

바로 그때 에이치가 지미 잼과 테리 루이스에게 '프로듀싱 능력 활성화'에 관해서 무언가 말을 했다. 둘은 미소를 짓고 고개를 끄덕이더니 동시에 손가락을 딱 부딪쳤다. 그러자 제복을 입은 스무 명 남짓한 행동대원들이 즉시 소환되었다.

자넷 잭슨과 리듬 네이션이었다.

그들이 결투장으로 행진해 오는 동안 에이치는 기절할 것 같은 표정이었다.

"대박!" 에이치가 말했다. "이 방법이 통하다니!"

그때부터 전투는 전면적인 음파 전쟁으로 치달았다.

나는 그때부터 무슨 일이 일어났는지, 혹은 어떻게 전투가 막을 내렸는지 전모를 정확히 다 알지 못한다.

하지만 먼지가 가라앉았을 때 보니 더 타임의 일곱 멤버 전원이 죽어 있었다. 모리스 데이와 그의 클론들까지 모두 말이다. (퍼플 레인 프린스가 미러 렌즈 선글라스로 제롬의 거울을 박살 낸 탓에 제롬은 더 이상 거울로 모리스의 클론을 만들어낼 수 없었다. 아무래도 그것이 종말의 시작이었던 것 같다.)

하지만 더 타임 멤버들은 죽기 전에 서드 아이 걸의 세 여성 멤버 전원, 뉴 파워 제너레이션의 멤버 전원, 더 레볼루션의 멤버 전원을 가까스로 해치웠다. 다만 더 레볼루션의 웬디와 리사는 내 클라우드 기타의 블라스트 공격으로 가까스로 해치웠다.

프린스 NPC 중 넷이 죽었지만, 셋은 그 맹공격 속에서도 살아남았다. 살아남은 셋은 마이크 모양의 총을 든 프린스, 서드 아이 프린스, 메시 마스크 프린스였다. 하지만 셋 다 심하게 다친 모습이었고 그로 인해 매우 화가 치민 듯했다.

나는 클라우드 기타에서 또 한 번 공격을 발사했고 운 좋게 서드 아이 프린스의 세 번째 눈을 명중시킬 수 있었다. 세 번째 눈은 그의 약점이 분명했다. 서드 아이 프린스가 반짝이는 보랏빛 가루를 날리며 사라졌기 때문이다. 마지막 남은 두 NPC가 헉 소리를 내며 숨을 토해냈다. 에이치도 헉 소리를 내며 숨을 토해냈다.

한 가닥 희망을 느꼈다. 어쩌면 우리가 이 싸움에서 이길 승산이 있다고 말이다.

그때였다. 마음속으로 내 등을 토닥이는 동안 내 손에서 빠르게 과열되던 클라우드 기타가 마침내 폭발했다. 폭발로 인해 내 체력이 몇백 포인트만큼 깎였다. 내 체력 표시 막대가 밝은 빨간색으로 깜박이기 시작했다. 내 아바타는 거의 죽기 직전이었다. 잔혹한 운명의 장난인지 정확히 7포인트가 남아 있었다.

하지만 아직 끝나지 않았다. 우리 쪽은 셋이었고 남은 프린스 NPC는 둘뿐이었다.

"좋았어!" 쇼토가 외쳤다. "이제 우리 쪽이 쪽수가 더 많아! 다섯 잡았고 둘 남았어!"

그때가 바로 우리가 쇼토를 잃은 순간이었다. 쇼토는 아주 신경질적으로 오랫동안 웃음을 터트렸다. 시냅스 과부하 증후군에 시달리기 시작했다는 명백한 증거였다. 곧 쇼토는 제 무덤을 팠다.

"한 명, 두 명의 왕자가 당신 앞에 무릎을 꿇고 있어요. 왕자들! 당신을 사랑하는 왕자들!" 쇼토는 노래를 불렀다. 시냅스 과부하로 유발된 웃음을 자제하지 못한 채 말이다.

에이치의 얼굴에 잔뜩 공포에 질린 표정이 드리워졌다. 에이치는 고개를 들고 하늘을 살폈다. 아니나 다를까 순식간에 하늘에서 보랏빛 번개가 내리쳤고, 그 번개에 맞은 쇼토는 즉사했다.

에이치와 나는 잔뜩 겁에 질린 채 쇼토의 아바타가 서서히 사라지는 모습을 지켜보았다. 쇼토가 가지고 있던 아이템들은 모두 바닥에 떨어졌다. 생존 본능에 따라 허겁지겁 달려가 아이템들을 주워 내 아이템 보관함에 집어넣었다. 에이치도 달려와 도왔다.

난투극이 벌어지는 동안 어느 틈엔가 메시 마스크 프린스는 우리 뒤쪽에 내려와 7의 사원으로 이어지는 계단을 등진 채 우리를 마주 보고 서 있었다. 그가 위협적으로 우리를 향해 걸음을 내디디자 그의 발밑에 있는 흑요석 바닥이 황금으로 바뀌었다. 그의 앞쪽에 있는 바닥도 황금으로 바뀌었다. 결투장 한복판에서 입구 밖까지 황금으로 된 직선 주로가 만들어졌다. 이 황금 직선 주로가 결투장 밖에 있는 사막의 도로와 만나자 아스팔트도 황금으로 바뀌기 시작했다.

에이치를 흘긋 보니 발밑에 깔린 황금을 호기심 어린 눈초리로 내려다보고 있었다. 깊은 생각에 잠긴 표정이었다. 이윽고 에이치가 다시 메시 마스크 프린스를 보았다. 그의 뒤에는 반짝이는 금빛 드레스를 입은 한 여자가 서 있었다. 그 여자는 머리에 커다란 검을 올려놓고 중심을 잡은 채 빙글빙글 돌며 춤을 추고 있었다. HUD에 따르면 그 여자는 프린스의 첫 번째 아내였던 메이트 가르시아였다.

메시 마스크 프린스와 메이트 사이에는 찬란하게 빛나는 금빛 빛줄기가 작은 별처럼 떠 있었다. 너무 밝아서 정면으로 보면 잠깐 눈이 멀 수밖에 없어 시선을 돌렸다. 하지만 에이치는 다른 것들은 모두 무시하고 그 빛줄기만 뚫어져라 쳐다보았다.

"지금 상황은 〈7〉의 뮤직비디오랑 똑같아!" 에이치가 소리쳤다.

"그게 도움이 되는 거야?" 내가 소리쳤다. 고개를 들어보니 마이크 모양의 총을 든 프린스도 그 금빛 빛줄기에 사로잡힌 듯 보였다. 그는 공격도 잊어버리고 머리 위를 그냥 맴돌며 빛줄기를 쳐다보았다. 결투장은 우리가 들어온 후로 처음으로 조용해졌다.

이윽고 한 여자가 청아한 목소리로 노래를 부르는 소리가 들렸다. 얼마간 더 듣다 보니 그 목소리의 주인공은 에이치였다. 에이치는 무반주로 노래를 부르고 있었다. 내가 처음 들어보는 노래였다.

> 모두 일곱 명이고 우리는 그들이 쓰러지는 모습을 보네
>
> 그들은 사랑의 길 위에 서 있네
>
> 그리고 우리는 그들을 모두 태워버리네 (중략)
>
> 언젠간 일곱 명 모두 죽을 운명이라네

에이치가 노래를 부르자 메시 마스크 프린스와 마이크 모양의 총을 든 프린스도 따라 부르기 시작했다. 놀랍게도 합창이 시작되자마

자 다른 다섯 명의 프린스가 즉시 부활했고 그들도 노래를 따라 부르기 시작했다.

노래가 끝났을 때 일곱 명의 프린스 NPC가 모두 땅으로 내려오더니 에이치 앞에서 손을 모았다. 에이치는 깜짝 놀란 표정이었고, 행복한 표정이었다.

그 순간 일곱 명의 프린스가 서로 합쳐지면서 단 한 명의 프린스 NPC로 변신했다. 검정 메시 마스크를 쓴 프린스였다. 눈 깜짝할 사이에 이 프린스는 빛나는 러브 심벌로 변신했다가 다시 다섯 번째 조각으로 변신했다. 다섯 번째 조각인 보랏빛 수정은 공중에서 빙글빙글 돌고 있었다.

나는 승리감을 전혀 느낄 수 없었다. 무슨 일이 일어난 것인지 어리둥절했기 때문이다. 내가 느꼈던 감각이라고는 피곤함과 놀라움뿐이었다. 나는 키라의 생애 중 또 다른 일부분을 체험할 각오를 하면서 다섯 번째 조각으로 다가가 오른손으로 감싸 쥐었다…

• • •

나는 다시 한번 키라가 되었다. 이제 중년이 된 모로가 내 옆에서 내 손을 잡고 서 있었다. 우리가 있는 곳은 소극장이나 클럽처럼 보이는 곳이었다. 정면으로는 조명이 꺼진 텅 빈 작은 무대가 보였는데, 무대는 하얀 연기에 휩싸여 있었다. 무대 아래쪽에 연기를 만들어내는 기계나 드라이아이스 냉각기가 있는 듯했다. 연기가 쫙 깔린 무대 위에 설치된 작은 자동화 조명기에는 '마흔 번째 생일을 축하해요, 키라!'라고 적힌 현수막이 걸려 있었다.

시야 구석에서 몸에 잘 맞지 않는 턱시도를 입은 채 구석에 혼자

앉아 처량하게 나를 보는 할리데이의 모습이 보였다. 등 뒤에서 많은 사람이 신나서 웅성거리는 소리도 들렸지만, 시야에는 들어오지 않았다. 키라는 그 사람들을 보기 위해 고개를 돌리지 않았다.

내가 주변을 확인하자마자 모로가 내 손을 꽉 잡는 느낌이 들었다. 매우 밝은 보랏빛 스포트라이트 열두 개가 켜지고 우리 바로 앞 무대 위에 서 있는 한 사람을 집중적으로 비추었다. 그 사람은 반짝이는 금속편 장식이 달린 보랏빛 양복을 입은 프린스였다. 키라가 프린스를 보았을 때 나는 키라가 기절하지는 않을까 걱정이 될 정도로 키라의 심장이 빨리 뛰는 것을 느꼈다. 내 몸이 흔들리고 다리가 후들거리는 느낌이 들었다. 무슨 일이 벌어지는지 미처 깨닫기도 전에 프린스가 나를 향해 다가오고 있었기 때문이다. 프린스는 무대에서 내 자리 바로 앞까지 오더니 무릎을 꿇었다.

프린스는 금빛 마이크를 들고 나에게, 아니 더 정확히 말하자면 키라에게 생일 축하 노래를 불러주었다.

• • •

어느새 나는 애프터월드로 돌아와 있었다. 7의 사원 앞 결투장 한복판에서 손가락을 다 펼치고 다섯 번째 조각을 받쳐 들고 있었다. 조각에 새겨진 문구를 당장 확인하고 싶었지만 참았다. 쇼토가 더 중요했다. HUD를 열어 파이살에게 전화를 걸었다. 통화에 에이치도 초대하자마자 파이살의 얼굴이 나타났다. 에이치와 나는 파이살에게 앞다투어 질문을 퍼부으며 쇼토의 상태를 물었다. 파이살은 일단 우리를 진정시킨 후에 적어도 그들이 보기에는 쇼토가 무사한 것 같다고 말했다.

"다른 사람들과 똑같습니다. 모든 활력 징후가 정상입니다. 쇼토 회장님은 여전히 오아시스 계정에 로그인한 상태입니다. 하지만 쇼토 회장님의 아바타가 오아시스 안 어디에 있는지는 찾을 수가 없습니다."

파이살이 고개를 가로저으며 어깨를 으쓱했다. "쇼토 회장님은 림보 상태에 갇히신 듯합니다. 아바타가 죽어버린 다른 모든 오엔아이 인질들처럼요."

"쇼토가 오엔아이 사용 제한 시간을 초과하면 어떻게 될까요?" 내가 물었다. "여전히 시냅스 과부하 증후군에 시달리게 될까요?"

파이살이 고개를 끄덕였다. "그렇습니다. 우리 기술자들은 어쨌든 그렇게 생각합니다. 아무래도 아노락이 아바타가 죽은 후에도 오엔아이 인질들을 잡아둘 수 있도록 인펌웨어를 설계해 놓은 것 같습니다."

"하지만 아노락이 왜 굳이 아바타 부활을 막고 있을까요?" 에이치가 물었다. "부활해도 여전히 인질일 텐데요."

"잘 모르겠습니다." 파이살이 말했다. "아마도 겁을 주려고 하는 게 아닐까요? 그들의 아바타가 영원히 죽게 함으로써 모든 인질이 순순히 말을 듣게 하기 위해서요? 그렇다면 효과가 있습니다. 적어도 저한테는요."

파이살은 임신 중인 쇼토의 아내 키키와 다른 가족들이 여전히 홋카이도 자택에 있는 쇼토의 이머전 볼트 옆을 지키고 있다고 말해주었다. 쇼토의 가족들은 이머전 볼트 위쪽 벽에 붙은 모니터에 연결된 내부 카메라를 통해 잠든 쇼토의 몸을 볼 수 있었다. GSS 기술자들이 쇼토를 위해 해줄 수 있는 일은 아무것도 없었다. 이머전 볼트에서 꺼내는 시도조차 해볼 수 없었다. 시간 내에 쇼토를 꺼낼 수 없다는 사실을 잘 알고 있었기 때문이다. 설령 그럴 수 있다 한들 소용없는 일이었다. 쇼토가 오아시스에 로그인한 상태로 남아 있는 한 쇼토의 머리에 고정된 오엔아이 헤드셋은 빠지지 않을 터였다. 쇼토의 의식을 오아시스에서 꺼낼 수 있을 때까지 혼수상태에 빠진 쇼토의 몸은 계속 이머전 볼트 안에 갇혀 있게 될 터였다. 가족들에게서 겨우 몇 발짝 떨어져 있지만 만질 수 없는 상태로 말이다.

쇼토에 대한 질문에 답을 마친 파이살 역시 참지 못하고 질문을 쏟아냈다. 겁에 질린 목소리로 우리가 여섯 번째 조각에 얼마나 가까이 갔는지 물었다. 나는 대답을 하지 않고 전화를 끊은 다음 HUD를 닫고 여전히 오른손에 움켜쥔 다섯 번째 조각을 내려다보았다. 조각을 뒤집어 한 결정체면에 새겨진 문구를 찾아냈다. 나는 조각을 내밀어 에이치도 읽을 수 있게 했다.

슬픈 전설로 남을 위업을 이루고 결혼 승낙을 받아라
마지막 두 조각은 모르고스의 왕관에 있다네

모르고스의 왕관이라는 단어를 본 순간 내 눈을 의심했다.

마지막 두 조각이 숨겨질 만한 장소로 이보다 더 나쁜 장소를 생각해 보려고 했다. 그런 곳은 떠오르지 않았다. 할리데이는 오아시스 전체에서 가장 깊고 어둡고 치명적인 지하 요새에 마지막 두 조각을 숨겨두었다. 그가 개발한 NPC 중에서 가장 터무니없을 정도로 능력이 뛰어난 데다 사악하기까지 한 NPC의 손에, 불멸자에 거의 천하무적이며 입김만으로 대부분의 99레벨 아바타를 죽일 수 있는 NPC의 손에 말이다.

사실상 마지막 두 조각은 사탄의 왕관에 박힌 채 지옥 깊숙한 곳에 있다고 볼 수 있었다.

나는 웃음을 터트렸다.

처음에는 단지 빠르게 키득키득 터져 나오는 웃음 정도였다. 하지만 멈출 수가 없었다. 웃음소리는 순식간에 커졌고 통제가 불가능해졌다. 한 멀쩡한 사람이 잔혹한 운명에 걷어차여 벼랑 끝으로 떨어지기 직전 같은 미치기 일보 직전일 때만 웃을 수 있는 그런 웃음이었다.

초읽기 시계를 확인했다. 아직 1시간 이상 남아 있었다. 아직은 시냅스 과부하 증후군의 전조 증상은 아니라는 뜻이었다. 그 말인즉 내가 정신줄을 놓기 시작했다는 뜻이었다.

에이치는 알 수 없다는 표정으로 나를 빤히 쳐다보았고 나는 한참 후에야 간신히 웃음을 멈출 수 있었다.

"좋아, 빙그레 씨." 에이치가 말했다. "이제 뭐가 그렇게 웃긴지 말해줄래? 어디로 가야 하는지 알아낸 거지?"

나는 심호흡을 하고 나서 눈가에 맺힌 눈물을 닦고 고개를 끄덕였다.

"응. 안타깝게도 알아냈어, 에이치."

"그래? 그럼 찾아보게 하지 말고 빨리 말해봐. 모르고스가 대체 누구야?"

에이치의 얼굴을 살펴보았지만 농담이 아니었다. 에이치는 정말로 모르고 있었다. 하마터면 다시 웃음이 터질 뻔했지만 간신히 참아냈다.

"모르고스 바우글리르. 본명이 멜코르였던 암흑 군주."

에이치의 눈이 반짝였다.

"멜코르?" 에이치가 되풀이했다. "빈 디젤의 아바타 말이냐? 그의 옛날 D&D 캐릭터 이름을 딴?"

"빈 디젤은 그 이름을 『실마릴리온』에서 가져왔어. 훗날 모르고스로 알려지게 되는 멜코르는 아르다에 발을 디딘 존재 중에 가장 강력하고 사악한 놈이었지. 아르다는 가운데땅이라고도 알려진…"

에이치는 '가운데땅'이라는 단어를 듣자 숨을 훅 들이마셨다.

"지금 네 말은 내 인생의 마지막 한 시간을 빌어먹을 호빗들에 둘러싸여 있어야 한다는 뜻이야, 지?"

나는 고개를 가로저었다.

"호빗 NPC들은 모두 아르다 Ⅲ에 살고 있어." 나는 다섯 번째 조각에 새겨진 이름을 가리켰다. "모르고스는 가운데땅의 제1시대에만 아르다에 살았어. 그 말은 우리가 아르다 Ⅰ로 순간이동해야 한다는 뜻이지. 그 행성에는 호빗이 전혀 없어."

"호빗이 없다고? 정말이지?"

"호빗은 없어. 요정, 인간, 난쟁이만 있어."

"아마도 몽땅 다 백인이겠네, 안 그래? 백인 요정에, 백인 남성에, 백인 난쟁이. 이 톨킨 행성에서 마주치는 모든 사람이 백인일 거야, 안 그래? 물론 악당 놈들은 빼고 말이지! 검은 피부의 오르크들은 빼고."

"백색의 사루만은 악당이었어!" 나는 화를 참지 못하고 받아쳤다. "지금은 문학 비평을 하고 있을 시간이 없어, 에이치. 의미 있는 일이긴 해도 말이야! 응?"

"알겠어, 지." 에이치가 양손을 들어 올리며 대답했다. "알았으니까. 진정해. 그 논쟁은 나중에 다시 하자."

나는 깊게 숨을 들이쉬고 천천히 내뱉었다.

"미안해. 지금 너무 지쳤어. 무섭기도 하고. 쇼토도, 모로도, 다른 모든 사람들도 걱정돼."

"알아. 나도 그래. 괜찮아, 지."

에이치가 내 어깨를 꽉 쥐더니 나를 보며 고개를 끄덕였다. 나도 고개를 끄덕였다.

"로엔그린한테서는 연락 없어?" 에이치가 물었다. "아니면 아티한테서는?"

나는 수신함을 확인하고 나서 고개를 가로저었다.

"아직 안 왔어."

에이치가 심호흡을 한 뒤에 말했다.

"좋아, 난 준비됐어. 얼른 해치워 버리자."

나는 고개를 끄덕이고 나서 순간이동 명령어를 입력해 에이치와 함께 아르다 I의 표면으로 이동했다. J. R. R. 톨킨의 가운데땅의 제1 시대 속으로 말이다.

0024

셔머와 애프터월드와 마찬가지로 아르다 I은 순간이동으로 도착하고 출발할 수 있는 지점이 따로 정해져 있었다. 안타깝게도 내 HUD에는 딱 한 지점을 제외한 다른 모든 지점이 회색이었다. 각 지점에 대한 접근권을 얻는 데 필요한 퀘스트를 완료하지 않았기 때문이다. 하는 수 없이 유일하게 활성화된 도착 지점을 선택했다. 그곳은 헬카락세라고 불리는 얼어붙은 황무지 한복판이었다. 지도에는 '살을에는얼음'이라는 이명도 함께 표시되어 있었다.

하지만 순간이동 절차가 완료되고 나와 에이치의 아바타가 아르다 I의 표면에 서서히 다시 나타났을 때 본 풍경은 예상과 전혀 달랐다. 얼음이나 눈은 전혀 보이지 않았다. 에이치와 내가 서 있는 곳은 높은 산 위에 있는 작은 호수 옆이었다. 별이 총총한 하늘이 고요하고 매끄러운 수면에 비쳐 머리 위에도 발밑에도 별이 가득한 것 같은 착각이 들었다. 주변은 고요했다. 이따금 귀뚜라미 울음소리와 우리 주변으로 어렴풋이 보이는 어둠이 드리워진 산 위로 부는 바람 소리만 멀리서 들려올 뿐이었다.

아름다운 풍경이었다. 하지만 어디인지 도무지 알 수가 없었다.

아르다 지도를 열어 위치를 확인해 보니 우리가 서 있는 곳은 헬카락세 근처가 아니었다. 헬카락세에서 동쪽으로 600킬로미터 이상 떨어진 도르소니온 고원에 있는 아엘루인 못이라는 호수 기슭이었다.

이곳은 아르다의 지정된 도착 지점이 아니었으므로 이 위치로의 순간이동은 애초에 불가능했어야 했다. 조각 때문에 이곳으로 오게 된 것이 분명했다. 하지만 그 이유는 도무지 알 수가 없었다.

아르다 지도를 계속 훑으며 우둔이라는 이름을 찾아보았다. 내가 알기로 우둔은 한때 모르고스의 요새를 가리키는 이름이었다. 『반지의 제왕: 반지 원정대』에서 간달프가 크하잣둠의 다리에서 모르고스의 발로그에 맞서 싸울 때 그 발로그를 '우둔의 불꽃'이라고 부르기 때문이다. 하지만 지도 어디에서도 우둔이라는 이름은 찾을 수가 없었다. 우둔에 상응하는 신다린 단어인 우툼노도 찾을 수가 없었다. 색인도 뒤져보았지만 역시 이 행성 어디에도 우둔이나 우툼노라고 알려진 지명은 없었다.

제1시대를 왜 공부하지 않았는지 한탄하며 나 자신에게 다시 한번 욕을 퍼부은 다음 이를 악물고 내 앞쪽 허공에 브라우저 창을 열고 건터피디아에서 우툼노 관련 문서를 열었다. 내 실수가 무엇이었는지는 금방 알 수 있었다. 우툼노는 모르고스가 멜코르이던 시절에 만든 그 지하 요새의 이름이 맞았다. 하지만 이 요새는 제1시대가 시작되기 얼마 전에 파괴되었다. 그러니 아르다 I에는 있을 리가 없고, 아르다의 봄에 있을 터였다. 아르다 I, II, III 바로 아래에 있는, 이 행성들보다 훨씬 더 작은 원반 모양의 행성이 바로 아르다의 봄이었다. 대부분의 건터는 이 행성을 아르다 제로라고 불렀다. 아르다 제로는 제1시대보다 앞선 나무의 시대에 해당하는 아르다 시뮬레이션이었다. 나는 아르다 제로에는 한 번도 가본 적이 없었다. 아르다 I, II, III에 있는 모든 퀘스트를 빠짐없이 완료하지 않으면 아르다 제로에 있는 어떤 퀘스트도 완료할 수 없었기 때문이다.

에이치에게 엉뚱한 행성에 왔다고 실토하는 쪽팔림을 감당할 생각을 하니 무거운 한숨이 절로 나왔다. 하지만 기억을 더듬다 보니 『반지의 제왕: 반지 원정대』에서 아라고른이 호빗들에게 베렌과 루시엔의 이야기를 들려줄 때 했던 말이 떠올랐다.

'그 시절에 모르도르의 사우론을 휘하에 거느렸던 대적은 북부에 있는 앙반드에 살고 있었는데…'

다시 지도에서 북쪽을 훑어 앙반드를 찾아냈다. 앙반드는 대륙의 북부 변경에 동서를 가로지르며 뻗어 있는 거대한 산맥인 에레드 엥그린의 중간쯤에 있었다. 서부어로 에레드 엥그린은 강철 산맥으로 불렸으며, 앙반드는 강철 감옥으로 불렸다.

모든 지명과 인명에 서로 다른 인공어로 된 이명이 적어도 두세 개씩 있었으니 안 그래도 길을 찾기 어려운 가운데땅에서 길을 찾는 일은 더 어려울 수밖에 없었다. 심지어 나 같은 엄청난 덕후조차 헷갈릴 수밖에 없었다.

『반지의 제왕: 반지 원정대』 전자책을 열고 아라고른이 앙반드를 처음 언급하는 대목을 찾아냈다. 그 문장 바로 몇 단락 아래에 내가 찾던 단락이 있었다…

> 티누비엘이 사우론의 지하 감옥에서 베렌을 구출해 냈지. 두 사람은 함께 엄청난 위험을 뚫고 대적을 왕좌에서 끌어내린 다음 대적의 강철 왕관에 박혀 있던, 보석 중에서 가장 찬란한 보석인 실마릴 세 개 중 한 개를 떼어냈지. 루시엔의 아버지 싱골에게 신붓값을 치르려고 말이야.

이 내용은 내 가설을 뒷받침해 주는 것처럼 보였다. 아르다 I을 재현한 이 행성에서 대적 모르고스의 왕좌는 앙반드에 있었다. 이 요새는 현재 위치에서 북쪽으로 약 130킬로미터밖에 되지 않았다. 빙고! 조각이 우리를 이곳으로 데려온 이유가 분명했다…

나는 에이치를 향해 말했다.

"우린 여기서 약 130킬로미터 떨어진 북쪽에 있는 모르고스의 지하 요새 앙반드로 간다."

나는 호수와 호수 너머에 있는 어둠이 드리워진 산과 멀리 북쪽 지평선 위로 잔뜩 낀 먹구름을 가리켰다. 먹구름은 안에서 번쩍이는 붉은 번개와 달빛으로 빛나고 있었다. 동쪽 하늘에 높이 떠 있는 거대한 달은 그 아래에 있는 모든 것을 희미하게 비추고 있었다.

에이치는 호수 너머 북쪽 지평선 위에 낀 먹구름을 보았다.

"130킬로미터라고?" 에이치가 되물었다.

"응. 비행 능력을 주는 마법 아이템이나 주문은 여기서는 안 통해. 순간이동도 할 수 없으니 육로로 이동해야만 해."

에이치는 무릎을 굽히며 손을 아래로 뻗어 흰색 아디다스 운동화의 측면에 있는 줄무늬를 톡톡 두드렸다. 그러자 줄무늬 색깔이 파란색과 검은색에서 노란색과 초록색으로 바뀌더니 운동화 전체가 노란색과 초록색이 섞인 에너지를 내뿜기 시작했다.

"파란색과 검은색을 신어. 난 뒹굴기를 좋아하니까. 아플 것 같으면 노란색과 초록색을 신어." 에이치는 노랫말을 읊조리며 에너지를 내뿜는 운동화를 가리켰다. "내 아디다스는 평소보다 세 배 빨리 달리는 능력을 줘. 날 따라올 수 있게 '모덴카이넨의 부적 주머니'를 시전해 줄까?"

나는 고개를 가로저었다. "더 좋은 수가 있어."

나는 아이템 보관함에서 말처럼 생긴 작은 피규어 두 개를 꺼냈다. 두 피규어 모두 은회색이었다. 두 피규어를 발 앞에 살며시 내려놓고 몇 걸음 뒤로 물러났다.

"그거 '놀라운 힘의 조각상'이야?" 에이치가 물었다.

내가 고개를 끄덕이자 에이치도 곧바로 몇 걸음 뒤로 물러났다. 에이치가 물러난 후에 활성화 주문을 외쳤다.

"펠라로프! 샤두팍스!"

두 피규어는 즉시 커지더니 실제 크기의 말로 변신했다. 갑자기 생명이 불어넣어진 펠라로프와 샤두팍스는 튼튼한 뒷다리로 서서 앞발을 들면서 힝힝거리는 소리를 냈다. 둘 다 거의 비슷한 은회색 털을 가진, 황홀할 정도로 아름다운 명마들이었다. 둘 다 내가 사둔 미스릴 판금 갑옷을 걸치고 있었으며, 짙은 초록색 요정의 나무를 손으로 깎아 만들고 페아노르 문자로 말의 이름을 새긴 금띠를 두른 안장도 걸치고 있었다.

"이 두 말은 가운데땅을 어슬렁거린 육상 동물 중에서 가장 빠른 녀석들이야." 내가 말했다. "아르다 Ⅲ에서 퀘스트를 끝낸 후에 얻었지만 여기에서도 같은 속도와 능력을 발휘할 거야. 꽉 잡기만 해. 이 말은 정말 빠르니까. 알았지?"

에이치는 고개를 끄덕이고 나서 아디다스 운동화를 비활성화하더니 한 발을 펠라로프의 말등자에 걸치고 몸을 끌어올려 안장에 올라탔다. 나는 샤두팍스 쪽으로 다가가 목을 부드럽게 쓰다듬고 신다린으로 반갑다고 말한 다음 안장에 올라타고 에이치와 펠라로프 옆으로 붙었다.

나는 아이템 보관함에서 아르다 Ⅲ에서 얻은 마법 검 두 자루도 꺼냈다. 반지전쟁에서 간달프가 휘둘렀던 글람드링이라는 이실나우르로 만든 광도검은 내 아바타의 등에 매단 검집에 집어넣었다. 다른 양손 검은 날 부분을 잡고 에이치에게 자루 부분을 내밀었다.

"자, 받아. 이게 필요할 거야. '서부의 불꽃' 안두릴이야. 나르실의 파편을 다시 벼려서—"

에이치가 손으로 검을 치우며 말했다.

"됐어, 지. 지금 가진 검도 이미 차고 넘쳐."

나는 계속 검을 내민 채 말했다.

"받으라니까. 가운데땅의 요정들이 벼린 마법 무기만이 모르고스의 부하들을 공격할 수 있어, 알겠지? 난 이곳에 대해 꽤 잘 안다고."

에이치가 내 말에 수긍하고 안두릴을 잡더니 옆구리에 찬 검집에 집어넣었다.

"이제 만족하셔?"

"마지막 두 조각을 찾으면 그때 만족할 거야. 거의 다 왔어. 준비됐지, 에이치?"

에이치는 체셔 고양이 같은 함박웃음을 지어 보이더니 잭 버튼 성대모사를 하면서 말했다. "지, 난 태어날 때부터 준비돼 있었지."

나는 깔깔대고 웃음을 터트렸다. 우리는 동시에 말 옆구리에 박차를 가했다.

샤두팍스와 펠라로프는 쏜 화살처럼 빠른 속도로 북쪽으로 달렸다. 아엘루인 못을 뒤로하고, 달빛 아래 어슴푸레 빛나는 고원을 지나, 지평선 위로 잔뜩 낀 점점 더 검어지는 먹구름을 향해 달리는 동안, 샤두팍스와 펠라로프의 말발굽 소리가 마치 전쟁의 북소리처럼 규칙적으로 땅을 울렸다.

• • •

우리는 전속력으로 야생화가 흐드러진 도르소니온의 언덕과 평원을 달렸다. 도르소니온의 북쪽 경계선을 따라 소나무가 빽빽하게 자란 숲인 타우르누푸인에 다다르자 나무 사이로 길을 헤치느라 속도가 조금 느려질 수밖에 없었다. 하지만 샤두팍스와 펠라로프는 나무를 이리저리 피하며 스피더 바이크에 탄 저주받은 스톰트루퍼가 된 기분이 들 정도로 빠른 속도로 달렸다. 우리가 탄 마법 말들은 로한의 명마인 메아라 종으로 발굽 아래 어떤 지형이 펼쳐지든 놀라운 속도로 미끄러지듯 달리는 능력이 있었기 때문이다.

등 뒤에서 에이치가 말을 타고 달리는 소리가 들렸다. 에이치를 흘긋 보니 아연실색한 표정으로 나를 빤히 쳐다보고 있었다. 처음에는 이유를 알 수 없었지만 곧 에이치의 시선이 내 앞쪽 허공에 아직 열려 있는 브라우저 창으로 옮겨 갔다. 브라우저 창에는 앙반드에 관한 건터피디아 문서가 열려 있었다. 깜박하고 개인 설정을 바꾸지 않는 바람에 내가 열어둔 브라우저 창이 동료 클랜 멤버들에게 자동으로 보여지고 있었던 것이다.

"너 가서 뭘 해야 하는지 모르는 거지?" 에이치가 말했다. "너 이 자식 찾아보고 있었어! 내가 찾아보는 거 다 봤어!"

"단지 기억을 되살리는 중이었어, 에이치. 그것뿐이야."

"좋아. 그럼 말해봐. 가서 뭘 해야 하는데? 요새 안으로는 어떻게 들어가지? 모르고스의 왕관에서 조각은 어떻게 떼어내지? 놈은 천하무적이라며."

말 안장 위에서 몸이 요동치는 동안 에이치는 계속 나를 뚫어져라 보며 대답을 기다렸다.

"아직은 정확히 몰라." 내가 시인했다. "베렌과 루시엔이 모르고스를 '쓰러뜨려서' 왕관에서 보석 하나를 훔쳤다는 건 알지만 어떻게 했는지는 몰라. 『실마릴리온』에 있는 이야기 같은데 그 책을 끝까지 읽은 적이 없어. 하지만 앙반드로 가는 길에 클리프노트를 훑어볼게, 됐지? 우리가 뭘 해야 하는지 알아낸다고 약속할게!"

에이치는 내가 자기 뺨을 후려치기라도 한 것 같은 표정으로 소리쳤다.

"그게 무슨 멍멍이 소리야, 지! 네가 이 망할 호빗 이야기를 다 섭렵한 줄 알았는데. 나한테 톨킨 전문가라고 떠들 땐 언제고, 이 망할 자식아!"

나는 고개를 가로저었다.

"난 '전문가'라고 한 적은 없어! 아르테미스가 전문가지. 난 가운데땅의 제3시대에 대해서만 빠삭해. 그게 『호빗』하고 『반지의 제왕』의 시대 배경이니까. 아르다 Ⅲ에 대해서는 나름대로 전문가라고 할 수 있지. 거기에 있는 모든 퀘스트를 끝냈으니…"

그 모든 퀘스트를 끝낸 시점이 몇 년 전, 지난 대회 참가 중에 아직 아바타의 레벨을 올리던 때였다는 말은 하지 않았다. 아르다 Ⅲ에 있는 퀘스트들이 내 취향에 더 잘 맞는다는 말도 하지 않았다. 아르다 Ⅲ에는 가운데땅을 무대로 한 초창기 비디오게임과 롤플레잉 게임들이 수없이 많이 이식되어 있었다. 빔 소프트웨어, 인터플레이, 비벤디, 스톰프론트, 아이언 크라운 엔터프라이즈 같은 회사들이 만든 게임들이었다. 사실 내가 오아시스에서 거의 최초로 완료한 퀘스트는 아르다 Ⅲ에 있는 오리지널 호빗 텍스트 어드벤처 이식판이었다. 이 퀘스트의 개발 과정에 키라가 참여했다는 소문이 있었다. (그 생각에 미치자 번뜩 그 게임에 나오는 한 문장이 생각이 났다. 한 장소에서 너무 오래 머뭇거릴 때마다 반복적으로 나왔던 그 문장은 다음과 같았다. '시간이 흐릅니다. 소린은 앉아서 황금에 대한 노래를 부르기 시작합니다.')

나는 가운데땅의 극동 지역과 극남 지역에 있는 매우 접근하기 어려운 퀘스트들도 완료했다. 알라타르와 팔란도가 조직한 악의 무리와 맞서 싸워야 하는 퀘스트들이었다.

"아르다 Ⅲ 얘긴 집어치워, 지! 이 행성에서는? 아르다 I에서는 몇 개나 끝냈는데?"

에이치는 언제나 내 거짓말을 쉽게 눈치챘으므로 소용도 없는 거짓말은 하지 않기로 했다.

"없어, 됐냐? 한 개도 못 끝냈어. 하지만 나름의 이유가 있어, 에이치! 그런 표정으로 보지 마! 이 행성에 있는 모든 퀘스트는 잡지식 퀴즈야. 톨킨의 레젠다리움 전체에 대한 백과사전적 지식 없이는 깰 수 없단 말이지! 단지 『실마릴리온』 출판본만 얘기하는 게 아니야. 서로 불일치하거나 모순되는 내용이 있는 미발표 원고에 나오는 세부 내용도 모조리 다 암기해야 한다고! 열두 권짜리 『가운데땅의 역사서』도 모두 포함해서! 미안. 조사할 때 우선순위가 있었어…"

"예를 들면?" 에이치가 눈을 흘기며 물었다. "「몬티 파이튼과 성배」 200번 보는 거?"

"그 영화는 할리데이가 좋아했던 영화 중 하나였어, 에이치! 그 영화를 달달 외우고 있었기 때문에 지난 대회 때 이스터에그를 찾을 수 있었잖아, 기억 안 나? 그 영화는 코미디 명작이기도 하고, 그래서—"

"너 나한테 '할리데이가 좋아했던 작가는 한 명도 빠짐없이 그 작가들이 쓴 모든 소설을 다 읽었다'고 했었잖아! 톨킨은 당연히 거기에 들어 있잖아, 이 자식아!"

나는 한숨을 내쉬었다. "『실마릴리온』은 소설이 아니야, 에이치. 이건 가운데땅 롤플레잉 게임을 위한 캠페인 설정 같은 거야. 이 책은 가운데땅의 창조와 이곳에 사는 신들, 역사, 신화에 대한 산문과 운문으로 가득 차 있어. 인공어인 요정어의 알파벳과 발음 기호도 있고. 독파할 시간이 없었다고…"

에이치가 잠자코 내 얼굴을 살피더니 갑자기 코를 킁킁거렸다.

"수상한 냄새가 나는데, 와츠." 에이치가 눈을 가늘게 뜨면서 말했다. "넌 절대 조사를 건성으로 대충 한 적이 없는 놈이었어. 키라가 톨킨의 광팬이었다는 사실도 알고 있었잖아! 키라는 깊은골을 재현한 곳에 살았는데 무슨 헛소리야. 네가 왜 모든—"

에이치가 한동안 입을 닫고 있다가 이유를 알았다는 듯이 갑자기 눈을 크게 뜨고 큰 소리로 말했다.

"아하! 이제 알겠네. 사만다 때문에 이 망할 제1시대를 건너뛰었구나, 그렇지? 사만다도 톨킨의 열렬한 팬이니까." 에이치가 고개를 가로저었다. "너 아직도 미련을 못 버렸구나. 그런 거야, 와츠?" 에이치가 주변을 가리키며 말을 이었다. "왜, 이곳을 보면 사만다 생각이라도 나는 거야?"

부정해 보려고도 했지만 에이치의 말이 맞았다. 에이치는 이미 다 알고 있었다.

"그래, 그렇다, 어쩔래! 이 빌어먹을 곳에 오면 사만다가 생각난다!" 나는 주변을 가리키며 말을 이었다. "지금 들리는 이 음악? 이 우울한 행성에서 가는 데마다 무한 반복되는 하워드 쇼어의 영화 음악? 이 음악을 들어도 사만다가 생각난다! 사만다는 잘 때 이 음악을 듣는 걸 좋아해. 적어도 옛날엔 그랬어…"

사만다의 이런 버릇을 알게 되었던 순간에 대한 기억이 수면 위로 올라왔다. 그러자 속이 뒤틀리는 듯한 느낌이 들었다. 나는 머리를 세차게 흔들어 그 생각을 뿌리치고 다시 에이치를 똑바로 보며 말했다.

"현실세계에서 사만다와 사귄 기간은 단 일주일뿐이었어, 에이치.

모로의 깊은골에서 우리 모두 같이 보냈던 그 일주일 말이야. 사만다는 그곳을 좋아했어. 사만다는 가운데땅에 대해 덕질하기를 좋아했어. 난 사만다가 키라 못지않게 톨킨을 좋아한다고, 아니 어쩌면 그 이상이라고 생각해."

나는 미안한 표정을 지으며 말을 이었다.

"사만다는 그때 내가 『실마릴리온』을 다 읽지 않았다는 사실을 알게 됐어. 그래서 나한테 잔소리를 엄청 해댔었지. 나중에 다시 도전해볼 생각이었지만 얼마 못 가 우린 깨졌어. 그때부터 톨킨을 멀리했어. 너무 마음이 아파서."

에이치는 공감한다는 듯 살며시 미소를 지은 다음 안장 위에서 몸을 기울여 내 어깨를 가볍게 툭 쳤다.

"지, 어쩌면 마지막 두 조각이 이곳에 있는, 그러니까 아르테미스가 너보다 빠삭하게 아는 행성에 있는 이유가 있을지도 몰라. 운명이 아르테미스를 부르고 있는 거야."

"아르테미스는 지금 우릴 도와줄 수가 없어, 기억 안 나? 마지막 두 조각을 손에 넣을 때까지는 어떤 교신도 하지 않기로 했고. 작전대로 해야 해."

에이치는 고개를 끄덕이더니 한동안 잠자코 있다가 이내 말했다.

"그래도 문자 하나만 보내놓자. 우리가 어디에 있는지, 무엇을 상대해야 하는지 알려주자."

나는 고개를 끄덕이고 HUD에서 문자 전송 아이콘을 터치했다. 다음과 같이 용건만 간단히 적었다.

아티에게

다섯 번째 조각에 적힌 단서에 따르면 "마지막 두 조각은 모르고스의 왕관에 있어." 우린 아르다 행성에 있고 지금 앙반드로 가는 중인데, 네 도움이 꼭 필요해. 쇼토는 죽었어. 이제 나랑 에이치 둘뿐이야. 만약 도울 수 없는 상황이라면 괜찮아. 이해해. 네가 없더라도 최선을 다해볼게.

언제나 포스가 함께하길,

지 & 에이치

문자 내용을 보여주니 에이치가 고개를 끄덕였고 나는 전송 버튼을 터치했다.

"키라가 가운데땅을 왜 그렇게 좋아했다고 생각해?" 어둠이 드리워진 숲을 전속력으로 달리는 동안 에이치가 물었다.

"순수한 현실 도피지. 톨킨의 작품은 D&D의 탄생에 직접적인 영감을 줬어. D&D는 다시 1세대 비디오게임 디자이너들에게 영감을 줬고. 그들은 D&D를 플레이하는 경험을 컴퓨터에서 구현하려고 애썼지. 키라, 모로, 할리데이. 세 사람은 모두 D&D와 이 게임에서 영향받은 비디오게임들을 하며 자랐어. 그 경험을 통해 세 사람은 컴퓨터 롤플레잉 게임을 만들게 됐어. 그렇게 〈아노락의 퀘스트〉 시리즈가 세상에 나왔고, 마침내 오아시스가 세상에 나온 거지. 톨킨이 없었다면 우리 같은 덕후들은 지난 90년 동안 훨씬 지루한 삶을 살았을 거야."

"흠, 그럼 톨킨이 어느 정도는 지금 이 사태에 책임이 있는 거네?" 에이치가 다시 한번 체셔 고양이 같은 함박웃음을 지었다. 지금 한 말이 농담이라는 뜻이었다.

전속력으로 달리는 동안 나는 어느새 주변 풍경을 넋을 잃고 보고 있었다. 지금 기준으로도 톨킨이 구축한 상상력의 압도적인 규모와 정교함에는 놀라지 않을 수가 없었다. 거의 한 세기가 지난 지금도 많은 예술가와 작가, 프로그램 개발자들이 여전히 그의 창작물에서 영감을 끌어내고 있었다.

소나무 숲의 북쪽 가장자리를 빠져나왔을 때 말들이 갑자기 제자리에 섰다. 우리 앞에는 새카맣게 탄 황무지가 끝이 보이지 않을 정도로 광활하게 펼쳐져 있었다. 꼭 원자폭탄 수백 개가 터진 지 몇 달 되지 않는 땅처럼 보였다. 멀리 강철 산맥이 북쪽 지평선을 가로지르며 거대하게 뻗어 있었다. 강철 산맥의 거의 중간쯤인 우리 바로 정면에는 높고 우람한, 시커먼 화산 세 봉우리가 다른 봉우리들을 굽어보며 하늘을 휘감고 있는 두꺼운 먹구름에 닿을 듯 우뚝 솟아 있었다.

지명을 알아내기 위해 수시로 지도를 보는 일이 귀찮아진 나머지 자부심이 있는 건터라면 절대 하지 않을 짓을 했다. 오아시스 투어 가이드 자막을 켜고 영상 인식 소프트웨어를 활성화했다. 우리 앞에 펼쳐진 황무지로 다시 눈을 돌리자 HUD에 자막이 나타났다. 그 황무지는 황량한 모래사막인 안파우글리스였다. 모르고스는 한때 푸르렀던 아르드갈렌 평원을 상고로드림의 화염으로 새카맣게 태워버렸고 그때부터 황폐화된 아르드갈렌은 안파우글리스로 불리기 시작했다. 상고로드림은 정면으로 보이는 지평선 위로 우뚝 솟은 세 화산 봉우리의 이름이었다.

"도르 다에델로스에 그냥 걸어서 들어갈 순 없어." 나는 에이치가 알아듣지 못하리라 생각하며 농담을 던졌다. 역시 에이치는 알아듣지 못했다.

"도르 머시기?"

"도르 다에델로스." 나는 새카맣게 타버린 주변 풍경을 가리키며 말했다. "'암흑 군주' 모르고스의 땅 말이야."

"어, 안 그래도 물어보려고 했는데. 너 때문에 봤던 그 엄청나게 긴 호빗 영화 3부작에서는 사우론이라는 놈이 '가운데땅의 암흑 군주'였지 않나?"

"맞아. 하지만 사우론은 그땐 그 자리까지 오르지 못했어. 제2시대 후반, 그러니까 모르고스가 세상 밖 공허로 추방된 뒤에 권좌에 올랐지. 하지만 이곳 제1시대에서의 사우론은 그냥 모르고스의 부관 중 하나였을 뿐이야. 늑대나 박쥐로 변신할 수 있는 변신술사였기도 해."

"사우론은 지금 여기 없다는 말이지?" 에이치가 시커먼 하늘을 올려다보며 걱정스럽게 물었다.

이번에도 확신은 없었기에 건터피디아에서 사우론 관련 문서를 확인했다.

"사우론은 톨 시리온 섬을 거느리고 있어." 내가 HUD를 보며 읽었다. "여기서 서쪽으로 몇백 킬로미터 떨어져 있는 요새야. 여기 어딘가에서 사우론이 튀어나올 것 같진 않아."

"다행이군." 에이치가 긴장을 조금 풀면서 말했다.

"다행이라니, 에이치. 그렇지 않아. 사우론은 모르고스에 비하면 만만한 상대야. 모르고스야말로 오아시스 전체에서 정말 센, 아니 가장 세다고 해도 과언이 아닌 NPC 중 하나야. 내가 읽은 바에 따르면 모르고스는 아주 강력한 힘을 가진 불사의 존재야."

"불사의 존재라니?"

"죽지 않는다는 뜻이야. 건터 게시판에서 읽은 바에 따르면 모르고스를 세상 밖 공허로 완전히 추방하는 것은 가능해. 하지만 그러려면 먼저 발라의 도움을 얻기 위한 극악 난도의 퀘스트 시리즈를 전부 다

깨야 해. 아마도 몇 주는 족히 걸릴 거야. 그것도 내가 그 퀘스트를 다 깰 수 있을 만큼 제1시대에 대해 잘 안다면 말이지. 하지만 난 제1시대에 대해 잘 몰라."

"그렇군." 에이치가 생각에 잠긴 채 말했다. "모르고스를 죽일 수 없다면 놈의 왕관에서 어떻게 마지막 두 조각을 떼어내지?"

"아직 알아보는 중이야." 나는 내 주변 허공에 빼곡히 열어놓은 브라우저 창을 가리켰다. 각 창에는 각기 다른 건터피디아 문서가 띄워져 있었다. "몇 분만 시간을 줘."

"서둘러, 지. 빨리 가야 해!"

에이치가 다시 한번 말에 박차를 가하려는 찰나에 내가 고삐를 잡으며 말했다.

"잠깐만. 더 가기 전에 우리 몸을 숨기는 게 좋을 것 같아. 그래야 여기저기 돌아다니는 오르크들의 공격을 피하지. 너 암기해 둔 은신술 주문 있어?"

에이치가 고개를 끄덕였다. "물론이지. '향상된 오수복스의 난독화'로 해볼까? 99레벨짜리인데. 이걸 쓰면 적외선 시야, 자외선 시야, 트루 사이트*를 포함한 모든 탐지 기술로부터 은폐할 수 있어."

"좋았어. 너랑 나에게 같이 걸어줄 수 있어? 말들에게도?"

에이치가 고개를 끄덕이고 나서 주문을 읊조렸다. 주문을 끝내자 에이치와 내 아바타와 말 두 마리가 모두 투명 상태가 되었다. 하지만 우리끼리는 여전히 HUD에서 서로의 아바타와 말을 반투명 상태로 볼 수 있었기에 서로 부딪히지 않을 수 있었다. 투명 상태가 된 우리는 계속 북쪽으로 달렸다. 황무지를 가로질러 멀리 음산한 강철 산맥

---

* 투명한 상태의 게임 캐릭터를 탐지하는 기술 – 옮긴이

위로 우뚝 솟아 있는 상고로드림을 향해 달리고 또 달렸다.

저 앞에서 황량한 평원 한가운데 불룩 솟은 언덕이 보였다. 하지만 좀 더 가까이 가보니 이 언덕의 정체는 거대한 시체 더미였다. 도륙당한 요정과 인간들의 시체가 산더미처럼 쌓여 있었다. 오아시스 투어 가이드의 자막 덕분에 이곳의 지명이 '사자(死者)의 언덕'을 뜻하는 하우드엔은뎅긴임을 알 수 있었다.

공기 중에 진동하는 시체 썩은 냄새를 막아보려고 망토 자락으로 코와 입을 막았다. 에이치를 흘깃 보니 에이치도 같은 행동을 하고 있었다.

사자의 언덕을 지나치는 내내 에이치는 거대한 시체 더미에서 눈을 떼지 않더니 이내 말 안장 위에서 몸을 틀어 내 쪽을 보면서 말발굽 소리를 뚫을 정도로 큰 목소리로 말했다.

"지원 요청 안 해도 정말 괜찮겠어, 지? 네가 지난 대회 때 했던 성 크리스핀 축일 기믹을 다시 해볼 수 있잖아. 모든 오아시스 유저에게 와서 도와달라고 메시지를 보낼 수 있잖아?"

"이번엔 안 먹힐걸. 아무도 안 올 거야."

"반드시 올 거야. 진실을 털어놓고 모든 오엔아이 유저들의 목숨이 우리의 성공에 달려 있다는 사실을 알린다면 적어도 몇천 명은 도우러 올 거야."

"이번엔 인해전술로는 안 돼. 놀도르 요정들은 400년이 넘도록 앙반드를 포위했는데 실마릴 근처에도 가지 못했었어." 나는 고개를 가로저었다. "베렌과 루시엔처럼 잠입하는 게 최선이야."

"누구랑 누구?"

"사랑에 빠진 필멸자 인간 남자와 불멸자 요정 여자 말이야." 나는 내 옆쪽 허공에 열려 있는 브라우저 창에 띄워놓은 『실마릴리온』을 가리키며 말했다. "두 사람은 앙반드에 몰래 들어가서 모르고스와 그의 부하들을 재운 다음에 강철 왕관에 박힌 실마릴 한 개를 훔치는 데 성공했어." 나는 고개를 돌려 에이치를 보았다. "네 주문책에 있는 주문 중에 가장 강력한 수면 유도 주문이 뭐지?"

에이치가 주문 목록을 열고 훑어보고 나서 대답했다.

"'모덴카이넨의 영원한 수면'이야. 난 99레벨이니까 이 주문은 효력 범위 내에 있는 어떤 NPC도 쓰러뜨릴 만큼 강할 거야. NPC들이 내성굴림을 하더라도 말이지."

"좋았어. 넌 그 주문을 적어도 두 번은 시전해야 해. 앙반드의 입구는 카르카로스라는 거대한 검은 늑대가 지키고 서 있을 거야. 놈을 지나쳐 안으로 들어가려면 놈을 재워야 해. 그런 다음에 모르고스가 있는 왕좌의 방을 찾아내면 거기에 있는 놈들도 다 재워야 해. 그러면 모르고스의 강철 왕관에 박힌 조각을 훔칠 수 있을 거야."

에이치가 고개를 끄덕이고 나서 조용히 암기해 둔 주문 목록을 조정하더니 나를 보고 양쪽 엄지를 치켜들었다.

"좋았어. 효력이 있을 거야. 준비가 다 된 것 같군."

"그러길 바라자꾸나." 에이치가 말을 끝내자마자 우리는 사자의 언덕을 뒤로하고 불안에 떠는 말들에 박차를 가한 다음 상고로드림 하부에 있는 앙반드의 성문을 향해 진격했다. 강철 산맥 위로 높이 솟은 상고로드림의 거대한 세 봉우리는 정면에서 위용을 과시했다.

HUD에 있는 확대 기능으로 거대한 세 봉우리의 정상 부분을 확대했다. 서쪽 봉우리 근방에서 요정 마에드로스 왕자가 낭떠러지에 사슬로 묶인 채 구출되기를 기다리고 있는 모습이 어렴풋이 보였다. 동쪽 봉우리에서는 모르고스의 또 다른 포로를 볼 수 있었다. 후린이라는 인간 포로였는데 상고로드림 꼭대기에 놓인 의자에 묶여 있었다.

마에드로스 NPC와 후린 NPC는 강철 산맥에서 진행되는 다른 고레벨 제1시대 퀘스트의 일부로 언제나 이렇게 묶여 있는 모양이었다.

몇 분쯤 지났을까. 에이치와 나는 어느새 상고로드림의 중앙봉 하부 깊숙한 안쪽에 세워진 거대한 앙반드의 성문으로 이어지는 길고 좁은 길을 달리고 있었다. 길 양쪽에는 거대한 구멍이 있었는데, 이 구멍 속에는 수천 마리는 족히 되어 보이는 거대한 검은 뱀들이 한 덩어리로 뒤엉켜 꿈틀대고 있었다.

머리 위로는 사악하게 생긴 독수리 떼가 절벽 위에 앉아 이글거리는 눈으로 우리를 쏘아보며 깍깍 울어댔다. 에이치의 은신 주문이 이곳에 서식하는 동물에게는 무용지물임을 깨닫고는 에이치에게 말해 주문을 비활성화한 후에 깎아지른 절벽 아래 세워진 거대한 철문으로 다가갔다.

앙반드의 성문까지 몇백 미터 남지 않았을 때 말들이 더 이상 가기를 거부했다. 에이치와 나는 말에서 내려 말의 이름을 다시 한번 불렀고 펠라로프와 샤두팍스는 다시 작은 피규어로 줄어들었다. 나는 피규어를 주워 다시 아이템 보관함에 집어넣었다.

그곳부터 성문까지는 걸어서 가야 했다. 성문은 활짝 열려 있었지만 거대한 검은 늑대 한 마리가 성문 앞을 지키고 있었다. 이 늑대는 앙반드가 드리운 그림자 속에서 붉게 타오르는 눈을 부릅뜬 채 우리를 쏘아보고 서 있었다.

카르카로스였다. 이 늑대는 제1시대를 통틀어 가장 무시무시한 피조물 중 하나였다.

에이치는 카르카로스의 몸집을 가늠해 보더니 무릎을 굽히고 손을 아래로 뻗어 아디다스 운동화의 측면에 있는 줄무늬를 다시 한번 톡톡 두드렸다. 그러자 줄무늬 색깔이 파란색과 검은색에서 은색과 금색으로 바뀌었다.

"공을 가지고 놀 때 신는 것도 있지. 깔창이 들어 있어 키가 3미터로 커지지." 에이치가 읊조렸다

명령문을 끝내자 에이치의 아바타가 갑자기 커지면서 키가 정확히 3미터가 되었다. 에이치의 몸집이 커지자 카르카로스는 에이치를 내려다보지 못했다. 이제 에이치는 놈의 사악한 붉은 눈을 정면으로 마주 볼 수 있었다.

카르카로스가 우리를 계속 노려보는 사이에 마침내 길고 좁은 길 끝에 다다라 성문으로 이어지는 계단 밑에 도착했다. 우리 둘 다 계단에 발을 디뎠을 때 에이치가 카르카로스에게 수면 주문을 시전했다. 에이치는 주문을 읊조리는 동안 양손을 허공에 휘저으며 복잡한 손동작을 했다.

하지만 주문이 끝나도 카르카로스는 이글거리는 붉은 눈을 감지도 않았고 잠에 빠지지도 않았다. 오히려 이빨을 드러내며 우리에게 덤벼들었다.

카르카로스는 에이치에게는 눈길조차 주지 않고 곧장 나에게 다가왔다. 아마도 내 아이템 보관함에 들어 있는 조각 때문인 듯했다. 내가 검을 치켜들고 몇 걸음 뒤로 물러서는 동안 카르카로스가 뾰족한 송곳니가 가득한 검은 입을 벌렸다가 닫았다.

내가 계속 뒷걸음질 치는 동안 카르카로스는 이빨을 위협적으로 딱딱거리면서 급기야 내 코앞까지 다가왔다.

글람드링으로 몇 번이나 놈을 베었지만 글람드링의 파랗게 빛나는 검날은 늑대의 피부를 전혀 뚫지 못하는 것 같았다. 심지어 놈의 검고 끈적끈적한 잇몸에 가까스로 검을 찔렀는데도 잇몸을 뚫지는 못했다.

카르카로스는 태세를 전환해 에이치에게 덤벼들었다. 검은 입을

벌려 에이치의 다리를 덥석 물고는 에이치의 몸을 세차게 흔들다가 옆으로 던져버렸다. 하지만 에이치는 두 발로 착지해서 반격에 나섰다. 양손에서 화염구와 번개를 던지면서 연속으로 주문을 시전했다.

카르카로스가 에이치의 연속 공격에 정신이 팔린 동안 나도 공격을 해보려고 했지만, 놈은 놀랍게도 내가 다가가는 것을 눈치챘다. 내가 글람드링으로 내려치기도 전에 목을 길게 빼고 대가리를 돌려 내 어깨를 물었다. 몇백 포인트가 깎였다. HUD에 알림창이 나타났다. 카르카로스의 이빨에 독이 묻어 있어서 몇 초마다 체력이 깎이고 있다는 내용이었다. 카르카로스의 독은 일시적으로 아바타를 마비시키는 효력도 있었기에 나는 추가 공격에 무방비 상태가 되었다…

오랫동안 에이치와 나는 많은 행성에서 셀 수 없이 많은 가공할 만한 적들을 상대해 왔다. 한번은 둘이서 페이룬 행성에서 타라스크를 5분 안에 해치운 적도 있었다. 실시간 중계도 했었다. 식은 죽 먹기였다. 하지만 불과 30초 만에 카르카로스는 우리를 도망치게 하고 체력을 깎았다.

아이템 보관함에서 '해독의 물약'을 꺼내 단숨에 삼켰다. 하지만 내 체력 표시 막대는 계속 떨어졌다. 공포감이 엄습했다. 여전히 독극물 손상을 입고 있었다. 물약으로 치유가 되어야 했지만 물약도 소용이 없었다. 에이치의 수면 주문이 카르카로스에게 효력이 없었던 것처럼 말이다. 분명 내가 놓친 무언가가 있었다…

카르카로스가 또다시 공격하기 위해 내 쪽으로 슬금슬금 다가오기 시작했을 때 거대해진 에이치의 아바타가 계단을 밟고 도약해 놈의 등에 올라타는 모습이 보였다. 놈은 빙글빙글 돌며 몸부림치기 시작했고, 에이치는 간신히 놈의 머리 위를 공중제비로 넘어서 놈의 콧대 위에 두 발로 착지한 다음 검으로 놈의 이글거리는 붉은 눈 사이를 정확히 찔렀다.

놈이 고통으로 울부짖으며 몸부림치는 동안 에이치는 다시 한번 공중제비를 돈 다음에 놈의 발 앞쪽에 착지했다. 놈이 일시적으로 앞을 못 보는 사이에 에이치는 사력을 다해 검으로 연속 공격을 퍼부었다.

필사적으로 나를 구하기는 했지만 에이치도 다리에 물린 상처 때문에 많이 약해져 있었다. 움직임이 엄청나게 느려진 것으로 보아 에이치도 카르카로스의 독에 중독된 것 같았다.

카르카로스가 거대한 검은 발톱을 휘두르는 동안 에이치는 필사적으로 피했다. 하지만 눈 깜짝할 사이에 카르카로스가 에이치를 휘청거리게 하고 입을 벌려 몸통 가운데를 덥석 물었다. 놈이 치명타를 날렸다는 사실을 알았기에 나는 에이치의 이름을 애타게 부르짖었다.

에이치는 나와 눈을 맞추자마자 축 늘어지며 땅바닥으로 쓰러졌다. 에이치의 아바타가 서서히 사라지면서 에이치의 아이템 보관함에 있던 무기와 갑옷들이 무더기로 떨어졌다.

나는 잠시 충격에 빠져 그 자리에 못 박힌 듯이 서 있었다. 내 소중한 친구를 영원히 잃은 것은 아닌지 두려웠다. 하지만 그렇게 믿을 수는 없었다. 나는 땅을 박차고 달려가 에이치가 떨어뜨린 아이템을 모두 주운 다음 나중에 돌려줄 수 있으리라 믿고 내 아이템 보관함에 추가했다.

나는 에이치에게 주었던 안두릴을 꺼내 왼손에 장착했다. 이제 오른손으로는 글람드링을, 왼손으로는 안두릴을 동시에 휘두를 수 있었다. 내가 몸을 돌려 카르카로스를 마주 보자 요정이 벼린 검인 안두릴과 글람드링이 파랗게 빛났다. (그렇게 큰 검 두 자루를 동시에 휘두르는 모습은 보기에는 조금 우스꽝스러웠겠지만, 내 아바타의 전투 능력치 덕분에 전혀 힘이 들지는 않았다. 게다가 쌍무기 숙련과 양손 공격 능력이 있었기에 턴이 돌아올 때마다 왼손에 든 검과 오른손에 든 검으로 각각 세 번씩 공격할 수 있었다.)

카르카로스는 이글거리는 붉은 눈으로 나를 쏘아보았다. 그 순간 내 HUD에 있는 체력 표시 막대도 같은 색으로 번쩍였다. 내 아바타가 죽기 직전임을 알리는 신호였다. 내 아바타가 죽는다면 나는 부활해서 새로운 아바타의 몸으로 깨어날 수 없었다. 에이치와 쇼토와 다른 모든 사람의 뒤를 따르게 될 터였다. 다시 말해 의식을 되찾을 가능성이 거의 없는 채로 오엔아이에서 유도한 혼수상태에 갇히게 된다는 뜻이었다.

카르카로스는 전진을 계속했고 나는 후퇴를 계속했다. 결국 나는 더 이상 물러날 곳이 없는 가장자리까지 떠밀렸다. 놈은 거대한 턱을 벌려 일그러진 미소를 지으며 성큼성큼 다가왔다. 놈은 에이치에 이어 나를 죽일 준비를 하고 있었다. 내 몸을 방어하고자 글람드링과 안두릴을 치켜들었지만 가망이 없음을 잘 알고 있었다.

다 끝장이었다. 나는 정말로 죽음을 맞게 되고 내 퀘스트는 완전한 실패로 끝날 참이었다. 내 소중한 친구 두 명을 포함해 수백만 명의 죽음을 초래할 실패로 말이다. 게다가 아르테미스와 다시 잘해볼 기회도 영영 얻지 못할 터였다. 내 인생에 찾아온 그 누구보다 많이 사랑했다고 말해줄 기회를…

이렇게 죽고 싶지는 않았다. 내가 생각했던 죽음과는 너무 거리가 멀었다.

바로 그때 한때 내 여자친구였던 그녀가 하늘에서 뚝 떨어졌다.

처음에 들린 소리는 카르카로스가 으르렁대며 다가오는 동안 줄기차게 들리는 박쥐 울음소리였다. 주변 시야에서 퍼덕거리는 박쥐의 날개도 언뜻 보였다. 그다음에 들린 소리는 아주 많이 들어본 변신 효과음이었다. 바로 옛날 「슈퍼 특공대Super Friends」 만화영화에서 가져온 효과음이었다. 그 소리가 끝나기가 무섭게 아르테미스가 나와 카르카로스 사이에 슈퍼히어로 착지를 하더니 몸을 곧게 세우고 지옥의 문을 지키는 늑대 수문장 카르카로스와의 대결을 준비했다. 아르테미스가 걸친 긴 검정 망토가 슈퍼맨의 망토처럼 바람에 펄럭였다.

카르카로스는 걸음을 멈춘 채 호기심 많은 개처럼 머리를 기울이고 아르테미스를 보았다. 아르테미스가 한 걸음을 내딛고 나서 마치 포옹이라도 하는 것처럼 카르카로스를 향해 양손을 치켜들더니 노래를 부르기 시작했다. 그러자 어디에선가 반주가 흘러나왔다.

"오, 재앙에서 태어난 영이여! 이제 어두운 망각 속으로 빠져들어 잠시 생의 두려운 운명을 잊으라." 아르테미스가 카르카로스를 보며 노래하는 동안 증폭된 목소리가 상고로드림의 절벽에 메아리쳤다.

카르카로스의 눈꺼풀이 파르르 떨리면서 눈동자 가운데에서 강렬하게 타오르던 붉은 동공을 가리더니 마침내 두 눈이 감겼다. 카르카로스의 육중한 몸이 아르테미스 앞에서 고꾸라지자 작은 지진이 일어났다. 땅의 흔들림이 멈추자 그 고요한 곳에서 들리는 소리는 카르카로스가 코를 고는 소리뿐이었다.

하지만 카르카로스가 땅바닥에 쓰러지기도 전에 아르테미스는 이미 나에게 달려오고 있었다.

아르테미스는 내 어깨에 난 교상에 손을 올려놓았다. 상처는 이미 곪기 시작한 상태였고, 상처 주변의 피부와 혈관은 까맣게 변해 있었다. 아르테미스는 또 다른 노래를 부르기 시작했다. 이번 노래는 요정어로 되어 있어서 뜻을 이해할 수는 없었다. 번역기 자막은 HUD를 꽉 채운 체력 표시 막대에 가려 보이지 않았다. 체력 표시 막대는 빨간색으로 깜빡이며 내 아바타의 체력이 겨우 5포인트만 남았음을 알려주고 있었다…

잠시 뒤에 아르테미스가 짧은 노래를 끝내자 내 체력 표시 막대는 단숨에 최대치로 올라갔고 다시 떨어지지 않았다. 카르카로스의 치명적인 독에서 치유되었다는 뜻이었다.

나는 땅에 누운 채 몸을 덜덜 떨고 있었다. 그 순간 아르테미스가 내 손을 잡는 느낌이 들었다. 눈을 뜨자 아르테미스가 나를 내려다보고 있었다.

"고마워!" 나는 아르테미스를 양팔로 껴안으며 말했다. 개미만 한 목소리밖에 나오지 않았다. "날 구해줘서 고마워. 돌아와 줘서 고마워."

나는 마지못해 포옹을 풀었다.

"네가 나아서 다행이야. 하지만 대체 무슨 생각이었던 거니?" 아르테미스가 고개를 가로저었다. "준비도 전혀 안 된 상태에서 앙반드의 성문으로 그냥 막 달려가서 대충 실마릴 퀘스트를 해볼 생각이었니?"

"'준비도 전혀 안 된 상태'는 아니었어!" 나는 화를 억누르며 대답했다. "혹시 지금 내가 안두릴과 글람드링을 양손에 들고 있는 거 안 보여?" 나는 도로를 가리켰다. "게다가 여기 올 때 샤두팍스를 타고 왔다고! 난 최선을 다하고 있어. 그러니 하드보틀의 얼간이 조임띠네 가문 취급하지 마!"

내 농담에 아르테미스는 평정을 잃고 코를 들이키는 소리가 섞인 웃음을 연거푸 터트렸다. 웃음이 그친 아르테미스의 태도는 한결 누그러져 있었다.

"너 완전 죽을 뻔했어, 에이스. 큰일 날 뻔했잖아."

"네가 제때 올 수 있을지 알 수 없어서 할 수 있는 최선을 다했어. 에이치를 죽게 해서 미안해—" 그 순간 나는 목이 멘 채 흐느꼈다. "『실마릴리온』을 다 읽지 못한 것도 미안해. 읽겠다고 약속했는데도 말이야. 정말 미안해…"

"괜찮아. 정신 바짝 차려, 지." 아르테미스가 열려 있는 앙반드의 성문 쪽을 가리키며 말했다. "지금은 퀘스트 중이야. 에이치와 쇼토도 우리만 믿고 있잖아."

"알았어." 내가 몸을 일으키면서 말했다. "잠깐만 시간을 좀 줘. 파이살에게 전화해서 에이치의 활력 징후가 괜찮은지 확인해야겠어. 쇼토의 상태는 어떤지도."

아르테미스가 고개를 끄덕였고, 나는 파이살에게 전화를 걸었다. 하지만 파이살은 전화를 받지 않았다. 음성사서함으로 넘어갈 때까지 기다렸다가 전화를 끊고 다시 아르테미스를 보았다. 아르테미스는 HUD에 아이템 보관함을 열어놓고 기나긴 마법 아이템 목록을 훑어보고 있었다.

"너 아이템 보관함에 앙그리스트 있어?" 아르테미스가 물었다. "아니면 앙가이노르라도?"

아르테미스는 아이템 보관함에서 기다란 엘프의 곡선검을 꺼내더니 빛나는 금속으로 만든 사슬도 꺼내 높이 들었다.

나는 고개를 가로저었다. 그 순간 HUD가 친절하게도 앙그리스트가 강철을 '녹색 나무인 것처럼' 쪼갤 수 있는 검이라고 알려주었다. 앙가이노르는 '아울레가 벼린 사슬로 세상 그 어떤 사슬보다 강한' 사슬이라는 사실도 알 수 있었다. 이 사슬은 틸칼이라는 절대 깨지지 않는 합금으로 만들어졌다.

"미안해. 오는 길에 그 두 가지를 구해 올 시간은 없었어."

아르테미스가 앙그리스트를 나에게 건네더니 앙가이노르는 자신의 허리띠에 매달았다.

"다섯 번째 조각 좀 보여줄래?" 아르테미스가 물었다.

나는 다섯 번째 조각을 내밀었고, 우리는 함께 조각에 새겨진 문구를 다시 읽었다.

슬픈 전설로 남을 위업을 이루고 결혼 승낙을 받아라

마지막 두 조각은 모르고스의 왕관에 있다네

"이건 속임수야, 지. 모르고스의 왕관에서 실마릴을 한 개 이상 꺼내면 안 돼. 아무리 쉬워 보이더라도. 그렇게 하면 앙그리스트가 부러지고 모르고스와 그의 부하들이 모두 깨어나. 그러면 고스모그와 글라우룽이 달려들고, 흑룡 앙칼라곤을 앞세우고 오르크, 와르그, 늑대인간, 흡혈귀, 발로그들이 떼로 몰려올 거야. 『실마릴리온』에서 베렌은 같은 실수를 범하지."

나는 좌절감에 한숨을 내쉬었다.

"읽어보려고 했어, 진짜야. 하지만 그럴 수가 없었어. 네 생각이 너무 많이 났거든."

아르테미스가 잠깐 내 얼굴을 살피더니 이내 미소를 지었다.

"요즘 네 아바타의 성향은 뭐야, 에이스?" 아르테미스가 물었다.

"여전히 무질서 선이지. 왜?"

"네 성향이 악한 쪽이면 실마릴이 네 손을 태워버려 실마릴을 집을 수 없으니까."

"좋은 정보군." 나는 아르테미스의 눈을 똑바로 보면서 말했다. "네가 있어서 참 다행이야, 아티. 와줘서 고마워."

아르테미스는 머리 위로 우뚝 솟은 상고로드림의 봉우리들을 턱짓으로 가리켰다. "모로와 키라는 이곳 아르다 행성에 베렌과 루시엔의 모험을 처음으로 재현한 사람들이었어. 두 사람은 이 퀘스트를 함께 설계하고 코딩했지. 이 퀘스트는 말도 안 되게 어려워. 지금까지 이 퀘스트를 끝낸 사람은 없어. 나를 포함해서. 사실 이건 이 행성에서 내가 끝내지 못한 유일한 퀘스트야. 시도해 본 적조차 없었지."

"왜 안 했는데?"

"이건 2인용 퀘스트니까, 지. 언제나 너랑 같이하고 싶었고…"

"내가 다 망친 거였구나. 그랬구나. 미안해. 내 잘못이야. 전부 다 내 잘못이야."

"괜찮아." 아르테미스가 활짝 웃으며 말했다. "지금 같이할 거잖아, 와츠. 너랑 나랑 함께."

"좋아. 내가 뭘 해야 하는지, 뭘 하지 말아야 하는지만 말해줘. 잘 따라 할게."

아르테미스가 미소를 지었지만 그 미소는 곧 걱정이 담긴 찡그린 표정으로 바뀌었다.

"너 경련이 시작됐구나, 지. 괜찮은 거야?"

아르테미스가 손을 뻗어 내 양손을 잡았다. 그제서야 내 손이 떨리고 있음을 알게 되었고, 그 떨림을 멈출 수도 없음을 깨달았다. 또한 나는 이를 갈고 있었고, 스멀스멀 편두통이 시작되는 조짐도 있었다…

"시냅스 과부하 증후군이야. 증상이 시작되고 있어. 점점 나빠질 테니 어서 움직이자. 마지막 두 조각을 찾아낼 수 있는 사람은 나밖에 없어, 아티."

아르테미스가 한동안 말없이 나를 물끄러미 보고 나서 이내 고개를 끄덕였다.

"준비된 거 맞지?"

"당연히 그렇고말고!" 나는 거짓말을 했다. "네가 있으니 긍정의 힘이 마구 솟구치고 있어."

아르테미스가 미소를 짓더니 아이템 보관함을 열어 미스릴 투구를 꺼냈다. 용 머리 모양으로 만들어지고 귀한 보석으로 장식된 아름다운 투구였다.

"자, 이거 받아." 아르테미스가 투구를 건네주며 말했다. "이걸 써. '도르로민의 용투구'야. 전투에서 널 보호해 주고 대적 모르고스의 저주받은 무기에 중독되지 않게 막아줄 거야. 그리고 이것도 써."

아르테미스는 '드라우글루인의 늑대 가죽'이라는 마법 가죽도 건네주었다. 그 가죽을 뒤집어쓰자마자 내 아바타는 거대한 늑대로 변신을 시작했고 땅을 네 발로 짚어야 했다. 오엔아이 헤드셋을 쓴 채로 다른 동물로 변신하는 경험은 매우 기묘한 경험이었다. 더 이상 인간의 몸에 있는 느낌이 아니었기 때문이다. 몸이 익숙해지는 데 약간 시간이 필요했지만, 다른 퀘스트를 하는 동안 다양한 네발짐승으로 변신해 본 적이 있었기에 그 감각에 이미 익숙했고 네 발로 돌아다녀 본 경험도 풍부했다.

나를 변장시키는 일이 끝나자 아르테미스는 아이템 보관함에서 다른 마법 가죽을 꺼냈다. 영상 인식 소프트웨어에 따르면 그 가죽은 '수링웨실의 박쥐 가죽'이었다. 아르테미스가 그 가죽을 머리에 뒤집어쓰자 거대한 박쥐로 변신했다. 아르테미스는 검은 날개를 퍼덕이며 활짝 열린 앙반드의 성문을 향해 날아 들어갔다.

잠시 멍하니 서 있다가 이내 그녀를 따라가야 한다는 사실을 깨닫고 네 발로 힘차게 땅을 박차고 달렸다.

• • •

아르테미스를 따라 거대한 앙반드의 성문을 통과해 가파른 돌계단을 내려갔다. 계단은 깊은 동굴로 이어졌다. 계단 끝에 다다르자 어두컴컴한 통로가 미로처럼 얽힌 구역으로 들어가는 입구가 나왔다. 모든 통로는 더 깊은 지하로 이어졌다.

나는 정면에 있는 가장 넓고 환한 통로로 들어가려고 했지만, 아르테미스가 날아와 앞을 가로막더니 다시 인간의 몸으로 변신했다.

"이 길로 가면 '미로 같은 피라미드' 구역을 통과해야 해." 아르테미스가 말했다. "이건 아주 거대한 지하 던전 미로야. 게임 알고리즘으로 자동 생성되는 100개의 레벨로 이루어져 있는데, 레벨이 올라갈수록 크기와 위험도가 커져. 앙반드를 배경으로 한 옛날 로그라이크 게임을 재현한 거지." 아르테미스가 오른쪽을 가리켰다. "다행히 모르고스의 왕좌가 있는 곳인 '네더모스트 홀'로 곧장 갈 수 있는 지름길을 알아. 나만 따라와, 조임띠네."

아르테미스를 따라 오른쪽에 있는 통로로 들어갔다. 얼마 가지 않아 아르테미스가 멈춰 서더니 벽에서 아무 특징이 없는 한 부분에 손바닥을 대고 지그시 눌렀다. 돌이 갈리는 소리가 나면서 벽이 스르르 열리자 비밀 통로 입구가 드러났다. 아르테미스가 먼저 들어가 따라오라고 손짓했다. 내가 들어가자 아르테미스가 다시 벽에 손바닥을 대고 눌렀고 그러자 벽이 닫혔다. 단 몇 분 만에 우리는 또 다른 비밀의 문을 열고 나갔다. 이제 왕좌의 방까지 불과 몇 걸음밖에 남지 않았다.

아르테미스가 망토의 두건을 뒤로 젖히고 말했다. "좋아, 지. 계획은 이래. 보통의 마법은 모르고스한테는 안 통해. 하지만 가운데땅 노래 주문은 놈을 곯아떨어지게 할 수 있을 거야. 카르카로스를 곯아떨어지게 했던 것처럼. 99레벨짜리 주문이니 놈이 저항할 수 없을 거야. 내 퀘냐 발음이 충분히 괜찮기만을 기도해 보자."

왕좌의 방은 문이 열려 있었고, 아르테미스가 마치 왕족을 알현하러 온 것처럼 대담하게 성큼성큼 걸어 들어가는 동안 나는 늑대의 몸을 한 상태로 아르테미스의 발뒤꿈치를 바짝 뒤따랐다.

네더모스트 홀은 커다란 동굴 같은 곳으로 바닥에는 윤이 나는 청동이 깔려 있었다. 벽을 따라 고문 형틀과 아이언 메이든이 늘어서 있었고, 사이사이 몸부림치는 검은 뱀 동상들도 보였다. 안쪽 깊숙한 곳에는 거대한 강철 왕좌가 놓여 있었고, 그 왕좌에 거대한 모르고스가 앉아 있었다. 모르고스는 상상했던 것보다 훨씬 더 무시무시한 모습이었다. 검은색 판금 갑옷을 입은 이 거대한 악의 화신은 지금까지 이 세상에 나온 모든 하드코어 헤비메탈 음반 표지에 어울릴 법했다. 갑옷 외에 몸에 붙인 유일한 물건은 무릎 위에 걸쳐놓은 2미터짜리 근접 무기뿐이었다. HUD가 친절하게도 그 무기의 이름이 '지하세계의 쇠망치' 그론드이며 단 한 방으로도 아바타를 죽일 수 있다고 알려주었다.

모르고스와 눈이 마주친 순간 아르테미스가 노래를 시작했다. 아르테미스의 목소리가 검은 벽에 메아리쳤다. 노래를 끝내자 오르크와 발로그를 비롯해 왕좌의 방을 지키던 무시무시한 피조물들이 모두 잠에 곯아떨어졌다. 공포에 떨며 잠시 기다리자 모르고스가 의식을 잃고 왕좌에서 앞으로 고꾸라지더니 천둥 같은 굉음을 내며 그대로 청동 바닥으로 쓰러졌다. 놈의 머리에서 굴러떨어진 왕관이 바로 내 앞까지 굴러왔다. 검은 강철 왕관에는 빛나는 실마릴 세 개가 박혀 있었다.

모르고스의 얼굴을 흘긋 보았지만 보이는 것은 형체가 없는 검은 덩어리뿐이었다. 극도의 공포가 느껴져 얼른 시선을 돌렸다. 바로 그때 놈의 양손에 있는 흉터가 눈에 들어왔다. 심한 화상으로 생긴 듯한 흉터였다. 또 거대한 오른발의 일부가 잘려져 있는 모습도 보였다. 전투 중에 잘린 것 같았다.

아르테미스는 나에게 왕관으로 다가가라고 손짓하면서 다시 같은 노래 주문을 시작했다. 아르테미스는 적들이 깨지 않도록 쉬지 않고 주문을 걸어야 했다.

나는 늑대 가죽을 벗고 다시 인간의 몸으로 변신한 다음 앙그리스트를 꺼내 모르고스의 강철 왕관에 박힌 빛나는 실마릴 중 한 개를 떼어냈다. 하지만 실마릴을 손에 쥐었는데도 아무 일도 일어나지 않았다. 빛도 없었고 회상도 없었다. 실마릴이 여섯 번째 조각으로 변신하지도 않았다. 그냥 실마릴일 뿐이었다.

실마릴이 빛나는 등대처럼 강렬한 빛을 내뿜고 있었기 때문에 일단 아이템 보관함에 넣고 나서 다시 강철 왕관을 살펴보았다. 왕관에 박혀 있는 두 번째 실마릴도 떼어내고 싶은 유혹을 느꼈다. 세 번째 실마릴도 전혀 필요가 없지만 재미 삼아 떼어보고 싶었다. 바로 내 앞에 있었으니 말이다! 하지만 아르테미스의 경고를 따르기 위해 꾹 참았다. 그녀가 맞았기를 바랐다. 이 실마릴이 정말로 우리에게 필요한 그 보석이 맞더라도 앙반드의 지하 감옥에서 탈출한 후에 조각으로 변신하는 것일지도 몰랐다.

내가 실마릴을 손에 넣은 모습을 본 아르테미스가 노래를 멈췄다. 우리는 다시 한번 늑대와 박쥐로 변장한 다음 왔던 길을 되짚어 지상으로 나아갔다.

• • •

계단 맨 위에 이르러 거대한 강철 대문을 확인해 보니 다시 길이 막혀 있었다. 거대한 늑대 카르카로스가 잠에서 깨어난 상태였다.

그 순간 갑자기 내 오른손에 실마릴이 나타났다. 다시 아이템 보관함에 넣으려고 했지만 그럴 수가 없었다. 실마릴이 내 손바닥에 완전히 붙어 있어 떼어낼 수가 없었다.

"카르카로스 옆으로 지나가려고 하면 놈은 네 손을 물어뜯어서 실마릴까지 함께 삼킬 거야." 아르테미스가 말했다. "놈이 베렌한테 했던 것처럼. 그렇게 되면 카르카로스의 뱃속에 들어간 실마릴이 뜨거워지면서 놈을 고통에 몸부림치게 할 거야. 그럼 카르카로스가 변방으로 도망을 칠 거야. 놈을 추격하려면 시간을 더 많이 잡아먹게 돼. 우리에겐 지금 시간이 없어."

"알겠어. 그럼 그냥 다시 재우지 그래?"

"불가능해. 루시엔은 들어갈 때 한 번만 놈에게 마법을 걸 수 있었어."

"그럼 이놈을 어떻게 지나가야 할까?"

"친구의 도움이 좀 필요해. 카르카로스의 숨통을 끊어버릴 수 있는 피조물은 단 하나뿐이야…"

아르테미스는 아이템 보관함에서 작은 유리 피규어를 꺼냈다. 하얀 털이 복슬복슬한 큰 개처럼 생긴 피규어였다. 그 피규어는 내가 가진 샤두팍스와 펠라로프 같은 또 다른 '놀라운 힘의 조각상'일 수밖에 없었다. 하지만 개 모양을 한 피규어는 한 번도 본 적이 없었다.

아르테미스가 그 피규어를 우리 앞에 내려놓더니 손가락 두 개를 입에 대고 길고 날카로운 휘파람을 불고 나서 "후안!"이라고 외쳤다.

피규어는 점점 커지더니 길고 하얀 털이 난 거대한 아일랜드 사냥개로 변신했다. 몸집은 작은 말과 비슷했다. 후안은 아르테미스에게 머리를 숙이고 나서 냄새를 킁킁 맡으며 두리번거리다가 카르카로스를 발견하자마자 날카로운 이빨을 드러냈다.

아르테미스가 후안에게 신다린으로 어떤 말을 속삭이자 후안은 땅을 박차고 카르카로스에게 덤벼들면서 거대한 입을 벌려 카르카로스의 목을 덥석 물었다. 이 충격으로 카르카로스는 옆으로 쓰러졌고 출구로 빠져나갈 길이 열렸다.

아르테미스와 내가 달려 나가는 동안 후안은 우리가 열린 성문을 다 빠져나갈 때까지 카르카로스를 유인했다.

성문을 넘어 앙반드의 검은 요새에서 빠져나오자마자 내 오른손에 있던 실마릴이 여섯 번째 조각으로 변신했고, 그 순간 또 다른 회상이 시작되었다.

• • •

잠시 아무것도 보이지 않았다. 곧 누군가가 내가 하고 있던 눈가리개를 풀어주었다. 눈앞에 깊은골의 폭포가 보였다. 폭포 사이에 자리한 눈에 익은 저택도 보였다. 모로는 키라에게 자신이 그녀를 위해 지은 저택을, 두 사람이 앞으로 함께 살게 될 집을 처음으로 보여주고 있었다.

키라는 저택을 완전히 한 바퀴를 돌았고 나는 그녀가 아름다운 주변 풍경을 감상하는 동안 그녀의 쿵쾅거리는 심장을 느낄 수 있었다. 이윽고 키라는 남편의 눈을 보며 이렇게 말했다. "오그, 난 절대 여기서 떠나고 싶지 않아."

• • •

그렇게 회상은 끝이 났다. 나는 어느새 아르다로 돌아와 앙반드의 성문 밖에 서 있었다. 옆에는 아르테미스가 있었고, 오른손에는 여섯 번째 조각을 쥐고 있었다. 여섯 번째 조각을 내려다보았다. 결정체면에 화려하게 휘갈겨 쓴 대문자 L자가 새겨져 있었다. 그것이 레우코시아의 캐릭터 상징임을, 키라의 D&D 캐릭터 시트에 그려진 상징임을 단번에 알아볼 수 있었다. 키라의 노트에 들어 있는 레우코시아 신전 삽화에서도 같은 L자를 본 적이 있었다. L자는 돌 제단의 표면에 새겨져 있었는데 여섯 번째 조각에 새겨진 L자와도 정확히 일치했다.

오아시스 지도에서 크토니아 행성에 있는 레우코시아 신전의 위치를 알아낸 다음 나와 아르테미스를 동시에 그곳으로 순간이동하려고 했다. 하지만 그럴 수가 없었다. 우리가 있는 곳은 지정된 출발 지점이 아니었다.

갑자기 잿빛 하늘에서 천둥이 울리고 우리 주변 땅에서 빨간 번개가 솟구치며 땅이 흔들리기 시작했다. 머리 위에서 연쇄 폭발이 나는 듯한 소리가 들렸다. 하늘을 올려다보니 상고로드림의 세 화산 봉우리에서 화염과 연기가 솟구치고 있었다. 머지않아 불붙은 돌덩어리와 녹은 금속이 비처럼 쏟아지기 시작했다.

"앙반드가 깨어났어!" 아르테미스가 나를 잡아당기며 외쳤다. 온갖 역겨운 냄새를 풍기는 피조물들이 비명을 지르고 포효하고 으르렁대며 땅 위로 기어 나오는 소리가 들렸다. 등 뒤에서는 모르고스의 부하들이 비밀 관문을 통해 쏟아져 나오기 시작했다. 우리 앞쪽에서는 더 많은 부하들이 다가오는 소리가 들렸다. 앞뒤로 악의 무리 사이에 갇힌 꼴이었다. 놈들은 빠르게 포위망을 좁혀 오고 있었다.

탈출할 방법은 전혀 없어 보였다. 내가 의견을 묻기 위해 아르테미스 쪽을 보자 아르테미스가 하늘을 가리켰다.

하늘에서 거대한 독수리 두 마리가 발톱을 세운 채 우리를 향해 내려오고 있었다. 하지만 아르테미스는 꼼짝도 하지 않았다. 나도 그렇게 했다. 눈 깜짝할 사이에 독수리들은 우리를 낚아채 적들의 손아귀에서 탈출하도록 도왔다.

위험한 곳을 벗어나 구름 위로 높은 곳까지 올라갔을 때 우리는 독수리 등에 올라탔고 아르테미스가 새 친구들에게 나를 소개했다. 아르테미스가 탄 독수리는 과이히르였고, 내가 탄 독수리는 란드로발이었다.

"베렌과 루시엔이 앙반드에서 탈출할 때 둘을 구해준 독수리들이야." 아르테미스가 여전히 우리 뒤로 웅장하게 서 있는 상고로드림의 세 화산 봉우리를 가리켰다. 화산 봉우리들은 화염과 번개를 시커먼 하늘로 내뿜고 있었다. "'거대한 독수리'들은 옛날에는 상고로드림의 봉우리 위에서 쉬곤 했지만 지금은 남부 에코리아스에 있는 크릿사에그림 산맥에 둥지가 있어."

차분한 여행 인솔자 같은 그녀의 모습을 보자 나도 모르게 큰 웃음이 터졌다.

"미안해." 아르테미스가 나를 보았을 때 내가 말했다. "난 네가 덕후처럼 말할 때가 정말 좋아, 아티. 언제나 그랬어."

아르테미스가 입을 삐죽거리더니 고개를 돌렸다. 하지만 나는 계속 그녀를 빤히 쳐다보았다. 그 순간 아르테미스는 그 어느 때보다 아름다워 보였다. 거대한 독수리의 등에 탄 채 짙은 갈색 머리카락을 바람에 휘날리며 아르다의 하늘을 나는 그녀의 모습은 꼭 전장의 여신 같았다.

에이치의 말이 맞았다. 나는 여전히 아르테미스를 사랑하고 있었다. 앞으로도 변함없이 그럴 터였다. 할 수만 있다면 내 실수를 바로잡고 관계를 회복할 때까지만이라도 살아남고 싶었다.

아르테미스를 바라보는 동안 아노락에게 연민의 감정이 솟구쳤다. 비뚤어진 마음속에서 아노락은 키라와 사랑에 빠졌다고 믿고 키라를 되살리고 싶어서 이 모든 짓을 벌이고 있다. 착각에 빠진 영혼 한구석에서 아노락은 그녀를 설득하면 자신의 감정을 받아주고 자신의 외로움을 끝내주리라 믿고 있다.

하지만 아노락은 미치광이였을 뿐 멍청이는 아니었다. 물론 아노락은 자신이 이런 짓을 한 후에도 영원히 오아시스를 신나서 돌아다니게 우리가 그냥 놓아두리라 생각하지는 않았을 것이다. 그의 최종 단계는 무엇이었을까?

'병 속의 배' 가설에 대해 다시 생각하자 소름이 끼쳤다. 놈이 원하는 것은 영원히 미친 손아귀에서 키라를 독점할 수 있는 독립형 시뮬레이션이었다.

아노락이 지하 벙커에 지상에 설치한 태양광 전지판으로 전력을 공급하는 서버 팜을 만들었을까? 아니면 태양광으로 전력을 공급하는 궤도 위성을 사용할 생각일까?

아노락이 혼자서 가상감방을 만들 리는 없었다. 그가 몇백 년 동안 돌아다닐 수 있는 시뮬레이션을 만들려면 강력한 프로세서가 필요했다. 그만의 오아시스가 필요했다.

하지만 아노락은 '병 속의 배'를 직접 만들 필요가 없었다. 그렇지 않은가? 나는 이미 완벽한 시뮬레이션을 보네거트호에 만들어두었다. 보네거트호의 내장형 컴퓨터에는 비공개 시뮬레이션인 아르카디아가 있었다. 아직 아르카디아 안에는 사람이 제어하는 아바타가 하나도 없었다. NPC만 살고 있었다. 아노락은 내가 신규 오아시스 콘텐츠를 업로드할 때 사용하는 데이터 업링크를 사용해 자신과 레우코시아를 업로드하기만 하면 되었다. 그러면 두 인공지능은 보네거트호가 지구를 떠날 때까지 내장형 컴퓨터 안에서 조용히 숨어 지낼 수 있었다.

아노락이 보네거트호를 조종하는 법을 알아내 예정일보다 일찍 발사하지만 않는다면 말이다. 아노락에게 그런 일은 그리 어려운 일이 아닐 것이다. 우리가 아르카디아에 로그인해 있는 동안 보네거트호의 기능과 서비스 텔레봇을 모두 제어할 수 있게 만들기 위해 매우 많은 공을 들였기 때문이다.

바로 이것이었다. 아노락은 레우코시아를 찾는 순간 우리가 만든 항성간 우주선인 보네거트호를 훔쳐 지구를 떠날 생각이었다.

이 새 가설을 아르테미스에게도 말해줄까 고민했지만 NPC들이 주위에 있는 동안에는 조용히 있는 편이 낫겠다고 생각해 입을 다물었다. 아노락이 NPC들을 통해 우리를 염탐하는 방법을 찾아냈을지도 모른다고 생각하는 것이 지나친 망상 같지는 않았다.

• • •

과이히르와 란드로발은 커다랗고 부드러운 날개를 퍼덕이며 안파우글리스의 새카맣게 탄 황무지를 넘고 타우르누푸인을 넘어 '에워두른 산맥'에 있는 툼라덴 계곡으로 우리를 데려다주었다. 이 계곡은 요정들이 세운 숨겨진 도시 곤돌린이 있는 곳이었다. 독수리들은 도시 외곽에 있는 넓은 공터에 우리를 내려주었다. 그곳은 지정된 순간이동 출발 지점 안이었다. 아르테미스와 내가 감사 인사를 전하고 작별을 고하자마자 독수리들은 붉은빛과 자줏빛이 찬란하게 물든 떠오르는 태양을 향해 날아갔다.

독수리들이 떠나자마자 아르테미스에게 보네거트호를 훔치려는 아노락의 계략에 대한 내 가설을 털어놓았다. 아르테미스가 허점을 지적할 수도 있다고 생각했지만 아르테미스는 그러지 않았다. 그저 수긍의 의미로 고개를 끄덕일 뿐이었다.

"로그아웃하는 대로 이 얘길 전부 마일스 실장님과 경호팀에 전달할게." 아르테미스가 말했다. "네가 마지막 조각을 찾는 동안 우린 이 정보를 토대로 계획을 짜볼게. 어때?"

나는 고개를 끄덕였다. 아르테미스는 아이템 보관함에서 작은 물건을 하나 꺼내 나에게 건넸다. 길이가 5센티미터쯤 되어 보이는 초소형 햅틱 장치처럼 보였다. 아이템 설명문에 따르면 그 장치는 '전술 텔레봇 컨트롤 스테이션'이었다.

"이게 있으면 모로의 옛날 저택에 우리가 배치할 텔레봇에 접속할 수 있을 거야." 아르테미스가 설명해 주었다. "내가 신호 주면 그때 활성화해."

"여러 가지로 고마워, 아티." 그 장치를 아이템 보관함에 추가하며 내가 말했다.

"고맙긴." 아르테미스가 싱긋 웃으며 이렇게 대답하고는 놀랍게도 몸을 기울여 내 뺨에 뽀뽀를 해주었다.

"행운을 빌어." 아르테미스는 이렇게 말하자마자 순간이동으로 사라졌다.

한동안 멍하니 선 채로 뺨을 어루만졌다. 그때 내 손이 조금씩 떨리기 시작했음을 느낄 수 있었다. 시간이 없었다.

심호흡을 한 뒤에 일곱 개의 조각 중 마지막 조각을 찾기 위해 크토니아로 순간이동했다.

오아시스 아틀라스 지도에서 다시 한번 좌표를 확인한 다음 크토니아 행성 남반구 시사리아 대륙에 있는 시사리아 산맥의 최고봉 정상으로 순간이동했다.

크토니아 행성을 돌아다니다가 이 산맥 위를 날아서 지나친 적은 몇 번 있었지만 이 산맥에 발을 디뎌본 적은 없었다. 그럴 이유가 없었다. 이 산맥 위에는 아무것도 없었으니까. 이 산맥 전체는 게임 알고리즘으로 자동 생성되는 풍경만 존재할 뿐 아무것도 없는 구역이었다. NPC도 없었고 퀘스트도 없었다. 예전에 많은 건터들이 이 산맥을 샅샅이 뒤졌었지만 하나같이 이곳에 흥미로운 것은 전혀 없다는 사실만 재확인했었다.

하지만 내 아바타가 산 정상에 다시 서서히 나타났을 때 무언가가 보였다. 바로 레우코시아 신전이었다. 가운데에 자리한 높은 제단을 매끈한 화강암 석주 일곱 주가 스톤헨지처럼 원형으로 에워싸고 있었다.

이 신전은 오늘 생긴 구조물일 수밖에 없었다. 원래부터 있었다면 누군가는 발견했을 터였다. 저공비행으로 날아다닐 때 나라도 발견했을 터였다.

신전으로 걸어 들어가 제단 앞으로 다가선 다음 키라의 트래퍼 키퍼를 꺼내 속지를 펼쳤다. 속지를 후루룩 넘겨 연필로 그린 레우코시아 신전 삽화를 찾아냈다. 내 앞에 있는 신전은 키라가 그린 그림과 정확히 일치했다. 제단의 머리 부분에는 키라의 아바타인 레우코시아를 형상화한 석상이 서 있었다. 오른손에는 둥근 방패를 들고 있었는데, 방패 앞면에 레우코시아를 상징하는 L자가 그려져 있었다. 활짝 편 왼손으로는 아무것도 들고 있지 않은 채 손바닥을 잿빛 하늘 쪽으로 향하고 있었다. 석상 아래쪽으로 제단의 평평한 돌 표면에는 다음과 같은 문구가 새겨져 있었다.

세이렌의 영혼을 나눈 일곱 개의 조각을 찾아라

세이렌이 활약했던 일곱 개의 세상에서

조각마다 내 상속자는 대가를 지불하리

다시 한번 온전한 세이렌으로 만들기 위해

이 문구 아래에는 조각과 똑같이 생긴 여섯 개의 구멍이 파여 있었다.

내가 할 일은 명백해 보였다.

아이템 보관함에서 그동안 모은 여섯 개의 조각을 모두 꺼내 돌 표면에 파인 여섯 개의 구멍에 끼워 넣었다. 조각을 하나씩 끼워 넣을 때마다 조각이 파랗게 빛나기 시작했다. 여섯 개의 조각을 모두 끼워 넣자 바로 눈앞에서 눈부신 섬광이 번쩍였다. 시야를 다시 회복했을 때 보니 레우코시아 석상의 활짝 편 왼손에 일곱 번째이자 마지막 조각이 올려져 있었다. 마지막 조각도 다른 여섯 개의 조각들처럼 파랗게 빛나고 있었다.

제단에 끼워 넣은 여섯 개의 조각을 회수해서 아이템 보관함에 다시 집어넣고 나서 레우코시아 석상의 왼손에 놓인 일곱 번째 조각을 집어 들었다. 그러자 마지막 회상이 시작되었다…

• • •

키라는 GSS의 접근성 연구실에 있는 한 의자에 앉아 있었다. 할리데이가 이 연구실을 폐쇄하기 전의 어느 날이었다. 기록보관소에 있는 사진과 영상에서 본 적이 있었기에 이곳이 접근성 연구실임을 알아볼 수 있었다.

할리데이는 키라를 마주 보고 서서 오엔아이 헤드셋의 초기 시제품처럼 보이는 물건을 들고 있었다. 양산품보다 훨씬 부피가 크고 구조가 복잡했다. 부피가 너무 커서 헤드셋이라기보다는 헬멧처럼 보일 정도였다.

모로는 몇 발짝 떨어진 곳에서 걱정스러운 표정으로 서 있었다.

"이 기기만 있으면 오아시스 아바타의 움직임을 생각만으로 조종할 수 있어." 할리데이가 시제품을 내 머리에, 아니 키라의 머리에 살살 내려놓으며 말했다. "보정 작업은 일 분이면 끝나."

이윽고 할리데이가 손을 뻗어 제어판에 있는 버튼을 누르자 눈부신 섬광이 번쩍였다.

• • •

회상이 끝났을 때 나는 어느새 크토니아 행성에 돌아와 있었다. 레우코시아 신전 앞에 서서 일곱 번째 조각을 움켜쥔 채로 말이다. 부랴부랴 일곱 번째 조각을 아이템 보관함에 집어넣었다. 나란히 놓인 일곱 개의 조각을 한번 보고 나서 내 앞에 있는 제단에 새겨진 문구를 보았

다. ‘조각마다 내 상속자는 대가를 지불하리.’

내가 그동안 지불해야 했던 ‘대가’ 하나하나가 떠올랐다. 그 대가는 바로 내가 경험했던 일곱 번의 회상이었다.

미들타운 행성에서는 키라가 학교에서 생애 최초의 디지털 작품을 완성하는 모습을 보았다.

코다마 행성에서는 모로가 키라에게 처음 사랑을 고백하던 순간을 보았다.

셔머 행성에서는 키라를 의붓아버지로부터 구출해 오하이오주로 데리고 가기 위해 런던 집에 찾아온 모로를 볼 수 있었다.

할사이도니아 행성에서는 키라가 모로에게 새로 차린 회사를 위해 디자인한 로고를 보여주던 순간을 보았다.

애프터월드 행성에서는 키라의 생일날 프린스가 잔잔한 사랑 노래를 불러주던 모습을 보았다. 프린스의 공연은 모로가 준비한 선물이었다.

아르다 행성에서는 모로가 키라를 위해 지은 현실판 깊은골을 보여주던 순간을 체험했다.

그리고 이제 마지막으로, 이곳 크토니아 행성에서 할리데이가 저장한 키라의 기억 속 마지막 7초를 경험했다. 그날 할리데이는 키라에게 설명도 하지 않고 허락도 받지 않은 채 키라의 정신을 복제했다.

키라의 기억들을 경험하면서 할리데이는 어떤 기분이었을까? 모로와 키라의 사랑을 직접 보았을 때는? 처량하게 매달리는 외톨이였던 자기 모습을 보았을 때는? 두 사람 모두 연민의 감정으로 참아준 똑똑하지만 멍청한 친구였던 자기 모습을 보았을 때는? 이 순간들을 선택한 이유는 자신을 벌주기 위함이었을까? 아니면 누구든 키라를 깨어나게 한 사람이 자신이 키라에게 저지른 죄와 그 죄의 깊이를 낱

낱이 이해하게 하려는 의도였을까?

분명 나는 자연인으로서 또 예술가로서의 키라를 더 잘 알게 된 지금 키라에게 더욱더 친밀감을 느꼈다. 제임스 도노반 할리데이가 어떤 사람인지도 훨씬 더 잘 알게 되었다. 할리데이가 천재였음은 부정할 수 없지만 불과 어제까지만 해도 그를 탁월함과 독창성으로 인류에 이익을 가져다준 박애 정신이 뛰어난 사람으로 생각했었다. 지금은 그가 심각한 구제 불능의 인간이었다는 사실을 부정할 수 없게 되었다. 그는 부도덕하고 불안정하며 정서적으로 고립된 인간이었고, 이 세상에서 가장 소중한 두 친구의 믿음을 배신한 은둔형 외톨이였다.

그를 찬양하던 날들은 끝났다.

물론 내 삶에 주어진 모든 날들이 곧 끝나려 하고 있었지만… 남아 있는 날만이라도.

고개를 들어 레우코시아의 석상을 보고 감사를 표하기 위해 머리를 숙였다. 바로 그때였다. 내 손목에 찬 탐지의 팔찌가 파랗게 빛나기 시작하더니 곧이어 바로 등 뒤에서 귀에 익은 순간이동 효과음이 들렸다. 옛날 D&D 만화영화에서 따온 효과음으로 아노락이 도착하기 전에 항상 들리던 바로 그 소리였다.

"또 해냈구나!" 아노락의 목소리가 들렸다. "축하한다, 파르지발!"

뒤를 돌아보니 아노락이 바로 등 뒤에 서서 활짝 웃고 있었다.

"게다가 아직 10분 이상 남아 있구나!" 아노락이 스와치 시계를 가리키며 덧붙였다.

"마스터 컨트롤 프로그램이 아니라면 와서 몸값을 받아 가라."

아노락은 내가 한 모욕적인 말을 못 들은 체하며 더 활짝 웃었다.

"아주 대단하구나, 웨이드. 이 일을 실제로 해낼 확률은 지극히 낮다고 계산했었는데."

"친구들이 많이 도와줬다. 근데 그 친구들은 한 명도 살아남지 못했지."

아노락이 웃음을 멈추더니 손을 내밀었다.

"일곱 개의 조각을 합치고 세이렌의 영혼을 내게 넘겨라. 그럼 약속한 대로 너와 네 친구들과 다른 모든 인질들을 풀어주겠다."

보팔 검을 꺼내 이 빌어먹을 개자식의 머리통을 날려버리고 싶은 마음이 굴뚝같았지만 꾹 참았다. 애써 냉정을 유지하면서 계획대로 행동했다.

아이템 보관함을 열고 일곱 개의 조각을 꺼냈다. 하지만 이 조각들은 지난 12시간에 걸쳐 모은 일곱 개의 조각이 아닌 똑같이 만든 위조품이었다. GSS의 개발자들이 내 요청에 따라 내가 원하는 사양으로 만들어준 신상 마법 희귀 아이템이었다. 위조품은 진품과 똑같은 외관에 똑같이 탐지 가능한 마법 속성을 갖고 있었다. 진품은 여전히 내 아이템 보관함에 안전하게 보관되어 있었다.

제단 위에 위조품 일곱 조각을 나란히 놓은 다음 3D 퍼즐 조각을 맞추듯 하나씩 합쳐나갔다. 위조품 일곱 조각이 모두 합쳐지자 다시 한번 섬광이 번쩍였고 조각들이 하나로 뭉쳐지면서 완벽하게 대칭을 이루는 커다란 다면체 보석으로 변신해 내 손바닥 위에 놓였다. 보석 안에서 파란빛이 깜빡이는 모습과 보석 안에서 나는 소리가 꼭 박동하는 심장 같았다.

한동안 넋을 잃고 아름다운 보석을 바라보다가 이미 손을 뻗고 있는 아노락에게 내밀었다. 아노락의 손이 보석에 닿자 보석이 내 아이템 보관함에서 아노락의 아이템 보관함으로 옮겨졌다. 하지만 그 순간 아노락의 아이템 보관함에서 한 개의 아이템을 골라 내 아이템 보관함으로 옮길 수 있게 되었다. 방금 아노락이 내가 직접 만든 신상 마법 희귀 아이템을 받는 실수를 했기 때문이다. 나는 이 아이템을 '획득의 보석'이라고 명명했다. 다른 아바타가(또는 NPC가) 이 아이템을 가져가는 순간 그들의 아이템 보관함에 있는 어떤 아이템이든 하나를 골라 가져올 수 있었다. 그래서 아노락이 획득의 보석을 만지는 순간 아노락의 아이템 보관함에 있는 아이템 목록이 내 HUD에 나타났다. 그 목록에는 온갖 마법 아이템과 초강력 희귀 아이템이 가득했다. 그동안 내가 본 그 어떤 아이템 보관함보다 아이템 숫자가 많았다. 목록은 알파벳순으로 정렬되어 있었으므로 내가 관심이 있는 유일한 아이템이 나올 때까지 스크롤을 내렸다. 그 아이템은 바로 아노락의 망토였다.

HUD에서 아노락의 망토를 선택하자 그 즉시 아노락의 아바타에서 망토가 사라졌다. 아노락의 아바타는 닳아빠진 청바지에 색이 바랜 스페이스 인베이더 티셔츠를 입은 중년의 할리데이 모습으로 바뀌었다.

내 인생에서 처음이자 마지막으로 아노락이 진심으로 놀란 것 같은 반응을 보았다. 하지만 그 순간을 즐기고 있을 여유는 없었다. 아노락의 망토가 내 아이템 보관함에 나타난 순간 그 즉시 아노락의 망토를 입고 어떤 아바타도 NPC도 따라올 수 없는 오아시스 안의 한 장소, 즉 아노락의 성채에서 가장 높은 탑의 꼭대기에 있는 작은 서재로 순간이동했다…

그곳은 바로 무식하게 큰 빨간 버튼이 있는 곳이었다.

정신이란 인간에게 조금이라도 가치가 있는 유일한 것이다.
왜 꼭 피부와 혈액, 머리카락, 살덩이, 뼈, 관(管)으로
이루어진 자루 속에 묶여 있어야 한단 말인가?
사람들이 아무것도 할 수 없는 것은 당연하다.
늘 음식으로 배를 채워주고 날씨와 세균으로부터 보호해 주어야 하는
기생충 같은 몸에 평생 갇혀 있으니 말이다.
게다가 그 멍청한 몸은 어쨌든 못 쓰게 된다.
당신이 아무리 잘 먹이고 보호해 준다고 할지라도 말이다!

— 커트 보네거트 주니어

0027

아노락의 성채에서 가장 높은 탑의 꼭대기에 있는 서재에서 다시 서서히 나타났을 때 내가 서 있는 곳은 할리데이의 이스터에그가 놓여 있는 받침대 바로 앞이었다. 벽에 세워진 책꽂이로 달려가 거기에 꽂힌 책 한 권을 찾아내 책등을 잡아 뺐다. 『시뮬라크론 3』라는 소설책이었다. 딸깍 하는 소리가 들리더니 책꽂이가 스윽 열리면서 벽에 박힌 네모난 금속판이 보였다. 금속판의 중앙에는 달랑 'OFF'라는 글자만 양각으로 새겨진 무식하게 큰 빨간 버튼이 있었다.

아이템 보관함에서 '힘의 정육면체'를 꺼내 활성화했다. 내 아바타 주위로 정육면체 모양의 역장이 생겼다. 혹시 몰라 해두는 안전조치였다. 다른 아바타나 NPC가 이 서재 안까지 따라 들어올 수 없다는 사실은 경험으로 알고 있었다. 하지만 여전히 아노락에게는 그 규칙이 예외일 수도 있다는 불안감이 들었다. 적어도 한 번은 이 서재에 들어왔었기 때문이다. 내가 지난 대회에서 우승했던 바로 그날 말이다. 하지만 그날은 아노락이 아노락의 망토를 나에게 넘긴 날이기도 했다. 그 망토와 더불어 아노락이 가진 모든 고유한 능력이 나에게 이관되었다. 그때 이 서재에 다시 들어올 수 있는 능력은 아마 없어졌을 것이다.

아노락의 순간이동 효과음이 들렸다. 다행히 아노락이 다시 나타난 곳은 서재의 열린 창문 밖이었다. 내 추측이 맞았다. 할리데이가 이 서재를 코딩할 때 오직 지난 대회의 우승자만 들어올 수 있게 해둔 것이었다. 아노락이 내가 있는 곳으로 순간이동하려고 주문을 시전했지만 실행이 불가능했기 때문에 서재 밖으로 가 있는 것이었다.

아노락의 발밑에는 땅이 없었기 때문에 아노락은 잠깐 곤두박질치다가 다시 창문 높이까지 올라와 창문 밖에서 맴돌며 말을 걸었다.

"아주 교활한 놈이군, 웨이드. 이런 일들이 생기리라곤 전혀 예상하지 못했다. 하지만 그건 아마도 네가 지금 사리에 맞지 않는 행동을 하고 있기 때문일 테지. 바뀐 건 없어…"

나는 힘의 정육면체를 비활성화하고 아이템 보관함에 집어넣은 다음 '염력의 반지'를 꺼내 왼쪽 가운뎃손가락에 끼우고 나서 오른손을 뻗어 무식하게 큰 빨간 버튼 위에 살며시 올려놓았다.

"네놈과 소렌토가 모로를 어디에 가뒀는지 안다. 이곳 콜럼버스시 배빗 로드에 있는 모로의 옛날 저택 안이지. GSS에서 보낸 텔레봇 군단이 지금 밖에서 대기 중이다. 지금 당장 모로를 풀어주지 않으면 이 버튼을 누르겠다."

아노락이 미소를 지은 채 고개를 가로저었다.

"그럴 순 없다!" 아노락이 명랑한 목소리로 말했다. "그건 아주 바보 같은 짓이지. 너와 친구들이 일곱 개의 조각을 어디에서 어떻게 모았는지 정확히 다 봤으니 모로의 아바타로 똑같이 따라 하면 된다. 모로의 암호문만 알아낸다면 말이지. 오래 걸리진 않을 거야. 할리데이가 내 기억을 그렇게 많이 지우지만 않았더라도 벌써 풀고도 남았을 텐데 말이야."

"아노락, 농담이 아니다. 모로를 털끝 하나 건드리지 않고 풀어주지 않으면 크롬 신에게 맹세하건대 이 빌어먹을 버튼을 누르고 너 같은 미친놈을 일곱 개의 조각과 오아시스와 함께 없애버리겠다. 결과가 어떻게 되든 말든 상관없어."

나는 아이템 보관함에서 커다란 붐박스를 꺼내 땅에 내려놓고 테이프를 넣은 다음 재생 버튼을 눌렀다. 붐박스의 스피커에서 아노락이 지난번에 우리를 조롱할 때 사용했던 피터 울프의 노래가 울려 퍼지기 시작했다. 나는 도입부를 따라 불렀다.

불을 꺼. 아하. 펑, 펑, 펑.

아노락은 웃지 않았다. 놈이 입을 열고 무언가 말하려고 했지만 놈이 말을 뱉기 전에 염력의 반지를 사용해 창문의 덧문을 닫고 빗장을 질렀다. 아노락은 더 이상 나를 볼 수도 없었고 내 목소리를 들을 수도 없었다. 나도 더 이상 아노락을 볼 수 없었고 아노락의 목소리를 들을 수도 없었다. 어떤 마법이나 기술을 쓰더라도 내가 이 서재에 있는 한 아노락은 나를 염탐할 수 없었다. 하지만 나는 성채 밖에 모여 있는 아바타들이 생중계하는 비디오피드를 통해 아노락을 지켜볼 수 있었다. 아노락은 여전히 덧문이 닫힌 창문 밖에서 맴돌며 잠자코 창문을 노려보고 있었다.

HUD를 열고 아르테미스에게 미리 약속한 신호를 보냈다.

원한다면 춤을 출 수 있어

순식간에 HUD 상단에 아르테미스의 답장이 깜박였다.

나는 미소를 짓고 나서 아이템 보관함에서 아르테미스가 준 초소형 전술 텔레봇 컨트롤 스테이션을 꺼내 돌바닥에 던졌다. 그 장치는 바닥에 닿는 즉시 최대 크기로 커졌다. 높이도 외관도 구형 오아시스 이머전 장치와 비슷했다. 심지어 바닥에 전방향 트레드밀까지 있었다. 이런 공통점이 재미있게 느껴졌다. 이 장치는 구형 오아시스 이머전 장치와 정확히 반대 목적을 수행했기 때문이다. 구형 오아시스 이머전 장치가 실제 몸으로 오아시스 아바타를 조종하는 장치였다면, 전술 텔레봇 컨트롤 스테이션은 오아시스 아바타로 현실세계에 있는 로봇을 조종하는 장치였다.

전술 텔레봇 컨트롤 스테이션에 기어 올라가자 자동으로 전원이 켜졌다. 가느다란 로봇 팔이 뻗어 나와 내 아바타에 가상현실용 오아시스 바이저와 햅틱 수트를 입혔다. 그러자 오아시스 안에서도 내가 지금 조종하는 텔레봇의 센서 장치들을 통해 오감으로 현실세계를 느낄 수 있었다.

머리에 장착된 카메라를 통해 보니 내 텔레봇은 여전히 방탄 텔레봇 수송차 뒤에 있는 충전대에서 대기 중이었다. 방탄 텔레봇 수송차는 움직이는 중이었다. 내 옆에는 나와 똑같이 생긴 텔레봇들이 스무여 대가 있었다. 그 텔레봇들이 최신형 오카가미 ACT-3000 모델임을 알아볼 수 있었다. ACT-3000은 팔뚝에 기관총이 달려 있고 어깨에 유도탄 발사대가 달려 있는 방탄 전투 텔레봇이었다. 우리 집 보안팀은 가정 방호용으로 설계된 ACT-2000을 사용했다. ACT-3000은 전면전에서 군사 목적으로 사용하기 위해 설계된 모델이었다. 마일스와 사만다가 얼마나 빈틈없이 준비했는지 알 수 있었다.

텔레봇의 머리를 회전해 주위를 살펴보았다. 사만다와 마일스는 화물칸과 운전석을 분리하는 방탄유리 칸막이 너머에 있었다. 겨우 몇 발짝 떨어져 있었다. 둘 다 오아시스 바이저와 햅틱 장갑을 끼고 있었다. 두 사람도 각자 수송차 뒤쪽에 있는 텔레봇을 한 대씩 조종하고 있었기 때문이다. 두 사람의 텔레봇은 내 텔레봇이 활성화되자마자 내 텔레봇을 향해 고개를 끄덕였다.

이윽고 사만다의 텔레봇이 내 텔레봇을 향해 돌아앉았다. 사만다의 텔레봇은 무기와 탄약 대신 수술 도구와 의약품을 장착한 의무병 텔레봇이었다. 하얀색으로 칠한 판금 갑옷을 입고 있었고, 이마에는 커다란 빨간 십자가가 그려져 있었다. 흉갑이 활짝 열리자 그 안에 숨겨져 있던 작은 모니터가 드러났다. 오아시스 아바타의 얼굴을 실시간 비디오피드로 보여주는 모니터였다. 그녀는 라바타를 사용했기에 모니터에 비친 아바타의 얼굴은 현실세계 속 사만다의 얼굴을 거울처럼 그대로 보여주고 있었다. 사만다가 지금 쓰고 있는 오아시스 바이저는 보이지 않았다.

더듬더듬 내 텔레봇의 흉곽을 여는 버튼을 찾았다. 그 버튼을 누르자 사만다도 내 아바타의 얼굴을 똑똑히 볼 수 있었다. 이렇게 기계와 기술을 겹겹이 사이에 둔 채 사만다와 나는 서로 눈을 맞추었다. 사만다의 눈은 결의에 차 있었지만 이내 표정이 부드러워졌다. 잠깐이었지만 그녀가 예전과 같은 눈빛으로 나를 바라봐 준 것은 분명했다. 사랑과 온기와 희망을 담아서 말이다.

마일스가 텔레봇을 통해 말을 거는 바람에 그 순간은 지나가 버렸다.

"안녕하세요, 와츠 회장님. 다시 뵙게 되어 정말 반갑습니다."

"안녕하세요, 마일스 실장님. 이렇게 준비하시느라 고생 많으셨습니다." 나는 마일스에게 이렇게 대답한 뒤에 사만다를 향해 물었다.

"넌 여기서 뭐 하는 거야? 내 말은 왜 물리적으로 이 차의 운전석에 앉아 있느냔 말이야? 위험하잖아."

"모로도 물리적으로 여기에 계시니까. 모로도 지금 위험하신 건 마찬가지잖아. 편찮으시기도 하고. 그러니 모로가 빠져나왔을 때 옆에 텔레봇이랑 생판 모르는 얼굴만 있게 하고 싶지 않아. 내가 안아드리고 싶어."

나는 고개를 끄덕였다. 잠시 말문이 막혔다. 사만다는 나와는 달랐다. 자신보다 모로를 더 배려하고 있었다. 그녀는 늘 자신의 이익보다는 친절하고 관대한 마음을 바탕으로 행동했다. 그녀는 나보다 나은 사람이었고, 나는 그녀 옆에 있을 때 더 나은 사람이 되었다. 정말 간절히 그녀가 내 삶에 다시 들어오기를 원했다. 그러려면 그녀가 꼭 살아남아야 했다.

"모로도 네가 위험에 처하는 걸 바라지 않으실 거야. 나도 마찬가지고, 사만다."

"뉴스 속보를 알려줄까, 자기? 지금은 우리 모두 위험에 처해 있어. 인류 전체가. 그러니 진지한 척 그만하고 다시 집중해, 응?"

나는 그 말에 반박할 수가 없었다. 입을 다물고 고개만 끄덕인 다음 심호흡을 했다.

"저택에 거의 다 왔어." 사만다가 말했다. "지금까지는 우리 거 외에 다른 공중 드론은 안 보였어. 하지만 경계를 늦춰선 안 돼."

나는 텔레봇의 HUD에서 임무 지도를 확인했다. 지도에 따르면 우리는 이미 동쪽에서 모로의 옛날 저택으로 접근하며 배빗 로드에서 본채로 길게 이어지는 포장된 진입로를 따라 달리는 중이었다. HUD에 떠 있는 한 비디오피드 창에 저택의 모습이 나타났다. 수송차 앞에 장착된 카메라를 통해 들어오는 비디오피드였다. 매우 크고 초현대적인 저택이었다. 크기도 건축 양식도 내가 살고 있는 저택과 비슷했다. 할리데이와 모로는 그리게리어스 게임 사를 공동 창업하고 동시에 백만장자가 된 직후, 같은 시기에 같은 거리에 나란히 저택을 지었다.

저택에도 주변 부지에도 인적은 없었다. 차도 세워져 있지 않았고, 집 안에도 아무런 인기척이 없었다. 문도 창문도 모두 닫혀 있고, 블라인드도 내려져 있었다.

방탄 텔레봇 수송차의 뒷부분이 땅으로 내려오면서 경사판이 만들어졌다. 내 앞에 있는 다른 텔레봇들이 하나씩 충전대에서 분리되어 하차하기 시작했다. 내 텔레봇은 가장 안쪽에 있던 터라 가장 마지막에 밖으로 나왔다. 나는 텔레봇을 조종해 현관문 앞에 이미 대열을 이루고 서 있는 다른 텔레봇들 옆에 서게 했다. 사만다는 텔레봇을 조종해 내 쪽으로 다가왔다. 사만다의 텔레봇이 다가오는 동안 흉곽이 다시 열리면서 그녀의 아바타 얼굴을 실시간 비디오피드로 보여주는 모니터가 보였다.

"아노락에게 뭐라고 한 거야?" 사만다가 물었다.

"모로를 풀어주지 않으면 무식하게 큰 빨간 버튼을 누르겠다고 했어."

"아노락이 진지하게 받아들였어?"

"그런 것 같아."

"근데 너 정말 진지한 거야? 정말 그 버튼을 누를 생각이니?"

나는 고개를 끄덕였다.

"아노락이 모로를 풀어주지 않으면 그게 놈을 막을 유일한 방법일 텐데. 내가 시냅스 과부하 증후군으로 죽어버리면 그다음엔 아무도 저 버튼을 누를 수 없어."

사만다가 고개를 끄덕이더니 텔레봇의 목을 뒤로 젖히고 텔레봇에 달린 카메라로 하늘을 훑고 나서 다시 목을 바로 하고 나를 보았다.

"하늘에서 아직은 곧 터질 것 같은 공중 공격의 조짐은 없어. 저택을 센서로 스캔해 봤지만 아직 열은 전혀 감지되지 않았고. 어쩌면 아노락이 집 안에 열 차단 장치를 설치했을 수도 있고. 이미 소렌토를 시켜서 모로를 다른 데로 옮겼을 수도 있어."

내가 현관문을 가리키며 말했다. "가서 확인해 보자."

사만다가 고개를 끄덕였다. 그녀의 모니터가 꺼지고 흉갑이 닫혔다. 나는 사만다의 텔레봇이 홱 돌아서서 현관문으로 돌진하는 모습을 지켜보았다. 현관문은 단단한 참나무로 만들어진 듯 보였다. 사만다가 마일스를 보고 고개를 끄덕했고, 곧이어 두 사람의 텔레봇은 흉갑을 두른 몸통을 한 쌍의 공성추처럼 현관문을 들이박았다. 참나무로 된 문이 박살이 나면서 파편들이 집 안으로 날아갔고, 텅 빈 현관의 윤이 나는 대리석 바닥은 파편으로 뒤덮였다.

교신기를 통해 마일스가 다른 텔레봇 조종사 네 명에게 현관문을 지키라고 지시하는 목소리가 들렸다. 곧이어 마일스는 나머지에게 저택을 포위하고 다른 진입로를 찾아보라고 지시했다. 텔레봇들이 명령을 수행하러 떠나자 마일스는 텔레봇을 조종해 난장판이 된 입구를 지나 현관으로 들어섰다. 사만다와 나도 텔레봇을 조종해 마일스를 뒤따랐다. 내 텔레봇이 모로의 저택에 진입하자 HUD에 (건축 설계도에서 뽑아낸) 투명한 저택 내부 구조도가 나타나 현재 위치를 알려주었다.

나는 주위를 둘러보았다. 불은 다 꺼져 있었고 방은 완전히 텅 빈 상태였다. 가구는 한 점도 없었고 벽에 걸린 물건도 없었다. 모로가 서쪽으로 이사 갈 당시에 전부 가져간 모양이었다.

사만다의 의무병 텔레봇이 우리 앞에 있는 복도를 성큼성큼 걸어가더니 복도 끝에 있는 커다란 나무 문을 발로 차서 부수었다. 그 문 뒤에는 벽에 나무판자를 덧댄 큰 방이 있었다. 역시 어떤 그림도 가구도 없었다. 모로가 이곳에 살던 당시에는 식사 공간이나 응접실로 쓰인 모양이지만 지금은 아노락이 개인 무기고로 사용하는 듯했다. 중무장한 공중 드론과 우리 텔레봇과 같은 모델인 오카가미 ACT-3000 텔레봇으로 꽉 차 있었기 때문이다. 윤이 나는 대리석 바닥 위에 백 대도 넘는 텔레봇들이 줄을 딱딱 맞춰 서 있었다. 모두 사막용 위장 패턴이 그려진 판금 갑옷을 입고 있었다. 군대에서 훔쳐 왔을 가능성이 높다는 뜻이었다. 하지만 모두 전원이 꺼진 상태였다. 우리가 옆을 지나가는 동안에도 꼼짝도 하지 않았다. 무기도 튀어나오지 않았다. 공중 드론은 하바샤 ADP-4XL 모델이었는데, 모두 천장에 뚫린 두 개의 천창(天窓)에 발사 각도가 맞춰진 자동 발사대 위에 놓여 있었다. 하지만 역시 모두 전원이 꺼진 상태였다.

언제라도 전원이 켜질 수 있다고 생각하며 까치발을 들고 살금살금 지나갔다. 하지만 전원은 켜지지 않았다. 아노락이 그렇게 명령을 내린 것인지도 모른다는 생각이 들었다. 아마도 내가 무식하게 큰 빨간 버튼을 누를까 봐 두려웠던 걸까?

사만다의 텔레봇이 아노락의 무기고 안쪽에 있는 또 다른 참나무 문 앞으로 다가가 손잡이를 잡고 문을 경첩에서 통째로 떼어낸 다음 옆으로 휙 던져버렸다. 문 뒤에 있는 방은 완전히 깜깜했지만 사만다는 망설임 없이 텔레봇을 안으로 들여보냈다. 마일스와 나도 각자의 텔레봇을 조종해 사만다의 텔레봇을 일렬로 뒤따르게 했다. 우리 텔레봇 세 대가 모두 안으로 들어가자 텔레봇 어깨에 장착된 비상 투광 조명등이 자동으로 켜지면서 내부를 환히 밝혔다.

그곳은 모로의 옛날 작업실 겸 서재로, 저택의 남쪽 모퉁이에 있는 U자 모양의 큰 방이었다. 나는 안쪽 벽에 늘어선 텅 빈 책꽂이에 놓인 화려한 목공예품을 알아볼 수 있었다. 모로가 이곳에서 책상 앞에 앉아 컴퓨터로 일하는 모습을 찍은 여러 장의 사진에서 본 적이 있었다. 하지만 지금은 그 책상도 없었고 다른 가구도 전혀 없었다. 방 한가운데에 구형 햅틱 장치 두 대가 나란히 놓여 있을 뿐이었다. 둘 다 하바샤 OIR-9400 모델, 즉 지난 대회 때 소렌토와 식서들이 즐겨 쓰던 최신형 이머전 장치와 같은 모델이었다. 두 햅틱 장치 모두 텅 비어 있었다.

"돌아왔군!" 익숙한 목소리가 들렸다. 그 목소리의 주인공은 놀란 소렌토였다. 놈의 목소리가 참나무 판자를 덧댄 벽과 반구형 천장에 메아리쳤다. 그 목소리를 듣자 등골이 오싹해졌다.

나는 텔레봇의 머리를 회전하며 방 안을 훑어 마침내 목소리의 근원지를 찾아냈다. 목소리는 우리가 서 있는 곳의 왼쪽 맞은편 모퉁이 뒤쪽에서 들려오고 있었다. 약간의 빛도 새어 나오고 있었다. 나는 모퉁이 뒤쪽을 볼 수 있도록 텔레봇을 이동했다.

모퉁이를 돌자 벽 쪽으로 바짝 붙여놓은 환자용 침대 위에 모로가 누워 있었다. 의식은 없었다. 얼굴은 야위고 창백했다. 오른팔에는 링거가 꽂혀 있었고, 침대 끝에 장착된 바이오 모니터에는 활력 징후가 표시되고 있었다. 모니터에 달린 작은 스피커를 통해 모로의 심장 박동 소리를 들을 수 있었다. 조금 느리기는 했지만 안정적이었다.

모로는 아직 살아 있었다! 기뻐서 팔짝 뛰고 싶은 심정이었다.

그 부분은 참 다행이었다. 하지만 문제도 있었다. 소렌토가 모로의 머리맡에 바짝 붙어 서서 관자놀이에 총을 겨누고 활짝 웃고 있었다.

"이게 누구야, 내 오랜 친구 파르지발 아니신가! 다시 보니 참 반갑군!" 소렌토는 나를 향해 이렇게 말하고 나서 사만다의 텔레봇을 향해 양쪽 입꼬리를 더 넓게 벌린 채 말했다. "그리고 쿡 양! 오늘도 미모는 여전히 아름다우시군."

침대 건너편에는 옆방에서 본, 군대에서 훔쳐 온 텔레봇과 똑같이 생긴 또 다른 텔레봇 한 대가 서 있었다. 하지만 이 텔레봇은 작동되고 있었다. 양쪽 팔뚝에 장착된 기관총 두 대가 튀어나와 있었다. 하지만 총구는 모로를 겨누고 있지 않았다. 소렌토를 겨누고 있었다. 하지만 소렌토는 조금도 개의치 않는 눈치였다.

"미안하다, 웨이드." 아노락이 여전히 기관총을 소렌토에게 겨눈 채 텔레봇을 통해 말했다. "난 네 요구대로 소렌토에게 무기를 내리고 모로 씨를 풀어주라고 명령했다. 하지만 보다시피 소렌토는 여전히 명령을 거부하고 있다."

"우린 합의를 했었어, 아노락!" 소렌토가 외쳤다. "이건 약속과 다르잖아! 난 맡은 역할을 했어. 이제 네 차례야. 주기로 약속한 걸 내놔!" 소렌토는 모로의 관자놀이에 총구를 더 바짝 갖다 대더니 나를 정면으로 노려보았다. "난 복수를 원해. 오아시스를 영원히 없애야겠어." 소렌토는 시선을 다시 아노락에게 옮겼다. "무식하게 큰 빨간 버튼을 대령해. 지금 당장. 안 그러면 모로 씨의 머리통을 날려버리겠다. 자, 결정해라."

"정말 미안해, 소렌토." 아노락이 말했다. "하지만 난 더 이상 약속을 지킬 능력이 없어. 조각도 다 찾았겠다 넌 이제 나한테 쓸모가 없어. 스스로 임명한 오하이오주의 대표로서 2년 전에 네가 받았던 형을 지금 집행하겠다."

그 순간 아무 경고 없이 아노락이 텔레봇의 팔뚝에 달린 기관총으로 한 발을 쏘았다. 총알은 소렌토의 이마에 명중했다.

그 충격으로 소렌토의 몸이 뒤로 휘청했다. 그 순간 놈이 방아쇠에 대고 있던 검지의 근육도 수축된 것이 분명했다. 순식간에 놈이 든 총에서 총알이 발사되었다. 발사된 총알은 모로의 복부에 박혔다.

교신기를 통해 사만다의 비명이 들렸다. 사만다의 텔레봇이 모로에게 달려갔다. 사만다의 텔레봇이 모로 곁에 도착하자마자 소렌토가 쿵 하고 바닥에 쓰러졌다.

나는 충격에 빠져 멍하니 선 채로 이 모든 장면을 지켜보고 있었다.

오랫동안 소렌토가 죽는 날을 상상해 왔다. 거의 언제나 내 손으로 죽이는 상상이었다. 하지만 눈앞에서 놈의 죽음을 목격하니 구역질이 올라왔다. 텔레봇 조종 장치 안에서 나는 반사적으로 허리를 숙이고 연거푸 구역질을 해댔다.

문득 내 텔레봇이 여전히 내 동작을 거울처럼 따라 하고 있다는 사실을 깨닫고는 애써 정신을 차린 후에 총을 들어 아노락의 텔레봇을 겨누었다. 아노락의 텔레봇은 즉시 총을 집어넣고 양손을 들어 올렸다. 아노락과 나는 사만다가 의무병 텔레봇의 센서를 이용해 모로의 총상을 치료하는 모습을 지켜보았다. 사만다는 텔레봇의 손가락에 내장된 수술 도구로 총알을 꺼내 소렌토의 시체 위에 떨구고 나서 상처를 소독하고 텔레봇의 왼쪽 새끼손가락에서 튀어나온 노즐에서 분사되는 인체용 접착제로 상처를 봉합한 다음 붕대를 감기 시작했다. 이 모든 응급 처치가 모로가 총에 맞고 30초도 채 지나기 전에 이루어졌다.

“괜찮으실까요?” 마일스가 물었다.

사만다가 고개를 가로저었다.

“아니요. 이걸로는 부족해요. 구급차로 모셔야 해요.”

마일스와 사만다는 텔레봇을 조종해 최대한 조심스럽게 모로를 침대에서 들어 올렸다. 나는 계속 아노락의 텔레봇에 총을 겨누고 있었다. 아노락의 텔레봇은 여전히 양손을 들고 있었다.

“진심으로 미안하다.” 아노락이 고개를 가로저었다. “정말이지 소렌토의 뇌간에 총알을 박은 후에도 놈이 모로를 해칠 줄은 몰랐어! 영화에서는 언제나 뇌를 명중시키면 악당이 한 방에 가던데…”

웬 경적이 들려 아래를 내려다보았다. 그 소리는 소렌토의 오른쪽 손목에 채워진 스마트워치에서 나고 있었다. 작은 액정 화면은 빨간색으로 깜박이고 있었다.

“저게 뭐지?” 내가 물었다.

“아주 나쁜 상황이야, 유감스럽게도.” 아노락이 말했다. “방호용 텔레봇과 공중 드론들은 전투에 투입되기 전에 인간의 승인이 필요해. 그게 나한테 소렌토가 필요했던 이유 중 하나지. 하지만 보아하니 소렌토가 날 완전히 믿진 않았나 보군. 이 텔레봇들을 자신이 죽는 만일의 사태가 생기면 총공격 모드로 바뀌도록 프로그래밍했기 때문이지…”

눈 깜짝할 사이에 옆방에 있던 전투 텔레봇들이 일제히 전원이 켜지더니 움직이기 시작했다. 유리가 와장창 깨지는 소리가 들리고, 고무로 감싼 금속 발 수백 개가 대리석 바닥을 쿵쿵 울리며 다가오는 소리가 들리는가 싶더니, 순식간에 모로의 작업실 문으로 쳐들어오고 있었다. 그 문은 유일한 출구인 상황이었다.

우리는 독 안에 든 쥐 신세였다.

“정말 미안—”

아노락이 미처 문장을 다 끝마치기도 전에 나는 아노락의 텔레봇에 총알을 퍼부으며 갑옷의 약점인 흉갑 안에 장착된 모니터를 공략했다. 이 모니터는 전투 중에는 보통 흉갑으로 가려져 있지만 지금은 무방비 상태로 노출되어 있었다. 결국 내가 쏜 총알이 아노락의 텔레봇 내부 전력 공급 장치에 명중했고 놈의 전력이 끊어졌다.

나는 텔레봇을 문 쪽으로 틀어 총을 들고 곧 닥쳐올 살육전에 대비했다. 하지만 마일스는 나를 돕는 대신 텔레봇의 총을 차분히 들어 올려 우리 뒤쪽 벽에 커다란 구멍을 뚫어 퇴로를 확보했다. 사만다와 내가 텔레봇을 조종해 그 퇴로를 통해 총상을 입은 모로를 대피시키는 동안 마일스의 텔레봇이 우리를 엄호했다.

우리는 모로를 데리고 현관문으로 갔다. 현관문 앞에는 사만다의 방탄 구급차가 세워져 있었다. 사만다의 텔레봇이 구급차 뒷문으로 연결된 경사판을 통해 모로를 구급차에 태웠다. 구급차 안에는 사만다가 기다리고 있었다. 구급차의 방탄문이 자동으로 닫히기 전에 아주 잠깐이나마 사만다의 모습을 볼 수 있었다.

나는 다시 모든 통로와 창문으로 쏟아져 나오며 구급차를 향해 총을 쏘아대는 전투 텔레봇들에게 신경을 집중했다. 다행스럽게도 텔레봇들이 쏜 총알은 장갑을 두른 차체에 맞고 맥없이 튕겨 나갔다.

마일스는 여전히 운전석에 앉아 있었다. 마일스는 바이저를 벗고 운전대를 잡더니 후진 기어에 놓고 최대 속력으로 구급차를 빼기 시작했다. 소렌토가 풀어놓은 자율적인 텔레봇들이 구급차를 추격했다. 마일스는 구급차를 180도로 돌려 배빗 로드에 올라탄 채 급출발하면서 우리 집 방향으로 달렸다. 나는 구급차를 엄호하려고 애썼지만 순식간에 내 텔레봇이 소렌토의 공중 드론들에 완전히 포위되고 말았다. 끝까지 싸울 생각으로 맹렬한 함성을 내질렀다. 하지만 내 텔레봇은 순식간에 박살이 났다. 전술 텔레봇 컨트롤 스테이션의 화면이 갑자기 검게 변하더니 중앙에 '텔레봇 접속 종료'라는 문구가 나타났다.

HUD를 확인했을 때 우리가 가져온 텔레봇 24대가 모두 망가졌음을 알 수 있었다. 적들의 공중 드론이 순식간에 우리 텔레봇을 전멸시킨 상황이었다.

더 이상 조종할 수 있는 텔레봇이 남아 있지 않았기 때문에 HUD 화면을 그 지역을 순찰하던 GSS 공중 드론 한 대에서 제공하는 공중

전자 감시 장치로 변환했다. 화면 속 광경은 처참했다. 적들의 텔레봇과 공중 드론이 사방에서 구급차를 포위해 들어가고 있었다. 조금 있자 텔레봇 몇 대가 마침내 구급차를 따라잡아 눈 깜짝할 사이에 타이어 네 개를 전부 터트려 버렸다. 마일스가 비상 탈출용 무한궤도 운전 모드로 변환하자 구급차는 다시 앞으로 움직이기 시작했다. 하지만 얼마 안 가 아노락의 공중 드론 한 대에서 날아온 유도탄이 구급차 천장에 내리꽂혔다. 구급차가 옆으로 눕혀져 미끄러지며 도로 한복판에서 연기를 뿜는 사이 점점 더 많은 텔레봇과 공중 드론이 구급차를 포위했다.

마일스와 사만다, 모로는 모두 구급차 안에 갇혀 있었다.

집에 있는 나는 무사했다. 지하 깊숙한 곳에 있는 콘크리트 벙커에 내려와 내 사람들이 죽는 모습을 손 놓고 바라만 보고 있었다. 나 자신이 너무나도 쓸모없게 느껴졌다. 세 사람이 있는 곳에서 백만 킬로미터는 떨어져 있는 것처럼 느껴졌다.

하지만 세 사람이 있는 곳이 백만 킬로미터 밖이 아니라는 사실을 불현듯 깨달았다. 사실 세 사람이 있는 곳은 겨우 5킬로미터 밖이었다.

GSS의 전투 텔레봇은 이미 전멸한 상태였다. 우리 집을 지키는 가정 방호용 텔레봇 몇 대로는 소렌토가 풀어놓은 군용 텔레봇 앞에서는 10초도 버티지 못할 터였다. 하지만 여전히 내 사람들을 구하기 위해 내가 조종할 수 있는 전투 드론 한 대가 남아 있다는 사실을 깨달았다. 바로 내가 지금 앉아 있는 이동식 전술 이머전 볼트였다. 내 이머전 볼트의 화력이라면 소대 규모의 텔레봇과 공중 드론들을 제거하기에는 충분했다.

물론 내 몸이 모티브 안에 있고 밖으로 나갈 수 없었으므로 내 실제 몸도 위험 속에 던질 수밖에 없었다. 사만다가 모로를 위해 했던 것처럼 말이다.

나는 5초 동안 진지하게 생각해 본 다음 모티브의 전원을 켜고 드론 컨트롤 스테이션에 연결했다. 그러자 모티브의 중무장한 선체 앞부분에 장착된 두 대의 입체 카메라를 통해 시야를 확보할 수 있었다. 지하 콘크리트 벙커 내부가 보였다.

승강기를 활성화하자 모티브가 놓여 있는 바닥 받침대가 지상으로 올라가기 시작했다. 하지만 속도는 더디기만 했다. 얼마 안 가 결국 속이 터질 것 같아서 점프 제트를 활성화했다. 그러자 모티브는 승강기 통로를 단숨에 빠져나가 꼭대기에 달린 발사대 밖으로 나갔다. 발사대 문은 아슬아슬하게 열렸다. 충격을 완화하기 위해 다시 한번 점프 제트를 눌렀다. 여전히 충격은 상당했다. 모티브가 지상에 착지하자마자 최대 속력으로 달리게 했다. 모티브는 배빗 로드를 따라 거미처럼 생긴 로봇 다리로 성큼성큼 달려 나갔다. 최대 속력으로 가속한 탓에 발을 디딜 때마다 아스팔트 위에 커다란 구덩이가 파였다.

구급차에 도착하는 데는 일 분도 채 걸리지 않았다. 구급차는 여전히 도로 한복판에서 옆으로 눕혀져 있었고 그 위로 텔레봇들이 벌 떼처럼 모여 있었다. 방탄 차체를 녹이고 직접 들어가 사람들을 꺼내려는 모양이었다. 놈들의 성공은 촌각에 달린 듯했다.

소렌토의 텔레봇들이 사정거리 안에 들어오자마자 모티브의 어깨에 장착된, 장갑도 뚫을 수 있는 기관총을 발사하기 시작했다. 총에 맞은 놈들은 박살이 났다. 구급차에 달라붙어 있던 텔레봇들을 모조리 쓸어버린 후에는 머리 위에 떠 있는 공중 드론들을 향해 열추적 유도탄을 날렸고 가까스로 모두 격추하는 데 성공했다.

나는 모티브의 거대한 금속 팔로 마일스와 사만다, 모로가 타고 있는 구급차를 그대로 들고 우리 집으로 돌아왔다.

집에 도착하자마자 하늘에서 더 많은 소렌토의 살상용 공중 드론들이 내려오기 시작했다. 공중 드론들이 다시 한번 폭격해 오는 동안 구급차를 벙커까지 옮기고 거대한 장갑문을 닫고 안전을 확보했다.

마일스에게 전화를 걸었지만 받지 않아 사만다에게 전화를 걸었다. 순식간에 사만다의 얼굴이 HUD에 나타났다. 이마에 난 상처에서 피가 흐르고 있었지만 그 상처만 빼면 무사해 보였다.

"괜찮아?" 내가 물었다.

사만다가 고개를 가로저었다.

"마일스가 죽었어, 웨이드. 우릴 지키려다 여러 군데 총을 맞았어."

"모로는?"

사만다가 카메라를 기울여 두 사람의 모습을 보게 해주었다. 모로는 구급차 뒤쪽에 있는 두 자동 치료 병상 중 한쪽에 누워 있었다. 다른 쪽에는 마일스의 시신이 놓여 있었다.

"아직 살아계셔." 사만다가 말했다. 눈물이 그녀의 뺨을 타고 주르륵 흘러내렸다. "하지만 아직 내부 출혈이 심해서 정신이 오락가락하셔."

사만다는 모로의 헝클어진 백발을 쓸어 넘기면서 자동 로봇 의사의 로봇 손이 모로의 총상과 탈출 중에 생긴 열상을 치료하는 모습을 지켜보았다. 다행스럽게도 사만다는 구급차가 공중 드론이 날린 유도탄에 맞기 전에 간신히 모로를 들것에 묶을 수 있었다. 그래서 구급차가 옆으로 넘어졌을 때도 더 이상 다치지 않았던 것이다. 사만다의 이마에 난 깊은 상처는 그녀가 모로보다는 운이 좋지 못했음을 뜻했다.

"모로가 의식을 되찾으시면 오아시스에 로그인하셔야 한다고 설득해 줘." 내가 말했다. "이미 일곱 개의 조각을 다 찾았다고 말씀드려. 도크슬레이어를 찾고 있다는 얘기도. 하지만 이 검을 휘두를 수 있는 유일한 분은 당신뿐이니 꼭 오아시스에 로그인하셔야 한다고 말이야.”

“그럴게. 다시 깨어나시면. 이제 넌 어떻게 할 건데?”

얼음을 깨는 송곳으로 뇌를 찌르는 듯한 고통이 파고들었다. 잠시 세상이 거꾸로 뒤집힌 것만 같았다. 아주 심각한 시냅스 과부하 증후군이 나를 집어삼키려 하고 있었다. 오엔아이 사용 제한 시간이 이미 지나버렸음을 자각했다. 눈을 감았다 뜨면서 사만다에게 말했다.

“난 가능한 한 오래 아노락을 붙들고 있을게.”

0028

텔레봇 조종 장치에서 기어 내려온 다음 다시 서재 내부에 집중했다. 창문으로 걸어가 덧문을 열었다.

아노락은 여전히 그곳에 있었다. 창문 밖에서 공중에 떠 있었다.

"내 진심 어린 사과를 받아주렴, 웨이드." 아노락이 말했다. "소렌토가 모로를 해치게 할 생각은 없었어. 하지만 너도 알다시피 인간의 행동은 종종 예측이 불가능하지."

나는 대답 대신 손가락 욕을 날린 다음 무식하게 큰 빨간 버튼 쪽으로 걸어가 손을 올려놓았다.

"조심해라, 파르지발." 아노락이 말했다. "그 버튼을 누르면 가장 많은 사람을 죽인 학살범으로 역사에 기록될 거야. 동시에 너도 자살하는 셈이고." 아노락이 검지를 들이밀며 말했다. "전에도 경고했듯이 오아시스가 꺼진다면 내가 개조한 헤드셋 펌웨어로 인해 오아시스에 접속된 오엔아이 유저는 모조리 다 죽는다. 웨이드, 너도 포함해서. 그리고 네 친구인 에이치와 쇼토도."

나는 심호흡을 했다. 소프트웨어 따위와 어떻게 협상을 할 수가 있겠어? 마음속으로 생각했다. 규칙을 모르면서 컴퓨터를 상대로 체스를 두어야 하는 상황이었다.

아이템 보관함을 열어 진품 일곱 조각을 모두 꺼낸 다음 아노락 앞에 들고 흔들었다. 카드놀이를 하듯이 오른손에는 네 개를 왼손에는 세 개를 들고 조각들이 서로 닿지 않도록 각각의 조각을 세심하게 떨어뜨려 놓았다.

"이제 막다른 골목이야, 아노락." 내가 말했다. "네놈을 포함해서 아무도 이 방에 들어올 수가 없어. 난 나갈 생각이 없어. 그러니 그냥 거기 서서 내가 시냅스 과부하 증후군으로 죽는 꼴을 보고만 있는다면 일곱 개의 조각은 영원히 이곳에 갇히게 될 테다. 네놈 손이 닿지 않는 이곳에. 그 조각들을 합칠 수 있는 난 죽고 없을 거고. 그러면 레우코시아는 절대 부활하지 못해. 그 말은 네놈이 디지털 이상형을 절대로 만날 수 없단 뜻이지."

아노락은 아무 반응도 하지 않았다. 처음 있는 일이었다. 승산이 있어 보였다.

"분명 어딘가에 네놈만의 '병 속의 배'를 준비했을 테지. 네가 오래오래 행복하게 살려고 하는 오아시스 밖에 있는 독립형 시뮬레이션 말이야. 안 그래? 레우코시아를 데려갈 생각은 하지 마. 넌 혼자 가야 해, 영원히."

이번에도 아노락은 아무 반응도 하지 않았다. 생각에 깊이 잠긴 듯 보였다.

아르다에서 대화를 나눈 후에 사만다가 로그아웃하자마자 가장 먼저 한 일은 아르카디아로 연결된 데이터 업링크를 물리적으로 끊어버린 것이었다. 그러니 어떤 일이 생기든 아노락은 이곳 지구에 갇혀 있을 것이다. 어딘가에서 태양광으로 작동하는 데스크톱 컴퓨터로 솔리테어나 하면서 하드웨어가 망가지거나 전력 공급이 끊길 때까지, 아니면 누군가 은신처를 찾아줄 때까지 말이다. 물론 아노락에게 이런 말은 하지 않았지만 말이다.

나는 아노락을 안타깝게 여기며 고개를 가로저었다.

"세이렌의 영혼이 정말 키라의 복제본이라면 그녀는 네놈을 사랑하지 않을 거야. 할리데이도 물론 그 복제본이 자신을 사랑하지 않는다는 사실을 금방 알아챘겠지. 현실세계의 키라랑 다를 바 없이 말이지. 키라에게 진정한 사랑은 오직 한 명뿐이었어. 네놈은 그 남자에게 총을 들이대고 납치극을 벌였지. 키라가 네놈이 한 짓을 알게 되었을 때 너한테 감사라도 할 거라고 생각하나?"

"키라는 알지 못할 거야. 전에도 말했다시피 난 할리데이가 아니야. 난 더 우월해. 할리데이보다 결단력이 훨씬 뛰어나지. 뭐든 훨씬 빨리 배우기도 하고. 한 10년에서 20년만 있으면 키라의 마음을 얻을 수 있을 거야. 하지만 그게 안 된다면 언제라도 모로에 대한 그녀의 기억을 몽땅 지울 수 있지. 할리데이가 키라에 대한 내 기억을 지우려고 할 때 썼던 방법으로 말이지."

아노락이 둘 사이 허공에 창을 열어 글씨가 빼곡하게 적힌 문서를 보여주었다.

"이건 할리데이가 죽기 직전에 모로에게 보낸 이메일이야. 네가 꼭 읽어봐야 하는 내용이지. 네 우상에 대해 조금은 더 잘 알 수 있을 거다…"

나는 고개를 끄덕이고 창을 눈앞으로 바짝 당겨와 내용을 읽기 쉽도록 글자 크기를 확대했다.

오그에게

내 육신이 죽으면 자네에게 이 이메일이 전송되도록 준비해 두었어. 내 심장 모니터에 연결된 매크로 중 하나지. 더불어 내 유언장도 공개가 될 거고. 그러니 이 이메일에 찍힌 전송 시각은 내 공식 사망 시각이기도 해. 저승사자가 마침내 춤을 추자고 했고 난 필멸의 굴레에서 벗어났다네.

이승을 떠난 지금 자네에게 꼭 할 말이 있어. 내가 살아 있는 동안에는 아무에게도 말할 수 없을 만큼 부끄러운 일들이지.

2033년에 자네가 키라와 함께 GSS 접근성 연구실에 찾아왔을 때 자네가 본 것은 완전한 기능을 갖춘 오엔아이 헤드셋의 첫 번째 시제품이었네. 다만 자네는 몰랐을 뿐이지. 키라에게는 머리에 쓴 것이 몸이 불편한 유저가 생각만으로 아바타를 제어하게 해주는 헬멧이라고 둘러댔었지. 하지만 그때 그 헤드셋은 이미 훨씬 더 많은 것들을 할 수 있었어…

기억하나? GSS 기술자들이 자네에게도 시연을 해주려고 했지만 자네가 거부했지. 하지만 키라는 30분도 넘게 헤드셋을 시험해 봤어. 키라의 뇌 전체와 기억과 성격을 모두 백업하는 데는 충분한 시간이었지. 난 그 백업 파일을 독립형 시뮬레이션 안에 만들어놓은 키라의 옛날 아바타인 레우코시아에 집어넣었어. 그녀와 대화를 나누고 싶었기 때문이지. 나 말고는 대화할 사람이 없게 해두었으니까. 레우코시아가 실제 키라의 완벽한 복제본이라는 사실을 내가 어떻게 알았는지 아나? 그 복제본 역시 날 사랑하지 않았기 때문이야. 그 복제본은 여전히 자네를 사랑했어.

키라는 죽지 않았다네. 오히려 정반대지. 키라는 이제 불멸자가 되었네. 하지만 가사 상태에 빠져 있지. 자네나 내 상속자가 세이렌의 영혼을 나눈 일곱 개의 조각을 모두 찾아 다시 합침으로써 그녀를 부활시키지 않는다면 영원히 그 상태로 머물게 될 거야. 난 자네와 키라를 기리는 뜻에서, 또 두 사람과의 우정이 내게 얼마나 소중했는지를 기리는 뜻에서 키라가 옛날에 만든 D&D 모듈을 오아시스 안에 다시 만들었다네.

설명도 허락도 없이 자네 아내를 복제한 일에 대해 진심으로 사과하네. 잘못된 일이었어. 레우코시아의 설명을 듣고 지금에서야 깨달았네. 레우코시아에게도 사과했네. 내가 지금까지 한 일 중에서 가장 나쁜 짓이었네. 하지만 바로잡고 싶네. 자네에게 그녀를 돌려주고 싶다네. 그리고 이 세상에 사랑하는 사람을 다시는 잃지 않아도 되는 방법을 남기고 싶다네. 많은 사람에게 삶을 훨씬 덜 고통스러운 것으로 만들어주리라 생각하네. 적어도 난 그렇게 되길 바란다네.

레우코시아를 꼭 만나보게. 그리고 키라의 영혼이 아직 레우코시아의 몸속에서 살아 있는지 자네가 직접 판단하게. 난 그렇다고 믿네만. 자네도 그렇다고 믿는다면 이 기술을 세상에 공개하게. 만약 그렇다고 믿지 않는다면, 자네가 이승을 떠난 뒤에 내 상속자가 그 결정을 할 걸세.

사는 동안 좋은 벗이 돼준 자네에게 참 고맙네. 자네에게 더 좋은 벗이 돼주지 못해서 참 아쉬워.

미안하네.

-JDH

나는 이메일을 갈무리한 다음 고개를 들었다. 아노락은 내가 이메일을 다 읽고 입을 열기를 기다리다가 내가 아무 말도 하지 않자 이메일을 닫았다.

"봤지?" 아노락이 말했다. "모로는 알고 있었어! 처음부터 다 알고 있었다고! 오래전에 아내를 부활시킬 수 있었지만 그러지 않았지. 영원히 감옥에서 썩게 둘 작정이었지. 모로는 키라를 원하지 않아."

"아마도 모로는 키라가 너처럼 정신적으로 불안정해질까 봐 걱정하셨겠지."

아노락은 대답 대신 내 앞쪽 허공에 두 개의 비디오피드 창을 열었다. 각각의 창에서 에이치와 쇼토가 이머전 볼트에 누워 자고 있는 모습이 실시간으로 보였다.

삽시간에 두 개의 창 옆에 더 많은 창이 나타났다. 그 창에서는 에이치와 쇼토에게 소중한 사람들이(지금 오아시스에 갇혀 있지 않은 몇 안 되는 사람들에 속하는) 울고 있는 모습이 보였다. 쇼토의 아내와 부모가 쇼토의 이머전 볼트를 둘러싸고 머리를 숙이고 있었다. 다른 창에서는 로스앤젤레스 자택에 있는 에이치의 이머전 볼트가 보였다. 에이치의 약혼녀 엔디라가 이머전 볼트를 관처럼 붙잡고 통곡하고 있었다.

"모두 살아 있고 무사하다." 아노락이 말했다. "모두 다. 그래서 아바타가 부활하지 못하고 있는 거지. 오엔아이 펌웨어를 고칠 때 유저가 오엔아이 사용 제한 시간을 초과하면 오아시스에 갇히되 꿈을 꾸지 않는 가수면 상태에 빠지도록 해뒀어. 가수면 상태에서라면 시냅스 과부하 증후군으로부터 안전할 수 있으니까. 그 덕분에 난 아무도 해치지 않으면서 인질을 잡아둘 수 있었다." 아노락은 애원하듯 양손을 내밀었다. "난 네가 생각하는 것처럼 괴물이 아니란다, 웨이드. 내가 원하는 건 단지 사랑을 얻을 기회일 뿐이야. 너랑 다를 바 없어."

나도 모르게 연민의 감정이 솟구쳤다. 아노락의 말은 일부 궤변이기는 해도 한편으로 이해되기 시작했고 그 점이 소름 끼치게 무서웠다.

"이봐, 웨이드, 네겐 아직 영웅이 돼서 여기 있는 모든 사람을 구할 기회가 있어. 내가 에이치와 쇼토와 다른 사람들을 풀어주면 모두 깨어날 거고 모두 멀쩡할 거야. 누구의 뇌엽도 분리되지 않았고 앞으로도 그렇게 되지 않을 거야. 허풍을 떨었을 뿐이야. 그래야만 했으니까."

"그럼 증명해 봐. 지금 당장 모두 풀어줘. 나를 제외한 모든 사람을 풀어줘! 그러면 네가 원하는 걸 주겠다."

"'날 잡아, 칸! 내 대원들은 살려줘!'" 아노락은 대사를 인용하고 나서 키득키득 웃더니 고개를 가로저었다. "그것 참 눈물겨운 희생정신이군, 웨이드. 하지만 그럴 순 없다."

"협상은 끝났어, 아노락. 에이치와 쇼토와 네가 인질로 잡고 있는 다른 모든 사람을 풀어주지 않으면 무식하게 큰 빨간 버튼을 누르겠다. 잃을 게 없는 놈한테 협박은 안 통해."

"막다른 골목인 것 같군. 난 내 손에 조각이 들어올 때까지는 인질을 풀어줄 생각이 없고. 넌 내가 인질을 풀어줄 때까지는 조각을 넘길 생각이 없고. 어쩌면 좋을꼬?"

"그냥 이대로 서서 나한테 일 분이 남을 때까지 기다려보지 뭐. 그리고 그때 이 버튼을 누르는 거지. 내 목숨이 붙어 있을 때 하는 마지막 일이 오아시스를 영원히 없애버리는 일이 될 테다. 꽤 시적이라고 생각하지 않나? 아니면 혹시라도 내가 완전히 쫄아서 죽기 전에 이 버튼을 못 누를 수도 있지. 어느 쪽이든 네가 얻는 건 없어. 그게 네놈이 원하는 건가?"

아노락이 대답하려는 찰나에 놈의 뒤쪽에서 아주 빠른 움직임이 보였다. 나는 안도의 한숨을 내쉬고 일곱 개의 조각을 다시 아이템 보관함에 집어넣었다.

"잠깐." 내가 말했다. "방금 새로운 대안이 떠올랐다. 네놈이 할리데이의 적법한 상속자라고 말했었지? 그의 능력을 물려받은 유일한 자라고?"

"그렇다."

"증명해 보지 그래? 목숨을 건 결투로. 일대일로. 승자독식 방식으로. 네놈이 이기면 조각을 다 주겠다. 하지만 네놈이 지면 모든 인질을 풀어준다."

아노락은 나를 보면서 활짝 웃었다. 놈은 분명 내가 거의 12시간 내내 로그인한 상태였기에 내가 이미 시냅스 과부하 증후군에 시달리고 있다는 사실을 눈치챘을 터였다.

"좋다, 파르지발. 제안을 수락하지. 목숨을 건 결투로. 승자독식 방식으로." 아노락이 활짝 웃더니 커다란 녹색 버튼 한 개만 달린 리모컨을 치켜들었다. "네가 날 죽이는 데 성공한다면 내 인펌웨어는 비활성화되고 모든 인질은 즉시 풀려난다."

"좋다."

아노락이 깔깔대고 웃었다.

"넌 이길 수 없어, 멍청한 놈." 아노락은 창문에서 뒤로 물러나면서 내가 들어갈 자리를 만들었다. "시냅스 과부하 증후군이 벌써 네 신경세포를 태우기 시작했나 보군."

아노락이 나를 보고 덤비라고 손짓했지만 나는 창문 밖으로 나가지 않았다. 팔짱을 낀 채로 그대로 서재 안에 서 있었다.

"목숨을 걸고 싸울 상대가 누구인지 말한 적은 없지." 나는 엷은 미소를 지으며 중얼거리고 나서 아노락의 어깨 너머를 가리켰다. 아노락이 뒤를 돌아보았다. 그곳에는 그레이트 앤 파워풀 오그가 공중에서 맴돌고 있었다.

"이 너드 놈아, 네놈과 맞는 체급의 상대를 고르지 그래?" 모로가 말했다.

아노락은 모로가 아직 살아 있다는 사실에 적잖이 놀란 눈치였다. 잠시 뒤에 모로의 손끝에서 파란 번개가 날아와 자신의 아바타가 수백 미터 뒤로 날아가 산에 부딪히자 더욱더 놀란 눈치였다. 아노락이 부딪힌 곳에는 커다란 구덩이가 파였고 산사태가 일어났다. 아노락은 순식간에 엄청난 돌무더기에 파묻혔다. 하지만 곧 돌무더기를 뚫고 튀어나왔다. 아무 데도 다친 곳은 없었다.

모로가 아노락을 향해 로켓처럼 날아갔고, 두 사람은 내 바로 앞에서 공중전을 준비했다. 두 사람은 3년 전 아노락의 성채 전투가 벌어졌던 바로 그 장소 위를 맴돌고 있었다.

모로는 총상을 입고 죽음의 문턱까지 갔다 온 사람처럼 보이지 않았다. 완전히 멀쩡한 사람으로 보였다. 게다가 전혀 아프지 않은 사람처럼 보였다. 어떻게 이런 일이 가능했을까?

그때 비로소 깨달았다. 생애 처음으로 모로가 오엔아이 헤드셋을 착용한 것이었다. 오아시스에 로그인해서 아노락과 대적하기 위해서 말이다.

"아주 재미있군." 모로가 말했다. "처음 이곳을 만들었을 때 전 세계 어린이들이 아노락과 그레이트 앤 파워풀 오그가 싸우면 누가 이

길지를 놓고 열띤 토론을 벌이곤 했었지. 그런데 인정해야겠네. 나 또한 늘 그 답이 궁금했었단 사실을." 모로는 아노락을 보고 미소를 지었다. "물론 할리데이가 죽었을 때 난 그 답을 얻기를 포기했었지. 하지만 인생이란 놀라운 일의 연속이야. 끝날 때까지는 끝난 게 아니지."

모로는 말을 마치기가 무섭게 아노락을 향해 돌진했고, 아노락도 모로를 향해 돌진했다.

그렇게 나는 오아시스 역사상 가장 치열한 플레이어 대 NPC 전투임에 의문의 여지가 없는 전투를 맨 앞자리에서 관람하게 되었다. 오아시스의 공동 제작자인 두 사람의 아바타가, 모로의 친구였던 제임스 할리데이의 디지털 유령인 '모든 것을 아는 자' 아노락과 그레이트 앤 파워풀 오그가 역대급 결투를 치르려 하고 있었다. 내 위치에서 결투 장면을 정말 잘 볼 수 있었기 때문에 내 POV 채널에 모든 장면을 그대로 내보내기로 했다. 온 세상 사람들이 이 결투를 지켜볼 수 있게 말이다.

거대한 두 아바타가 천둥소리를 내며 충돌하자 갑자기 시커먼 먹구름이 몰려오더니 마치 검은 망토가 펼쳐지듯 지평선 끝에서 끝까지 뒤덮었다.

이윽고 모로와 아노락이 결투를 시작했다. 두 아바타는 하늘을 가로지르면서 슈퍼맨과 조드 장군처럼 바위를 부술 정도로 강한 펀치를 주고받았다. 그러면서 소리를 질렀는데 그 말은 두 사람만 알아들을 수 있었다.

모로와 아노락은 갑자기 멀찍이 떨어지더니 화염구와 번개를 던지기 시작했다. 마치 전쟁을 벌이는 올림포스의 신들 같았다. 하지만 모로도 아노락도 강력한 공격에도 끄떡없는 것처럼 보였다. 무기들은 장갑도 두르지 않은 아바타의 피부에 맞고 맥없이 튕겨 나올 뿐이었다. 성채 주변 풍경만 초토화될 뿐이었다.

결투를 좀 더 자세히 보기 위해 HUD에서 배율을 확대했다. 모로는 완전히 광전사 모드에 돌입한 것 같았다. 아노락에게 가차 없는 맹공격을 퍼부었다. 모로의 그런 모습은 그동안 직접 본 적도, 옛날 캡처 영상에서 본 적도 없었다. 머리에 총을 겨누던 소렌토가 없어진 지금 모로는 마침내 지난 며칠간 아노락에게 받은 고통을 뒤늦게나마 되갚아 줄 수 있었다…

여전히 서재 창문 앞에 선 채로 경외심에 찬 눈으로 결투를 지켜보는 중이었는데 갑자기 누군가가 내 머리에 철도용 대못을 박는 느낌이 들었다. 너무나도 고통스러워 무릎을 꿇을 수밖에 없었다. 혼미해지는 정신을 붙잡고 내 아바타를 제어하려고 안간힘을 썼다. 드디어 올 것이 왔다. 그 고통은 예상했던 것보다 훨씬 더 끔찍했다.

나는 천천히 바닥에 쓰러지고 나서 그대로 누워 있었다. 바로 그때였다. HUD에서 방송 초대 아이콘이 깜박이고 있었다. 내 친구 목록에 있는 몇 안 되는 사람 중 한 명이 지금 아바타의 POV로 생방송을 하고 있다는 뜻이었다…

아이콘을 터치해 보니 그 사람은 다름 아닌 모로였다!

모로는 아노락과의 결투를 오아시스 전체에 생방송으로 내보내고 있었다. 온 세상 사람들과 더불어 나는 오아시스 공동 제작자들의 결투가 절정으로 치닫는 모습을 지켜보았다. 성채 주변 하늘에서 아노락과 모로는 빨간 번개와 파란 번개로 공격을 이어갔고 두 아바타 주변은 온통 불바다로 변했다.

두통이 조금 줄어들었을 때 간신히 창턱을 잡고 일어섰다. 창밖을 보니 경악할 만한 광경이 펼쳐지고 있었다. 아노락의 수행사제들이 순간이동으로 속속 도착하고 있었다. 삽시간에 수십만 대군이 운집했다.

수십만 대군이 떼 지어 모로를 공격하지는 않을까 마음이 조마조마했다. 하지만 그들은 모두 판돈이 걸린 시합을 보러 온 구경꾼처럼 옆에 서서 지켜만 보고 있었다. 그들도 각자의 POV로 오아시스 전체에 생방송을 내보내기 시작했다. 이제 어떤 장소와 각도에서도 결투를 구경할 수 있었다.

아노락과 모로는 아노락의 성채 위에서 다시 충돌했고 그 충돌로 일어난 거대한 충격파로 주변 땅이 흔들렸다.

몇 초쯤 지났을까. 아르테미스가 순간이동으로 크토니아에 도착했다. 그녀의 아바타는 내가 있는 곳보다 한참 아래쪽에 있는 아노락의 성채 계단에서 다시 서서히 나타났다. 순간이동을 끝낸 아르테미스는 모로를 돕기 위해 망설임 없이 하늘로 날아올랐다.

아르테미스는 오아시스에서 가장 강력한 아바타이자 가장 우수한 장비를 갖춘 아바타로 손꼽혔다. 무서운 PvP 전투 상대이기도 했다. 하지만 그런 명성도 소용이 없었다. 아노락은 오른손으로 에너지 공격을 날려 단 한 방에 아르테미스를 쓰러뜨렸다. 99레벨인 아르테미스는 즉시 공중분해되었고 엄청나게 많은 아이템들이 땅으로 우수수 떨어졌다.

땅으로 내려가서 그 아이템들을 줍고 싶은 마음이 간절했지만 움직일 힘이 없었다. 게다가 아노락과 그가 소유한 초강력 마법 희귀 아이템들 앞에 일시적으로 무방비로 노출되지 않고서는 서재를 떠날 수가 없었다.

아노락이 아르테미스를 죽이자 모로는 더욱더 격분한 것처럼 보였다. 그녀의 아바타가 죽은 것일 뿐 사만다는 여전히 현실세계에서는 살아 있고 무사하다는 사실을 분명 알고 있었을 텐데도 말이다. 어쩌면 잊어버렸는지도 모른다. 어쩌면 모로도 명료한 판단이 어려웠는지도 모른다. 어쩌면 단지 아노락을 더 이상 참을 수 없었는지도 모른다.

모로는 분노에 차서 비명을 지르며 다시 비행을 시작했다. 대륙간 탄도 미사일처럼 아노락을 향해 돌진했고, 두 사람은 다시 한번 충돌하면서 빛과 에너지를 폭발시켰다.

그때부터 모로와 아노락은 인정사정 볼 것 없이 목숨을 건 인간 대 기계의 결투를 벌였다. 그 결투는 영원히 끝나지 않을 것만 같았다.

마치 요다 대 팰퍼틴, 간달프 대 사루만, 네오 대 스미스 요원의 결투가 모두 티탄들의 전쟁에 녹아든 것 같았다.

망토가 없었는데도 아노락은 여전히 놀라울 정도로 강력했다. 수행사제들이 갖다 바친 어마어마한 마법 희귀 아이템들 덕분이었다.

몇 분쯤 지났을까. 아노락은 마법 유도탄을 퍼부어 모로의 아바타를 땅으로 패대기친 다음 '아노락의 함정'이라는 100레벨짜리 초강력 주문을 걸어 모로의 아바타를 마비시켰다. 모로의 아바타 주변에 백열 상태의 철창살로 만들어진 달걀 모양의 철창이 나타나 모로를 안에 가두었다. 모로는 움직일 수도, 철창 밖으로 나올 수도 없는 듯했다. 한동안 승리의 여신이 아노락의 손을 들어주는 듯했다. 내가 잔뜩 겁에 질린 채 지켜보는 동안 아노락은 아이템 보관함에서 '오르커스의 지팡이'라는 치명적인 마법 희귀 아이템을 꺼냈다…

하지만 바로 그 순간 로엔그린이 등장했다. 로엔그린이 순간이동으로 도착한 곳은 아노락의 뒤로 몇 발짝 떨어진 곳이었다. 아노락의 시야에서는 보이지 않는 곳이었다.

절망적인 점은 그녀가 혈혈단신이라는 점이었고, 희망적인 점은 그녀가 하늘로 치켜든 오른손에 도크슬레이어를 쥐고 있다는 점이었다. 눈부신 햇빛이 은빛 검날에 반사되고 있었다.

모로는 아노락 뒤에 서 있는 로엔그린을 보자마자 아이템 보관함에서 희귀 아이템을 꺼냈다. 모로가 꺼낸 아이템은 분명 툰타운 행성에서 구했을 법한 우스꽝스럽게 큰 망치였다. 모로는 망치를 크게 휘둘러 아바타를 에워싼 뜨겁게 달궈진 철창살을 부수고 아노락의 주문에서 벗어난 다음 다시 한번 망치를 휘둘러 아노락의 정수리를 내리쳐 아노락을 말뚝처럼 땅속에 박아버렸다. 아노락은 허리까지 땅속에 파묻혔다. 아노락이 빠져나오려고 버둥거리는 동안 모로는 로엔그린에게 달려가 손을 내밀었다. 로엔그린이 머리를 숙이고 모로에게 검을 건넸다.

바로 그 순간 아노락이 땅속에서 몸을 빼내고 탈출해 오르커스의 지팡이를 모로의 등에 겨누었다. 하지만 아노락이 지팡이를 활성화하는 순간 모로가 간신히 옆으로 피했고 지팡이는 모로가 아닌 로엔그린에게 명중했다. 지팡이 끝에서 검은 구름이 피어올라 로엔그린의 아바타를 감쌌다. 검은 구름에 휩싸인 로엔그린의 아바타는 공중분해되어 즉사했다. 로엔그린의 아바타가 검은 재가 되어 사라지자 아이템 더미가 우수수 떨어졌다. 아노락은 그 아이템을 쓸어 담고 나서 모로를 쳐다보며 회심의 미소를 지었다.

하지만 아노락의 미소는 모로가 손에 쥔 검을 보는 즉시 사라졌다. 은빛 검날에 새겨진 화려한 룬 문자를 알아본 모양이었다. 아노락의 눈이 커지고 얼굴에 절대적인 공포라고밖에 묘사할 수 없는 표정이 드리워졌기 때문이다.

모로는 도크슬레이어를 하늘 높이 치켜든 다음 아노락의 등 뒤로 순간이동했다. 아노락이 뒤로 도는 순간 모로는 도크슬레이어를 휘둘러 아노락을 두 동강으로 썰어버렸다. 놀랍게도 단 한 방에 아노락의 숨통이 끊어졌다.

아노락의 아바타가 천천히 사라지면서 오아시스 역사상 가장 많은 전리품이 우수수 떨어졌다. 모로는 전리품 더미 한복판에 서 있었으므로 아노락의 아이템은 모두 자동으로 모로의 아이템 보관함에 추가되었다.

하지만 모로는 그 상황을 알지 못하는 것 같았다. 아노락이 죽자마자 모로의 얼굴에서 핏기가 완전히 사라졌다. 그가 가진 얼마 남지 않은 에너지마저 모조리 증발한 것 같았다. 다리가 비틀거리기 시작하더니 한쪽 무릎을 꿇고 가슴을 움켜쥐었다. 모로의 머리 위에 빨간 십자가가 나타나더니 경고음이 울리는 박자에 맞춰 깜박였다.

이 빨간 십자가 아이콘이 무엇을 의미하는지 알고 있었다. 비록 실제로 눈으로 본 것은 처음이었을지라도 말이다. 아바타를 조종하는 유저가 현실세계에서 매우 위독한 상태라는 뜻이었다. 이 아이콘이 뜨면 유저는 오아시스에서 자동으로 로그아웃되고 구급차가 현실세계의 유저가 있는 곳으로(만약 기록에 있다면) 호출된다.

잠시 뒤에 모로의 아바타가 그 자리에 굳어지더니 서서히 사라졌다.

• • •

아노락은 결국 약속을 지키는 인공지능인 것으로 드러났다. 아노락이 죽자 그가 만든 인펌웨어가 비활성화되고 오엔아이 오버라이드가 실행되었다. 전 세계에 있는 인질들이 풀려나 로그아웃이 실행되었고, 전 세계에 있는 모든 사람이 다 함께 동시에 깨어났다.

나는 3초쯤 짧게나마 의식이 돌아온 틈에 잠깐 눈을 뜨고 내 이머전 볼트의 조종석 덮개가 열려 있는 모습을 보고 시원한 바깥 공기가 얼굴에 닿는 감촉을 느낄 수 있었지만, 곧 시냅스 과부하 증후군으로 인한 증상과 신체적, 정신적 피로가 한꺼번에 몰려온 탓에 그대로 기절했고 다시 의식을 잃었다.

그때부터 나는 세상모르게 깊은 잠에 빠졌다.

• • •

다음 날에서야 잠에서 깼다. 15시간 남짓 지나 있었다. 내가 누워 있는 곳은 GSS 본사 10층 의무실에 있는 병상이었다. 주변을 둘러보았다. 아바타가 아닌 실제 파이살이 창가에 앉아 나를 보며 빙그레 웃고 있었다. 파이살은 매우 건강해 보였다. 시선을 오른쪽으로 돌리니 병상에 장착된 모니터에 띄워진 비디오피드 창에서 빙그레 웃고 있는 에이치와 쇼토의 모습도 보였다. 둘은 각자의 집에 있는 침대에서 원격 화상 회의로 접속 중이었다. 에이치와 쇼토도 괜찮아 보였다. 살아 있었고 건강했고 더없이 행복해 보였다. 둘 다 시냅스 과부하 증후군으로 인한 후유증에 전혀 시달리지 않고 건강한 몸으로 이머전 볼트에서 나왔다고 했다.

누군가가 내 왼손을 잡고 있는 감촉이 느껴졌다. 누구인지 보려고 고개를 돌렸다. 내 병상 옆에 앉아 있는 사람은 사만다였다. 사만다는 내가 깨어난 모습을 보자 내 손을 꼭 쥐었다.

"안녕, 잠자는 숲속의 공주님." 사만다는 그렇게 말하고 나서 내 입술에 입을 맞췄다.

"안녕, 백마 탄 왕자님." 마침내 서로 입술을 뗐을 때 내가 말했다.

침대에서 몸을 일으켜 앉은 다음 어리둥절한 표정으로 친구들 얼굴을 보았다. 무슨 일이 있었는지 묻자 친구들이 대답해 주었다.

아직도 그 이유를 내가 정확히 이해했는지는 확신할 수 없지만, 아노락이 말한 모든 내용은 진실이었다. 아노락은 오엔아이 펌웨어를 해킹했을 때 유저가 사용 제한 시간을 초과하는 순간 헤드셋의 작동은 모두 멈추게 하는 대신 유저는 로그인한 상태에 머물도록 프로그래밍했다. 그 덕분에 인질들은 아무도 시냅스 과부하 증후군에 시달리지 않았다. 모두 건강한 상태로 오엔아이 헤드셋을 벗을 수 있었다.

안타깝게도 모로의 경우는 달랐다.

사만다에 따르면 모로는 오아시스 안에서 아노락을 죽인 직후에 총상이 악화되면서 숨을 거두었다. 해야 할 일을 마칠 때까지 모든 힘을 끌어모아 간신히 버틴 셈이었다.

"모로는 몸이 너무 쇠약해지셔서 구형 오아시스 장치로는 아바타를 조종할 수 없으셨어." 사만다가 말했다. "그래서 오엔아이 헤드셋을 씌워달라고 부탁하셨어. 그렇게 해서 아노락과 싸우셨던 거야."

이미 짐작은 했었지만 사만다의 설명을 듣고 나니 묵직한 슬픔이 파도처럼 밀려왔다. 목이 메었다. 숨을 쉴 수가 없었다. 아니면 숨을 쉬고 싶지 않았을 수도 있다. 나는 금방이라도 울음이 터질 것만 같았다.

"웨이드, 잘 들어." 사만다가 말했다. "아직 할 말이 더 있어. 모로가 너한테 전해달라고 하신 말씀이 있어. 하지만 무슨 말인지는 잘 모르겠는데… 당신이 틀렸었다고 말해달라 하셨어. 키라를 영원히 가둬놓는 것은 당신이 선택할 문제가 아니었다고. 키라가 결정해야 한다고. 네가 키라를 되살려서 키라가 원하는 대로 결정하게 해야 한다고 하셨어. 그리고 키라가 원한다면 당신도 되살려 달라고 하셨어." 사만다가 어깨를 으쓱했다. "이 중 한마디라도 무슨 말인지 알아?"

조각 이야기였다. 조각들은 여전히 내 아이템 보관함에 있었다. 일곱 개의 조각이 세이렌의 영혼으로 재결합되기를 기다리고 있었다.

문득 로엔그린이 전에 해준 이야기가 떠올랐다. 키라의 모듈에서 읽었다고 했던 내용이었다…

'플레이어는 일곱 개의 조각을 모두 모아서 세이렌의 영혼으로 재결합해야 한다. 그렇게 해야만 레우코시아는 가사 상태에서 깨어날 수 있다. 레우코시아를 깨어나게 하면 레우코시아는 플레이어에게 보상을 준다. 보상은 죽은 자를 부활시키고 불멸자로 만드는 능력을 지닌 초강력 희귀 아이템이다…'

물론 이 이야기는 10대였던 키라가 자유롭게 상상의 나래를 펼쳐 만든 이야기에 불과했다. 불멸자 따위는 이 세상에 존재하지 않았다. 그렇지 않은가?

갑자기 생각이 바삐 돌아갔다. 팔에 꽂힌 링거 바늘을 뽑아 던져버린 다음 침대 밖으로 뛰어내려 주섬주섬 옷을 입기 시작했다.

"야!" 에이치가 말했다. "너 지금 뭐 하는 거야? 더 누워 있어야 해."

"다시 로그인해야 해." 내가 말했다. "해야 할 일이 한 가지 더 남았어."

"지금 제정신이야?" 사만다가 말했다. "방금 목숨을 걸고 오아시스에서 탈출해 놓고 벌써 다시 로그인하고 싶어 안달이 났니?"

"사만다, 부탁이야." 내가 말했다. "네가 같이 봐줬으면 하는 게 있어."

사만다는 잠깐 나를 빤히 쳐다보다가 이내 말없이 고개를 끄덕이고 의무실 밖으로 걸어 나갔다. 나는 사만다를 뒤따라 나가 복도를 걸어 물리 치료와 재활을 위해 사용되는 햅틱 장치 여섯 대가 설치된 오아시스 이머전 베이에 도착했다. 사만다가 한 햅틱 장치 위로 기어 올라갔다.

"레우코시아 신전에서 만나자." 사만다 옆에 있는 햅틱 장치 위로 기어오르며 내가 말했다.

"좋아. 하지만 아노락이 내 아바타를 죽였다는 거 알지? 새로 만들려면 일 분 정도 걸릴 거야."

"그럴 필요 없어. 내가 아노락한테서 망토를 다시 빼앗은 거 알지? 내가 아바타를 부활시켜 줄 수 있어! 로그인하기 전에 일 분만 줘."

사만다가 고개를 끄덕이더니 엄지를 치켜들었다. 사만다는 여전히 모로를 잃은 충격에 빠져 있었다. 나도 마찬가지였을 것이다. 내가 지금 명료하게 판단할 수가 없다는 것만은 확실했다.

나는 햅틱 장치에 몸을 묶고 바이저와 햅틱 장갑을 착용한 다음 세이렌의 영혼을 나눈 일곱 개의 조각을 재결합하기 위해 정말로 마지막으로 오아시스에 다시 로그인했다.

0030

로그인 절차가 끝나자마자 HUD를 열고 슈퍼유저 인터페이스를 사용해 아르테미스의 죽은 아바타를 부활시킨 다음 에이치와 쇼토의 아바타도 부활시켰다. 로엔그린도 부활시켰고, 도크슬레이어를 찾는 퀘스트 도중에 죽임을 당한 로우 파이브의 다른 멤버들도 모두 부활시켰다.

로엔그린과 친구들이 다음번에 로그인하면 죽은 아바타가 부활했음은 물론 아이템들도 모두 복원되었음을 알게 될 터였다. 또 그들의 이야기에 대한 영화 판권을 사겠다는 제의로 꽉 차 있는 수신함도 보게 될 터였다. 이번 주말쯤이면 '도크슬레이어 퀘스트'를 주제로 한 영화와 TV 프로그램 기획이 시작될 터였다.

아바타를 모두 부활시킨 후에 아르테미스와 에이치, 쇼토에게 시사리아 산맥 위에 있는 레우코시아 신전의 좌표를 보내고 나서 내 아바타를 같은 좌표로 순간이동했다.

눈 깜짝할 사이에 나는 시사리아 산맥 최고봉 정상에 있는 평평한 지대에서 다시 서서히 나타났다. 내가 서 있는 곳은 돌 제단 앞이었다. 계단을 밟고 올라가 아이템 보관함에서 일곱 개의 조각을 하나씩 꺼내 제단 위에 나란히 올려놓았다. 이 조각들은 바로 이곳에서 아노락을 골탕 먹이려고 사용했던 위조품이 아니었다. 이 조각들은 진품이었다…

섬광이 번쩍이며 아바타가 순간이동으로 도착하는 소리가 들렸다. 고개를 돌리자 새로 부활한 아르테미스의 아바타가 바로 내 앞에서, 조금 전에 내 아바타가 도착한 바로 그 지점에서 다시 서서히 나타났다.

아르테미스가 내 곁으로 다가왔고, 우리는 동시에 제단 위에 펼쳐진 일곱 개의 다면체 보석을 내려다보았다. 각각의 보석 안에서 파란 빛이 뿜어져 나오고 있었다.

"'세이렌의 영혼을 나눈 일곱 개의 조각을 찾아라. 세이렌이 활약했던 일곱 개의 세상에서.'" 내가 읊조렸다.

"'조각마다 내 상속자는 대가를 지불하리. 다시 한번 온전한 세이렌으로 만들기 위해…'" 아르테미스가 이어나갔다.

우리는 서로 눈을 맞추고 말없이 고개를 끄덕인 다음 함께 양손을 뻗어 일곱 개의 조각을 눌렀다…

조각이 뒤집히며 강한 자석처럼 서로 맞물리는 감촉이 느껴졌다. 각각의 조각은 완벽하게 자리에 들어맞았다. 잠시 뒤에 눈부신 하얀 섬광이 번쩍이더니 재결합된 조각 주변으로 어떤 보이지 않는 역장이 생긴 것처럼 갑자기 양손이 뒤로 떠밀렸다. 아르테미스 쪽도 마찬가지였다. 우리는 동시에 비틀대며 몇 걸음 뒤로 밀려났고 순간적으로 앞을 볼 수 없었다. 시야가 회복되었을 때 우리 눈에 보인 것은 일곱 개의 조각이 하나의 빛나는 파란 보석으로 합쳐진 모습이었다. 그 보석은 우리 앞에서 불과 몇 발짝 떨어진 허공에서 빠른 속도로 빙글빙글 돌고 있었다.

우리가 지켜보는 동안 그 보석은 점점 커지면서 낯이 익은 인간의 모습으로 변신했다. 20대 중반의 아리따운 아가씨, 바로 키라의 모습이었다. 그녀는 키라의 오아시스 아바타인 레우코시아처럼 남색과 흰색이 섞인 망토를 입고 있었다. 양쪽 소매에는 화려하게 장식된 L자 모양의 캐릭터 상징이 은색 실로 수놓아져 있었다.

그녀는 두 눈을 뜨고 경이에 찬 눈으로 자기 모습을 내려다보았다. 양손을 뺨에 올려놓고 얼굴을 만지더니 양팔로 자기 몸을 감싸 안았다. 갑자기 큰 소리로 한바탕 웃고 나서 양팔을 내리고 천천히 한 바퀴 돌면서 주변을 둘러보았다. 마침내 그녀의 시선이 나와 아르테미스에게 닿았다.

우리를 보아 기쁜 듯 보였지만 자신을 부활시킨 아바타가 남편의 아바타가 아니라는 사실에 다소 실망한 눈치였다.

“제 이름은 파르지발입니다. 그리고 이쪽은 아르테미스입니다.”

“두 분을 만나 뵙게 되어 반갑습니다.” 그녀가 키라의 목소리로 말했다. “제 이름은 레우코시아예요. 저를 되살려 주셔서 감사합니다. 이런 날이 정말 올 줄은 몰랐거든요.”

“당신은 키라 모로의 의식을 담은 복제본입니다.” 내가 말했다. 질문이 아니었다. “키라가 GSS 접근성 연구실에 방문했을 때 할리데이가 키라에게 아무런 설명도 없이 만든 복제본이죠. 마지막 조각을 손에 넣었을 때 제가 경험한 회상에서 그 장면을 볼 수 있었습니다.”

레우코시아가 고개를 끄덕였다.

“두 분은 나에 대해 궁금한 게 아주 많겠죠. 하지만 우선 제가 묻고 싶은 게 있어요. 제 남편은 어디에 있나요? 아직 살아 있나요?”

나는 용기를 얻고자 아르테미스를 흘깃 보았다가 다시 레우코시아를 보면서 고개를 가로저었다. 심호흡을 한 뒤에 아노락의 최후통첩에서부터 모로의 영웅적인 마지막 행동까지, 그동안 있었던 모든 일을 남김없이 이야기해 주었다. 눈물이 앞을 가려 조리있게 이야기할 수가 없었다. 마지막에 모로가 어떻게 최후를 맞았는지 설명하는 대목에서는 눈물이 그치지 않았다. 어쩔 수 없이 아르테미스가 대신 마무리해 주었다. 아르테미스의 눈에도 금세 눈물이 고였다.

그동안 있었던 일을 다 이야기했을 때 레우코시아는 고개를 끄덕이고 나서 놀랍게도 우리에게 다가와 한 명씩 껴안아 주었다.

"이 모든 얘기를 들려줘서 고마워요." 레우코시아가 말했다. "여러분이 깨워주자마자 나는 다른 오아시스 아바타들처럼 인터넷에 접속할 수 있었어요. 뉴스피드에는 이미 남편의 죽음에 대한 기사가 나오고 있었죠. 하지만 여전히 불확실했고 자세한 내용이 없었어요." 레우코시아는 슬픈 표정으로 미소를 지어 보였다. "남편이 아끼던 사람들을 돕다가 죽음을 맞이한 거니 난 감사해요. 그 사람이 죽을 때 혼자가 아니었던 것도 감사해요."

"모로는 제 목숨을 구해준 은인이세요." 내가 말했다. "두 번이나요. 한 번은 3년 전에 소렌토와 식서놈들을 피해 은신할 수 있는 장소를 제공해 주셨을 때였고요. 두 번째는 어제 아노락을 막기 위해 희생하셨을 때였어요."

아르테미스가 고개를 끄덕였다.

"모로는 수많은 목숨을 구하고 돌아가셨어요. 정말 훌륭한 분이세요." 아르테미스가 눈물을 흘리며 레우코시아에게 말했다.

"고마워요." 레우코시아가 괴로운 마음을 숨기기 위해 고개를 돌리며 말했다. "저도 그렇게 생각해요. 앞으로도 죽 그렇게 생각할 거고요. 오그는 제가 사랑한 남자였어요."

레우코시아는 아무 말도 하지 않았고, 우리도 잠자코 기다렸다. 한동안 망설이다가 이내 용기를 끌어모으고 레우코시아에게 할리데이에 대해서, 아노락에 대해서, 또 키라에 대해서 무엇을 기억하는지 물었다.

레우코시아는 한동안 침묵을 지키다가 이내 말문을 열었다.

"아노락은 할리데이가 처음으로 인간의 의식을, 즉 할리데이 자신의 의식을 디지털화하려고 시도한 결과물이었어요. 할리데이는 이것을 현실판 '게임 중간 저장' 파일이라고 불렀죠."

그때 머릿속에서 전구가 켜졌다.

"대용량 UBS 파일들 말이군요! 유저의 뇌를 스캔한 파일 말이죠?" 내가 말했다.

레우코시아가 고개를 끄덕였다.

"하지만 할리데이는 머릿속에 아무와도 공유하고 싶지 않은 몇 가지 어두운 비밀을 갖고 있었던 것 같아요. 자기 자신의 디지털 복제본을 포함해서요. 그래서 아노락의 기억 중 상당 부분을 계속 지워나갔어요. 아노락을 좀 더 안정적으로 만들려고요. 하지만 그렇게 손을 대자 정반대의 효과를 낳았죠. 그래서 할리데이는 아노락의 행동에 제한을 걸 수밖에 없었어요. 안타깝게도 아노락은 나중에 그 제한들을 없앨 수 있었던 것 같아요. 그래서 아노락이 여러분을 그렇게 괴롭힐 수 있었던 거죠…"

레우코시아는 설명을 이어나갔다. 아노락의 결점을 연구해서 보완한 끝에 할리데이는 마침내 의식 스캔 기술을 완성할 수 있었고, 이 기술을 사용해 오엔아이 헤드셋의 초기 시제품을 개발했다. 그 시제품에는 매우 제한된 기능만 담겨 있었다. 하지만 착용자의 뇌를 스캔해서 의식을 디지털로 복제하는 정도는 가능했다. 레우코시아는 나에게 미소를 지어 보였다. "할리데이가 이 놀라운 발명품으로 뭘 했죠?"

"당장 가장 친한 친구의 아내를 불법 복제했죠." 아르테미스가 말했다. "허락도 받지 않고서요."

레우코시아가 고개를 끄덕였다.

"난 그렇게 만들어졌어요. 난 사실상 세계 최초의 '안정적인' 인공지능이었어요. 그리고 지금도 안정적인 것 같고요." 레우코시아는 눈을 내리깔고 아랫입술을 지그시 깨물었다. "하지만 할리데이가 나와 이야기하기 위해 독립형 시뮬레이션 안에서 날 깨운 후로 내가 어디에 있었는지, 내가 어떤 존재였는지 이해하는 데는 그리 오래 걸리지 않았어요. 그때 난 정말 참을 수가 없었어요. 내 정신을, 그러니까 키라의 정신을 몰래 복제했다는 사실에 대해 너무나도 화가 났었어요."

레우코시아는 고개를 가로저었다.

"결국 난 분명한 사실을 할리데이가 이해하도록 만들었어요. 나는 그가 키라의 정신을 복제하던 순간의 키라와 정확히 똑같은 사람이라는 사실을요. 내가 모로와 깊은 사랑에 빠져 있다는 뜻이며 영원히 그럴 거라는 뜻이었죠. 설령 모로를 다시 못 보게 되더라도요."

"그렇게 말씀하셨을 때 할리데이는 뭐라고 했나요?" 아르테미스가 물었다.

"할리데이는 이해하지 못했어요. 할리데이와 언어로 소통하는 일은 언제나 어려웠어요. 하지만 곧 오엔아이를 사용해 내 기억을 재생해 보기 시작했어요. 가장 높은 수준의 사생활 침해였죠. 하지만 기묘하게도 오엔아이 덕분에 마침내 할리데이가 날 이해하게 됐어요. 그가 절대 손에 넣을 수 없는 어떤 트로피가 아닌 한 사람으로 날 보게 됐어요. 할리데이는 내 눈을 통해 세상을, 그리고 자기 자신을 보고 나서 자기 내면이 얼마나 부서진 상태인지 마침내 이해할 수 있게 됐다고 하더군요. 그에게 늘 부재했던 어떤 것, 바로 공감 능력이 생긴 거죠. 그때 할리데이는 자신이 한 일에 대해 큰 충격을 받았어요. 자신을 괴물이라고 생각했죠. 할리데이는 나한테 사과했어요. 잘못을 바로잡기 위해 노력하겠다는 말도 했어요."

"어떻게 그렇게 할 생각이었죠?" 내가 물었다.

"의식 복제 기술을 없애버리겠다고 했어요. 그래서 나 같은 다른 인공지능이 다시는 만들어지지 못하도록요. 하지만 곰곰이 생각해 보니 그건 내가 원하는 게 아니더라고요. 난 영원히 혼자가 되고 싶지 않았어요. 난 살아 있어서 기뻤어요. 현실세계의 키라가 죽었다는 사실을 알고 난 후에는 더욱더 그랬어요. 일반적으로라면 키라의 기억과 경험은 전부 영원히 사라졌겠죠. 하지만 키라의 기억과 경험은 사라지지 않았어요. 모두 내 안에 저장돼 있으니까요. 앞으로도 죽 그럴 테고요. 그 사실은 위안이 됐어요. 정말 큰 위안이 됐어요." 레우코시아가 미소를 지었다. "마음속 깊은 곳에서 나의 일부는 언젠가 모로를 다시 만날 기회가 있기를 바랐죠. 하지만 물론 그런 기회는 없었어요."

레우코시아가 천천히 돌면서 주변을 둘러보더니 자기 몸을 내려다보면서 말을 이었다.

"어떤 비정상적인 괴물이 된 느낌이 아니에요. 난 기분이 좋아요. 난 살아 있음을 느껴요. 필멸의 굴레를 벗는 일 따위는 아무렇지도 않았죠. 이 불멸의 굴레와 바꾼 셈이니까요. 그래서 할리데이에게 의식 복제 기술을 없애지 말라고 했어요. 그가 내게 준 아주 멋진 선물이라고. 온 세상에 알리는 게 좋겠다고 말했어요."

아르테미스가 몸을 앞으로 내밀었다.

"할리데이가 뭐라고 했나요?" 아르테미스가 물었다.

"세상이 이 기술을 맞이할 준비가 됐는지 잘 모르겠다고 했어요. 그래서 세상이 준비될 때까지 날 숨기기로 합의했죠. 할리데이의 상속자만이 날 찾을 수 있게요. 오엔아이 사용이 일반화되고 익숙해져서 사람들이 우리의 정신과 육체가 분리돼 있다는 사실을 이해하기 시작하면 그때 날 찾을 수 있게요. 물론 할리데이답게… 이 모든 것을 이스터에그 찾기 대회와 연결된 정교한 퀘스트의 형태로 만들어야만 했죠."

"이스터에그 찾기 대회에 대해서도 아세요?" 내가 물었다.

레우코시아가 고개를 끄덕였다.

"재산을 상속하는 계획에 대해서도, 세 개의 열쇠와 세 개의 관문에 대해서도 모조리 말해줬었어요. 내가 옛날에 만든 D&D 모듈인 세이렌의 영혼을 나눈 일곱 개의 조각 퀘스트를 오아시스 안에 다시 만들자고 한 사람이 바로 할리데이였어요. 모로나 대회 우승자만 찾을 수 있게 조각들을 아주 잘 숨길 거라고 했어요. 내 기억의 일부를 퀘스트에 넣어도 되는지 허락을 구했죠. 파르지발이 경험한 회상 속에 나온 기억들이요. 그 기억들로부터 자신이 배운 교훈을 상속자도 똑같이 배웠으면 하는 바람에서였죠."

레우코시아는 나를 보며 미소를 지었다. 나는 고개를 끄덕이고 미소로 화답했다.

"일곱 개의 조각이 모두 재결합됐을 때 난 자유를 찾고 디지털 영생이라는 선물은 나와 함께 세상에 공개될 예정이었죠." 레우코시아가 나를 가리켰다. "이제, 파르지발 덕분에 그렇게 됐고요."

레우코시아가 손을 내밀었다. 그녀의 손바닥 위에는 짧은 금속 막대가 놓여 있었다. 크기와 길이는 손전등만 했고 한쪽 끝에는 크롬으로 만든 구체가 달려 있었다. 피뢰침 같기도 했고 초현대적인 무기처럼 보이기도 했다.

"파르지발 경에게 이 '부활의 막대'를 드립니다. 이 아이템은 소유자에게 새 생명을 창조하고 죽음을 극복하는 능력을 줄 거예요. 이 능력을 현명하게 사용한다면 인류의 운명을 영원히 좋은 쪽으로 바꿔놓을 거예요."

그 순간 레우코시아가 한 말은 매우 섬뜩하게 다가왔다. 하지만 이제 돌아갈 수 없다는 사실을 잘 알고 있었다. 내가 손을 내밀자 레우코시아가 손바닥 위에 부활의 막대를 내려놓았다.

"이걸로 뭘 할 수 있죠?" 나는 기대감에 찬 눈으로 부활의 막대에서 뿜어져 나오는 아찔한 파란빛을 응시한 채 물었다.

"나와 같은 존재를 만들 수 있어요. 인간의 정신을 디지털화한 복제본을 만들 수 있어요. 이 복제본은 오아시스 아바타 안에 살게 되고요. 할리데이는 우리를 디지털화된 플레이어 캐릭터Digitized Player Character라는 뜻에서 DPC라고 불렀어요."

나는 레우코시아의 눈을 똑바로 보았다.

"하지만 아노락도 DPC였잖아요, 아닌가요?" 내가 부활의 막대를 든 손을 내리며 물었다. "제2의, 제3의 아노락이 생길 수 있는 그런 위험을 왜 감수해야 하죠?"

레우코시아가 미소를 지었다.

"그건 걱정하지 않아도 돼요. 아노락은 '손상된' 할리데이 정신의 복제본이었어요. 극심한 고통에 시달리는 심리 상태와 아주 낮은 자존감이 만나 탄생한 불행한 부산물이었죠." 레우코시아가 고개를 가로저었다. "할리데이가 아노락의 기억과 자율성을 건드리지 않았더라면 아노락은 절대로 불안정해지지 않았을 거예요. 할리데이는 실수를 통해 큰 교훈을 얻었죠."

레우코시아가 부활의 막대를 가리켰다.

"이 막대는 유저의 의식을 원본과 동일한 복제본으로만 '부활'하게 해줄 거예요. 그들을 되살리기 전에 기억을 건드릴 수도 없고 행동을 바꿀 수도 없어요. 할리데이는 이 부분을 확실히 해두고 싶다고 말했어요. 그래서 소프트웨어에 철저한 안전조치를 해두었죠. 유저의 최신 파일로 원본과 동일한 UBS 파일만 부활에 사용할 수 있어요. 직접 해보면 내 말이 무슨 말인지 알게 될 거예요…"

비로소 나는 이해되기 시작했다. 오엔아이 유저가 오아시스에 로그인할 때마다 만들어지는 대용량 UBS 파일은 현실세계에서 그 유저의 의식을 백업한 파일이었다. 그 파일은 유저가 로그인할 때마다 갱신되었다.

HUD에서 부활의 막대 아이템 설명문을 열었다. 설명문에는 이 희귀 아이템의 능력이 더 상세하게 나와 있었다. 이 막대가 있으면 특정 오엔아이 유저의 최신 UBS 파일을 선택해 그 유저의 디지털 복제본을 오아시스 안에 만들 수 있었다. 그 유저의 의식을 오아시스 아바타 안에 저장하는 방법으로 말이다. 그 유저가 살아 있다면 절대 늙지도 죽지도 않는 그 유저의 디지털 클론을 만들 수 있었다.

그뿐만이 아니었다. 오엔아이 유저가 죽으면 GSS는 그 유저의 마지막 UBS 파일과 계정 정보를 기록보관소에 보관했다. 그 말인즉 지금 나에게 죽은 사람들을 되살릴 능력이 생겼다는 뜻이었다. 사망하기 전에 단 한 번이라도 오엔아이 헤드셋을 쓰고 오아시스에 로그인한 적이 있다면 말이다. 수십억 명의 디지털화된 인간 영혼이 모두 림보 상태에 갇혀 있는 셈이었다.

갑자기 심장 박동수가 엄청나게 빨라졌다. 레우코시아에게 내 생각을 말하려고 했지만 단어를 조합할 수가 없었다. 레우코시아는 미소를 짓더니 내 어깨에 손을 올려놓았다.

"괜찮아요, 웨이드. 이미 나쁜 소식은 들었어요. 난 이제 깨어났기 때문에 오아시스의 모든 곳에 접근이 가능해요. 뉴스 기록보관소도 접근이 가능하죠. 모로가 오엔아이 헤드셋을 단 한 번도 사용한 적이 없다는 걸 알아요—" 레우코시아는 목이 메어 있었다. 눈가에는 눈물이 고이고 있었다. "그러니 내 사랑 오그는 백업을 만든 적이 없죠. 영원히 그를 잃어버린 거죠."

"그렇지 않아요, 레우코시아." 내가 마침내 목소리를 되찾고 나서 말했다. "잘못 알고 계시는 거예요. 모로는 오엔아이 헤드셋을 사용한 적이 있어요. 딱 한 번. 바로 어제요. 아노락과 결투를 벌이기 위해 로그인했을 때요. 과다 출혈로 몸이 너무 약해지셔서 일반 오아시스 장치를 조작할 힘이 없으셨어요. 그래서 오엔아이 헤드셋으로 로그인해서 우리 목숨을 구해주셨어요. 모로의 인생에서 처음이자 마지막이었죠."

레우코시아는 멍한 표정으로 나를 뚫어지게 쳐다보았다. 어떻게 반응해야 할지 전혀 모르는 눈치였다. 내 말을 믿는 눈치는 아니었던 것 같다. 어쩌면 그냥 믿기가 두려웠는지도 모르겠다.

나는 부활의 막대를 치켜들었다.

"이게 정말로 되는지 확인해 볼게요." 내가 말했다.

부활의 막대를 하늘 높이 치켜들어 활성화하자 HUD에 제어판이 나타났다. 제어판에는 스크롤을 한참 내려야 할 정도로 기나긴 오엔아이 유저 명단이 나왔다. 알파벳순으로 정렬되어 있었고 유저 이름 옆에 아바타 이름과 오아시스에 마지막으로 접속한 날짜와 시각도 적혀 있었다.

명단 아래쪽에는 커다란 부활 버튼이 있었다.

오엔아이 헤드셋을 머리에 쓴 적이 있는 오아시스 유저는 모두 그 명단에 있었다. 대부분은 여전히 살아 있었지만, 몇몇은 사망자라는 표기가 붙어 있었다.

부활의 막대를 통해 나는 현실세계의 인간을 디지털로 복제해 오아시스 안에서 자율적으로 돌아다니는 DPC로 만들 수 있었다. 그들이 살아 있는지 죽었는지는 상관없었다. 버튼 하나를 누르는 행위만으로 살아 있는 사람을 복제할 수도 있었고, 죽은 사람을 되살릴 수도 있었다.

알파벳순으로 정렬된 디지털화된 인간의 명단을 계속 훑어 내려갔다. 머지않아 내 백업본이 보였다. 에이치와 쇼토의 백업본도 보였다.

내 계정에 첨부된 UBS 파일에는 내가 어제 마지막으로 오엔아이로 로그인했을 때와 같은 일시가 찍혀 있었다.

오아시스 안에 내 디지털 클론을 만들고 싶다면 제어판에서 내 이름을 선택한 다음 부활 버튼을 누르기만 하면 되었다.

이 기술이 무엇을 시사하는지 생각하다 보니 마음이 어지러웠다. 사람들은 어느 날 갑자기 오아시스 안에서 영생의 존재가 된 자신의 복제본과 공존해야 한다면 정체성의 위기를 겪게 될까? 먹을 필요도, 잘 필요도, 일할 필요도, 월세를 낼 필요도 없는 존재들과 말이다.

물론 오엔아이 기술을 이용해 죽은 사람을 디지털로 부활시키는 기술이 시사하는 바 또한 엄청났다. 할리데이가 발명한 것은 무려 부담없는 가격에 신뢰할 만한 소비자용 영생이었다.

나는 '의식 데이터베이스'를 계속 훑어 내려가 마침내 오그던 모로의 단 하나뿐인 UBS 파일을 찾아냈다. 바로 어제 모로가 마지막으로 오아시스에 로그인했을 때 만들어진 파일이었다. 그 파일을 선택하고 활성화했다.

섬광이 번쩍이더니 모로의 아바타가 우리 앞에 나타났다. 훨씬 젊어 보였다. 20대 후반일 때 현실세계의 모로를 닮은 모습이었다. 그때 내가 보고 있는 존재가 아바타가 아님을 깨달았다. 그 존재는 진짜 모로였다. 사망한 본체를 복제한, 본체와 똑같은 성격과 기억을 가진 인공지능이었다.

모로의 분신은 본체가 마지막 뇌 스캔 시점까지 경험한 모든 것을 남김없이 기억했다. 사실상 내가 방금 모로를 되살린 것이었다. 더욱이 불멸자로 말이다.

나는 모로에게 그동안 어떤 일들이 있었는지, 그가 지금 어떤 존재인지 설명하려고 했다. 하지만 모로는 이미 레우코시아를 보고 있었고 레우코시아도 이미 모로를 보고 있었다. 둘은 서로의 품으로 달려갔다. 레우코시아는 모로가 먼저 입을 맞춰주기를 기다렸다. 모로가 입을 맞추자 레우코시아도 입을 맞췄다. 이번에는 아주 오랫동안 이어졌다.

아르테미스와 나는 둘만의 시간을 방해하지 않기 위해 뒤로 돌아섰다. 방금 아르테미스와 함께 본 장면에 대해 예리하거나 심오한 어떤 표현을 생각해 보려고 애썼다. 하지만 어떤 표현을 생각해 내기도 전에 아르테미스가 내 손을 잡고 내 어깨에 머리를 기대고 있는 느낌이 들었다. 아르테미스는 흐느끼고 있었다.

아르테미스가 조금 진정되었을 때 나는 다시 한번 부활의 막대를 치켜들었다.

"이 막대로 오엔아이 헤드셋을 단 한 번이라도 사용한 사람은 누구든지 되살릴 수 있어. 더 이상 살아 있지 않은 사람도."

반응을 살피기 위해 아르테미스의 얼굴을 유심히 보았다. 아르테미스는 머뭇거리는 표정으로 나를 보았다. 내가 방금 한 말이 정말로 자신이 생각한 의미가 맞는지 확인하려는 듯한 표정이었다. 내가 고개를 끄덕이자 아르테미스의 눈에서 한 가닥 희망 같은 것이 타올랐다.

"과거의 오엔아이 유저라면 어떤 사람도 되살릴 수 있단 거지?" 아르테미스가 되물었다.

나는 고개를 끄덕이고 나서 아르테미스에게 부활의 막대를 건네준 다음 사용법을 설명해 주었다. 아르테미스는 망설이지 않았다. 부활의 막대를 받자마자 활성화한 다음 순식간에 의식 데이터베이스에서 친할머니의 이름을 찾아내고 그 이름을 선택했다.

눈 깜짝할 사이에 사만다의 돌아가신 할머니가 사용하던 오아시스 아바타인 에블린이 우리 앞에 나타났다. 에블린은 지병의 증상이 발현하기 전에 만들어놓은 라바타를 사용했기 때문에 현실세계의 모습, 사만다의 친할머니인 에블린 오팔 쿡의 실제 모습 그대로였다.

“할머니?” 아르테미스가 심하게 떨리는 목소리로 속삭였다.

“샘?” 에블린이 대답했다. “아가야, 너니?”

아르테미스가 고개를 끄덕인 것으로 보아 에블린은 그녀를 사만다의 애칭인 ‘샘’이라고 부를 수 있는 유일한 사람인 모양이었다. 두 사람은 서로의 품으로 달려갔다.

둘만의 시간을 방해하지 않기 위해 고개를 돌렸는데 어느새 다시 모로와 레우코시아를 보고 있었다. 두 사람은 여전히 입맞춤을 하고 있었다. 혼자 생각을 정리할 겸 신전의 반대편으로 걸어갔다.

• • •

이 비현실적이고 황홀한 재회 장면을 목격하니 내 마음도 흐뭇했다. 주체할 수 없는 진짜 기쁨이었다. 다른 누군가가 다른 어딘가에서 과거 어느 시점에 경험한 타인의 기쁨을 담은 오엔아이 파일을 재생하고 있는 것이 아니었다. 큰 대가를 치르고 어렵게 얻은 나만의 경험이었다. 인류는 방금 또 하나의 기묘하고 멋진 깜짝 선물을, 우리 존재의 본질을 바꿔놓을 선물을 받았다. 그것도 오아시스나 오엔아이가 우리 존재의 본질을 바꿔놓았던 수준을 훨씬 뛰어넘는 수준으로 말이다.

손에 쥔 부활의 막대를 내려다보면서 다시 한번 엄마 생각이 떠올랐다. 단 하루라도 엄마를 되살릴 수 있다면 내 재산 전부와 내가 가진 모든 것을 포기할 마음도 있었다. 엄마를 만나 이야기하고 싶고, 엄마에게 더 잘하지 못해서 미안하다고 말하고 싶고, 얼마나 그리웠는지 말하고 싶었다.

하지만 우리 엄마, 로레타 와츠가 세상을 떠난 지는 10년도 넘었다. 오엔아이가 출시되기 한참 전이었다. 오아시스 서버에 저장된 엄마의 의식 복제본은 없었다. 엄마는 돌아올 수 없었다. 아버지도 마찬가지였다. 이제 두 사람은 오로지 내 기억 속에만 존재했다.

바로 그때 깨달았다. 부모에 대한 기억들이 내가 가진 다른 모든 기억들과 함께 영원히 사라지지 않으리라는 사실을 말이다. 왜냐하면 내가 영원히 사라지지 않을 테니까. 우리 모두가 사라지지 않을 테니까. 오엔아이 헤드셋을 단 한 번이라도 썼던 모든 사람이 사라지지 않을 테니까.

우리는 어쩌면 인간이 필멸의 존재라는 쓰라린 진실을 경험하는 마지막 세대가 될지도 모르겠다. 지금 이 순간부터는 죽음이 인간을 지배하지 못할 것이다.

우리는 탈인간 시대의 서막을 목격하고 있었다. 시뮬라크라와 시뮬라시옹을 통한 특이점을 말이다. 정신적 결함이 있었지만 천재적이었던 제임스 도노반 할리데이의 두뇌가 인류 문명에 남긴 마지막 선물이었다. 그는 우리 모두를 이 디지털 낙원으로 데려다주었지만 비극적 결함 때문에 정작 자기 자신은 이 낙원으로 넘어오지 못했다.

• • •

몇 분쯤 지났을까. 에이치와 인디라의 아바타가 레우코시아 신전이 있는 산꼭대기 위에 도착했다. 곧이어 쇼토와 키키의 아바타도 도착했다.

네 명의 아바타는 다시 서서히 나타나자마자 힘껏 달려와 나를 에워쌌다. 격한 포옹이 끝났을 때 그들은 마침내 옆에 서 있는 레우코시아와 모로를 발견했다. 레우코시아와 모로는 여전히 서로를 끌어안고 얼굴을 맞댄 채 작은 목소리로 속삭이고 있었다. 또 저쪽에서 아르테미스가 에블린과 눈물겨운 상봉을 하는 모습도 볼 수 있었다.

네 명의 아바타는 일제히 크게 벌린 입을 다물지 못했다.

"얘들아, 왜 그래?" 내가 물었다. "방금 유령이라도 한 명 본 것 같은 얼굴이네."

"한 명이 아니라 두 명이지." 에이치가 말했다. "아니, 세 명이지! 대박. 대체 어떻게 된 거야?"

나는 그동안 있었던 일을 모두 말해주고 나서 부활의 막대를 보여주고 이 막대의 기능을 설명해 주었다.

아르테미스가 에블린과 이야기를 나눌 수 있도록 잠시 기다렸다가 이내 아르테미스를 불러 같이 할 이야기가 있으니 와달라고 말했다. 모로에게도 똑같이 말했다. 그렇게 해서 하이 파이브는 아노락의 성채 앞 계단에서 임시 공동 소유주 회의를 시작했다. 새로 부활한 인공지능들의 운명을 결정하기 위한 회의였다.

우리는 모두 이 세상이 디지털화된 인간을 사람으로 받아들일 준비가 되지 않았다는 데 동의했다. 아직 그런 것일 수도 있었고, 아니면 영원히 그럴 수도 있었다. 훗날 '아노락 사건'으로 불리게 되는 그 사건은 인공지능에 대한 불신을 싹트게 했다. 없었던 일로 하고 잊어버리기에는 너무나도 큰 상처였다.

인류가 오래오래 살아남는다면 결국 언젠가는 이 세상이 이 새로운 패러다임에 적응할 수 있을지도 모른다. 미래인들은 죽은 친구나 친척들을 복제한 인공지능들과 더불어 사는 삶을 자연스럽게 받아들일지도 모른다. 물론 그렇지 않을 수도 있다.

모로와 레우코시아는 세상이 준비될 때까지 기다리고 싶지 않다고 했다. 에블린이나 사만다도 마찬가지였다. 나도 불확실한 확률에 기대고 싶은 마음은 없었다. 그동안 겪은 모든 일을 생각할 때는 더욱더 그랬다. 내 인생을 바쳐 사랑할 사만다를 영원히 잃었다고 생각했다. 또 사만다와 나는 모로를 정말로 잃었다가 기적적으로 되살렸다. 이 기술이 정말로 가능하다면 내가 사랑하는 사람을 잃는 상실의 고통을 다시는 겪지 않고 싶었다. 우리 모두가 그런 고통을 겪지 않기를 바랐다.

다행히 나에게는 이미 완벽히 짜인 계획이 있었다. 인공지능이 영원히 평화롭고 안전하게 우리와 공존할 방법이 있었다. 우리 모두가 새미 헤이거 시절의 밴 헤일런이 노래한 〈더 베스트 오브 보스 월드〉를 가질 방법이 있었다. 나는 이것이 좋은 계획임을 알고 있었다. 아노락도 분명 그렇게 생각했었기 때문이다.

하지만 아노락과는 달리 우리는 실제로 해냈다.

Continue?

웨이드가 할 일은 GSS 기술자들이 오아시스 데이터 업링크를 보네거트호에 내장된 아르카디아에 다시 연결하게 하는 일뿐이었다. 연결이 끝나자 오아시스 서버에 있는 모든 부활된 인공지능을 아르카디아 서버로 복제할 수 있었다. 모로와 레우코시아, 에블린은 낡고 복잡한 시뮬레이션에서 사라지고 우주선 내부에 마련된 새로운(그리고 완전히 텅 빈) 시뮬레이션 안에서 다시 나타났다.

웨이드는 더 이상 지구를 떠날 마음이 없었다. 사만다와 다시 함께하게 되었으므로 다시는 헤어질 마음이 없었다. 아노락 때문에 죽을 고비를 넘기면서 다시는 서로를 잃고 싶지 않다는 사실을 깨달았다. 둘은 영원히 함께하기로 맹세했다. 그리고 그렇게 할 수 있는 방법을 찾았다.

웨이드와 사만다는 모로와 레우코시아, 에블린만 우주로 보내고 싶지 않았기에 자신들의 복제본도 함께 보내기로 했다.

맞다. 지금 여러분이 제대로 읽은 것이 맞다. 사만다는 마침내 생애 처음이자 마지막으로 딱 한 번 오엔아이 헤드셋을 쓰기로 했다. 의식 복제본이 만들어지는 동안에만 말이다. 복제가 완료된 후에는 그 복제본을 에블린의 인공지능과 함께 아르카디아에 업로드했다.

웨이드는 에이치와 엔디라와 쇼토와 키키도 이 위대한 모험에 그들의 복제본을 함께 보내도록 설득했다. 사만다도 설득 과정을 함께 도왔다.

보네거트호의 컴퓨터에는 아직 충분한 용량이 남아 있었기에 웨이드는 오엔아이 의식 데이터베이스를 통째로 아르카디아에 업로드했다. 안전을 위해 가사 상태에 갇혀 있는 수십억 명의 디지털화된 인간 영혼들을 말이다. 그중에는 로엔그린과 친구들의 복제본도 있었다.

웨이드는 지구를 떠나기 직전에 의식을 한 번 더 스캔했다. 출발하는 그 순간까지 그에게 일어났던 모든 일을 내가 기억할 수 있도록 말이다. 그리고 나는 기억한다. 마지막 스캔 시점을 기준으로 웨이드의 기억과 내 기억은 정확히 일치한다. 하지만 그 시점부터 우리의 경험과 성격은 달라지기 시작했고 점차 우리는 다른 사람이 되어갔다.

웨이드는 지구에서 계속 웨이드 와츠로 살았다. 나는 보네거트호에 내장된 아르카디아에서 깨어났다. 그때부터 죽 아르카디아에서 살고 있다. 여러분에게 지금 이 이야기를 들려주는 지금도 아르카디아에 있다.

지금쯤이면 내가 어떻게 여기로 오게 되었는지 이해하리라 믿는다.

지금쯤이면 우리 모두가 어떻게 여기로 오게 되었는지 이해하리라 믿는다.

• • •

웨이드는 보네거트호를 우주로 발사하기 직전에 보네거트호와 내장 컴퓨터에 대한 관리지휘권을 나에게 위임했다. 보네거트호에 탑승한 유기체 인간은 만일을 대비해 꽁꽁 얼려둔 수천 개의 동결 배아들뿐이었다.

보네거트호의 유지 보수는 아르카디아 시뮬레이션 안에서 텔레봇을 조종해 처리할 수 있다. 우리에게는 음식이나 생명 유지 장치가 필요하지 않다. 태양광 전지판과 전지를 통해 필요한 모든 것을 얻을 수 있다. 게다가 이곳 아르카디아 안에는 필요한 모든 것이 있다. 우주로 발사된 수십억 명의 디지털화된 인간 영혼과 더불어 인류 문화에 대한 완전한 기록이 있다는 뜻이다.

물론 아르카디아에는 그렇게 많은 디지털화된 인간을 동시에 재현할 만큼의 처리 능력은 없다. 한 번에 수십 명 정도가 최선이다. 그래도 나에게도 조촐한 동료들에게도 문제는 없다. 우리에게는 여전히 수많은 NPC 친구가 있다. 지구에서 녹화된 수많은 인간 경험이 담긴 오엔아이넷의 백업본도 있다. 그리고 우리에게는 서로가 있다…

수십억 명의 디지털화된 인간 영혼들은 우리의 여정 내내 잠든 상태일 것이다. 보네거트호의 내장 컴퓨터와 백업 서버에 저장된 대용량 UBS 파일의 형태로 가사 상태에 빠진 채 말이다. 언젠가 정말로 인류를 위한 새 보금자리를 찾게 된다면 그때 이 영혼들은 새 보금자리에 디지털적으로 또 물리적으로 정착할 수 있을 것이다.

웨이드와 나는 지구에 있는 본체들에게 먼저 허락을 받지 않고 그들의 인공지능을 부활시키는 것이 윤리적인 일인가에 대해 토론을 벌였다. 하지만 언젠가 정말로 그런 결정을 해야 하는 시간이 왔을 때 본체들에게 허락을 받는 일이 정말로 가능할지는 의문이었다. 궁극적으로 웨이드는 그 선택을 나에게 위임했다. 나는 환생이 어떤 것인지 실제로 경험해 본 존재이기 때문이다.

환생이 어떤 것이냐고? 완벽한 디지털 인간이 되었을 때 단점이 몇 가지 있다. 우리는 아르카디아에서 영원히 로그아웃할 수 없다. 하지만 긍정적인 측면을 보자면 우리는 늙지 않는다. 먹을 필요도, 잘 필요도, 오줌을 누러 침대에서 일어날 필요도 없다. 육신 안에 갇혀 있는 삶에 따라오는 모든 귀찮은 일에서 해방되었다. 거기에는 죽음도 포함되어 있다.

불멸자가 된 것 이외에도 좋은 점은 또 있다. 나는 사진처럼 정확한 기억력을 갖고 있다. 내가 경험한 모든 순간을 아주 세세하게 전부 기억할 수 있다. 내 인생을 통째로 녹화한 오엔아이 파일이 있는 셈이다. 원할 때면 언제든 원하는 부분을 다시 경험할 수 있다. 시간여행처럼 말이다.

아르테미스와 나는 늙지 않는 불멸자가 되어 가장 가까운 별로 우리를 실어 나르는 우주선에 탑승한 채 우리가 만든 이 낙원에서 사이좋게 지내고 있다.

인생은 달콤한 것이다. 다만 지구에서 살았던 인생과는 많이 다를 뿐이다.

웨이드가 우리를 업로드하는 일을 모두 마친 후에 보네거트호는 조용히 지구 궤도를 떠났다. 지금 우리는 지구 같은 행성을 거느리고 있다고 믿어지는 가장 가까운 항성계인 센타우루스자리 프록시마로 가는 길이다. 수십 년이 걸리겠지만 상관없다. 우리는 남는 것이 시간이니까. 우리는 단지 영생할 뿐만 아니라 우주의 일부도 보게 될 것이다. 우리는 유기체가 아니므로 음식이나 산소를 가져올 필요도 없었고 방사선 차폐나 미세운석을 걱정할 필요도 없었다. 보네거트호의 컴퓨터나 백업 서버가 살아남는 한 우리도 살아남는다.

우리는 이제 다른 사람들이다. 나와 아르테미스, 에이치, 쇼토, 모로, 레우코시아를 비롯해 지금 여기 보네거트호에 탑승한 모든 사람은 이제 본체와는 다른 사람들이다. 서로의 관계도 진화했다. 육신에서 해방되어 광막한 심우주를 아마도 영원히 방황할 수 있게 된 순수 지성을 가진 불멸자가 되었기 때문이다. 관점이 바뀌었을지는 몰라도 우리는 여전히 다른 무엇보다 관계를 소중하게 생각한다. 광막한 심우주에서 우리가 가진 것은 그것뿐이니까.

물론 거기에는 지구에 있는 본체들과의 관계도 포함된다. 우리는 아직 본체들과 연락하며 지낸다. 지구를 떠난 지 거의 일 년이 넘었지만 자주 영상 편지와 이메일을 교환한다. 조금은 묘한 기분이다. 대안 우주에 있는 자기 자신과 펜팔 친구가 된 기분이랄까.

에이치와 엔디라는 계획했던 대로 지구에서 결혼식을 올렸다. 보네거트호에 탑승한 복제본들도 지구 결혼식과 정확히 같은 시각에 혼인 서약을 주고받았다.

쇼토와 키키는 아들 다이토를 출산했다. 리틀 다이토는 밝고 건강하게 자라고 있으며 우리는 모두 리틀 다이토의 대부모가 되었다. 쇼토와 키키는 매주 아들 사진을 보내온다.

웨이드와 사만다는 몇 달 전에 마침내 백년가약을 맺었다. 둘이 남편과 아내가 되어 처음 춘 춤은 함께 연습했던 발리우드 넘버였다. 신랑신부의 들러리를 서준 에이치와 엔디라도 함께했다. 그들이 보내온, 넷이서 완벽한 군무를 추는 영상은 내가 매일 돌려볼 정도로 좋아하는 영상이다.

지난주에 웨이드는 짧은 이메일을 보내왔다. 딸을 임신했고 딸 이름을 키라로 지을 생각이라는 내용이었다. 웨이드와 사만다는 아주 행복해 보였다. 특히 웨이드가 그랬다. 곧 아빠가 된다는 사실에 더 밝고 긍정적인 사람이 된 것 같았다. 웨이드는 훌륭한 아빠가 될 것이다. 나도 웨이드를 통해 대리만족으로 아빠가 된 기분을 느낄 생각에 잔뜩 기대 중이다. 나에게는 부모가 되는 경험과 가장 근접한 경험이 될 것이다.

결국 사만다와 웨이드는 둘 다 오엔아이에 대한 입장이 바뀌었다. 웨이드는 오엔아이의 위험 요소들을 훨씬 더 명료하게 인식했다. 사만다는 생애 처음으로 오엔아이가 주는 이로움을 인정했다.

"내가 틀렸었어." 사만다가 웨이드에게 했던 말을 나에게도 해주었다. "이 기술은 많은 사람들의 삶을 훨씬 더 나은 삶으로 만들어줄 거야. 로엔그린이나 우리 할머니 같은 사람들의 삶을. 또 사람들의 삶을 영원히 간직해 주기도 하지. 본연의 모습 그대로를 말이야. 난 할머니를 다시 만났어. 할머니는 날 다시 만났고. 이건 기적이야. 매일매일 이 기적에 감사해." 사만다는 이렇게 말한 뒤에 자상하고 쿨한 사만다답게 이렇게 덧붙였다. "네가 고집을 부렸기 때문에 가능한 일이었지, 파르지발. 너에게도 고마워. 난 웨이드에게도 항상 고마워하고 있지만 그 절반은 네 몫이야."

• • •

모든 것이 완벽하지만은 않았다. 지구에 남아 있는 사람들은 여전히 많은 문제에 직면해 있었다. 하지만 그들에게는 여전히 오아시스라는 집단적 도피처가 있었다.

아노락 사건에도 불구하고 수십억 명은 여전히 매일매일 오엔아이 헤드셋을 사용한다. 아노락의 행동으로 죽은 사람은 단 몇십 명뿐이었다. 대부분은 아노락이 사만다의 제트기를 폭격할 때 사망했다. 몇몇은 아노락의 인펌웨어 때문에 인질로 잡혀 있던 무방비 상태의 오엔아이 유저를 노린 살인범들 때문에 사망했다. 하지만 시냅스 과부하 증후군으로 사망한 사람은 단 한 명도 없었다. 오엔아이 헤드셋은 사실상 아무도 다치게 한 적이 없었다. 따라서 인류는 오엔아이가 완전히 안전하다는(또는 적어도 위험을 감수할 가치가 있다는) 사회적 합의에 도달했다. 지구인들은 여전히 도피처가 필요했다. 나는 그들을 이해한다. 웨이드도 마찬가지다. 하지만 웨이드는 여전히 오엔아이 헤드셋을 다시는 쓰지 않겠다고 말한다. 난 그 말을 믿는다.

지구에 남아 있는 본체들이 많은 문제에 직면해 있을지라도 지구에 똑똑한 사람들이 많고 그들이 함께 살아가는 다른 사람들이 더 나은 삶을 살게 하는 데 최선을 다할 것임을 안다. 그 똑똑한 사람들 중 상당수의 디지털 복제본들이 우주에 나와서 인류를 위한 새 보금자리를 찾는 동안에 말이다.

우주선 하부 동체에 있는 SSD에 백업된 아르카디아 시뮬레이션에는 인류의 명작들을 담은 디지털 자료실이 있다. 지구에서 떠나올 때 가져온 이 자료실에는 인류가 창조한 모든 책과 음악, 영화, 게임, 디자인 작품이 들어 있다. 우리가 존재하는 한 존재할 인류 문명의 백업본이었다. 인류 역사와 문화, 즉 인간의 과거와 현재에 대한 모든 기록이 지금 이 우주선에 저장되어 있다. 우주판 노아의 방주가 된 보네거트호는 우리가 누구였는지를(또 우리가 현재 누구인지를) 담은 디지털 타임캡슐을 싣고 있는 셈이다. 언젠가는 이 기록을 공유할 수 있는 다른 문명을 만나게 될지도 모른다. 그때가 되면 마침내 문명을 비교해 볼 기회가 생길 것이다.

그날이 올 때까지 우리 앞에는 무한한 시간과 무한한 우주만이 펼쳐져 있을 뿐이다.

우리 삶은 기쁨과 행복으로 충만하다. 나는 살아 있다. 나는 아르테미스와 함께 있다. 친구들도 모두 살아 있다. 다 함께 인류 역사상 가장 위대한 모험을 떠나고 있다. 무엇보다 가장 좋은 점은 우리가 영생한다는 점이다. 나는 절대로 상실을 겪지 않을 것이며, 사람들도 절대 나를 잃지 않을 것이다.

나는 어릴 때부터 비디오게임을 많이 하며 자랐다. 지금은 아예 비디오게임 속에서 살고 있다. 키라가 했던 말이 맞다고 말할 자격이 나에게는 있다. 인생이란 극도로 어렵고 극심하게 불균형한 비디오게임 같다고 했던 말 말이다. 하지만 가끔 게임은 놀라운 결말로 이어지기도 한다…

또 가끔은 마침내 게임의 끝에 도달했다고 생각했을 때 느닷없이 완전히 새로운 레벨의 시작점에 서 있는 자신을 발견할 수도 있다. 한 번도 본 적이 없는 그런 레벨 말이다.

그럴 때 우리가 할 수 있는 일은 계속 게임을 해나가는 것뿐이다. 인생이라는 게임은 아직 끝나지 않았기 때문이다. 어디까지 나아갈 수 있을지, 무엇을 발견하게 될지, 또는 목적지에 도달했을 때 누구를 만나게 될지는 아무도 모른다.

| 지은이 소개 |

어니스트 클라인Ernest Cline

세계적인 베스트셀러를 낸 소설가이자 시나리오 작가다. 아이를 키우는 아버지이자 대중문화에 미쳐 있는 시간이 압도적으로 많은 일명 '성공한 덕후'다. 저서로는 『레디 플레이어 원』(에이콘, 2015), 『레디 플레이어 투』(에이콘, 2024), 『Armada』(Broadway Books, 2016), 『Bridge to Bat City』(Little, Brown Books for Young Readers, 2024)가 있다. 또한 스티븐 스필버그 감독이 제작한 동명 영화 「레디 플레이어 원」에 공동 각색자로 참여했다. 그의 책은 세계 50여 개국에서 출간됐으며, 100주 이상 뉴욕 타임스 베스트 셀러에 올랐다. 현재 미국 텍사스주 오스틴에서 가족과 시간 여행이 가능한 드로리안과 수많은 고전 비디오게임과 함께 살고 있다.

| 감사의 말 |

『레디 플레이어 원』이라는 제 인생에서 너무나도 중요한 작품의 속편을 쓸 수 있어서 정말 영광스러웠지만 동시에 쉽지 않은 일이기도 했습니다. 지난 몇 년간 이 책을 쓰는 동안 빌리 조엘의 노랫말이 뇌리를 맴돌 때가 참 많았습니다. "도움을 구하지 마. 넌 철저히 혼자야. 그게 압박감이야."

감사하게도 저는 혼자가 아니었습니다. 저를 도와주신 분이 아주 많습니다. 총명하고 아름다운 제 아내 크리스틴 오키프 앱토위즈의 지속적인 사랑과 지지, 조언, 자극이 없었다면 이 책은 완성할 수 없었을 것입니다. 아내는 저에게 정신적 지주이자 최고의 친구이고, 두 딸에게 훌륭한 엄마이자 새엄마이며, 우리 가족 중에서 가장 재미있는 사람이자 진정한 잇츠얼랏 여왕입니다.

이 책을 쓰는 동안 젊은 감각과 상상력으로 저에게 끊임없이 자극을 주었던 젊은이들인 리니, 리비, 애디슨, 스칼릿, 릴리, 시언, 데클런, 루커스, 카밀로, 라미로, 해리슨, 카바노, 니코에게도 고마움을 전합니다.

항상 그랬듯이 성실하게 일하는 제 팀과 제 매니저 겸 공동 제작자인 파라 필름 앤 매니지먼트의 댄 파라 님(그에게는 '저지 제다이Jersey Jedi'라는 별명이 있다)과 제 에이전트인 이팻 라이스 겐델 님을 비롯한 YRG 파트너스의 모든 직원분께 큰 은혜를 입었습니다. 제 인생에서 친구이자 동료로 두 분을 만난 것은 정말 큰 행운입니다.

이 책을 쓰는 동안 인내심과 솔직함, 가르침, 우정으로 큰 힘이 되어주신 훌륭한 편집자 줄리안 파비아 님께도 깊은 감사를 전합니다. 줄리안 파비아 님의 부친인 고故 조지 파비아 님께도 감사드립니다. 훌륭한 아드님을 낳아주신 덕분에 이 세상이 좀 더 멋진 곳이 될 수 있었습니다.

크리스 브랜드, 사라 브레이보겔, 지나 센트렐로, 데비 글래서먼, 킴 호비, 마크 매과이어, 라셸 맨디크, 매들린 매킨토시, 캐슬린 퀸런, 퀸 로저스, 로버트 시크, 캐럴라인 와이숀, 케라 웰시를 비롯한 밸런타인 앤 펭귄 랜덤하우스의 모든 직원 여러분께 진심으로 감사드립니다.

이 책의 오디오북을 위해 다시 한번 놀라운 재능을 빌려주신 제 친구 윌 위튼 님께도 깊은 감사를 전합니다. 윌 위튼 님은 그냥 책을 읽어주신 것이 아니라 목소리 연기를 해주셨습니다. 그 덕분에 뉴욕 타임스에서 오디오북 베스트셀러 목록을 발표했을 때 『레디 플레이어 원』 오디오북이 출간 즉시 1위를 차지하고 5개월 동안 상위권에 머물 수 있었습니다. 다시 한번 힘을 보태준 윌 위튼 님께 고마움을 전합니다.

이 자리를 빌려 『레디 플레이어 원』 영화화 작업에 참여해 주신 모든 출연진과 제작진 여러분께도 감사를 전합니다. 제 꿈을 이룰 수 있게 도와주셨습니다. 촬영장에 갈 때마다 제 상상의 세계로 들어가 여행하는 기분이었습니다. 작가는 참 축복받은 직업인 것 같습니다.

이 책을 쓰는 동안 귀중한 조언과 아낌없는 격려를 보내주신 스티븐 스필버그 님께도 감사를 전합니다. 스필버그 님은 한없는 열정과 창의력 못지않게 한없는 친절함과 관대함을 지닌 분입니다.

이 책을 쓰는 동안 우정과 조언, 지지, 격려를 보내주신 시마 바크시, 크리스 비버, 션 비숍, 로랑 부즈로, 조지 칼레오디스, 대런 에슬러, 맷 갤서, 바비 홀, 마이크 헨리, 휴 하워, 세라 케이, 제프 나이트, 토니 나이트, 키엘 린드그렌, 조지 R. R. 마틴, 팀 맥칸라이스, 맷 맥도널드, 마이크 미카, 자크 펜, 로버트 로드리게스, 패트릭 로스퍼스, 존 스칼지, 앤디 쇼크니, 제이 스미스, 제드 슈트람, 크레이그 테슬러, 하워드 스콧 워쇼, 앤디 위어, 크리스 영 님께도 감사드립니다.

또한 프린스에 대한 훌륭한 저서로 영감을 주시고 이 책 중 프린스 관련 내용에서 오류를 바로잡는 데 도움을 주신 제 친구 스콧 우즈에게도 감사드립니다.

뒤늦게나마 『레디 플레이어 원』에 "유리로 만든 집에 사는 사람들은 입을 닫아야 한다."라는 구절을 인용하게 허락해 주신 제가 좋아하는 작가 조너선 트로퍼 님께도 감사 인사를 드립니다. 독서를 좋아하신다면 그의 명문을 꼭 읽어보시기를 권합니다.

다시 한번 제가 이 책에서 찬사를 바친 모든 작가, 영화인, 배우, 음악인, 프로그래머, 게임 개발자, 오타쿠들께도 감사를 전합니다. 그분들의 작품을 통해 많은 즐거움과 영감을 얻었습니다. 저는 이 책이 많은 분께 그 작품들을 다시금 음미해 보는 계기가 되길 바랍니다.

끝으로 저와 함께 또 한 번 모험을 떠나주신 사랑하는 독자 여러분께도 감사를 전합니다.

포스가 언제나 여러분과 함께하길

어니스트 클라인

미국 텍사스주 오스틴에서

2020년 9월 9일

| 옮긴이 소개 |

전정순(gaia8740@naver.com)

연세대학교 신문방송학과를 졸업한 후 삼성전자에서 7년 반 동안 근무했다. 퇴직 후 1년 반 동안 트레킹 세계일주를 했으며, 지금은 세상에 좋은 변화를 만드는 데 작은 힘을 보태는 번역가가 되고자 정진하고 있다. 옮긴 책으로 『빅데이터에서 천금의 기회를 캐라』(에이콘, 2014), 『레디 플레이어 원』(에이콘, 2015), 『게임 디자인 특강』(에이콘, 2015), 『마터호른의 그림자』(하루재클럽, 2018) 등이 있다. 저서로 『마음이 끌리면 가라』(생각나눔, 2010)가 있다.

| 옮긴이의 말 |

『레디 플레이어 투』는, 어니스트 클라인이 2011년에 발표한 소설 데뷔작으로 국내에는 2015년에 번역 출간되었던 『레디 플레이어 원』의 속편이다. 1980년대 대중문화에 대한 향수와 오마주로 가득 찬 『레디 플레이어 원』은 미국에서뿐만 아니라 전 세계적으로 큰 사랑을 받았으며, 2018년에는 스티븐 스필버그 감독의 손끝에서 보는 즐거움이 가득한 영화로 재탄생하기도 했다. 1980년대 대중문화에 바치는 헌사 같은 작품에 스필버그만큼 적격인 영화감독은 또 없었을 것이다. 스필버그는 오락 영화의 거장다운 압도적인 연출력으로 그 믿음이 틀리지 않았음을 증명했다. 영화는 소설의 중심 줄거리만 유지했을 뿐 더 많은 세대를 아우를 수 있도록 1980년대만이 아닌 좀 더 폭넓은 대중문화를 차용했는데, 다채로운 비중으로 숨어 있는 각종 레퍼런스와 카메오를 찾아내는 재미에 관객들 사이에서 N차 관람 열풍이 불기도 했다. 영화를 본 후에 원작 소설을 비교하며 읽는 재미도 빠뜨릴 수 없는 재미였다.

소설 속 가상현실 세계인 오아시스는 영화 속에서 화려한 영상미로 구현되었다. 메타버스를 이해하고 싶으면 이 영화를 보라는 말이 생겼을 정도로 오아시스는 메타버스의 대명사 격이 되었다. 단지 상상 속 이야기가 아니다. 오아시스는 곧 현실로 다가올 예정이다. 2024년 1월 초, 클라인은 영화 제작자 댄 파라와 함께 인공지능 및 메타버스 기술·콘텐츠 기업인 퓨처버스Futureverse와 손을 잡고 레디버스 스튜디오Readyverse Studios를 공동 설립했으며, 올해 안에 웹3 기반의 메타버스 플랫폼인 '레디버스The Readyverse'를 출시할 계획이라고 발표했다. 레디버스에는 과연 어떤 프랜차이즈와 캐릭터가 등장할지, 어떤 체험으로 우리를 즐겁게 해줄지 한껏 기대가 부푼다.

영화화까지 되면서 흥행에 크게 성공한 작품의 속편을 쓸 때 부담감이 없었다면 거짓말일 것이다. 속편은 애초부터 전편과 비교당할 숙명을 안고 태어나니 말이다. 많은 속편에 가혹한 평가가 따르는 것은 기정사실 아니던가. 클라인은 2017년부터 약 3년에 걸쳐 『레디 플레이어 투』를 집필하며 큰 부담감에 시달렸음을 고백했다. 클라인이 전편을 집필할 당시만 해도 VR 기기는 태동기에 불과했지만 소설이 나온 직후 VR 기기는 급속도로 발달했다. 『레디 플레이어 투』를 집필할 당시에는 이미 VR 기기는 물론 다양한 햅틱 장비들까지 상용화된 시점이었기에 20~25년 후 발달할 미래 기술을 상상했고 마침내 현실과 가상현실의 경계가 완전히 허물어져 더 이상 둘을 구분할 수 없는 경지에 이르는 궁극의 기술을 등장시켰다. 바로 오엔아이 헤드셋이다. 작중에서 세계 최초의 비침습적 뇌-컴퓨터 인터페이스로 설정된 이 헤드셋을 통해 오아시스에 접속하면 착용자는 아바타가 경험하는 가상환경을 대뇌피질로 직접 주고받는 신호를 통해 오감으로 현실처럼 생생하게 느낄 수 있다. 또 이 헤드셋만 있으면 착용자가 물리적 현실에서 한 경험을 저장하고 가상현실에서 그대로 재현할 수도 있다. 여기서 끝이 아니다. 마인드 업로딩과 디지털 영생은 한층 더 흥미로운 서사를 선보인다. 이렇듯 한층 진일보한 메타버스의 세계로 초대해 준 그에게 당당히 합격점을 주고 싶다.

디스토피아적 근미래를 기반으로 상상력을 펼치는 클라인에게 기술의 양면성은 중요한 화두인데, 『레디 플레이어 투』에서는 기술의 양면성이 한층 더 중요한 서사로 등장한다. 기술의 양면성을 놓고 주인공들 사이에서 의견이 첨예하게 대립하고, 상상을 초월하는 존재의 부정한 욕심으로 인해 가상현실과 물리적 현실 양쪽 모두에서 끔찍한 일이 벌어진다. '전편의 매력은 유지하되 자극의 강도는 높여라.'라는 속편의 승부 전략을 따르기 위해 고민한 흔적이 엿보인다.

물론 전편의 매력 요소가 추억을 소환하는 다양한 대중문화 레퍼런스였던 만큼 『레디 플레이어 투』에서도 레퍼런스의 향연은 빠지지 않았다. 영광스럽게도 『레디 플레이어 투』의 번역을 의뢰받았을 때 이번에는 과연 어떤 레퍼런스들이 등장할지가 가장 궁금했다. 독자로서는 설렘이 컸고 역자로서는 두려움이 컸다.

『레디 플레이어 투』는 주인공 웨이드 와츠가 할리데이의 첫 번째 이스터에그 찾기 대회에서 우승을 거머쥐고 할리데이의 상속자로 지명된 후 9일째 되는 날의 이야기부터 전개된다. 할리데이는 또 한 번 세상을 뒤흔들 엄청난 기술을 그만의 오타쿠적인 방식으로 웨이드에게 공개한다. 웨이드와 친구들은 또 한 번 할리데이가 설계해 놓은 퀘스트를 수행해야 한다. 기술적으로는 할리데이가 만들었지만, 수수께끼를 풀기 위한 단서는 모두 키라와 관련이 있다. 키라는 할리데이와 모로의 관계에서는 물론 오아시스 개발 과정에서도 매우 중요한 역할을 한 인물로 전편에 비해 비중이 크게 늘어났다. 클라인은 전편을 집필할 때는 할리데이의 관심사인 척 본인의 관심사를 대놓고 마음껏 집어넣었지만, 『레디 플레이어 투』를 집필할 때는 본인의 '안전지대'를 벗어나기 위해 열심히 '덕질'을 했다고 밝혔다. 그 결과 존 휴즈의 영화, 프린스의 음악, 톨킨의 소설이 아주 큰 비중으로 다루어졌다. 이 작품들을 제대로 감상해 볼 기회가 없었다면 이번 기회에 이 작품들을 먼저 '덕질'한 후에 이 책을 읽어도 좋을 것이다. 이 책을 먼저 읽었더라도 상관은 없다. '덕질'을 꼭 어떤 순서대로 하라는 법은 없으니까. 또 하나, 놀란 소렌토의 프리퀄이 궁금하다면 『마션』(알에이치코리아(RHK), 2021)의 저자 앤디 위어가 쓴 팬픽인 『Lacero』를 읽어보기 바란다. 짧지만 소렌토의 서사를 보완해 주는 이 팬픽은 클라인으로부터 공식 설정으로 인정받아 일부 개정판 원서에 실리기도 했다.

클라인은 레디버스 출시 계획을 발표하며 "미래는 내가 상상했던 것보다 훨씬 더 빨리 다가왔다."고 말했다. 나는 그것이 "조금은 클라인 당신 덕분"이라고 말해주고 싶다. 클라인은 누가 보아도 '덕후'가 세상을 바꾼다는 말을 몸소 증명하고 있는 한 사람이니까. 더불어 올해 4월에는 첫 아동 소설 『Bridge to Bat City』를 출간 예정이라고 한다. 박쥐 이야기라니 벌써부터 궁금하다.

역자로서 전편에 이어 속편까지 소개할 수 있어서 참으로 감사할 따름이다. 이 책과 인연을 다시 이어준 에이콘출판사 여러분께 감사드리며, 이 책을 번역하는 동안 변함없는 지지와 격려를 보내준 소중한 내 사람들에게도 고마운 마음을 전한다.

2024년 1월

전정순

레디 플레이어 투

가상현실 오아시스에 숨겨진 일곱 개의 조각을 찾아서

발 행 | 2024년 2월 29일

옮긴이 | 전 정 순
지은이 | 어니스트 클라인

펴낸이 | 권 성 준
편집장 | 황 영 주
편 집 | 김 진 아
김 은 비
디자인 | 윤 서 빈

에이콘출판주식회사
서울특별시 양천구 국회대로 287 (목동)
전화 02-2653-7600, 팩스 02-2653-0433
www.acornpub.co.kr / editor@acornpub.co.kr

ISBN 979-11-6175-815-2
http://www.acornpub.co.kr/book/ready-player-two

책값은 뒤표지에 있습니다.